如何阅读西方经典

[美]苏珊·怀斯·鲍尔 著 孙大强 关颖 译

The Well-Educated Mind

A Guide to
the Classical Education
You Never Had

上海社会科学院出版社
SHANGHAI ACADEMY OF SOCIAL SCIENCES PRESS

谨以此书

献给我的母亲
她教会我阅读

献给我的父亲
他把挚爱之书倾囊相赠

扫码领取
苏珊·怀斯·鲍尔的经典书单
涵盖六大文体的通识阅读地图

目录 contents

译者序　　i

PART I
开始　为古典教育做准备

第一章　开启心智：你不曾拥有的古典教育　　2
　　第一步：安排定期阅读与自学时间　　11

第二章　与书相搏：阅读的艺术　　14
　　第二步：阅读技巧练习　　20

第三章　笔耕不辍：把新想法诉诸笔端　　24
　　第三步：练习记笔记和写概要　　30

第四章　开始阅读：最后的准备　　32
　　关于评价的说明　　39
　　关于书单的说明　　41
　　关于版本方面的重要提醒　　43
　　第四步：实践语法阶段的阅读技巧　　44

PART II

阅 读 投入到与经典的对话中

第五章	**人的故事：在小说中漫寻历史**	48
第一节	十分钟小说简史	51
第二节	如何阅读一本小说	62
第三节	推荐阅读的小说	77
第六章	**"我"的故事：自传与回忆录**	107
第一节	为什么自传可能比你想象的要复杂？	107
第二节	五分钟的自传学评论史	113
第三节	如何阅读一部自传	119
第四节	推荐阅读的自传	132
第七章	**回望过去：史学家与政治家的故事**	161
第一节	关于历史学的十五分钟简史	163
第二节	如何阅读历史书	187
第三节	推荐阅读的史学著作	203

第八章　世界是舞台：在戏剧中读懂历史　　243
　　第一节　关于戏剧的五幕剧历史　　247
　　第二节　戏剧的目的　　260
　　第三节　如何阅读剧本　　263
　　第四节　推荐阅读的戏剧　　276

第九章　历史的折射：诗人和诗　　311
　　第一节　对不可定义者下定义　　318
　　第二节　诗的七分钟简史　　320
　　第三节　怎样读诗　　341
　　第四节　推荐阅读的诗作　　351

第十章　宇宙的故事：理解地球、宇宙和我们自己　　409
　　第一节　关于科学著作的二十分钟简史　　410
　　第二节　如何阅读科学著作　　441
　　第三节　推荐阅读的科学著作　　450

附　录
　　致谢　　477
　　各章引用或参考其他中文译文书目　　478

译者序

现在，你拿起了这本书。但是我不知道你是否会读这篇译者序，甚至，不知道你是否会完整读一遍目录。然而，本书作者几乎在每一章都强调，请你不要错过书名及副标题信息、版权页信息、目录信息，以及作者或译者写的前言、序言、导论之类的内容。所以，你是否现在就开始行动呢？

那么，你是谁？或者说，这本书的读者是谁？我不想说这本书适合任何一个希望更有文化学识、提高自我修养的人，那样实在太空泛。本书的适用人群，按照作者说的，是那些"有家、有口、有工作，希望在闲暇时间通过阅读实现自我提升，可是学校的课堂教育又太千篇一律，于是在有资源的情况下考虑自学，而且相信自己只要找对方法，持之以恒，必学有所成"的人。只是，这个范围又稍微保守了些。我觉得，仅从内容上看，初中及以上文化程度的人群应该都可以从本书的阅读学习中有所收获。这不仅是一本告诉你如何读书的书，也是一本精练的名著简介，更是将二者有机结合的书。

朋友，开卷有益，先到先得！

成为一个人：本书的主旨——古典教育

本书英文书名为 *The Well-Educated Mind: A Guide to the Classical Education You Never Had*，直译的意思是"良好的心智：你从未拥有过的古典教育指南"。由于"古典教育"国内读者较为陌生，为了便于理解，在正式出版时将书名定为"如何阅读西方经典"。而本书的主旨，其实是通过古典教育的方法，来引导读者如何阅读那些西方的经典之作。

古典教育是近代欧洲的普通中等教育体系。其特点是以希腊语、拉丁语等古代语言和古希腊、罗马文学为主要教学内容，以欧洲文艺复兴时期教育家的主张为思想渊源，在时间上，这就回到了"古典时期"。具体可参考英国著名学者、教育家和古典教育思想家理查德·温·利文斯通（Richard Win Livingstone）的《保卫古典教育》。为何要"文艺复兴"？为何要重建"古典"？我们知道，文艺复兴紧随"黑暗"中世纪之后，在神权、教权禁锢压制之下，要降低神格，提升人的尊严，要重建"人的觉醒"。当时的人们在古希腊文献中找到了自由的希望。

与"古典"或"古典教育"息息相关的"Liberal arts"，即"自由艺术"或"博雅教育"。而这涉及古希腊自柏拉图的雅典学院提出的"自由七艺"：语法、修辞、逻辑、数学、几何、音乐、天文。从本书所介绍的六个领域（小说、自传、历史与政治、戏剧、诗歌、科学）以及阅读的三个层次（语法、逻辑、修辞）来看，这是作者在向这"自由七艺"高度致敬。

《论语·宪问》有云："子曰：'古之学者为己，今之学者为人。'"微言大义，各有解释，但是有一种解释认为：以孔子的年代为参照，过去人学习是为了自己的成长，重在修身；而现在人学习，是为了世俗功业。孔子提倡的教育是先"修身齐家"，而后"治国平天下"。这似乎是大部分"古典教育"所倡导的，也是本书的主旨所在：通过修习古典教育，提高自身素养，坦然面对人生。如同美国当代极富影响的文学理论家哈罗德·布鲁姆（Harold Bloom）所说的："深入研读经典不会使人变好或变坏，也不会使公民变得有用或更有害。心灵自我对话的本质不是一种社会现实。西方经典的全部意义在于使人善用自己的孤独，这种孤独的最终形式是一个人和自己死亡的相遇。"

本书的内容结构

本书的整体结构，分为两大部分。

第一部分包含四章，介绍作者推崇的"探索式阅读"三部曲：语法阶段的阅读、逻辑阶段的阅读和修辞阶段的阅读。意思是先在字面上读完一本书，然后在逻辑上读通，最后与作者的观点交锋并形成自己的判断，到了这一步，才算读懂了这本书。

其中，在语法阅读阶段，作者谆谆教导如何看书不走神，不跳行，怎么做笔记以防遗忘，甚至还告诉你，最好使用不同颜色、不同规格的笔，买什么样的本子更方便做笔记……这是不是有点太啰唆了？可是，冷静一想，这不正是我们很多人缺乏的朴拙精神吗？我们经常嫌这个方法笨，觉得那个方法慢，浅的东西不屑去学，等到真来硬货、干货了，自己又没有做好足够的基础准备，这时候却发现自己学不会。晚清名臣、大学问家曾国藩就说过他的用兵之道是"结硬寨，打呆仗"。细节决定成败。我们习惯大而化之，缺的正是细节。

当然，除了这些看似琐碎的提醒之外，作者在"探索式阅读"的第三阶段——修辞阶段的阅读中特别强调了"书友会"，也就是共同阅读的重要性。《瑜伽师地论·声闻地讲录》提到求学过程中有二十种困难障碍，第一种便是"有不乐断同梵行者为伴过失"，即与那些不喜欢断除世间杂念，不乐意修梵行的人为伴，是"为伴过失"。反过来说，要想求学，同道中人实在太重要了！什么叫"同学"？有志于此、共同向学的人啊！阅读虽然在本质上是一个人的事情，是一个人的心灵体悟，但是也需要镜鉴，否则非常容易陷入"我执"之境，自以为是而浑然不知。

本书的第二部分共有六章，分别介绍了六个领域的阅读：小说、自传、历史与政治、戏剧、诗歌和科学。每一章的内容，先是介绍这一体裁与题材的发展简史，然后按照"探索式阅读"的方法指导这个领域著作的阅读法门，最后列出该领域的著作列表，对每一本书都做详略适中、以点带面的介绍。当然，各领域的介绍也反映了作者的某些偏爱。譬如，亚里士多德的作品在戏剧和科学部分各出现一次，分别是《诗学》和《物理学》；在戏剧这一章，莎士比亚的作品有三部戏剧入选（《理查三世》《哈姆雷特》《仲夏夜之梦》），在诗歌这一章，作者又隆重介绍了莎翁《十四行诗》的成就；奥古斯丁的著作也出现了两次，分别是自传部分的《忏悔录》和历史与政治部分的《天主之城》；约翰·班扬也出现了两次，一次是小说《天路历程》，一次是自传《丰盛的恩典》；卢梭也出现了两次，自传部分的《忏悔录》和历史与政治部分的《社会契约论》；乔治·奥威尔出现了两次，小说部分的《1984》和历史政治部分的《通往维根码头之路》；T. S. 艾略特也出现过两次，一次是戏剧《大教堂谋杀案》，一次是诗歌介绍。当然，还有些人尽管只着重在其中一章进行了介绍，譬如美国诗人艾米莉·狄金森，但也足以看出作者的偏爱。科学著作部分，一共介绍了28部作品，生命科学类明显占主要。

作者的主要身份是一名杰出的历史学者和科普作者，本书意在介绍六个部分的阅读——虚构的人生（小说）、自我的反思（自传）、行动的纲领（历史与政治文献）、情境的演绎（戏剧）、感受性的把握（诗歌）和世界本原的理解（宇宙与科学），呈现一种历史脉络，发现人类的心灵。在这六个领域内部，每一个都以时间为线索顺次介绍。

其中，小说的起始时间相对较晚，从书中介绍的第一位小说作者塞万提斯算起，都已经在文艺复兴中后期了，相当于中国的明朝。毕竟，一般认为，小说是伴随着新兴市民阶层（资产阶级）而兴起的，他们需要一种新的文学形式来反映他们的生活和需要。小说，一如历史，同样是登上历史舞台而且有了相应话语权的人来书写的。

自传的起始时间也不算很早，是从奥古斯丁的《忏悔录》开始的，相当于中国的东晋时期，西方世界的基督教逐渐确定了自己的合法性和话语权，而当时的中国也正处思想的冲突和融合之中。不过，奥古斯丁之后，自传一下子"往事越千年"，下一篇玛格丽·坎普的自传对应的时间就是中国的明朝永乐年间了。

而历史与政治、戏剧、诗歌、科学文献，都发端很早。甚至如作者所说，"科学，能够相当完美地独立于书面叙述而持续存在。"

整体来看，作者在六个领域选取的作品分布的年代有一定的重叠，或者说具有一定的共同性。

这个重叠的年代首先是哲学家卡尔·雅斯贝尔斯在1949年出版的《历史的起源与目标》中提出的"轴心时代"——公元前800年至公元前200年的这段时间。这个时期是人类文明取得重大突破的时期，各个文明都出现了伟大的精神导师。这一时期大体上相当于中国的春秋战国时期，诸子百家，群英荟萃；而在西方，则是苏格拉底、柏拉图、亚里士多德的时代。

第二阶段，大体从欧洲的基督教合法化时期（公元313年，中国的西晋王朝）到查理曼大帝政教合一时期（公元800年，中国刚经历过"安史之乱"）；中国大体上处于魏晋南北朝和隋唐时期。这一阶段，中西方都经历了天灾人祸，作品想保留下来是很不容易的。这段时期的作品介绍屈指可数，但是作为特定且关键历史时期的产物，不能忽视其存在。

第三阶段，大体上是西方的文艺复兴时期到宗教改革运动，而中国基本上是处于宋末到明朝。有学者认为，宋代是中国近代的黎明，也有学者直接指陈王阳明心学是中国的一场文艺复兴运动。在西方的文艺复兴中，新兴资产阶级登上了历史舞台，而王阳明在《传习录》中明确提出"四民同道而异业"，打破了士农工商的传统等级格局，为商人阶层的发展提供了理论上的合法性。

第四阶段，西方社会大体处于启蒙运动到工业革命时期，中国则处于清朝。

第五阶段，就是最近一百多年，如何称谓恐怕莫衷一是，不过可以尝试用三种情绪来标识一下：恐惧（两次世界大战）、压抑（"冷战"时期）、焦虑（全球化）。当然，这里的断代，虽然有前人的研究可供参考，但更多的是我根据本书作者推荐的作品而重新划定的。这种分类，既不符合余英时、李泽厚等对整个中国历史的分期，也不符合霍布斯鲍姆对西方近现代史的分期。我想，作者选取的作品主要集中在这几个历史分期是有道理的，无论是哪个领域的作品，即便是理应最客观的科学类，也是人有感而发；而人要有所感，当然需要有适当的客观刺激，或者说需要客观世界的丰富性。在人类漫长的历史中，每一天每一年自然都不同；但是，就像把历史比喻成长河，每一滴水固然都很重要，但总有些弯曲或者激流险滩成为长河的路标，而这些地方的风景往往也最为可观。所以，这几个阶段的作品比较多，也就可以理解了。

之所以有些啰唆地讲这些，是因为如果我们对大历史背景不了解，对整个脉络不了解，看作者推介的这些作品就失去其意义了。毕竟，这本书不是纯粹介绍小说，也不是纯粹介绍科学著作。如果忽略了历史感，那可能还不如信马由缰、随心所欲地想起哪本就读哪本，不想读的，不读也无所谓。

本书的语种选择及其局限性

当然，尽管作者的雄心壮志在于通过这六个领域的指导性阅读，帮助读者实现对人类历史进程的深度认识，提升自我；然而，作者也坦然承认，因其自身语言所限，所选的作品主要限于欧美地区，甚至主要是英语作品。当然，有些经典作品远在现代英语形成之前（例如古希腊古罗马的作品是希腊文或拉丁文的），或者该作品尽管比较晚近，但是影响深远，例如塞万提斯的《堂吉诃德》是西班牙语，蒙田的散文是法文，还有德语系卡夫卡的作品，而中国读者比较熟悉的一些作品并未被单独推荐，甚至都没有提到，譬如文学领域的巴尔扎克（法国）、雨果（法国）、波德莱尔（法国）、歌德（德国）、席勒（德国）、海涅（德国）、米兰·昆德拉（捷克）等。

算下来，在本书推荐阅读的著作中，希腊语的有 12 部，拉丁语的有 6 部，西班牙语的有 3 部，挪威语的有 1 部，法语的有 11 部，德语的有 9 部，俄语的有 3 部，意大利语的有 3 部，其余都是用英语写作的。推荐的阅读书目涉及的国家主要在欧洲（北欧和东欧很少）和美国，这在诗歌部分尤其明显：除了早期的诗歌涉及希腊语、拉丁语之外，后面的都是英文写就的诗歌。当然，作者也可能自有苦衷——其他文体的翻译作品不大会影响阅读效果，但是诗歌，哪怕是经同一个语族的语言翻译，也难保其原汁原味。而在美国人的作品中（当然是英语的），有相当一部分是与黑人相关的。只有在诗歌部分，作者提到了日本俳句。

这样一来，尽管作者的初心是通过六个领域的文献梳理来呈现历史和其中的人类心灵，但是在整个世界史中占有重要地位的亚洲史——特别是中国史、印度史、波斯史，以及在近代世界史占有一席之地的拉美史，在本书是缺乏存在感的。不仅缺乏这些国家作者的著作（印度有一本《甘地自传》，拉美有一本《百年孤独》，中东地区有一篇《吉尔伽美什》），也缺乏欧美国家作者写的关于这些国及其文化的著作。要知道《马可·波罗游记》和伏尔泰对中国充满想象的描述，对西方近代的大航海时代和启蒙运动是有很大影响的。当然，这也不能全怪作者。在理查德·加纳罗著名的《艺术：让人成为人》中，也基本没有提及中国的艺术形式，甚至作者还认为京剧是一种很低级的表达形式：一则音乐太吵闹，二来直接用脸谱来表达人物角色，太单一乃至幼稚。某种程度上，这也反映了我们文化的高度特异性和难以通约性。

翻译中遇到的问题

翻译本书遇到的主要挑战之一就是本书的知识跨度——六个领域，无论是表达风格还是具体材料，从形式到内容都有比较大的跨度。这也是接受这项翻译任务时让我既感到惴惴不安又满怀憧憬的地方。

作者认为，诗歌和科学著作对于读者的难度是最大的，前者语言丰富、灵活，后者一大堆的数学公式和方程很容易让读者望而却步。对我来说，科学著作似乎是最好翻译的部分，科学著作既然是讲科学的，表达上更言简意赅，逻辑更清晰，跳跃性也比较小。诗歌部分确实是很有挑战性的。

翻译这六章的过程其实也是对这六个领域的书籍进行阅读和学习的过程。作者在介绍的时候，基本上是"夹叙夹议"，少则引用一句原文，多则引用一大段，然后再铺陈自己的观点，指导如何进行阅读。为了避免断章取义，在翻译过程中，我尽可能地寻找相关书籍的中译本，参照和援引相关地方；实在找不到中文译著的，则尽量找到原文的上下文，以便有一个整体的了解。

本书作者在每一章都介绍了约三十位作者及其作品，加上其他的引文，在翻译过程中，我实际查阅的作品超过了两百部，工作量相当大。本书的大多数引文，我都援引了已有的中译本，但是还有少量引文，实在是力有不逮，唯有尽心尽力而已。特别是自传、戏剧和科学部分，自传和戏剧有相当一部分没有查到中译本，而科学部分，因为作者强调科学观念的历史演变进程，所以选择的多是该著作的第一版，而国内翻译的往往是后来的某个经典版或最新版，因此也无法查到相应的中文版。

另外，本书介绍的主要是欧美国家的作品，而欧美国家的重要精神支柱是基督教，基督教自身在历史中也在不断演化，因此本书涉及的直接与基督教有关的作品，如奥古斯丁的《忏悔录》和《天主之城》崇信的是天主教，而非宗教改革运动之后的新教。因此，涉及有关《圣经》的引文，翻译时均采用的是思高本，而不是国内更流行的和合本；涉及某些文学对比之处时，另外参考了国内冯象《摩西五经》和《智慧书》中的译文；如有不当之处，也请读者中的信众谅宥。

另外，有些词汇的翻译，或视情况而定，或未加区分。例如 nationalist，有的地方译为"国家主义"，有的地方译为"民族主义"，多数译为"民族主义"；这是因为西方国家，特别是在 1815 年维也纳会议后，开始了近代以单一民族为主的国家形态，国家和民族具有比较高的一致性，而我国历来是多民族的"和为贵"的国家，国情有所不同。再如戏剧那一部分的 drama 和 play，drama 主要指电视电影等的戏剧或剧本，dramatic（戏剧化的）也是其派生词；而 play 主要是指现场演出的戏剧。这两个词在翻译中没有详加区分，一般都译为"戏剧"，而没有分别译为"电影脚本"或者"现场演出的戏剧"。

同类书对比

关于阅读指导类的书，国内最有名的可能就是艾德勒·莫提默的《如何阅读一本书》了。这本书出版年代较早，初版是 1940 年，最新版也是 1972 年了。当然，对于一部经典作品来说，年代不是问题。跨越年代，不敢保证其中的每一个观点都依然保持正确，每一句话都依然是金玉良言，但是在思想性上，却是可以历久弥新的。这本书中将阅读分为四个层次：基础阅读、检视阅读、分析阅读和主题阅读，大体上与本书的语法阅读、逻辑阅读、修辞阅读相当，而且目标也相当一致——为了心智的成长。《如何阅读一本书》中也专门提到阅读不同读物的方法。不过，这也正是这本经典著作和现在你手头这本书的区别所在：《如何阅读一本书》在介绍不同读物的阅读方法时，侧重方法技术本身的介绍，虽然很细致，但还是比较宏观，基本没有依托于具体的著作分析。就这一点而言，本书的全面和难度要略超过《如何阅读一本书》。

另一本"很吓唬人"的著作就是哈罗德·布鲁姆的《西方正典》了。之所以说"很吓唬人"，是因为能入得了哈罗德·布鲁姆法眼的书，实在寥寥无几。真正值得一读的，不过是莎士比亚、塞万提斯、但丁、乔叟等屈指几人的著作而已。生命有限，阅读他们的作品能增进内在自我的成长。所以，老爷子的这本书隐约浮现了这么几个字：闲人免进。他的另一本书《如何读，为什么读》就要亲善许多，某种程度上可以看作是《西方正典》的通俗版，当然，里面选取的作品还是有很大差别的。

伊塔洛·卡尔维诺的《为什么读经典》介绍了他心目中三十多位"经典作家"。当然，更重要的是，在这本书的第一章，卡尔维诺就亮出了他的家底：什么是"经典"？他提出了环环相扣的十四条定义。譬如，经典应该是你听到别人说正在重读，而不是第一次读的那种书；经典是你每一次重读都会有新发现的书；经典是即便你是初读，也不会感到陌生的书；经典是即便与当下格格不入，它也不会自行消亡，依然发出自己的声音，让你感到俗世间一缕清风的书……

美籍华人徐贲先生的几本书——《阅读经典》《经典之外的阅读》《人文的互联网：数码时代的读写与知识》，我觉得也非常值得一读。徐贲先生是我非常喜欢的学者，是一位公共知识分子，"望之俨然，即之也温，听其言也厉"。他的这三本书，我是按顺序看的，最大的触动是：美国的大学生在做什么的时候，我们的大学生在做什么呢？这不是生物性的差别，而在于选择，在于理想。看起来，美国大学生在校期间读了不少"没用"的书，但是他们似乎也没有输掉未来。这三本中的最后一本——《人文的互联网：数码时代的读写与知识》，则直指当下，也关乎你手头这本书：都互联网了，都电子化了，传统纸媒的阅读意义何在？至少，徐贲在书中提到，深度阅读还是需要纸媒的，因为有研究显示，电子化阅读并不利于注意力的高度集中。当然，如果你读《理想国》的目的只在于打发时间，那么怎么读都无所谓。

胡洪侠、张清主编的《私人阅读史：1978—2008》，则是对三十多位文化界达人的访谈，记录了对他们人生影响最大的书，差不多每一位都列出了三十本左右。当然也有如扬之水女士那样的，宁缺毋滥，只列出了三本。读书不在于多少，在于这些阅读对心灵健全与人格成长的价值。有些书，构成一代人共同的回忆，成为一代人共同的成长基石。读书的作用很少立竿见影，但滴水穿石之功不容小觑。

当然，生也有涯。金克木先生在《书读完了》一书中说，一是，你不能饥不择食，得有选择；二是，你读书的目的是什么？如果主要是为了扩充知识，那不可能读完，你跟不上思想者的灵光乍现和印刷机的速度。如果你是为了训练和形成自己的思维，构建自己的"三观"，那倒是有可能的。

上述都是关于阅读指导的"通论"。接下来，不揣冒昧，我推荐几本自认为值得一看的书，请读者诸君"望文生义"，各取所需就好。排名不分先后。

广义文学类（小说、自传、戏剧、诗歌）：艾布拉姆斯的《文学术语词典》，理查德·加纳罗的《艺术：让人成为人》，路易斯·贾内梯的《认识电影》，斯蒂芬·平克的《风格感觉》，梅维恒的《哥伦比亚中国文学史》，约翰·梅西的《西方文学史》，郑振铎的《文学大纲》，埃拉·伯绍德的《小说药丸》，叶嘉莹的《驼庵传诗录：顾随讲中国古典诗词》。

历史与政治类：任博德的《人文学的历史》，斯塔夫里阿诺斯的《全球通史》，诺贝特·埃利亚斯的《文明的进程：文明的社会起源和心理起源的研究》，彼得·沃森的《思想史：从火到弗洛伊德》《20世纪思想史：从弗洛伊德到互联网》，彼得·盖伊的《启蒙时代》，哈耶克的《自由宪章》，卡尔·波普尔的《开放社会及其敌人》，汉娜·阿伦特的《艾希曼在耶路撒冷：一份关于平庸的恶的报告》，布罗代尔的《十五至十八世纪的物质文明、经济和资本主义》，阿希尔·阿玛尔的《〈权利法案〉公民指南》，费正清的《中国史》，内藤湖南的《中国史通论》，傅乐成的《中国通史》。

科学类：托马斯·库恩的《科学革命的结构》，爱德华·威尔逊的《知识大融通》，丹皮尔的《科学史及其与哲学和宗教的关系》，戴维·林德伯格的《西方科学的起源》，彼得·哈里森的《科学与宗教的领地》，爱因斯坦与英费尔德的《物理学的进化》，克罗斯比的《哥伦布大交换》，贾雷德·戴蒙德的《枪炮、病菌与钢铁》，大卫·克里斯蒂安的《起源：万物大历史》，弗洛伊德的《梦的解析》与《精神分析引论》，迈克斯·泰格马克的《生命3.0：人工智能时代人类的进化与重生》。

致谢

  首先，要感谢青豆书坊苏元总编辑和编辑鲁小彬把如此有挑战性的任务交托给我，而且一再容忍我的拖延。感谢玉石彬编辑和佘玺编辑在翻译过程中在文字上给予的具体帮助。感谢几位偶遇的"因信称义"的朋友在个别问题上帮助。感谢儿童教育和语言科学领域的前辈佟乐泉教授的支持鼓励。感谢亲密战友关颖同学一路并肩作战，并协助我做了翻译和校对等繁琐的工作，并提供多方面保障。感谢我学历不高但是热爱学习、乐观通达的母亲肖淑彬女士，因为忙于翻译，其实压缩了对老人的陪伴。感谢让我爱上读书，与书终身结缘的父亲孙利民先生，在天有灵，您当年给我的那一页书信，是我一生读不完的大书。

孙大强

2020 年初于北京

PART I

开 始

为古典教育做准备

第一章

开启心智：你不曾拥有的古典教育

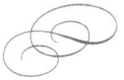

现在，一切文明都来自文学，尤其是在我们国家。以前，希腊人通过说话和观察，就获得他们的文明，在某种程度上，巴黎人可能还在这样做。但我们的社会，远离历史和纪念碑，所以我们必须大量阅读，否则我们会退回到野蛮状态。

——威廉·迪恩·豪威尔斯（William Dean Howells）[①]，
《塞拉斯·拉帕姆的发迹》（*The Rise of Silas Lapham*）

如今我年过三十，决定回到研究生院继续学习。我早已离开学校多年，并且有了四个孩子，是一名客座讲师，以讲授文学和写作为职。现在，我重返学堂，坐在讲台对面，成为学生。所有研究生看起来不过十几岁的样子，而研究生课程也不是为成年人而设计的。我要在我的美国研究课程设计之外兼顾家务，放弃其他赚钱的路子，只依靠一笔每年 6000 美元的生活费过活，且不得不满足于校方提供的健康险，这份健康险仅提供少得可怜的责任范围和一项聊胜于无的孩子出生时的麻醉服务。我发现自己已经对下一年的课程感到恐惧。在此之

[①] 威廉·迪恩·豪威尔斯（1837—1920）：美国小说家、文学批评家。
本书脚注为译者注，章后注释为作者原注。——编者

前，我已经教授和指导论文写作五年时间了，我想我无法容忍当一位教授告诉我应该知道什么的时候，我只是坐在那里记记笔记，回炉再造，成为一个被动、懵懂的学生。

让我感到欣慰的是，研究生研讨会并不是那种让我顺从接受别人观点和智慧的讲座。相反，我将每周三小时的研讨会变成了自我教育过程的跳板。在过去一年半的时间里，有人指导我该读什么书，以及怎么读。但是，我更希望能够自主学习。我一本接一本地读，然后概括每一本的内容，检视其论证是否有缺陷。譬如，结论是否被夸大了，论证的过程是否证据过少，作者是否忽略或歪曲了某些事实以支持其论点，他们的理论有无失败的地方。我拜读了不少年薪是我八十倍的资深教授的著作，说来有趣，在他们的书中"找茬"成了我这个"学奴"为数不多的乐趣之一。

所有这些阅读都是为研讨会做准备的，在研讨会上，同学们围坐在长桌旁，高声讨论本周的阅读书目。教授则负责指出我们粗浅的推理过程，矫正我们言语措辞的误用，还给我们偶尔的思维火花泼点冷水。这些多少有点苏格拉底式的辩论建立在我居家阅读的基础上。在那些原本我通常想要看电视剧《X档案》（*The X-Files*）或者刷厕所的夜晚，我聚精会神地看那些教授指定的必读书。尽管家务活令人疲惫不堪，尽管我也错过了曼德勒（《X档案》中角色）是如何逃脱幽灵般的追捕，但是我发现自己在头脑中创造了全新的意义结构，在各种理论之间建立了关联，并在思考这些关联的基础上建立了新的理论体系。于是，我写得更多，思考得更清晰，阅读也更加广泛。

我几乎也曾因为工作而被搞得神经兮兮。我熬夜赶写论文；又早早起床照看孩子；我在卧室地板上写过论文计划，而旁边就是玩着托马斯火车头、绕来绕去的孩子；在法语考试前一天晚上，我还要清洗四岁孩子的床单枕套等卧具，因为他患上了胃肠型感冒；我耐着性子参加一些工作坊，而那些工作坊却没有什么有价值的东西。

当然，这些事情也有好的一面：你不必为了训练自己的心智而忍受研究所的折磨——除非你计划要在大学获得一份教职（话说回来，这事希望也不大）。几百年来，男男女女都接受这种学习方式——阅读，记笔记，和朋友讨论书籍与想法——而不用迫使自己服从于研究生院的助学金和学校的健康险条款。

事实上，托马斯·杰斐逊（Thomas Jefferson）①就曾认为，大学讲座对于严谨的历史题材的阅读并不是必要的。1786 年，杰弗逊给他正值上大学年纪的外甥——托马斯·曼·兰道尔夫写信，建议他独立地追求更广泛的教育。杰弗逊建议他积极参与一些自然科学的讲座。不过，他又补充说："在你参加这些课程的同时，你可以自己进行一系列常规的历史题材的阅读，如果去听老师讲此类历史课程，反而是浪费时间。因为这些知识都可以从书本中获得，如果你自学这些知识，不仅能够对其他方面有所增补和助益，还能让你更合理利用那些空闲的时间。"¹

专业历史学家可能会对他们显而易见的"多余"感到恐慌，但是杰斐逊的信反映了历来的共识：任何有文化的人（其中当然包括女人）都可以依靠自我教育来培养和丰富思想。你所需要的，不过是一个满是书籍的架子，几个相谈甚欢的朋友，还有一些"没有被其他事所占用的时间"。当代大学教育批评家可能会补充说，攻读博士学位在任何情况下都不一定能培养和充实我们的头脑；对此，哈罗德·布鲁姆（Harold Bloom）②嗤之以鼻地说，"这是大学教育中被遗忘的功能"，因为大学现在"不屑于满足"我们对经典的渴望。²

年轻的兰道尔夫有优厚的教育资源作为基础。但是，他的自修家庭课程却被许多受教育程度较低的美国人所效仿——包括 18 世纪和 19 世纪数以千计的女性，相比她们的另一半——那些男人们而言，她们一般没有接受过多少正式的学校教育。受限于她们曾经的简短的教育经历，美国女性近两个世纪都把杂志和通俗书籍作为日常阅读，彼此一见面，就聊这些来增广见闻。礼仪作家伊丽莎·法勒（Eliza Farrar）不仅为她的年轻女性读者提供举止穿着方面的建议，还有学识修养方面的建议，她严肃地写道："学校教育结束，自我教育开始。"³

许许多多女性对这个建议奉为圭臬。玛丽·威尔森·吉尔克里斯特（Mary Wilson Gilchrist），一位南北战争时期的俄亥俄人，直到 24 岁猝死，她都一直没有离开过家，仅因曾在俄亥俄女子学院待过一年而引以为豪。在那里，她粗略学习了三角学、英国文学、法语、音乐、逻辑学、修辞学和神学（几乎没有足够

---

① 托马斯·杰斐逊（1743—1826）：美国第三任总统，《独立宣言》主要起草人。除了政治事业外，他也是多学科的专家，弗吉尼亚大学的创办人。
② 哈罗德·布鲁姆（1930—2019）：美国当代著名文学教授，"耶鲁学派"批评家，著有《影响的焦虑：一种诗歌理论》《西方正典》《如何读，为什么读》等。

的时间对这些课程做基本的理解，更不要说掌握它们的原理了）。但是，吉尔克里斯特的教育并没有因为回到家里而终止。在日记中，她记录了自己的阅读目录：夏洛蒂·勃朗、威廉·梅克皮斯·萨克雷（William Makepeace Thackeray）、亨利·菲尔丁（Henry Fielding）、威廉·华兹华斯、维吉尔、索福克勒斯，以及大卫·休谟。关于休谟，她说"难读"，并且希望她自己能够"将一部分铭记在心"。为了保持自己的动力，她和邻居成立了读书俱乐部。"玛丽·卡彭特（Mary Carpenter）召集，我们计划安排一起阅读莎士比亚。"[4]一则日记如是记载。南部州的十几岁的霍普·萨摩瑞尔·钱伯林（Hope Summerell Chamberlain）在自己的阅读记录中记载着洪堡（Humboldt）的《宇宙》（Kosmos）、弥尔顿的《失乐园》（Paradise Lost）、斯塔尔夫人（Madame de Staël）的《柯丽娜》（Corinne）、基佐（Guizot）的《欧洲文明史》（History of Civilization），以及其他一些艰涩难懂的书。用她自己的话来说，她协助组织的读书俱乐部就是"给予饥饿心灵以平静"。[5]

要是你的心灵感到饥饿，但你觉得自己毫无准备，没有受过足够的教育，被那些你知道你应该阅读的书吓倒了怎么办？

"通过你的无知了解你自己，"艾萨克·瓦茨（Isaac Watts）在他的自我教育论文《改善心智》（Improvement of the Mind）（最初发表于1741年）中建议他的读者，"因自己现有知识的低下和不完善而感到深刻的痛苦，并用这种痛苦的感觉来触发自己的内心"。这一令人欣喜的告诫不是谴责，而是一种保证：训练有素的头脑是应用的结果，而不是天赋英才。瓦茨向我们保证，深邃的思想者不是那些生来就具有"聪明的天才，敏捷的才智和优秀的品质"的人。对我们大多数人来说，这种说法是一种解脱。无论一个人的心智是多么无知和"卑微"，"勤于思考……对于读到的一切进行理性和判断的练习……将会带来良好的感觉，并让你的理解力得到最真实的提升"。

今天，亦如瓦茨所在的时代，许多聪明而有抱负的成人对需要进行严肃阅读的课程感到力不从心。他们挣扎着去完成那些与成人阅读和写作基本技能毫不相关的教育。但是，瓦茨的告诫依然正确：无论你接受的教育有多么不完善，你都可以学习如何智慧地阅读，思考你的阅读，跟朋友聊聊你的阅读发现。你完全可以自学成才。

观察，阅读，讨论，参加讲座，就是自学的全部法门了，而持续认真地阅读是这种自学过程的核心。就如艾萨克·瓦茨对我们谆谆教导的那样，阅读是自我提升最重要的方法。"观察"会使我们受到当下所处环境的约束;"讨论和参加讲座"倒是很有价值,但是会把我们囿于一些观点近似的人当中。只有阅读,能让我们超越时空的局限,参与到莫提默·J. 艾德勒(Mortimer Adler)[①]说的那种从古至今从未间断的思想的"伟大对话"当中。阅读使我们成为这种伟大对话的一部分,无论何时何地,我们都要追求它。

不过,持续认真的阅读的确是一项艰巨的任务——即便在电视机出现之前。已经有大量的文献在论述我们现代人已经逐步脱离文本阅读,而趋向基于图像的视觉文化。学校不再去教如何正确阅读和写作,电视、电影和现在的网络已经降低了拼写的重要性。我们正进入一个后文字时代。印刷文化注定失败。呜呼哀哉!

我不喜欢此类末日预言式的说法。流行的娱乐可能是有害的,但阅读不会更难也不会更轻松。托马斯·杰斐逊在1814年给约翰·亚当斯(John Adams)的信中抱怨说:"我们革命之后的年轻一代,生于胜过你我那时的安乐之世,他们全部所学都在娘胎里,然后把这些知识带到现成的世界。书本知识对于他们而言不再是必要的;所有的不是天生固有的知识,都被轻视了,至少是被忽视了。"杰斐逊对现代知识文化的抱怨,是悲叹于一种哲学的兴起,这种哲学赞赏自我表现胜于阅读。即便在电视出现之前,聚精会神的阅读也是一项困难且被忽视的活动。

事实上,阅读是一个专门的领域:就像是有规律地跑步,或是静坐冥想,或是参加声乐课程一样。任何一个正常成年人都有穿越自家后院的能力,但是这种能力不会让你误以为自己因此可以不经过严谨长期的训练就可以应付马拉松长跑。我们大部分人会唱《生日快乐歌》,或者在需要的时候唱出《荣耀颂》,但这并不意味着我们因此就可以到当地演艺中心去试演歌剧《阿依达》的主角。

不要因为我们能够毫无困难地阅读报纸,或者《时代周刊》,或者斯蒂芬·金(Stephen King)的小说,就想当然认为自己能够不用进一步学习,就可以直奔《荷马史诗》或者亨利·詹姆斯(Henry James)之庙堂。接着,一旦我们看得跌跌撞撞,渐感困惑或倦怠,我们又会把这作为自己心智能力不足的证据:我们从来无法阅读那些伟大的书籍。

[①] 莫提默·J. 艾德勒(1902—2001):著有《如何阅读一本书》,主编《西方世界的经典》并担任1974年第15版《大英百科全书》的编辑指导。

第一章
开启心智：你不曾拥有的古典教育

事实上，学习文学需要不同的技巧，而不是为了消遣而阅读。面对那些伟大的著作茫然无措，难以为继，并不能证明心智存在缺陷，只是缺乏准备而已。正如理查德·J. 福斯特（Richard J. Foster）在《纪律的庆祝》(*Celebration of Discipline*) 一书中宣称的："我们总是倾向于荒谬地认为，任何能识文断字的人也能够学习思想体系。"福斯特写道："要让人们明白，他们务必学会学习的方法，这是最主要的障碍。大多数人认为，他们知道怎么读单词，所以知道如何学习。"但是，事实恰恰相反：

> 研读（study）一本书是一件极为复杂的事，尤其对初学者而言。就像打网球或者打字，我们一开始学的时候感到好像有数不清的细节需要掌握，怀疑自己到底怎样才能一下子把每件事都记在脑子里。然而，一旦我们达到熟练水平，那些细节和要求就会成为机械记忆，我们就能专心致志地进行网球比赛或者录入材料。研读一本书也是如此。研读就是一门包含了错综复杂的细节的艺术，讲求精益求精。[6]

中学教育通常不会训练我们如何认真阅读，如何研读。他们的任务就是培养所谓十级阅读水平的学生，这一水平的流利程度可让读者轻松领会报纸新闻和斯蒂芬·金的作品。大学教育应该通过教授新生如何认真阅读来巩固这一基本素养，但许多大学老师并不比他们的高中生强多少。通常情况是，他们在毕业后对自己的不足耿耿于怀；成年后，再来认真阅读时，却发现阅读并没有变得简单。荷马仍然啰唆，柏拉图仍然不可逾越，斯托帕德仍然扑朔迷离。司空见惯的是，这些读者会放弃，并确信这些著作已经超越了他们的能力。

但这一切都离不开阅读艺术的训练。如果你在学校里没有学会如何正确阅读，你现在就可以开始学习。古典教育的方法可以让你掌握。

这个世界有各种提升自我的办法，那么，古典教育有什么特点？

16世纪的哲学家弗朗西斯·培根写道："有些书可浅尝辄止，有些书可囫囵吞枣，但有少量书则须细细咀嚼，慢慢消化。"培根的话经常被引据（比如"治疗比疾病更糟糕""知识就是力量"），他的意思是，并不是每本书都值得认真对待。但是，我们需要理解他总结的三个层次——浅尝辄止、囫囵吞枣、细嚼慢咽，这反映了他对古典教育的熟悉程度。在古典教育中，学习是一个三段式的过程。首先，品尝：获得基本的主题知识。其次，咀嚼吞咽：将知识转化为自己的理解，并对其进行评估。这样有效吗？这样正确吗？为什么？最后，消化：把这个主题融入你的理解中，让它改变你的思维方式，或者拒绝它，认为它对你没有价值。通过品尝、咀嚼吞咽和消化，发现事实，慎思之，最后形成你自己的观点。

与培根相似，古典学者将学习过程也分成三个阶段，俗称"三段论"（trivium）。教育的第一阶段称为"语法阶段"（the grammar stage，在这里"语法"意指各个学科的基本概念和基础知识）。在小学期间，孩子们只要求吸收信息，而无须评估这些信息的价值，仅仅去学习就好了。在此阶段，记忆和背诵是教育最基本的方法；学生被要求熟识知识的准确内容而不用分析它们。教育的第二阶段称为"逻辑阶段"或"辩证阶段"（the logic or dialectic stage），批判性思维发挥作用了。一旦了解了基本信息，学生就开始锻炼自己的分析能力；某个信息一旦被抛出来，学生们就可以拿它来锻炼自己的分析技能了；他们要确认这个信息正确与否，并就其因果关系、历史事件、科学现象、语词及其含义之间建立联系。而在中学教育的最后阶段"修辞阶段"（the rhetoric stage），对于他们已经知晓并有所评判的事实，学生学习表达自己的观点。因此，最后几年的教育重点是通过演讲和写作，清晰而优美地表达观点，这就是学习修辞学。[7]

受过古典教育的学生都知道，这种模式（掌握事实、分析事实、表达观点）适用于以后所有的学习。但是，如果你没有接受过这种古典教育，你可能意识不到这三个相互独立的步骤也适用于阅读。我们不可能一上来就进行阅读分析，必须在评论一本书之前先知道它的中心思想。然后通过追问一系列问题进行更深入的了解，比如：这些陈述是否准确？推论成立吗？之后，你可以提出最后一组问题：你对这些观点有什么看法？你同意吗？为什么？

而现在的学校教育往往直接略过前两步，直奔第三步。这就是为什么如此多的基础教材不停地问那些才六岁的孩子，他们对正在学习的内容有什么感受，而且是在他们还没有好好学习这些内容之前。这种走心理发展捷径的方式已成为很多成年人的习惯，他们在自己还没有研究明白某个话题之前，就开始大发议论了，就像收听任何电台广播那样。这种直接跳到修辞阶段的习惯可能会妨碍成年人学习该如何正确阅读。柏拉图、莎士比亚或者托马斯·哈代作品中的思想密度，会让那些想要轻易从中获得结论的人倍感受挫。为了处理好阅读过程，我们必须重新训练我们的心智：首先理解阅读的内容，然后评论，最后形成自己的观点来把握新的思想。

第一章
开启心智：你不曾拥有的古典教育

与那些没有被教养好的小孩一样，我们太急于直接去发表意见，而省略了中间的阅读理解和评论。一直主张在20世纪复兴古典教育的英国推理小说作家多萝西·L.塞耶斯（Dorothy L. Sayers），曾在牛津大学的一次演讲中痛陈古典"学习工具"的缺失：

> 今天的识字率比以往任何时候都要高，人们受广告和大众宣传的影响如此之大、程度如此之深，真是前所未闻，难以想象，你是否对此感到奇怪或不幸？……听到成年人之间，以及可能是负责任的人之间的辩论时，你是否曾为一般辩论者无法针对问题发言，或者无法面对和反驳对方发言者的论点而感到焦虑？……当你想到这里，想到我们大部分的公共事务都是通过辩论和委员会来解决的时候，你是否感到心中一沉？……我们今天教育的最大缺陷可以通过我提到的所有令人不安的症状来追溯。尽管我们经常成功地教给学生各种"科目"，但我们不得不悲哀地承认，在教会他们如何思考方面，我们失败了：他们学会了每一件事，却唯独没有学会学习的艺术。[8]

语法、逻辑、修辞能够在学习这门艺术中训练心智。但是，如果你从来没有学会如何能够快速有效地获取知识，如何评估论点的有效性，如何优雅、清晰地表达你的观点，那么，现在开始也不算太晚。你仍然可以学会如何理解、评价、辩论。就像中世纪的导师带着一个个有希望的学生一样，本书将引领你走过古典教育的每一个阶段，你将从对书籍的沉思中得到乐趣，而不是挫败。

如何开始？

在我们开始心智训练计划时，过去自学成才的人为我们提供了几个一般原则。艾萨克·瓦茨建议说："切忌让心灵同时追求太多事情，尤其是那些彼此没有关系的事情。这样很容易分散理解力，也阻碍你在任何一门学科的研究中达到完美的境界。"看来，我们应当慢下来，一次只钻研一个科目。从这本书开始，它将引领你掌握必要的阅读和分析技能。在你读完这本书之前，把这门学习作为你唯一的科目。一旦你掌握了通过理解（语法）、评价（逻辑）和表达观点（修辞）等步骤进行学习的方法，那就可以开始阅读第二部分的阅读清单。这些书单按主题组织，如果你按顺序阅读这些书，每次只限于某个领域作品的探究（小说、自传、历史等），你最终会发现，你前面的阅读将会为你后来的阅读建立一个框架，而你后面的阅读将强化和澄清前面的内容。

每次只专注于一份书单。在自学期间，要避免德国神学家弗雷德里希·施莱尔马赫（Friedrich Schleiermacher）[①]早年沉溺其中的那种阅读：阅读兴趣广泛，叹为观止，但是缺乏系统性，囫囵吞枣，就像多年后他反思的那样："就像创世之前，混沌一团。"

杰斐逊（他总是对每个话题都富有见解）建议他年轻的侄子要围绕年代顺序有系统地组织阅读。他告诫年轻的兰道尔夫："制订好你的（阅读）计划后，时间的顺序自然会成为你最充分的向导。"[9]换言之，根据成书年代的顺序去读书。19世纪的教育家莉迪亚·西格妮（Lydia Sigourney）赞同此论。在她的《致青年女子的信》（Letters to Young Ladies）中，她建议，阅读总应该伴随"年代表……把那些重要的历史时期（如某个帝国的覆灭）留存于我们的记忆中，而且，还可以进一步确认，在相同历史时期，其他国家都曾发生过什么，这是一个很好的做法。有了这些跨越历史时空的平行对比，就能够搜集到更丰富的知识，进而在我们头脑中对它们综合思考。"[10]我总结的书单是按照年代表排序的，就是因为这个原因。当你一开始着手的是某个主题的基础文集，然后在此基础上循序渐进地系统精读这些书，你就会更容易理解这个主题。

何时阅读？

莉迪亚·西格妮警告她那些"年轻的女士们"，系统的阅读对于女性"非常必要"，"因为过度沉湎于思考生活琐事，我们将面临丧失探寻智慧的渴求"。[11]就这点而言，男女平等。我们都要兼顾大量的工作、家务，要付账单，要做文字工作，要照顾孩子和家庭，以及一大堆琐碎的分散我们注意力的事情：吃饭购物，收发邮件，还有无时无刻不在的午夜电视节目的诱惑。想要坚持这份自我督促的阅读计划的努力，也经常在晚饭后孩子们已经上床睡觉，厨房也收拾好了之后消失殆尽，然后我们告诉自己：我都工作一整天了，我不过就是想在开动我的大脑之前给自己放空几分钟而已。然后，我们看一小时电视，登录电脑查收午饭后有没有新的邮件，瞄一眼两个最火的网站，弄一堆要洗的衣服，

[①] 弗雷德里希·施莱尔马赫（1768—1834）：德国哲学家、新教神学家。

再刷一下厨房洗碗池，三小时就过去了。

在避免对现代社会的颓废进行世界末日式的宣判的同时，我仍然想说，现代媒体与经久不衰的书之间，最大的区别在于：电视和互联网在设法渗入人们碎片化的时间，并且迅速地吞噬了这些"时间的缝隙"。我不敢说我已经沉浸于柏拉图，神游一个半小时后猛地发现自己原打算回复邮件的时间一下子都没了；不过，我倒是经常把时间花在阅读那些垃圾邮件，检查网络链接，甚至更糟糕的是，我还要在我的电脑上玩儿会儿蜘蛛纸牌游戏！（"不过就是个游戏而已，可以活跃大脑！"我就经常这样自我安慰。）

某种意义上，有关精神生活的高谈阔论应该让步于自我修养的切实计划。语法、写作、逻辑、分析和论证的掌握（所有这些我都将在以后的章节中提及）取决于一个简单的行为，即开辟一个它们可以存在的空间。自我教育的第一项任务不是阅读柏拉图，而是找到三十分钟时间，让你可以全身心地投入到思考中，而不是活动中去。

第一步：安排定期阅读与自学时间

自我教育的第一项任务很简单：订立一份自学时间表。

牢记如下原则：

一日之计在于晨，上午时光优于晚上。托马斯·杰斐逊在写给侄子托马斯·曼·兰道尔夫的信中说道："一天中，有几个时段是我们大脑思维最松弛的，尤其在晚餐之后，大脑只适合较轻松的任务。"尤其是深夜，不适合通过严肃的阅读获取灵感。通常，早餐前花上三十分钟读书的效果远胜于晚上投入两个小时。正如自学成才的本杰明·富兰克林（Benjamin Franklin）的名言，早睡早起是通往智慧的最有效的途径。（在健康和财富方面，尚无定论。）

跬步千里，循序渐进。大脑是一个器官，而心智思维训练和生理肌肉训练相似，要渐次引导，循序而行。绝不能在计划上太过于雄心勃勃，比如早上五点钟起床，花两个小时阅读。这样的话，你很可能最后无法坚持下来。一开始，每天早上花半小时阅读即可，在继续延长阅读时间之前，要培养自己在较短时间里全神贯注思考的习惯。即便以后你不再延长时间，那你也比自我修炼计划之前的阅读量要多得多。

不要一周七天都安排学习计划。如果每天都是学习，一点休息也没有的话，身体就该吃不消了。目标可以是每周有四天时间学习，这样就有可能养成自己的阅读习惯；同时周末可以"放假"，还有一个"机动的上午"，你可以赶写上一周的作业，或是等管道工上门服务，或是应付死翘翘的汽车电池以及家里患上胃肠型感冒的孩子。

别在阅读之前查看你的电子邮件。我曾以为这只是个人问题，直到我在《高等教育编年史》（*Chronicle of Higher Education*）、我们当地的报纸以及其他类似出版物中偶然看到了几篇关于电子邮件分散注意力的文章。电子邮件这种形式（是否简便？信息量是否庞大？是否在鼓励快速浏览，而不是深度阅读？）会让我们的思维从对阅读非常重要的沉思、放松的状态中抽离出来。一旦你看到自己感兴趣的新闻，马上就会被它分散注意力；要是某个家伙给你写了乌七八糟的东西，你还要在接下来的一段时间里盘算着如何反唇相讥，而不是把精力放在专心读书上。如果根本没人给你写什么，你又会感到失落，因为你一下子从网络空间消失了。

守护你的阅读时间。我们倾向于做那些有回报的事情，而即时满足似乎总是比长期目标的缓慢进展带来更多的回报。我们活在这样一个世界，它为那些看得见的成就喝彩；行动起来做些事，即便是打扫车库、清理邮箱、检查待办事项等，都总是会比思考带来更多的满足感。干净利索的车库，清空的电子邮箱，完成的清单，所有这一切都证明你是有生命力的，而阅读却没什么明确的产出。（说到底，你所做的不过就是在那坐上一个半小时，动动眼睛而已。）

自我教育计划会让你自己对"什么才是真正有价值的"进行清晰判断。当被迫在《汤姆叔叔的小屋》（*Uncle Tom's Cabin*）的某一章和某个更能带来即时快感的任务之间作出选择时，你将面对自己最深层次的价值观：你更看重什么？是即刻可见的成就？还是开始深入理解美国种族冲突？是一份立马完成的待办清单，还是点滴的智慧？

这并不是一个小问题。这个世界为看得见的成就喝彩，它在传递一个非常强烈的信息，告诉你为什么你是有价值的。当你选择思考，而不是行动，你就是在拒绝生产，而选择了反思；你在回击一个系统，它想把你作为一个人的价值定位在你生产商品的能力上。阅读，而不是工作，是一种微小而有意义的异议。

因此，要抵制那些以满足或责任之名侵蚀你阅读时间的事务。

现在，请开始第一步。在你的日程表或者计时器上，安排出每周四次阅读时间，每次半小时。下周开始，就按照这个时间阅读第二章并完成第二步任务。

注释

1. Thomas Jefferson, in a letter to Thomas Mann Randolph, Jr., in Paris, dated August 27, 1786. This letter is in the University of Virginia Library, where it is titled "Education of a Future Son-in-Law," and is archived online at http://etext.virginia.edu/toc/modeng/ public/Jef Lett.html.
2. Harold Bloom, *How to Read and Why* (New York: Scribner, 2000), p. 24.
3. Eliza W. R. Farrar, *The Young Lady's Friend, by a Lady* (Boston: American Stationer's Company, 1836), p. 4.
4. Mary Gilchrist's diary is quoted in Claudia Lynn Lady, "Five Tri-State Women During the Civil War: Day-to-Day Life," *West Virginia History*, vol. 43, no. 3 (Spring 1982): 189–226. Gilchrist's diary is excerpted on pp. 212–214.
5. "What's Done and Past," unpublished autobiography, William R. Perkins Library, Duke University.
6. Richard J. Foster, *Celebration of Discipline* (San Francisco: Harper, 1978), p. 67.
7. A proposal for K–12 education following this pattern is described in detail in Jessie Wise and Susan Wise Bauer, *The Well-Trained Mind: A Guide to Classical Education at Home*, 3rd ed. (New York: W. W. Norton, 2009).
8. Dorothy L. Sayers, "The Lost Tools of Learning," a speech presented at Oxford University in 1947, reprinted by *the National Review*, 215 Lexington Avenue, New York, NY 10016.
9. Jefferson, "Education of a Future Son-in-Law."
10. Lydia Sigourney, *Letters to Young Ladies*, 5th ed. (New York: Harper & Brothers, 1839), p. 138.
11. Ibid., p. 133.

第二章

与书相搏：阅读的艺术

> 雅各伯独自一人留在后面。有一人前来与他搏斗，一直到曙光破晓。
> ——《圣经·创世记》第 32 章第 25 节

未来主义者早已宣称：我们正处于后文字时代；对于交流而言，书籍已然过时；很快，现在主要以文字印刷为载体形式的信息都将被多媒体取代。

这一预言与严肃阅读关系不大。当你通过浏览新闻标题，在医生办公室读着《人物》杂志，或者为了修理家里的洗碗池而参看说明书以获取信息的时候，你已经远离了印刷阅读，而转向了其他媒介形式。但是，获取信息和阅读就像是理解一个想法和在生活中按照这个想法去如何行事一样，是两码事。

当你从网站或书籍中收集数据时，你使用的机械技能与你进行认真阅读时相同：目光掠过那一个个单词，文字则向你传情达意。但你的心智本身却是在用不同的方式工作。当你搜集信息时，你"知道"了。而当你阅读时，你在开启智慧，用莫提默·艾德勒的话说就是"被启发了"。艾德勒在他的《如何阅读一本书》中写道："知情，就是简单地知道某件事发生了。而被启发，就是除了知情之外，还要去理解，搞清楚这到底是怎么回事：为什么会发生，与其他的事实有什么关联，有什么类似的情况，同类的差异在哪里等等。"知情是收集事实，而启发则是领会一种观念（正义、慈善、人类自由），并用它来理解你所收集的事实。

当你看早间新闻的时候，你发现一起携带炸弹的自杀式袭击已经毁掉了加沙的集市。这就是信息——事件的汇编。无论你从哪里获知这些信息，是从在线新闻、印刷品，还是从美国CNN头条新闻的早间秀，都不会显著改变信息本身，尽管不同的报道会对你的体验多少有些影响。一段血淋淋的幸存者的视频，或者一个之前相关新闻报道的网络链接，可能会唤起你的情绪，或者让你把这起特别的爆炸事件和其他最近发生的事情联系起来。

但是，如果想从爆炸事件获得启示，你就务必进行严肃的阅读：历史学、神学、政治学、宣传学、编辑学等。仅从对新闻报道或者互动媒体的简略一瞥是不能了解到自杀式炸弹袭击者的想法的。你不要指望吃着吐司，看着图片和标题，就能搞清楚这些铤而走险的行动的原因。这些东西必须用精确而富有感染力的词语来表达，并组合成复杂而困难的句子。要想得到启迪，要想成为智者，你就必须和这些句子较劲儿。技术手段可以解决相当一部分前期的信息收集，但是对于增进智慧却收效甚微。信息像大海一样漫过我们，退潮时杳无痕迹。与真理相搏，就像《圣经》中雅各伯的故事所警示我们的那样：看似耗时，却致恒久。[1]

但是，我读得如此缓慢，要读完那些榜上有名的伟大著作得穷尽此生。别着急，没有学期计划，没有期末恐慌，也没有课程大考，阅读乃是终生之事。认为快速阅读才是好阅读的观念简直是20世纪的一种杂草，它是从计算机制造商耕种的石质农田中冒出来的。正如柯克帕特里克·塞尔（Kirkpatrick Sale）雄辩地指出的那样，每一种技术都有其内在的行为准则。蒸汽技术时代，规模大是一种美德。在计算机化的世界，快即是好，速度是最高的美德。[2] 当知识如潮水般涌来，需要被吸收的时候，渠道则需要更为通畅。

但是，对于知识的追求围绕着另一种伦理。严肃的读者并不试图尽快吸收海量的信息，而是去理解多面的、难以捉摸的思想。速度伦理不应该被移植到一个由截然不同的理想支配的事业中去。在严肃阅读领域中，欲速则不达。

速读技巧无论如何都不大可能给你太多助益。速读主要聚焦在两项基本技能上：适当的眼动（保持眼睛朝前看，学会大段快速浏览，而不是一行一行地看）和理解重要词汇（找到关键名词和动词，整个句子一带而过，自动填补句子所需的"空白"的单词）。作为所有速读类课程祖母级的伊琳·伍德阅读机构（Evelyn Wood Reading Dynamics）的教学总监，彼得·坎普（Peter Kump）为那些

潜在速读者提出了如下原则：

> 原则一：一篇文章抽象的词越多，越难以速读。
> 原则二：一篇文章包含的观念越少，越容易速读。
> 原则三：读者对文章相关主题的知识了解越多，越容易速读。³

亚里士多德对此有何言论呢？他在《尼各马可伦理学》中对人类不当行为的严重性进行了评级：

> 伤害有三种。
>
> 在不知情的情况下所做的是过失（mistake），这时行为过程、手段、结果、受影响的人都与行为者原来认为的不一样。例如，他本来没有想打人，或者没有想用那种武器打人，或者与那个人打，也没有想到结果会是那个样子（如他本来没想弄伤那个人，只是想刺他一下）。
>
> 当伤害的发生完全不在合理预期范围内时，它是一个意外事故（misadventure）。当伤害的发生虽然在合理预期范围内，但做出这个行为的人没有恶意时，它就是一个过失（也就是说，当行为责任起源于行为者自身时，他是出于过失而伤了人；当行为责任不是起源于他自身时，他是出于意外而伤了人）。
>
> 当行为人明知故犯，但行为没有预谋，就是伤害（injury）。这类行为出于愤怒，或者出于其他任何正常人都难以避免的冲动（unavoidable and natural feelings）。因为那些犯了这些伤害和错误的人是在做错事，他们的行为属于伤害；但是这不等于说他们是不公正的人或者是邪恶的人。因为，那个伤害并不是出于恶意。然而，如果伤害是出于故意的，伤害者就是不公正的和邪恶的。⁴
>
> （廖申白 译）

这一段话并不难理解（虽然它的确缺乏某种时髦的吸引力；好在这个特别的经典并不在你的阅读清单上）。亚里士多德正在界定我们今天可能称之为"品行不端"（misdemeanor）或"轻罪"（minor crime）的界限，并告诫读者他不是在讨论蓄意的邪恶或有目的的非法行为（wrongdoing）。也许你弄坏了邻居的鼻子。如果你并没有精心策划破门而入，或是埋伏着等他，那么有三种可能性。

第一种情况是你犯了一个错误：你轻微摇晃邻居，只是为了吓唬他，但是你错估了自己的力量，对他的撞击比你预想的要严重（这是一个错误，因为问题在你，你对自己的力量认识不足）。第二种情况是邻居的鼻子不幸被打破了：你本来打算轻轻打你的邻居，但他不幸绊倒了，撞上你正在挥舞的拳头。（唉！）现在鼻子破裂的真正原因是外部因素（邻居的跌撞）。第三种情况是你可能预谋一次伤害：你的邻居激怒了你，在盛怒之下，你拖拽着他，并打破了他的鼻子。一旦你冷静下来，你就会为自己感到羞愧，做出补偿，并发誓再也不做这样的事情。

这真是一个有趣的谜题：如果我们把它从男性荷尔蒙旺盛的打鼻子抽离出来，应用到学术领域，比如剽窃，那我们该如何评价那些故意抄袭的学生？无意之举？出于绝望？从更重要的方面来说，这也是很多西方法律规定各种罪行严重性的基础。我们对谋杀和误杀的区分取决于死亡是否可以被归类为过失、意外事故或伤害（在这种情况下，这可能是误杀），还是属于存在蓄意目的的非法行为。

这段文字你能够速读吗？

不能。彼得·坎普的原则在这里无济于事。这段文字至少包含四个相互独立的观点，姑且不说还有一大堆抽象的词汇（如合理预期、恶意、预谋、冲动、邪恶、错误）。除非你是律师，否则你不可能对这些伤害的分类了如指掌。

一般而言，虚构类作品比非虚构类作品容易速读。詹姆斯·帕特森（James Patterson）或珍妮特·伊凡诺维奇（Janet Evanovich）[①]说："即便如此，速读也仅限于阅读以故事为主要情节的虚构类作品，这时的速读效果才好，对于那些以人物为主体的小说则不行。"在《傲慢与偏见》中，简·奥斯丁是这样介绍两位男主角的：

> 彬格莱先生仪表堂堂，大有绅士风度，而且和颜悦色，没有拘泥做作的习气。他的姐妹也都是些优美的女性，态度落落大方。他的姐夫赫斯脱只不过像个普通绅士，不大引人注目，但是他的朋友达西却立刻引起全场的注意，因为他身材魁伟，眉清目秀，举止高贵，于是他进场不到五分钟，大家都纷纷传说他每年有一万磅收入。男宾们都称赞他的一表人才，女宾

[①] 詹姆斯·帕特森和珍妮特·伊凡诺维奇都是美国当代著名小说家。帕特森被誉为美国惊悚推理小说天王，伊凡诺维奇曾是《纽约时报》畅销书作者。

们都说他比彬格莱先生漂亮得多。人们差不多有半个晚上都带着爱慕的目光看着他。最后人们才发现他为人骄傲，看不起人，巴结不上他，因此对他起了厌恶的感觉，他那众望所归的极盛一时的场面才黯然失色。他既然摆起那么一副讨人嫌、惹人厌的面貌，那么，不管他在德比郡有多大的财产，也挽救不了他，况且和他的朋友比起来，他更没有什么大不了。[5]

（王科一 译）

奥斯丁的散文不像亚里士多德有那么多的抽象概念，但尽管如此，奥斯丁在这一段描写中引入了两个完全不同的观点：一个人的财富令其在旁观者眼中一表人才，以及举止风度（它本身是个独立的概念，因地而异）比金钱更重要。

面对纯信息时，速读技术是最为有用的，例如 2001 年《人物》杂志上的一篇文章，对女演员詹娜·埃尔弗曼（Jenna Elfman）在 29 岁时展现出来的青春气息感到惊讶：

> 年近三十，埃尔弗曼找到了她的舒适区。她上演的《达尔玛和格里格》（Dharma & Greg）是个热播剧。她和她 32 岁的丈夫博迪已经有 6 年的幸福婚姻生活。身高 5 英尺 10 英寸的埃尔弗曼喜欢在镜子中看到的一切。埃尔弗曼说："如果你对自己的婚姻和职业生涯感觉良好，那么你就会看起来很棒！"她也正是这么做的。"她欣赏她的生活，对于她自己是什么人相当自信。"她的化妆师安·马斯特森如是说……为了保持身体的协调性，埃尔弗曼在自己家里每周上三次芭蕾舞课，修习瑜伽，每天喝大约 100 盎司的水，睡眠充足，餐饮尽量无糖。即便她担心年华老去，她也不会表现出来。导演彼得·切斯霍尔姆说："我认为这对于她不算什么事儿。她的生命，一直有一颗了不起的童心。"[6]

最后一行多少算是表达了观点，除此之外，这段文字都是具体的名词和动词（以及一些量词）。你的确没有必要从头到尾通读每一个字，而且，如果你能瞥过这段文字并识别出关键词——30 岁、舒适区、达尔玛和格里格、热播剧、丈夫、幸福的婚姻、镜子、身体调节——你就能抓住这段文字的重点，而不用为少数词汇所困扰。

但是，根据亚里士多德和奥斯丁的意思，少数词汇也是至关重要的。譬如，

"这不等于说他们是不公正的人或者是邪恶的人。因为,那个伤害并不是出于恶意。"如果这句话没有"这"和"出于",这句话就遗失了它的精确含义。

速读专家们提供的三种领悟或许对你有些用处:

第一,一般的读者不仅是把目光从一页纸的左边扫到右边,还能返回他已经看过的部分,然后再折回到他应该继续看的地方。有时,这是理解力很重要的一部分。在阅读亚里士多德《伦理学》那段文字的时候,你可能会发现自己在看到"意外事故"的时候,会返回头看看"过失"的定义,以便了解二者的差异。但是,这种强迫回顾行为,经常会发展成一个坏习惯,降低了阅读速度,而这毫无必要。把你的手指放在书页上,边读边移动,这将帮助你觉察到是否已经形成了这种习惯。首先拿简单的散文来试一下,看看你的眼神是否试图往回跳读,然后又回到了你手指按住的那个位置。

第二,阅读一篇有难度的文章时,你可能会发现,在静下心来从头读到尾之前,先对整段大略看一遍,找到关键的名词、行为动词和大写字母,会很有帮助。用这种方式扫视一段文字的时候,试着采用"Z形"模式往下扫过这一页。对于亚里士多德《伦理学》那段文字的扫视可能会给你提供一些词汇——"过失""意外事故""伤害"(这些在企鹅版里的开头字母都是大写的),还有些词汇——"不知情""恶意""预谋""冲动"也可能跃入你的视野。于是在阅读之前,你了解到亚里士多德将辨识三种错误,人类意识也与这种分类相关,那么接下来,你的"慢读"实际上可能更有效。

第三,彼得·坎普的第三条原则("读者对文章相关主题的知识了解越多,越容易速读")应该给你鼓舞士气:严肃的阅读是先难后易。本书开列的书单是按照年代顺序和主题进行编排的,因此,你无论选读的是历史还是诗歌,都需要从与该主题相关的最早文献开始。这些可能是最困难的,因为你不熟悉这个领域的惯例,不熟悉它特有的词汇和论证结构,以及它认为理所当然的一些信息。但是,当你继续阅读同一领域的书籍时,你将会一次次地发现同样的论点、同样的词汇、同样的纠结。每一次,你都会更快、更有把握地瞥过它们。你的阅读速度会更快,记忆力也会更强——不是因为一种机械的技巧,而是因为你正在训练并开启你的心智。

第二步：阅读技巧练习

如果你在现实阅读方面存在困难，你可能在开始应对《伊利亚特》(*Iliad*)之前需要做一些补救性的技能练习。做一下这个诊断性测验：看一眼你手表的时间，然后用你正常的速度阅读下面这篇文章。

> 我们在奇特的地方第一次读到的书，无论是读了，还是把它又放在了一边，它总是能保持一种魅力。因此，哈兹利特（Hazlitt）始终记得，正是在1798年4月10日，他"坐在兰戈伦旅馆，喝着一瓶雪莉酒，吃着冷餐鸡肉，读了一卷卢梭的《新爱洛伊丝》(*New Eloise*)"的情景。同样，我记得大学时朗费罗教授如何向我们推荐，为了形成良好的法国风格，去读读巴尔扎克的《驴皮记》(*La Peau de Chagrin*)。然而，直到十几年之后，在一次演讲的途中，我才在一家乡村旅馆发现了它，坐了半宿才读完。另一方面，这种与书的偶然相遇，有时可能发生在无可奈何的不利的条件下，就像在我第一次乘坐亚速驳船（Azorian barque）出海的时候第一次遇到惠特曼的《草叶集》(*Leaves of Grass*)一样，直到今天，就算在陆地上读它，仍能感受到这种轻微的恶心。[7]

再看看你的手表。你读这段话用了多长时间？
数一数这段文字里不熟悉的单词。你找到了多少个？
如果你不知道什么是 barque，你能从上下文中找出它吗？
希金森（Higginson）的观点是什么？

如果你只花了一分钟甚至更少的时间读完这篇文章，那么你已经能够用恰当的速度阅读严肃的散文了。如果这段文字里你不熟悉的词汇不超过10个，你的词汇水平已经相当于所谓的"十级文字水平"，这意味着你在技术上能够阅读任何写给聪明的外行人看的作品了。如果你能猜到驳船（barque）也是一种船，你就能从上下文提供的线索中理解那些不熟悉的词汇的意思。而如果你能弄清楚（尽管不熟悉某些专有名词）希金森认为你第一次读一本书的条件很可能会影响你此后对这本书的记忆方式，你就知道如何把握一段话的主旨了。

如果你花了超过一分钟的时间来阅读这段简短的文字,并有10个以上不熟悉的单词,那么,你确实应该好好地复习一下实际的机械阅读技巧(见下文)。否则,你不需要进行任何补习工作。

你是用了一分钟以上的时间来读这段诊断性文字吗?可悲的是,阅读速度极慢的读者可能正是那些早期教育的受害者。如果你从前被教导只凭识记单词去阅读,那么,你更多地通过"看"来学习单词而不是通过把单词"念出声来",或是通过字母或字母组合来学习,这样的话,你就只认识每一个单词的"形"。[8]尽管许多读者可以相当迅速地做到这一点,但是另一部分读者却做不到。既然"视力阅读"依赖于在你能够可靠地认出并记住一个单词之前,就要反复去识记这个单词,那么"视力读者"在进行复杂阅读时就可能面临更多的困难:当阅读中包含了大量你所不熟悉的单词,而你恰好读得缓慢,拼读也很糟糕,你就很可能凭借词汇的外形揣测它们的词义,而不是真正地识别和理解它们。你无法拼写,因为你对每个单词里的字母毫无印象(你反而是在通过单词的外形来猜测它们的词义)。如果有这种情况,你可以通过学习补救性的拼读法文本,如《拼读法一本通》(*Phonics Pathways*),来提高阅读速度,这些教材将重新训练你从左至右阅读单词,通过大声朗读对其进行解码,让你更快速地识别不熟悉的单词,还可能会改善拼写。利用每天预定的阅读时间的前15分钟进行这些语音技能练习,直到把这本书读完。

你觉得这段文字里的词汇量大吗?词汇构建课将增加你的词汇存储,并提高你的阅读速度,面对不熟悉的单词,因为你不用再经常停顿进行拼写。《英语必备3000词》(*Wordly Wise 3000*)由教育者出版服务社(Educators Publishing Service)出版,涵盖了三千多个高频单词,这些被精选来的词汇将把你的词汇量提高到十二级。每节课包含十五个单词和帮助上下文理解的使用练习。该系列丛书从小学开始,直至高中。大多数成人读者可能应该从第六册开始,如果你觉得自己确实没有准备好,也可以从第五册开始。第五册和第六册之间的困难有所转变,第六册的类比变得更加有难度,阅读练习变得更加复杂。

《经典词根系列学词汇》(*The Vocabulary from Classical Roots series*),也由教育者出版服务社出版,是《英语必备3000词》的姊妹篇。事实上,许多读者(不只是那些要补习功课的读者)可能会发现该系列丛书对于我们阅读经典文献可以提供很好的帮助。每节课都包括几个希腊或拉丁词根,使用这些词根的常用词、非常用词列表,并进行相关练习。系列中的五本书(A、B、C、D

和 E）都处于同一难度级别，从最熟悉的词根逐渐到那些不太常用的词根。例如，在 A 册中，你会看到 duo，这个拉丁语词根的意思是"两"（two），相关词汇有 duplicity 和 duplicate；在 E 册中，你会见到 umbra，这个拉丁语词根的意思为"遮蔽，阴影"（shade, shadow），相关词汇有 umbrage 和 adumbrate。

和语音补习练习一样，每天在你计划的阅读时间的前 15 分钟来学习这些词汇技能。

想提高你的阅读速度吗？阅读第三章的第一部分，练习将手指从左向右移动，然后感受你的眼睛是否会从你的手指向后跳，即使你已经理解了你刚读过的东西。如果是这样，你应该花几个星期用你的手指来阅读，以便重新训练你的眼睛向前看。请记住，回头查看内容没问题，但不要习惯性地往回瞟。

推荐资源

Dolores G. Hiskes, *Phonics Pathways: Clear Steps to Easy Reading and Perfect Spelling*, 10th ed. (Jossey-Bass, 2011).

Kenneth Hodkinson, Sandra Adams, and Cheryl Dressler, *Wordly Wise 3000: Systematic Academic Vocabulary Development*, 3rd ed. (Educators Publishing Service, 2012). Books 5, 6, 7, 8, 9, 10, 11, 12.

Norma Fifer, Nancy Flowers, and Lee Mountain, *Vocabulary from Classical Roots*, 3rd ed. (Educators Publishing Service, 1998). Books A, B, C, D, and E.

注释

1. 《创世记》第 32 章：雅各伯在黑暗和恐惧中，在雅博河的河岸上游荡，他想到第二天早上会遇见与他疏远的哥哥以扫（还有以扫全副武装的追随者），就在那里遇见一个人，和他摔跤，直到天亮。天起亮的时候，那人摸了摸雅各伯的大腿，就把他丢在外边，使他瘸腿。虽然这个神秘的陌生人从未被明确地认出来，但他给雅各伯起了一个新名字——以色列——就像上帝在早些时候给亚伯拉罕起的名字一样；雅各伯自己说：我面对面见了神，我的性命仍得保全。（与所有伟大的文学作品一样，最好是阅读原著，而不是依赖我的总结。）

2. Kirkpatrick Sale, *Rebels Against the Future: The Luddites and Their War on the Industrial Revolution: Lessons for the Computer Age* (New York: Perseus, 1996).

3. Peter Kump, *Break-Through Rapid Reading* (Paramus, N.J.: Prentice Hall Press, 1998), pp.

212–213.
4. Aristotle, *Ethics*, trans. J. A. K. Thomson, rev. Hugh Tredennick (New York: Penguin, 1976), pp. 192–193.
5. Jane Austen, *Pride and Prejudice*, chapter 4.
6. Susan Horsburgh, Sonja Steptoe, and Julie Dam, "Staying Sexy at 30, 40, 50, 60," *People*, vol. 56, no. 6 (August 6, 2001): 61.
7. Thomas Wentworth Higginson, "Books Unread," *Atlantic Monthly*, March 1904.
8. 我不想在这里重提拼读（phonics）和整体语言（whole-language）的辩论。简单地说：最好的阅读计划结合了拼读"解码"技能（在阅读的第一步，教孩子字母和字母组合的发音）和大量的阅读和口语练习（"整体语言"技巧）。

第三章

笔耕不辍：把新想法诉诸笔端

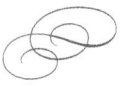

> 每天一次……记录下那些你获得的新想法、新命题或真理，对已知的真理有什么进一步的确认，以及任何知识方面取得了什么进步。
>
> ——艾萨克·瓦茨，《改善心智》

多年以来，我养成了在睡前阅读阿加莎·克里斯蒂（Agatha Christie）作品的习惯，尽管她的散文并不那么朗朗上口，尽管我熟知每一个故事的谜底和结局，但我依然能够日复一日地读这些书，因为我只用一半精力在看书，同时用另一半的精力回想当天发生的种种事情，又逐一清空。我从这些书里获得的收益并不多，但可以肯定的是，它们让我睡得很香。

在我转向阅读严肃文学作品时，我也仍然用这种半专注的方式。我经常在阅读时走神，思绪会时不时地飘到门口、窗边，游离到没完没了的工作中，或者飘到那些无休止的生活琐事中，但并非只有我一人这样。我们的生活是充实的，我们的思想也是如此。就像大卫·丹比（David Denby）在他《伟大的书》（Great Books）中抱怨的那样，我们也一样：

> 我再也无法长久地沉浸在小说中……我读读停停，读读停停，就像一列火车，因为轨道上的障碍、恶劣天气或是电力故障而不得不迫停。人们

都抱怨说，在电视、电影、电子游戏和说唱音乐里成长的一代年轻人，完全没有耐心看冗长、复杂的书面叙述。可我小时候并没有那么多电视可看，人到中年时也同样失去了耐心……我的生活较之过去变得复杂很多，我娶了一位聪明又强大的太太，有了两个活泼的孩子和几份工作，要考虑的东西远比18岁的时候多很多，生活变得更加纷繁芜杂。

当我们坐下来，面对柏拉图、莎士比亚或康拉德时，"简单阅读"（simply reading）显然是不够的。我们必须全神贯注地阅读，这样才能抓住那些刚刚看过的思想骨架。艾萨克·瓦茨告诉我们，不能只是泛泛而读，而需用"沉思和研修"，即一种"感受他人的观念和情感，然后使之与我们融为一体"的方式。

如何做到呢？通过日志记录阅读时产生的想法，再通过自己的语言总结那些想法，将它们变成我们自己的东西，这样便会印象深刻。

对于前几代人而言，日志并非像现在这样，它是一种记录和表达私人情感的主要工具。现在使用"日志"（journal）一词往往意味着你正在创造一个主观的、专注于内心想法和感受的合集。例如，《个人日志》（*Personal Journaling*）杂志样刊中提供了一些想法和练习：

旅行日志：你觉得哪些传统习俗是你喜欢的？哪些又会让你感到不舒服？为什么？

梦想日志：这个梦告诉我对待自己的方式是什么？

创作型日志：专注于特定主题，写下你能想到的一切，不要停下来。

身心日志：智慧老师就在你的内心，通过写作，你可以开始"更清楚地"听到她。

《个人日志》也能告诉你如何使用新闻纸、干绒布和搅拌机制作装饰性手工纸，如果你希望你的日志既是一本日记，又是一件艺术品的话。

但是，自学日志的重点更多的是向外延展。它模仿了20世纪的"摘录本"，那种活页或装订成册的空白本子，读者可以将自己想记住的名言和片段摘录下来。

摘录本最简单的形式就是手工制作的《巴特利特熟悉的名言》（*Bartlett's*

Familiar Quotations）[①]，是作家的辅助记忆工具。许多摘录本除了记录引文之外什么都没有，它们可能对作者选择记录什么有指导意义。杰斐逊大学时代的摘录本便包含了其他人的名言，譬如欧里庇得斯的感慨："唉，凡人中没有人是自由的；或为财富所役，或为命运所驱，要么是民众或法律上的技术问题迫使他采取有违信仰的做法。"正如吉尔伯特·奇纳德（Gilbert Chinard）对杰斐逊的私人收藏所作的评论，摘录本在某种程度上揭示了"对经典的学习是……那些构筑了美国体制的人的道德基础的重要组成部分"。[1] 但是，这些传统的摘录本在收集的引文中没有思考与沉淀，只是将欧里庇得斯或柏拉图的论述抄到书页上，作者的思想线索却杳无踪迹，个性风格也全然不见。

不过，摘录本偶尔也有个性化的呈现。作者将它们随身携带，并在零星时刻随时在书中做记录。这些摘录本收集了思考、原创诗文和其他方面的创作灵感、阅读摘要，以及一些一字不差的严谨摘录。它们成了具有个人色彩的记忆。

用于自我教育的日志应该在摘录本形式的基础上进行一定的扩展。它既不是一个简单的事实记录册，也不是完全向内的内心和灵魂深处的探求和解释。相反，这种日志应该伴随整个阅读过程，读者可以记录收获的外部信息（通过引述名言，就像在摘录本中那样），用自己的话对观点进行总结和归纳，然后通过反思和个人思考进行评价。在阅读的时候，应该遵循以下三个过程：遇到特定的短语、句子和段落时，把它们随手记下来；读完后，对学到的东西进行简要的总结概括；最后，表达你的感受，提出问题和看法。

通过这种方式，日志将客观和主观学习结合起来，这也是布朗森·奥尔科特（Bronson Alcott）在他1834年日志记中描述的理想状态：

> 教育是思想从灵魂中被打开的过程，与外在的事物相关联……然后再反思到自身，从而意识到自己的现实和状态。这是自我实现。……凡是想了解自己的人，应该不断地在外在事物中寻找自己，这是一种最好的方式，由此，他将找到并探索自己内心深处的光。[2]

经典自我教育的目标是：不仅仅把事实"塞"到你的头脑中，而且要理解

[①] 1855年，来自马萨诸塞州的书商约翰·巴特利特自编了这本散文和诗歌引用集，现已成为全面、权威和流行的引语圣经。

它们；将它们整合到你的内心，反思它们对内在生活的意义。那些"外在的东西"——无论是柏拉图哲学、奥斯汀女主角的行为，或者是政治传记，都能让我们更加意识到自己的"现实和状态"。这不是单纯的积累，而是自我教育的目标。日志就是"这种学习"发生的地方。

理解信息的第一步是准确掌握所讲的内容，掌握信息最古老、最可靠的方法就是用自己的语言去表达。了解你所阅读的内容，并总结概括出来。

莉迪娅·西格妮也经常这样建议她的年轻女性读者：

> 在每周结束时，以书面形式简述你认为最有价值的主题……把它们工整地写在你的阅读笔记中，但不要用作者的语言……让它们成为浓缩的知识宝库、思想精华……为了加强记忆，最好的方法不是一页接一页地逐字记录（好像我们大多数人都会这样！），而是用你自己的语言准确而清晰地表达作者的内容。[3]

阅读日志首先应包含所读内容的"实质"。这些总结常常为进一步的思考提供了一个跳板。E. M. 福斯特（E. M. Forster）的摘录本就是这样一本自学阅读笔记。在福斯特去世后，出版其阅读笔记的编辑菲利普·加德纳（Philip Gardner）这样写道："本书远不止词典所定义的'引文、诗句和评论'的集锦，它提供了福斯特后半生生活的侧影——犀利、滑稽，而且经常非常动人。"福斯特记录了自己的阅读片段：

> 清晨向人高声降福，就等于向他人诅咒。
> ——《圣经·箴言》第 27 章第 14 节
>
> 人心不同，犹如其面。
> ——《圣经·箴言》第 27 章第 19 节
>
> 一切都过去了，请接受我的无底爱。
> ——《莎士比亚十四行诗》第 110 首，蒂惠特（Tyrwhitt）修订版[4]

他评价他的阅读，记录他的批评：

海达·加布勒①失败了，因为没有改变任何重要的事物……然而，易卜生可能和我一样知道这一点，希望把他的女主人公塑造得彻底的无足轻重。他当然希望把她表现得懦弱、不安和软弱。[5]

福斯特的摘录本有其独特个人色彩的记载，在1947年，他突然记下了这段话：

研究员大楼后面的傍晚的天空。一团云……斑驳的粉色和金色，黯淡微弱，用斑驳这个词都太强烈了。这种令人震撼的美丽，我无法用逻辑性的语言来描绘。[6]

1953年，他从牙科医生那里归来时写道：

作家应该写作，我拿起笔，希望它能让我精神放松……现在是2月26日6:45……托尼·海因德曼来了……我对他不是很友好，我不想被打扰，也不热心……现在是7:30。作家不能写得更快一些吗？我一直在"思考"。[7]

这些与《个人日志》中的"创作型日志"非常接近。通常情况下，读者会驻留在某些短语或想法上，就像福斯特在阅读中遇到的。例如，他在读到托马斯·格雷（Thomas Gray）的某行文字时陷入了沉思：

当托马斯·格雷写道："我知道，当一个人习惯用眼睛去观察、用心灵去体会，一旦失去了眼睛和心灵，这对他意味着什么。"我意识到了一种似曾相识的感觉。懒惰和忠诚是有联系的。[8]

福斯特对他阅读总结和评价的方法，恰恰体现了传统日志的目的。1942年，福斯特刚读完托马斯·霍奇金（Thomas Hodgkin）的《意大利和她的入侵者：

---

① 挪威作家易卜生同名话剧中人物。

376—476 年》(*Italy and Her Invaders 376-476*)，他的日记部分内容如下：

> **为什么罗马沦陷？……**
> 次要原因是：
> 1. **君士坦丁堡的建立**，由于对波斯的恐惧：从来没有意识到来自北方的危险。"她的生命力扩散到几个神经中枢，像迦太基（Carthage）、安条克（Antioch）、亚历山大里亚（Alexandria），但最终君士坦丁堡摧毁了她。古老的大树轰然倒塌。"
> 2. **基督教**——尽管是圣·奥古斯丁的观点。因为它反对将皇帝神化、将国家奉为神圣……[9]

他对阅读摘要进行了总结，然后补充了自己的想法：

> 在这次短途旅行中，我最初的念头是发现相似之处，后来我对过去产生了兴趣，现在这种兴趣逐渐减弱了，我恐怕很难完成这个分析，在这方面的无知和无能压得我喘不过气来……[10]

这是西格妮推荐的总结模式。在这里，福斯特用他自己的话重述了阅读要点，并逐字引用霍奇金的概述提要，然后把霍奇金的每一个观点与当下的困境联系起来，然后再加上自己对大帝国崩溃的情感反应的感慨。

多玛斯·牟敦（Thomas Merton）的笔记也遵循着类似的方法。在《亚洲之行》(*The Asian Journal*)中，我们发现，在他生命晚期保存的笔记本中，有长达三页篇幅的记录，里面引用了穆谛（T. R. V. Murti）在《佛教中观哲学》(*The Central Philosophy of Buddhism*)中的一句话"反思意识必然是虚假的意识"；还有一份关于早晨散步的记录（"我在天文台山的柳杉树下散步，唱着赞美诗，歌声从谷底嘹亮、清晰地传来。在能够俯瞰山谷的山洞里，一个男人正在做激烈运动。……沐浴在阳光里"），以及牟敦自己对阅读的总结，结合直接引用（"康兹评论说，东西方之间的交流迄今为止对哲学没有多大帮助。'到目前为止，欧洲，尤其是英国的哲学家，变得比以往任何时候都更迂腐狭隘'"）。[11]

经典自我教育需要你理解书中的观点，评论它，并与它互动交流。在日志里，你可以记下阅读概要；这是帮助你理解所读内容及其思想的工具。掌握事实,是经典教育的第一步。

第三步:练习记笔记和写概要

瓦茨写道:"如果我们想把自己的所见所闻定格在记忆中,或打算去演讲,那就需要把这些见闻摘录成简短的概要,并经常回顾它们。"自学的下一步,请跟着本书实践这一技能。

1. 准备笔记本。活页笔记本、空白簿记本,或者其他什么类型的日志本子。

2. 继续保持每周四次的阅读计划。用这些时间去读第四章,随手做笔记,写简短的概要,并遵守下列指导建议:

(1) 在笔记本的第一页写上这章的标题。一气呵成通读整章,别停顿。如果有特别的观点、短语或句子打动了你,可以粗略记下来,然后接着读。

(2) 第四章分为三个部分。试着用自己的话概括每一部分的内容。问自己:在这一部分,作者最重要的观点是什么?如果我只能记住这一部分的一件事,那会是什么呢?现在,关于这个重要点,作者还有没有其他的什么表达我还能记得住呢?把每一部分的总结写成一段单独的概要,并在两边留出非常宽的空白(大概两三英寸)。

(3) 等你把整章内容都做完后,再回顾之前记录下的那些概要。这时可以在每页的那些空白处写下对这些概要的感受(使用不同颜色的笔也会很有帮助)。

注释

1. Gilbert Chinard, introduction to *The Literary Bible of Thomas Jefferson: His Commonplace Book of Philosophers* (Baltimore: Johns Hopkins University Press, 1928), p. 4.
2. Amos Bronson Alcott, The Journals of Bronson Alcott, ed. Odell Shepard (Boston: Little, Brown and Co., 1938), p. 43.
3. Sigourney, *Letters to Young Ladies*, pp. 54–55, 145.
4. E. M. Forster, *Commonplace Book*, ed. Philip Gardner (Stanford, Calif.: Stanford University Press, 1985), p. 139.
5. Ibid., p. 36.
6. Ibid., p. 174.
7. Ibid., p. 192.
8. Ibid., pp. 179–180.
9. Ibid., p. 139.
10. Ibid., p. 141.
11. Thomas Merton, *The Asian Journal of Thomas Merton*, ed. Naomi Burton, Brother Patrick Hart, and James Laughlin (New York: New Directions, 1973), pp. 139–141.

第四章

开始阅读：最后的准备

> 如果你幸运，你会碰到某个老师，他可以帮助你，然而最终你是孤独的，独自继续前行，而没有更多可以依靠。
>
> ——哈罗德·布鲁姆《如何读，为什么读》

最终，一本书能为你做的事并不多：你必须开始阅读。

一本书（比如这本书）能做的，就是手把手教你开始学会阅读。更重要的是，一本教你如何阅读的书可以向你保证，如果你对阅读感到困难，那不一定反映了你的心智能力，因为严肃阅读的确是件苦差事。

这一点足可慰藉。如果说成功的阅读是一个先天智力问题，那么，这意味着你在提升自我方面将难有作为。但是，一项仅仅有一些困难的任务可以被拆分成一个个可控的小步骤，并通过勤奋努力来掌握。阅读伟大的著作便是这样。

开始的一步很简单：与其决定对付所有那些伟大的书籍，不如从第二部分的阅读清单中挑一本开始。阅读时，按照"三段论"模式进行。首先，尝试了解这本书的基本结构和论点；接下来，评估这本书的分析、陈述和论断；最后，对这本书的思想形成你自己的看法。

对于每种书，都必须"因书而异"地运用这三种阅读技能——理解、分析和评价。如果你想评论历史类书籍，必须扪心自问，历史学家的结论是否得到他（或她）提供的历史事实的支持，是否有足够的信息，以及这些信息是否可信。如果你想评判一部小说，则应该看它是否让你沉浸在故事当中，你是否猜得中开头却猜不中结尾？小说表现的人物性格，是否有说得通的动机、野心和困顿？这些动机、野心和困顿又是否会引发小说情节展现的危机和处境？而要评估一本科学著作，你应该问：作者想要解释什么现象？他是如何观察这些现象的？用自己的眼睛，还是通过数学计算，或是从现有事物中进行推论？他的解释是否充分？如果不是，它有哪些不足？

这三套批评标准植根于同一个常规冲动：弄清楚这部作品是否是准确（accurate）的，它是正确（right）的吗？或者，用莫提默·艾德勒更有内涵的词，它是真实（true）的吗？但在实践中，三者大不相同，正如评鉴文艺复兴时期的肖像画、20世纪的风景画和21世纪的装置作品时，评价标准是大相径庭的。

因此，建议你遵循以下阅读原则，这些原则在随后的各章里会详细介绍。

1. 初次精读一本书时，无须掌握作者的每一个观点。如果对哪一部分感到困惑，或者不确定作者使用的某个特定术语的含义，那就先把这一部分搁置，接着往下看。后面总有机会重看那些令你困惑的部分。读一本"难读之书"的诀窍其实很简单：去读就好，不需要在第一次读时就全部搞懂。

阅读小说时，你可能会被一大堆不熟悉的名字搞得云山雾罩，这时，如果你先坚持下去（而不觉得你必须马上停下来把所有的事情都理清楚），你会发现在第三或第四章时，你已经认识了中心人物，几乎是在不知不觉中认识的，那些不重要的人物已经淡出了舞台。在严肃的非虚构类作品中，伴随着章节的展开，你会逐渐对作者的惯用术语和表达熟悉起来，对作者在说什么，会开始有一个广泛的、模糊的，甚至不太能说清楚的想法。你不用停下来查找那些不熟悉的单词，除非必须要这样做。不要太在意那些严谨编辑的脚注，有时一个小小的斜体数字，就会把你弄晕。不要为那些细微的差别大伤脑筋。你完全可以通过大致了解一本书的开始、中间和结尾，来获得宏观的图景和概览。莫提默·艾德勒在他的名著《如何阅读一本书》中提道："就算你不重读，对一本难度很高的书了解了一半，也比什么都不了解来得要好些——如果你让自己在一碰上困难的地方就停住，最后就可能对这本书真的一无所知了。"事实上，在你知道那些难懂的段落如何融入作者的整体思路之前，是不可能完全理解它们的。

因此，阅读的第一阶段应该是很自由的，只是去读而已，一直读下去。

初读就像是你和一本书初次碰面时友好的握手：你的目标就是进行粗浅的了解，这种了解会随着你的反复阅读、分析和评价而逐渐深入，如果有不理解的内容，也不要轻易停下；可以在书页空白处标记一个问号，然后接着读。你可能会欣然地发现，当你把这本书读到一半或者行将读完时，那些原本让你感到困惑的部分，便豁然开朗了。

2. 你可以在书上画线，在空白处随手做些记录，然后折上书页以方便查找。公共教育是美丽的梦想，但公共课堂却总是教导学生不要在书上做记号、写字、勾画，总而言之，不要把书弄得像是永久归你所有。但现在你已经是成年人了，完全可以自己买书。在我看来，一本记满了你阅读时的困惑、想法和思考的平装书，其价值远远高于精美的收藏版许多倍。

在阅读的过程中，可以把那些你感到困惑的地方折起来，接着读，也可以在空白处写下疑惑，然后继续，这样一来，即使是初次读某本书，也会变得顺畅很多。如果是从图书馆借阅的书，则可以把你遇到的问题和困惑写在便签上，再粘贴到可能会回头再读的地方。当然，这些小纸片很容易掉，而且会使品相不错的书都看起来像纸质的刺猬。不过，这样做虽然会让你的书变得面目全非，却会使阅读变得更加高效。

电子阅读器是近乎完美的，但是要适应系统注释和标记工具。如果你并不习惯这些功能，那还是回到原始的纸质时代，用一根圆珠笔更为靠谱。

3. 当你初次读一本书时，可以先看一下扉页、封底上的版权信息和目录内容。这样在开始阅读之前，你会对全书有个基本的"画面感"。不要自动地从阅读序言开始。对于非小说类书籍，序言通常会把这本书预设在某种背景当中，概括其论点，或者告诉你为什么这本书如此重要。这些信息在你开始阅读之前确实有必要了解，但是，它也可以在你读这本书之前就给你一个自圆其说的解释——这是需要避免的。里乌（E. V. Rieu）在他翻译的《伊利亚特》序言中就对该书内容予以总结，告诉你荷马对延迟行动的使用，并简要向读者解释了如何理解荷马的明喻和绰号。这对阅读《伊利亚特》的助益更大，而不是更少。但是，安妮塔·布鲁克纳（Anita Brookner）对伊迪丝·华顿（Edith Wharton）的《欢乐之家》（*The House of Mirth*）的介绍中，则对女主角的角色和动机有非常细致的描述，这些本应该是由你做的事，而不是先由专家代劳，当然这篇介绍本身确实很棒。

通常，只有作者（或译者）亲自写的序言，你才应该阅读。由他人代笔的序言或者导读，可以先略过，改为直接从书的第一章开始读；如果你没有什么不懂的或疑惑的地方，只管接着看，在读完整本书内容之前，序言都可以先暂且略过。如果在阅读第一章时，你就有些迷惑不解，那么你可以回头阅读序言后再继续。

4. 初读一本书时不用做太多笔记。这时的笔记很容易因关注细节而陷入琐碎。通常，你所记下的那些在"当时"看起来很重要的心得，随后却会被证明为无关紧要，而且做笔记的过程也会影响你的阅读速度。取而代之的是，在每章的结尾处记下一到两句话。写些什么呢？本章的内容概要、主要论断，或者最重要的事件。但是请记住：这只是一个宽泛的概要，而不是具体的详述。你勾勒的只是一个轮廓，而非细致的素描。先搁置那些细节，甚至是非常重要的细节，譬如"帕里斯和墨涅拉俄斯决定通过决斗以解决战争，但是当墨涅拉俄斯占上风时，阿芙罗狄忒把帕里斯带回自己安全的卧室"。这便是初读《伊利亚特》第三章时一个不错的概述，尽管这个概述搁置了大量重要的细节。（如果你的阅读计划被打乱，到了第 43 章的时候，你已经记不起第 7 章中的堂吉诃德发生了什么时，这些摘要也能让你更容易地回到一本冗长而复杂的书中去。）

5. 边读边记下那些跃入你脑海的疑问，记录下与作者的想法一致或不一致的地方，以及这本书带给你的任何反思或相关思考。这些疑问、分歧和思考应该与你对书中内容的概述有明显区别。譬如，你可以在笔记本中间的窄栏中记下概述，在页面空白处写评论；也可以用一种颜色的笔写概述，用另一种颜色的笔写下你的思考，或者另留单独的页面写概述和评论。别忘了在你的评述旁记下相关的页码，这样以后重读该部分内容的时候，可以用得着。

6. 读完第一遍之后，回过头来把那些概述性的摘要整理成一个非正式的大纲，即初步的"目录表"。此时，你还缺乏足够的信息形成真正的大纲，因为还有一些观点之间的关系没有弄清楚。现在你需要做的，就是把这些摘要按顺序排列。

7. 用四到七个词给读过的书拟定标题和副标题。标题不能像印在夹克衫上的那种，那些标题至少在一定程度上是为了吸引眼球而创造出来的。相反，我们拟定的"标题"要能够描述该书的主旨，"副标题"应该概括书中最重要的观点。这样的标题和副标题就像 17 世纪的那些范本："朝圣者从此世到彼世的修行：如梦初醒，在其中发现启程方式、危险旅途，以及安全抵达的憧憬之国。"17 世纪的作家知道，一个能准确告诉读者这本书主要内容的标题，是确保读者能够理解的最好方式。因此，给你读过的书起一个精练的标题，三四个词，能概括主题；然后再起一个副标题，准确阐释这本书是用来干什么的。

此时，作为一名读者，你已经完成了首要的、最令人生畏的任务：你通读了这本书，基本理解了各部分的主要内容以及各部分之间的关联。如果这一系列步骤看起来有些劳神和复杂，不要担心；它们很快将成为你的第二天性，并成为你阅读任何一本困难的书时不假思索采用的方法。

现在你已经为探索式阅读的第二步和第三步做好了准备。

大部分书籍的阅读，在语法阶段（第一阶段），基本遵循同样的步骤；但第二阶段，也即逻辑阶段，不同题材书籍的阅读方法却是迥异的。诗歌和历史并非截然不同的两个世界，但对它们的理解和感受确实基于不同的大脑半球，而科学则是左右脑通力合作。

读者稍后会带着独特的问题、抱着独特的期待接触到第五到第十章阅读清单上的每本书，但是，逻辑阶段的训练步骤不会改变。无论你提出怎样的问题，你总会通过以下步骤进入第二阶段的探究。

1. 重读你标识为难点的那些内容。现在你已经读完了整本书，可以更好地理解它们吗？回头看看你写的评论：它们是否聚焦在某些特定内容？如果是的话，回头看看这些页面。最后，重读你的概述，你能否回想起哪一章出现了这本书的高潮？哪里是作者论证的中心章节？或者作者自己对全书的概述出现在哪里？也认真重读这些内容。

2. 深度挖掘书的结构：试着回答作者为什么要这样写。为此，本书后面的章节为每种题材的书提出了相应的思考建议。在笔记本中记下你的答案，并引用书中相关字句或段落。这些笔记可以比初读笔记更详尽，因为这时你应该更清楚书中哪些部分最值得你注意了。

3. 提问：作者为什么要写这本书？他（她）要做什么？他们如何摆事实讲道理，通过一系列推理让你信服，给你某种情感体验？我们将就每种题材的书籍分别探讨这个问题。

4. 继续提问：作者是如何取得成功的？他是否成功表达了他的意图？如果没有，为什么？他在什么地方做得不够？是他所提供的材料无法取证，证明不足，还是因为他的感情平淡？书中哪些内容让我觉得有说服力，哪些地方让我觉得平淡？

当你坚持用日志把这个过程记录下来，你就会发现这些记录不仅反映了你阅读的内容，还在你与作者观点博弈的过程中呈现出自己思想的发展轨迹。记住，语法阶段的阅读目标是了解作者说些什么，而逻辑探索阶段的目标则是弄清楚作者为什么这样说以及如何陈述了这些内容。

阅读的最后阶段修辞学阶段，是贯穿全书的第三个目标。现在，你已经知道了"是什么""为什么""怎么做"。最后一个问题是：那又如何呢？

（1）作者想让我做什么？

（2）作者想让我相信什么？

（3）作者想让我体验什么？

（4）作者希望我去做或想令我信服的那些事，我是否确信无疑？

（5）我经历过作者想让我经历的吗？

（6）对于上述问题，如果你的回答都是否定的，那么原因何在？

无知的观点是很容易得到的。但是，仔细思考作者的观点，或者因为具体的、有足够说服力的理由而同意它，或者因为你在作者的论述中发现了漏洞，或者因为作者遗漏了他应该考虑而没有考虑的事实而不同意作者的观点，这样的分析和思考的确很难做到。正因为如此，修辞学阶段才紧随逻辑阶段之后。优秀的读者能够在理性分析的基础上建立自己的观点，而不仅是单纯的回应。

在探索式阅读的逻辑阶段，日志是很好的工具。但在修辞学阶段，你需要更多的东西。修辞是清晰且具有说服力的沟通艺术，而说服总发生在双方之间。对你来说，其中一人便是书的作者，作者正在与你交流他的观点，说服你去做某件事；但为了厘清自己的观点，以作为对书的回应，你需要其他人参与到这个过程中。

那么，该如何去做呢？在《致青年女子的信》中，莉迪亚·西格妮尤为赞赏"有目的的谈话"，即围绕特定的想法进行谈话。在19世纪，女性经常在"每周一次的社交"中讨论她们读的书，这大概就是今天常见的书友会的前身了。西格妮认为，这些讨论对于正确的自我教育是至关重要的，因为它们"有助于将知识牢牢记住。"[1]

如果你曾参加过书友会，你就会发现：参加书友会的读者们并不总是认真阅读某本书，在讨论过程中，除非某个人占有绝对发言权，否则这种讨论很可能迅速地流于七嘴八舌的闲聊。从自我教育计划的效果看，最好能够找到一个与你共同阅读经典、共同分享阅读思考和收获的人。

阅读伙伴在阅读的前两个阶段也很有助益，在最后阶段更是不可或缺。在语法与逻辑阶段，阅读伙伴可以对你进行有效的监督——譬如，你决定在某个截止日期前读完某本书，并且知道有人会督查你，那么你就更有可能利用好个人时间，妥善完成这个任务。

在修辞学阶段的探究中，当你试图回顾全书，去寻求那些你感到困惑的观点或答案时，可以和阅读伙伴进行交流。很可能你觉得麻烦的地方，或者不合逻辑的地方，你的阅读伙伴完全清楚。你们可以探讨一下这个差异，发现你们谁是正确的。你可能会发现，你们之间的分歧只是表面现象，是因为对同一概念使用了不同的语词造成的。也有可能，你们表面上的一致在讨论中瓦解了，那可能是因为你们用了同样的词汇，但表达的却是截然不同的事物。阅读伙伴会迫使你准确地使用词语，清晰界定你要使用的术语。

理论上，你的伙伴最好在阅读时间的投入上与你大体相同，阅读速度也和你不相上下。你们是否有相似的背景、教育水平等不是最为必要的。一个与你背景迥异的阅读伙伴有时给你的帮助更大，因为你必须把你一贯想当然的想法尽力解释清楚。

如果你还没有这么一位能够面对面推心置腹的阅读伙伴，你也可以通过书信进行讨论（电子邮件也行，只要你把这些对话当成正式的对话，需要使用恰当的词汇、语法、拼写和标点符号，而不是像电子邮件那样速记）。1814年，托马斯·杰斐逊在他的弗吉尼亚山庄感到有些与世隔绝，于是他写信给约翰·亚当斯探讨柏拉图。他说柏拉图是：

> 一个天才的诡辩家，通过优雅的措辞，更重要的是，他的奇思妙想被

吸收进精细建设而成的基督教体系中，从而逃脱了被同胞遗忘的命运。他那模糊不清的思想永远如雾里看花般呈现事物的样貌，你无法定义其形状，也不能确定其尺寸大小……可是，为什么我还要向你提及这些非常古老的话题？那是因为我很高兴有故人对它们很熟悉，他不会像对待天外来客那般对待它们。[2]

志趣相投的伙伴固然有益，但通过书信进行讨论修辞阶段的也有其优势。你可以把你的信件和伙伴的回复整理成非正式的随笔，回头重温，可以巩固你读过的内容（一旦你成为总统，还可以出版它们）。

关于评价的说明

接下来的各章将指导你如何阅读不同类型的文学作品：这本书的构成要素是什么？要记住哪些技巧？最重要的是，针对每种类型，你应该提什么问题？你对这些问题的回答表明了你对这本书的最终理解。

那么，如何才能知道你是否获得正解了呢？

获得"答案"并非练习的主旨所在。在古典教育里，有问有答的互动过程是一种教学方法；在今天，我们称之为"苏格拉底式对话"。古典学者教授人文科学，不是通过讲课告诉学生每本书到底该怎么看，而是通过提出精选的问题引导学生用正确的方式思考。回答问题的目的不是提供"正确答案"，就像做填空题那样，而在于回答之前努力思考的过程。

这样做并不意味着你的回答永远靠谱，有可能你的回答会离谱（学术上称之为"反常"答案）。理想情况下，你的身边会有一位古典教育方向的导师倾听你的回答，并能够温和地把你从歧路上拽回来，引导你走向更有成效的思维方式。在自我教育过程中，你有两项保障：一个是你的阅读伙伴，他能够倾听你的想法，并告诉你这些想法是否条理清晰、表述得当；另一个是引述练习。当你打算开始回答后续各章的任何一个问题时（例如，在自传这一章，"作者对自己一生的哪一部分感到遗憾？"），一定要从作品当中引用一两句原文。这不仅会帮你锚定你的想法，不至于跑偏，还可以迫使你做有针对性、具体化的思考，而不是陷入抽象的大而无当的泛泛而论，最终免于"不当的解读"。（另一方面，"不当"往往是看人下菜碟，扫一眼最近任何一本文艺评论杂志，便可知晓。）

虽然在阅读别人对某书的评价之前，应该先努力形成自己的观点，但还是可以快速浏览一两篇相关书评来"检查"自己的阅读。有几个网站提供了一些名著的概览，以及针对关键问题的简评：试试 www.pinkmonkey.com 和 www.sparknotes.com。搜索一下谷歌图书馆（books.google.com），在提问框里输入作品标题、作者姓名，再键入一个单词或短语，如"评论文章""评论""批判性分析"之类的，就会有已出版的相关资源可供浏览。检查一下搜索结果中的出版社信息，大学出版社相比那些自助出版机构（self-publishing presses），诸如 Xulon、Lulu 或者 CreateSpace，更有可能出版"靠谱"评论。如果实在搞不清楚哪家是"虚荣出版机构"（vanity presses），互联网可以助你一臂之力；搜索一下"自助出版机构"，前 20 名将立即弹出。

如果你住的地方离学院或大学很近，可以用它们的图书馆查阅馆藏（大多数情况下你可以上网查，进入大学的网址，然后搜"图书馆"的链接），你可以找关于某本书的评论文集，而不是那些密集而复杂的书评。哈罗德·布鲁姆主编的《现代评论文集》系列（《1984：现代评论文集》《安娜·卡列尼娜：现代评论文集》等）收录了许多著名评论家的文章，会让你对一部作品的评论有个很好的概览。

如果你还在犹豫你的想法是有效的，还是完全不靠谱的，你还可以通过另一种方式使用学院或大学的资源。给系秘书打个电话（如果正在读小说、传记、诗歌和戏剧类的书，就给英语系打个电话；如果在读历史类的书，就给历史系打个电话；如果在读科学题材的书，可能就没那么幸运了），问一下可否在办公时间约访一位专业老师。告诉秘书你希望讨论哪一本书，她应该能给予你正确的引导。去之前，先把自己的想法写下来（不是正式的"论文"，写上只言片语呈现你的想法即可）。告诉导师，你已经看过小说《白鲸》（*Moby-Dick*）或者哈里特·雅各布斯（Harriet Jacobs）的自传，讲述你的观点，提出你的困惑。不要过度使用这个资源（毕竟你没有付学费），但在大多数情况下，导师们愿意慷慨地回答一两次问题，提供一些帮助。大学，特别是那些公立大学有义务有教无类，无论是"在校师生"还是"校外居民"，毕竟申请一两次约谈和每周固定的指导还是不一样的。

大学老师在工作时间都是超负荷工作，如果你在暑期或节假日打电话，也许能得到更好的帮助。不要在学期初、期中和期末申请预约，那时候每位老师的全部身心都在新学期的课程大纲、期中考核和期末考试上呢！

关于书单的说明

下列清单将帮助你有序地精读六种不同类型的书籍：小说、自传、历史与政治、戏剧、诗歌以及科学与自然史。

当你按时间顺序阅读时，你就把两个本不应该被割裂的领域重新结合起来：历史与文学。研读文学就是在研读过去的人们在想什么、做什么、相信什么，因为什么而痛苦，又为了什么而争辩；这就是历史。尽管我们的确可以从考古发现中去学习历史，但是我们关于较早年代的最基本的信息来源，一直还是生活在那个年代的人的著作。历史不能脱离对这些书面文字的研究，而文学也不能摒弃它的历史背景。一部小说能比一本历史教科书告诉你更多的关于那个时代的信息；一部自传可以揭示整个社会的精神风貌，而不仅仅是某位男人或女人的命运。当科学被当作进入"真理"的清晰透镜时，科学就会受到影响，因为生物学家、天文学家或物理学家的理论可能与科学家所处的社会环境及其困扰它的问题有关，这与科学理论与纯粹的发现有关一样。

作家以前人的作品为基础，按年代的时间顺序进行阅读将为你提供一个连续的故事。你从一本书中学到的东西将会在下一本书中再现。更重要的是，你会发现自己正在追随一个与文明发展本身有关的故事。例如，当你读完诗歌清单里的那些诗歌，从《吉尔伽美什》开始，接着是《奥德赛》《地狱》，然后是约翰·邓恩（John Donne）、威廉·布莱克（William Blake）、沃尔特·惠特曼、T. S. 艾略特（T. S. Eliot）、罗伯特·弗罗斯特（Robert Frost）、兰斯顿·休斯（Langston Hughes），等等。诗歌的结构随着每位诗人超越前人的努力而发生变化，除了这些技术性的差异，随着世界本身向现代性飞奔，诗人的关注点也在发生更替和变化：逐渐远离英雄主义的本质和对不朽生命的追问，而转向在一个嘈杂无序的世界中仅图安身立命之策。一旦你完成了这个特定清单的阅读，你的收获不仅是读诗，还会对西方社会的精神演变有所了解。

可以任选一个书单开始你的阅读计划，这些书单按照从易到难的顺序来组织，难度最低的是小说，难度最高的是诗歌和科学。诗歌之难是因其高度风格化的语言；对于一考完学术能力倾向测验（SAT）就放弃数学的人来说，科学也令人望而生畏。如果你打算略过小说部分，直接去看自传、历史和政治，建议你还是先读完我对小说清单的介绍，因为后面的阅读技巧建立在前面几章的基础上。

不要觉得一定要读完清单里的每本书。如果只读了每份清单上的两三本书，你很可能因此而错过有序阅读的大部分收获。不过，要是你在扎扎实实地尝试后，仍然无法读完一本书，那就先把它放到一边，接着读书单上的下一本。不要因为受不了《失乐园》就放弃整个阅读计划。即便是文学研究者，也有一些书，他们从来没有办法全部看完。我的"眼中钉"是《白鲸》，我知道它是美国文学史上的巨著之一，而且我在成年后至少读了八遍，可还是连一半都没看完。我甚至还参加过一次关于麦尔维尔（Melville）的研究生研讨会，做了一次演讲，得的成绩是 A，但我却没读完这本书。（这也说明研究生教育现状的一些问题，但这是另外一个话题了。）

有些书在生命中的某一刻会向我们诉说些什么，在其他时刻则沉默不语。如果一本书对你来说是无声的，那就放下它，读书单里的下一本书。

你不必要求自己对每本书都经过语法阶段的阅读、逻辑阶段的探究和修辞阶段的讨论来取得进步。如果一本书让你着迷，那就沉浸于它。如果你只是勉强读完了一本书，那就带着宽慰合上它，没有理由要求你必须进行下一阶段的探究。

最后做个免责声明：制订阅读清单是一项危险的任务。没有一份"经典著作"清单是权威无疑的，所有的清单都存在偏见，它们反映了提供者的兴趣。这些特定的清单也不意味着就是广泛、全面的，它们甚至都不能涵盖每个领域所有"最伟大""最经典"的作品。然而，它们旨在向读者介绍提出者对某一特定思想领域的研究。在某些情况下，我收录一些书，是因其知名度或影响力，而不是因为它们是"最棒"的。譬如，希特勒的自传《我的奋斗》，作为自传，它并不令人满意，作为政治哲学，它又缺乏理性；还有贝蒂·弗里丹（Betty Friedan）的《女性的奥秘》（*Feminine Mystique*），在处理历史数据的方式上存在巨大缺陷。但弗里丹的这本书引发了一场革命，希特勒的书引发了一场大战。在这两种情况下，这两本书因其文化影响力而重要，它们让读者以新的兴趣看待美国人的婚姻，或者民族认同问题。当你按照年代顺序阅读时，你会发现它们的知名度正是你所研究的历史的一部分。

你可以自主增补或削减清单，如果你觉得书目太少或者没有你喜欢的作者的书，那就把他们加上。如果你对书单里的有些作品毫无兴趣或有些反感，那就将其划掉。

制作你自己的清单。最重要的是，不要觉得你需要写上清单制作者的名字，然后抱怨。

关于版本方面的重要提醒

清单上的许多老书都有多个版本。我推荐的版本，具有以下特征：可读性好（字体大小合适，不伤眼），物美价廉（这样你就可以买到书，在上面写写画画也不会心疼），以及在可能的情况下，这些版本没有干扰性的评论。（脚注或者旁注有可能分散你对书实际内容的注意力；最糟糕的是，在你还没来得及形成自己思考的时候，它们就对相关内容的意义做出错误的解读。）

我没有列出每个主题的所有电子书版本，不过，当你熟悉了电子阅读器的注释和图书标注工具，你会发现电子版一样很棒。重要的是，你可以一边阅读，一边记下你的思考和感想。

在公共领域订购电子版图书要小心。通常，你浏览的版本并不是下载的版本，而且你很容易花钱买到一本编辑粗糙的电子书，这还不如免费的在线版本。

纸质书也是如此。如果你想订购平装本图书，一定要从有声望的出版商那里购买，而不是从那种给钱就印的出版社处购买。任何人都能抢到公版书文本，并通过上述服务机构发行，不要用你的辛苦钱换来一堆脏兮兮的、未经编辑的、装订糟糕的纸张。

许多书还有有声读物版。初读一本书时，可以用听取代看，你仍然能够体验到书中的内容，但要确保选择未删节的、非戏剧化的版本。否则，你得到的将是解读，而不是书本身。同时，你的第二和第三阶段的探究仍然需要印刷版或电子版的书。我没有列出所有可用的音频版本，但提到了那些做得特别棒的。

参考本书的网址：http://susanwisebauer.com/welleducatedmind，可获得更多的推荐版本和公版电子书的链接。

第四步：实践语法阶段的阅读技巧

阅读的"第一阶段"有六项原则：

1. 计划每本书都翻阅多遍，重读章节和段落。
2. 在感到有趣或困惑的段落下画线标记。把难懂的部分折起来，在空白处记下疑问。
3. 在开始之前，先阅读扉页、背面的版权页和目录。
4. 在每章或每节的最后，写一两句话，概述内容。记住，不用写细节（稍后会有详细说明）。
5. 一边读，一边随手用笔记本记下你想到的问题。
6. 将你的概述整合成一个非正式的大纲，再给这本书拟定一个简短的标题和一个更全面的副标题。

如果你已经完成了第三步，你就已经在实践其中一些技巧了，在对第四章的内容进行概述和回应。现在，就请使用上述所有语法阶段的原则阅读《堂吉诃德》的前十章。这本大部头小说是下一章名著清单里的第一部作品。它的篇幅冗长，可能令人生畏，但只要先读一下开头的几章，你就会确信：故事引人入胜，风格平易近人。

1. 阅读扉页、封底和目录。我推荐伊迪丝·格罗斯曼（Edith Grossman）2003年的译本，或者沃尔特·斯塔基（Walter Starkie）的删节本。
2. 在《堂吉诃德》这个版本里，有伊迪丝·格罗斯曼的译者注。认真阅读，并在你阅读笔记的"序言"的标题下方，记下那些你愿意记住的任何重要事项。对我来说，我不会先看哈罗德·布鲁姆的导读文章，我希望先有自己的观点。
3. 读作者的序言，并用两三句话概括其要点。
4. 读该书的第1—10章。在每章的最后，写几句话，提醒自己到底发生了什么。如果有特别感兴趣的部分，把它括起来，折上书页。把所有的疑惑或问题记在笔记本上。

5. 现在回过头来，用第1—10章的概述制作目录。把每个概要再斟酌提炼为一句话：每章的中心事件是什么？这应该成为你目录的章节标题。
6. 如果这就是《堂吉诃德》的全部故事，你会给它取什么名字？你的副标题是什么？

注释

1. Sigourney, *Letters to Young Ladies*, p. 147.
2. Thomas Jefferson, *Crusade Against Ignorance: Thomas Jefferson on Education*, ed. Gordon C. Lee (New York: Columbia University Teacher's College Bureau of Publications, 1961), pp. 110–111.

PART II

阅读

投入到与经典的对话中

第五章

人的故事:在小说中漫寻历史

不久以前,有位绅士住在拉·曼却的一个村庄里,村名我不想提了。

一大群留胡子的男人,身着褪色的衣服,头戴灰色的尖顶帽,其中还有女人,一些戴着兜帽,一些什么也没有戴,都站在一座木头修建的大厦前面。大厦的门是一色沉重的橡木,上面镶满大头铁钉。

你就叫我以实玛利吧。

寒冷依依不舍地从大地上退去,雾正渐渐散开,一支分布在山上的部队出现于眼前,军人们休息着。

今天,妈妈死了。也许是昨天,我搞不清。

多年以后,面对行刑队,奥雷里亚诺·布恩迪亚上校将会回想起父亲带他去见识冰块的那个遥远的下午。

第五章
人的故事：在小说中漫寻历史

翻开一本小说，阅读第一句话，就像从门缝中瞥见一线光亮。那间看不清的屋子里有什么呢？读者探身张望，期待能捕捉到每一个细节，以窥全局。门里那令人费解的图案，原来是屏风的边缘；地板上奇怪的暗色形状，逐渐成为一张茶几的影子。终于，门开了。读者跨过门槛，进入另一个世界。

有些门打开得很快。那些衣着朴素、蓄着大胡子的男人和戴着头巾的女人簇拥在波士顿监狱的周围，等着赫斯特·普林[①]怀抱着婴孩走出来。夏日芳草已有暖意，明媚的阳光洒在监狱锈迹斑斑的铁板护墙上，明媚与锈迹斑斑形成了鲜明的对比。一丛野玫瑰就长在门口，粉红色的花朵映衬着那些风化的朽木。

在斯蒂芬·克莱恩（Stephen Crane）1895 年的小说《红色英勇勋章》（*The Red Badge of Courage*）中，休整的部队将很快振作起来。穿着蓝色外套的士兵们争吵着，洗着衬衫，蜷缩在营火旁。早晨的阳光倾洒而下，泥泞的道路开始变干。一个年轻的列兵躺在床上，他周围烟雾缭绕，阳光将帐篷的帆布屋顶照得泛黄。

上述两个场景的描写清晰、直接，极具画面感：无论你读的是哪一本书的开头，你都会发现自己已经跨过了门槛。但有些"门"却吱嘎作响，开启缓慢。阿尔贝·加缪（Albert Camus）发表于 1942 年的小说《局外人》（*The Stranger*）中的讲述者无法确认母亲死于何时。养老院的电报并不具体。这件事占据他的头脑不超过一两分钟。他的葬礼筹划得马马虎虎；他几乎错过了公交车；当他赶到养老院的时候，守门人把他带到停放遗体的房间——但是，当他看到母亲的面孔时，却没有悲伤。为什么？发生了什么？读者不得不暂缓疑问，接受叙述者不经意间流露出的每一个新信息，等待这些交错的信息碎片在后面的篇幅中汇聚并整合成可识别的场景。加布里埃尔·加西亚·马尔克斯的《百年孤独》的讲述甚至更为松散，跳过上校即将被行刑队执行死刑，转回到马孔多及其平静的日常生活，同时也回到一个遥远的时代，"世界新生伊始，许多事物还没有名字，提到的时候尚需用手指指点点"。我们什么时候重回上校的刑场？终究会的。或许吧！请耐心等候。

在早期小说中，"门"总是一下子大开；但到了 21 世纪，"门"似乎卡住了，开得越来越缓慢，甚至每次只打开一毫米。即便如此，你还是能注意到小说的

[①] 赫斯特·普林为《红字》的女主角。

开篇有一种奇特的相似性，无论是 1604 年西班牙语第一版的《堂吉诃德》，还是在时间上晚很多的伊塔洛·卡尔维诺（Italo Calvino）的《寒冬夜行人》（*If on a winter's night a traveler*）。这部小说在 1972 年出版，是一部采用多重嵌入、"局中局"手法的小说（novel-within-a-novel-within-a-novel）。

> 你即将开始阅读伊塔洛·卡尔维诺的新小说《寒冬夜行人》。先放松一下，然后集中注意力。抛掉一切无关的想法，让周围的世界隐去。¹

所有的开场白都将带你进入一个新的世界。但只有塞万提斯和卡尔维诺提醒你，当你迈过门槛时，你身后的"另一个"世界并未就此消失；只有塞万提斯和卡尔维诺在你开始阅读时提醒你："这是一本书，是虚构的，还记得吗？"

从 1604 年到 1972 年，我们走完一程。简而言之，这就是小说的历史。

每部小说都会受到惯例的制约，也就是受到读者对这本书的期待的制约。有些惯例是视觉上的。当你拿起一本粉色的平装书，封面上有一个半裸的主人公，按图索骥，你希望读到的可能类似于——"伊万杰琳①在楼梯顶上停了下来，把她的如奶油般丝滑的薄纱长裙的褶皱拢在她纤细的脚踝上"，而不是这样的——"七月初，一个酷热异常的夜晚，有个青年从自己的斗室走出来，这间斗室是他在 S 胡同里租来的。他走到街上，慢悠悠地，仿佛踌躇不决地向 K 桥走去。"²

小说同时也受到语言习惯的影响。如果一部小说的开头是"我父亲在诺丁汉郡有一份小小的产业；在他的五个儿子中，我排行老三。我十四岁那年，他把我送进了剑桥的意曼纽尔学院。在那儿，我住了三年，专心读书。"，那么，这是在告诉读者：这是严肃且值得信赖的记录，你看我给了你多少详尽的细节？但如果一本小说的开头是这样的："这是四月微冷的一天，时钟敲响了，是十三点钟。"给你的则是完全不同的线索：这本书谈论的不是我们所知的世界。

受过良好教育的读者不应该被"惯例"牵着走，至少不应该轻易掉进作者设计的"陷阱"里。那位严谨的值得信赖的叙述者，就是告诉你他父亲"在诺丁汉郡有一份小小的产业"的那个人，名字是"格列佛"；接下来，他会讲述去

---

① 伊万杰琳（Evangeline）为 2013 年上映的同名电影的女主人公。

小人国利立浦特的旅行，在那儿，他被一些六英寸高的人俘虏了；他还去了勒普塔岛，当地人深信游客只有击中他们的头部才能开始对话交流。在《格列佛游记》中，乔纳森·斯威夫特（Jonathan Swift）使用了一种早期的文学手法，即通过游记来嘲讽社会的陈规陋俗。不过，首先你要明确"游记"是什么，否则将无法理解斯威夫特故意滥用谨慎细节的做法。下面的小说简史将有选择性地对小说的写作惯例和基本框架进行说明，这样，当作家使用和变更写作"手法"时，你就能发现它们了。

第一节　十分钟小说简史

一、"关于人的书"

克莱奥帕特拉和恺撒可不会看小说来消遣闲暇时光，因为在古代还没有散文体长篇故事。我们今天所了解的小说出现于18世纪，始于丹尼尔·笛福[①]、塞缪尔·理查森（Samuel Richardson）[②]和亨利·菲尔丁（Henry Fielding）[③]。笛福借用旅行者的故事手法创作了《鲁滨逊漂流记》；理查森使用了传统的"书信体"形式（即通过某个人物角色的一系列书信）创作了《帕梅拉》（*Pamela*）；而剧作家菲尔丁发现，他的风格受到严厉反对舞台淫秽表演的新法规的限制，于是代之以写作《约瑟夫·安德鲁斯》（*Joseph Andrews*）。《约瑟夫·安德鲁斯》中的"下流段子"对于现代人而言是"小巫见大巫"，但在18世纪的伦敦，这样的故事是不可能上演的。

上述三个故事都使用了原有的创作惯例，同时又融入了新的东西：一道微光射入作为个体的"人"的内在生命。在18世纪之前，散文体长篇故事的特征是，静态的人物角色遍布整个棋盘，通过一系列事件来洗牌挪动棋子，或讲述

[①] 丹尼尔·笛福（1660—1731）：18世纪英国作家，现实主义小说奠基人，代表作《鲁滨逊漂流记》展现了当时追求冒险、倡导个人奋斗的社会风气。
[②] 塞缪尔·理查森（1689—1761）：18世纪英国小说家，著有《克拉丽莎》《帕梅拉》等。他善于描写人物情感和心理，关注婚姻道德问题，小说多以女仆或中产阶级女性为主人公，开创了英国家庭小说的模式。
[③] 亨利·菲尔丁（1707—1754）：18世纪杰出的英国小说家、戏剧家，启蒙运动代表人物之一。菲尔丁奠定了英国小说的现实主义传统。

一个关于国家的故事，或阐释一个观点，或描述一系列美德，就像斯宾塞的长诗《仙后》(*The Faerie Queene*)那样。但是，笛福、理查森和菲尔丁开创了另一种写作："关于人的书"。

二、浪漫文学与哥特式文学

他们并不是首创。远在笛福之前一个半世纪的西班牙，米盖尔·德·塞万提斯·萨维德拉（Miguel de Cervantes Saavedra）已经写就第一本"关于人的书"：堂吉诃德的故事，拉·曼却（La Mancha）的这位绅士决定成为一名游侠骑士。不同之处在于，塞万提斯是一位孤独的天才，而笛福、菲尔丁和理查森则共同发起了一场文学运动，全面开花，形成了一种新的文学形式：探索人物内在生命的散文叙事。

这种新的形式便是"小说"，它不得不与另一种不那么受人尊敬的文学形式——浪漫文学（爱情小说）进行竞争。浪漫文学大致相当于今天的肥皂剧。用 18 世纪评论家的话来说，浪漫文学在"不合理或不可能的情况下"涉及"尊贵人物"。浪漫文学肤浅且逃避现实，仅适于女性读者。（传统观点认为，女人的大脑不适合与"现实生活"打交道，因而她们更适合阅读幻想文学。）浪漫文学可不是一种值得尊敬的、符合男子气概的消遣。

另一方面，小说家们确实希望被严肃认真地对待。小说面对的是熟悉生活场景中的真实人物；正如塞缪尔·约翰逊（Samuel Johnson）[①]在 1750 年写的那样，小说家试图"以真实状态再现生活，日常世事纷繁复杂，并受到人类激情和品质的影响，而这些要在人类对话中发现。³但是，18 世纪的读者们对这种庸俗的"罗曼史"与高尚的"小说"之间的区别还有些困惑，像斯威夫特这样的小说家，坚持带着他的英雄穿越梦幻般的风景，并没有改善这种情况。几十年间，小说吸引了大批受过良好教育的读者，他们对浪漫文学普遍感到厌倦和鄙视。18 世纪的知识分子抱怨小说会产生腐化影响，就像现在的有机食品狂热者鼓吹精制白糖的危害性。神职人员警告他们的信众，阅读小说会增加卖淫、通奸和地震（据 1789 年伦敦主教所称）。

---

① 塞缪尔·约翰逊：英国作家、文学评论家和诗人，1728 年进入牛津大学学习，因家贫而中途辍学；耗时九年编成《英语大辞典》。

第五章
人的故事：在小说中漫寻历史

然而，小说还是繁荣起来了。笛福、理查森和菲尔丁在一段时间内相继创新：那个时代的人们，开始对带着创伤和困境的个体"自我"抱有极大的兴趣。这在很大程度上要归功于新教改革，灵魂被认为是一个孤独的存在实体，在广阔而迷茫的风景中孤独地前行（至少在本章书单附录列出的所有18世纪小说和大部分19世纪小说中）。约翰·班扬（John Bunyan）的"基督徒"①，就是被福音传教士单独召唤，离开那座注定要毁灭的城市，寻找窄门（the narrow wicker gate）②的人。他必须捂住耳朵，逃离妻儿，找寻救世法门。舍离众生，踽踽独行，唯与上帝同在。

对个体自我的兴趣正在变得浓厚，不仅受到新教，也受到资本主义的推动。资本主义鼓励每个人将自己视为这样一种个体：能够顺着社会的水平拾级而上，获得财富和休闲。自我不再是僵化不变的封建制度的一部分，在那种制度下，自我的责任与义务从一出生就确定了，此后永不改变。现在，自我自由了。

关于这个问题，已经写了很多了。但就我们的目的而言，知道这一点就足够了：这种具有私人内在生命的个体自我意识，是现代西方社会生活所有重大发展的核心所在，包括启蒙思想、新教革命、资本主义的发展，当然，还有小说。小说家们颂扬个体：夏洛蒂·勃朗特笔下的主人公饱受折磨，又满怀激情；简·奥斯丁的女主人公们，在一个既保护又妨碍她们的社会中挣扎不已；还有纳撒尼尔·霍桑笔下遭受折磨的、通奸的牧师。人们购买并阅读这一切。

不过，人气始终是一把双刃剑。知识精英已经对小说产生怀疑，因为它对"浪漫"的认同。现在，他们更是加倍怀疑。毕竟，人人都在读的书，不可能真的值得最有教养的人去关注。这种现象被称为"奥普拉效应"③。更糟糕的是，这种大众阅读的主要群体是女性，中产阶级女性有钱买小说，又有闲暇时间读，但没有必要用拉丁文或希腊文来欣赏更严肃的、更有"男人味儿"的"经典作

---

① 约翰·班扬（1628—1688）是英国作家，"基督徒"是其小说《天路历程》中的人物名称，"基督徒"背负着世界的重担，踏上艰难而勇敢的历程，为自己，也为他人，寻找救赎。
② 窄门：出自《圣经》。耶稣对众人说："你们要努力进窄门。我告诉你们：将来有许多人想进去，却是不能。"（路加福音13：24）。
③ 奥普拉是美国著名脱口秀主持人、世界级名嘴、娱乐界明星。奥普拉效应指由于明星的影响力而产生的跟风效应。

品"。学者查尔斯·兰姆（Charles Lamb）[1]嗤之以鼻地说："小说为整个妇女读书界提供了贫乏得可怜的精神食粮。"（兰姆因为儿童讲述莎士比亚而留名，对他来说，实至名归。）

小说家是如何反击的呢？发挥他们与现实生活的联系——荒诞奇幻的故事被人嘲笑，关于现实的故事获得了评论界的赞誉。

荒诞奇幻的故事并没有消失，但它们却被贬为大众唾弃的领域。在19世纪，入选肥皂剧的是"哥特式小说"（Gothic novel）[2]，关乎神秘和朦胧的超自然力量的故事，这类故事往往发生在奇幻而又凶险的地方（或者说在中欧，对于大多数读者来说，这等于是一回事）。哥特式的女主人公在破败的城堡里饱受折磨，受到古老咒语、发疯的妻子，以及要避开阳光和镜子的神秘贵族的胁迫。她就是疯狂流行的《奥多芙的神秘》（*The Mysteries of Udolpho*）[3]中的艾米莉：有勇无谋，徘徊在莫拉诺伯爵那有着奇怪回声的城堡中。她独自一人在黑暗中，因此她断定这将是一个窥探荒屋中那幅罩着黑纱的神秘作品的好时机。"她又停了下来，"叙述者告诉我们，"然后，她用一只怯懦的手，掀起了面纱；但马上就让它滑落了下来——因为意识到它掩盖的不是什么画作，然后就在她离开房间之前，她毫无知觉地倒在了地上。"

三、现实主义

一些勇敢的小说家——特别是霍桑，他永远无法抵御哪怕一丝的超自然恐怖气息；而艾米莉·勃朗特则偏好于窗棂魅影——她借用了哥特元素，让通奸的清教徒和不幸的荒原居民的故事变得更精彩。但大多数严肃的作家拒绝了幻想，选择了真实。在某种程度上，小说甚至培养并增进了社会良知（social conscience）。查尔斯·狄更斯和他的美国同行哈里特·比彻·斯托（Harriet

---

[1] 查尔斯·兰姆（1775—1834）：兰姆早年受法国革命影响，思想激进。代表作有《莎士比亚戏剧故事集》《伊利亚随笔》《英国戏剧诗样本》等。其中《伊利亚随笔》最负盛名，中译本见上海译文出版社，2012年版，刘炳善译。

[2] 哥特式小说：西方通俗文学的一种，显著的哥特式小说元素包括恐怖、神秘、超自然、厄运、死亡、家族诅咒等。

[3] 《奥多芙的神秘》：这部小说描写孤女艾米丽受到监护人虐待，面临失去财产的威胁，被监禁在城堡中，但最终获得自由，并与心爱的人团聚的故事。作者安·拉德克利夫（Ann Radcliffe）是英国女作家，被司各特称为"第一位写虚构浪漫主义小说的女诗人"。作品融恐怖、焦虑、悬念的情景和浪漫主义情调于一体。

Beecher Stowe）用他们的故事反对市场经济的不公正，认为这种经济体制将财富建立在弱者的身上；狄更斯抗议英国社会使用童工，而斯托的《汤姆叔叔的小屋》则把推动美国南部经济运行的奴隶劳动人性化。完全出于偶然，斯托因此带动了某种经济发展；根据历史学家琼·D. 赫德里克（Joan D. Hedrick）的说法，《汤姆叔叔的小屋》"催生了一个衍生品产业，包括汤姆叔叔的盘子、汤匙、烛台、游戏、壁纸、歌曲，并在接下来的九十年里持续运转"。[4]

早期作家认为，指出他们故事的虚构性并无不妥。塞万提斯告诉读者："这部书是我头脑的产儿，我当然指望它有说不尽的美好、漂亮、聪明。"但后来的小说家们则竭力避免这种对叙事的介入。他们希望读者看到一个"真实的"世界，而不是想象的世界。19世纪后期的小说不应该是作者虚构的产物，而是应该准确记录日常生活。

现实主义作为一种新的哲学观，将小说家变成了科学家。与科学家一样，小说家要记录每一处细节，而不是选择性地去描述场景——这往往会使现实主义小说相当冗长。现实主义小说之父、法国作家古斯塔夫·福楼拜决心要在一个真实的乡村小镇里塑造真实的人物，于是他画了地图和图表，以描绘自己想象中的世界。（偶尔，他也会遗漏一些细节；如果你认真一些，就会发现他的女主人公搞错了回家的方向。）福楼拜笔下的爱玛·包法利是一位令18世纪神职人员倍感忧心的女人，这位女人对浪漫文学的热爱磨灭了其"现实生活"。她被浪漫的热望所消磨，就是那种"她终于得到了那种不可思议的爱情。在这以前，爱情仿佛一只玫瑰色羽毛的巨鸟，可望而不可即，在诗的灿烂天空翱翔"，而这种对幻想的全神贯注使她"不能想象，这种安静生活就是她早先梦想的幸福"。

爱玛·包法利结局惨淡。当她意识到自己永远无法获得想要的浪漫时，服用砒霜自尽了。但是，现实主义的小说却因此大行其道。亨利·詹姆斯小说里的人物不会像浪漫的《皮袜子故事集》（*Leatherstocking tales*）[①]里的主人公那样，在丛林里围着印第安人团团转；也不会像霍桑笔下痛苦的牧师那样，产生莫名的被侮辱的感受，并内疚而死；相反，他们忙于自己的工作，住在尘土飞扬、高棚大顶的房间里，算计着花销和如何嫁给一个拿得出手又不过分张扬的

[①] 《皮袜子故事集》是美国作家詹姆斯·费尼莫尔·库柏（James Fenimore Cooper，1789—1851）的系列小说，以描写印第安人和边疆居民而著称。该系列小说包括《开拓者》《最后一个莫希干人》《草原》《探路者》《杀鹿者》等。

男人——就像这个世界大多数的"普通人"一样。⁵

四、心理现实主义与自然主义

这或多或少把我们带到了当代。现实主义永远不会真正消亡。即便在今天，那些描写"超凡"事件的故事（如惊悚小说、科幻小说、传奇文学，某种程度上还包括宗教小说）也往往在智性上被不屑一顾，只是"大众流行"而已，不值得严肃评议。在19世纪晚期和20世纪初，现实主义出现了分化。陀思妥耶夫斯基（Dostoyevsky）和卡夫卡（Kafka）完善了一种"心理现实主义"（psychological realism），这种写作手法更关注心理细节，对物质性细节的关注则少一些。相对于满腔热忱地去描绘风景或装饰的精准外观，心理现实主义力图准确描绘"精神"图景，使得读者可以直接感受人物的心路历程。亨利·詹姆斯的兄弟威廉·詹姆斯（William James）① 于1900年创造了一个术语——"意识流"（stream of consciousness），用以描述人类思维无序但自然的流动。从康拉德（Conrad）到弗吉尼亚·伍尔夫（Virginia Woolf），小说家们都对此奉为圭臬。在心理层面上，"意识流"写作与对自然景观的描述是等价的：我们通常会认为，我们所看见的、未经作者判断的，才是灵魂的"真相"。伍尔夫笔下的达洛维夫人，在早晨出去买花儿时想道：

> 战争结束了，只有像福克斯克罗夫特夫人那样的人还依然故我，她昨晚在大使馆里还是一副伤心欲绝的样子，因为她的宝贝儿子阵亡了，现在那座古老的庄园势必要落入她侄子之手了；……尽管还是大清早，飞奔的赛马那欢快的嘚嘚声已是随处可闻，还有板球拍的叩击声。洛兹板球场、爱斯科特赛马场、拉内拉赫马球场，以及所有的游乐场所，都被笼罩在灰蓝的晨雾织出的一张柔网中。随着白昼的推进，晨雾将会散尽，草坪与球场上将会出现腾跃的赛马，它们的前蹄才刚着地就又迫不及待地跳起来。……店主们在忙乱地布置橱窗，将一枚枚钻石、人造宝石，还有海绿色的可爱的旧胸针放置在十八世纪式样的底座上，用来吸引美国佬（不过克拉丽莎

---

① 威廉·詹姆斯（1842—1910）：被誉为美国心理学之父，也是美国最早的实验心理学家之一。

必须节约，不能随便为伊丽莎白买这买那），可克拉丽莎自己也怀着可笑的热情，打心眼里喜欢这些珠宝，她属于这种生活，因为她的祖先曾是乔治王朝时期的大臣，而且，她要把自己打扮得光彩照人，在这个特别的晚上举行她的派对。

（姜向明 译）

太多诸如此类的描写，就像早期现实主义作品中关于池塘和荒野的冗长细节一样，令人厌烦。但是20世纪早期的作家们被意识流的技巧所吸引。威廉·福克纳（William Faulkne）[①]的人物很少通过意识流之外的其他方式呈现，而詹姆斯·乔伊斯（James Joyce）[②]则在《尤利西斯》中创作了以难懂而著称的意识流段落，长达45页。《尤利西斯》在当代经典著作中总是名列前茅，但它不在本章最后列出的名单中，因为它实在太难读了。

另一种形式的现实主义甚至比"心理现实主义"更具强烈的现代性，那便是自然主义（naturalism）。自然主义作家坚信他们能够写出"纯科学"的小说。个体，作为自《堂吉诃德》之后所有小说的主题，不再自由。所谓"自我"只是遗传特征和环境影响的产物。自然主义作家——最著名的就是托马斯·哈代（Thomas Hardy）——赋予人物角色一定的遗传特征，并将他们放进一个环境导致的尖锐的"绝境"之中，然后描述由此而产生的行为。自然主义者的写作，在他们自己看来，就像科学家的工作一样：把小白鼠放进迷宫，观察它们的行为，然后不加修饰地对结果进行记录。

五、现代主义与后现代主义

现在，我们来到了20世纪。精心编排、细致描写的现实主义风格仍然与我们同在。唐·德里罗（Don DeLillo）发表于1985年的小说《白噪音》（*White Noise*）以他的叙述者倚着窗户，看着大学生们到校上课的第一天开始。"中午时分，旅行车排成一条闪亮的长龙，鱼贯穿过西校区，然后缓缓绕过橘黄色的

[①] 威廉·福克纳（1897—1962）：美国文学史上最具影响力的作家之一，意识流文学的代表人物，1949年获得诺贝尔文学奖，其最负盛名的代表作是《喧哗与骚动》。
[②] 詹姆斯·乔伊斯（1882—1941）：爱尔兰作家、诗人，20世纪最伟大的作家之一，其作品及"意识流"思想对世界文坛影响巨大。主要作品包括：短篇小说集《都柏林人》、自传体小说《青年艺术家的自画像》、长篇小说《尤利西斯》和《芬尼根的守灵夜》。

工字钢雕塑,向宿舍区行进。旅行车的车顶上满载着各种各样的物品,小心地绑着的手提箱里塞满了厚薄衣服;盒子里装着毛毯、鞋子、皮靴、文具书籍、床单、枕头和被子;有卷起的小地毯和睡袋;有自行车、雪橇板、帆布背包、英式和西部牛仔式的马鞍、充了气的筏子……"

自现实主义的鼎盛时期以来,小说背后的"观念"已经发生了变化。小说被普遍认为经历了从"现代性"到"后现代性"的转变。要定义这两个术语是非常棘手的,因为如果不是现代性已然被后现代性(它仅意味着"紧随现代性")所取代,是没有人意识到现代性的存在的。

有一天,一位同事告诉我:"学术的不堪秘密就是,没有人确切知道后现代主义到底是什么。"如果批评家能够用英语说出什么是现代主义,那么这可能会有所帮助。例如,评论家詹姆斯·布鲁姆(James Bloom)认为,现代主义包括"文字的高密度以及普遍的隐晦,并将(小说家)自己的地位理解为发挥中介作用的同时也被中介着……"[6]这段描述对于我们理解什么是"现代性"也无济于事。大多数其他定义也一样语焉不详。

简单地说,现代主义是一种现实主义,也努力描绘"真实生活"。但在两次世界大战期间以及之后写作的现代主义者们发现,维多利亚时代的前辈们受到了欺骗。维多利亚时代的人们认为他们能够理解生活的全部,但是现代主义者知道,"真实生活"是超乎我们理解能力的。"真实生活"是混乱的、无计划的、无指导的,因此,现代派的"科学风格"也同样是混乱的,拒绝将小说整齐划一地纳入任何一种可清晰辨识的范畴。在这里,引用多萝西·L. 塞耶斯(Dorothy L. Sayers)(一位虔诚的圣公会教徒,她通过坚持自己对上帝的信仰和写悬疑小说这种讲究条理的文学形式来回应现代主义)的一段话来表现:

> 一位新锐的年轻作家说:"荒唐!荒唐!
> 如果将因果关系搁置一旁,
> 我的文章没有一个字
> 能引出下一段,
> 剧情又将如何发展?"[7]

由于缺乏情节,现代主义小说很难阅读,尤其对那些喜欢故事的普通读者而言。

第五章
人的故事：在小说中漫寻历史

现代主义者往往轻视故事。现代主义最缺乏吸引力的一个方面就是其高高在上的姿态。现代主义作家不信任大众，而是把所有的信仰都寄托在少数受过良好教育的精英身上。一些著名的现代主义者支持法西斯主义，最著名的是埃兹拉·庞德（Ezra Pound），对民主制度嗤之以鼻，最为人所知的就是对"流行小说"的野蛮攻击。小说是一种智力活动，不是一种娱乐形式，想要娱乐的读者最好去一角钱商店购买西部小说去。弗吉尼亚·伍尔夫抱怨道：小说家就是图书销售必需的"奴仆"。她渴望有这样一部小说——这部小说是自由的，"不会有约定俗成的那种情节、喜剧、悲剧、爱情的欢乐或灾难"。E. M. 福斯特也写道："哦，亲爱的，是的，小说讲的是一个故事。"但是他也衷心希望，市场不要要求"故事"——这种"低级、返祖的形式"。不过，由于福斯特和伍尔夫最后都讲述了相当有趣的故事，市场显然最终赢得了胜利。

没人喜欢屈尊俯就，因此，当高中生们不得不在英文课中阅读现代主义小说时产生反感而更爱去看电影，也就不足为奇了。（毕竟，电影是有故事情节的。）他们正成为优秀的后现代主义者。

后现代主义是现代主义的青春期孩子，后现代主义对现代主义说："是谁让你做老大的？"（这话也是说给 E. M. 福斯特听的，"你这个已经不在人世的白人男性！是谁让你成为小说权威的？"）后现代主义拒绝现代主义所宣称的去认识现实生活真相的主张。后现代主义宣称：描绘现实生活的法门众多，没有谁敢断言自己就是唯一正道。《吸血鬼猎人巴菲》（*Buffy the Vampire Slayer*）① 和《黑暗之心》（*Heart of Darkness*）一样具有智识价值，更何况它对女性生活的洞察力更强。

后现代小说家认为，从前所有关于"个体自我"的写作都存在"缺陷"，因为"那些早期的尝试"坚持认为自我在本质上是自由的。错了！错了！后现代主义者如是说。我们在《堂吉诃德》和《天路历程》中首次遇到的个体自我，并不是那种能够克服障碍找到自己的道路，并能够战胜社会虚伪的独立自由的存在；也不是自然和遗传学形成的自我。相反，这种个体自我是由社会创造的。我们所能想到的关于自身的每一件事情，关于存在的每一个"真相"，早在我们出生伊始，便已经由文化浸润洗礼。我们甚至无法跳出社会结构，以便看清真

---

① 1997 年首播的《吸血鬼猎人巴菲》是 20 世纪 90 年代后期的经典剧集之一，讲述的是具有特异功能的少女巴菲，与来自地狱的吸血鬼及灵异恶魔进行战斗，完成天赋使命的故事。

相到底是什么。当我们审视最深层的自我时，我们所发现的一切，都是社会规则和习俗的集合。

后现代小说家没有试图写原创小说，因为"原创"就意味着某种形式的能够独立于社会影响的创造力。相反，他们写的是社会，写从我们出生时就开始塑造我们的信息洪流。他们对日常生活中的大小细节进行认真而冗长的编排，就是在提醒读者：这就是你本来的样子。你就是被这些细节所塑造和影响的，你永远也无法摆脱它们。

在唐·德里罗的小说《白噪音》中，叙述者希望通过打扫阁楼偷得浮生半日闲（这种冲动我们都能感受得到）。但最终，细节打败了他：

> 我扔掉了画框的绳子、金属的书档、软木的杯垫、塑料的钥匙坠饰、灰蒙蒙的红汞和凡士林瓶子、硬邦邦的漆刷、凝结的鞋刷、干结的修正液。我扔掉了蜡烛头、层压的餐具垫、防烫的锅垫。我搜寻有衬垫的衣架、带磁性夹子的备忘书写板。我处于报复和几近野蛮的状态。我对于这些东西怀着个人的怨恨。它们不知怎么地将我置于此等困境之中；它们拖垮了我，使得逃避成为不可能。两个女孩跟着我转悠，保持着恭敬的沉默。我扔掉了破旧的土黄色水壶、一双滑稽的高至臀部的高筒靴。我扔掉了文凭、证书、奖品和奖状。当姑娘们来阻止我时，我正在浴室里搜寻，丢弃用过的肥皂块、湿毛巾、带条码和缺盖子的洗发水瓶子。
>
> （朱叶 译）

后现代主义可以像约翰·班扬的布道那样充满说教意味，而《白噪音》就像德里罗后来更大部头的小说《黑社会》（*Underworld*），像清教徒寓言家一样毫不留情地阐明了它的观点。对于那些反对"真相只有一个"的人来说，后现代主义者用令人震惊的声音宣告他们的结论：知道吗？知道吗？你是没有任何力量的！你不过就是被社会推来搡去，它主宰着你！这就是你的人生！

六、超小说

后现代主义文学在 20 世纪 70 年代后期逐渐失去了阵地，但是回顾起来，也并没有什么特定的"运动"取代它。似乎是历经四百年，小说已经走完一轮，又回到了《堂吉诃德》。"坐好！"塞万提斯对他的读者说，"让我给你讲个故事。只是假装而已，但是没关系！反正你会喜欢的！""这是我的书！"20世纪的小说家伊塔洛·卡尔维诺宣布，"停下你的脚步，快来看我的书！"

这种写作技法被称为"超小说"（metafiction）。它并不是要创造一个虚构世界又假装成是真的，"超小说"勇于直面它的本质：它就是一个故事。当你要跨过门槛进入一个崭新的世界时，作者就站在你身后，大声喊道："莫忘来时路！"卡尔维诺毫不担心不被严肃对待。他承认自己就是在写一个故事，因为后现代主义者已经表明，所谓"真实"与"虚假"的对比只不过是现实主义者在追求"根本就不存在的真理"的产物而已。

这样，在小说诞生之初所产生的那种张力——在真实与虚构、想象与现实、新奇与浪漫之间的张力——终于开始消解。传奇事件再次成为可能，而利用这些事件写就的小说，也有它们从智识上值得尊敬的标签：魔幻现实主义（magic realism）。情节设计甚至有些回归。《占有》（*Possession*）是本章书单上倒数第二部小说，它讲述的是一个爱情故事，同时也是对文学评论现状的一种讽喻。这部传奇小说的叙述视角从现在切换到过去，从无所不知的叙述者转换到第一人称，通过书信、梦境、评论文章、传记、故事片段、诗歌节选以及老式的故事讲述方式，一步步将读者引领到中心。而本章书单上的最后一部小说，科马克·麦卡锡（Cormac McCarthy）赢得普利策奖的小说《长路》（*The Road*），则巧妙地将探寻式的叙事（世界上最古老的情节设计手法之一）和后启示论（post-apocalypticism）结合在一起。拜故事所赐，《占有》和《长路》都被制片公司买下，拍成了电影。

四百年后，小说写作的地位已然提升：最优秀的超小说作者很乐于被称为讲故事的人。尽管后现代主义有种种缺陷，但它已经放松了对19世纪现实主义及其相关形式的束缚，释放了想象的力量，这种力量在过去曾激发了现实主义者和自然主义者。

第二节　如何阅读一本小说

一、探索式阅读的第一步：语法阶段阅读

当你初次阅读一本小说时，应该试着寻找三个简单问题的答案：这些人是谁？他们发生了什么？后来他们又有什么不同呢？读的时候，可以折起书页或使用书签，让那些重要的内容醒目。不用顾虑什么才是重要的——反正第一次通读之后，你还会重读这些部分的。

注意看标题、封面和目录。 把笔记本和铅笔放在手边，先来看看标题页和封底的版权信息。如果书中有作者或译者的传记概述，也要认真读一读。记住：最好直接跳过前言，除非前言是作者或译者写的，否则在你形成自己的观点之前，可能满脑子都是这本书的二手转述了。

在空白页的上方写上书名、作者姓名和写作日期。在下面，记下从书的封面或介绍中了解到的相关信息，这些将帮助你顺着作者的思路阅读这本书。举个例子，如果《堂吉诃德》的封底版权信息告诉你，塞万提斯是通过对传统歌曲和浪漫骑士风度的模仿，来开始他的故事，你就可以用"取笑传统骑士精神"或是其他相似的表述，记录一条自己的注解。

现在，开始阅读目录。《堂吉诃德》有许多短篇章节，这些章节的题目（"预言的傻瓜""木偶戏""咆哮的冒险""关于乡绅的工资"）将告诉你，这个故事围绕着一系列独立简短的事件而展开。小说《红字》的篇章标题（"海斯特和医生""海斯特和波尔""迷惑中的牧师"）直接向你介绍了故事的主要人物。在这两个例子中，篇章标题都告诉了你该如何去阅读这本书。《堂吉诃德》由松散的冒险故事组成；《红字》则侧重于对人物角色的检验。如果一本小说没有篇章标题，例如《1984》《呼啸山庄》《了不起的盖茨比》，那也很重要，作者发现故事各部分之间的关系是如此密切，以至于难以做简单的分割和命名。如果篇章标题确实能给你一些关于书中内容的线索，你可以随手记下一两句，作为参考。

现在开始阅读第一章。

制作人物角色清单。 在笔记本的某个地方（如题目正下方，或在打开的左侧页面），做一份主要人物的清单：标记他们的名字、地位以及相互之间的关系。有时候（特别是俄语作品中）人物往往有两个甚至更多的名字，人物关系谱能够使他们一目了然。如果小说涉及一个家庭，还应该把人物放到家谱中，否则你永远不会把《雾都孤儿》中的关系搞清楚。

简要记录每章的主要内容。 读完每一章后写几句话，来描述这一章的主要事件。这将有助于你进行简要回顾，记住，这可不是故事情节的详细概要。尽量在每章只关注一个主要事件。"堂吉诃德决定要做一名骑士，因此他选择了阿尔东莎·洛伦索作为他的女主人，并将她更名为杜尔西内亚。"这便是关于《堂吉诃德》第一章的相当好的概述。这些概述能够帮你厘清整本书的脉络，还可以让你在被打断之后能够轻松地接续起来。在你读书过程中，至少会有一次意外可能干扰到你，你绝不想因为忘记了之前发生的情节而重读400页。

标记有趣的文章段落。 初次阅读过程中，不要停下来对书中内容做长时间的思考。但是，如果你遇到某段似乎特别重要的内容，可以用铅笔将之括起来，再折上书页，并在笔记本上做个记录（如"第31页：读书使堂吉诃德冒傻气，是本书重点吗？"），一定要把这些注释和内容概述加以显著区分；把它们写在另外一页，或用不同颜色的笔进行标注。

为这本书拟定你自己的标题和副标题。 当你读完一本书的时候，再回头看一遍总结的各章概要。它们是否能提供关于内容清晰而连贯的轮廓？如果能做到这一点，就继续下一步：拟定标题。如果还不行，那就重写概要：删除那些现在看起来无关紧要的细节，补充可能遗漏的事件或人物。

如果你对提纲感到满意，接下来就可以为这本书拟定一个简短的标题和稍长一些的副标题。但在做这些之前，还必须回答以下两个问题：

（1）书中的核心人物是谁？

（2）书中最重要的事件是什么？

如果你感到难以回答这两个问题，就再问一下自己：书中的人物是否曾在某个节点发生了变化？是什么事情造成书中人物的行为差异？《天路历程》中有许多重要时刻，但故事的主人公只在开始时发生了巨大的变化，那时他聆听到福音传道者的话，穿越了那道窄门，大喊道："生命！生命！不朽的生命！"后来他成为一个与众不同的人，尽管他后来经历了多重的考验和诱惑，但他的新生人格并未因此而改变。回顾你写过的那些每章的主要事件，试着找出最核心、命运因此而改变的事件。

一旦发现了这样的事件，问问自己：哪个人物受到的影响最大？这个人很可能就是这本书的主人公。不必太为这个问题困扰，因为你很可能会在下次更深入阅读这本书之后，改变先前的想法。

现在给你读的这本书拟定一个标题，提示主要人物，再拟定一个副标题，说明书中人物是如何被重要事件所影响的。基督徒的天国之旅：一个普通人将如何回应福音传道者的邀请，抛家舍业，开始一段旅途；途中他邂逅了各种代表《圣经》真理的人物，面对亚波伦（Apollyon），战胜诸多企图让他偏离正途的诱惑，最后越过约旦河，走向荣耀。这就是故事梗概。

二、探索式阅读的第二步：逻辑阶段阅读

初次阅读一本书时，应该对主要内容，即这个你从头到尾通读过的故事，有个整体的感受，而不是停下来思考或查看细节。现在，你需要将目光聚焦在书中的个别部分。理想情况下，此时应该重读整本小说，但除非你衣食无忧，而且未婚，就像几个世纪之前的那些绅士学者们，否则不大可能这么做。一个替代方式是，重读你之前括起来的，或者加了书签用以提示的那些内容。其中有些现在看起来可能无关紧要了，而另一些则重要起来。

如果阅读的是非虚构类作品，你应该开始分析作者的论证：他试图向你证明什么观点？提供了什么证据，让你信服他的论证？

小说的目的不同于哲学、科学或历史。小说并不向你呈现某种论证，它只是邀请你进入另一个世界。如果你要评价非虚构类作品，你应该问问：我被说服了吗？但如果要评价一本小说，则应该换个问法：我是否感到情不自禁？我有没有看到、听到、感受到另一个世界？我能否与生活在另一个世界的人产生共鸣？我是否理解他们的需要、愿望和困境？或者，我完全没有被打动？

与其他任何一项技能一样，对小说的批判性思考会随着练习变得简单。下面的文学分析简要指南并不是文学批评的研究生课程，也不是要把你变成一个

第五章
人的故事：在小说中漫寻历史

评论家。然而，这些问题会引导你的思维进入一种更具分析性的模式。当你开始练习提问和回答时，其他的问题和答案也会随之跃入你的脑海。

在笔记本上写出你对下面问题的答复。这些问题并非适用于每一本小说。有的问题如果看起来并没有合适的答案，那就先略过它，接着往下走。请牢记，对于这些问题，所谓的"正确答案"不是必需的。（评论家可以针对《白鲸》是更接近现实主义还是神秘主义而争论不休。）但是，只要你写下一个答案，就请直接引用小说原文作为支持论据。这会让你将注意力聚焦在书的内容上。使用直接引用，可以避免泛泛而谈的无意义的论断，"《白鲸》是关于人对上帝的追寻。"这个句子后面应该接着写"这可以从……场景中看出"，并对场景进行描述。

这部小说是"虚构"（fable）还是"纪实"（chronicle）？每位小说家都属于非此即彼的某个阵营。有些作者试图把我们带入一个与我们自己的世界非常相似的世界；告诉我们，在受同样规则支配的生活中，人们的行为本身每时每刻都在规范自己的生活。这些作者让我们确信，每一种情感都源于一个原因，每一个行为都源于一个反应。这些作家创作了"纪实"——以我们自己的世界为背景的故事。

另一些作家从不努力使我们确信书中描述的世界是真实的。这类"过去曾经"的虚构故事把我们带到一个规则迥异的地方。格列佛说："我从英格兰航行出发，结果被六英寸高的人们俘虏了。"而《天路历程》里的基督徒告诉我们："然后，我看到即便身处天堂之门，也有通往地狱之路。"虚构故事的作者们不会以这样的方式开始小说——"六月的一个周六，上午九点，雨"，而代之以"曾经有一次……"。《天路历程》和《格列佛游记》都是讲述虚构故事的；而《傲慢与偏见》和《一位女士的画像》（*The Portrait of a Lady*）则是纪实小说。[8]

这就是关于一部小说必须要问的第一个问题：这个故事的世界是否与我身处的世界受同样的规则支配？或者，书中是否有与我所知的现实不相符的奇妙事件？当你对上述问题有了答案，接下来就要进一步思考下面的问题了。再次强调，随手记下书中的原文，作为每个答案的依据：

（1）如果一部小说是以我们的世界为背景，譬如纪实类小说，那作者是如何向我们表达现实的？是通过对自然细节的精确再现来使你确信吗？譬如，一日三餐的饭菜，服装剪裁与色彩搭配，周围的风景？又或者，选择聚焦于心理细节的描述（思维的过程、情绪的起伏、动机的缓慢呈现）？

（2）如果作者展现的是一个想象的世界，那么其意图何在？作者有所讽喻吗？在一篇寓言当中，作者会就故事的某个部分（人物、事件、地点）建立起对应关系，构筑文学意义上的现实。在《天路历程》中，基督徒背负着巨大的包裹，这包裹象征着他的原罪。在《格列佛游记》中，斯威夫特笔下的人物会因为鸡蛋应该在较小那头剥开还是在较大那头剥开而展开争论。关于"小头"（Little-Endians）和"大头"（Big-Endians）之间的激烈争论是一个讽喻，是斯威夫特对他身处的那个时代，关于如何正确遵守圣餐仪式的争论。作家对寓言的选择本身就暗含着某种观点的表达，你可以对此表示怀疑：并不是每个人都认为关于真实存在（Real Presence）的争论与如何剥开一个鸡蛋的争论一样无关紧要。[9]

如果没有讽喻，寓言作家是在做猜想吗？在这种情况下，奇异的元素与我们的世界并不存在一一对应的关系。与之相反，陌生环境的奇特性将其思想推向极致。乔治·奥威尔（George Orwell）以奇幻的方式写出了一个并不存在的世界，但他并不希望你在"老大哥"（Big Brother）和某个当代政客之间做简单的类比。在《1984》这个奇异的时空中，现代生活的某些方面被拉伸、夸大，并扩展到不可思议的极限，其目的就在于展示这种生活潜在的风险。

（3）这部小说是否基本属于现实主义，同时也夹带了虚构、神秘的成分？如果是这样，那就不能简单地将其归类为"虚构体"。《红字》记述了一些很普通的事件（不忠、非婚生育），但其高潮部分至少涉及了一个灵异事件。《简·爱》是关于一个现实的不快乐的人住在英国庄园里的故事，但简·爱却在故事的高潮部分听到幽灵般的声音：这难道是梦？当作家把幻想的成分带入到现实主义故事中，他就是想说明一种真实的现象，只是这种现象过于有力，以至于无法运用现实的语言来描述。你能识别这种现象吗？

中心人物想要什么？他们遇到了什么阻碍？采取了什么手段去克服这些障碍？几乎每一部小说，即便是最现代的，也是围绕这些基本话题来进行组织的。纷繁的人物角色，就你关心的话题，你想问多少位就问多少位。但是，最好从突出醒目的人物开始。

伊丽莎白·班纳特想要什么？最核心的问题往往看起来都有一个直截了当的答案。伊丽莎白·班纳特想要结婚；基督徒想要抵达天主之城；希斯克利夫想要凯茜；而亚哈想要白鲸。①

　　通常，在这种表面的欲望之下，隐藏着更深层的、更本质的需要或需求。你可以通过上述第二个问题，获悉更深层次的动机：他们遇到了什么障碍？是什么破坏了伊丽莎白·班纳特的婚姻能力，使她的生活复杂化，威胁到她的幸福？是她的家人：她狂野的妹妹，她滑稽可笑的母亲，她那被动又愤世嫉俗的父亲。伊丽莎白是想结婚，但其最深层次的愿望是在婚姻之外的。她想要放弃那个与生俱来的世界，拥有一个新的世界。她想逃离。心存这种疑问，会避免得出过于简单的答案：亚哈并不只是想要捕鲸。

　　现在，再做进一步分类。是否有人妨碍了女主人公实现她最深层次的愿望？果真如此的话，那么这个人是否就是一个典型意义上的"恶棍"，一个总想伤害他人的为非作歹的人？（《汤姆叔叔的小屋》中的西蒙·勒格雷就是一个典型的恶棍。）或者，这个"恶棍"也同样是另一个有着他自己深层次渴望的角色，只是其渴望恰好与主人公的需要发生了冲突？（伊丽莎白·班纳特的母亲、父亲和妹妹都在追寻自己的诉求，丝毫没有意识到他们的举措对伊丽莎白孜孜以求的浪漫爱情造成了灾难性的影响。）

　　挡在主人公面前的不一定是某一个人。一种不断推搡她步入错误方向的邪恶力量，一系列客观发生的事件，联合起来致使其生活变得复杂，等等。这些都能让人物角色无法得到他们想要的东西。在小说家的世界里，人类总是受制于一个有缺陷且堕落的造物——或是一个无情的、机械的宇宙，在这个宇宙中，人类与蝼蚁一样微不足道。

　　当你已经知道书中某一个人物角色的需要，以及阻止他满足这种需要的障碍，哪怕是暂时的，你就可以开始回答第三个问题了：他采取了什么策略来扫清障碍，克服困难，达成愿望？他是通过抗议、运用强权或者财富来克服困难、铲平道路的吗？他是在操纵、谋划，还是在计划？他是否磨砺了智慧？他咬牙坚持下去了吗？重压之下，是屈服，是萎靡不振，还是死去？这些策略造就了小说的情节。

　　把握这些基本问题，你就可以顺利阅读哪怕是这份名单上最现代的小说。小说中的人物总是渴望逃避，追求自由和理想化的生活，主宰他们自己的人生。

---

① 这段文字提及的人物依次是《傲慢与偏见》《天路历程》《呼啸山庄》和《白鲸》的主人公。

德里罗的小说《白噪音》中的杰克·格莱德尼希望发现生命的真谛，而不是那些企业强加给他的意义，这些企业已经为他构建了他的生活故事（他不断购买他们制造的所有东西）。是什么让他无法发现这个意义？他最后是否能找到它？

是谁在给你讲述这个故事？故事可不是空穴来风，它们必定由某种声音讲述。这个声音是谁的？或者换言之，作者采用的是何种视角？

视角的选择，如同小说的其他方面，可以分成几十种类型，每一种类型都有细微的差别。除非你打算对小说艺术进行深入细致的研究，[10] 不然只要熟悉最基本的就可以了，每种视角类型都各有其优劣势。

（1）第一人称"我"提供了非常直接但有限的视角。第一人称叙述可以让你聆听人物角色最为私密的想法，但是有得必有失，你只能看到角色个人狭隘视野当中的见闻，只会了解到那些人物角色自己意识到的事实。

（2）第二人称（"你沿街散步，打开了那扇门……"）并不常见，通常仅用于实验性的作品以及冒险游戏。如同第一人称的视角，第二人称也能让读者迅速进入到故事中，同时带来一种远远超过第一人称所能做到的那种即时感。但是，第二人称往往将作者局限于当下，而舍弃了对过去的所有反思。

（3）第三人称有限视角，也称"第三人称主观叙述"，是从某个特定人物的视角来讲述故事，深入到这个人物的心灵，但使用第三人称代词，而不是第一人称代词。这种视角可以让作者与故事保持一点距离，但仍然将作者局限于特定人物的见闻和思想之中。这种叙事方式有一个变体，就是"第三人称多重视角"，这种方式很可能是本章清单中的小说使用的最常见的叙述策略，它允许作者使用若干不同人物角色的视角，从一个人物的"内在"跳到另外一个人物的"内在"，进而提供多重视角的叙事。

（4）"第三人称客观叙述"通过一个距离较远的视角来讲述故事。讲述者能看到发生的任何事情，就像他正盘旋于这一幕幕的上空一样，但他无法深入到任何人物角色的内心和思想中。使用这种叙事方式的作者可以获得一种科学的、客观的视角，但同时也失去了告诉我们人物所思所感的能力。我们不得不从人物的行为和表达中来推断这些。第三人称客观叙述就是电影制片人的视角。

（5）全能视角，直到19世纪这都是最流行的叙事方式，这种视角将作者置身于上帝的位置。他能看到并解释一切，他既能描述宇宙中最伟大的事物，也能描述人物灵魂中最隐秘的思想。全能视角往往也是作者的视角，虽然并不总是如此，但它可以让作者布道说教，表达自己对书中所发生事件的看法。（在维多利亚时代，全能视角使得作者可以向读者直抒己见，比如："尊敬的读者，这个女人理所应当遭受如此深刻的谴责！"）

那么，作者选择使用的是哪一种视角呢？他从中收获了什么？失去了什么？如果你已经识别出作者采用的视角，那么试一下：用不同的视角复述小说中的一个关键段落。这样做会使故事发生怎样的变化呢？

故事发生在哪里？ 每个故事都发生在某个现实的场景，这个场景是自然的还是人造的？如果是自然的，那么森林、田野、天空是如何反映人物角色的情感和困惑的呢？密布天空的乌云，是否正如女主人公的哭泣？狂风大作，是否意味着情绪烦扰？或是大自然对于主人公的挣扎完全无动于衷？这些问题的答案将向你揭示小说家是如何看待人与物质世界的关系的。人与自然的关系是否如此密切，以至于自然的种种反映都是对人类境遇的回应？或者宇宙对人类就是漠然的？我们是处于宇宙的中心，还是位于冷漠宇宙边缘的小爬虫而已？

人造环境，譬如一座城市、一栋房子、一个房间，也能够反映人物的内心世界，是光洁的、干净的，还是杂乱的、困惑的？加缪《局外人》中的讲述者说道："下午，巨大的电扇不断地搅和着大厅里混浊的空气，陪审员们手里五颜六色的小草扇全朝一个方向扇动。我觉得我的律师的辩护词大概会讲个没完没了。"浊重的、一成不变的氛围反映了讲述者的无能为力，他无法穿透周围的重重迷雾。

找一些描述，问问自己：谁在现场？他周围的环境怎么样？他感觉如何？这说明了他怎样的精神状态？

作者使用了怎样的风格？ "风格"不仅指作者的用词习惯（单音节还是多音节？），也包括作者对长短句的使用。这些词句是短小精悍的，还是复杂的包含了许多分句和从属概念的复合句？

20世纪初，现实主义小说家致力于摆脱那种复杂的语句（经过思考和勤于笔耕的产物），转向更口语、更随意的风格，更接近"真实的普通人"在日常对话中使用的语言。这种对正式语言的偏离反映了"良好风格"观念的变化。

你可以通过一些简单的机械工具来识别作者使用的是正式语言（措辞）还是非正式语言（措辞）。在《写给当代学生的古典修辞学》（*Classical Rhetoric for the Modern Student*）一书中，作者爱德华·考伯特（Edward Corbett）提出的建议如下：

（1）挑选一处比较长的段落，数一数句子中单词的数量。最短的句子有几个？最长的呢？平均每句话用了几个单词？

（2）在这一段中，不少于三个音节的名词和动词各有几个？

（3）在这一段中，有多少名词属于具体事物（人物、风景、动物、衣服、食物等），有多少属于抽象概念？

（4）在这一段中，有多少动词用来描述身体动作（跑、跳、爬、脸红，等等），有多少描述思维活动（担心、期待、高兴等）？[11]

这种机械式的练习能帮助你感受作者的风格是"朴素的"（篇幅短，常用词，简单句），还是更为复杂和精雕细琢的。

现在使用上述练习，从三个不同的人物中选取三段对话，加以对比：这些人物的语言风格相仿吗？（这是很常见的毛病，即便在伟大作家的作品中也会有。）或者，他们说话的方式反映了他们有着不同的背景、不同的职业和生活吗？

最后，请注意作者对标点和大写字母的使用是否偏离了使用惯例？作者是否故意把句子弄得支离破碎，或者故意使用缺乏连接词和标点符号的长句？作者是如何处理专有名词的？对话风格是偏向于传统，还是遵循其他某种风格？如果确实存在偏离，这种偏离是如何影响你的阅读体验的？你可以尝试重写一句话或一段文字，用上你学过的语法规则，如果愿意也可以多写些；然后，和作者的原文对比一下，看看改写后有何差别？

图像和隐喻。有没有什么特别的图像一遍遍地反复出现？书中人物是否发现，他们在不断地蹚水过河，或走过丛林？有没有什么特别的颜色（如白色的服装、白色的玫瑰、白色的天空）不止一次地出现？在《了不起的盖茨比》中，验光师弃用的作为广告牌的那一双巨大的木制眼睛，似乎正悲伤地望着这一片灰白的平原。拜厄特的作品充分地运用了绿色和蓝色，用来象征水和冰川的关系。

当你发现了重复出现的图像时，问问自己：这是某种隐喻吗？如果是的话，它象征着什么？隐喻，就是某种自然物或行为代表了另外一些什么东西——或许是一种态度，或许是一种处境，或许是真相。隐喻和寓言还不一样。在寓言中，不同的故事要素与其所代表的现实情况之间存在某种一一对应的关联。一则寓言由一系列相关的隐喻组成，而隐喻则可能是单一的对象承载了多重含义。

在《了不起的盖茨比》中，巨大的木制眼睛重复出现过几次，如同上帝之眼，注视着书中的人物，但那些人盲目而冷漠，他们并没有意识到，自己就生活在注视之下。他们环顾那片平原，这里理所当然应该开发为繁华的商业区，而不是废弃为荒地。所以，这对木制眼睛正是上帝缺席的一种隐喻，让我们注意到黛西和她的圈子优裕生活的空虚本质。

开始与结尾。 现在，可以花点时间看看小说中的一幕幕场景是如何开始、如何结束的。一部小说的开篇，应该能立即把你吸引到故事的中心问题上来。作者是否暗示了一个谜，开始勾勒出一个你不能立即理解的不完整的场景？若果真如此，可能这本书的目的是要向读者呈现，人类是如何克服自身知识的不完备，凭借自己的智慧和决心为人生带来意义。这本书是否以暴力和色彩开始，通过纯粹的行动吸引你？如果是这样，小说可能意在将人类描绘成有为的一种存在。如果小说开篇是消极的画面，那么这部小说的意图可能要体现人类本质上的无助感。简·奥斯丁在《傲慢与偏见》中写道："凡是有财产的单身汉，必定需要娶位太太，这已经成了一条举世公认的真理。"这句话包含了小说所有的核心主题：婚姻的必要性，对独立富裕生活的渴望，以及所谓"举世公认的真理"的可变本质——随着故事的展开，小说中的人物发现他们最深层的信念被逐一推翻。亨利·詹姆斯以英式宅院前的草坪上的一场茶话会开始了《一位女士的画像》："真正的暮色还有好几个小时才会到来，然而夏季的强烈光线已开始进入低潮，空气已变得温和宜人，阴影已长长地铺展在平坦稠密的绿茵上。"欧罗巴宁静而慵懒的景象很快就被到来的精力旺盛的美国人所打破，这种新旧文化之间的冲突就是詹姆斯关注的焦点。

现在，你已经思考过开头，可以看看结尾了。约翰·加德纳（John Gardner）在《小说的艺术》（*The Art of Fiction*）中认为，故事通常有两种结尾：一种是揭开谜底式的（resolution），"没有进一步的事情发生（谋杀犯被捕且处以绞刑，钻石失而复得并物归原主，那个难以捉摸的女人也被俘获芳心并完婚大吉）。"与此相对的是在逻辑上让人穷思竭虑、意犹未尽的结局，在这种情况下，书中的人物达到了一种"周而复始的阶段；更多的事情会接踵而至……但它们都表达了同样的东西——例如，人们陷入虚无的仪式，或是对环境压力一再地作出错误的回应"。[12]

你看的这本书采用的是哪种结局呢？加德纳所描述的揭开谜底式的结局展

现出某种特定的信念，即通过发现那些成功之道或幸免于难的规律，我们就有可能征服世界。另一方面，逻辑上穷思竭虑、意犹未尽的结局表明我们深陷困境，无能为力，注定要因相同的事情一遍又一遍地堕入不幸的境地。每一种结局都体现了某种关于人类生活本质的哲学。那么，你倾向于哪一种哲学观点呢？

这个问题的答案将把我们带入阅读的第三阶段：修辞学阶段。

三、探索式阅读的第三阶段：修辞学阶段的阅读

针对逻辑阶段问题的回答将开始引领你揭示每一部小说的核心思想。在修辞学阶段，你要决定是否赞同这些观点。

这些名著千差万别，各有千秋。对它们的理解，将极大依赖于你个人的生活哲学、宗教信仰，以及你的工作、娱乐和家庭生活经历，因此，我不能硬性规定"讨论的话题"。但我可以提供一些话题，帮助你开始与小说的思想进行互动。记住，在修辞学阶段，对一部小说的考察应该与其他读者相伴而行。你可以通过回答下面的问题来开始对话；当然，你的阅读伙伴也需要照做。如果你们是通过书信或电子邮件进行讨论，你的第一封信可以简单用几段话来回答下列问题之一；你的阅读伙伴则根据他的想法来回应你；然后，继续其他问题。即使是当面讨论这本书，也要把思考答案记下来，这些笔记将成为你阅读一部小说时思想发展的"历史"。

该提些什么问题呢？其中大部分都与一个核心问题密切相关：这本书是对生活的准确写照吗？它真实吗？

在小说阅读的修辞学阶段探讨的观点，必然与人类经验的本质相关：人是什么？是什么引导和塑造了人？我们是自由的吗？如果不是，是什么限制了我们的自由？理想化的人应该是什么样？他是否存在？或者，这种理想化本身是否意味着凌驾于"真理"之上，仅是一种虚幻？

你与书中人物有共鸣吗？和哪个人物有共鸣？为什么？你能找到与主要人物的共情之处（情感或理智上有同感）吗？人物的困境，或他们对困境的反应，一定会激起某种形式的认同，即便是最古怪癫狂之人，他们身上也必然有些东西会让我们感同身受。约翰·加德纳评论道："尽管在我们匆匆一瞥的眼神中，亚哈船长就是个疯子，但我们也确信，他狂热地渴求真相。"

第五章
人的故事：在小说中漫寻历史

在经典名著中，即使是恶棍也拥有某些和我们一样的情感和动机。小说中的坏人之所以是恶棍，并非因为他们天生就是怪物，而是因为他们身上某些真实的品质被扭曲和夸大，直到变得具有破坏性。同样，女主人公不应该是纯粹善良的形象，这样的人物是无法辨认的。她的伟大应源于她战胜了许多我们知晓并且可能自己也具备的缺点。如果她最终没有成功，就像伊迪丝·华顿（Edith Wharton）《欢乐之家》（*The House of Mirth*）中的莉莉·巴特小姐那样，我们也会对她的失败感同身受。设身处地想一下，我们也可能遭遇同样的失败。

试着在每个人物角色身上，找出那些让你同情的品质：亚哈对真理的追寻，莉莉·巴特对美丽的渴望，哈克贝利·芬对自由的孜孜以求。你在生活中拥有这些品质吗？或者在其他人身上发现过吗？在小说里，这种品质是被扭曲了，还是被夸张了？或只是在某种程度上偏离了常规标准？有什么对抗的力量破坏了这种品质，或是妨碍了这种品质的充分释放？在自己的生命中，你是否也觉察到这种对抗性力量的存在？

接下来请思考：作者为什么选择这种品质作为这个人物的核心特征？通过这种选择，作者是否在表达一种声明：关乎人类处境，关乎所有人类共有的普世渴望，也关乎当人们试图满足这些渴望时必须要面对的一些挑战？

作者的写作技巧是否提供了他对人类处境"论证"的线索？诸如视角、背景、细节的运用，意识流的反映，每一种技巧都可能暗示了作者的某种哲学观点。思考观点的内在含义。19世纪的作者习惯从无所不知的视角出发，这让他们站在上帝的立场：看见一切，描述一切，对一切做出道德评判。但不止一位评论家已经察觉到，这种无所不知的视角已经出现缓慢的衰退，这和对上帝的传统信念（上帝是无所不知、可以决断一切的存在）的衰退是同步的。摆脱了这种全知的视角，就再没有单一的、普遍的、"标准的"观点存在了，每个人物对于正在发生的事情都可以有自己不同的看法，没有哪一种特定的观点是绝对正确的。

这本书的背景设定是如何告诉你人类被塑造的方式呢？如果作者坚信我们是环境的产物，我们生于斯长于斯，我们生活的时间和地点决定了我们是谁，她会密切关注自然景物。但是，如果作者认为人具有自由意志，有力量战胜周围的一切，那么，她就更可能专注于人的内心世界，将不会对自然环境进行细致入微的描写，她更有可能对人物的情绪、思想和心境倾尽笔墨。

这部小说具有自我反思性吗？有可能从一部小说中探索更多的人类处境吗？人类的故事能传达真理吗？书面文字果真能传递诸如"存在的意义"之类的东西吗？

这些问题的答案并不一定都是肯定的。小说家在写作时，就假设他将通过文字向读者传递某些真实的意义；人类存在这个话题可以缩减成一页文字，也可以让读者看得明白。但是，大多数作者对此感到深深的疑虑：他们怀疑这种情况是否会真实发生。小说是否承认这种张力？它是否唤起了人们对自身的关注？或是对阅读与写作的关注？小说中的人物读书吗？他们从阅读中又获得了什么？是否某种阅读被赞扬，而另一些被谴责？故事中的人物也写作吗？如果写的话，他们希望通过写作达到什么目的？他们因文章千古不朽，还是身败名裂？

如果小说具有自我反思性，那么它是认为讲故事可以对人类存在做出有意义的陈述，还是质疑了这种可能性？小说《堂吉诃德》和《占有》的发表时间几乎相差四百年，然而，两位作者都对阅读和写作进行了反思：《堂吉诃德》读得太多，反而失去了对现实的洞察；而《占有》中的核心人物通过他们留下的故事、诗歌和书信，被重新发现。

作者的时代对他有影响吗？对于这个问题，常识意义上的回答似乎是肯定的。但几十年来，这却是一个争论不休的话题，所谓的形式主义者（formalist）认为，小说作为一种"人工制品"应该被独立对待，与其时代或作者没有什么关联，作家所处时代的背景可能对理解小说毫无帮助。

要想在不了解20世纪20年代美国的情况下就能读懂《了不起的盖茨比》，已经变得越来越困难了。但是，现在钟摆已经或多或少地摆向了另一边——文学评论家们断言，小说不过是时代的产物，应该被当作一种富有想象力的历史来读，它们反映了社会习俗，尤其是那些压迫特定种族、性别或阶级的习俗。因此，《红字》向我们讲述了清教徒如何处置通奸的妇女，《哈克贝利·芬历险记》讲述了19世纪中期的奴隶制，而《黑暗的心》揭露了殖民者对土著民族的心态。

所有这些都是真实的，但小说远不止是对那个时代的反映。如果只是将小说视为历史和文化的缩影，那就把它们看扁了。明智的读者应该选取中间路线：时代在给予作家智慧和影响的同时，也惠赠其想象力；也许他能在小说创作的某些方面，进行想象力的飞跃，而超越其所处的时代与同时代的人。

第五章
人的故事：在小说中漫寻历史

作为修辞学阶段讨论的一部分，你或许需要了解一些作者所处时代的简史。不必花费太多精力，只需简要了解概貌即可。清单中的小说主要集中于美国和英国作品，可以考虑保罗·约翰逊（Paul Johnson）[①]著的《美国人的历史》（History of the American People），或乔治·布朗·廷德尔（George Brown Tindall）[②]等著的《美国史：一部口述史》（America: A Narrative History）和肯尼斯·O. 摩根（Kenneth O. Morgan）的《牛津英国史》（Oxford History of Britain）[③]。稍微详细一些的，也更注重社会和文化潮流的历史著作是由克莱顿·罗伯茨（Clayton Roberts）和大卫·罗伯茨（David Roberts）所著的《英格兰史》（A History of England），两卷本在时间上有所交叉：《第一卷：史前至1714年》（Volume I: Prehistory to 1714）和《第二卷：1688年至今》（Volume II: 1688 to the Present）。如果要更全面地了解世界史，请查阅约翰·莫里斯·罗伯特（John Morris Robert）的《企鹅全球史》（Penguin History of the World）（2014年修订版）。

一个值得称道的经验是，你可以带着目的浏览作品前后各20年的历史，也就是说，如果要读《天路历程》，也应该读读1660年至1700年英格兰发生的历史事件。你可能会发现，保存一份简要时间轴是有帮助的，无论是记在日记的顶部空白处，还是写在一张单独的纸上，都可以帮助你记住重大事件。

如果有困难，可以跳过这部分修辞学阶段的阅读。暂时忽略历史部分，先读小说，这总比你全部放弃要好。不过，如果你没读过《逃亡奴隶法案》（Fugitive Slave Law），你就无法完整理解《哈克贝利·芬历险记》；如果你不了解1949年乔治·奥威尔写下他那悲观的冗长句子时的英国政治和文化状况，你就无法读懂《1984》的全部意义。

书中有论点吗？ 现在，请试着将这些不同的思考结合在一起，形成最终的陈述：作者到底想告诉你什么？

[①] 保罗·约翰逊（1928— ）：英国著名历史学家，也是当今最著名的历史学者之一。他常年笔耕不辍，出版有40余部著作，包括《美国人的历史》《英国人的历史》《犹太人史》《知识分子》等。其中《美国人的历史》已有中译本（秦传安译，中央编译出版社，2010年）。

[②] 乔治·布朗·廷德尔：美国最杰出的历史学教授之一，南部历史学会前会长，著有相关著作多部，《美国史》已有中译本（宫齐等译，南方日报出版社，2012年）。

[③] 《牛津英国史》：这本书介绍了自公元前55年至2000年英国和英国人民的历史。本书主编肯尼斯·O. 摩根是英国著名历史学家。

小说本身并不是一个论证，故事也永远不应该归结为三段论。小说家的主要目的是引导你经历一种体验，而不是说服你相信某种观点。但在许多小说中，确有某种观点。作者描述某个特殊人物的生活，就是在陈述人类普遍的生存境遇。杰克·格来德尼，是德里罗小说《白噪音》中的主角，是研究希特勒的教授，沉溺于其所处文化的浮梦之中，所以德里罗希望读者知道，我们所有人何尝不是如此。托马斯·哈代笔下那些不幸的人们与不可抗拒的自然力量进行斗争，这些力量不断地把他们推入曾奋起反抗的泥潭，周而复始。哈代就是想让你明白：这可能也是我们的宿命。

所以，想想在主角身上都发生了什么？为什么会发生？男主人公（或女主人公）的命运，或者反派人物的覆灭，可能说明了什么？

你是否赞同书中的观点？ 现在，可以问问自己上面曾提到的终极问题了：这部作品真实（ture）吗？

在这里，你应当考虑"真实"这个词的两种含义。一部小说，其内容令人信服，描述引人入胜，精心入微，每一细节都与现实相符，这部小说使你置身于它的世界，让你对人物的命运产生兴趣，这便是小说的"现实性"（real）与我们对这个世界的体验产生了共鸣。从这个意义上说，一部作品可能是真实的，尽管它提出了一个关于人类经验应该是什么样的想法，而这种想法可能与我们自身所秉持的信念背道而驰。

或者，一部作品可以生动描绘人类存在的一个方面，同时暗示这是人类可以存活的唯一层面。

或者，一个故事可以暗示没有什么"应该是"——不要为看不见的东西努力，不要相信超越它本身的事情。

所有这些观点，我们可能会竭力拒绝，但仍觉得这本书是"可信的"。那么，这本书在哪种意义上是"真实"的呢？

与此相关的最后一个问题：虚构类作品的意义是什么？你究竟为什么要读小说？是希望发现一些关于人性的真相吗？小说是否应该揭示一些我们自身痛苦的、难以面对的真相？小说是否反映了某些道路选择的必然结局？或者说，它们反而是道德变革的推动者？它们是否展现了足以让我们修正人生之路的模式？小说为我们提供某种模式，这一观点本身就隐含着一个特定的假设：确实存在某种人类行为的标准，普适于众生与万邦，我们的人生追求就是为了发现它。

亚历山大·蒲柏（Alexander Pope）[①]曾在一段文字中表述过对立的观点："无论什么，都是对的。"（Whatever is, is right.）小说并没有提出一个理想标准，因为假设存在这样一种制约着世代万民而无须改变的标准，这本身就是狭隘和短视的。小说不提供万世表率，它只是在拓展现实：它为你打开了无数扇门，透过它们，你可以看到不同的世界，但并没有建议你应该跨过哪一道门槛。

第三节　推荐阅读的小说

笛福、理查森和菲尔丁催生了小说这一文学形式，但他们却不在这个列表里。文学研究者发现他们是如此令人着迷，但是他们的作品无疑有些过时了。"于是就落到了波比夫人身上，"理查森在《帕梅拉》中写道，"那天早上，她正好和乔伊手挽手走在海德公园，这时蒂特尔夫人和塔特尔夫人坐着马车意外地走了过来。上帝保佑！蒂特尔夫人说，我能相信我的眼睛吗？这真的是波比夫人吗？"

《帕梅拉》和菲尔丁的《约瑟夫·安德鲁斯》都属于讽刺文学，是所有文学形式中最迅速过时的；笛福的散文要稍微成功一点，但冗长的《鲁滨逊漂流记》只是当时流行的微型游记。（"更糟的是，在山谷里的三四天中，浓雾弥漫，不见阳光，我只得东撞西碰，最后不得不回到海边，找到了我竖起的那根柱子，再从原路往回走。我走走歇歇，慢慢回家里去。这时天气炎热，身上带着枪支弹药以及斧头等东西，感到特别沉重。"）雷同居多，无甚新意。

因此，这份小说清单就从塞万提斯开始，他预见到了那些后来的英国作家，接着是班扬、斯威夫特。这份名单侧重于那些最初用英文创作的小说（也即美国文学和英国文学），但同时，也尽量收录一些译作精良的世界文学宝库中的其他重要作品。这份清单具有一定代表性，但并不全面。清单上的小说都是精挑细选出来的，它们之所以被选中，不仅因为其历久弥新的价值，也因为它们能够代表小说发展史中的一些重要阶段（譬如寓言的冲击，参见班扬），还因为这

[①] 亚历山大·蒲柏（1688—1744）：18世纪英国诗人，启蒙主义者。

些小说中的某些观点和人物形象已经深入人心，进入到我们的日常语境中。

下面的注解意在帮助你在初次阅读时能获得更多的享受。对于许多较早的小说，我提供了简短的情节概要。阅读这些书的乐趣并不在于故事情节的出人意料（仿佛是犯罪片），而在于作者是如何发展和丰富那些古老的故事情节：爱情与婚姻、野心与失落、贪婪与毁灭。如果你更愿意找寻那种惊讶的快感，可以随时跳过这些注释，并在之后再读它们。

请按时间顺序阅读下面列表的小说。

1 / 米盖尔·德·塞万提斯
《堂吉诃德》（1605 年）

阿隆索·吉哈达本是一位穷乡绅，想象太多，却苦于没钱，他日夜沉迷于骑士文学并深受鼓舞，甚至变卖良田来买书。很快，他就把自己想象成生活在罗曼蒂克故事中的主人公了。他为自己取了个新名字：堂吉诃德，并宣称某位村姑是他的美丽贵妇，他还雇用了一位名叫桑丘·潘沙的农夫作为侍从，然后，开始他的探索征程。塞万提斯借用了流浪汉故事的文学传统，在这类故事中，往往有一个流浪汉在乡间游荡，利用他所遇到的容易轻信的村民而占尽便宜。但是，堂吉诃德在这次游历中是无辜的。他遇到的人（书中共有 669 个人物角色）通常都是头脑冷静的，无法容忍他的浮想联翩。堂吉诃德和桑丘·潘沙游荡在外，一次又一次地冒险，而堂吉诃德的朋友和邻居们则计划着把他逮回来。最终，他们成功了，堂吉诃德被带回了小镇拉·曼却，被当成疯子一般对待。当堂吉诃德躺在绿色法兰绒床榻上养病时，邻居之子，年轻的桑松·卡拉斯科从大学回到家中，他带来了一个消息：堂吉诃德的冒险故事被写成了一本书，已经出版了 12000 册！因名誉而备受鼓舞，桑丘和堂吉诃德开始了另一场冒险，村民们招募卡拉斯科，让他再次找回堂吉诃德，卡拉斯科将自己伪装成另一位骑士，通过一系列的冒险去追赶那一对人。最后，他假扮成"白月骑士"打败了堂吉诃德，命令他回家。堂吉诃德一路蹒跚地回到农场，不久就因病过世了。表面来看，《堂吉诃德》自相矛盾，这是一部对"书"提出挑战的小说。堂吉诃德的疯癫就是读书所致；桑松·卡拉斯科虽受过良好的教育，却是个复仇心切又碌碌无为的人。在小说结尾，这位可怜的乡绅阿隆索·吉哈达死了，被埋葬了；但堂吉诃德，这位由阅读的力量所创造的骑士，却通过文字的流传而永生。堂吉诃德的冒险是有趣的，但《堂吉诃德》真正的魅力在于，塞万提斯持之以恒地关注寓言故事是如何在读者的想象中化为真实的。

2 / 约翰·班扬
《天路历程》（1679 年）

《堂吉诃德》和《天路历程》都充满想象，并且，这种想象与现实世界形成了鲜明的对比。塞万提斯的主人公是个疯子，而约翰·班扬的故事则是个梦。在梦境里，班扬笔下衣衫褴褛的主人公"基督徒"身负重担，那重担正在毁灭他的生活，他手中的书告诉他务必逃离家园，否则毁灭将降临。一位名叫"福音师"的神秘来客指引他朝窄门而去。"基督徒"最终克服重重艰难险阻，通过这扇窄门，找到了十字架，在那一瞬间，他背上的负担消散无踪。但这只是他神圣使命的开始。现在，他必须长途跋涉到天主之城。在这条道路上，他勇斗恶魔亚波伦①，摆脱那些徘徊游荡于死荫谷（the Valley of the Shadow of Death）②的妖怪，抗拒一个穷奢极欲的小镇虚华集（Vanity fair）的诱惑，与"绝望巨人"挥剑决斗，最后抵达黑暗之河。在那儿，"莫大恐惧"笼罩着他。因"盼望"帮助而获救赎，他最终到达彼岸，并为发光的使者所护佑，臻于上帝显现之境。

《天路历程》的续集，写于第一部的六年后，经常作为该书的第二部出版。续集讲述了多年后，"基督徒"的妻子"女基督徒"带着四个儿子追随他的足迹的故事。

"基督徒"作为纯善清教徒的面目，倾向于把神圣的真理安放在数目恰到好处的清单中，就像成熟的灵性可以简单到只是在一张预先印好的表单上进行正确填空一样。然而，对于地狱的恐惧从未在《天路历程》中消失过。当"基督徒"欢欣鼓舞地抵达天主之城时，他看见另一位朝圣者被带到这座城市脚下的

---

① 亚波伦：在圣经《启示录》里，亚波伦是来自无底坑的使者，即来自地狱的魔鬼，是撒旦、恶魔的意思。"它们以深渊的使者为它们的王子，他的名字，希伯来文叫'阿巴冬'，希腊文叫'阿颇隆'。"（启示录 9：11）。
② 《圣经·旧约·圣咏集》（即和合本《诗篇》）："纵使我应走过阴森的幽谷，我不怕凶险，因你与我同在。你的牧杖和短棒，是我的安慰舒畅。"（23：4）。

一扇神秘之门，接着被猛推进去："这时我才知道，就是天门前也有一条路是通向地狱的。"

3 / 乔纳森·斯威夫特
《格列佛游记》（1726年）

船上的外科医生莱缪尔·格列佛一直以来航行周游各地，但是，糟糕的导航、海盗的袭击、兵变叛乱以及暴风使他一次次偏离航线。第一次，他的船遭难，滞留在利普特岛，在那儿，他被只有六英寸高的小人囚禁了（这可不是什么了不起的壮举）。当他终于设法逃到英格兰时，他感到同胞看起来真是巨大得有些怪异。在格列佛的第二次航行中，他被风刮到了巨人岛，在那里他被当作宠物对待。这次，一只老鹰救了他，老鹰抓着他远走高飞，然后又把他扔到一艘英国轮船附近的海里。回到英格兰后，他的看法同样发生了令人不快的变化。他的英国同胞现在看起来像是侏儒。无奈之下，格列佛开始计划下一次航行，远离家乡。这次，他发现了拉普塔岛，一座飞岛，那里的男人们痴迷于音乐和数学，而女人们则渴望临近岛屿上那些心猿意马的男人。格列佛的第四次旅行也是最后一次远行，在他登陆的岛屿上，一半是称为"雅虎"（Yahoo，人行兽）的类人野蛮土著，另一半是优雅聪慧的被称为"慧骃"的马。当格列佛最终返回到英国时，他非常反感他的同胞们，现在他们看起来像野蛮的"雅虎"，于是他买了两匹马，搬进了马厩，和它们一起生活。可怜的格列佛：旅行本应使人视野开阔，但夸张的遭遇和荒诞的经历，让他的内心日益狭隘，以致憎恨整个人类。《格列佛游记》是一部知觉上冒险的小说，在一定程度上也是颇具宣传影响的小说。斯威夫特引领你透过格列佛的眼睛去看这个世界，并接受他对事件的描述，在你不经意的时候，这些描述往往会偏离"真相"。

4 / 简·奥斯丁
《傲慢与偏见》（1815年）

《傲慢与偏见》探讨的不是男人世界的冒险与游历，而是关于妇女的家庭生活,从而将女性小说的奥普拉热潮提前了几百年。"凡是有财产的单身汉,必定需要娶位太太,这已经成了一条举世公认的真理。"小说如此开篇。对于查尔斯·彬格莱和菲茨威廉·达西这两位富裕又有权势的单身汉来说,妻子无非就是锦上添花。但对于贫穷的班纳特家的五位小姐来说,如果没有丈夫,就只能慢慢等着过穷日子了。当查尔斯·彬格莱在附近租住了一处宅院,甜美而性情温和的大小姐吉英和他陷入爱河。但彬格莱的朋友达西,对班纳特太太的鄙俗和其家人低下的地位感到震惊,认为他温顺的朋友应该放弃这桩亲事。与此同时,达西被班纳特家的二小姐伊丽莎白所吸引,并以最令人讨厌的方式向她求婚。伊丽莎白愤然拒绝了他。后来,一个曾经是达西儿时伙伴的挥霍无度的浪子,引诱了伊丽莎白狂野不羁的小妹妹莉迪亚,达西出手使得事态转危为安,同时力图让彬格莱和吉英重归于好。伊丽莎白被打动了,改变了心意,同意了达西的求婚。她的父亲也同意这桩婚事。班纳特先生评论道:"像他那样的人,只要蒙他不弃,有所请求,我当然只有答应。"最后,小说在两场婚礼中落下帷幕。《傲慢与偏见》是文学作品中最令人满意的罗曼蒂克作品之一,但这部小说里却隐藏着一个问题:伊丽莎白讨厌一个以貌取人、外表即是一切的世界,如今她嫁给了一位最富有、也最保守的男人,进入了这个名利场的中心,那么,她的新生活将会如何改变她呢?

5 / 查尔斯·狄更斯
《雾都孤儿》(1838 年)

一位不知姓名的女孩在工棚里生下孩子后,身份不明地死掉了。她才出生几分钟的孩子,躺在脏兮兮的床垫上急促地喘个不停。如果这婴儿"周围都是知疼着热的奶奶姥姥、忧心如焚的姑姑阿姨、经验丰富的保姆和学识渊博的大夫,他必定马上给整死,这是毫无疑义的。"但由于在场的是一个劳累过度的医生和一个醉酒的保姆,所以,这婴儿活了下来。偶然的命运逆转使我们有机会认识奥立弗·退斯特,一个本应得到爱和照顾,但却在童年时起就被成人们使唤的孩子。抚养他的保姆窃取了他的慈善救济;教区以五英镑把他租给一个棺材匠;当他逃到伦敦时,盗窃销赃的费根教他扒窃路人的口袋。奥立弗被家境优裕的布朗劳先生从街头救走,但另外两名盗贼孟可司和赛克斯,在赛克斯的女工恋人南茜的帮助下，绑架了奥立弗，并强迫他协助抢劫。房子的主人梅里夫人和侄女露丝当场抓住了奥立弗，并决定收养他。孟可司和赛克斯决定再把奥立弗拐走。南茜开始后悔自己的参与，她告诉露丝和梅里夫人有关绑架的计划。赛克斯发现了南茜的背叛，把她打死了。（对于那些还不明显的现象来说，狄更斯是一个敏锐的观察者——露丝试图说服南茜离开赛克斯，南茜告诉露丝："我必须回去。也许这是上帝对我所作所为施加的惩罚，我不知道，但我不管遭受什么样的痛苦和虐待，总是想回到他身边去；而且，我相信，即使我知道自己最后要死在他手里，也不会改变主意。"）奥立弗把露丝和梅里夫人介绍给他以前的恩人布朗劳先生，三个成年人计划在赛克斯和孟可司企图实施绑架时诱捕他们。赛克斯在逃脱伏击时意外地吊死了，孟可司则被捕，随后发现他竟然是奥立弗同父异母的兄弟，他苦苦追击奥立弗就是为了窃取他的继承权。书中有两处惊人的巧合：露丝原来是奥立弗的姨妈，而布朗劳先生意识到孟可司和奥立弗是他的老校友爱德华·黎福特的儿子。狄更斯的这种不大可能的情节设计（我省略了四分之三），意在表明那些能在伦敦活下来的孩子纯属偶然，因为恰好有仁爱之人怜悯他们。《雾都孤儿》最初的副标题是《教区男孩成长记》(*The Parish Boy's Progress*)，用以讽刺班扬的标题《天路历程》。《天路历程》里的"基督徒"是一个能够追求自身命运的成年男子，而奥立弗·退斯特则完全仰赖于陌生人的善意。

6 / 夏洛蒂·勃朗特
《简·爱》（1847年）

简·爱是一名孤儿，由并不喜欢她的姨妈抚养长大，姨妈家的表兄弟们也总是欺负她，她先是逃到学校，然后又到桑菲尔德庄园做了家庭教师。她的雇主，风度翩翩但精于算计的罗彻斯特先生，劝说简·爱嫁给他。她同意了，但在婚礼当天发现罗彻斯特家里疯狂的怪笑和诡异的事情，都是由罗彻斯特先生的妻子伯莎引起的，她在婚后不久就神志失常，被关在阁楼里。尽管罗彻斯特冒着被判重婚罪的风险，仍然劝说简·爱留下，跟他在一起。简·爱跑掉了，她穿越一片沼泽地，跌跌撞撞地来到远房亲戚里弗斯家。简·爱与黛安娜和玛丽姐妹住在一起，并受到她们的兄长——保守而又禁欲的圣约翰·里弗斯的礼遇。圣约翰向简·爱求婚，告诉她，上帝发出召唤，让她成为他的妻子和助手，简·爱婉拒了。幸运的是，她从一位远房叔叔那里继承了一小笔钱，这些钱可以让她拥有起码的经济独立。在考虑下一步行动时，简·爱突然清晰地看到罗彻斯特先生在呼唤她。她重回桑菲尔德庄园，却发现它已今非昔比，破败不堪。罗彻斯特的那位疯婆娘放火烧了房子，她自己也葬身火海。现在，罗彻斯特是自由身，可以再婚了，但他在大火中失明，伤痕累累。无论如何，简·爱嫁给了他（她在小说最著名的一句话中宣布，"我嫁给了他。"），照顾他，在小说行将结束时，还为他生了一个儿子。罗彻斯特是文学史上著名的浪荡哥之一：性感，迷人，富有，名声不佳。而夏洛蒂·勃朗特塑造了简·爱这个完美的女人给他；她拒绝与他结婚，直到非他莫属。

7 / 纳撒尼尔·霍桑
《红字》（1850 年）

赫斯特·普林在丈夫于海上失踪后怀了孕，她所属的清教徒社区威胁她，将以通奸罪处决她。乡村牧师亚瑟·丁梅斯代尔代表她出面干预此事，村中长者允许饶过她的死罪，但活罪难逃——余生都要在胸口佩戴一枚布制的猩红的字母"A"标记。赫斯特生下女儿珀尔，生活安定，直到一个陌生人出现在这个村镇。这个饱经风霜的男人已经与印第安人共同生活多年，他自称是罗杰·奇林沃斯，但赫斯特认出他就是自己失踪的丈夫。奇林沃斯因赫斯特的怀孕而感到奇耻大辱，拒绝向村民表明自己的真实身份。他拉拢亚瑟·丁梅斯代尔成为朋友，因为他怀疑（相当准确地）后者就是珀尔的生父。打着男子汉气概志同道合的幌子，他令丁梅斯代尔饱受精神折磨，直到这位牧师自己爬上绞刑台，向全镇忏悔自己所犯的罪行，他撕开衬衣，露出一个奇特的污名标记（一个字母 A 闪现在他胸口上），然后死去。猫鼠游戏中的老鼠没了，奇林沃斯也就死了。赫斯特带着珀尔离开了这里，多年以后又出乎意料地返回，在她的长袍上仍然有着红字 A，她平静地生活在马萨诸塞州，直到去世。珀尔出生于社会道德的约束之外，成功地摆脱了所有社会压力，此后终生幸福地生活。但是，她也只是在脱离盎格鲁裔美国人的世界，并与某个神秘绅士结婚之后，才获得了这种自由。没人见过他，但盖有"英国纹章学家所不知道"的盾形纹章的信件，总是按时地寄到赫斯特手中。

8 / 赫尔曼·麦尔维尔
《白鲸》（1851年）

　　一位真实身份从未透露的校长，让我们称他为以实玛利。他不安地决定要改变自己的生活，于是登上了"裴廓德号"捕鲸船，船上有一位来自南洋的标枪手魁魁格。亚哈是"裴廓德号"的船长，也是一位疯狂的捕鲸手，他身上有一道贯穿身体的伤疤，还有一条木腿。亚哈决意要找到并杀死大白鲸莫比·迪克。当他最终发现这条鲸鱼时，把几艘小船从大船上放下来，一路追逐它。亚哈的船一马当先，莫比·迪克冲撞并毁掉了他的船。亚哈被救了回来，船员们对这头白鲸穷追不舍。在追捕的第三天，鲸鱼猛撞船身，船身随之四分五裂，亚哈被缠在脖子上的鱼叉绳拖下了水。除了以实玛利被一艘经过的船只救起外，其他船员全部葬身大海。

　　这部小说看起来似乎平淡无奇，但却是象征主义的一部长篇大作。它到底要讲什么呢？是"创造和毁灭神与英雄"的人类冲动（埃里克·莫特拉姆［Eric Mottram］）；是面对人类追求精神真理时，上帝"难以言喻的沉默"（詹姆斯·伍德［James Wood］）；是语言的"意义如此之多，以致我们终将无意义可寻"（詹姆斯·伍德）；是人类对知识的追寻"既带来苦难，也带来惊奇"（詹姆斯·麦金托什［James McIntosh］）；是拒绝文化霸权和颠覆公认的文化真理（卡罗琳·波特［Carolyn Porter］）；是异性恋焦虑和同性恋认同（太多评论家援引此论）。它也涉及迷恋；涉及对真理徒劳无果的追求，而真理往往是看得见却永远找不到的；涉及人类即便有同伴环绕，自我却依然存在着本质上的孤立和孤独；涉及自然、野蛮而又简单的人（如魁魁格）和受过教育的、迷茫而又不安定的人（如以实玛利）的冲突；哦，当然，还涉及看起来真正要追求的，就是用鱼叉扎入然后扎碎鲸鱼。

第五章
人的故事：在小说中漫寻历史

9 / 哈里特·比彻·斯托
《汤姆叔叔的小屋》(1851 年)

汤姆叔叔是亚瑟·谢尔比在肯塔基州种植园的奴隶。谢尔比是个有良知的主人，但他仍然是奴隶主，汤姆是属于他的财产。因此，当谢尔比背负债务时，他将汤姆"顺流而下"卖给了美国南部州的奴隶市场，那里炎热潮湿的生活环境和更加繁重艰苦的体力劳动，让奴隶们感到恐惧。卖掉和这个家庭相处多年的汤姆，就很差劲了；不仅如此，谢尔比还要把五岁的哈里从她母亲伊丽莎身边带走，卖掉。当他愤愤不平的妻子提出抗议时，谢尔比却坚持认为债务让他别无选择。谢尔比夫人作为一位女性，比男人具有更高的道德敏感，她和丈夫争论起来。伊丽莎偷听到此事，抱起她的孩子，夺路而逃。她想说服汤姆叔叔和她一起逃走，但汤姆出于忠诚留了下来，因为他知道谢尔比需要卖他，以赚得这笔钱。出于对白人目标的这种错误认同，汤姆最终付出了生命的代价。他去了南部州，在途中救了小伊娃·圣·克莱尔的性命——一个不可思议的、善良但患有肺痨的金发小孩。小伊娃说服她的父亲买下汤姆，并在自己临终前请求父亲还汤姆以自由。圣·克莱尔先生答应了小伊娃，但没等到实现诺言，克莱尔却意外地被害身亡。他的妻子卖了汤姆抵债，汤姆最终被他的新主人——酗酒的恶棍西蒙·勒格雷殴打致死。

伊丽莎历经凶险，甚至跳上浮冰，漂过一条河，逃到了俄亥俄州。她在一位支持奴隶制度的参议员家中找到了避难所。伊丽莎的遭遇触动了这位参议员，他改变了主意，把伊丽莎送到了贵格教会（Quaker community）①，伊丽莎由此获得帮助，逃往加拿大。与此同时，亚瑟·谢尔比因出卖哈里和汤姆而于心不安，决定去找回他们。当他发现汤姆已经死去的时候，偶遇另外两个奴隶，他们都是因为西蒙·勒格雷的暴虐对待而逃跑出来的。他们中的一个是凯茜，后来发现，她正是伊丽莎的母亲。谢尔比回到肯塔基州，释放了剩下的所有奴隶。凯茜和她的同伴去往加拿大，发现伊丽莎在那儿。其他逃亡者都决定到利比里亚定居，那里是获得解放的奴隶的新属地。像狄更斯一样，斯托希望她的读者能够感受到可怜人悲惨的情感。不同的是，狄更斯会寄希望于仁慈之人，而斯托

---

① 贵格教会：又名教友派、公谊会（the Religious Society of Friends），兴起于 17 世纪中期的英国及其美洲殖民地。

则认为在面对不公正的制度时,他们终究是无能为力的。她希望进行一场彻底的社会改革,并从当代"女性文学"中借鉴能够高度唤醒人心的主题(危难中的孩子、失去亲人的母亲、圣洁善良的女性),试图通过这些,召唤她的读者的情感(从而也是他们的意志)。

10 / 古斯塔夫·福楼拜
《包法利夫人》(1857年)

"现实主义之父"古斯塔夫·福楼拜毁灭了他的女主人公,因为她终日沉溺于小说的浪漫幻想中。爱玛·卢欧嫁给了乡村医生查理·包法利,她喜欢当医生的太太。但现实却是如此沉闷乏味,她病了。她的丈夫因此放弃了村医的行当,带她去鲁昂的镇上,在那里,她生了一个女儿。然而,母亲的身份并不能满足她对浪漫的渴求。当孩子对她流口水时(毫无疑问,这是人生中最现实的事情之一),爱玛避之唯恐不及。她留恋着法律文员莱昂,直到他离开了镇子——这件事引起她婆婆的愤怒,她抱怨爱玛总是把时间花在读小说上:"啊!忙!忙什么?看小说,看坏书,看反对宗教的书,看用伏尔泰的语言讥笑教士的书。"因为渴望浪漫的爱情,又厌倦了她乏味的丈夫那肮脏的指甲和农民习气,爱玛倾心于镇上的单身汉罗道尔夫·布朗格,一个"拈花惹草"的家伙。布朗格和爱玛有过一段风流韵事,并许诺会带她离开这里,但却爽约了。(他自己思忖:"我不能远走高飞时,再带一个小女孩。……再说,麻烦,开销……啊!不,不,一千个不!傻瓜才干这事!")爱玛失望后,开始和刚回到镇上的莱昂发生关系。她瞒着丈夫大把花钱,负债累累,直到治安官前来没收财产。无论罗道尔夫还是莱昂,都不会出手相助,最后她服毒自尽了。即便如此,浪漫与现实的战争仍在继续:"她还是那么漂亮!"一位出席者赞叹于她盛装的尸体,直到"一股黑水"从爱玛的嘴里流出来,就像"呕吐一样",弄脏了她衣服的荷叶边。查理·包法利哀恸而死,留下女儿一人成为孤儿,不得不在一家棉厂工作——可以确信的是,她不会重走母亲的老路,因为那条放纵之路需要稳定的资金来源。

第五章
人的故事：在小说中漫寻历史

11 / 费奥多尔·陀思妥耶夫斯基
《罪与罚》（1866 年）

拉斯科尔尼科夫犯了一起连他自己都弄不明白的谋杀罪。他家庭贫困，妹妹杜尼雅需要嫁妆，因此，拉斯科尔尼科夫为了珠宝，杀了年老的当铺老板和她的妹妹，可这珠宝并不丰厚，根本不足以让他们过上富裕生活。慢慢地，拉斯科尔尼科夫引起了警探波尔菲利·彼得罗夫维奇的注意。当他意识到自己受到怀疑后，想过要自首，但当他对妓女索尼娅心生爱慕时，拉斯科尔尼科夫便放弃了这一计划。索尼娅是一名遗孤，父亲是已故的书记官，母亲身患肺痨。

拉斯科尔尼科夫的妹妹杜尼雅周旋于三个男人之间。她与小官僚卢仁解除了婚约，选择和拉斯科尔尼科夫的朋友拉祖米欣交往。卢仁因被拒绝而恼羞成怒，于是栽赃给索尼娅，然后控告她盗窃。（幸运的是，一位邻居看到了卢仁，从而洗清了她的罪名。）杜尼雅也吸引了她之前的一个学生——阴险的斯维德里加依洛夫的注意，他尾随她到了圣彼得堡。当拉斯科尔尼科夫最终向索尼娅忏悔自己的谋杀罪行时，被斯维德里加依洛夫偷听到，后者引诱索尼娅到自己房间后，把她锁了起来。他许诺说，如果索尼娅肯嫁给他，他就去救拉斯科尔尼科夫。但是，索尼娅拒绝了。最终，斯维德里加依洛夫还是放了她，并在绝望中自杀。所有这些扭曲的爱与索尼娅、杜尼雅以及母亲对拉斯科尔尼科夫的爱形成了对比。当他们都劝导他洗心革面时，拉斯科尔尼科夫终于自首，后被判处流放西伯利亚八年。杜尼雅和拉祖米欣结婚了，索尼娅跟随拉斯科尔尼科夫到了西伯利亚，她住在劳改营附近，协助照顾犯人。在西伯利亚服刑期间，拉斯科尔尼科夫的自尊心受到了伤害，"啊，如果我是孤单单的一个人，谁也不爱我，那我决不会爱任何人！"他自言自语道："这一切事情就不会发生了！"他枕头下留着一本索尼娅送的《福音书》。每每翻阅，罪孽往事因之结束，新生开始。不过，陀思妥耶夫斯基没尝试讲述这个新故事。他写道："一个新的故事，一个人逐渐再生的故事，一个他逐渐洗心革面、逐渐从一个世界进入另一个世界的故事，一个熟悉的、直到如今根本还没有人知道的现实的故事正在开始。这个故事可以作为一部新的小说的题材——可是我们现在这部小说到此结束了。"陀思妥耶夫斯基对于拉斯科尔尼科夫因罪行而日益倍感不安的细致勾画，是关于负罪感的层层递进的经典描述，即便在一个半世纪之后的今天，它依然引人入胜。

12 / 列夫·托尔斯泰
《安娜·卡列尼娜》(1877年)

斯吉邦·奥勃朗斯基因欺骗妻子陶丽被逮个正着，陷入了困境。幸运的是斯吉邦的妹妹安娜正赶过来，她为兄嫂协议调停，并会见了伏伦斯基伯爵。此人曾对陶丽的妹妹吉娣有过漫不经心的关注，当伏伦斯基一见到安娜，便爱上了她；安娜不顾丈夫和八岁的儿子，与伏伦斯基一直保持着明目张胆的联系，直到她怀上伏伦斯基的孩子并和他私奔。吉娣虽然也渴慕伏伦斯基，但也慢慢地开始接受另一位追求者的安慰，踏实而富有的列文。他们结婚了，婚后一起经营列文的农庄。

安娜和伏伦斯基开始相互怨恨。安娜被她丈夫剥夺了与儿子的联系，她陷入深深的痛苦、内疚和"使他们隔阂的恼恨情绪"，这"不是任何外来原因造成的。一切尝试不仅不能消除这种情绪，反而使它加剧了。这种恼恨产生在各人自己心里，就她来说，是因为他的爱情日渐衰退"。而对于安娜的爱侣伏伦斯基而言，则是开始"后悔他为了她而陷入苦恼的处境"。他们的关系变了，不断争吵；安娜冲向火车站，打算一走了之。当她看到车轨时，她想："那里，倒在正中心，我要惩罚他，摆脱一切人，也摆脱我自己！"她纵身栽在火车之下。伏伦斯基崩溃了，转而去服兵役。

列文和吉娣也并非一帆风顺。列文经历了一场信仰危机，这场危机险些令他自杀。但是，这一对之所以能执手相伴，可不仅是因为浪漫之爱，还因为他们拥有安娜和伏伦斯基缺乏的正式的家庭结构。列文对家庭和农庄的责任感迫使他坚忍不拔。当他继续固执地"坚守他属于自我和确定的生活模式"时，他收获了信仰的馈赠。精神的伟力填补了他存在的虚无。在书的结尾，他反思道："我依旧会……不过，现在我的生活，我的整个生活，不管遇到什么情况，每分钟不但不会像以前那样空虚，而且我有权使生活具有明确的善的含义！"托尔斯泰的小说以希望与现实的巧妙结合而结尾。列文的新生力量不取决于环境，而取决于在日复一日的生活中，他对精神层面的坚信。

13 / 托马斯·哈代
《还乡》(1878年)

《还乡》的开篇不是男女主人公,而是用了整整一章来描绘风景:埃顿荒原本身就是自然力量,"那一大片阴森连绵的圆阜和空谷,好像以十二分的同情,起身迎接昏沉的暮色似的;因为荒原把黑暗一口呵出,天空就把黑暗一气泻下,两种动作同样迅速。这样一来,大气里的昏暝和大地上的昏暝,各走半程,中途相迎,仿佛同枝连理,结成一气氤氲。"尤斯塔西雅·维伊就住在埃顿荒原。她是一位强势的姑娘,有着出自"本能的、对于社会的非分之想",而她对生活的计划则显示出"大将统筹全局的战略",而非"妇人女子的小巧"。她渴望摆脱埃顿荒原。当事业有成的克莱姆·约布莱特衣锦还乡时,她把他当成救星,他们结婚了。但尤斯塔西雅因为克莱姆决定留在埃顿荒原出任校长而愤怒不已。事情变得越来越糟糕。克莱姆读书太多损坏了视力,当了樵夫。受困于这种农民式的生活,在她无法控制的力量的摆布下,尤斯塔西雅开始和之前的追求者达蒙·怀尔德夫走到一起。克莱姆的母亲听闻此事后,前去干预。尤斯塔西雅趁着克莱姆不在时,招待怀尔德夫,不理会婆婆的敲门。克莱姆的母亲只好离开,穿过荒原,结果在休息时不幸被蛇咬伤(尤斯塔西雅并不是唯一一个受自然力量支配的人物)。克莱姆伐木回来,跌跌撞撞地扑向垂死的母亲。他从村民那里得知,母亲曾来过他家,希望他的妻子给个说法,而且撞见了她的婚外情。尤斯塔西雅跑去和怀尔德夫私奔,夜半时分,在途中,她掉进(也许是跳进)附近的蓄水池,溺水身亡。怀尔德夫随后也掉了进去,淹死了。在《还乡》中,自然力量和社会力量像水一样,在人物周围涌起、汇聚、流动,最终将他们淹没在徒劳的逃跑中。哈代是英语作家中最伟大的"风景作家",他描写的沼泽、田野和磨盘真实到触手可及,而他的黑暗森林和深邃的池塘则充满着威胁。

14 / 亨利·詹姆斯
《一位女士的画像》(1881年)

伊莎贝尔·阿切尔是一位美国姑娘,她有个美国范儿的追求者——卡斯帕尔·戈德伍德,一名身材高大、肤色棕黑、棱角分明的商人。但是,伊莎贝尔的姑妈，多年来一直和丈夫、儿子生活在英国乡下的庄园，决定把伊莎贝尔从粗野的美国人那里解救出来，带她去欧洲看看。在英格兰，高贵的沃伯顿勋爵追求伊莎贝尔，而她则爱上了自己的表兄拉尔夫。与此同时，她的美国朋友亨利埃塔·斯塔克波尔——一家美国出版机构的独立且果敢的记者，也来到了英格兰。亨利埃塔困惑于古老的，甚至是衰败的欧洲竟对伊莎贝尔有着如此的吸引力，她邀请戈德伍德来访。但伊莎贝尔决心走自己的路，让戈德伍德离开。

　　幸运的是，伊莎贝尔不必自力更生，因为拉尔夫的请求，伊莎贝尔的舅舅去世后将一半房产留给了她。兜里有钱了，伊莎贝尔和深谙世故的寡妇梅里太太成了熟人，一起旅行。梅里太太将伊莎贝尔介绍给吉尔伯特·奥斯蒙德，一位奇怪的不值得信任的美国人，他还有个十五岁的女儿，叫潘西。伊莎贝尔同意嫁给奥斯蒙德，但是拉尔夫表示反对，他认为伊莎贝尔正在放弃她的自由。他大声疾呼："你应该有更好的命运，不是去迎合一个一无所成的半吊子艺术家的爱好！"但伊莎贝尔听不进去。三年后，她被婚姻消磨殆尽：不再聪慧机智，不再充满好奇，不再光彩照人。当她发现梅里太太实际上是潘西的生母，而且还一直和奥斯蒙德保持来往，她对丈夫的欺骗行径感到恶心，决意回到英格兰（有悖于奥斯蒙德的意愿），去看望临终的拉尔夫。在表兄去世后，伊莎贝尔再次见到了卡斯帕尔·戈德伍德。这位美国人请求伊莎贝尔离开奥斯蒙德，回到美国，和他在一起。她拒绝了。但是小说结尾模棱两可，戈德伍德从亨利埃塔·斯塔克波尔那里发现她的朋友已经回到罗马："瞧这儿！如你所期待！"亨利埃塔如是说。伊莎贝尔回到他身边了吗？我们无从知晓。她为争取自由而进行的努力，使得她又不断地被束缚在枷锁之中，那么凭什么说嫁给戈德伍德就能够给她带来更大的自由呢？

15 / 马克·吐温
《哈克贝利·芬历险记》（1884年）

　　哈克贝利·芬在山洞里发现六千美元后，一下子变得炙手可热。汤姆·索亚要他加入一个抢劫团伙，道格拉斯寡妇和她的妹妹沃森小姐打算送他去读书，而他醉醺醺的父亲则绑了他，把他拖到林中小屋。哈克喜欢抽烟、咒骂和无拘无束的自由，他不愿意每天挨揍，便假装杀人逃跑了。在森林里，他遇到了沃森小姐的奴隶吉姆，吉姆为逃避被卖而逃跑。哈克和吉姆从密西西比河出发，向自由进发。一路上，他们探索一艘失事的河船（哈克假装认识船主）；遇到一群吹牛皮的水手（哈克假装是河工的儿子）；卷入一场糟糕的家族内讧（哈克假装是孤儿）；最后，和两个分别自称是被放逐的法兰克国王和剑桥公爵的骗子混在一起。

两个骗子吹牛行骗，自称是福音传道者、演员、马戏团表演者和一位久未露面的富有的皮革匠的继承人。哈克也随声附和，吉姆因害怕被抓而留在木筏上。当公爵和国王被揭穿后，他们把吉姆卖给了当地的一个农民，赚点意外之财。哈克设计营救吉姆，他假装成汤姆·索亚，而汤姆·索亚表示要来帮忙，又假扮成哈克·芬。吉姆本可以靠着自己的力量脱险，却假装在地牢里，这样两个男孩就能够上演他们精心策划的营救了。他们三人都被抓了，汤姆·索亚大喊，吉姆已经是自由身了！原来沃森小姐在两个月前就已去世，根据她的遗愿，还吉姆以自由。可汤姆需要为他的"历险记"安排一次虚假的营救。

哈克在书的结尾抱怨道："我想我该去我的领地了，因为萨利姨妈将收养我，还要送我念书，我可受不了这些！我还要一如既往地自由自在！"哈克对自由的向往，也是典型的美国式的需求，迫使他一次又一次地改变自己的身份认同，从未停歇。就像大卫·F. 伯格（David F. Burg）所写的那样，哈克明白"行动起来！自由终将到来！"。[13]

16 / 斯蒂芬·克莱恩
《红色英勇勋章》（1895 年）

亨利·弗莱明是一个参加了南北战争的农村小伙子，他担心自己是否足够勇敢。当他的第一次战斗打响时，他发现自己身处一群混乱无序的士兵当中，他们都在疯狂地射击。他也开始射击，看到自己已经在战斗，他感到高兴和欣慰。（克莱恩笔下的战斗场面，因其极端现实主义风格和聚焦的视野而引人入胜；相当于用一部 19 世纪的手持摄像机，为人们提供了一种非专业的街头事件的视角。）亨利周围的士兵撤退了。亨利也像以前一样跟着这些人。但是这一次，他追随的这些人让他像懦夫一样飞也似的逃窜。亨利为此感到内疚和羞愧，他重新回到团里，狼狈地跟在光荣的伤员后面慢慢行进，"他感觉自己正在注视着一队上帝的选民……他永远不可能跟他们一样。"他想象着当他经过时，其他士兵都在嘲笑他。突然之间，这群伤员受到了他们身后全面溃败的一波人的冲击。亨利抓住一个路过的士兵问他发生了什么事，这个恐慌的人用他的来复枪打了他一下后，跑掉了。亨利负伤了，他回到驻地，告诉其他人，他是战斗负伤。（他的下士一边检查他的头部，一边告诉他："你被一颗子弹擦伤，这儿肿得很怪，就好像有人用棍子打了你的头一样。"）很快，这个团又一次被卷入战斗。亨利躲在一棵树后，朝前开枪乱射一气。当硝烟散尽，他惊讶地发现自己身处前沿阵地：他是英雄！不再是懦夫！斯蒂芬·克莱恩认为《红色英勇勋章》是关于恐惧的写照，但恐惧和勇敢之于亨利的名誉没有什么关系。他的英雄主义不过纯属偶然。

17 / 约瑟夫·康拉德
《黑暗的心》（1902 年）

　　五位老朋友聚集在泰晤士河的一艘游艇上。他们中的一位是海员兼流浪者马尔罗，他讲述了自己到刚果的旅行故事。马尔罗受雇于一家贸易公司，去检查他们的象牙生产中心，他缓慢而艰难地踏上深入非洲之路。在旅途中，他一次又一次地听到神秘的库尔茨先生的故事，他是这家贸易公司的另一位雇员。库尔茨先生不仅运送出大量的象牙，还善待本地工人，为公司赚了钱，同时也教育了非洲人。可随着马尔罗越来越接近库尔茨运作的核心时，他发现了破败的港口、损坏的设备和充满敌意的非洲人。当他最终找到库尔茨时，他已经生命垂危。他此时变得比当地人更加野蛮，为了运出更多的象牙而毁掉了整个刚果地区。还没等马尔罗把他带回英格兰，库尔茨就死掉了。死前他喃喃自语："恐怖！恐怖！"就像班扬的"基督徒"一样，马尔罗进行了一次朝圣之旅。他的非洲之行是一次深入人类灵魂最深处的旅行。不过，他没有发现天主之城。他发现的是混乱、幻象、缺乏清晰、缺乏意义、谎言以及死亡。返回文明社会后，马尔罗遇见了库尔茨的未婚妻，她问起库尔茨的临终遗言。马尔罗撒谎了，告诉她，库尔茨临死还念叨着她的名字。库尔茨的临终遗言揭示了他所发现的人类生存的唯一真相，但这是任何人都无法面对的真相：黑暗不仅仅存在于非洲。当马尔罗讲完了他的故事,游艇上其他人抬起头看见"一大团乌云笼罩天空……硕大无朋的黑暗之心"正盘旋在英国的河山之上。

18 / 伊迪丝·华顿
《快乐之家》(1905年)

纽约的社交名媛莉莉·巴特今年29岁(恐怖!)。由于没有钱,她只能依靠姨妈那点吝啬的施舍,再就是从朋友那里搞点儿奢侈品,来满足自己的虚荣心。她担心总有一天不再年轻可爱,这种寄人篱下的日子终将结束,莉莉决定要试试运气,网罗一位富有的丈夫。她的选择范围很有限。其中一位是西蒙·罗斯代尔,这位用现金为自己在上流社会谋得一席之地的犹太金融家,已经向她求婚了,但她无法忍受这种下嫁。(作者华顿轻率的反犹主义是她所处时代的病症。)另一位是劳伦斯·谢尔顿,一位魅力十足又富有同情心的律师,不幸的是,他实在太穷了,不适合她的品位。对于莉莉而言,她最好的选择是皮尔斯·格瑞斯——一位身材魁梧、阴郁单调的百万富翁,他喜欢收集美国货,唯母命是从。但莉莉又鄙视自己的这种婚姻念头,她心不在焉的计划最后落空,这个过程也毁掉了她的声誉。莉莉不再是一个"一尘不染的美人",在"镀金时代"的社会阶层中,她以惊人的速度堕落。最后,她尝试着当女帽工,但连十个小时都没有坚持下来。她被解雇了,沦落至栖身廉价公寓,她的积蓄日益减少,还饱受失眠的困扰。为了帮助入睡,莉莉服用了双倍剂量的安眠药,结果再也没有醒来。或许生活中金钱不是万能的,但在华顿笔下的美国,没钱是万万不能的。

19 / F. 斯科特·菲茨杰拉德
《了不起的盖茨比》(1925年)

尼克·卡罗威从中西部的家乡搬离,在纽约长岛峡湾租了一套房子,与美丽的表妹黛西的住处隔水相望。神秘的百万富翁杰伊·盖茨比就住在他旁边的一座全新的很炫目的豪宅中。盖茨比从大学时代起就爱上了黛西。他的渴望笼罩着浪漫的话语，但他真正欣赏的其实是黛西的财富化身般的形象："像白银一样皎皎发光，安然高踞于穷苦人激烈的生存斗争之上。"当黛西的丈夫汤姆开始和他汽车修理师的妻子茉特尔·威尔逊有染时，杰伊·盖茨比说服尼克在他和黛西之间牵线搭桥。尼克这时候正与社交名媛乔丹·贝克陷入了一段平淡无味的恋情。三段情感同时上演，五位主角之间的关系变得紧张起来（汽车修理师的妻子显然不算在内）。在大广场一次糟糕的晚宴后，汤姆嘲笑盖茨比，并痛斥他的奸情。黛西和盖茨比一起开车离开，要返回峡湾，结果，突然撞上了冲出来挡道的茉特尔。黛西在开车，但盖茨比承担了这个罪名。茉特尔的丈夫发现了盖茨比的身份后，闯入他的豪宅，枪杀盖茨比，然后开枪自杀。

尼克组织了葬礼，但是没人前来。黛西和汤姆渐行渐远，乔丹·贝克也和别人结了婚。最终，尼克又搬回中西部小镇，他放弃了纽约和它那黑暗的虚伪之美，转而去追求美国中部坚实的价值。

20 / 弗吉尼亚·伍尔夫
《达洛维夫人》（1925 年）

清晨，克莱瑞萨·达洛维信步走出家门，为当晚的聚会买花——那一瞬间，我们立刻陷入她断断续续又形象鲜明的意识之中。在 1923 年的一天，达洛维夫人的思绪辗转于三个主要人物之间。克莱瑞萨·达洛维，一位五十岁出头的伦敦社会女性，她还记得很久以前，彼得·沃尔什向她求婚，但她拒绝了。彼得·沃尔什现在和一位年轻得多的女人陷入爱河，他也在沉思那些往日时光，并回忆起自己第一次被介绍给克莱瑞萨的丈夫的情景。塞普蒂默斯·沃伦·史密斯是一位饱受战争折磨，濒临崩溃的士兵，他不断地回想起战争场面，看到他的战友们在烈焰中垂死挣扎。这三个人在现实生活中只有过两次交集：一次，彼得·沃尔什在公园散步，从塞普蒂默斯和他抽泣的妻子身旁走过；另一次，是在这一天行将结束的时候，塞普蒂默斯的医生来到了克莱瑞萨的聚会上，随口说道，他年轻的患者在几个小时之前自杀了。但是，这个故事实际上不是发生在物质世界里，而是发生在另一个全然不同的宇宙中：心理现实。在那里，时空遵循另一套完全不同的法则，从未谋面的人物在他们彼此的思想中神秘地交织在一起；在那里，塞普蒂默斯和克莱瑞萨互不相识，又互为镜像。塞普蒂默斯无法面对第一次世界大战之后惨遭破坏、分崩离析的英国,克莱瑞萨·达洛维得以幸存,这仅是因为她拒绝深度思考。(伍尔夫写道:"她什么也不懂,不懂语言,也不懂历史。如今,她几乎什么书都不看,除了躺在床上看回忆录。")

21 / 弗朗兹·卡夫卡
《审判》(1925 年)

《审判》这部小说是这样开始的:"一定是有人诬告了约瑟夫·K,他心知自己没做过坏事,然而就在某个早晨,他被捕了。"这是他 30 岁生日的早晨,一开始,约瑟夫还以为这次被捕只是个玩笑。随后一位警探出现了,向他确认这不是玩笑,他毫无疑问是犯罪了,但在审判之前可以继续他的生活。约瑟夫·K一直试图反驳这个指控,但由于他始终没有发现这个指控是什么,所以他所有的尝试都以困惑告终;他在旁听者面前为自己辩护,却发现他们实际上都是法院的官员;他发现最初逮捕他的法警正因为他们的行为而受到鞭笞,于是试图干预;他想聘请律师,发现律师躺在病床上,被律师的护士(护士引诱他)吸引而离开了病床;当约瑟夫回来时,发现法庭的首席书记员在他缺席的情况下已经就位。这些梦幻般的有悖常理的辩护尝试持续了整整一年。在他 31 岁生日的早晨,来了两名法警,命令约瑟夫跟他们走一趟。他意识到他们要处决自己,尽管他有机会逃走,却没有这么做。卡夫卡的开篇暗示了约瑟夫·K生活在一个理性的世界;"一定是"暗示了某种因果关系,"诬告"假定了某种现存的正义标准。但这种合理的秩序是一种幻象。所有的诉讼程序都没有意义。最终,那些代表诉讼的判词——控诉、审判、罪行、罪恶,乃至约瑟夫·K的名字本身,也变得毫无意义。最后,K 的死刑执行人员在沉寂中引领他伏法。宇宙中合理的秩序以及表达它的词语,都被证明是幻象而已。

22 / 理查德·赖特(Richard Wright)
《土生子》(*Native Son*)(1940 年)

别格·托马斯住在一间老鼠出没的芝加哥公寓里,公寓由富有的道尔顿先生掌控。道尔顿一家向黑人房客收取巨额租金，然后把一部分钱捐给黑人学校，这让人们感到他是开明绅士。别格在道尔顿的庄园找到一份专车司机的工作，道尔顿的女儿玛丽和她信奉共产主义的男朋友简把别格引为同道。别格发现这出奇地令人愤怒。（当简和他握手时，他心里想着，"他们干什么要来招惹他？他又没去招惹他们。……他对自己的黑皮肤非常敏感，他还痛心地意识到，他之所以对那黑皮肤如此敏感，都是简和像简这样的人造成的。难道不是白人看不起黑皮肤？……他们像这样站在那儿望着他，一个握着他的手，另一个微笑着，这反而使他感觉到自己的黑皮肤。"）为了进一步表示平等，简和玛丽邀请别格和他们一起喝一杯。结果三个人都喝醉了。别格带着踉跄的玛丽回到家，在她的房间，他吻了她一下，由于听到她母亲在外面走廊里的声音，别格用枕头蒙在玛丽脸上，让她别出声。之后他惊讶地发现，玛丽已经死了。恐慌之下，别格把玛丽的尸体塞进壁炉，然后说服自己的女朋友蓓西帮他伪造一封牵扯到简的勒索信。蓓西开始紧张起来，别格最终用砖头将她杀死在睡梦中。蓓西的遇害无人注意。但警方确认别格谋杀了玛丽·道尔顿，立案搜捕别格，突袭了所有的黑人住宅。别格被缉拿归案并接受审判，他成为白人对黑人感到恐惧的一切的象征：强壮、性欲旺盛和对过往虐待的报复心。

简不安地意识到，他对别格的困境负有责任，于是聘请了律师麦克斯为杀害他女友的凶手进行辩护。（简告诉别格："我先是在监狱里为玛丽伤心，随即我想起所有那些被杀害的黑人，还有那些伤心得痛哭流涕的黑人，因为他们的亲人在奴隶时代和在奴隶时代以后被抢走了。"）麦克斯承认了别格的罪行，但认为别格的生活因白人的虐待而"受到打击和扭曲"了。尽管麦克斯认为别格情有可原，申请对其终身监禁，但别格还是被判处了死刑。赖特的小说是一次开创性的实践，从黑人的视角进行自然主义风格的写作；美国白人可以与这种自然力量作斗争，但美国黑人只是这场斗争的物质工具。

23 / 阿尔伯特·加缪
《局外人》（1942年）

如同《土生子》，《局外人》也是关于谋杀案的，虽然案件本身无关紧要，但却揭示了关于人类存在的某些真相。玛丽·道尔顿之死显示出美国黑人与白人之间无望的扭曲关系；而《局外人》中谋杀阿拉伯人的案子则宣示了生活中的事件并不具备必然的终极意义。小说主人公默尔索的行为以一种平淡无奇、不加强调的顺序呈现，因此没有哪一项行动比另一项更重要。默尔索的母亲去世了，因此他要去参加母亲的葬礼，这也是因为别人似乎都希望他这么做。葬礼后的第二天，他偶遇玛丽，两人睡在一起。默尔索读着一份旧报纸，看着观众从足球赛回来，决定去吃晚餐，并告诉玛丽，如果她认为婚姻能够为她带来快乐，那么他就和她结婚。不过他认为"这毫无意义"。默尔索楼上的邻居雷蒙请他帮忙去羞辱自己的女朋友。默尔索同意了——"我没有理由令他失望"，但是此举激怒了那个女孩的兄弟，他伙同阿拉伯朋友袭击了雷蒙。后来默尔索沿着河堤散步，看见那个阿拉伯朋友躲在岩石阴影里睡觉，于是无缘无故地朝这个人开了五枪。他立刻被逮捕并被审判。因为拒绝流露任何情感，他被认定是一个危险而无情的犯罪分子，判处死刑。默尔索期待着处决，反正人生终有一死。他觉得他自己处于自由的边缘，"第一次向这个冷漠的世界敞开了我的心扉。"

在加缪的"荒诞"哲学中，生命没有任何意义；所有人都终将一死，去面对这一无法避免的结局。唯一可能的答案就是接受死亡终将到来，从而积极生活于当下，作出无悔的选择。加缪在《荒诞人》(*The Absurd Man*)中写道，任何与这一真理达成妥协的人都为"荒诞感所激发"。行动毫无意义，却自有其结果，而且"这些后果应当心平气和地考量……即便可能有责任者，却没有罪人。"默尔索杀死阿拉伯人的决定是可以接受的，因为他愿意自食其果。就他的行动自愿、平静接受死亡而言，他是"荒诞人"的典范。

24 / 乔治·奥威尔
《1984》(1949年)

奥威尔的《1984》给我们提供了诸如"老大哥"和"思想警察"(thought police)这样的短语，以及对侵犯我们私生活的全新恐惧。温斯顿·史密斯住在伦敦的一处公寓，双向电视屏幕监视着他的一举一动，一言一行。党的领袖"老大哥"的巨幅宣传画像提醒他，他一直处在思想警察的监视之下。温斯顿在真理部工作，这个部门不断改写书籍和新闻报刊，这样"老大哥"就显得总是能领先一步预测所有的政治动态。真理部的工作目标就是把所有语言都缩减成一种官方语言"新话"（Newspeak），它的词汇表逐年缩减。一位官员解释说："最后我们要使得大家在实际上不可能犯任何思想罪，因为将来没有词汇可以表达。"

温斯顿开始通过写日记来反抗党组织。很快，他的反抗采取了更激进的形式：他和一位同事裘莉亚有了一段韵事，他接受了他的上司奥勃良的邀请，加入了一个秘密的兄弟会，与党对抗、斗争。奥勃良其实是党派来的间谍，这样一来，温斯顿和裘莉亚刚一加入兄弟会就被逮捕了。奥勃良负责温斯顿的善后工作，他要说服温斯顿务必坚信党的一切命令："不论什么东西，党认为是真理就是真理。除了通过党的眼睛，是没有办法看到现实的。"最终，温斯顿濒于崩溃。他坐在单间鸽子笼里，写下：

"自由即奴役

二加二等于五"

但奥勃良希望他去爱"老大哥"，而不是简单地服从。温斯顿被迫转变的最后一步发生在奥勃良威胁要把温斯顿的头塞进一个小笼子当中，笼子里满是饥饿的老鼠，让老鼠啃啮他的脸。这一次，温斯顿屈服了："咬裘莉亚！别咬我！裘莉亚！"他对裘莉亚的爱已然破裂；现在，他可以热爱他的党了。奥威尔的人间地狱并没有在1984年到来。但在他那令人不寒而栗的详细描述中，生动展示了一个思想和意志都可以被强大的机构所操纵的世界，凭这些，奥威尔已经比那些后现代主义者和他们对广告驱动的社会的谴责早了几十年。

25 / 拉尔夫·埃里森（Ralpf Ellison）
《看不见的人》（*Invisible Man*）（1952年）

在《看不见的人》这部小说中，无名的讲述者隐藏在一层面纱之下，读者透过面纱看到了"白人眼中的黑人"应该是什么样子。通过在拳击赛中击败了其他的黑人学生，他赢得一笔奖学金，去了一所由白人赞助的南部地区黑人学校。因为他颇善言辞，乐于表达，校方请他带领一位到访的白人信托人参观校园。这位信托人坚持要把车开进贫民窟，然后又去了一家专门为黑人退役军人服务的酒吧。在这里，一名患了炮弹休克症的黑人老兵袭击了信托人，当校长发现这一危险遭遇后，决意要驱逐黑人学生，把他送到北方去工作，并附上建议雇主们不要雇用他的"介绍信"。最终，这名年轻人在一家以亮白色漆闻名的油漆厂找到了工作。由于打架，他把油漆罐子弃置一边。没人看管的油漆桶爆炸使他失去了知觉，之后被送进医院，在医院里他被迫参与电击治疗实验。最终他逃离了医院，在街头失魂落魄之时，被其他的黑人救起，并得到了一个住所。他摇身一变成为"兄弟会"的发言人，这是一个服务于被压迫黑人的组织，同时也负责他们的日常安排。但在与兄弟会领导层闹翻之后，他才意识到他们不过是把他当成实现其目的的工具而已。在一次由兄弟会煽动的暴乱当中，他躲进一个藏身洞，两名警察随后封锁了洞口。于是他不得不栖身在这个隐秘的地下室，那里面有1396个灯泡，靠偷来的电力照明。曾经，别人认为他是一个聪明的黑人男孩，是了解黑人阴暗生活的向导，是不加思索的苦力，是一个实验对象，是一个有用的发言人，是一个暴徒，但从来都不是他自己。这位黑人若有所思地说，他身边的每一个人"看到的只是他们自己，或者是他们想象的碎片——即除我之外的任何一件事"。生活于地面之下、阴暗之中，这个看不见的人现在的确看不见了，就像他的一生都是隐喻意义上的不被看见一样。然而埃里森的精彩小说使敏锐的读者看见了他。

26 / 索尔·贝娄（Saul Bellow）
《只争朝夕》（*Seize the Day*）（1956年）

汤米·威尔海姆因为被妻儿逐出家门，住在一家旅馆，全靠他脾气暴躁、年事已高的父亲为他支付住店费用。汤米已经破产了，他希望在泰姆金的帮助下靠猪油发上一笔财。泰姆金是一名医生，自称是股市专家，当猪油暴跌，汤米的投资付之东流时，他神秘地消失了。小说的故事发生在一天之内，但汤米却花费了很长时间回忆过去，回忆他如何全力以赴地想要改头换面。他曾经想成为一名演员，但是失败了。他曾经把自己的名字从威尔海姆·阿德勒改为汤米·威尔海姆（"威尔海姆一直热切渴望成为汤米。然而他从来没有成功地感到自己像汤米"）。他曾经向朋友吹嘘说他即将成为公司的副总裁，但却没有获得晋升。他羞于留下来承认自己的失败，便辞去了工作，但却允许父亲拿他这个"副总裁"的职位到处吹牛，尽管爷俩都心知肚明，这称呼纯粹是子虚乌有。每一次的自我改造都失败了，包括最后一次他试图把自己转型为投资人的尝试，自从他坚持相信泰姆金的建议，即便在内心他也是半信半疑这是否又将是另一次失败。这一天行将结束时，威尔海姆发现自己在一个陌生人的葬礼上，他被误认为是死者的亲属，他孤立于教堂的所有人之外，暗自抽泣，无人知晓他是谁。一位女士说道："那人（威尔海姆）可能就是他们期盼的从新奥尔良来的表兄弟吧？……那他一定和死者关系很近。"当他哭泣时，威尔海姆在自己的泪光中发现了幸福。至少他在其他人的眼中发现了他一直孜孜以求的那种重要性，即便这种重要性是建立在虚假身份的基础之上。

27 / 加布里埃尔·加西亚·马尔克斯
《百年孤独》（1967年）

何塞·阿尔卡蒂奥·布恩迪亚和他的妻子乌尔苏拉是表亲；乌尔苏拉担心她会生个猪尾巴的孩子，所以她把丈夫从床上赶走，两人没有圆房。当邻居嘲笑他这未完成的婚姻时，何塞·阿尔卡蒂奥·布恩迪亚在决斗中杀死了他，并带着未经证实的男子气概去了乌尔苏拉的房间。乌尔苏拉的孩子出生时没有猪尾巴，但死去的邻居坚持晚上在他的房子里游荡，这样他就可以在浴室里把喉咙里的血洗掉。于是何塞·阿尔卡蒂奥·布恩迪亚带着妻子和孩子们去了新的马孔多镇。

马孔多镇最初被隔离了起来，最终因为吉普赛人的部落，对外开放了。这些吉普赛人中的一人叫梅尔基亚德斯，带着一本用梵文写的神秘手稿。外贸带来了繁荣，也带来了烦恼。何塞·阿尔卡蒂奥·布恩迪亚的长子与吉普赛人一同逃跑了；他的第二个儿子奥雷里亚诺成为一名上校，在混乱的起义和内战中血腥战斗，直到他的母亲威胁要用自己的双手杀死他。（"就跟你出生时如果长着猪尾巴一样处理。"她丢下这么一句话。）最后，奥雷里亚诺退到自己的作坊里做小金鱼，他的大侄子奥雷里亚诺·塞贡多成为家庭生活的中心。塞贡多娶了一个美丽、自命不凡、歇斯底里的女人，但却与年轻时的情人佩特拉·科特斯一直有关系。科特斯在他的财产周围徘徊，播撒她的爱的光环，使他繁荣昌盛。然而，即使是神奇的繁荣，在经济进步面前也显得苍白无力：一条铁路开进了马孔多镇，美国商人乘着火车来到这里卖香蕉。这家香蕉公司给马孔多镇引入了各种各样的麻烦：混乱、暴力、暗杀和更多的家庭麻烦。"瞧瞧我们自找的麻烦，"塞贡多的兄弟奥雷里亚诺·布恩迪亚上校抱怨道，"就因为我们请个美国佬吃香蕉。"在奥雷里亚诺·塞贡多的带领下，香蕉公司工人们举行了罢工；美国商人们恼羞成怒，他们召唤了一场四年的大雨，最终击败了软弱无力的无产阶级。

奥雷里亚诺·塞贡多的孙子奥雷里亚诺·巴比伦长大成人时，他有两种痴迷。他对姑姑有一种乱伦的激情，并生下了一个有着猪尾巴的婴儿。他还被神秘的吉普赛手稿迷住了，这些手稿在几代人之前就抵达了马孔多。经过多年的翻译，他发现这份手稿讲述了布恩迪亚家族的全部故事，直到他自己——不是"按照世人的惯常时间来叙述，而是将一个世纪的日常琐碎集中在一起，令所有事件在同一瞬间共存"。加布里埃尔·加西亚·马尔克斯遵循同样的叙事策略，将正常事件与魔法事件相混淆，并对"现实主义"小说准确记录人类某种"客观历史"的可能性表示怀疑。在他的家族历史中，想象力和事实并存，彼此难以区分。

28 / 伊塔洛·卡尔维诺
《寒冬夜行人》（1972 年）

萨尔曼·鲁士迪（Salman Rushdie）称这部小说"是你读过的最复杂的书"，但只要你知道这部小说有 11 个开头却只有一个结尾时，你就不会太迷茫。卡尔维诺的旁白者直接对读者说：当你开始阅读时，你会怀疑手头这部小说（关于交换手提箱的间谍故事）是不是被印刷商装订错了？因为这本小说的前 32 页在一遍遍地重复叙述。你拿着它回到书店，在那里你遇到了另一位读者，是一位漂亮的女孩，她也在寻找这本被错误装订的小说余下的部分。书商给你换了一本新书，但是打开一看，却和原来那本讲的故事截然不同。正当你沉迷其中时，又发现这本书后面都是空白的，你不得不再次找寻这个故事的剩余部分。你看过的每一个故事都引导你进入另一个新的开始。在你探寻每个故事结尾的过程中，你将串联起这开篇的十个故事，最终你将发现谁应该为这些混乱负责。结合背景思考，第三个问题是：卡尔维诺为什么这么做？在每一部小说的开头，他都在嘲讽小说的写作套路（如侦探小说、探险小说和成长故事）。当你在这些故事中探寻小说的"真实"时，卡尔维诺不断地明确地告诉你，你可能找到的任何"真实"都和你找到的每一部小说一样，是一种虚妄。一部小说可能这样开始："我需要你感受到围绕着这个故事，我可以讲许多其他的故事，在这个充满故事的空间中，你可以向任何方向探索，有如在太空之中。"你在书中或在生命中发现的任何"秩序"都是由意志强加的，与真实毫无关系。

29 / 托尼·莫里森（Tony Morrison）
《所罗门之歌》（*Song of Solomon*）（1977年）

　　米尔克曼·戴德出生于密歇根州一个小镇的慈善医院。他的父亲麦肯·戴德已经去世，是一个"收租人"、一个流浪者：一个生活在北部的黑人，他的美国祖先在南方，而他的非洲祖先完全不为人所知。麦肯有一个妹妹派拉特，是在母亲分娩去世后出生的。派拉特很神秘：她没有肚脐。在她还是孩子的时候，派拉特和麦肯目睹了父亲被谋杀，他们一路逃亡，躲藏在宾夕法尼亚州的一个山洞里。一位白人老人正睡在那里，看起来并不造成什么威胁，满腔怒火的麦肯却杀了他，然后在山洞里发现了一袋袋金块。派拉特不让麦肯拿走黄金，然后趁麦肯离开山洞的时候消失了（与黄金一起）。派拉特试图在弗吉尼亚州找工作，由于没有肚脐，受到了排挤。最后，她回到山洞，把在那里发现的骨头收集起来，然后带着她的私生女瑞巴、瑞巴的女儿哈佳和一个（麦肯认为）里面有金块的神秘绿色袋子，来到她哥哥麦肯定居的小镇。

　　米尔克曼和哈佳有十二年的恋情，但是他厌倦了她，转而和他的朋友吉他做伴，"吉他后来也离开了，但他的清晰从来没有让他失望过"。吉他后来成为政治积极分子，加入了一个名为"七天"的社团，每当一个黑人男子、女人或孩子被谋杀时，该组织就会处决一名白人。米尔克曼发现政治很无聊，但当吉他需要钱来进行他的一次复仇杀戮时，米尔克曼提出帮他盗取派拉特的金币。可是，派拉特地下室的绿色袋子里装的是骨头，而不是金子。于是米尔克曼踏上了去往宾夕法尼亚州寻找金块的旅程。他没有找到金子，却找到了自己的根：他遇到了派拉特童年往事中的人们，意识到孩子们在街上唱的无意义的歌里有他的祖父、祖母、叔叔、婶婶的名字。他也意识到吉他一直在跟踪他——此时的吉他已成为他的敌人。在小说的结尾，吉他为了黄金而射杀了米尔克曼。米尔克曼从北到南的探索之旅与逃亡奴隶逃亡的方向截然相反；这是自由人的探索，他必须回到南方，直面奴隶文化的残余，才能重新找回自己的家庭血脉。

30 / 唐·德里罗
《白噪音》(1985年)

杰克·格拉德尼是山巅学院研究希特勒的教授，他的妻子芭比特对死亡有着病态恐惧，她一直服用从黑市购买的精神科处方药，药品出自一家名声不好的医药研究公司，这家公司在超市小报上大做宣传。他们乱作一团的孩子们用各种奇怪和令人不安的方式打斗不止，这些孩子来自六段不同的婚姻。格拉德尼试图在这些嘈杂混乱中找到某种秩序，却被一场化学品泄漏事件打断了，漫天黑色毒云密布。居民们都被疏散了，直到云团最终消散。回到家中，格拉德尼开始追踪妻子的药物供应商。他找到这个人，并与他进行枪战（模仿旧式英雄），这事没什么特别的结果。在书的结尾，格拉德尼、芭比特和他们的孩子出现在一家超市，像每周都做的那样，又在购物——生活波澜不惊，没有任何变化。就像没有"老大哥"的《1984》，《白噪音》使我们相信我们的生活没有真正的意义。某一特定的秩序是由媒体和那些需要我们购买其商品的公司强行灌输的。他们为我们编造了故事，这些故事让我们相信生活似乎有意义，但实际上却是使我们相信，我们必须购买他们的产品。

31 / A.S. 拜厄特
《占有》(1990年)

罗兰·米歇尔是一位无业学者，也是一名受到恐吓的前研究生，他通过为从前的论文导师詹姆斯·布莱克艾德工作来支付房租。布莱克艾德是关于维多利亚时期诗人兰道尔夫·亨利·阿什研究最有名的权威，而罗兰则是在挖掘阿什的书信中消磨时日。有一天在伦敦图书馆，罗兰发现了一封阿什写给一位神秘女士的不为人知的情书。在他的同门莫德·百利的帮助下，他偷走了这封信，开始寻找这位女士的身份——最终发现了克瑞斯特波尔·茂特，她也是维多利亚时期的一位诗人，还影响了美国女权主义运动。莫德和罗兰通过一个引人入胜的迷宫，追寻着克瑞斯特波尔和兰道尔夫·亨利·阿什，书信和日记暗示着的未解之谜、著名的诗歌、评论文章、传记和故事，每一个找到的线索都为这个不可能的爱情故事增添了另一个细节。他们也因此成为布莱克艾德最麻烦的对手——美国学者莫提默·P.克罗珀所注意的对象。他想斥巨资买断阿什的所有信件，并把它们带离英国。在这一过程中，莫德和罗兰不约而同地爱上了对方。当他们最终到达这一迷宫的中心时，却发现了惊人的秘密——而这一秘密，被作者拜厄特精心设计，放在了小说的最后几页，我不想提前泄密。

32 / 科马克·麦卡锡
《长路》（2006年）

一场未知的灾难席卷了整个人类，地球满目疮痍，尽覆灰烬，到处都充斥着同类相食的野蛮人。只有少数幸存者没有泯灭人性；一个不知名的父亲和他的儿子，父子俩沿着融化的高速公路，穿越破败的城市，一路与饥饿和人类捕食者作斗争，他们寄希望于到达大海时情况能有所好转。麦卡锡的这部普利策奖获奖小说巧妙地结合了世界文学中最经得起考验的形式：探索叙事（例如《堂吉诃德》和《天路历程》）和极具美国风格的"公路叙事"——一段穿越开放空间的无拘无束的旅程，以及旅程中可能不期而遇的美好事物（譬如《哈克贝利·芬历险记》和《白鲸》）。这部小说以冷酷的现实主义和后现代主义的形象（"他拉下盖在孩子身上的蓝色塑料防雨布，折好，放进购物车里，再取出餐盘、一塑料袋玉米糕、一瓶糖浆……"），慢慢地显露出一种深深的魔力。男人给儿子洗了头发，在火旁擦干，他意识到他的行为"像古老的膏油礼。就这样吧，召唤规矩与形式。一无所有的时候，凭空构造仪典，然后靠它生活下去"。麦卡锡自始至终都在指出，人类有一种强迫的冲动，要以我们所能理解的方式来对我们的世界进行分类：好与坏，英勇与邪恶，神圣与恶魔。但是，这些类别不断地遭到挑战。最后，存在的谜团超越了我们理解的范畴。小说最后总结说："万物存在较人的历史更为悠长，它们在此低吟着秘密。"

第五章
人的故事：在小说中漫寻历史

推荐资源

Johnson, Paul. *A History of the American People*. New York: Harper Perennial, 1999.

Morgan, Kenneth O., ed. *The Oxford Illustrated History of Britain*, updated ed. Oxford: Oxford University Press, 2009.

Roberts, Clayton, David Roberts, and Douglas R. Bisson. *History of England: Volume I: Prehistory to 1714*, 6th ed. Upper Saddle River, N.J.: Pearson, 2013.

Roberts, Clayton, and David Roberts. *History of England: Volume II: 1688 to the Present*, 6th ed. *Upper Saddle River*, N.J.: Pearson, 2013

Roberts, J. M *The Penguin History of the World, 6th* ed., ed. Odd Arne Westad. New York: Penguin, 2014

Tindall, George Brown. *America: A Narrative History*, brief 8th ed. New York: W. W. Norton, 2009.

注释

1. Italo Calvino, *If on a winter's night a traveler*, trans. William Weaver (New York: Harcourt Brace and Co., 1991), p. 3.
2. This is the first line of Fyodor Dostoyevsky's Crime and Punishment, translated by Constance Garnett.
3. Samuel Johnson, "On Fiction,"Rambler, no. 4, March 31, 1750.
4. Joan D. Hedrick, "Commerce in Souls: Uncle Tom's Cabin and the State of the Nation," in Novel History: Historians and Novelists Confront America's Past (and Each Other), ed. Mark C. Carnes (New York: Simon & Schuster, 2001), pp. 168–169.
5. 现实主义是英美小说的主要流派之一。George J. Becker 在其 1949 年发表于《现代语言季刊》(*Modern Language Quarterly*) 上的论文《现实主义：定义中的一篇论文》(*Reality: Aessay In Definition*) 中（这是定义"现实主义"的首批尝试之一）提出，这一运动包括：（1）从观察和文献中获得的细节；（2）努力描绘正常的经验，而不是例外；（3）"客观的，只要艺术家能达到客观，而不是对人性和经验的主观或理想主义的看法。"关于这个主题的更多信息，可以参考另外两部关于这个主题的基础性批评作：Lionel Trilling 的《美国的现实》(*Reality in America*)，发表在《自由想象》(*the Liberal Imagination*) (New York:Anchor Books, 1957) 和 Erich Auerbach 的《模仿：西方文学中的现实表现》(*Mimesis: the Representation of Reality in Western Literature*) (Princeton, N.J.: Princeton University Press, 1953)。
6. James Bloom, Left Letters (New York: Columbia University Press, 1992), p. 7.
7. Dorothy L. Sayers (with Robert Eustace), The Documents in the Case (New York: Harper & Row, 1987), p. 55.
8. 在当代类型小说中，这种区别在科幻小说（science fiction）和奇幻小说（fantasy fiction）中表现得最为明显，科幻小说被定义为像"螺栓和螺母"一样严丝合缝的故事。在奇幻小说中，佛罗多（Frodo，《魔戒》的主人公）可以戴上魔戒隐身；在科幻小说中，他必须通过操纵时空连续统中的量子波而消失。请注意，科幻不一定是真实的；但它必须至少与目前的科学知识相一致，与我们目前所理解的宇宙法则相一致。

9. 如果你怀疑寓言，但又需要一些文化或历史细节来找到相似之处，浏览一下这本书的介绍；查阅 Norton Anthology，它通常会脚注经典著作中最重要的寓意元素；或者谷歌一下"Allegory in [title]"（使用引号可能会得到更好的结果）。

10. 在这种情况下，你可以考虑购买 Wayne Booth 的《小说的修辞》(*The Rhetoric of Fiction*) 和 Thomas McCormick 的《小说编辑》(*The Fiction Editor*)，这是两本关于小说家如何（以及为什么）产生他们所产生的效果的经典指南。

11. Edward Corbett, *Classical Rhetoric for the Modern Student*, 4th ed. (Oxford: Oxford University Press, 1999), pp. 341–377.

12. John Gardner, *The Art of Fiction: Notes on Craft for Young Writers* (New York: Knopf, 1983), p. 53.

13. David F. Burg, "*Another View of Huckleberry Finn*," Nineteenth-Century Fiction, vol. 29, no. 3 (December 1974): 299–319; 319.

第六章

"我"的故事：自传与回忆录

"想当年，我……"

人们不断讲述他们自己的故事。奥古斯丁（神学家、学者、罗马文明的非洲裔继承者）和哈里特·雅各布斯（奴隶、母亲、美国文化的非洲裔逃亡者）都写过自传。然而，奥古斯丁在遣词造句方面的技能，并没有使他的忏悔故事比雅各布斯关于贫困和逃亡的编年纪事更胜一筹。没人需要成为写作自传的专家。

但是，自传的写作者往往有一个独特的信念：他们的生平细节会引起那些未知的读者的兴趣。这种信念违背了良好社交行为的准则：不要喋喋不休地谈论自己。但自传作者却饶有兴致地向你讲述他的父母、他的二年级同学、他对婚姻复杂而疑虑的感受。他深信你会被迷住。

他到底为什么认为你会读下去呢？

第一节 为什么自传可能比你想象的要复杂？

让我们从奥古斯丁开始讲起。

奥古斯丁，生于罗马帝国晚期的北非，是第一位"自传作者"。当然，他并不是第一位记下日常生活细节的作家；自从人类有了时间感并拥有了书面语言以来，日记和日志就一直被保存着。但奥古斯丁是名副其实第一个讲述自己生平的作者。

把生活转述为故事，并不像看起来那么简单。日记作者日复一日地记录各种生活事件，却不用为如何把这些大小事件置于一个整体的框架而苦恼。但自传作者则必须把自己的生活有条不紊地讲述出来，并解释那些事后方知其重要性的思想和事件。这种事后的认识本身也是由自传作者为自己的人生所选择的总体目标塑造而成的。

因此，自传作者对自己人生的回顾可不仅仅是简单地讲讲这事儿，说说那事儿——这些事件作为整体设计的一部分，之所以存在，是因为作者认为要用这样或那样的解释来赋予其人生以意义。

让我们把时间轴快进，从公元4世纪跳到公元20世纪，看看理查德·罗德里格斯（Richard Rodriguez），他的父母是墨西哥裔，他在美国的加利福尼亚长大。小时候，罗德里格斯在萨克拉门托[①]小学讲英语，私下则说西班牙语。（"这些声音说道……我用那些从来没有对外国佬（los gringos）[②]用过的词儿来跟你说话。我一下子就认出你与众不同，一个和我们亲密而外人不喜欢的人。你属于我们。我们同在一个大家庭。"）但是，罗德里格斯的老师们建议他应该更多地练习英语，他的父母也坚持他在家要用英语。在自传《渴望记忆》（*Hunger of Memory*）中，罗德里格斯写道：

> 某个星期六的早晨，我来到厨房，我的父母正在那儿用西班牙语聊天。不过，我没有意识到他们正在用西班牙语交流，直到当他们看见我时，我听得见他们的腔调切换到英语。他们用的那些外国佬的发音吓了我一跳，一下子就把我推开了！这个微妙又彼此有些误解的瞬间，让我有了深刻的领悟，我感觉我的喉咙被难以名状的痛苦盘踞着。我飞速转身离开了厨房……在接下来的日子里，我一次又一次地，伴随着与日俱增的愤怒，被迫听爸妈对我说："对我们讲'英语'（en inglés）！"（讲！）这么一来，我也就只能决定去英语班级学习了。几个星期之后，发生了一件事。一天，

[①] 萨克拉门托：位于加利福尼亚州中部，是加利福尼亚州州府所在地。
[②] 外国佬：蔑称，尤指在拉丁美洲的英国人和美国人。

第六章
"我"的故事：自传与回忆录

我在学校举起手要自告奋勇地回答问题，我说话的嗓门大了些，当时整个教室都陷入沉默，而我却没有觉察到。那一天，我远远地逃离了那个差劲的孩子，而这个孩子，就是几天之前的我自己而已。信念，那种心平气和地确信我进入美国公共生活的信念，最终扎根了。[1]

事实果真如罗德里格斯所描述的这般吗？不！当然不是这样！成年人的意识是建立在儿童时期记忆的基础上的。这孩子生气了；可只有成年人才知道这是一个"微妙又彼此有些误解的瞬间，让我有了深刻的领悟"。孩子用英语提出疑问；只有成熟的罗德里格斯才能看出这个问题与几个星期之前发生在厨房里的简短交流这个事情之间的关联。这个特别的故事之所以重要，是因为罗德里格斯把它看作自己由此进入美国公共生活的故事。他写道："我回过头去思考曾经的我，那个男孩，最终是为了描述我现在已经成为的这个人。我记得，失去有多么痛苦，收获就有多么珍贵。"如果他认为自己的人生是关于他的性欲的萌生，或是一个伟大的创造性天才的成长历程，那么发生在厨房里的事情将会有着全然不同的意义。

换言之，罗德里格斯讲述的那件发生在厨房里的事，并不是对过往的客观重构，而是写作者创造的故事的一部分，写作者在这方面和小说家很相似：罗德里格斯提出了一个观点，然后编排与之相关的情节，以便它们能导向一个高潮的解释。这就是自传作者所做的事情。奥古斯丁之所以是第一位自传作者，是因为他为自己的人生选择了某种意义，再组织编排生活中的大事小情以反映这种意义。罗德里格斯成了一名美国人，奥古斯丁成为上帝的追随者。

奥古斯丁的《忏悔录》至少还有其他四项创新之举，这也是为何奥古斯丁的故事能成为其他自传作者描述他们生活的一种参考模式，无论他们是否意识到这一点。

首先，与早期作家不同，奥古斯丁选择只讲述那些符合他所要勾勒图式的事件；因此，他略过孩子承蒙的父爱，而是花了许多篇幅讲述一位少年从果园里偷梨的故事，这件事情让他回想起关于亚当和夏娃的原罪，并表明他们的缺陷在他身上也同样具备。

其次，不同于早期作家，奥古斯丁把内在的决策与思考，而不是那些外部的大事件，作为生命的里程碑。就像一部古老史诗中的英雄，朝向崭新的彼岸跋山涉水，但他的旅程是一次从腐朽到神圣的心灵之旅。

第三，不像那些先前作家，奥古斯丁将他的个体自我置于宇宙的中心，他的故事不是关于罗马人，也不是关于北非人，甚至也不是关于教会成员；他的故事，就是关于奥古斯丁的，一个在隐秘的私人生活里具有巨大超自然意义的个体。

第四，不同于其他作家，奥古斯丁将他生命的一个瞬间——他的皈依——看作是人生轴线的中心，其他的丝丝缕缕都围绕这点展开。为过往选择一种意义感，把其他的一切都联系起来，描述个体自我的内在生活，发现具有"分水岭"意义的过往事件，使我成为今日之我。在奥古斯丁之后，所有这些成了自传的惯例。

而且，奥古斯丁还是第一个回答这个恼人问题的作家：到底谁要听我的人生故事？对于奥古斯丁、玛格丽·坎普（Margery Kempe）、亚维拉的特瑞萨修女（Teresa of Ávila）①、约翰·班扬、多玛斯·牟敦（Thomas Merton），以及查理·科森（Charles Colson）等众多心灵自传作家来说，答案就是：所有众生与我一样，都是身负原罪之人（在任何意义上都是如此，包括广大的读者）。如果自传的目的是引领罪人走向恩泽和光耀，那么自传作者可以是谦卑的，也可以是以自我为中心的。这种细微的个体自我审视——一种最令人感到满足的心灵活动，就拥有了感染万千读者的巨大影响力。毕竟，相同的神圣图像也深眠于他们心中；他们也应进行同样的自我审视，面对同样的上帝。

忏悔录式的自传历来有之，从未消失，但是，除此之外，别具一格的生命故事也开始成长起来。中世纪以神为中心的充满神圣感的时代逐渐式微，启蒙运动时期的人们坚信，他们不是"罪人"（sinner）②，而是富有人性的"人"。说到底，这是一个创造发明的时代，一位才华横溢的威尼斯玻璃工匠发明了一种镜子，人们可以在镜子里看清自己的脸，不会像抛光的铜镜那样扭曲失真。16世纪和17世纪的思想家们变得更加确信，他们能够像看清自己的脸一样看清自己。

所以，米歇尔·德·蒙田、勒内·笛卡尔和让-雅克·卢梭盗取了奥古斯

---

① 特瑞萨修女（1515—1582）：也称圣女大德兰。她强调人的内在生命与天主的契合，主要作品有《圣女大德兰自传》和《七宝楼台》。注意她不是大家更广为熟知的特蕾莎修女（Blessed Teresa of Calcutta，1910—1997）。后者是世界著名天主教慈善工作者，主要为印度加尔各答的穷人服务。因其一生致力于消除贫困，于1979年获得诺贝尔和平奖。
② "罪人"（sinner）指犯有触犯神或宗教的罪的人，有别于法律或俗世意义的罪（crime）。

丁的发明——自传，然后"据为己有"。他们也讲述了自己如何经历了世俗的蜕变，到达人生新的彼岸——不是神圣性，而是对自我的认识。

这在自传文学的中心开创了一个全新的结点。对于奥古斯丁及其后继者，即对于这些宗教自传作者们来说，朝向神圣荣耀的旅途就是走向自我认知的旅途。这里有个显而易见的结论：神圣是上帝最核心的品质。因此，自我变得越神圣，也就越接近上帝。既然自我是上帝的映像，那么它变得越像上帝，它就越像它自己，也就离真实越来越近。

但当启蒙运动时期的自传作者凝视着他的内在时，并未看到上帝的面孔。他们看到的是一个独立于上帝，独立于社会，甚至独立于个人意志的自我（专业术语是"自主"），这种自由、自主存在的现实，只取决于它自身。[2]

由于对自我的描述缺乏像"上帝形象"这样相对稳定的界定，自传作者们发现自己被迫陷入怀疑之中，承认他们无法确知位于他们世界中央的是什么。蒙田，第一位"后奥古斯丁时代"的自传作者，在其散文集（首版于1580年）中声称，既然他无从知晓这个神秘莫测的"自我"到底是何方神圣，或者它知道什么，他只会"品鉴"（assay）（检查）自己，努力告诉读者他"认为"他是谁。笛卡尔在1641年总结说，他无法确认自己作为"感知自我"（sensing self）的存在，因为他的感觉可能会欺骗他；也无法确认"情绪自我"（feeling self）的存在，因为情感同样不可靠；乃至于"信仰自我"（religious self）也不成，因为他的关于上帝的知识并不比感知或情绪更确切。他能确切知道的只是关于某个问题的思考，因此，他有十足把握的唯一断言就是——"'我思，故我在'（I am, I exist）这个命题，每次当我说出它来，或者在我心里想到它的时候，这个命题必然是真的。"

如果这些自传作者连自己是谁都无法确切知道，那么，他们写自传的目的何在？

事实证明，怀疑主义并没有改变自传的目的。生命的故事依旧是读者的榜样，是他们了解自己生活的模型。但是，持怀疑论的自传作者并不认为读者追求的是"神圣高于一切"。对上帝的认识，毕竟不再是自我认识的历程。相反，持怀疑论的自传作品展示了作者是如何勾勒其人生故事的，并用这种方法界定缺乏确定性的自我——也即在上帝缺席的情况下，给奥古斯丁的人生旅程赋予具体的描述。

秉持怀疑论的自传告诉它们的读者：这就是我为我的人生选择的意义，我发现了我那难以捉摸的自我就是一个持续思考的存在。或许，这也会成为你能够选择的人生意义。

那个难以捉摸的自我或许并不像笛卡尔认为的那样，是一种持续思考的存在。恰恰相反，自我可能被证明是一个美国人，就像理查德·罗德里格斯的自传里那样——你也可以在你的遗传血统和现有的民族认同中找到一种平衡；或是为争取民主、抵抗压迫而奋斗的一个女人，如吉尔·克尔·康威（Jill Ker Conway）的自传《库伦来时路》（*The Road from Coorain*）中那样。（你的自我认同可能是学者，尽管你周围所有人都告诉你，你的身份只是一个女儿。）或者，你的自我是一位企业家，尽管出身卑微，却能在美国大展拳脚，就像本杰明·富兰克林讲述的他在新大陆的故事那样。但是，无论被探索的自我是什么，作者都会为它的真实和纯粹进行辩护，并把它作为你学习的榜样。

这种自传可能是后奥古斯丁时代的，但奥古斯丁时代的自传并未消亡。约翰·班扬于1666年出版了他的人生故事《丰盛的恩典》（*Grace Abounding to the Chief of Sinners*），深受公众欢迎，两年时间里出了六个版本。在随后的两个世纪里，心灵自传层出不穷。本章末尾推荐列表上的每一本书，要么崇信精神灵性，要么满腹怀疑精神，或接受上帝指引，或审视内在自我。这两种风格的自传如同手足，血脉相连，有着某种亲缘相似性，这归功于它们共同的祖先——奥古斯丁。

这些同胞兄弟们彼此借鉴。持怀疑论的自传经常沉溺于一种忏悔当中，这很像精神灵性自传中对原罪的忏悔。然而，在持怀疑论的自传中，忏悔并不是通往上帝恩典的道路。相反，愿意暴露自己的缺点，乃至全部，成为心志笃诚的标志，成为读者相信你，乃至（可能）接受你的人生之路的进一步理由。而灵性取向的自传也并未摆脱怀疑论的需要，他们需要向质疑其真诚的读者证明并辩护。亚维拉的特瑞萨修女向读者讲述了她的朝圣故事，写下了声辩之辞，以及她计划要建立一所女修道院，抗衡那些比她有优势并质疑她宗教愿景真实性的人。查理·科尔森的《重生》（*Born Again*）或许为读者提供了一条朝圣之路，但是毫无疑问，科尔森肯定没有忘记那些更想知道水门事件究竟发生了什么的读者。

第六章
"我"的故事：自传与回忆录

第二节　五分钟的自传学评论史

如同小说一样，大部分自传作品也需要进行构思和设计：开头、中间和结尾。小说家往往是文字匠人，而自传作者通常只是"偶然的写手"，他们可能从没把自己看成是职业作家。小说家认真思考小说写作的惯例和困难，有时候甚至会写若干长篇随笔，讨论小说该如何构造。但大部分自传作者记述他们的生活经历时，并不咨询专家意见，也不讨论有关自传体创作的理论。小说可能会被纳入学术派别或思潮运动，譬如现实主义或自然主义；而自传作品却没有什么合适的文学标签。

但是，自传作品的质朴只是一种错觉。自传作者确实使用了写作技巧。他们不仅重构过去，使其对当下富有意义，还遵循特定的惯例复述自己的人生。他们可能会无意识地同时做这两件事，但这仍然是一门艺术。

看看那些最为经典的自传作品的开场白，本杰明·富兰克林在他的《富兰克林自传》中这样写道："我是最小的儿子，出生在新英格兰的波士顿，底下还有两个妹妹。我母亲是继室，名叫阿拜娅·福尔杰，是彼得·福尔杰的女儿。彼得·福尔杰属于新英格兰的第一批移民。"曾经是美国黑奴的弗雷德里克·道格拉斯在记述他的人生故事时，也是从自己的出生和祖先说起，他告诉我们："我出生于马里兰州托尔伯特县的塔卡霍……我不知道自己确切的年纪，因为我从未见过任何可信的相关记录。……在知道我母亲是谁后，我和她见面的次数不过三四次，而且每一次时间都很短，还都在晚上……她突然离世，没有留下任何关于我父亲身份的线索。"[①]

家庭为富兰克林提供了一个他能成为他自己的原型（他的先祖是自由民，重视阅读和写作能力，拒绝向那些非理性的宗教权威妥协），可这在道格拉斯的人生道路中却无足轻重。那么，为何道格拉斯也从他的出生和父母写起呢？尽管他没有读过任何一本关于写作自传的书，他却读过其他的人生故事，他读过的这些书让他意识到"恰当的"自传是从自己的出生和家族先辈开始的。

这就是自传作品的惯例。

[①] 译文参考弗雷德里克·道格拉斯：《弗雷德里克·道格拉斯：一个美国奴隶的人生自述》，蔡蓓菱译。此处与作者原文有出入。原文说"I never saw my mother"，从未见过母亲。

人们对这一惯例或多或少是缺乏审视的，直到20世纪50年代，学者们终于对人生故事投以青睐。一直以来，自传作品都被当作是一种二流文学，除了对自己的无尽迷恋之外，不需要任何技巧。但在20世纪50年代，许多书籍和文章认为，自传作品绝不是看上去的那样简单、直接。相反，正如自传作者罗伊·帕斯卡（Roy Pascal）在1960年所写的那样，自传者"一半探索，一半创造了比坚持历史和事实真相所能宣称的更深刻的构思与真理。"[3]

为什么自传作品在20世纪50年代异军突起成为批判性研究的主题，一直没有得到解释。但就像20世纪中期大多数现象一样，这种新的兴趣很可能与第二次世界大战后的创伤有关。罗伊·帕斯卡声称，自传是发现真相的一种途径，这种途径可以发现比历史事实更真实的真实，因为他生活的时代，理智的人们渴望战胜历史事实（赤裸裸地记录着莫名的屠杀和人类浩劫）。批评家通过人生故事的视角来看待这些事实，可以发现历史事实之外更深层的真相，这种想法看起来是美好又令人难以置信的。

到了20世纪50年代，弗洛伊德主义[①]心理学派已广为人知。潜意识的观念已经融入我们的日常语境，并且不可逆转地影响了我们对那个难以捉摸的自我（self）的看法。

弗洛伊德解释说，潜意识指引我们，即便我们完全没有意识到其存在；如果我们还希望有任何一点儿自由行动，而不是像动物那样被难以解释的冲动所驱使，就必须挖掘潜意识。当然，圣保罗[②]早在两千年前就已经为意识和潜意识之间的冲突提供了一个解释。他悲叹道："我所不愿的，我却为之；我所必为的，我却不愿。"不过，圣保罗二元对立的自我模型需要一个信仰前提，即在奥古斯丁教义的视野下，本真自我是作为上帝之映像而存在。弗洛伊德的模型与那些长期以来接受怀疑论和启蒙思想的学者和理论家更为接近，他们把自我看作是自我设计的、自我管理的，而且（最终）是自我理解的。因此，弗洛伊德的理论比圣保罗的更适合解释难以捉摸的人类行为。他提供了一种解决方案，这种解决方案不需要屈从于某种外在的神秘力量，而是坚持不懈地对内在心灵进行更深的理解。自传就像一种有益的心理治疗，检验、整理内心的空间，对每一

---

① 弗洛伊德主义：也称精神分析学派，创始人是奥地利精神病学家弗洛伊德。
② 圣保罗，亦称使徒保罗，原名扫罗（Saul），悔改信主后改名为保罗，称"圣"是因为天主教廷将他封圣，新教则通常称他为使徒保罗。

种冲动进行辨识、归类。

在弗洛伊德主义时代（我们至今仍处于这一时代），评论家们对自传中的"我"用于组织整合内部心灵空间的策略越来越感兴趣。有意识的心智，即自我（ego）①，是如何为行为作出合理解释的？又是如何对那些萌生于潜意识的冲动予以说明的？自传作者试图勾勒出为什么她总是怨恨她的哥哥，并通过叙述予以解释，一吐为快。

如同有意识的头脑一样，坐下来创作自传的自我也被他从未完全理解的力量推来揉去，驱动前行。这个自我将他的生命历程诉诸纸端——当他反思过去的事件时，开始发现自己的动机和潜意识冲动。他用第一人称"我"来书写，但是，经历过去那些事件的自传中的"我"，有着在那些事件发生时的自我所不具备的知识。最终，自传中的"我"变成了一个与它所代表的自我截然不同的人。②

这已经不是什么标新立异的洞见了。随便哪一位自传作者只要对这种矛盾进行了反思，都会追溯到蒙田。蒙田于1580年写道："如果要模仿关于我自己在试笔散文中那个'我'的形象，我就会用心修饰自己，仔细打扮了才和世界相见，而这模仿本身在某种程度上我行我素，自成一体。为悦己者容，我就要用比我本貌更为绚烂明艳的色彩来装扮自己。由是观之，我对我的书的影响远不及书对我的影响。"但是，弗洛伊德提供了一种语言，使得文学批评家能够把这种悖论作为一种理论问题来讨论。在20世纪50年代中后期，最初涌现出的那一批书籍和文章导致了持续不断的批判式讨论，至今仍繁荣不息：任何一所大学的图书馆都陈列着从一目了然到晦涩难懂的标题，从说出"能写出自己故事的人，就能从无知和笨嘴拙舌的状态中崛起"的罗伯特·塞尔（Robert Sayre），到认为"无论以何种方式，自传都不应该与作者所说的生活相混淆。后者包含着他真实经历的全部事情，这些事情构成了他作为经验意义上的真实的人"的鲁道夫·加斯切（Rodolphe Gasche）。⁴

---

① 精神分析学中的自我是人格的心理组成部分，是从本我中逐渐分化出来的，位于人格结构的中间层。其作用主要是调节本我与超我之间的矛盾。它遵循现实原则，以合理的方式来满足本我的要求。弗洛伊德认为自我是人格的执行者。
② 精神分析中有"分裂的自我"（splitting ego），这种分裂并非指"精神分裂"，而是指自我分成两个各具功能的部分，即"经验/执行自我"（experiencing ego）和"反思/监督自我"（observing ego）。前者为"行"，后者为"知"。在理想状态下，反思自我能够及时觉察到执行自我并予以指导和纠正，做到"知行合一"。

这种持续进行的批评性讨论，常常把自身弄得曲折费解，但也在某种程度上开创了自传作品的类型名称。20世纪70年代早期，学者们惊讶地发现，女人们眼中的世界和男人们认为的迥然不同。作为第一位自传作者，奥古斯丁深受古希腊罗马神话英雄事迹的滋养，那些英雄人物的品质是他竭力效仿追求的。所以，奥古斯丁的精神之旅带有强烈的史诗般的精神诉求。

但是，玛格丽·坎普却没有机会选择追随史诗英雄的足迹。与大多数女性一样，她的受教育程度不高，听闻更多的是家庭现实的故事，而不是史诗中的英雄壮举。被丈夫和十四个孩子重重包围的她，无法把自己的人生想象成是独行之旅。那么，为什么奥古斯丁的人生经验就应该影响和塑造她的人生故事呢？

作为一种题材，女性自传似乎被一股顽固的文学传统所扭曲，这种传统坚持以男性的视角来看待女性的奋斗和成就。女性们被告知，她们应该富有耐心、平静、祥和，为男人奉献一切，因此女性自传中的"我"是耐心的、服从的、被动的。女性的精神自传不是关于主动与罪恶作斗争，而是关于被动服从于男性上帝的困境。纵观19世纪，女性自传中的"我"更倾向于坦承自己的缺陷，而不是积极地面对冲突挑战。正如帕特里夏·斯帕克斯（Patricia Spacks）[①]所观察到的，自传展示了一种公共性的面孔，当"目睹男人面向世界……显而易见地展示他的力量的时候"，一个女人的公共面孔理应显示出"如人所愿的顺从"。[5]即便像珍妮·亚当斯（Jane Addams）[②]和艾达·塔贝尔（Ida Tarbell）[③]这样的社会活动家，面向公众时，顺从的态度也在所难免。吉尔·科尔·康威在有关女性叙事的研究中指出，这些女性的私人信件是强有力的，而且充满信念，但她们的自传却将自己描绘成被动的激进主义，为事业所号召，而不是主动追寻。

---

① 帕特里夏·斯帕克斯：美国杰出的女性文学评论家。她对文学评论的贡献主要有两点：一是指出社会主流文化推崇的女性形象与真实女性不符，剖析女性面临的种种人生问题，为女性自由拓宽了空间；二是对"漫谈""无聊""独处"等社会文化中充满贬抑色彩的高频词进行历史性研究，批驳词语误读催生的消极文化。
② 珍妮·亚当斯（1860—1935）：美国社会改良主义者、和平主义者，1931年获诺贝尔和平奖，是美国第一位获此殊荣的女性。
③ 艾达·塔贝尔：美国著名记者，1857年出生于宾夕法尼亚州，由于父亲和哥哥曾是石油生产商，她从小接触石油。1894年，她进入著名的《麦克卢尔》杂志社工作。1897年，《麦克卢尔》杂志准备对美孚石油公司进行系统调查，这个任务落到塔贝尔身上。历经五年调查后，她的文章从1902年11月开始在《麦克卢尔》杂志上连载，并在1904年11月以《标准石油公司历史》为名出版，在美国引起轰动，成为美国新闻史上第一部调查性新闻著作。不久，在公众舆论的影响下，美国联邦地区法院判定美孚石油公司违反《反托拉斯法》，处以当时美国史上最高罚款：2924万美元。1911年5月，美国最高法院做出判决，强制美孚石油公司解体。案件详情可参考任东来等编著的《美国宪政历程：影响美国的25个司法大案》，中国法制出版社，2013年。

"黑人自传"这一题材（特别是在美国，因为曾有过奴隶制的历史）也遭遇着同样的扭曲。非裔美国人的自传作者发现，他们自己在模仿白人自传的叙事形式，尽管这种形式并不适合他们的生活状态。在最早的非裔美国人自传（奴隶叙事）中，作者不可避免地从出生和父辈开始谈起，就像白人作者那样。故事真正的开始，往往始于黑人自传中一个已经成为惯例的事件——黑人身份认同，因此故事的真正开始往往有些迟缓。每一位非裔美国人作者都把自己简单地看成芸芸众生中的一位——直到孩提时代的某一天，突然被其他人带着鄙视或者厌恶的表情死死盯着。在那一瞬间，"我"不再把自己视为"正常"的，而是某种另类的存在——作为"黑人"而存在。从这一刻开始，非裔美国人自传作者便开始挣扎于双重视野当中。如同白人同行那样，他也要尝试在自己的书卷中创造自己，但是当他真的这样做的时候，他不得不通过其他人充满敌意的眼神来审视自己。黑人身份和悲剧命运，如同罗杰·罗森布莱特（Roger Rosenblatt）所说的，"这一条件已经预先描绘和预判了一生。"[6]

另一条惯例几乎代表着所有非裔美国人自传的特色：进入到一个阅读和写作的世界。在弗雷德里克·道格拉斯小时候，他的女主人开始教他阅读。但她的丈夫停止了课程。"学习对他没有任何好处，反而会造成很大的伤害，"他严厉地告诉妻子，"如果你教他如何读书，他就会想知道如何写字，当这也学会的时候，他就会自己跑掉。"[7] 就这样，道格拉斯的学习被迫中断，但他想办法让年轻的白人熟人教他识字，学习相关知识。学会阅读是道格拉斯的信念，也是他迈入新世界的途径。正如道格拉斯所写的那样，通过阅读，他拥有了自己的词汇，这"使我能够用自己的喉舌表达许多有趣的想法，这些想法经常涌上我的脑海，但是又因为缺乏恰当的言语表达而黯然消退"。[8] 通过写作，他进入了白人的世界，不仅作为受害者，而且作为证人和社会活动家。写作赋予他力量，面对曾经被奴役的过去，现在他可以记录他的为奴岁月，并用对奴隶主的道德审判填满那些岁月。他写道："叙述那些不堪回首的往事，完全无法令我感到满意——我想要公开谴责这一切。我有时克制不住对蓄奴者的义愤，以至于无法对事实做详尽的陈述。"

自传使作者能够重塑自己的人生，回首往事，解读其意义，令那些曾经毫无意义之事如今形神兼备。如此，自传和小说的区别在哪里呢？（如果事实被夸大了一些，我们应该为此感到不安吗？）

随着自传批评的兴起，越来越多的学者们开始质疑自传中事实与想象之间的界限。自文艺复兴以来，西方人的世界观中就有这样一种信念：即相信冷冰冰、硬邦邦的事实——知识是可以经由观察或实验以及其他科学方法得到验证的真理。这种基于科学证据作为真理终极检验的信念，正是"现代文明"（在时间上大致开始于哥白尼时代）与此前诸时代的分水岭。但是在20世纪最后三分之一的时间里，思想家们开始质疑所谓科学证据的正确性。他们指出，事实上存在许多种不同类型的确定性，而现代意义上的"证据"强行把科学的确定性凌驾于其他一切可能之上。他们指出科学家也是人，也会倾向于他们乐观其成的"事实"，以及已经存在的"事实"。这些人认为所谓"事实"，尤其自传体里的"事实"，是不靠谱的。如果针对同一事件，两位历史人物写下了两种截然不同的记述，那么根据这些思考者的观点，这两种说法可能都是正确的吗？

这些现代主义的质疑者被称之为后现代主义者。（现代主义和后现代主义在这一语境下的区别是很小的，至于文学的现代主义和后现代主义，我们会在最后一章探讨。）后现代主义促进了自传体的繁荣发展，因为后现代主义通常拒绝将一种观点贴上比另一种观点"更有价值"的标签，这也就意味着那些城郊的产业工人有着和总统一样的讲述他们自己人生故事的权利。但是，在欣赏每一个独特的观点都是有价值的时候（"关于那场战役的两种说法都是真实的，作者们对同一个战场有两种截然相反的视角，仅此而已！"），后现代主义逐渐不再固执于对"标准"观点的坚持，认为每个人的观点都是真实的。你不用通过阅读一部自传去发现过去的真相（这是一种主导了那些退休政客回忆录几十年的假设）；相反，阅读自传可以从另一个视角，从另一个皮囊之下的内心看待这个世界。如果这一观点被生动地描绘出来，让你以一个女人、一个曾经的奴隶，或是一个第二代墨西哥移民的身份来"理解"生活，那么这些"事件"是否"准确"真的重要吗？

正如许多后现代主义提出的疑问一样，这个问题仍然无果。在多数情况下，热衷于自传的读者正是一名身体力行的后现代主义者，即便他没有意识到这一点。他并不是在找寻现代主义者所钟爱的"事实"。用詹姆斯·奥尔尼（James Olney）的话来说，读者就是在宣示"一种对自我的痴迷，一种对深邃而无止境的自我奥秘的痴迷，以及与这种痴迷如影随形的一种对自我的焦虑，一种对无人目睹、触及或者体验过的模糊与脆弱的自我的焦虑"。[9]无论是精神自传的读者，还是怀疑论者自传的读者，都希望有一幅指引穿越茫茫水域的地图，一本通往抵达内心深处的手册。如果他确实碰巧发现了水门事件的真相，这简直是不期而遇的大奖!

第三节　如何阅读一部自传

一、第一遍通读：语法阶段的阅读

在你初次阅读一部自传时（语法阶段的阅读），你会问一个简单的问题：发生了什么？姑且先对作者的叙述照单全收。只有读完整部作品，你才能窥其全貌，所以，在第二遍通读之前，先不要急着评判作者对过去经历的解读。请对那些可能有着额外意义和内涵的段落做好标记——可以折起书页，也可以在笔记中记下来。尽管还不知道这意义到底是什么，并且在重读时你会发现有些段落可能并不重要，但这些笔记也会方便你找寻随后将提到的分析性问题的答案。

审读标题、封面和封底。阅读的第一步永远是这种最初的纵览。遵循你在第五章学到的阅读小说时同样的步骤：把笔记本和笔搁在一旁，先看书名页和和封底信息。记下书名、作者姓名以及创作时间，然后用简短的句子说明作者是谁（学者？修女？政客？奴隶？）。

快速浏览图书目录。许多自传作品都没有章节标题，但那些给出标题的自传会让你对作者如何塑造他的生活有一个大致的了解。举例来说，希特勒在《我的奋斗》这本自传中，开头是"我的家庭"，紧接着是"第二帝国为何崩溃""种族与民族""强者极强于孤独之时"以及"自卫权"，这些标题可以先让你快速了解希特勒对自己的看法：他认同自己作为德意志人的身份，因此，他自己的"苦难遭遇"正是德意志民族的写照。（这也使得他在攫取权力过程中任意妄为，因为在他的眼中，他，就是德意志。）如果你确实对作者的目的有了一个大致的了解，那就简单写上一两句话，概述这个目的是什么。

作者生平中的核心事件是什么？开始读一本小说，随手记下每章的主要事件，可以为自己提供一个简要的情节大纲。第一次读自传的时候，也应该记下作者的生平。虽然作者关注的焦点可能放在智识发展和精神状态的改变上，但是，作者生活经历的客观事件仍然可以为我们提供一个促进其内在发展的外部"环境"。按顺序在页面左侧列出这些事件，尽可能把这些都记在一页之内。自传可能会被林林总总的事件挤满，不需要全部记录，要去芜存菁，择其关键。每看完一章，都要问问自己：在所有这些事件当中，哪两件是最重要的？这种缩小范围的方法可能多少有些机械化，所以如果你觉得在这一章里有三个重要事件，那么不要因为这个建议而受限，不要删减你认为很重要的第三个要点——对于那种章节短小的长篇自传而言，譬如《甘地自传》，你需要删减的就是整个章节了。出生，教育，旅行，结婚，就业，灾难（陷入贫困、入狱、离婚、亲人死亡），为人父母，取得伟大成就，退休，这些便是我们一生的"速写"。当你列出这些事件时，也试着写出这些事因什么而独一无二，值得一记——不是那种"这是我的第一份工作"，而是"我以律师身份开始职业生涯，刚开始，我是讨厌这份工作的"。

偶尔有自传很少提及（或不写）外部事件，譬如笛卡尔和尼采的自传。在笛卡尔的《第一哲学沉思集》里，"我今天把我的日程排得很满，这样我就可以坐下来一口气把这些都写下来了"，就是你所能获悉的全部外部事件了。而在尼采那里，干脆没有任何"意外之事"发生。在这种情况下，那就试着记下主要的智识活动——作者在整理证据时得出的结论。为了识别出这些结论，注意查找"因此""我总结出""显然"这些字眼或诸如此类的词；这些有关"结论的词语"会告诉你，在收集了大量事实之后，作者将要说明这些事实意味着什么。

哪些历史事件与个人事件重合或融合在一起？当你在页面左侧记录个人事件时，不要让历史事件在你眼皮底下溜掉——就是那些同时期发生在外部世界的大事件（战争爆发、影响讲述者权利的法律变化、天灾等）。把这些记在页面右侧，以便和个人事件形成对照。

历史在重述人生中扮演的角色各不相同。有时，历史事件会直接影响作者的生活：《逃亡奴隶法案》[①]的通过使道格拉斯在北方的地位岌岌可危，甘地的生活也因英国对印度自由运动的镇压引发的骚乱而被彻底改变，玛雅·安吉罗

[①] 1850年，为了缓和奴隶制在南方引起的矛盾，美国国会通过了《逃亡奴隶法案》，允许南方奴隶主到北方自由州追捕逃亡奴隶，引起北方进步人士的强烈愤慨，废奴主义者将此法称作"猎犬法案"。

（Maya Angelou）的童年则笼罩在《吉姆·克劳法》（*Jim Crow*）[①]之下。有时，战争和灾难只是在背景中沉闷地回响；有时，历史事件只是间接地被提及，因为在作者的时代，它们构成了常识的一部分，而这些常识在今天已经消逝。在第五章，我曾建议在一卷本的世界史中应该为小说保有一席之地；你现在可能需要参考这些小说，这样便于你对那些在自传中一笔带过的历史事件获得更多的理解。你也可以利用一下《历史年表》（*The Timetables of History*），这本参考书以七个类别（政治、艺术与音乐、文学等）列出大事年表。你可以轻而易举地快速浏览涵盖作者生平的那些年份，然后记录那些看起来有影响意义的事件。（一部自传中不呈现某个重要的历史背景信息，或许跟呈现这些信息一样有意义。）

你可以把这些附加信息记在右边，用不同颜色的笔或其他能够显著区分开的形式书写，用以区分作者自己提供的历史信息。

在作者生命中，谁是最重要的人（或者人群）？这个故事的基本轮廓是由什么事件构成的？ 人类通过他人来界定自身：我们通过发现自己的唯一性（uniqueness）来进行自我定义。唯一性即没有任何其他人拥有的特性。当我们讲述关于我们唯一性的故事时，必然也会讲述别人的故事，以此来展现彼此之间的不同。

每部自传都不只描述了一个人的生活。每位自传作者都至少讲述了一个与自己的故事对照的故事。通常，这个故事是关于父母的。吉尔·克尔·康威的自传有相当大的篇幅在讲述她与母亲的关系。在引人入胜的叙述中，她勾勒出母亲这个悲剧人物的肖像：她是一位精力充沛、才华横溢的女人，却无缘施展其才华，因此陷入偏执和躁动之中。母亲的故事与康威的故事如影随形，并带着某种恐惧：如果康威像她母亲一样精力充沛、才华横溢，那她是否也无法克服她所处的社会对女性的限制呢？

尼采谈论他的父亲，哈里特·雅各布斯谈论那个折磨她的主人，格特鲁德·斯坦（Gertrude Stein）谈论巴黎的画家，埃利·维塞尔（Elie Wiesel）讲述消失在集中营的小妹妹，她代表着所有被仇恨摧毁的无助的犹太儿童……在阅

[①] 吉姆·克劳法：泛指1876年至1965年间美国南部以及边境各州对有色人种（主要针对非洲裔美国人，但也包含其他族群）实行种族隔离制度的法律。这些法律强制公共设施必须依照种族的不同而隔离使用。

读时，你要找出谁在作者生命中占有重要地位。在另一张纸上列一个简短的事件清单，写下影响这个人生活的事件（只要作者提到而无须亲身经历）。

给这本书拟定你自己的标题和副标题。和阅读小说时要做的工作一样，当你读完自传后，给这部自传拟定你自己的标题和副标题。这将为你进入分析阶段，尝试探索作者的写作目的提供线索。如果你觉得有困难，可以参考如下格式：

关于_____的故事：在故事里，作者_____……

填第一个空时，使用一个最能描述作者的名词；在后面的句子中，把省略号换成作者最值得称道的一两个成就。如此一来，美国开国之父富兰克林的自传就可以这样处理：

一位实干家的故事：在故事里，本杰明·富兰克林在一无所有中，通过决心和勤奋工作，成功地获得了财富和地位。

或者，换一个版本：

一个美国人的故事：在故事里，本杰明·富兰克林摆脱一切压迫和束缚，开创如其所愿的人生。

既然生活本身有如此多的面向，那么，对同一部自传，也就可以从多角度拟定标题。不要因为担心做得不"正确"而徘徊良久。当以后你再次拟定标题时，再考虑你是否仍将保留当初的第一选择。

二、探究式阅读的第二阶段：逻辑阶段的阅读

现在，你已经确定了自传作者人生的主要事件，接下来，需要去探索将作品各个部分联系起来的总体规划（主题）。回到那些你标记为有趣或心存困惑的部分，重新阅读它们。快速浏览之前你制订的大纲，重读那些看起来对作者人

生产生最核心影响的内容。

然后，在日记中记下你对如下问题的回答。每一个都有助于回答最关键的那个问题：作者在其人生中发现了什么规律？

贯穿整个叙述的主题是什么？ 我们可以先做一个假设——形成关于自传主题的最初理论。

首先，确定这部自传是倾向于灵性的还是怀疑性的？灵性自传以作者自身与神的关系来组织讲述。对上帝的真实认识，精神状态的改变，都是生命历程中的高潮。这种信仰皈依之路可能采取不同的方式：一次旅行，一场战斗，面对必须忍受的审判，一个揭示自我真实本质的心理启示。作者用了什么样的隐喻来表现这场精神之旅？这些隐喻又揭示了她对神有怎样的理解？对上帝的认识是有待发现的新世界，是需要武力征服的领地，还是能够映射出我们真实面孔的镜子？

如果一部自传作品是怀疑论风格的，作者则是尽量去理解自己的人生故事，无须拿灵性作为基本主题来组织叙述。"怀疑论"并不必然意味着是"世俗的"，宗教体验仍然可以发挥作用，但另外一些主题使故事有了开头、中间与结尾。主题是什么？它是"家庭关系"吗？是描述作者与父母、亲戚、爱人之间的关系在慢慢得到解决，或是分崩离析吗？它是"对立"吗？把生活表现为两种不同的选择之间的冲突？对于女性而言，这可能意味着选择做家庭妇女还是做职业女性，是遵循传统的女性生活，还是追求知识精英或社会活动家的生活。而对于男人，这种对抗表现为是选择安稳的生活，还是冒险生涯；是作为公众人物存在，还是享受快乐幸福的私人生活。它的主题是"英雄主义"吗？如果是，它把作者塑造成一个神话中英雄的模样，战胜困难，克服障碍。主题是"代表性"的吗？把作者塑造成其他有相同条件的男人或女人的象征？（如哈里特·雅各布斯代表了曾经被奴役的母亲，本杰明·富兰克林代表了追求财富与自由的朝气蓬勃的美国人。）或者，主题是"历史"，通过作者个人的经历描述一场历史运动（例如妇女解放运动）。这些主题可以作为你自己思考的出发点，但不要受它们的束缚。在阅读的时候，你可以创建自己的分类。

当你确定了某个可能的主题后，写一两句话来描述它。完成通篇分析后，你可能会回过头来修改这个主题。

人生的转折点在哪里？是否存在一个"转折"？所谓"转折"，是指作者领悟到自己到底是谁，并由此改变了人生轨迹，或者经历了一些惊天动地的事情，或者一些宏伟壮丽的事情，无论怎样，她都无法再回到从前。即便是怀疑论风格的自传，也包含这种转折。对一部自传来说，从一种状态向另一种状态的转变是必需的；如果作者始终如一，就没有必要逐年罗列人生往事了。她只是把自己作为客观的、不变的讲述者，简略地写一部历史。但是，自传毕竟不是历史；它是关于成长与变化的故事，寻找的是改变。正如我们在前面看到的，非裔美国作家常常把自己的变化追溯到对黑人身份的第一次认识，当时他们第一次通过他人的眼睛看到了自己。而许多女性自传作者开始慢慢领悟到，她们是独立而富有力量的，无须附庸于他人。精神自传作者则是领悟到了神性，并发现自身视野被永久地改变了。

回顾一下你的提纲。是否有哪一章看起来重大事件比较密集？这种密集就可能刚好发生在转折点之前或之后。你有没有发现关键词"第一次"？弗雷德里克·道格拉斯小时候由祖母抚养，周围满是"慈爱"，直到某一天他被祖母带到主人的种植园，并把他留在那里。他环顾四周，祖母已经走了。"我以前从来没有被欺骗过！在与祖母分手时，我悲愤交加……这是我人生第一次接触到奴隶制的现实。"

一部自传可以包含不止一个转折点；道格拉斯的故事中还有其他转变，譬如他掌握了拼写，他与奴隶主柯维打了一架，尽管被祖母留在种植园是第一次，也是最关键的一次。你可能会指出，某一次过渡是最重要的，或者在故事中看起来有两处不同的转折点是同等重要的。你也可能会发现，尽管自传的开篇与结尾之间有着明显的变化，也就是说，你在第一章看到的讲述故事的"我"和最后一章看到的"我"是迥然有别的，但这种改变却是悄然发生的。注意记下这种"转变"是突发的还是缓慢的，以及讲述者是如何被改变的。

作者为什么道歉？在道歉的过程中，作者又是如何辩解的？诗人梅·萨藤（May Sarton）写道："我是一个暴躁的人，很难与人相处得来。"但是，她马上又补充说："对狂妄、自命不凡、轻率浅薄，我极难容忍，常像斗架的公鸡那样怒不可遏。我讨厌粗俗的灵魂，痛恨无谓的闲聊。"好吧，谁不是这样呢？这令我们所有人都难以相处。既然没有人是无可指责的，那么，每部自传都必然包含着对缺点和错误的描述。由于人类在心理上是无法带着罪恶感生活的，那么自传中对这些缺点的道歉总会伴随着辩解。

如果你能找到并记下这些忏悔和辩解，将有助于你了解作者的人生状态。在灵性自传和怀疑性自传中，道歉的表现形式是相当不同的。灵性自传要求忏悔过失，且不附带任何辩解；作者可以在上帝面前倾诉并完全呈现自己的过错，因为凡人粗鄙的罪并不影响上帝的宽恕。圣眼的临在使诚实成为可能。（事实上，在一些灵性自传中，悟罪愈重，得恕愈切。）在基督教传统中，宽恕意味着灵魂的重生，焕然一新。因此，作者在信主后讲述信主前的生活，其实是在讲述完全不同的人——这也就允许更具颠覆性的自我批评。

另一方面，灵性自传的作者很清楚地意识到读者（不是指上帝）也会发现这些过失。所以，即便作者已经向上帝进行了忏悔，面对读者，她也可能会自圆其说。这种情况会发生吗？如果会，是在书中哪里呢？

在怀疑性自传作品中，作者对错误的忏悔采用了另一种方式。当作者向素不相识的读者展现他的灵魂时，诚恳的忏悔总是艰难的，甚至是不可能的。坦诚认错，坦白者需要确信倾听者富有同情心。在没有确定得到谅解和宽恕的情况下，作者必须附带辩解，以护卫忏悔，这样，那些可能不那么亲切宽厚的读者就不至于否定作者人生的全部价值。这类忏悔的最典型代表是，甘地对自己为什么没能给儿子们提供良好教育进行了解释：

> 我无法投入足够的时间在孩子们身上，对他们的关注也不够，加上其他一些不可抗力因素，使得我无法给他们提供我想要的文化教育。我所有的儿子对此都有怨言……如果他们离开我，去英国或者在南非接受教育的话，他们就永远无法体会到简单生活和服务他人的态度。要是他们养成了矫揉造作的生活方式，可能还会妨碍我从事公共事务的工作。

对于自己的错误，甘地不仅有所回避（"不可抗力因素"），而且还提出一个理由，用以说明为何他的错误能导致一个很不错的结果。

作者的理想生活是怎样的？ 当自传作者讲述的故事和她希望讲述的故事大相径庭时，她会为她的生活表示抱歉。她之所以抱歉，是因为她没有达到某种理想。什么是理想？拥有完美的学历？成为理想的妻子、女儿、母亲？或者是充满活力的领导者？无论是什么，自传作者总会参照这个形象来衡量自己。罗杰·罗森布拉特说过：

> 在所有的自传中，人们都会感到一股趋向完美的力量，这种完美是一种将个体与宇宙进行联结，"万物与我同在"的模式……这种模式对于每一位自传作者而言都是一种绝对的理想。感受到这种理想的短缺可能就是激发作者的第一动力；但是，我们想要去详细理解摆在我们面前的生活，我们就必须像知道生活赐予我们的"现实"一样，充分知道我们的理想是什么。[10]

看看你拟定的标题、副标题以及主题，并回顾作者提到的那些歉意和遗憾。问问自己：如果这位作者能够完美无瑕，她将成为怎样的人？她希望成为的那个理想形象具备哪些特征？这种理想从哪里来？因为情绪失控而对孩子感到愧疚的母亲，已经内化了一个"理想母亲"的形象（总是很耐心，总是欢欣鼓舞，能用两根冰棍和胶水就把三岁孩子哄得高高兴兴）。为自己身为妻子、作为女儿的失败而感到歉疚的自传作者同时也内化了一个她应该怎样的形象。这种理想化的形象或许源于她的阅读，也可能是从父母那里耳濡目染，或是来自她所属的宗教团体。又或者，这种形象发端于某种含糊的存在，我们称之为"社会"，在这一概念中包含了媒介影响、学校教育以及那些偶然获得的观点、意见。你能追溯这种理想形象的源头吗？

生命的终点是什么样子的？那是作者到达的地方，找到了死亡，发现了安息？作者在真正的结束到来之前一般会给故事一个收尾，这也是自传的特别之处。正如蒙田在其《蒙田试笔》中所表达的，人的一生只有到死后才能得到公正的评价；因为"一个人，无论命运怎样笑颜相向，非等到生命的末日过去不能称为幸福。为的是人事变幻无常，只要轻轻一动，便可以面目全非，前后迥异……所以我们毕生的行为应该受我们最后一口气的检验和点化，那是首要的日子，是其余日子的审判官。……我把我的研究的果实交给死亡去检验。那时候才清楚我的话从口出还是心出"。

但是，自己书写的人生故事当然无法等到作者死去。所以，自传作者创造出一种结局，作为一个终结点。班扬在《丰盛的恩典》中总结道："上帝恩待我的故事，我还可以说出许多，在此我要将这本书里的故事，作为为主征战的战利品献上，用以修造耶和华的殿。"再来说说"为主征战"："实际"的约翰·班扬在其余生一直与怀疑和诱惑作斗争，而那个"自传中"的约翰·班扬，也就是用第一人称"我"来讲述这个故事的人，却已经赢得了最终的胜利。

这个"终结点"的问题，可能比其他任何问题都更能突显出自传里的叙述者与隐藏在背后的那个真实人物之间的差别。任何一个尚且健在的人怎能知晓其人生的最后定格呢？因为缺乏这种确定性，作者就必须为其一生创造出一个最终的意义，并将之付诸笔端。

重读自传的最后一章，寻找总结性的陈述，这些陈述通常用"时间词"来介绍（尽管也有例外），例如"于是""从那以后""现在""当"等。（举例来说，达尔文的回忆录就是这样结束的："在最近三十年里，我没有觉察到我的思想有任何变化。"他笔下的人生就这样令人惊讶地早早地结束了。）记住，作者是经过慎重选择才挑出这特别的一章，作为其人生的制高点，他可以从这一章回顾过去，看到他的整个人生以一种富有意义的方式展开；最后一章通常会包含最后一块拼图：它的存在使得其他一切都拨云见日，明朗起来。

写一小段话，描述一下作者在自传结尾时的状态：身处何方？所做何事？然后，引用作者自己的叙述作为回答。

现在重新审视你的第一个问题：作者的人生主题是什么？回顾一下你在这个评价过程一开始时提出的主题。现在，你已经研究过了作者人生中的转变与结局、遗憾与理想，你对主题的猜想还对吗？这些元素中的每一个都有助于澄清主题：你现在应该已经有了更清晰的思路，作者是如何将自己诉诸笔端形成文字的，自传故事中的"我"又是怎样形成的。如果你的观点有所变化，那就修改你对自传主题的描述。然后，再重新审视之前拟订的标题和副标题。这些是否也需要根据你更深入的研读进行修改？

三、探究式阅读的第三阶段：修辞阶段的阅读

对自传的评价性阅读是以对个人生活的描述为中心的。当你进入第三个阶段也是最后一个阶段的阅读时，你需要拓展思维，而不仅仅着眼于纸上写出来的那些生活。作者对自己所属的群体（男人、女人、移民、活动家等），甚至更广泛地，对一般人性得出了什么结论？

要记住，这个阶段的阅读最好和其他读者结伴而行。回答第一个问题（写信或对话交流），并请你的阅读同伴回应。然后，让你的同伴回答第二个问题，而你予以回应。这种对话允许你们之中的每一位都轮流扮演"吹毛求疵"的角

色，以便集思广益，完善思考。

作者是在为自己写作，还是在为一个群体而写作？作者是把自己看作一个孤独的灵魂，独特到无法模仿吗？这种情况相当罕见。更常见的是，自传的内容代表了一种可能被更大的群体接受的状态，或者，人类某个特定阶层注定经历的一种生活道路。

让我们来看看，梅·萨藤是为富有创造力的灵魂而写作吗？弗雷德里克·道格拉斯是为黑人而写作吗？哈里特·雅各布斯是为摆脱奴隶身份的母亲而写作吗？还有，理查德·罗德里格斯是为西班牙裔的美国人而写作吗？如果是这样，它们表现在自传中的哪些部分呢？要当心过度类推的概括！哪些读者能真正认同自传作者的处境？罗德里格斯所描述的经历，也许是大多数第二代西班牙裔美国人都能认识到的。但他的故事中有哪些部分是他自己、他的特殊家庭和教育所特有的？他是否犯了一个错误，即假设他的经历具有普遍性，而实际上其他人可能无法经历？

对于每一部自传，你在阅读的时候都应该提如下这些问题。作者认为自己个人经历中的哪些部分是具有普适性的？又有哪一部分是自己独一无二的？你是否属于最认同作者经历的"群体"中的一员？如果是这样，你觉得真实吗？如果不是这样，那么，故事中的哪些部分与你的个人经历有共鸣呢？

最后，做出价值判断。如果作者设定了一种模式让其他人效仿、追随，你觉得这种模式好吗？当然，你要明确你所说的"好"是什么意思。你所说的"好"是指"具有社会建设性"？（"如果每个人都这样做，整个社会将平稳运行。"）或者你的"好"意味着"伦理上一致"？（"这种模式符合我所理解的道德法则或上帝法则。"）也可能这个"好"意味着"自我实现"？（"任何如此行事的人都将臻于人之为人的最大潜能。"）这三种对于什么是"好"有着非常不同的理解。然而，我们经常没有仔细思考是哪种含义，就不假思索地用了这些词。现在请思索吧。资深读者的标志就是措辞精准。

自传中的三个特殊时刻或者时间框架是什么？请记住，每部自传都有三个显著的时间框架，即：事件实际发生的时间；作者记述事件的时间；以及读者阅读的时间。[11]在阅读的第一阶段，通过罗列作者的生平事迹，你已经对第一个时间框架比较熟悉。现在，要花点时间思考第二个和第三个时间框架。

第六章
"我"的故事：自传与回忆录

作者的写作发生在第二个时间框架，这是一个令人着迷的时间段：为什么作者会在这个特定的时间里，决定写下其一生过往？是因为一个孩子希望获悉其家族信息吗？就像本杰明·富兰克林要为此写作的那样？还是因为某次政治或文化事件把作者推到聚光灯下，公众需要获知这个人的详情？他是否曾经被捕、坐牢或竞选总统？

请找出作者为什么要把自己的生活付诸笔端的自述理由。（只有像尼采那种最为狂野的自我才会认定写作目的就是为了有趣。）再想一想，这个理由成立吗？（富兰克林写下自传果真是因为儿子的请求吗？毕竟，在自传的第一段之后，我们再也没有听到关于儿子的消息了。①）然后，我们还要继续追问：作者写作的时间，是在其人生的巅峰，还是在低谷，境遇如何？这篇传记故事是在短时间里一气呵成的，还是花了二十五年之久？一部自传，是像班扬那样身陷牢狱之中写就的，还是在功成名就、一生高光的时刻创作的？这两者相差甚远。短时间内写就的自传概括了讲述者一生中某段时期的态度；经年累月写成的自传因作者对其人生状态不断地修正和复返，进而会展示更广阔的景观。

最后，这部自传出版之后，历经岁月，有什么变化吗？书籍是富有生命力的，它们既会因为读者的不同因人而异，也会因为时代的变迁因时而异，随着年龄的变化，感受也会有所不同。希特勒在第二次世界大战之前出版的自传，在我们听来既是可怜的妄想，又是怪异的威胁。富兰克林的自传里满是对于勤劳节俭的无限认同，也无限相信在当时的美国，哪怕你是最穷困潦倒的移民，也能通往上流社会；但是放在今天，这种信心听起来就天真幼稚了些。而玛格丽·坎普的奇思妙想，恰好开始于她的第一个孩子诞生之后，那时她毫无疑问得了产后抑郁症；布克·T. 华盛顿（Booker T. Washington）呼吁解放奴隶，却忽略了相应的政治权利，至少对于今天而言，是在刺激我们现代人的神经。

你可能永远不会扔掉你的"眼镜"，但你至少应该能够觉察到，你戴着呢。要警惕时代的偏见：过去的人们并不比现代人更加愚昧无知，或更缺少洞察力。一剂对症的抗抑郁药可能就治愈了玛格丽·坎普的困扰，但是这些药恐怕无法解决她生活中潜藏的诸多问题，而且，现代医药科学对于产后抑郁症的疗效也没比玛格丽·坎普向神父忏悔好到哪里去——他们确信她的信仰和使命，允许

---

① 本杰明·富兰克林之子威廉·富兰克林 1763 年被英王任命为新泽西总督，独立战争期间一直忠于英王，并与其父疏远，独立战争之后才有所缓和。《富兰克林自传》中仅在正文开头出现一次"亲爱的儿子"。

她退出她实在无法忍受的生活。

尽力遵照每部自传的本来之意去理解它，然后，再换位到你自己所处的时代来考察。问问自己这个最有代表性的修辞阅读阶段的问题：我赞同吗？哪个更合情合理？是我们当代人的理解呢，还是那个时代的说法？在16世纪，玛格丽·坎普离开了她的十四个孩子，为了信仰而遗弃了他们。在20世纪，一位得克萨斯州的妇女在类似的压力下，服用精神科医生开的药，带着她的五个小孩子待在家中，最后把他们都淹死在了浴缸里。哪一个更负责任些呢？

作者判断的依据何在？在多玛斯·牟敦的自传《七重山》（*The Seven Storey Mountain*）的序言《给读者的说明》中，威廉·H.谢农（William H. Shannon）指出，这本书中包含有三层意境：

> 首先，有一个历史层面：在他生活中真实发生的。其次，有一个记忆层面：牟敦有能力回忆起他生活中的事件。回忆，通常是选择性的，这意味着被记得的既往并不总是与历史的过去相吻合。最后，还有一个修道层面的审判。这是指，牟敦（他的教名是"路易神父"）是作为修士写下《七重山》的，他委身于修道，这给多玛斯·牟敦讲述故事的方式染上了色彩。我认为可以这么说，《七重山》是关于一位名叫多玛斯·牟敦的年轻人的故事，而这位年轻人始终被一位路易神父的修士所判断。修士对年轻人的判断往往相当严厉，理解到这一点，对读者或许是有帮助的。
>
> （方光珞、郑至丽 译）

在每部自传中都能发现类似的层次。每个故事都有一个历史的维度、一个记忆的维度，以及一个审判的维度。作者审判了什么？或者，审判了谁？作者批判性的眼光是落在自己身上，还是其他人身上？如果作者批判的是自己，那么他用以评判的根据是什么？（还记得在逻辑阅读阶段提到的理想模型吗？）如果作者审判的是其他人（社会，家庭，乃至上帝），那么他的批判合理吗？谁应当为他的成功和失败来负责呢？是社会？是家庭？还是上帝？

你赞同作者吗？在你眼里，作者是否过度转移责任，还是对自己太苛责了呢？

对于作者所说的人生状态，你是否有不同的结论呢？比较第一次阅读时匆匆写下的梗概以及第二次阅读时随手记下的评语，你或许会发现两种迥异的人生模式。在你看来，作者的生活可能是自我毁灭的，或是卑微可怜的，或是活在报复里；但是，作者自己看到的可能是慷慨又奉献的一生。或者，你看到的是伟大的自我牺牲和勇气，而作者却自我总结：我这一生是多么可悲又毫无意义！

如果你要在作者呈现事件的方式中寻找某种人生模式，你会发现什么呢？这可是道难题，因为你不一定能得到你需要的所有信息；请谨记，作者对于其一生经历，会概括是否适合写进这种特定模式而有所取舍。

但是，你可以提出一个相关的疑问：作者讲述的故事中缺少了什么呢？有什么是你在这本自传中希望找到却无缘一见的？作者为什么要把这一部分略过？

你可以通过两种方式找到那些"失踪的要素"：一是通过其他渠道搜集到关于作者生平的资料（你知道他和一位女士成婚三十五年，却在自传中从未提及她，这里有什么缘故？）；二是通过作者自己透露出来的线索。多玛斯·牟敦提到了一段"过去"，这段"过去"使他第一次尝试进入宗教秩序的努力失败了，但是，他从来没有说这个"过去"到底指什么（尽管谢农在《给读者的说明》中有所暗示）。富兰克林则在自传中谈到，他确信自己过去只有三件事做得不够尽善尽美（这多少有点令人难以置信）。梅·萨藤在自传中很隐晦地写了一段情史，以至于读者第一次读的时候很容易忽略过去。为什么会这样？这些略过的内容会让作者精心布局的人生模式失去平衡吗？还是会因此产生另一种完全不同的模式？

你赞同作者的做法吗？根据他的观点，他是诚实可信的吗？还是说，你觉得自己被误导了呢？

从这个故事中，你收获了什么启示？对于这个故事，你有什么期待？你是否希望发现天才是如何工作的？或者如何忍受一场艰难的婚姻？又或者如何克服疯狂？而作者对生活的叙述是否能帮助你理解这些？还是你仍然停留在对雅克·卢梭的青春往事的思考中？却仍然无法解释为什么一个男人会放弃他所有的孩子，把他们都送到了育婴堂？

这个问题的背后隐藏着一个值得我们研究的假设：如果我们研究取得辉煌成就的男人或女人的一生，我们就解释得了科学的光芒、文学的辉煌，或者一个新的哲学体系。下列书单中的每一本自传，其作者无论男女，都堪称才俊，颇有成就；这些成就证明了这些自传值得书写。然而，一个人一生中所发生的事情，在多大程度上能够解释他或她的成就呢？

你会发现，在一部自传中，成功的人总是在追寻成功的秘诀，尽管生命稍纵即逝。但是，你可能会想，即便是天才，能在多大程度上了解自己头脑里的想法是怎么产生的呢？有时候，自传看起来就像约会。当事人无法做出客观的评价，但其他人又无法越俎代庖。

好了，最后，相较于阅读这些自传之前，现在你对创造力、奴隶制、对上帝的体验更了解一些了吗？还是你仍旧在外面徘徊？

第四节　推荐阅读的自传

1 / 奥古斯丁
《忏悔录》（约公元 400 年）

一个上帝的反叛者是如何成为一个以上帝为"心灵之光"的人？奥古斯丁通过讲述他的生平，告诉你答案：他发现，当自己还是婴孩时，就已经心存造物主上帝的记忆。但那时，他的意志和智识还不足以知晓上帝。在还是男孩子的时候，他学习的目的只是为了自吹自擂；在青年时代，他沉溺于声色犬马，还有一个情妇。当他开始觉察到自己"心灵贫乏"之后，他努力去填补这种空虚，在迦太基①当一名教师，并且追随激进的摩尼教先知②。奥古斯丁作为摩尼教的信徒有九年时间，"等候一位无所不知，能向他开解一切关于善恶等至关重要问题的权威人士"。但是，当权威最终出现的时候，奥古斯丁发现这个人"除了文法之外，对自由学术（liberal arts）③是一无所知，而且对文法也造诣平平"。如此，奥古斯丁的智性需求无法被满足，他对于摩尼教派的热情开始消退。随之而来，他对教学的热情也减退了，学生们也因此变得更加喧闹和无知。"目前我已年届三十，仍然在同样的泥坑中挣扎，追求着一闪而过的、侵蚀我心灵的尘

---

① 迦太基：古国名，存在于在公元前 8 世纪至公元前 146 年，位于今北突尼斯北部。
② 摩尼教：又称明教，源自古代波斯祆教，为公元 3 世纪中叶波斯人摩尼创立，并在巴比伦兴起的宗教。
③ 此处译为"自由学术"，也称为"博雅教育"，古罗马的博雅七艺或者"自由学术"是指文法、修辞学、辩证法、音乐、算术、几何学、天文学。

第六章
"我"的故事：自传与回忆录

世间的事物。"

经过一番努力，奥古斯丁重新规划自己的人生，他舍弃了多年的情妇——以及他们的儿子，远赴米兰去教学，先是研修了新柏拉图主义（Neoplatonism）①，然后研读了圣保罗的《罗马人书》②。这两者都为奥古斯丁提供了比摩尼教神学更为丰富的智性满足；但是，尽管他在思想上已经确信基督教义的真理性，但他的意志却拖了后腿，知易行难。

奥古斯丁坐在米兰的一处花园中，当时"满心苦痛，一把辛酸"，忽然听到一个孩童般稚嫩的声音，反复说道："拿着，读吧！拿着，读吧！"他就拿起圣保罗的《罗马人书》，读了起来。"不可沉醉在酒食之中，不可陷入淫欲，不可热衷于竞争嫉妒，应当服从主耶稣基督，不要纵情恣肆于肉体的嗜欲。"接着，奥古斯丁写道："顿觉有一道恬静的光射到心中，驱散了阴霾笼罩的疑团。"他不再教书，接受洗礼，然后重回故里。

那么，他是如何从一个反叛者变为圣徒的呢？他的意志最终将他的记忆和智慧结合在对上帝的感悟中。奥古斯丁是第一位把人一分为三的自传作家；因为人是依据上帝形象造的，而上帝是三合一的，所以人就由记忆（对圣父上帝的反映）、智性（对圣子耶稣基督，"逻各斯"[Logos]③或《圣经》的反映）和意志（圣灵）组成。这三个部分彼此独立，互不相赖；实际上，它们还互有争斗。圣父上帝从人出生起就在人的记忆中；任何探索的心灵，寻找真理，必将与上帝不期而遇；但是，要实现皈依，个人意志也必须与上帝的意志一致——就像奥古斯丁在米兰花园最后发生的事一样。但是，即便他把人分成三个匀整的部分，奥古斯丁还是痛悔这一构想有所不足："因此，我的灵魂在你眼里好像是'一片干旱的土地'，由于我的灵魂不能光照自己，也不能滋润自己，所以只有到你生命的泉边，同样也只有在你的光明中才能看见光明。"

---

① 新柏拉图主义：古希腊文化末期最重要的哲学流派，对中世纪的基督教神学产生了重大影响。该流派主要基于柏拉图的学说，被认为是以古希腊思想来建构宗教哲学的典型。新柏拉图主义流行于公元3—5世纪。
② 《罗马人书》是《圣经·新约》的一卷，共16章，记载了使徒保罗写给罗马教会的书信，阐述他对基督信仰、罪及救恩等问题的见解。
③ 逻各斯：欧洲古代和中世纪常用哲学概念，一般指世界的可理解的规律，因而也有语言或"理性"的意义。

2 / 玛格丽·坎普
《玛格丽·坎普自传》（约1430年）

1432年，59岁的玛格丽·坎普在去世前，曾向一位城里人口述了她的自传。四年后，一位牧师将这些笔记转录成第三人称口吻的叙述，称故事的讲述者为"这个人"。尽管坎普的口述经过男性两次转述，但它们完全展现出了女性的生活：被不断的怀孕和家务琐事围困裹挟着。像奥古斯丁一样，玛格丽·坎普也被欲望撕扯；但与奥古斯丁不同的是，她不能自由漂泊在那个中世纪的世界去寻找满足。然而，她还是不断地被一股力量牵引着走向神性。在经历了生育头胎的创痛之后，她看见"群魔在闪耀的火焰中发怒"，喝令她放弃自己的信仰。她的家人怕她会做出什么伤害自己的举动，一直把她"捆绑"起来，直到她看到一幅图景：耶稣基督就坐在她的床边。这时，她的"心绪重归平和"，又回到日常生活，先是成为一名酿酒师，然后又当了磨坊主。

不过，玛格丽的这两个生意都以失败告终。她感受到一个声音在召唤她开始另一种生活，抛下"婚姻生活的包袱"，她将可能领悟天堂般的快乐。她的丈夫坎普先生不同意，回应说，如果上帝也对他有这样的显灵，他将放弃性生活。这样，玛格丽不得不继续背负她的婚姻包袱，生了十四个孩子。同时，她开始有了神秘体验，在一个天使的陪同下穿越时空。当她祈祷希望丈夫丧失性欲时，他果然就因阳痿而感到挫败。（他痛苦地抗议说："你不是个好妻子！"）最终他们达成协议：如果他答应不再"烦"她，她就用自己的钱替他偿还债务。

神灵对坎普的感召终于得到了坎特伯雷大主教的认可，他承诺，允准她成为修女。尽管有反对的声音，但她作为"圣女"越来越为人所知，并到耶路撒冷和罗马朝圣，会见了著名的女性神秘人物——诺维奇的朱利安①。但是，即便成为公众人物，她仍然被拉回到家庭生活中；年迈的丈夫陷入衰老，坎普回家照顾他。坎普写道："因此，她的精力就更多投入在家里洗洗涮涮的这些杂活上，费心去生火做饭，这些都阻碍了她从沉思中获得最充分的乐趣。"

---

① 诺维奇的朱利安（Julian of Norwich, 1342—1423）：首位以英文写作的女作家，《神圣之爱的启示》（*Revelations of Divine Love*）是她的代表作。

3 / 米歇尔·德·蒙田
《随笔集》（1580年）

在蒙田的随笔中，其外在生活只是隐隐约约地出现在他的文章中：他上了大学，做了一名律师；结婚生子，有好几个孩子，但仅有一个女儿活下来了；他继承了家庭遗产，变卖了律师事务所，全身心投入到研究中。但他的研究却被不期而至的"忧郁的幽默"和紊乱的"呓语"所搅扰。为了控制混乱的思绪，他计划写作《随笔集》；不为了什么政治或者学术的诉求，他选择书写他所知道的。他告诉读者："我自己就是这部书的题材。"在那样一个时代，那些有权势者和著名人士只会书写他们一生中的辉煌，而蒙田却宣称，人一生真正的志趣不在于那些外部功业（这是众所周知的），而在于构建自我的思想、习惯和情感。

除非你对16世纪的法兰西战争特别有兴趣，否则你不用阅读蒙田的每一篇随笔。首先，从蒙田的导读《致读者》开始。《随笔集》第一册的第2—4章，关于情感的力量以及悲伤对自我的影响与扭曲；第9章，关于记忆；第19—21章，探讨的是如何度过不可避免地走向死亡的生命；第26章，关于（男孩）教育；第28章《论友爱》（在其他地方题作《论友谊》），是蒙田随笔集中最广为人知的一篇；第29章，谈人与社会的关系；第51章，谈论言而无信这一问题。

在《随笔集》的第二册里，第1章以及第5—8章，涉及那些我们认为构成自我的"核心"或"真正"品质；第10章，关于学习伟人生平的价值（蒙田在这里向读者使了个眼色，鼓励我们把他自己的生活看成是"伟大"的）；在第17—21、29、31章中，完善了蒙田关于构成"自我"的美德与恶习的思考。

最后，还有第三册，第1章和第2章关于"有用的"与"善的"行为的区别；第13章是《论阅历》，在这一章，蒙田思索着真理的本质：心智能通过思维达到确定性吗？沉浸在思考推理中的蒙田为他的日常生活设置了一条生命线；为了理智，他主动限制了自己的视野，为那过于辽阔的世界设置了一个边界。他总结说："如果你能够检视和管理好自己的生活，你就达到了人生在世最了不起的境界。"

4 / 亚维拉的特瑞萨
《亚维拉的圣徒特瑞萨生平自述》
(*The Life of Saint Teresa of Ávila by Herself*)(1588 年)

特瑞萨的自传从她的童年开始写起,最初是用卡斯蒂利亚的西班牙语写成,于 1611 年首次翻译成英文。与奥古斯丁相仿,她知道上帝是仁善的,但是却拒绝接受。但是,奥古斯丁服从于智慧的吸引,而特瑞萨则被肉体的浮华所诱惑。她曾试图"用我的美貌引诱他人……凭借迷人的香水,以及所有我能得手的那些人的虚荣心"。被送到一家女修道院上学后,特瑞萨知道"此世不过虚荣浮华,转瞬过眼云烟"。她开始感到害怕,怕自己将会下地狱,因此强迫自己做一名修女,通过纯粹的自主来养成习惯,而毫无对上帝的真爱。在她的天职中,上帝回报以喜悦,但她很快就意识到,女修道院对戒律的轻忽懈怠让她有太多的自由来放纵自己的虚荣心。她离上帝而去,上帝责备她,并教导她在祈祷中回到主的身边。(在这里,特瑞萨停下她的讲述,去描述四种祈祷状态以及它们在关于上帝的灵魂体验中的地位。)正如特瑞萨的故事所介绍的,她说到最壮阔的景象(关于地狱折磨)和她修建一座女修道院的使命,在这座女修道院中,主的戒律将被"极尽完美"地履行。在一个"孀居女士"的财力支持下,特瑞萨建立了圣约瑟夫修道院),在这里,修女们可以过一种更有忏悔和赎罪意味的生活。但她的上司们反对她,他们认为她的想象很荒谬。在还击这"严重的迫害"时,特瑞萨获得了天启,"一种我无法描述的精神上的狂喜……这是实现一切真理之真理。"这一难以言表的真理,要比"许多饱学之士"获得的真理更伟大,在这种狂喜中,特瑞萨瞥见了三位一体的真理。奥古斯丁把自己锚定在新柏拉图派哲学和《新约》上,蒙田则是把握了日常生活的确定性;而特瑞萨发现,真理既不存在于智性之中,也不存在于物性之中,她指引她的读者们用更直接、神秘的方式体验上帝,"欣喜若狂"自在其中,灵魂能够接收到"真诚的启示、伟大的恩惠,以及美好的想象"。最后,她一遍又一遍地告诫她的读者,要相信他们自己的想象,即便这可能被那些饱学之士视为幻想。

5 / 勒内·笛卡尔
《第一哲学沉思集》(1641年)

或许,笛卡尔嫉妒特瑞萨的确定性;他虽然是热忱的宗教信徒,但他的性情让他无法确定无疑地接受神的真理。在《第一哲学沉思集》中,笛卡尔并没有讲述他的自然生命("我出生于……")而是侧重讲述他的智性生命,这种生命在他每天一坐下来整理思绪,思考什么才是终极信仰的时候,就开始了。笛卡尔从他的感觉开始,他问道:我确实知道我体验的自然世界为真吗?不!我不知道!笛卡尔回答自己:有时候,他的感觉欺骗了他(举例来说,感觉会告诉他,一个远处的物体看起来比它的实际距离更近)。如果他的感觉在某一件事上欺骗了他,那么,它就有可能在其他所有事情上都欺骗他,这样一来,他对外部世界的所有观念就都是错误的。同时,他也不能毫无疑问地证明,那个他相信是全能、至善(但不了解)的上帝,不会允许他被蒙蔽的;但很可能有某种邪恶力量扰乱视听,使他处于被蒙蔽的状态。

或许,笛卡尔被感知到的事物欺骗了,但有一件事是确定无疑的:他始终在思考。他在思考,所以他必然存在(exist)。所以,笛卡尔总结说:"在对上面这些很好地加以思考,同时对一切事物仔细地加以检查之后,最后必须做出这样的结论,而且必须把它当成确定无疑的,即'我思,故我在'这个命题,每次当我说出它来,或者在我心里想到它的时候,这个命题必然是真的。"

解决了这个问题之后,笛卡尔转向其他问题:关于上帝的存在、真理的本质、心身关系等。他继续写道:"现在我要闭上眼睛,堵上耳朵,脱离我的一切感官,我甚至要把一切物体性东西的影像都从我的思维里排除出去,或者至少(因为那是不大可能的)我要把它们看作是假的;这样一来,由于我仅仅和我自己打交道,仅仅考虑我的内部,我要试着一点点地进一步认识我自己,对我自己进一步亲热起来。我是一个在思维的东西……"奥古斯丁、玛格丽·坎普和特瑞萨认为他们的理性与他们和上帝的关系休戚相关;蒙田把这种理性归之于他的日常生活。笛卡尔则不然,他在思考中发现自我。他并不是作为一个纯粹感官的存在(这样很可能被蒙蔽)或者某种情绪化的存在(情感同样会被蒙蔽),他也不是盲目的宗教信徒(因为他对关于上帝的知识也充满疑问);毫无疑问,他只是作为思考着的生命而存在。这种面对自我方式的巨大变革,影响了所有后来的自传作者,他们一直在挖掘我们的心灵,认定我们的所思所想将会揭示我们到底是谁。

6 / 约翰·班扬
《丰盛的恩典》（1666年）

作为一名不从国教派（Nonconformist）①的新教徒，班扬拒绝接受英国公教，包括它的仪式、教义、权威和信众。这让他感到孤独。他渴望加入其他信徒；每当他听闻诸如"三四个贫苦的妇人正坐在门边，一边晒太阳，一边谈着有关上帝的事情"时，他就渴望能进入一种全新的生活。但是，他笔下的这些女人似乎"坐在向阳的坡上，在惬意的阳光下畅快欢喜；而我却在黑云笼罩、霜雪覆庇之下冻得瑟瑟发抖"。在这些女人和他自己之间，班扬看到了一堵把他们隔开的墙，他想要穿过这堵墙，却无路可走，直到他发现：

> 一道窄窄的缺口，像是墙上安的一扇小门。这门实在是又狭又窄，无论我怎么使劲想挤过去，都是白费力气；挤到最后，我已是精疲力竭。最后我看来尽了最大努力了，才把头先探进去。这之后，我又侧过身来，使劲将肩膀也塞进去，最后才让整个身子都穿过去。我欣喜异常，走到她们中间，坐了下来。那属于她们的太阳放出的光芒与温暖，让我倍受慰藉。

（苏欲晓 译）

最后，在那些同道中人的陪伴下，班扬感到安全，深受惠泽。但是，昙花一现的舒适和希望之后，紧随而来的便是亵渎神灵的强迫性欲望，一遍遍地，循环往复；班扬击败了诱惑，"让心智重回正轨"，然后再次为诱惑所袭扰，接着领悟恩泽，再次与愧疚之心斗争。最终，他猛地觉悟到他的正义不是属于他自己的，而是耶稣基督的。"此刻，锁住我双腿的铁镣脱落了，我从捆锁与患难中得到了释放。"这是最后结局吗？还远远不是。黑暗再次降临他的灵魂，直到上帝最后以经文向他担保："然而你们却接近了熙雍山（Mount Zion）和永生天

---

① 不从国教派：原指17世纪英格兰和威尔士不服从英国圣公会原则的那些新教徒，后来则指浸礼宗、公理宗、循道宗等教派，泛指拒绝服从国教教义和仪式的基督教徒。

主的城，天上的耶路撒冷，接近了千万天使的盛会，和那些已被登录在天上的首生者的集会，接近了审判众人的天主，接近了已获得成全的义人的灵魂。"终于，班扬发现了他的同伴，他们与他一同站在上帝显现之境。他不再孤苦无援。他最终得到拯救了吗？或许吧！但是对于班扬而言，皈依并不是一个简单的光辉时刻，而是一条漫长的不平之路，总有一只眼睛在背后警觉地瞩目于他：像《天路历程》中的人物"基督徒"一样，班扬也感受到了"就是天门之前也有一条路是通向地狱的"。

7 / 玛丽·罗兰森（Mary Rowlandson）
《被俘与被释叙事录》（*The Narrative of the Captivity and Restoration*）
（1682年）

关于囚禁生涯的讲述，是一种独特的美国自传形式。在这类自传中，那些身受荆棘、杂草、瘟疫和暴风雪的重重阻挠，经过不懈努力，试图驯服美国荒原的白人定居者，被敌对的印第安人绑架俘虏（压倒骆驼的最后一根稻草），这些印第安人成为邪恶灵魂的化身，他们要扫除那些试图在这片土地上建立上帝之国的殖民者。

在玛丽·罗兰森的讲述中，印第安人侵袭了马萨诸塞州兰开斯特的一个小型定居点，玛丽的丈夫虽是市政官员，但却远在波士顿，他请求马萨诸塞州当局向兰开斯特派驻士兵，以保护当地居民。玛丽目睹了她的大姐和侄子被杀。她和小女儿连同其他几个孩子被俘虏，小女儿被印第安人的火枪子弹所伤。九天后，小女孩死了。印第安人埋葬了她，玛丽和幸存的孩子被扣押，等待赎金。为了避免报复，印第安人把他们转移到人烟更加稀少的地方。玛丽在日记中记下每天的行程。自始至终，她都在反思自己的困境和同样遭受苦难的旧约人物的困境之间的相似之处。她拿自己的经历和那些人物进行比照，考虑在相同的情境中，上帝可能的回应。如果她试图从被拘禁的棚屋逃跑的话，就会遭到死亡威胁。玛丽悲叹说："现在，或许我也可以像《撒母耳记下24:14》那样对大卫说，我很作难……这种悲惨的情况持续到第二天中午；终于蒙主恩记，备受慈悲。"

罗兰森既邂逅了善良的印第安人，也遇到了不那么友好的印第安人（女人们尤其不待见她）。最后她被赎出来，与丈夫在波士顿重逢。她的孩子们仍然被囚禁,但最终也都被赎回与父母团聚。玛丽写道:"我学会了目光长远,用发展的眼光看待当下的那些小困难,泰然处之,就像摩西在《出埃及记》中说的,'你们不要害怕,站着别动,观看上主今天给你们施的救恩。'"

8 / 让-雅克·卢梭
《忏悔录》(1781 年)

卢梭的自传大体上模仿了奥古斯丁的风格。与奥古斯丁相仿,卢梭宣称,所有的人都有相似的原罪。他在《忏悔录》中写道:"万能的上帝啊!我的内心完全暴露出来了,和您亲自看到的完全一样。请您把那无数的众生叫到我跟前来!让他们听听我的忏悔,让他们为我的种种堕落而叹息,让他们为我的种种恶行而羞愧。然后让他们每一个人在您的宝座前面,同样真诚地披露自己的心灵,看看有谁敢于对您说:'我比这个人好!'"但是,与奥古斯丁不同的是,卢梭认为,原罪感使他成为人;他为罪感欢呼,而不是羞愧难当。他向我们坦言他有多种性癖好,他的偷窃癖("我发现,偷东西与挨揍是相辅而行的事情,因而构成了一种交易,作为交易的一方,我只要履行我所承担的义务就行了,至于对方的义务,那就让我师傅费心去履行吧。在这种思想的支配下,每当我偷东西的时候,就比以前更加心安理得了。"),他把自己的五个孩子都送到了育婴堂(他提到第二个孩子的出生简直是"不合时宜"),他的恩怨,他的仇恨,他的失败。卢梭宣称,所有这一切作为自我的关键部分,其形成不是拜上帝所赐,而是童年时代一系列随机事件的影响和社会约束所致。卢梭倒是没有画过本应该有的自画像;他只是罗列出他的自我本来就是的样子,并且,他拒绝对此表示遗憾。

如果不采用任何所谓的"理想"自我作为模板,卢梭是无法给他的一生找到一种逻辑和秩序的。他在书中写道:"我越往下写,就越难保持事件的顺序,越难前后衔接了。我在余生中所受到的纷扰不让我有时间在我的脑子里把那许多事件排列起来。"不过最终他还是简单地声称,我就像沙漠中的上帝一样,战胜了眼前的混乱。对《出埃及记》的共鸣是有意图的;卢梭不是上帝的映像,或者某种能够思考的存在,他就是他自己。而且,他和上帝一样,不能被裁判。在《忏悔录》的结尾,卢梭面对着若干社会贤达人士,当众朗读他的自传。在他快要读完的时候，他用一种挑衅的口吻对大家说："我呢，我高声地、无畏地声明：将来任何人，即使没有读过我的作品，但能用他自己的眼睛考察一下我的天性、性格、操守、志趣、爱好、习惯以后，如果还相信我是个坏人，那么他自己就是一个理应掐死的坏人。"面对他的这种宣言，听众们都陷入了沉默，谁也不说话。卢梭就是卢梭，没有任何人敢审判他。

9 / 本杰明·富兰克林
《富兰克林自传》（1791年）

　　本杰明·富兰克林在他的自传中，创造了"美国梦"：一个波士顿穷小子，既没有家族帮衬，也没有继承巨额财富，却获得了事业上的成功。富兰克林的性格如同他的时运一样，是自己创造的；他决定自己应该具备哪些美德，并通过纯粹的努力来实现这些美德。他在自传里写道："谦卑，效法耶稣和苏格拉底。"他会亲自处理那些个人缺陷，不用他人帮助；富兰克林用铅笔在象牙质写字板上将错误标记出来，一旦这些缺点得以克服改正，就用湿海绵把它们擦掉。在他的自传中，富兰克林把自己的错误（也包括他对别人犯的错误）称为勘误，即印刷的错误，这种错误是无心之过，很容易在下一版中纠正过来；他有能力使自己毫无瑕疵，正如他能靠白手起家致富一样容易。不过，这种只靠自己就成为人生赢家的肖像其实是一种错觉。富兰克林的家庭给予了他阅读和写作的宝贵技能，他的大哥给了他第一份工作。富兰克林对错误的那种抵触情绪也同样值得怀疑。他不愿承认自己犯下的严重错误，这给这位白手起家的美国人的性格带来了一丝傲慢。在接下来的200年里，这一性格特征在富兰克林自传的第一部分依稀可见："做一个理性的动物倒是一件十分方便的事情，因为人想做一件事，它总能使人找出一个或造出一个理由来。"

10 / 弗雷德里克·道格拉斯
《美国奴隶弗雷德里克·道格拉斯的人生自述》
(*Narrative of the Life of Frederick Douglass, an American Slave*)
（1845年）

　　弗雷德里克·道格拉斯对他的生身父母一无所知，他是由祖父祖母养育成人的。他们慈爱友好，擅长钓鱼和园艺，深受邻居们的尊敬。当他长大到该去工作的时候，道格拉斯被带到他主人的庄园，被丢在了一群孩子中间。失去了家人的眷顾，他在这里惨遭动物般的对待（孩子们"就像猪一样"在槽子里吃饭）。道格拉斯拒绝成为动物，他奋起抗争，努力去重新认识自己。他不顾庄园主人的反对，坚持学习阅读（这位庄园主宣称："如果一个人学会阅读《圣经》，他就不会永远只做个奴隶。"），并开始把自己看作是一个能独立思考、能为自己代言的人。当他被残暴的奴隶主柯维虐待而惨遭毒打的时候，道格拉斯把柯维摔翻在地，最后他终于认为自己是个男人了。道格拉斯在自传中写道："和柯维先生打的这一架，重新焕发了我的男子汉气概。打了这一架之后，我整个变了一个人。之前，我什么都不是；现在，我，是一个人了。"道格拉斯做好了精神上和情感上的准备，要开始自由人的生活。他逃往马萨诸塞州，在那里，应废奴主义者的招募，向北方的白人宣讲他作为奴隶的遭遇。他再一次重塑了自己。这一次，他是演说家和思想者；对于他那些废奴主义者朋友来说，他做得很成功，不过朋友们建议他保留"一点种植园的讲话风格……让自己看起来太有学问并非上策"。后来，当道格拉斯被指控为骗子时，这些担心也就不幸被言中了。听众们开始指责说他"谈吐根本就不像个奴隶，举止外貌也不像个奴隶"。道格拉斯写道："他们坚信，我从未在'梅森—狄克森线'①以南生活过。"作为对这一指控的回应，他写下了自己奴隶生涯的全部经历，作为他全新的身份的重要组成部分，他回顾了那曾经为奴的岁月。

---

① 梅森—狄克森线（Mason and Dixon's line）：划分宾夕法尼亚与自马里兰至西弗吉尼亚一部分地区的东西边界线，也是马里兰和特拉华间的北南边界线。

11 / 亨利·戴维·梭罗
《瓦尔登湖》(1854年)

梭罗是反对富兰克林的。富兰克林的故事告诉美国人如何让自己富裕起来,而梭罗认为美国社会的经济就像泥沼,让所有人都深陷其中无法自拔,无论贫富。即便是那些继承土地的人也照样如奴仆一般,他们被迫像"机器"一样工作,以维持足够的开销和体面的生活。梭罗写下他最负盛名的话:"大多数人过着忍气吞声的绝望的生活。"因此,梭罗要为美国人提供一种新的生活模式。他隐居在一座亲手搭建的茅屋中,这座茅屋就在瓦尔登湖的堤岸上。从美国社会生活中退出纯粹是象征性的(这座茅屋距离附近的乡镇中心不过1.5英里),但是这点距离已经可以让他暂且从经济需求中脱离出来,不用买,不用卖,也不用工作,暂时逍遥做自己。

梭罗在《瓦尔登湖》中对自己极简生活的描述并不是一种经济学上的解决方案(他十分清楚,美国人不可能都回归到森林中生活)。但是,他的做法是一次抗议。他的这些散文并没有按照时间顺序来组织,而是探讨了他在湖畔生活的不同侧面:孤独的生活,迎来送往,阅读的价值,尝试生产食物,等等。梭罗祈祷说:"要简化,再简化……这个国家本身,连同它所有那些所谓内部的改进设施(顺便说一句,那其实全是些徒有其表的装门面的东西),都是些不切实际的畸形发展的机构,到处乱糟糟地堆满家具,自作自受,由于奢侈和任意挥霍,缺乏深谋远虑和高尚的目标,一切都给破坏掉了,正如这片土地上百万户人家的情况一样。要对国家进行治疗,正如对各户人家进行治疗一样,只有厉行节约,实行严格的、比斯巴达人更为简朴的生活方式并提高生活目标。"梭罗把自己看作是这种简朴生活的典范,他在瓦尔登湖畔的几个月生活可作为我们效仿的榜样。《瓦尔登湖》中宣告了一种崭新存在的可能性,一种"美丽的有翅的生命"必将打破旧世界干瘪乏味的面具,迎来新生。

12 / 哈里特·雅各布斯
《女奴生平》

(*Incidents in the Life of a Slave Girl, Written By Herself*)（1861年）

在祖母的严格教养下，哈里特·雅各布斯品行端淑，但这也让她不得不面临一种无法解决的两难困境：她的主人"弗林特博士"让她当情妇，并禁止雅各布斯与她选择的黑人男子结婚。她面临着艰难的选择，这个选择不是在坚守或丢弃自己的德行间进行选择，而是在丢弃美德，还是在把它交给她所愤恨的主人之间进行选择。为了保护自己，她和一位白人邻居有了一段情事，并为他生养了两个孩子。与"桑德斯先生"的这段关系只能为她提供暂时的保护，弗林特先生依旧痴迷于她；他拒绝把她卖掉，而桑德斯先生和一位白人女子结为连理，结束了和雅各布斯的关系。雅各布斯曾经多次有逃跑的机会，她都拒绝了，因为如果这么做，她就要把孩子留下。最终，她不顾一切地躲避弗林特先生的注意，假装逃走，躲在祖母阁楼里仅能容身的狭小地方，住了七年。最终雅各布斯和她的孩子们都逃脱了，但《逃亡奴隶法案》的实施意味着他们可能被逮捕，即便是在美国北部州。最终雅各布斯被一位有同情心的白人朋友买下并释放，但是，她发现这是一场痛苦的胜利："人，竟然在自由之城纽约被买卖！……我深深感激使我获得自由的慷慨大度的朋友；但是，我鄙视那些无耻恶棍！他们勒索要价，而那些东西从不曾属于他们！"

雅各布斯知道，她使用的化名"琳达·布伦特"（Linda Brent），她擅长的英文散文，以及她在狭小阁楼中避难的七年时光，会令她的故事难以置信，因此，她的自传附有令人尊敬的白人所写的文字，以提高可信度。如此一来，白人的声音成为雅各布斯的自传中难以分割的要素，反映了奴隶制本身的现实：

> 奴隶制是对白人的诅咒，正如也是对黑人的诅咒。它令白人父亲们粗鲁且纵欲无度，他们的儿子则暴虐且放荡荒淫，甚至也玷污了他们的女儿，也导致了妻子们的悲惨与不幸。而对于有色人种而言，他们需要比我更犀利的笔锋来描述他们所遭受的极端苦难和绝望深渊。

13 / 布克·T. 华盛顿（Booker T. Washington）
《超越奴役》（*Up from Slavery*）（1901 年）

美国的奴隶制在华盛顿的孩提时代就宣告结束了，但内战之后的经济社会能提供给这些自由人的工作少得可怜，工作也令人生厌。华盛顿和母亲以及继父在西弗吉尼亚州的盐矿谋生。尽管华盛顿已经不再是奴隶，但他被贫困束缚。对于华盛顿来说，接受教育是他形成新身份的途径，这和道格拉斯相仿。华盛顿把自己重塑为一名学者和教师。他读了夜校，又去汉普顿大学进修研究生课程，随后在汉普顿大学成为一名教师，并于 1881 年在塔斯基吉（Tuskegee）创办了一所招收黑人学生的"师范学院"。学院旨在教授实践技能；在华盛顿看来，通过耐心、教育、勤奋工作，以及良好的举止，黑人能够塑造新的种族身份：他们是公民，而不是奴隶或受害者。华盛顿建议读者：暂且忘记什么是政治权利吧！先改善你们的个人卫生、餐桌礼仪和理财能力，这样，白人最终将出于尊敬而赋予你们政治权利。

在自传里，华盛顿是一个谦卑、勤奋、值得尊敬的人，是身受苦难之人的理想领导者。但是，他对种族关系的"妥协主义"观点使他陷入和其他黑人知识分子的冲突之中，这些人指责他为求得和平而忽视了平等。华盛顿视自己为种族的楷模。在他的自传里，华盛顿认为自己的个人经历对于那些年轻的黑人来说，是理想的典范。他白天在盐矿工作，晚上去读夜校；那么，他们也应当如此。他小时候戴家里自制的帽子，而不是坚持要妈妈花很多钱给他买一顶新的；那么，他们也应该乐于节俭和储蓄，以达到经济独立，而不是像白人那样挥霍钱财。他向别人推荐耐心坚持，他也正是靠着耐心坚持最终赢得了声望和权力。

14 / 弗雷德里希·尼采
《瞧，这个人：人如何成其所是》
（*Ecce Homo: How One Becomes What One Is*）（1908 年）

尽管尼采宣布了一项约定俗成的自传目标：他将要追溯使他成为现在这个人的诸多原因（1888 年，时年 44 岁），但实际上，他自传中的章节是以"我为什么如此智慧""我为什么如此聪明"为导引,既没按时间顺序,也不合乎逻辑。作为一部自传,尼采的《瞧,这个人》与笛卡尔在智性中发现"自我",班扬在对上帝之爱中发现"自我",以及华盛顿在努力工作学习中发现"自我"有相似之处;不同的是,尼采是在别处找到了他的"自我"。要想直接解释尼采的哲学是不可能的,因为他是存在主义哲学家,而存在主义哲学拒绝一切哲学体系和事关人类存在的解释。相反,每一种人类行为和每一种人类生活都有其自身内在的意义。每一个人都拥有完全自主的权利去选择他的道路。存在是如此难以界定和变化莫测,以至于它无法被削足就履地适应任何一种体系。没有什么"道德规范"放之四海而皆准:没有绝对"正确",反之亦然。有的只是选择,有的只是选择后必须承受的后果。

尼采的自传是对他自己独一无二的存在的赞美诗,也是对他的选择及其后果的记录。在自传的结尾,他责骂了所谓的"善良人的概念",认为所谓的"善良人"是"弱者、病者、败类……一种理想化的人格,被编造出来,基于对骄傲而发育良好的人的反对,对肯定性的人的反对……",而这种人大无畏地进行选择,并在选择中发现意义。尼采写《瞧,这个人》只用了三个礼拜,把手稿送给出版商两周后,他精神失常。这部自传的题目取自《旧约》,是彼拉多① 指着耶稣基督对众人说的话,在耶稣上十字架之前。② 但对于尼采来说,耶稣并不算"合格的人",他自己才是。他并没有把自己树立为偶像——那意味着将建立一个标准,一种要强加给所有人的"理想人格"。他只是提供了一个样板,一个人可以通过自主选择并自负其责来发现生活的意义。

15 / 阿道夫·希特勒
《我的奋斗》(1925年)

希特勒在狱中写了《我的奋斗》,因为他试图阻止巴伐利亚脱离德意志,但

---

① 本丢·彼拉多(?—41年):罗马帝国犹太行省总督(26—36年),根据《新约》所述,彼拉多曾多次审问耶稣,原本不认为耶稣犯了什么罪,却在仇视耶稣的犹太宗教领袖的压力下,判处耶稣钉死在十字架上。
② 思高本《圣经·新约》中《若望福音》第19章第5节:"时值逾越节的预备日,约莫第六时辰,比拉多对犹太人说:'看,你们的君王!'"和合本《圣经·新约》中《约翰福音》:"耶稣出来、戴着荆棘冠冕、穿着紫袍。彼拉多对他们说,你们看这个人。"

是失败了。在希特勒对自己生平的描述中,他所作的每一项抉择都听命于他要重现日耳曼往日光辉的企图。他,就是每一个德意志人的代言人;他的失败,就象征着德意志的耻辱,他去攫取权力就等同于德意志重获荣耀。

甚至在希特勒的孩提时代,他就曾写过,他好奇为什么所有德国人都没有"属于俾斯麦帝国的好运气"。他坚信,如果德国人民团结起来,巴伐利亚被法国打败、受法国统治(希特勒不断称其为"德国最屈辱的时期")是可以避免的。所以,希特勒从早年开始,就决心要将四分五裂的德意志重整为"伟大的日耳曼祖国"。他拒绝当政府部门的公务员,而转向了画画。这倒不是出于什么个人原因,而是他无法忍受附庸于一个要为法国人而不是为德国人利益服务的政府。

他在维也纳学习,最初涉足政治,第一次世界大战期间在巴伐利亚军队中服役,加入德国工人党,以及对"毛病多多、效率低下"的德国政府的不耐烦,都是出于他对德国人民的"强烈热爱"和对"(法国主导的)奥地利国家的深恶痛绝"。希特勒认为,自己是唯一能够"充分调动所有积极有力而又彻底的手段"来恢复德国话语权的人。他叫嚷犹太人血统有恶魔般的影响,"丧失种族纯洁性"将会"永久地毁坏内心幸福",此类狂言乱语与不断要求终结令人生厌的官僚机构的呼声诡异地结合在一起,听起来非常合理。一字不落地看完所有这些谩骂的话实在令人厌倦,因此没必要通读整本传记。可以读第一部分中的第1—6章以及第11章,第二部分中的第2—4章和第15章,这些部分清晰呈现了希特勒对政治宣传技术的奇妙理解。21世纪应该可以拒绝希特勒关于种族纯洁性的教条,但他的政治宣传技术却仍然被大量使用——然而这些技术可能已经改头换面地服务于市场,而不是民族国家。

16 / 莫罕达斯·甘地
《甘地自传:我体验真理的故事》
(*An Autobiography: The Story of My Experiments with Truth*)
(1929年)

甘地的自传是借用他人外衣包裹的生平:他是一位东方思想家,却以西方的形式告诉西方社会,他对精神真理的追求。当甘地开始这项工作的时候,一位朋友告诉他：

> "你怎么写起了自传呢？写自传是西方人特有的做法，除非受到了西方文化的影响，我从没听说过哪个东方人还会写自传。而且，你要写什么内容呢？要是你否定了今天奉为圭臬的准则，或者改变了今天的计划，不就误导了那些将你的所言所写奉为权威，并据此行事的人吗？不要写任何自传性质的东西，至少现在暂时不要写，你不觉得更为妥当吗？"
>
> （吴晓静 译）

因此，就某种意义而言，甘地的自传是对自传本身的辩白。他写道，他努力去叙述他到达真理的过程，而这也影响了他的政治行为，而且"只要本书的每一页都在记录我探索真理的故事，我倒并不介意采用什么形式"。

甘地出生于英国殖民下的印度，十三岁时就结婚了（这是印度的风俗，不过甘地还是为此感到抱歉），在十九岁时旅行至英国学习法律。这一次，他没带着妻子和年幼的儿子。他以律师身份重回印度，却没有什么工作可做。后来，他在南非谋了个临时差事，发现印度老百姓被"以色取人"，因为肤色而遭受种族隔离的苦痛。他在南非待了差不多二十年，一直为争取印度人的权利而工作。最终，当甘地在"二战"后的动荡中回到印度时，他发现英国宗主国对印度臣民的管制更为苛刻。他对这种压迫的非暴力抵抗最终导致了全国范围内的非暴力抵抗的爆发，迫使英国人注意到了这一点。在整个故事中，甘地都在审视自己，以找到能引领他政治行动的精神原则。其中，最主要的是"非暴力主义"（Ahisma），这成为他生命历程的指导性原则。甘地写道：

> 对一个立志追求"非暴力"的人来说，如果他所有的行为都是出于怜悯，如果他尽力去避免伤害哪怕是最微小的生命，甚至还试着去拯救他们，就可以说他一直忠于自己的信仰，并不断努力挣脱杀戮的怪圈。他可以越来越有自制力和同情心，但是绝对无法完全从外界的杀戮中解脱出来。
>
> （吴晓静 译）

他通过"深刻的自我反省"发现这种精神真理，还告诉我们，他曾经：

> 不断反思自己，并观察分析了自己的每一个心理状态，但是我绝不敢

说自己的结论就已经是板上钉钉、万无一失的了。我唯一敢说的是：这些结论对我而言是绝对真理，而且就目前的形势来看，可以说是定论。

(吴晓静 译)

17 / 格特鲁德·斯坦（Gertrude Stein）
《爱丽丝·B. 托克拉斯自传》（*The Autobiography of Alice B. Toklas*）
（1933年）

甘地是借用了一种陌生的形式，而格特鲁德·斯坦却借用了别人的生活；用艾斯黛拉·耶尔尼克（Estelle Jelenik）的话来讲，斯坦的自传就是"用文字伪装自己"[12]。她借用了她的女伴爱丽丝·B. 托克拉斯的口吻，但也只是最开始几页内容与托克拉斯的生活有关；后面的故事，都是斯坦自己的。自传的开头一如俗常，"我出生于……"，记录了托克拉斯在加州的出生，仅用三页纸就把她带到了二十多岁，然后她人生中显而易见的转折发生了——她遇到了格特鲁德·斯坦，并写道，她"遇到了一位天才"。从这一刻开始，斯坦便用托克拉斯的身份补充说："我崭新的充实的生活开始了。"这种标准的自传"变身"把戏，将故事的主人公切换到了格特鲁德·斯坦身上：她在巴黎的生活，她与画家巴勃罗·毕加索、皮埃尔·马蒂斯和保罗·塞尚的交情；后来，德国人的入侵迫使她离开巴黎，去了一家战地医院工作。斯坦在叙述过程中，时不时地插上一段别人的自传概要；这么一来，累积的效果就像是这些人物肖像是由成百上千的小色块构成，但是当你凑近了仔细看，每一个小色块又变成了其他的某个画面。最后，格特鲁德·斯坦给了读者一幅自画像，但这幅自画像却是由许多其他人的肖像构成的。

斯坦的自传表现出被评论家称为"典型的女性化"特征，与之前的"典型的男性化"自传不同：她笔下写了不少人物的奇闻逸事，而不是政治新闻；她的故事也不是按照时间线索书写的（如果按照时间顺序来讲，第4章应该是起点，然后依次是第3章、第1章、第2章、第5章、第6章、第7章。这种对时间先后顺序的无视，使得阅读斯坦自传的体验就像玩一种游戏，用比较接近的文学措辞来表达就是：寻找线索。为了不错过斯坦真实自我的任何惊鸿一瞥，读者就必须重组各条线索，以便梳理出漏掉的部分。

18 / 多玛斯·牟敦
《七重山》(1948 年)

当多玛斯·牟敦成为特拉普教派（Trappist）[①]的修道士时，他开始了新的人生。他的自传讲述的是"过去的"牟敦的故事，那是一个自私的、脑子里只想着自己的人；在象征意义上，他已经死了。所以他在用相当苛刻的口吻评判自己的人生，控诉自己最初缺乏爱念，而这正是天主教徒人生中最核心的美德。在自传中，他说自己剥夺了小弟弟童年时期嬉闹的机会，他写道："在某种意识中，这种可怕的情况就是所有罪恶的原型：我们武断地认定自己不想接受无条件的爱，因而蓄意排斥。我们尽力将这种爱拒于门外，避之唯恐不及，还拒绝承认它，只因为被爱让我们觉得不舒服。"自传中讲述的牟敦年轻时的故事、上学读书时的故事和剑桥岁月，目的都是在向我们展示他的罪确实遵循了这个模式，因为他不断地拒绝天主之爱。

在牟敦的心智接受天主之前，他的心灵已经接受了。在读到一本关于中世纪哲学的书时，他开始觉察到他自己对天主的看法（天主就是一种"声音很大、非常戏剧化、易怒、不明确、善妒、隐秘的存在，祂是人们欲望和诉求的客观投射，也是人们主观的理想"。）不是来自上帝自身，而是出自别人刻画的上帝形象。从这种扭曲的上帝观念中解脱出来后，牟敦开始研读神学，试图寻找上帝到底是什么，并被天主教会及其神学所吸引——"一种巨大的、深刻的、统一的教义"。不过，这种智识上的理解并没有让牟敦更容易接受上帝之爱。他谴责自己，一边"连续数个小时引经据典地谈论神秘主义和对天主的经验性知识"，与此同时却"喝着威士忌与苏打水助兴，让辩论的气氛更热烈"。最后，他只有服从教会的制度，以谦卑的态度接受教会的指令，才能顺从上帝之爱。他写道："智识的改变是不够的。"这个主题在从奥古斯丁到科尔森的人生转变故事中回荡："没有人只凭自己的意愿就能相信这些道理，除非他得到圣宠——来自天主的真光与天主赋予心灵和意志的鼓励——否则根本不可能做出鲜活信仰的行为。是天主给我们信德，除了天父吸引的人，谁也不能到耶稣那里去。"

[①] 特拉普教派：天主教的一个教派，强调缄口苦修。

19 / C. S. 路易斯（C. S. Lewis）
《惊喜之旅：我的早年生活》
(*Surprised by Joy: The Shape of My Early Life*)（1955 年）

路易斯的自传，一部分是关于他自己智性和想象力发展的故事，一部分是他皈依基督教信仰的心路历程。这两条可能冲突或对立的线索，纠缠于这个双重故事中。路易斯为这本书取的标题，源于他试图发现幸福之源的努力，而这种深切的体验无法用言语完美地表达出来："当然，这是一种感觉，当然，是关乎渴慕的感觉；但是，渴慕是什么？……一些非常不同于日常生活的东西……这些东西，如果它们自己能说话的话，就是'处于另一维时空'。"路易斯对喜乐的追寻，是把他的智性追求和信仰追求联系在一起的主线。一开始，路易斯带着他的智性去追寻喜乐，研究北欧神话和一些其他主题，这给他带来了过去不能预料的欢乐。这本书的中间部分回顾了路易斯的学习经历，生动描绘了他在校读书期间的生活，谈及引导他接触希腊语的导师，以及那种发现了一本又接一本与他追寻的喜乐有关的书，这个过程让他兴奋不已。

但当路易斯的兴奋"不知不觉地成为一种学术兴趣"时，他意识到，那种渴慕感已经飞逝而去。与此同时，他对有神论的智性真理深信不疑。"我屈服了。"他写道，"我承认神就是神，并跪下来祈祷：也许，那天晚上，我是全英国最沮丧、最不情愿的皈依者。"但是，路易斯仍然没有和上帝同心同德。他一直想要的就是"不受'干涉'……'让我自己的灵魂归我自己'"。直到故事的结尾，渴慕、想象和智性才结合在一起，而此时路易斯的"意愿"终于以一种他的理智完全无法理解的方式完成了转变："我很清楚地知道最后一步是什么时候迈出的，但很难知道是怎样迈出的。在一个阳光明媚的早晨，我乘车去惠普斯奈德动物园。出发时，我还不信耶稣基督就是神的儿子；当我们到达动物园时，我信了。然而在这段旅程中，我完全没有在思考。"只有这时，路易斯才再次发现自己能够体验到喜乐——不是作为一种目的，而是作为引领他朝向神圣的路标。

20 / 马尔科姆·X（Malcolm X）
《马尔科姆·X自传》（*The Autobiography of Malcolm X*）（1965年）

马尔科姆·X的自传是由他人代笔所写：亚历克斯·哈利，他说服马尔科姆·X不断说出自己的想法，而哈利则把这些想法用自传的形式表达出来。与另一位作家的合作，将不同的视角引入故事的核心，并在最后改变了整个故事的形式。在马尔科姆·X还是伊利贾·穆罕默德（Elijah Muhammad）的追随者以及"伊斯兰民族"组织（the Nation of Islam）[1]的首席发言人时，哈利就开始了自传的创作。1964年，由于对穆罕默德的婚外情感到幻灭，马尔科姆与穆罕默德和"伊斯兰民族"组织决裂。他不无悲伤地写道："一直以来，我在道德事务方面接受了严格的教育，但我却发现，穆斯林却被伊利贾·穆罕默德本人所背叛。"而且，马尔科姆对于"伊斯兰民族"组织日益充满暴力的话语感到难以适从。决裂之后，马尔科姆发现该组织已经批准对他实施暗杀。他组建自己的组织，并大声疾呼"必须要用精神力量帮助我们的人民摆脱那些破坏我们社会道德品质的罪恶"。尽管马尔科姆想要重写自传的前面部分，那时他还在为"伊斯兰民族"组织热心吹捧，但哈利反对这一要求。最终，自传完成的时候，那些部分保持了原样，这样，《马尔科姆·X自传》展现了一种非同寻常的清晰画面：从一种心灵状态到另一种状态的转变。这也显示了某种超自然的先见之明：在开头的几章，马尔科姆写道："我总有一种感觉，我将死于暴力。"在最后一章，他对自己的一生做如下总结："生命，一如曾经存在，也终将结束……现在，我活着的每一天都好像我已经死去。"在后记中，哈利讲述了马尔科姆暗杀事件，这件事发生在自传已经写完，但尚未出版之时。

---

[1] "伊斯兰民族"组织：也称为"黑人穆斯林"（Black Muslims），是混合了伊斯兰教和黑人国家主义等因素的非洲裔美国人的宗教运动。

21 / 玛雅·安吉罗（Maya Angelou）
《我知道笼中的鸟儿为何歌唱》（*I Know Why the Caged Bird Sings*）
（1969 年）

身为评论家兼学者的琼·布莱克斯顿（Joan Braxton）说，非裔美国女性的自传就是"传统中的传统"；黑人男性或许可以借用或再造白人男性自传传统以适应他们自己的生活，但黑人女性则几乎无可借鉴，仅有的少许参照，也与她们的人生极为不同。这本书讲述了安吉罗十七岁之前的生活，那一年，她的儿子降临人世。书中讲了一系列关于被剥夺的故事：她的童年本来纯洁无瑕（直到七岁时被母亲的男友性侵），她的种族身份（她像孩子那样思索着："其实我是白人，但是我那残酷的魔女般的继母……把我彻头彻尾变成了一个黑人女孩，一头乌黑的头发，大脚板，牙齿差互错落"），她的家庭关系（缺席的父亲、费解的祖母以及触不可及的母亲），甚至她的名字（她的白人雇主坚持叫她"玛丽"，而拒绝叫她的名字，因为"太长"）。青春期的来临表明了她的性别身份已被盗走："这个黑人女性在她人生的温良岁月里被那些自然力量侵袭了，同时，她也身陷于三方力量的交火：男性的偏见、白人不合乎逻辑的仇恨，以及黑人权利的缺失。"在这种无路可走的荒原中，安吉罗发现了一条闪烁着黯淡幽光之路，引领她豁然开朗：并不是像道格拉斯那样用书面文字，而是借助说话的力量。一位年长的女人告诉她："文字的意义不仅只是写在纸上的东西，人的声音可以给它们注入更深层的意义。"安吉罗深受鼓舞，她开始重新发掘自己的声音。但是，这部自传并不仅仅以她获得阅读、写作和演讲的能力而结束。尽管自童年时代开始，她就被灌输自己长得不够白，也不够女性化，安吉罗还是发现了重塑自己身体的方式。在本书的结尾，她发现了自己即便在她睡梦中，也有保护襁褓中儿子的本能；这种母性本能的开启，也是她与自己女性身份和解的开始。

22 / 梅·萨藤
《独居日记》（*Journal of a Solitude*）（1973 年）

诗人、小说家梅·萨藤为出版社写了一系列日记集；每一本都试图理解萨藤生活中的某一部分。这本日记试图了解孤独的本质，当时的萨藤正经历一段浪漫关系的结束。她努力在孤独中寻找意义，试图定义她的工作价值，这就需要她身在孤独之中。她对自己内在的疑虑（这在有创造力的女性当中很常见）感到沮丧，认为自己独自看书，而不是去关心他人，是在逃避责任。正如她所写的，她意识到爱情（想要和另一个人在一起的愿望）有可能会毁掉她的工作。她感叹道："对于女人来说，'一心所向'（one-pointed）是很难的，她们除了家务事和家庭生活以外，要想为自己开辟一块空间来做自己想做的事着实困难。她们的生活是支离破碎的……"这本日记充满了黯淡与破碎，但萨藤不断努力为她的这些混乱赋予感受和意义。她记录了某个周一的情况：

> 又是灰暗时刻。《星期天泰晤士报》载有一篇毁灭性的评论。我一定是早有预感，整个周末我的心情一直低沉得要死。旧日的苦苦挣扎又出现了……从内心深处开始相信（这大概也是一种求生的方法），这些连续的打击是事出有因的，这就是说我生来就不会成功，某种程度上说厄运就是我的处境。厄运使有心人得到锻炼。厄运使人面临的挑战也更深刻……（我处在无人问津的荒原里。在荒原上已经待了好久了。但是如果我不相信自己本应更好，事情终究会向好的方向发展，那我就是神经不正常了。如果那样，其结果只能是自杀，我现在还没打算让自己沉溺到那报复的怪念头里。）不管怎样，高悬的白云使这一天过得还算顺当，它们从头上飘过时是那样令人赏心悦目。
>
> （杨国华 译）

我们真的相信白云朵朵会使萨藤的不幸遭遇变得无所谓吗？不。但是，我们可以相信，萨藤本人希望这些白云会有如此功效。

在书的结尾，萨藤仍然对她依然生活在孤独之中的决定（部分是她自己做出的，部分则是强加给她的）感到内疚。但是她总结说：

> 现在我开始不时得到一种提醒，提醒我该回到自我的深处了。这个自我由于一直处于过于沉浸和过于挣扎的状态，已有好长时间缺少灵气。那个自我告诉我，我命中注定要孤独生活，命中注定要为别人写诗——这些诗在我生活中很少抵达那一个我为之而作的人。
>
> （杨国华 译）

23 / 亚历山大·索尔仁尼琴
《古拉格群岛》(1973年英语版)

在索尔仁尼琴的自传中,有时是第一人称叙事,有时是第二人称,有时又变成第三人称,在不断变换的人称中,索尔仁尼琴讲述了在苏维埃体制下梦魇一般、数量惊人的逮捕与牢狱之灾。索尔仁尼琴这样写道:"你被带到工厂出入口的一旁,在你用通行证确证了自己的身份以后——你就被抓走了……逮捕你的人是你'看在基督面上'让他在家留宿了一夜的朝圣者;逮捕你的是来抄电表的电工;逮捕你的是你在街上与你相撞的骑自行车人;铁路乘务员、出租车司机、储蓄所职员……"索尔仁尼琴把俄国人的顺从屈服——"几乎没有任何人试图逃脱"——归因于"普遍的无知……也许还不至于被抓起来?也许这样就对付过去了?"但这部为了号召行动而写的回忆录,就是为了让读者相信,事实上,事情不会就这样"对付过去了"。索尔仁尼琴引领读者通览逮捕、审讯和遣送到"劳改营"的一幕幕,在"劳改营",男人、女人和孩子们苟延残喘几十年,在西伯利亚的严寒中辛苦劳动,在沙砾和稀饭中度日。

索尔仁尼琴的自传并不仅仅是他个人的故事,更是所有那些被监押者的故事,书中以清晰可见的细节将抽象的监狱系统具体化,从而引起世界其他地方人们的关注。不过,索尔仁尼琴在整个故事中也发生了变化。他意识到自己也有邪恶的一面:"在少年得志的迷醉中,我曾觉得自己是不会有过失的,因而我残忍。当大权在握时,我曾是一名刽子手和压迫者。在我穷凶极恶的时候,我确信我在做好事,我有头头是道的理由。只有当我躺在牢狱里霉烂的麦秸上的时候,心里才感觉到第一次蠕动。"在监狱生涯里,索尔仁尼琴认识到革命是解决压迫的错误方案。他总结说:

> 即使在最美好的心灵中,也有未被根除的恶的角落。从那时起,我终于懂得了世间一切宗教的真谛:它们在与存在于每个人内心的恶做斗争,世界上的恶不可能除尽,但每个人心中的恶却可以受束缚。自那以后,我终于懂了历史上一切革命之虚妄:它们只消灭那些与它们同时代的恶的体现者(而在匆忙扰乱中也不加分辨地消灭着善的体现者);至于被更加扩大了的恶的本身,却被当作遗产继承了下来。 (田大畏、钱诚、陈汉章 译)

24 / 查理·W. 科尔森（Charles W. Colson）
《重生》（1977年）

科尔森，是理查德·尼克松在水门事件期间的"职业杀手"，他在《重生》这本自传里讲述了自己的故事，如同奥古斯丁一般，找到自己的核心缺陷，并在公开忏悔中揭露它。不过，他的这个缺陷与"水门事件"没有关系——"水门事件"在书中来得早去得快，一闪而过。而且，科尔森一直坚持认为，在"水门事件"中，他没有任何不道德行为。作为一部忏悔性质的作品，《重生》因其展现的诚实与公共关系之间的持续张力，而充满了无尽的吸引力。科尔森所忏悔的罪行都是精神层面的，他否认曾犯下任何"法律意义上"的罪行。他的罪过是他个人的傲慢。"自尊心是我生命的核心"，他写道，"从我记事起就开始了……当然，那时我还不了解上帝。那时的我怎么可能了解上帝呢？我只关注我自己。我忙着做这做那，我做成了，我成功了，我不曾与上帝分享任何荣誉，从来没有感谢过他对我的任何恩赐。"和奥古斯丁一样，科尔森也努力用自己的理性去理解他的新信念："我接受过的所有训练都坚持认为分析先于决定。"像奥古斯丁一样，他立刻与商人朋友兼企业家汤姆·菲利普斯分享了他的信念，后者靠着聪明才智爬上了公司的顶峰，并向他保证，他的经验是完全正确的。和奥古斯丁一样，科尔森也是通过一本书获得真知，这本书就是C. S. 路易斯的一本神学著作。但与奥古斯丁不同的是，科尔森在他的皈依中发现了一个非常公共的层面。"难道发生在我身上的一切都有某种目的吗？"他在导言中问道，"然后，我开始看到它。这个国家处于黑暗之中，到处是愤怒、痛苦和幻灭。虽然我倾向于宏大改革的思考，但上帝似乎在说，我们民族精神的革新可以从每个人开始——从个体的精神新生开始。"纵观他的整个故事，科尔森都把个体精神与民族复兴联系在一起。

对美国人而言，科尔森的自传可能是后奥古斯丁时代最有影响力的精神自传了。科尔森明确将自己的皈依故事定位为不仅是一个男人的兴衰成败，更是一幅"修复"美国的蓝图；就像布克·T. 华盛顿那样，他把自己的人生故事视为整个国家的范例。他对"重生"的诠释，有助于推动整个文化与政治运动，而这场运动继续将个人圣洁视为国家复兴的关键所在。

25 / 理查德·罗德里格斯
《渴望记忆：理查德·罗德里格斯的教育》
(*Hunger of Memory: The Education of Richard Rodriguez*)（1982 年）

在《渴望记忆》的开篇，罗德里格斯对自己的理解做了铺垫：他是生活在美国的拉丁裔移民的后代。他在书中写道："我的写作带有政治色彩，因为它关系到我离开家庭，进入城市。这就是我即将来临的时代：我通过成为一个公众人物而成为一个男人。"语言是这场从家族身份向公众身份转变的象征；只有当罗德里格斯的父母拒绝在家里说西班牙语时，他才在学校课堂里学说英语。这既是重大的收获，也是巨大的损失；罗德里格斯不再是"弱势儿童"，但现在家里有了一种新的安静："当我们这些孩子学了越来越多的英语后，和自己父母的分享也越来越少了。"那些令理查德·罗德里格斯在公众场合发声的精准言辞，却使得他在家里沉寂无言。但对于罗德里格斯而言，这种折中是必要的。他的故事为其他说西班牙语的孩子树立了一个榜样；他的自传在某种程度上是对英语教育的道歉，也是对双语教育的拒绝，因为双语教育剥夺了儿童充分参与公共生活的机会。他写道："在公共生活中，自相矛盾的是，那些把自己视为群体成员的人，倒是获得了个性充分发展……只有当我能够把自己当作一个美国人，而不再是作为一个外来者生活在'美国佬'的圈子里时，我才能够为了充分的基于公共的个体性（public individuality）去寻求权利与机遇。"当罗德里格斯继续讲述自己的故事时，他探索了公众自我与个体自我之间的其他张力：他在学术领域的公开成就与私人知识分子生活之间的冲突；他与教会之间的关系，教会的圣礼和公共仪式"使我摆脱了孤独面对上帝时的那些负担"；自传的最后正是他用恰当的方式将他的私人生活场景转化成具有公众性自传的过程。

26 / 吉尔·克尔·康威
《库伦来时路》（1989 年）

康威的自传并不是从她出生时写起。这本自传是以康威对澳大利亚严酷而美丽的风景进行长达十四页的沉思开始。正是这种环境，以及这种环境对努力生存于其中的人们所提出的挑战，塑造了康威的童年和青春期。她出生在一个偏远的澳大利亚牧羊农场,是意料之外的最小的一个孩子,家中其他都是男孩子。她年轻时心怀"理想女性"的憧憬:节俭、坚强、不情绪化,还是一个出色的家务管理者。康威的母亲正是这种"理想女性"。但是,随着康威的成长,她目睹了干旱、自然灾害和悲剧毁坏了她父母宝贵的农场。她决心逃离这个艰辛的世道,依靠自己的智识,成为一名学者,过另一种人生。但是她仍然被她的母亲所困扰。她的母亲失去了她在(澳大利亚)内地的农场——这是她赖以生存,可以做有意义的工作的世界——开始给康威看孩子,控制欲强烈,偏执己见,不理智。康威写道:"我直到七岁的时候,才看到了另一个女孩子的身影。"她的人生故事中穿插着她的种种个人尝试。她试图弄明白,当这个世界不允许女性自由发挥才能的时候,身为女性,如何才能在这个世界上找到自己的一席之地。

27 / 埃利·维塞尔(Elie Wiesel)
《百川归海:回忆录》(*All Rivers Run to the Sea: Memoirs*)(1995 年)

维塞尔对纳粹大屠杀的记忆,被他寻找答案的愿望,以及这些答案将永远离他而去的这个信息所撕裂。他在自传第一卷中悲痛地写道:"奥斯威辛集中营是如此难以想象,既不能想象有上帝的眷顾,也不能没有上帝。"被带进集中营后,维塞尔失去了家人;重获自由后,他发现没有任何一个国家欢迎他。最后,夏尔·戴高乐邀请一批难民到法国,而维塞尔是其中之一。在这里,16 岁的他不得不重新学习"正常"生活是什么样子。每一种确定性,甚至是宗教仪式的确定性,对于维塞尔而言,都变得毫无意义:"我们要为死者祈祷多久?丧亲之痛,通常要哀悼 11 个月。但是,如果你不知道确切的死亡日期呢?哈拉卡[①] 学者不知道如何解决我们的情况。"尽管如此,维塞尔还是和两个在难民营中幸存下来的姐妹团聚了,重返学校,并开始了他在坎姆夫的意第绪语报纸《锡安》的记者生涯。随后,他继续描述了他在新闻报道、政治演讲和公众抗议方面的持续参与,这些活动一直持续到以色列建国及其之后的 20 世纪 60 年代。这似

---

① 哈拉卡(Halachah)是犹太教《塔木德经》中口述的不载于《圣经》的律法。

乎是结束整个故事的大好时机,但维塞尔却用他婚礼前的一个梦结束了自己对往事的回忆:

> 当一个男人四十岁的时候,做出了遵照《摩西律法》①规定的决定,和他相爱的女子组建家庭后,他还能梦见什么呢?他看到自己像个孩子,紧紧地抱着母亲。母亲喃喃低语,是在念叨什么关于弥赛亚②的事情吗?他想告诉她:"你已经死了,弥赛亚没来。即便祂来了,也为时已晚。"他和父亲一起走向安息日礼拜的地方,突然发现自己在走向死亡的队伍中……他无声地呼唤着一个面带微笑的美丽小女孩,抚摸着她金色的头发。他思绪万千,翻山越岭,冲下陡峭的小路,在看不见的墓地里徘徊,寻找孤独,也在逃离孤独,接受那些已经讲过的故事,也接受那些尚未诉说的故事。

维塞尔的自传在试图讲述这些故事,并让那些注定要死去的孩子、女人和男人们暂时重获新生。他的母亲,便是所有犹太女性的化身,被剥夺了和孩子道别的机会;而他的小妹妹则成为所有被屠杀的孩子的化身;他的父亲,则是所有犹太男人的化身,在本属于他们的生命还没有结束之前就离开了人世。

推荐资源

Grun, Bernard, and Eva Simpson. *The Timetables of History: A Horizonal Linkage of People and Events*, 4th rev. ed. New York: Touchstone Books, 2005.

注释

1. Richard Rodriguez, *Hunger of Memory: The Education of Richard Rodriguez* (New York: Bantam, 1982), pp. 21–22.
2. In his chronology in Autobiography: *The Self-Made Text* (New York: Twayne, 1993; p. xvi),

---

① 摩西律法:《摩西五经》的另一种称呼,又称为"律法书"。
② 弥赛亚:古犹太语,在希伯来文中是"救世主"的意思。基督教里的弥赛亚就是耶稣。

James Goodwin pinpoints the "earliest recorded use of word self in the modern philosophical sense of intrinsic identity that remains the same through varying states of mind and experience" as occurring in 1674, in the Poetical Works of the minor poet Thomas Traherne: "A secret self I had enclos'd within / That was not bounded by my clothes or skin."

3. Roy Pascal, *Design and Truth in Autobiography* (Cambridge, Mass.: Harvard University Press, 1960), pp. 61–83.
4. Robert Sayre, *The Examined Self: Benjamin Franklin, Henry Adams, Henry James* (Princeton, N.J.: Princeton University Press, 1964); Rodolphe Gasche, quoted in Jacques Derrida, The *Ear of the Other: Otobiography, Transference, Translation,* trans. Peggy Kamuf, ed. Christie V. McDonald (New York: Schocken Books, 1985).
5. 引自 Carolyn G. Heilbrun, *Writing a Woman's Life* (New York: Ballantine Books, 1988), p. 22.
6. Roger Rosenblatt, "Black Autobiography: Life as the Death Weapon," in *Autobiography: Essays Theoretical and Critical,* ed. James Olney (Princeton, N.J.: Princeton University Press, 1980), p. 171.
7. Frederick Douglass, *Narrative of the Life of Frederick Douglass, an American Slave: Written by Himself* (1845), chapter 6.
8. Frederick Douglass, *My Bondage and My Freedom* (1855), chapter 11.
9. James Olney, *Autobiography: Essays Theoretical and Critical* (Princeton, N.J.: Princeton University Press, 1980), p. 23.
10. Rosenblatt, "*Black Autobiography,*" p. 176.
11. I am indebted to Erik H. Erikson's Gandhi's Truth: *On the Origins of Militant Nonviolence* (New York: W. W. Norton, 1993) for this insight.
12. Estelle C. Jelinek, *The Tradition of Women's Autobiography: From Antiquity to the Present* (Boston: Twayne Publishers, 1986), p. 39.

第七章

回望过去：史学家与政治家的故事

历史首先是一种论辩。它是不同历史学家之间的论辩，也许还是过去与现在之间的论辩、实际发生之事与即将发生之事之间的论辩。论辩是重要的，它们创造了改变事物的可能性。

——约翰·H. 阿诺德（John H. Arnold）

先描绘一幅历史学家的工作肖像。你可以想象他正埋首于某个大学图书馆浩繁的卷帙中，翻阅那些古老的记录：书信、邀请函、买卖簿记等。你也可以这样勾勒一位历史学家的形象：他蹲在一堆满布灰尘的人造物中间，端详那些硬币、陶器、碎石块上的铭文。或者，这些历史学家正在阅读关于一场场战争的编年史，试图解密古希腊人关于胜利的描述，同时也重构那一场战争的前前后后。

事实上，作为一位历史学家，他更有可能只是坐在自己的办公室里，双脚跷在办公桌上，读着另一位历史学家的最新著作。既然历史在某种程度上是对过去所发生之事的探究，历史学家就应该钻研那些被历史人物遗留的证据，他们或许生活年代距今久远，或许就在不太遥远的过去。而证据包括所有类型的书面文件，发票、账单、收据一如日记和书信那样应予关注。我们是如何知道美国南方种植园经济是如何运行的？是对那些奴隶买卖、补给购买、作物的支付价格等书面记录进行勤奋刻苦的归纳整理得来的。曾经的定居者、旅人和行进中的军队所留下的物理痕迹，也都至关重要。我们如何知晓罗马人行进到不列颠后，走了多远？那是通过罗马人营地的遗迹、修建的道路和城墙的断壁残痕以及草地植被遭到破坏的情况来获悉的。

　　但是，这些不过是历史学家日常工作的一部分而已。内维勒·摩利（Neville Morley）[1]评论说："大部分从事这项事业的古代历史学家实际上并没有花上他们的全部时间，用以研究这些'基本的'素材；他们经常把更多的精力投入在研究其他历史学家的观点上。"历史学家的总体任务并不只是告诉你曾经发生了什么，更要向你解释为什么会发生：并不只是给发生的那些事建构一个大略的轮廓，更要讲述关于事件中那些人的故事。而这一般是通过历史学家之间薪火相传、前赴后继完成的，而不是简单地对证据本身进行冥思苦想。历史学家从来就不是带着"新鲜的头脑"来面对一堆文献或者文物。他已经满脑子都是其他人的理论，譬如为何罗马帝国走向衰亡，或者非裔美国人在奴隶制中如何发展了他们自己生机勃勃的文化。当他检验证据的时候，他已经在问：我已经知道的理论能否解释这个呢？或者，我能否提出一个更好的解释？

　　历史学家讲述的故事在很多方面与小说家写的故事有相通之处。与小说类似，历史也会讲述一个关于某位"英雄"、某个人或者某个国家的故事，或者是一个国家里某个特殊群体的故事：劳动妇女、士兵、奴隶，等等。像小说中的英雄人物一样，这种"历史上的英雄"也会为某些问题所困（如微薄的薪水、战争的需要），并寻求解决之道。历史中的结论，就像小说的高潮一样，对英雄人物的策略选择做出了最后的判断。

　　不过，与小说家不同的是，历史学家围绕着确定的历史来塑造情节。用一个可笑的简单比喻来说，这就像两位作者都在为一位坐在餐桌旁的女士画像；但是，小说家可能会融合自己的想象去画，可能会给这个女士描绘出任何特征、任何种族、任何年龄、任何衣着；而历史学家则在看一位真实的年轻白人女士，坐在圣路易斯一家餐厅外的人行道旁的餐桌前。这位历史学家可以把背景淡化，令她的个性凸显出来；他可以把她描绘成一个在忙碌纷杂的景象下的，一位如梦似幻的人物；他可以把她画得让我们能够注意到她的种族、年龄以及焦灼的神情，而不是她的衣着；他可以模糊她的面孔，但是施浓墨重彩于她的破旧的衣衫和斑驳的手包。但是，他不能把一位年轻的白人女性画成中年的亚洲已婚妇女，也不能把她画成一位非裔美籍的男人。

第七章
回望过去：史学家与政治家的故事

因为有义务去坚守眼前所见，历史学家实际上分担了自传作者的任务。历史学家和自传作者都要为"真实"事件进行布局谋篇，引领读者朝向一个最终的解释，也即赋予那些事件以意义。但是，即便到了非常晚近的年代，历史学家还是拒绝和自传作者相提并论。毕竟，自传不可能全然客观。正如乔治·古斯多夫（Georges Gusdorf）[①]所言："它揭示了……一个创作者给他自己的神秘故事赋予意义的努力。"古斯多夫补充说，客观性是历史学家的任务，他必须揭开神话的面纱，"辨识"出事实。[2]

一代又一代，客观性一直是历史学家最重要的一个品质。如果身为历史学家，却在某个议题有个人牵涉，那么他将被认为是不值得信任和不专业的。自传，作为一种描述过去发生的有着个人牵涉之事的写作典范，在学术研究中一直排在末位。即便可以作为关于过去的一种信息来源，它也没有引起多大关注。正如历史学家杰里米·波普金（Jeremy Popkin）[②]指出的，"学生标准手册会告诫他们，不要依靠这些'仅有最小可信度的个人记录'。"[3]

这种要求历史学家非常客观的理念从何而来？

第一节 关于历史学的十五分钟简史

历史学的写作，有时你或许会认为就是指"历史编纂学"（historiography）（其词根 graphos 在希腊语中就是表示"写作"）——它是在几千年的历史长河中发展起来的，它自身的发展也构成了一部历史。我试图勾勒出这部庞大且复杂的"史学史"的轮廓，可当作你自己理解的一个开端。它勾勒出简化了的关联，而事实上，这些关联是多重且复杂的。它给出了直接原因，例如"对理性主义缺乏耐心导致了浪漫主义"，而实际上有许多因素在起作用，而且那个所谓的"结果"或许在"原因"之前就已经存在多年。它简化了伟大的哲学性的洞察，只在把它们用于历史写作时才检视它们。这就是为什么我要在本章把诸如"相对主义"（Relativism）和"后现代主义"（Postmodernism）等单词的首字母都大

[①] 乔治·古斯多夫（1912—2000）：法国当代哲学家。
[②] 杰里米·波普金（1948—）：美国肯塔基大学的政治史学家。

写，我只是把它们作为历史写作的某些特定类型的标签。

就假设你是一个阅读历史题材著作的新手。新手读者需要先易后难，由简入繁。就像你教一个小孩子学字母发音一样，你刚开始时会告诉她字母 a 在单词 cat 中的发音。尽管事实上，这个字母 a 还有许多其他的发音，但是你在一开始就一下子告诉初学者字母 a 所有可能的发音，她很有可能因为感到困惑而放弃，乃至拒绝进一步学习阅读。所以，她还是要循序渐进，从最简单的发音开始学起来。一旦她已经开始阅读，她也就逐渐开始理解字母 a 额外的复杂性。下面的这个大纲为你提供了一个"初级"的研讨历史学的方法；当你继续研读历史学著作时，你将发现，你自己就会在这个简单的架构上添加新的复杂性。

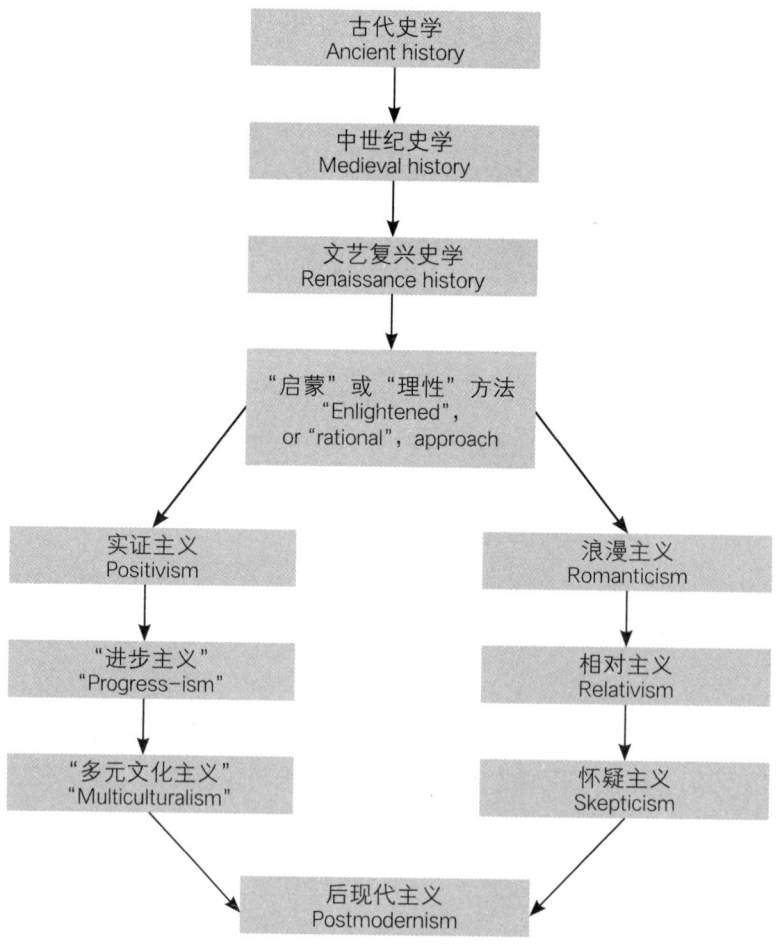

第七章
回望过去：史学家与政治家的故事

一、古代史学

> 历史照亮现实，激活记忆，指引日常生活。
>
> ——西塞罗（Cicero）①

最早的历史文字形式是古代国王对他们的胜利（一般不是对他们的失败）所做的记载。这些军事活动编年纪事具有历史价值，但是，它们还算不上是"历史著作"，因为它们只有一个简单而有限的目标：展现某个特定君王的不朽功业。用今天的术语来说，古代的编年纪事更像是新闻发布会的通稿，而不是历史。当亚述的统治者辛纳赫里布（Sennacherib）吹嘘说，他对犹太的入侵毁掉了"四十六个……坚固的城墙城镇和数不胜数的较小村庄"，犹太人则"沉浸在我主令人恐惧的伟力"之中时，他并不试图向心存疑虑的亚述历史的读者解释什么。他只是在欢呼。

把"历史"写成连贯的故事用以阐释过去，始于希腊人。伟大的希腊历史学家三巨头——希罗多德②、修昔底德③和色诺芬④，开启了一个比前人略微开阔的历史观。他们试图写下人们的故事，尤其是希腊人的故事，而不仅是为了提高国王或者领袖的声望而写历史。他们的这种写作目标，超越了歌功颂德：修昔底德是写给"想得到关于过去的正确知识，借以预知未来的那些人（因为在人类历史的进程中，未来虽然不一定是过去的重演，但同过去总是很相似的）"。而且，古希腊历史学家第一次界定了神话与"历史"之间的界限。希罗多德在真实与荒谬之间勾画了一条审慎的界线，当然这条线也不总是延伸到那些符合当代历史学家可能认知的领域，例如希罗多德对一个满是独眼人的国家从格里芬（Griffin）⑤那里偷金子的记载令人印象深刻。但是他总归知道，有这么一条线存在。在他们要记录历史真相的努力中（用修昔底德自己的话来讲，历史真相

---

① 西塞罗（前106—前43）：古罗马著名政治家、演说家、哲学家。
② 希罗多德（约前480—前425）：古希腊历史学家，他把旅行中的见闻以及第一波斯帝国的历史记录下来，著成《历史》一书，被尊称为"历史之父"。
③ 修昔底德（约前460—前400/396）：古希腊历史学家、文学家和雅典十将军之一，著有《伯罗奔尼撒战争史》，被称为"历史科学"之父。
④ 色诺芬（前440左右—前355）：历史学家，苏格拉底的弟子。他以记录当时的希腊历史、苏格拉底语录而著称，著有《长征记》《希腊史》《回忆苏格拉底》等。
⑤ 格里芬：出自希腊神话，一种鹰头狮身有翅的怪兽。

就是"关于过去的确切知识"),古希腊历史学家是创新者。

不过,在其他某些方面,他们写就的历史又与之前的有着一脉相承的相似之处。古希腊的历史是以英雄人物为中心的,对于那些国王和统帅浓墨重彩,不惜笔墨。对于古人而言,只有当那些伟人展现他们的抱负、计划、谋略、战斗、征服,或者显露出他们自己的缺陷时,"历史"才会发生。历史学家色诺芬就是如此开篇的,"居鲁士(Cyrus)[①]就曾经设想,他有朝一日将成为王上……如有任何其他国王的使团拜访于他,他将令他们所有人都如此这般——当他送别他们时,他们对他要比对他们自己的国王更加心悦诚服。"居鲁士狡猾的外交手腕引发了一系列事件,而居鲁士之所以也成为最伟大的波斯国王,是因为他野心勃勃,而不是由某种伟大的模式所决定。历史,并无"伟大模式"。历史就是一堆具有内在关联的故事,每一个故事都讲述了一个伟大人物的一生,而每一个生命故事又承载了它自身的因果逻辑。没有什么单一的"目的"能够将这些古希腊历史学家的故事装扮成一个伟大的计划;这样的计划要等到基督教的出现才进入我们的视野。

二、中世纪史学

45:1 上主这样对他的受傅者居鲁士说:——我牵着他的右手,使他踩蹦他面前的列国,解除列王的腰带;我在他前开启城门,使门户不再关闭——

45:2 我要走在你前面,把崎岖的路修平;我要把铜门打破,将铁闩击碎。

——《圣经·以赛亚书》(思高本)

中世纪的历史学家将历史从一系列相互关联的故事,转变为一个统一的长篇连续的故事,自上帝之教理开始,也止于上帝之教理。古代历史学家的那种内在相互关联的故事是由那些偶然的不可预料的因素联系在一起的。而在基督教体系内,这些关联是直截了当的,像一支射出的箭,笔直地从一点直到终点。居鲁士之所以成为王,是因为上帝对此属意已久,而不是因为居鲁士他自己野心勃勃。

[①] 居鲁士:世称"居鲁士大帝",古代波斯帝国和阿契美尼德王朝的缔造者。

第七章
回望过去：史学家与政治家的故事

第一位中世纪历史学家自然是奥古斯丁，其著作《天主之城》（*The City of God*）被证明是西方历史观的核心，就如同他的《忏悔录》之于西方的自我概念一样。在哥特人于公元410年劫掠罗马之后，有一种相当普遍的议论：是基督徒抛弃了原有的神而导致了灾难。作为一种回应，奥古斯丁开始了一项长达十三年的写作计划，用"理论化了的历史"去辩称，一切的历史都是记载了两个独立的政治实体——上帝王国和世俗之人的王国的所作所为，它们并肩存在于同一个时空当中。这两个王国的成员们有着某些共同的目标（如渴望和平生活），但是它们最终追逐的目的却不同：一个追求权力，另一个崇拜上帝。这种并肩而立的存在导致了历史的张力与冲突，上帝要将他的国度推向完美，而不信仰上帝的人则抵制和反抗他。

这种把历史看作是上帝正在展开的计划的意识，是基督教对希伯来历史学家方法的改写，希伯来历史学家把以色列的过去（和未来）都看作是上帝在俗世间塑造"圣民"计划的实施。通过把"圣民"的最终归宿从俗世迁移到天堂，中世纪的历史学家现在终于可以讲述整个宇宙的故事了，从上帝创世开始，沿着一条完整的线索讲下去；在历史长河中，上帝的一切作为都在为基督降生做准备，然后，岁月悠悠，等待基督复活。对历史学家而言，这是相当清晰的解释，他们现在可以从以前看起来难以名状的东西中获得意义了。对永恒上帝的信仰和将混沌转化为秩序，将未分类的信息排列成模式，这将历史学家带入一个以创世开始、随灭世重生而结束的故事。最后，历史事件终于有了意义。

但是，把历史想象成上帝的永恒工场，无益于使中世纪的历史学家明白古代与他们当下的差别。如果所有人都是按照上帝的形象创造的，那么他们在本质上应该是相似的；如果他们真的都是一个完整统一的故事中的一部分，那么古今之别不应比一出戏的开场与结尾的差别大太多。所以，中世纪史学的特点，不仅在于它的天命论（providentialism）①，也因为它用完全相同的方式看待古人与同时代的人。(中世纪的艺术不可避免地会让圣经中的人物穿戴上中世纪的服饰，还会让希伯来国王的手中擎着15世纪才有的兵器。)把过去视作一个陌生的国度（用L. P. 哈特利［L. P. Hartley］②的名言来说，在那里，他们"所作所为，匪

---

① 天命论是一种具有唯心主义倾向和宗教色彩的思想观念，认为自然变化、社会运行和人的命运被某种超自然的力量所主宰，人必须而且只能屈服和顺从它。
② L. P. 哈特利（1895—1972）：英国作家，著有《送信人》。

夷所思")这一观念在文艺复兴时期才开始兴起。⁴

三、文艺复兴史学

> 历史,是一种知识形式,是一个文明向自己交代过去。
>
> ——约翰·赫伊津哈(Johann Huizinga)①

历史学家乔伊斯·阿普尔比(Joyce Appleby)②曾经这样说过:"在15世纪到18世纪之间,基督教话语下的历史构想不断地丧失可信度。上帝在人类事务中的目标的确定性和可信性正让位于与日俱增的怀疑。"⁵

的确如此。然而,描绘基督教中世纪与世俗化的文艺复兴之间的巨大突破的流行画面还是过于简化了。首先,"基督教历史"事实上从来没有消失过;而对于美洲大陆的每一块欧洲殖民地而言,都会有历史学家宣称,上帝已经亲自开拓了这块与众不同的定居点,以便将他的天国最终带临人间。但是,文艺复兴时期更关键的历史实践是一种不断发展的过去感,即过去是一个遥远又陌生的地方,这个"过去"与现代的距离不是地理空间上的,而是因为时间。这种时间观(允许我们今天从左往右画出一条直线,称之为"时间线")有赖于基督教的假设,即时间是向前行进的,是一种箭头状的现实,它有着不发达的开始和尽善尽美的结束。

差不多在公元1600年左右,欧洲人开始使用"原始的"这个词来表示"尚未开发的"或者"不够现代的";正如约翰·卢卡奇(John Lukacs)③指出的,这种关于"原始的"观念(因为时间上太过遥远而比较低级)取代了古希腊人"野蛮人"的概念("野蛮人"之所以低级是因为他们的栖息地远离希腊本土)⁶。紧接"原始"概念的是"不合时宜",这个说法是指某些事物没有在恰当的时间出现。不过,人们尚未充分意识到时代的历史差异,莎士比亚笔下的罗马人毋庸置疑是伊丽莎白女王时代的形象。(恺撒喊道:"钟敲了三下!"然而恺撒所在

---

① 约翰·赫伊津哈(1872—1945):荷兰语言学家和历史学家。
② 乔伊斯·阿普尔比(1929—2017):当代最有成就的历史学家之一,曾任教于加州大学洛杉矶分校,美国历史学会和美国历史学家组织前会长。
③ 约翰·卢卡奇(1924—2019):美国历史学家,他曾提出20世纪始于1914年("一战"爆发),截止于1989年("东欧剧变")。

的古代不存在钟表。)而且到了18世纪时,演员甚至穿着及膝短裤、戴着扑粉的假发来表演这些角色。但是,在文艺复兴时期,线性时间观念已经成为公认的事实。文艺复兴时期的历史学家在这种线性时间观念框架内观察人们的所作所为,并发问:为何如此?为了找到答案,他会采用一种与中世纪作者明显不同的策略。

理性并不是在文艺复兴时期突然"发现"的,仿佛早先的每一代人都把自己的大脑集体冰封了一般。相反,文艺复兴时期改变的是理性施加其力量的材料。一位中世纪的历史学家面对一个历史问题,譬如"为什么野蛮人盎格鲁人入侵不列颠,屠杀土著的不列颠人?",他很可能会纠结于上帝的目的和上帝的旨意以如此令人费解的方式执行这样一些深奥的神学问题。而一位文艺复兴时期的历史学家面对相似的问题时,他会选择对人进行研究:人的愿望、恐惧以及野心。在这一方面,文艺复兴时期的史学倒是和古希腊史学更为接近,而不像中世纪的史学。这一点并不奇怪,因为文艺复兴时期的学者们把古典史学当作偶像。

不过,希腊人乐于把某些事件归结为神性的运作。对于文艺复兴时期的思想家来说,这道解释的大门正在慢慢关闭。文艺复兴是由一种哲学塑造的,这种哲学在笛卡尔身上得到了最明确的表达。笛卡尔(正如我们在他的《第一哲学沉思录》中见到的)探寻一个确定的立足之地,一个可以知道他的结论是真实的方法。笛卡尔信仰上帝,但是不相信上帝可以无所不能地与人交流。而且,技术革新(最知名的就是望远镜了)已经能够揭露那些由中世纪的思想家们所给出的解释很可能是不正确的(他们宣称可以直接由领悟上帝而获得理性)。确保可以得出可靠结论的唯一方法是理性,而不是以神的启示或神的目的为出发点。上帝这座山峰不再是为你提供最佳视角的有利位置,人自己的思想提供了更高的山峰。

中世纪的历史学家试图找到上帝的意图所在,并通过其历史写作来阐释这一目的。与之不同的是,文艺复兴时期的历史学家更愿意凭借过去发生的一系列事件进行推理,从而发现文明兴衰之缘由。这种推理有着相当巨大的现实影响力。如果上帝并未规定历史形态,那么,历史就可能被改变和控制。如果发现罗马帝国走向衰亡的原因,你就有可能更好地拯救自己所处的文明,使其免于在不久的将来可能濒临相似的绝境。马基雅维利访古觅踪,寻找成功的领导楷模;在以史为鉴的基础上,他推理论证,另辟蹊径,为今天行之有效的治理提出良方。而托马斯·莫尔（Thomas More）则勾勒出一个理想社会典范，继承保留了古希腊先贤的理想信念，他认为或许可以借此解决英国在未来可能遇到的问题。

这在人类史上是第一次把历史视作生成之物（becoming），而非既成之物；在这一观念指导下，人们花费更多力气去描绘那些城邦的发展之路，而不是简单地把它们说成本就一直如此。"生成之物"这个词恰如其分，涵盖了进取革新之意，朝向某个终点运动前行。文艺复兴时期的历史学家并没有将那些基督教历史学家遵奉的线性时间观念彻底颠覆，而是撞倒了许多面墙，在原有基石上搭建起了拼凑的建筑。具有讽刺意味的是，基督教直线式前进的时间观念从一个我们知之甚少的尚未实现的时间开始，向着一个更完善的现实前进，这使得后来学者的假设成为可能，即生命可能随着时间的推移从原始状态进化到高级状态。

四、"启蒙"或"理性"方法

> 研究历史，就意味着要容忍噪音喧嚣，无论怎样，在秩序与意义的基础上存续真相。
>
> ——赫尔曼·黑塞[①]

启蒙学者们不只是建造拼凑的建筑。他们为能够覆盖整个世界的理性兴建了巨大宏伟的熠熠生辉的殿堂庙宇。如有机会，启蒙思想者或许会选择一个达尔文主义的暗喻来替代：他们终于走出了中世纪那原始的、上帝凌驾一切的淤泥沼泽之地，走到了理性主义的坚实海岸，开始沐浴在自由思想的阳光之下。

笛卡尔早在17世纪早期就曾经假设，理性，而非神启，才是获取知识之正途。接着，约翰·洛克在17世纪中叶提出，人生来一无所有，而唯有理性能力。没有与生俱来的关于上帝的知识，没有天赋才能，也没有天生的爱国主义：只有目睹、接触、感受、聆听这个自然世界的能力，以及对它进行推理的能力。人类所知道的一切，都是他通过分析感官所获得的证据而学到的。这，就是一切知识之源，人类的理性已经成为获知真理的终极源泉：这种理性，是用一种

[①] 赫尔曼·黑塞（1877—1962）：德国作家、诗人，1946年获诺贝尔文学奖。

第七章
回望过去：史学家与政治家的故事

完全可靠而且毫无偏见的方式来处理那些可感知的、客观存在的证据。人类的心智就是"启蒙者"。

基督教那种要为历史事件找到一个大而全的意义的冲动在启蒙时期历史学家身上依然存在。但是，现在这些历史学家寻求这种意义是通过自由地检验他们的逻辑推理。如果无法推理的、不合逻辑的因素（比如宗教信仰、爱国主义）影响到了历史学家，他那纯粹而可靠的理性就被腐蚀瓦解了；在他笔下，无法再写出真相。由于相同的逻辑，历史学家如果迫于宗教或政治压力而得出某个既定的结论，那么这些结论也无真相可言。伊曼纽尔·康德在1784年写道：

"如果现在有人问：'我们目前是不是生活在一个启蒙了的（enlightened age）时代？'那么，我的回答是：'不，但我们确实是在一个启蒙（enlightenment）的时代'……可是现在领域已经对他们开放了，他们可以自由地在这上面工作了……"

自由，意味着没有前设条件；既没有什么预先存在的对上帝的信仰，也不惧政治报复。历史不是为了服务于任何一种意识形态目的，它的目的是发现真相。

历史学家能够凭借对过去发生之事的科学检验来发现真理的这一观念，有赖于一种全新的宇宙观。在17世纪晚期，伊萨克·牛顿的"自然科学"已经让人们震惊：普遍的宇宙法则支配着宇宙运行的每一个层面，从巨大的行星到微乎其微的碎片。这些法则都可以经由数学得到证明；而且，它们是整个宇宙的常数。

现在，启蒙时代的哲学家们已经有了一个理性的模型：理性恰如引力。像引力一样，理性也具备数学上的确定性。也如引力一般，理性放之四海而皆准。也如引力一般，理性的结论总是如出一辙。就像一个实验，如果过程准确无误，就会得出一个唯一的结果。所以，对于历史学，如果方法正确，也将得出一个，而且是唯一的一个正确结论：那就是真相。

牛顿的法则作为一种典范，不仅服务于人类理性，也为历史自身服务。像自然科学家一样，历史学家也能够发现历史法则，这些法则与自然法则一样，具有真实性和可预见性。牛顿观测物体下落，据此推理总结出他的引力定律；历史学家观测国家兴亡，并据此总结出统治帝国的经验教训。这些历史法则如同自然规律一样，对所有国家具有普适性——就如同引力定律适用于所有物体一样，无论物体是大是小。[7]

寻找普遍的历史规律并不只是一项学术活动。它有着现实的、当下的紧迫性。在整个欧洲，君主制的权力正在历史的缝隙中不断削弱。在法国，君主制已经在1789年的大革命中彻底分崩离析。君主制曾宣称"君权神授"，其享有的凌驾于众人之上的权威乃是上帝所赐。但是，如今，人们认为他们自己与国王是平等的，拥有平等的理性力量，而且也有平等的能力去管理他们自己。君主制所宣称的神授权威，就像启示文学中的普遍信仰一样，已经死亡。

但是，没有了那种神授天命的秩序管控模式，国家当如何运行呢？为了回答这个问题，历史学家们梳理过去，找寻那些具有普适性的有效管理人类社会的历史法则。洛克总结说，人们应通过与政府签订契约来管理他们自己；卢梭则认为，人们只应该和自己签订契约。在解释这种对共和主义（republicanism）①的新承诺中，历史学家越来越依赖于历史进化论。不仅是个别国家，还有历史自身，都在不断演变，更加成熟。君主制曾是人类孩童时期的制度，而共和制则是为成年人而准备的。"原始"与"先进"这一组相对立的概念，一直到今天还可以用来描述我们思考历史的方法：我们会谈到"远古"世界，会谈到"黑暗时代"，会谈到"近现代"，会谈到"现代"，以及"历史的终结"。

启蒙运动就像现实主义文学（literary realism）一样，从未真正离我们远去。它塑造了当代西方的身份。像任何一种一脉相承的信仰体系一样，它有自己的信条，至今仍被人传诵：

首先，理性是"自主"的或者"独立于"任何其他人的。这个世界的真理得以发现，不是由于信仰，也不是由于直觉，而是通过检验人之为人的最重要因素：理智。通过理智，人类才有可能摆脱偏见，发现如是真相。

其次，学术权威不可轻信。权威并不必然代表真相，它只是权力象征而已。所以，权威可能倾向于盲目固执于那些有助于巩固其权威地位的想法，而不是采用一种无偏见的方式去切实检验其推理逻辑。（在当代学术圈，你只有研究生毕业了，有了"学术地位"，才能讲这种话。）

最后，有果必有因，其因可被发现。世界没有什么终极谜团，总会有一个解释。因《2001太空漫游》（*2001: A Space Odyssey*）而闻名的亚瑟·C.克拉克（Arthur C. Clarke）曾写道："任何足够先进的技术都与魔法无异。"启蒙运动的座

---

① 共和主义：一种认为政治权威来自人民同意的原则，拒绝接受君主和王朝的统治。

右铭,如果有的话,这算一个:任何在我们看来不可思议的东西,不过是尚有因果关联未被知晓而已。

启蒙运动时期的历史学家竭尽全力通过科学的审视为过去祛魅。古希腊人把历史看作是由伟人们的激情热血凝聚在一起的一系列故事,而中世纪则把历史简单看作是上帝在时间长河中的工作而已。文艺复兴时期,这种简化的故事版本演变为人的故事,而不是神的故事。现在,启蒙时代,历史学家们把历史看作是一种他们能够解释的自然现象的延展而已。

启蒙运动催生了两派历史学家。一派的传人对其先辈敬仰有加,而另一派则对前辈恨之入骨。就像那些吵闹不断的兄弟姐妹终于年过半百,这两派历史学家最终结束纷争(大约在四百年后吧),共处一室,畅叙古今。

五、从实证主义、"进步主义"到"多元文化主义"(后接后现代主义)

实证主义[8]

> 史学是一门科学,不多也不少。
>
> ——J. B. 伯里(J. B. Bury)[①]

实证主义,是启蒙运动孕育的长子,是19世纪对启蒙运动理念的一种迷恋:历史学家是作为科学家而存在的。"实证主义"这个术语的鼻祖是法国社会学家奥古斯特·孔德(Auguste Comte)[②],他执念于科学家就是知识的集大成者,理应能够观测人类生活的各个方面,并从中总结出诸项法则,这些法则将整合进一个"宏大理论"(Grand Theory)[③],用以解释一切。[9]在孔德的观念里,历史学家是这项崇高任务的合作方。

实证主义者认为,从逻辑上讲,既然历史学家和科学家都在追求同一个宏伟的目标,他们就应该采用相同的方式去追求。尽管史学在启蒙运动期间已经

---

① J. B. 伯里(1861—1927):英国著名历史学家、古典学家和文献学家。
② 奥古斯特·孔德(1798—1857):法国著名哲学家、社会学和实证主义创始人,被尊为"社会学之父"。
③ 宏大理论:也称社会系统理论,是社会学家帕森斯提出的概念。

在朝"科学史学"方向发展,但在 18 世纪的大部分时间里,史学总体上还处于业余发展阶段。大卫·休谟、爱德华·吉本和玛丽·沃斯通克拉夫特(Mary Wollstonecraft)都是作家,也是学者,但是他们当中没有任何一位接受过历史学家的专业"训练"。当然,18 世纪的历史学家没有哪位是以历史学来谋生的。但是,到了 19 世纪,实证主义学者开始构建一个专业化、科学化的历史学家训练体系:参加大学专业论坛,进入学徒期,发表论文或者有其他学术成果,通过这些获得"准入"资质,进入专业序列。

这种科学训练很大一部分涉及对资料的正确处理。19 世纪的德国历史学家首次对"原始资料"(资料直接由本人产出,或者在研究过程中产出)和"二手资料"(二手的证据资料,或者其他学者的成果)做出了区分。在科学家们使用证据之后,"科学主义的历史学家"模仿他们,也运用材料说理论证。他们不再道听途说(就像前辈希罗多德喜欢干的那样),而是作为一名科学家而从业。他们要权衡、评估和验证他们的第一手材料。

那么,这也就意味着,"证据"是能够被权衡、评估和验证的。对实证主义者来说,伟大的自然力量比伟大的人更值得研究。历史事件的发生不是因为人的野心,而是因为自然因素:某个国家特有的矿藏,出产特定作物的土地,或可以保护城市的某个山脉。拿人们的激情来解释历史变革,就像用上帝的天意之手来解释一样,令人生疑。

"进步主义"

历史不过是追求着自己目的的人的活动而已。

——卡尔·马克思《神圣家族》

"进步主义",相信历史在前行,认为历史总是要朝向更好的、更先进的方向发展,不断改善。"进步主义"是实证主义的自然结果。归根到底,自然科学家是在一个接一个的伟大发现中不断前行,每一个发现都为我们这个世界的变革带来契机。历史学家们也要走同样的路。

这个三段论很简单:如果历史学家在工作中能做到一丝不苟的科学性,那么,他们就会发现历史规律。既然历史规律是放之四海而皆准且不变的,那么,他们就能够预测未来之事,带来一个更加完美的存在。因为理性是人类最强大

第七章
回望过去：史学家与政治家的故事

的部分（比意志更有力），人们一旦确认了建议的必要性，就应该立刻执行。要使人们确信某条路线的正确性，总是要改变人的意志，因为（脆弱的）意志永远服膺于（强大的）理性。在当今的政治用法中，"进步"有时是可以与"自由"互换的，这就解释了为什么"教育就是答案"作为一种社会变革的策略①，兼具极致的进步意义和典型的自由精神。

奥古斯丁发现，他罪孽深重的意志要比他的理性更为强大，照理说他会沮丧地举起双手。不过，奥古斯丁是生活在一个与我们不同的世界。在他那个世界，伊甸园坐落在一个制高点上；既然有原罪，人类的境遇就稳步下降，唯有神的力量的直接干预才有可能扭转局面。但是，进步主义为人类在眼前展开了一个金灿灿的未来，而那些穷人、罪犯和想法有问题的人被理性的言论不可逆转地改变了。历史成为一种图谋改变的工具。19世纪末，历史学家雅各布·布克哈特（Jacob Burckhardt）告诉他的德国听众们："如果历史曾经帮助我们解决……生活中那些重大而苦涩的难题，那我们就必须（理解）……地球生命的真正本质……对我们来说，幸运的是，古代历史保存了一些记录，在这些记录中，我们可以密切关注杰出历史事件中的生长、盛开和衰败。"[10] 这些先人的经验模式可以揭示某些原则，历史学家可以运用这些原则让世界更美好。

进步的信念有几种不同的形式，有些比其他形式更乐观。在英国历史的研究中，那些把过去的历史看作是向着完美不可阻挡地进步的历史学家们，据说他们写的是"辉格式"（Whiggish）的历史②。而在美国历史中，进步运动把历史看作是一场在"人民"（诚实的工人）与"贵族"（腐败和不诚实的大亨）之间为维护美国梦而进行的不断斗争。经过一段时间的激烈斗争后，这种冲突将导致一个更加完美的美国民主体制。美国进步主义借鉴了卡尔·马克思的思想，他或许是历史进步福音中最著名的布道者了。

马克思纵观人类有史以来的阶级斗争模式，并在斗争中发现了历史规律：他坚信，这些历史规律能够指导人们拥有更加尽善尽美的生存境遇。《共产党宣言》一开篇就写道："至今一切社会的历史都是阶级斗争的历史。自由民和奴

---

① "教育就是答案"：美国一项针对黑人为主的少数族裔的改革策略。
② "辉格式"的历史：又称"历史的辉格解释"（whig interpretation of history），由英国史学家巴特菲尔德（Herbert Butterfield）首先创用，指19世纪初期辉格党历史学家从党派利益出发，依照现在来解释过去和历史。

隶、贵族和平民、领主和农奴、行会师傅和帮工，一句话，压迫者和被压迫者，始终处于相互对立的地位。"作为实证主义者，马克思相信理解历史的钥匙，就是去分析人们生存于其中的可实际感知的物质条件。作为一名历史进步的信徒，马克思坚信，这种分析揭示了一种历史规律，可以用来重构未来：全世界的工人阶级必须被赋予对"生产资料"（生产商品所需的原材料和生产设备）的控制权。这终将实现乌托邦："工人的天堂"。

马克思把对立阶级之间持续不断的斗争看作是驱动历史朝向完美方向发展的动力。尽管马克思是一位理性主义者，他还是从神秘主义哲学家格奥尔格·黑格尔那里借用了这一思想，黑格尔曾经用晦涩难懂的长篇大论探讨历史，认为历史就是神圣的自我实现（self-realization of the divine）；黑格尔解释说，当历史向前发展时，"神圣的绝对精神"（divine Spirit）越来越多地显露出来，也使得自身存在的意义日益清晰。马克思抛弃了黑格尔关于"世界精神显现"（World-Spirit Made Manifest）的深奥思考（以及黑格尔关于普鲁士已经在1805年完成了这一进程的信念），但是他保留了黑格尔关于历史如何向前发展的描述：两种对立力量之间的斗争，并在斗争中产生一个崭新的更加完美的现实。在黑格尔的术语中，就是"正题"（thesis）与"反题"（antithesis）之间的斗争，最后产生了"合题"（synthesis）。

马克思给进步主义打下的非同一般的烙印，也永远改变了进步主义。马克思主义把社会底层大众（他们一直在和社会上层作斗争）看作是历史向前发展的重要因素。劳动者是资产阶级的对立面，后者控制着工厂和商品生产，这在美国属于"中产阶级上层"。如果没有反题与正题之间的斗争、社会底层和社会上层的斗争，也就没有"合题"，也就无法推动进步，没有共产主义国家。工人阶级因为他们自身应有的权利而变得举足轻重：他们不再仅仅是贫困潦倒、违法乱纪、头脑不清楚而需要被理性折服改变的人，而是拥有自己的权利或代理组织的人，有自己的价值观和生活方式。

多元文化主义

> 但是对历史，正正经经的历史，我却不感兴趣。……每页上都是教皇与国王在争吵，还有战争与瘟疫。男人个个都是窝囊废，女人几乎没有一个。
>
> ——凯瑟琳（简·奥斯丁《诺桑觉寺》中的人物）

马克思主义引发的史学革命不可逆转地改变了历史学家的世界。早期的进步主义倾向于精英主义，崇尚那些受过良好教育的人（他们也往往接受过良好的教育，且出身高贵），而忽视了历史中的冲突。但在马克思之后，贫苦大众和被压迫者，以及他们对统治强权的抗争，开始成为众多相互制衡的历史因素中的关键部分。

在马克思之后，历史学家们的研究对象逐渐开始不仅局限于经济上的被压迫者，而且包括了所有领域被压迫和被统治的人们：譬如女人（马克思本人显然没有注意到这个人群）、非裔美籍人、土著美洲人，以及西班牙裔、城市居民、"被殖民者"（被外族侵略者殖民统治的人，就像英属印度），等等。对这些多元文化的研究形成了一场运动的第一阶段，这场运动拓展了历史学的范畴，并在一段时间后获得了一个绰号："多元文化主义"。

这种对以前被忽视的人群的研究，有时被称为"底层史学"（history from below），历史学家吉姆·夏普（Jim Sharpe）将其描述为"将大部分人的过去经历从……被历史学家完全忽视的地方拯救出来"。[11] 那些着手于"底层"的历史学家意识到，仅仅把目光聚焦在"权势集团"（国王、将军和政客们）只能描绘出一幅残缺的历史画面。"底层史学"，也作为"社会史"（social history）而闻名，运用个人日记、口述史和访谈等非传统资料创建了一种前所未有的历史。这种历史描述了重大事件发生时"真实的人"在做什么。一些历史学家开始转向定量分析：财富分配、人口普查结果、人口流动、出生率、死亡原因，以及上百种其他各项指标。举例来说，社会历史学家能够通过审查数以百计的税收记录、找到女性拥有土地的在案记录、计算女性获得个人财富的条件，从而得出关于女性权利的结论。

实证主义者应该鼓掌欢呼了。不过，社会历史学家使用定量分析方法，主要不是因为它们是科学的。事实上，社会历史学家对科学往往有些矛盾，因为科学产生于那些接受过高等教育的精英人士，常常忽视他人的生活。而社会历史学家希望书写关于那些"被压迫的无名之辈"，结果他们发现自己面临这样一个问题：传统的"原始资料"，如信件和回忆录，几乎都是由受过良好教育的精英人士撰写的，这就使历史的焦点偏向了相对较小的、富裕的那部分人，他们有足够的自由和闲情逸致写作。所以，历史学家们转向新的素材，从那些税务记录、财产清单、出生与死亡记录、广告启事、工资存根以及其他各种存证中，拼接出普罗大众的故事。

社会历史学家往往对从这些故事中得出的结论是否适用于其他人类持谨慎态度。毕竟，"传统史学"已经犯下这样的错误，它假设"普通人"的生活能够通过对社会最高阶层的研究而得到解释。社会历史学家不要重蹈覆辙，要规避这一陷阱，取而代之的是，给每一个生命恰如其分且独一无二的关注。劳拉·撒切尔·乌尔里奇（Laurel Thatcher Ulrich）的《助产士日记》（A Midwife's Tale）为我们讲述了助产士玛莎·巴拉德生活中的每一个细节。不过，乌尔里奇没有详谈"18世纪的接生术"，也把"新英格兰殖民地的女人"搁置一旁；她想要告诉我们的是一个女人的生活，如果没有这本日记，这个女人的生平我们将永远无法得知，甚至于巴拉德的墓碑上也是刻着她丈夫的名字，而不是她自己的。

在最极端的情况下，社会历史学只把目光全然集中在那些被践踏蹂躏的无名之辈身上，驳斥任何一种更为宏大的统一主题，而这些主题可能会将这些被压迫者的生活和他们假定的压迫者联系到一起。但是，即便是更为温和的"底层史学"，也显示出启蒙运动那种历史定律天下皆一、放之四海而皆准的观念已经开始被打破。许多历史学家拒绝接受一个共享的"人类的故事"，而是支持多元化的各自独立的历史。任何试图把这些历史统一到一个连贯的整体中的尝试，他们都拒绝，这最终将不可避免地导致这些独特的故事被扁平化，使它们重新回到"无人知晓"的状态。

因此，社会历史学家抵制泛泛而谈，而是把目光坚定地注视在某个小世界里，只去解释支配这一特定文化相关的真理。社会历史学家拒绝接受只有一个客观的、优先的、可以揭示真相的观点。相反，他们看到了多元文化视角，每一视角都在该文化内部富有活力，每一个也都会产生真相的不同版本。用社会历史学家爱德华·艾尔斯（Edward Ayers）的话来说，"一概而论让我们看不见历史经验中充满感情的明暗色调，意识不到人们不得不作出选择时身处的微妙且不断变化的背景和语境，忽略了看似持久的结构的不稳固之处。"[12]

上述这些引领我们迈向后现代主义。但是，在完成这段史学旅程之前，让我们再次回到启蒙运动时代，去邂逅历史学家的其他家族派系。

六、从浪漫主义、相对主义到怀疑主义（后接后现代主义）

浪漫主义

> 真正的历史知识需要高尚的品格，需要对人类境遇的深刻理解，而不是疏离和客观。
>
> ——弗雷德里希·尼采

尽管每一位 18 世纪思想家都会受到启蒙运动的影响，但是，并不是每一位 18 世纪思想家欣然接受启蒙精神。浪漫主义或多或少不加批判地接受了启蒙精神；与进步主义相似，乐观的浪漫主义相信，人类终将战胜环境力量，稳步前进，抵达一个又一个越来越伟大的崇高境界；但是，人类是由想象力与创造力的热浪推上一个个高峰的，而不是经由冰冷的理性计算。

首先，理性的运用被限定在物理世界范围内。许多浪漫主义者拒绝中世纪传统的基督教，但是，许多人保留了对上帝的泛神论信仰，在自然界中看到了神性的存在。他们崇拜一个光荣的无形的真实，人们有可能超越有形的和物理的现实而窥见它。黑格尔的神学理论认为，秘而不宣的神性正是在历史进程中缓缓展示其自身存在的；这就是典型的浪漫主义观念。启蒙精神横扫一切，执着于那些能尝得出、摸得着、看得见的事物；与之相反，浪漫主义者坚信这个世界上自有神秘的存在。他们拒绝为历史事件找寻一个简化的、便于解释的原因，或者对那些历史大问题找寻简化的、理性的答案。世界本身的复杂性需要多元化的答案；爱德华·吉本就为罗马帝国的衰亡罗列出如此多复杂和多样的解释，而且他从来也没有给出一个终极答案。

人类自身同样也是很复杂的。对于浪漫主义者而言，将人类简单划归为一种理性生物，就意味着剥夺了人的独特之处：创造力、直觉、激情、宗教情感、爱国主义，等等。针对实证主义，浪漫主义宣称伊曼纽尔·康德是属于他们的；康德强调思考的自由，而自由是浪漫主义拒绝实证主义逻辑的关键。实证主义者把人变成了精密的齿轮、精准的计算器、一架"肉做的机器"（马文·明斯基[①]语），人的言行举止能够通过他身上相关因素的检验而被确切推算。

浪漫主义历史学家希望将人的情感与创造力、激情与野心，都重新带回到对过去的研究中。启蒙运动的思想家们强调的是人的共同属性，那些统一的规律法则可以指导一切人类。而浪漫主义则推崇人的独特性与无限的多样性。

启蒙运动曾对爱国主义嗤之以鼻，认为它是一种理性的非理性溃败，但浪漫主义对多样性的尊重产生了对民族认同的更多尊重。浪漫主义历史学家反而遵循了18世纪哲学家约翰·戈特弗里德·冯·赫尔德（Johann Gottfried von Herder）的观点。赫尔德乐于相信历史事件自有其成因，但是，他怀疑人类是否有能力确切发现这些原因，因为这些原因很可能不是单一、简单的，而是多重、难以辨别的，又或者可能有心理因素，历史由历史人物自身也未察觉的激情所驱动。人类是深不可测的神秘之井，而历史甚至是更深的那口井；它的一些范围和缝隙永远是历史学家无法触及的。

赫尔德坚信人类具有无穷无尽的神秘性，而不是仅仅拥有人性必不可少的相同性。赫尔德的这一观点能够导致怀疑主义，而在怀疑主义中，没有任何人能做出任何关于人类的具有普适性的结论。（实际上，赫尔德曾经写道，"把许多偶然发生之事井井有条地归置到一项计划中"的工作是超出理性范畴的，这应该是属于"发明家……画家、艺术家"的任务。）[13] 但是，赫尔德像那些中世纪以来的思想家一样，斗志昂扬地去寻找某种能驾驭这种秩序并与之共存的原则。他需要一部统一的历史，而不是一部支离破碎的历史，最终他在民族主义（nationalism）中找到了他想要的这种组织原则。

对赫尔德和追随他的浪漫主义历史学家来说，民族认同就是某种所有人既享有共性又允许每个人有其个性的存在。赫尔德写道，民族认同部分取决于地理，部分取决于环境，还有一部分是"由各民族天生和养成的性格决定……因为人诞生并成长于种族之中，所以他的身体、教育和思维方式都源于此"[14]。这种民族主义似乎把最佳的科学洞察力（如地理等自然属性的研究）和浪漫主义相结合，后者尊重那些无形的、个人的存在，正是这些存在使人们千差万别。历史学家在书写国家历史过程中，发现了一种新的乐趣。学者们探究各种土著

[①] 马文·明斯基(1927—2016)：麻省理工学院媒体实验室名誉教授，数学家，计算机科学家，人工智能领域先驱，被尊为"人工智能之父"。

语言并且搜集国内的民间故事——就像格林兄弟①做的那样，他们是语言学家，要比赫尔德年轻四十多岁。

一些浪漫民族主义者对种族纯洁性产生了不太值得陶醉的兴趣。出生在德国的赫尔德赞许地引用了古代历史学家塔西佗的话，"日耳曼尼亚的部落居民因不与任何异族通婚而没有破坏其血统之纯净，他们是一种特殊的、纯粹的、仅与他们自己相似的人。"赫尔德不祥地补充说："现在看看你的周围……日耳曼尼亚部落因为和其他人混杂在一起而退化了。"从颂扬民族认同到坚信要臻于完美就必须主宰其他没什么价值的民族，只是一步之遥。

相对主义

能够被记忆的东西并不是历史。

——R. G. 柯林伍德（R. G. Collingwood）②

1957年，卡尔·波普尔（Karl Popper）③发表专著，驳斥浪漫民族主义（Romantic nationalism），说它导致"所有信仰、国家、种族之中的无数男人和女人在不可阻挡的历史决定论（Laws of Historical Destiny）面前沦为法西斯和共产主义的信徒。"[15]

波普尔辩称，逻辑使任何人都无法"用科学的或其他任何理性的方法"去预测人类历史的历程。他写道，历史受到科学知识本身成长的影响。但是，知识的成长本身不可能被预测。"假如人类知识的增长是这样的，那么，我们就不能预测今天的事情，我们将只知道明天的事情。"因此，历史也是无法被预测的。

浪漫民族主义已经被证明是一条血淋淋的死胡同，但浪漫主义者没有退缩到"进步主义"，更没有退缩到"实证主义"。20世纪上半叶不仅摧毁了人类对光辉灿烂的发展进步的信念，也对科学能够揭示真理这原本毫无疑问的信念产

---

① 格林兄弟：雅各布·格林和威廉·格林兄弟的合称，德国19世纪著名的历史学家、语言学家，民间故事和古老传说的搜集者。他们共同整理了《格林童话》。
② 柯林伍德（1889—1943）：英国哲学家、历史学家、考古学家，曾任教于剑桥大学布鲁克学院，并在牛津大学讲授哲学与罗马史。
③ 卡尔·波普尔（1902—1994）：当代西方最有影响的哲学家之一。他研究范围甚广，涉及科学方法论、科学哲学、社会哲学、逻辑学等。

生了动摇。波普尔运用理性的力量（之后他在书中还用到量子物理学的理论）去否认启蒙历史学家们曾如此自豪地提出的"普适性原则"的存在，这表明人们越来越意识到科学的局限性。过去，人们认为科学是唯一且核心地揭示真相的角色，尽管这一信念受到广泛质疑还需要再等上二十年，但是，科学知识最近已经被用于利索地屠杀了数以百万计的人，它已经不再完全拥有昔日的荣光。出于对任何所谓绝对真理的忧虑，历史学家们开始审慎地朝相对主义靠拢。就像实证主义那样，相对主义在伦理学、方法论和其他哲学领域有一些略有不同的方法。但是，对于历史学家而言，相对主义表明，无论是在历史中，还是关于历史，想寻求"绝对真理"都是误导性的。在最近一百年，几十种对立的声音已经喊出了他们自己的绝对真理的版本，并用证据和流血双重加持他们的观点。在这些声音中，哪一个拥有绝对真理？一个都没有——历史学家如是回答。每一种声音都仅在其所处的视角拥有真理。

相对主义类似于社会历史学家采用的多元文化方法，但是它不是对某个特定的弱势群体的研究，而是立足于对整个启蒙运动的失望。启蒙运动建立在这样一种信念之上：世界上存在两种对象——被研究的对象和研究它的人。这就使得客观性成为可能，因为学者们能够把自己从研究对象中完全抽离出来，从一个安全而中立的距离来看待它。现在，相对论者否认学者与研究对象之间的差异。在相对主义中，一名研究者没有什么中立空间可言，也没有客观中立的真理可以被研究。无论学者身处什么位置，他都会触碰、影响、改变，乃至参与到他所研究的对象中。

相对主义忠于浪漫主义传统，把个体和个体自己的经验置于所有知识的中心。现在，历史学家的任务不是客观研究，而是从自己特定的视角探索过去。历史学家不再竭尽全力去发现某种宏大的知识体系，因为这要求他对"真理"采取一种立场。他需要的只是把他自己放置在过去的人曾经生活过的地方。

相对主义已经带领史学偏离了它传统的那些焦点：政治活动、军事史以及经济情况（所有这些领域都需要历史学家对整个国家作出一个一般性的结论）。相对主义转而指导历史学家们去研究那些可能对历史事件有不同表述的人的经历。莎拉·B. 波梅罗伊（Sarah B. Pomeroy）在她的研究专著《女神、妓女、妻子与奴隶：古典时期的女性》（*Goddesses, Whores, Wives, and Slaves: Women in Classical Antiquity*）中写道："当我问自己，当男人们活跃在传统上被古典学者强调的所有领域时，女人们在做什么呢？当此之时，本书已经在酝酿之中。"[16]

如果女人被排除在政治、军事、经济和知识生活之外,就像她们几个世纪以来被对待的那样,那么,知识史、政治史或军事史又如何去讲述接近于一个文明的真实故事呢?

知识分子或政治历史学家可能会声称,他们讲述的是关于这个国家的全部故事,但是,相对主义认为他们讲述的,仅仅是一个故事而已:一个仅仅对于那些在该社会中特定的成员才是真实的故事。

怀疑主义

> 我们最深刻的思想家断言:并不存在什么大写的历史——也就是说,并没有一种囊括人类事件的有意义的秩序。
>
> ——弗朗西斯·福山(Francis Fukuyama)

作为一种历史学的方法,怀疑主义(Skepticism),一种对那些自称知晓绝对真理的人保持怀疑的习惯,最迟从彼得·阿伯拉尔(Peter Abelard)[①]已经开始,他在1120年写道:"心有疑虑,所以探寻;因为探寻,觉知真理。"所有学者都在一定程度上是怀疑主义者。

但是,怀疑主义作为一种历史方法,和怀疑主义作为一种如何看待历史本质的哲学,是两种完全不同的东西。[②]历史学领域的怀疑主义是浪漫主义逻辑上的终点,秉持怀疑主义的历史学家完全拒绝通过理性力量得出任何关于人类存在的总体结论。他只能展示自己关于过去的结论,这个结论是关于过去的诸多可能结论的版本之一。他也不能宣告过去的任何部分是好的还是坏的。毕竟,对历史任何片段的道德判断都完全依赖于判断的视角,另一位历史学家或许对同一件事的看法大相径庭;而那些生活在过去那个年代的人可能有另一种视角。

往最坏的方面说,作为历史哲学的怀疑主义产生了反常的历史;往最好的方面说,这种怀疑主义激励历史学家进行崭新而复杂的学术研究。正如约翰·阿诺德(John Arnold)指出的那样,持怀疑论者会问"大屠杀为什么会发

---

① 彼得·阿伯拉尔(1079—1142):欧洲中世纪神学家、逻辑学家,经院哲学的代表人物,著有《论上帝的三位一体和一体性》《认识你自己》等。
② 怀疑论或怀疑主义是哲学上对客观世界是否存在、客观真理能否被人们认识表示怀疑的学说。

生?"却拒绝相信传统答案——"阿道夫·希特勒",他们最终可能连同大屠杀一起否认,或者也可能被迫深入研究"这一时期其他国家的反犹主义与法西斯元素"。而这些因素被"二战"的传统历史学家忽略得太多了。[17]

就其现有所有形式而言,怀疑主义引导每位学者放弃"客观性的神话",承认科学家式的历史学家的理想是有缺陷的,因为没有任何人(包括科学家在内)能全然拥有神话般的启蒙运动所标榜的理性,并通过理性抵达真理,而不论民族认同、种族、阶级、性别、宗教信仰、抱负理想、贪婪野心,或其他所有人类人格中相互竞争和争夺的部分。

这再一次把我们带向后现代主义。

七、后现代主义

> 历史就是一场永无休止的论辩。
>
> ——彼得·盖尔(Peter Geyl)[①]

后现代主义顾名思义,意即"现代之后"。但是,后现代主义紧随现代性而出现,但现在二者其实是并存于世的。现代性开始于伽利略,他坚信自己能够用理性推导出主宰宇宙的法则。现代性覆盖了整个启蒙运动时期,而且还远不止于此;现代性承诺,自然能够被理解并掌握,而科学也因此能够提升人类的生活质量;现代性声称,"更好",就意味着"更快"和"更有效"。西方社会率先进入现代,并伴随其殖民和出口,散布了现代性的福音。因此,全世界的现代化与"西化"是步调一致的:伴随着现代性进程,这个星球上的其他地方也被输入了西方的资本主义制度、西方的民主制度、新闻出版自由、人权、性别平等、基于微软 Windows 的操作系统,以及廉价汉堡包。现代性,是试图发现能够普遍适用于所有国家的历史规律的启蒙运动的驱动力的终极表现;现代性的内在驱动力就是要在地球的每一个角落建立一个完整的"现代的"人生之路。

后现代主义抗议说,现代性所给出的只是一种生命的可能,而非唯一可能。后现代主义指出,一直回溯到文艺复兴时期,当笛卡尔的宣言成为启蒙运动思

---

① 彼得·盖尔(1887—1966):荷兰历史学家。

想的中心时，他那句有名的结论"我思，故我在"就一直伪装成中立的立场。将理性置于探究的中心，决定了学者所能到达的境界；就像一上来就说"我相信上帝，所以我就是上帝"一样，将决定结论的特定类型。根据后现代主义的观点，自我再也不能说"我思，故我在"，因为人类并不是只有一个单一的核心认同。他们是由各种有时相互矛盾的力量和元素构成：心灵、情感、信仰、偏见、性别、性取向、阶级、精神倾向。多元文化主义、相对主义和怀疑主义都属于后现代主义的范畴。按照后现代主义的说法，历史的真相也许确实只有一个（后现代主义历史学家在这个问题上是不可知论者），但历史学家绝对没有办法确定自己真的揭示了它。

那么，后现代主义怎么研究历史呢？那就是非常小心谨慎。既然就理论上来讲，没有什么说法能让所有人都心悦诚服（甚至于"所有人"当中某个明确的亚群体也不行），后现代主义历史学家就不去搞宏大的说法，也不去泛泛而论。他们认真仔细地把目光聚焦在个人生活上，甚至于那些琐碎但确凿的小事情也会吸引他们的目光。阅读后现代主义史学能令读者迫切渴望某个综合性的或者至少是某种简化的结论。正如历史学家杰里米·波普金所评价的那样，通过呈现"显而易见的琐碎事物，譬如某位实在名不见经传的17世纪的中国女人的死亡，提供了深入历史发展进程的非常重要的洞察"①，这是后现代主义给历史研究实践带来的伟大力量。不过，这些"对单一生活的研究也经常……令历史学家们感到沮丧：证据永远不够完整和确凿，无法回答我们关于过去生活的所有问题"。[18]

后现代主义更有可能是年轻一代历史学家的学术，他们的工作对象经常是那些被剥削的群体。而传统学者对后现代主义则带有几分警惕。波普金感叹的正是对后现代主义的主要反对意见的一个例子：避免问及真正的难题，拒绝提出关于人类存在的真理（传统学者抱怨），这只是纯粹的马虎学术。一些后现代主义者已经呼吁历史学家放弃将原因与结果联系起来的线性叙事，而采用不同的模式。举个例子，伊丽莎白·迪兹·厄马斯（Elizabeth Deeds Ermarth）建议历史学家借鉴视觉艺术，"用拼贴画的方式来思考……将它们过去、现在以及未来的千变万化的姿态抖落到一处，并再一次将它们塑造成某种适宜的模式……这

---

① 此处说的是美国著名汉学家史景迁的《王氏之死》。

种拼贴模式自有其优点，它将历史学家从线性发展观的桎梏中解放出来，或者也可以说是从……传统的时间表达方式中解放出来"。[19] 传统的历史学家格特鲁德·希梅尔法布（Gertrude Himmelfarb）[①]（以及其他许多人）反驳说，尽管后现代主义"用解放和创造的鸣笛，声声引诱着我们……这可能是邀约我们进行智识上和道德上的自杀"。[20] 许多"底层史学"的实践者，被后现代主义历史学家更极端的表态吓到，完全拒绝了后现代的标签，宁愿把自己简单地称为"微观历史""女性史""下层社会研究"的实践者，或者其他主题的实践者。

传统史学与后现代史学之争仍在轰轰烈烈地进行着，双方的尖锐程度不减。

八、历史的终结

> 我们对过去的认识是我们努力争取的东西；它来自这里或者那里，被创造、被挑战、被改变。
>
> ——娜塔莉·泽蒙·戴维斯（Natalie Zemon Davis）[②]

在《星际迷航》（*Star Trek*）的宇宙中（一个奇怪的不合逻辑的地方，偶尔会设法在剪除商业广告的情况下，55分钟内进行一个哲学式的陈述），有一个邪恶的种族，比其他种族更暴虐：这就是博格人（Borg）。所有博格人是一个集体。博格人希望所有其他文明也成为他们集体中的一部分。他们在整个宇宙横行霸道，用他们那种单一乏味的嗡嗡作响的声音一遍遍说："我们是博格人。抵抗是徒劳的。你们将被同化。"没有哪一个博格人曾经思考过，"我"自己是谁。

至少在"我，博格人"这一集中，让-雅克·皮卡德舰长和他的船员们发现了一名受伤的青年博格人，他们计划用一种计算机病毒感染他，通过他把这种病毒扩散到博格人这个集体的其他人身上。但是随后，这个年轻的博格人产生了一种新的个体身份意识，开始自称"休"（Hugh）。于是，皮卡德和其他同伴决定放弃病毒方案；他们相信，这种个体自我意识是单一、独立的，是有其自身认同与尊严的灵魂，它是如此强大，以至于这种意识本身就可以感染到博格人的集体意

[①] 格特鲁德·希梅尔法布（1922—2019）：美国著名女历史学家。主要著作包括《维多利亚时代的心智》《贫困的理念：工业化早期的英格兰》《新旧历史学》等。

[②] 娜塔莉·泽蒙·戴维斯（1928— ）：著名历史学家，美国新文化史的代表人物，曾任美国历史学会主席。

识中，使博格人对其集体存在产生不满。

所有这一切都隐含着价值判断：那些把他们自己首先看作是集体成员而非个体的人，还没有充分发展成熟。他们还是孩子，还不健全，相对于西方意义上个体的自我而言，他们还不成熟。更进一步而言，全部人类历史都在朝向个体化方向发展。它是如此威力强大，只需要引入它，自可征服一切。这就是"历史的终结"——不是末日毁灭，而是历史的终极目标。

"历史的终结"最初来自弗朗西斯·福山，他认为所有国家终将不可避免地朝着现代自由民主的方向演进。福山描述了关于西方史学著作的一个真相：我们从来没有摆脱中世纪基督教的传统，我们去追寻一种意义，一种历史进程的"终结"。在西方，线性历史观已经成为我们身份的一部分；本章开始部分的那个图表显示了我自己一贯的倾向，即把时间看作是一条指向前方的直线。甚至后现代主义者的心中也有一个"历史的终结"：一个宽容的世外桃源，到那时，每一种观点都将被接受而不被谴责。

第二节 如何阅读历史书

阅读历史书的时候，你会问自己那些经典的侦探（和记者）式的问题：谁？发生了什么？什么时候？什么地点？为什么？在探索式阅读的第一阶段，对作者讲述的故事，提出这几个问题：这段历史是关于谁的？他们身上发生了什么？何时何地发生？为什么这段历史故事中的人物能够战胜他们面临的挑战？又或者，他们为什么会失败？而在探索式阅读的第二阶段，你要仔细审查作者的论证：她提供了什么证据？她如何为自己的论断做辩护？她都使用了什么历史证据？最后，在你的探索式阅读的第三阶段，你需要问一问：关于人类存在，这位历史学家打算告诉我们些什么？这段历史是如何解释那些男人和女人都是谁？这些人在世界中处于怎样的位置？

一、探索式阅读第一步：语法阶段阅读

审读标题、封面和目录。这种对一本书的初步浏览，总是你的第一步。接

下来的步骤和与第五章阅读小说的过程相同：把你的笔记本和笔就放在旁边，读一下标题页和版权页。请在笔记本上面的空白处写下这本书的名字、作者的姓名、出版时间，或者创作成书时间（出版时间和创作成书时间并不总是一样的）。关于作者，也写上短小精悍的一句简介（学者？修女？政治家？或者奴隶？）。如果你能从目录中提取到关于作品整体结构的信息，也把这记下来。例如，雅各布·布克哈特（Jacob Burckhardt）的《意大利文艺复兴时期的文化》(The Civilization of the Renaissance in Italy)的图书目录就极为细致，内容分为六大篇："作为一种艺术工作的国家""个人的发展""古典文化的复兴""世界的发现和人的发现""社交与节日庆典"和"道德与宗教"。你可以把这六个篇目的标题列在书名之下，作为探索布克哈特论证的总体指南。

作者提及他的写作目的吗？现在，要开始读一下作者的序言或者导读了。如果没有导读，那就从第一章开始。（记得把阅读其他学者写的批判性序言，留到你自己读完整本书之后。）寻找作者的写作目的是什么，这通常会在最初的篇章中出现。例如，比德（Bede）在他的《英吉利教会史》(Ecclesiastical History)的开篇就写道："如果一部历史著作记载了善人善行，那么细心的人听到这些故事后就会深受感动而去仿效他们；如果一部历史著作记载了恶人恶行，那么它同样可以使忠诚善良的读者或听众避免那些对灵魂有害的东西而更加自觉地追求他知道是合天主意的善事。"换言之，比德试图通过他的历史著作去教化读者，效法善行，摒除恶念，弃恶而扬善。一旦你找到了作者的写作目的，就用你自己的话把它记下来。如果作者的表达很简洁，也可以把它整个抄写下来。

在这部历史著作中，主要事件有哪些？这位历史学家围绕什么具体的事实来写他的书？给这些事件制作一个编年表。尽量不要涵盖太多细节；如果有必要的话，就采用任何一个标准，只写下每一章或每一节最为重要的事件。

书中的故事主角是谁？一边读，一边随手记下你遇到的主要角色。他们是以个体形象出现，还是一群人（就像玛丽·沃斯通克拉夫特笔下的"女人们"，或者乔治·奥威尔笔下的"劳工"）？或者整个国家民族？如果他们是以个体身份出现的，那么这部历史著作是聚焦在某个单独的人身上，还是聚焦在一个可能与血缘或者某种其他社会关系相关的个人网络上？如果这位历史学家描述的是一群人，她是如何对他们进行分类识别的？是通过国籍、民族、性别、年龄、阶级、工作，还是经济地位？在这两种情况下，作为作者的历史学家为你讲述的是"自上而下"的历史，还是"自下而上"的历史？换言之，作者是对那些权贵政要、富有影响力的人物浓墨重彩，还是着眼于"普通人"以及他们的日常生活？如果这位历史学家讲述的是关于很多国家和民族的故事，那么是凭什么区分每个国家或民族的？这些人是如何想象他们自己的？是把自己看作战士？还是有学问的人？农夫？自由民？另外，在这位历史学家的眼里，这个国家或民族，比之其他国家民族，强在哪里，弱在哪里？在约翰·洛克的《论政治社会和政府的目的》(*The True End of Civil Government*)[①]或者尼科洛·马基雅维利的《君主论》里，你可能会发现，一方面重要"人物"都是统治者或者政府要员，而另一方面有着定义相当广泛的"被统治者"群体。

书中的主人公曾面临怎样的挑战？一旦你发现了中心人物或人群的身份，就要问自己一个和你初读小说时一样的基本问题：难题是什么？是什么挑战了中心人物过完整生活的能力？在尤金·D. 吉诺维斯（Eugene D. Genovese）的《约旦河波浪滚滚：奴隶制创造的世界》(*Roll, Jordan, Roll*)中，就有两类中心人物：奴隶和奴隶主。这两群人其实都被奴隶制裹挟而不能自主。贝蒂·弗里丹（Betty Friedan）所著《女性的奥秘》(*The Feminine Mystique*)中的中产阶级家庭主妇们也为奥秘自身困守于金丝笼中：认为唯有家庭与孩子才是女人最值得实现的愿望。你可能发现这个问题的答案不止一个：芭芭拉·塔奇曼（Barbara Tuchman）在写"14世纪的人"这个规模相当可观的群体时，就列举了瘟疫、赋税、战争、抢劫及其他六种挑战。

什么人或什么事造成了这种挑战？一旦你已经看出书中角色要面临的挑战，那就要问一下自己了：作者对此给出了怎样的解释？哪个人或哪件事应该为此负责？在某些情况中，答案将是某种体制：在吉诺维斯的《约旦河波浪滚滚》一书中，作者认为，无论白人还是黑人，书中人物都要面临的挑战是由他定义为"家长式管理作风"（paternalism）的体制造成的。在其他作者那里，对这个

---

① 《论政治社会和政府的目的》是洛克《政府论（下）》中的一章。

问题的回答可能更为具体：在科尼利厄斯·瑞恩（Cornelius Ryan）编剧的《最长的一天》（*The Longest Day*）中，突袭的 D 日部队（D-Day forces）[①]显然是为反纳粹而战的。在许多例子中，作者会举出更多的原因，而不是归结为一个，这种情况下，你应该把这些原因列成一个表。

找出历史问题的原因或者根源，是历史写作的核心所在。在大卫·休谟的《英国史》（*History of England*）中，下议院为什么要求君主对议会负责？在让－雅克·卢梭的《社会契约论》中，为什么人们决定签订社会契约？历史学家的任务就是回答这些问题。他是否成功地做到了这点？

历史人物身上发生了什么事情？ 如果让你用一段话来概括这段历史，就像它是一个电影情节一样，你会怎么做呢？你可以从答复上文提及的人物和挑战入手。对自己说："面对（如此挑战而来的）问题，（关键人物）会……"这句话应该如何收尾呢？人物采取了什么行动？他是如何与历史困难作斗争的？他又是如何打算克服历史难题的？如果人物的基调是被动的，那么他曾有什么失败之举？玛丽·沃斯通克拉夫特的《为女权辩护》（*A Vindication of the Rights of Women*）可能会被概括为"面对她们缺乏教育机会这个问题，女人们没有意识到她们需要思考更多，少些诉诸情感"。如果有不止一个关键人物或一种解释，你可能需要多用几种句式来把意思说清楚。对于更理论性的著作，例如托马斯·潘恩（Thomas Paine）的《常识》（*Common Sense*），你需要采用一种建议的句式来表达："面对残酷和专制的君主制，殖民地的公民们应该……"

这种练习可以在多个层面进行。你可以对一个总的想法做一个非常简洁的重述：例如，对雅各布·布克哈特的《意大利文艺复兴时期的文化》，你可以简单写下："面对新的科学发现和关于国家的新观念，意大利的公民们发展了一种新的观念：他们是作为个体而存在，而不是某个集体中的成员。"或者，你可以做一个非常详尽的列表。布克哈特这本书的每一节都有文艺复兴时期的意大利人要面临的新挑战，以及他们对每一种挑战做出的回应的不同分析。

根据兴趣处理。 如果你对这个主题感兴趣，你或许可以写上一页纸或者更多，列上这位历史学家要解决的各种问题，以及书中核心人物对每个问题采取

[①] D-Day forces，美军军事术语，字母 D 表示日期尚未确定。

第七章
回望过去：史学家与政治家的故事

的方法策略。如果你发现自己对这本书没有多大热情，那么做一个笼而统之的概要就足够了。就像普鲁塔克的《希腊罗马名人传》这样的书，每一个独立篇章都展现了一段微观历史，你需要给你读过的每一篇传记写上一两句概括的话。

书中人物角色是进步的，还是倒退的？为什么会如此？用最基本的术语来说：这段历史曾经发生过运动吗？书中人物的最终结局如何？是皆大欢喜，还是黯然离去？历史事件是改善了他们的命运，还是让命运更恶劣？或者，这些人物基本上从始至终原地踏步？如果是这样的话，历史学家是否在暗示未来必须发生改变？

书中故事发生于何时？这是一个很基本的问题，但是毫无疑问，对于历史写作而言，这可不是一个无关紧要的问题。这个问题可以分为四个部分：历史学家在他的研究中涵盖了哪些日期？这里面包含的时间区间是怎样的？是十年，还是某人的一生？抑或是七百年的历史长河？如果这位历史学家正在进行严肃理论写作，就像卢梭和洛克那样，他建议覆盖的时间区间是怎样的？他对政府的建议是普世的、适用于所有时代的？还是只是为人类历史某个特定时间点提供建议而已？在那个特定的时间点，这位历史学家健在吗？另外，这位历史学家与他的研究对象在年代上相距多远？

随手记下这些问题的答案，你可能会发现，你将从保持时间线中获益匪浅。这不需要很复杂（你可以在笔记本的一页纸、一块海报纸板、一长条新闻等上面画一条运行的时间线），但是，你应该在时间线上面标记出每段历史涵盖的日期、作者的出生与死亡日期，以及酌情说明每位历史学家强调的两三个最突出的历史事件。这一条时间线包含了所有你读过的历史信息，它将帮助你厘清历史学家及其著作的时间序列关系。

书中的故事发生于何地？书中描述的是我们这个世界的哪一部分？作者与这个地方是什么关系？他是在描述自己国家的过去，还是在描述一个在时间和空间上都远离他的国家的地方？他离自己的国家和文化有多远？"空间感"和时间感一样重要，是历史的核心。参考地图或地图册以及地球仪；如果你的地理概念不太好，查看你读到的每一部分历史相应的地理位置，将帮助你开始整理你意识中的地理世界。

二、探索式阅读第二步：逻辑评估阶段

一旦你把握住这本历史著作的内容，就可以开始评估它的准确性了。当你分析一部小说的时候，你会问自己：小说中的人物发展得如何？他们的行为是否匹配小说家为他们构建的人设？这是一个有着内在逻辑的问题：作者是怎样遵循他自己定下的规矩的？但是，在阅读一部历史著作时，你需要进行额外关键的一步。历史学家是采用外部的证据来构建一个论证的。历史学家所讲的故事是否充分利用了这些外部证据？还是为了特定的方式塑造故事而扭曲、滥用了证据？

寻找历史学家的主要论断。 查阅每一章的最后两段话和全书的最后一章。这些地方往往是历史学家会做总结性陈述的地方：两三句话，简明扼要，简要回顾作者对自己表述的故事（或其他证据）的解读。倒数第二段经常也包含了概括性的陈述，而最后一段则是用修辞手法升华润色。举例来说，W.E.B·杜波依斯（W. E. B. Du Bois）在《黑人的灵魂》(The Souls of Black Folk)中，对《关于布克·T. 华盛顿先生及其他人》这一章在倒数第二段做了如下总结："南方各州应该通过坦率和诚恳的批评，引导南方坚持她更好的自我，并对她曾残酷地错待过，现在仍在错待的这个种族尽到她的全部责任。而北方各州——她的共同犯罪团伙——无法给她的良心贴金来挽救她的良知。我们也无法通过外交和温文尔雅，仅靠'政策'来解决这个问题。"这是杜波依斯在前面所有篇幅中的核心论点：南方与北方要共同为黑人的苦难负起责任，"黑人种族"也必须唤起他们自身的责任意识，而不能只是耐心等待变革。最后一段是号召他的听众们马上身体力行，行动起来。

一旦你发现了这些概括性的表达，就把它们明确标记出来；然后，按顺序用自己的语言记下来。在每一条陈述句之间留下额外的空白，这样你就有地方去填写你分析的下一部分了。

这位历史学家提出了什么问题？ 书写历史，需要历史学家回答关于过去的问题。看看你的概要陈述，然后自问：这些陈述回答了什么问题？在前文提过的例子中，杜波依斯就在书中提问："黑人，就应该是一名活跃分子吗？或者，他应该提高他自己，等待赞许吗？"他通过坚称北方各州与南方各州皆有罪责并号召

积极行动回答了上述问题。

你不一定要在历史著作的每一章都发现个什么问题。当你浏览自己写的概要时，你可能会发现，一位历史学家可能用好几章来回答一个相同的问题。但是，一旦你拟订了自己的问题，就把每个问题写在提供了相应答案的概要陈述之上。

历史学家用什么资料来回答这些问题？这位历史学家对他的资料来源是否确定？前文提到过的劳拉·撒切尔·乌尔里奇，她对玛莎·巴拉德的研究就是以巴拉德的日记为基础，她对自己做研究使用的主要资源描述得非常细致。但是，更经常的情况是，你需要浏览一下书里的脚注。这位历史学家是主要使用了书面文献资源（书信、日志、账单等）、口述资料（新闻、民间故事等），还是其他历史学家的论证？他主要使用了什么媒介形式？杂志，报纸，还是广告？他是否利用从税收记录或类似的原始数据来源获得的信息进行定量分析？他是否采用了非文字的文化资料，如歌曲、建筑、服饰风格或图像？如果他确实使用了视觉资料（绘画、徽章、旗帜），他是仅仅描述了它们，还是提供了插图？如果没有，他是否描述了颜色、质地、特征，以及这个视觉资料是在哪里出现的，是谁看到的？这位历史学家对他获得的原始资料的任何部分是否曾有过怀疑或是有保留意见？你或许需要记下作者曾经使用过的证据类型。这些证据是来自广泛的基础，还是过多倚重于一两个狭隘的来源？

证据是否支持问题与答案之间的关联？现在，你手上既有问题，又有答案，是时候去考察作者提供的用来联结问题与答案的证据了。如果杜波依斯问："黑人应该提高他们自己，等待赞许吗？"然后回答："不！因为北方各州和南方各州都应该为黑人的苦难负责！"那么杜波依斯应该提供两类证据。首先，他应该给出北方与南方各州都曾经对黑人做过些什么的历史事实，来论证北方与南方各州的罪责；其次，他应该通过展现南北方各州变得更有敌对性的回应（而不是更少的敌对性），来支持他对"耐心忍受"的谴责。事实上，这方面他做得很到位：这本书他写了14年之久，之前的奴隶曾被要求"放弃吧！……放弃三件事——第一，政治权利；第二，公民权利；第三，黑人年轻人接受高等教育的权利——集中他们的全部精力在实业教育、财富积累和与南方的调停和解上……这种温和地伸出棕榈枝的结果到底如何呢？这些年来，发生了如下事情：

剥夺黑人的公民权,以法之名为黑人创造了明显的公民劣势地位。"

有时候,历史学家为了方便读者,可能会简化问题与答案之间的联结,给出一个清晰明了的因果陈述。当你浏览你已经读过的篇章时,请寻找事实与解释之间的明确联系,由以下短语或结构引入:

因为(历史因素),所以(那些历史人物会如此这般)。
由于(历史因素),(那些历史人物就以这样的方式做了)。
因而……(你将会在这个词之前发现某个历史因素,之后将是一段解释)
很显然,然后……
那么,接下来……
这就不难理解……
结果是……

一旦你自问,历史学家给你提供了什么证据来完成问题与答案之间的关联,那就花点时间去检查这些证据。或许,你无法准确指出事实中存在的错误,因为这需要你能查阅这位历史学家使用的实际资料。但是,你可以评估这位历史学家是如何使用他所引用的资料的。运用论证规则,你能够知道这位历史学家是否公平对待他获取的证据材料;或者,他是否为了得出一个希望得到的结论而过于轻易、不严谨地使用了这些证据。当你在评估证据时,要注意以下几种常见的错误:

(1)**多重观点的误导**:看看那些概括性的句子,看看每句是否有不止一个"观点"。一个观点是对某项事实的单一陈述。杜波依斯在上面提到的概要中有四个观点:北方有罪责;南方有罪责;积极行动会起作用;耐心忍受徒劳无功。尽管这些句子里包含了多重建议,也没什么错误,但是一名历史学家可能会举例解释某一个观点,然后用一句话总结,里面顺带夹杂着一两个附加的观点。因为你已经确信第一个观点是正确的,其他那些观点就有可能在你眼皮底下溜掉。杜波依斯确实给出了可信的历史证据,用以说明"耐心忍受"在南方各州并没有起到应有的作用,但是,这个观点对于北方各州是否适用呢?既然它们和南方各州一样罪责难逃?他为此提供了什么样的证据呢?

(2)**用疑问句代替陈述句**:用提问代替陈述,这种修辞策略在口头辩论中比在书面中更为常见。但是,那些希望激发读者行动起来的历史学家有时候会诉诸这种技术手段。但是，提问本身并没有给出信息；它隐含了一个事实陈述，如果把这个疑问转换成一条陈述，那经常会显得夸大其词或者明显不真实。托马斯·潘恩在《常识》中大发雷霆："你们这些高唱和谐与和解论调的人，你们能重拾逝去的时光吗？"这个疑问显而易见是要向读者确认，和解是无法带我们回到过去的。但是，潘恩没有直截了当地采用陈述的方式，说"和解是不可能的"，因为如果那样做，他还要提供支持这条陈述的证据。

（3）引出一个错误的类比：潘恩紧随他的修辞性的提问之后，又来一个："你们能为娼妓找回贞洁吗？如果你们不能，那同样也无法修补英美之亲缘。"这个类比是想要说明，和解是不可能的。但是这话说得并不全然在理。这里采用了另一个带有偏见的对比，而且含沙射影，潜台词是：和解将是一种道德上的罪恶。类比是为了说明一个论点的某一部分，它不应当被认为与论点完全等同。18世纪广为人知的一个类比就清楚地说明了这个道理。这个类比说，整个宇宙就像一台钟表，钟表制造者启动它，令其运行，这为上帝与他的创造物之间的关系找到了一个相当具体的点：钟表匠要为它的存在负责，但是不需要一直把手放在钟表上面保持其运行。不过，这个类比不应该被理解成隐含宇宙将会"崩溃"的意思；这不是这个类比的目的。像潘恩这样的历史学家，修辞技艺娴熟，有时候倒有可能选择一些具有煽动性的类比，其目的在于隐含一个结论（和解的道德罪恶性），如果直接表达的话，他可能发现难以予以支持。

（4）举例论证：讲个故事不等于证明一个论点。贝蒂·弗里丹在《女性的奥秘》中辩称，在20世纪50年代，女性对于知识的追求受到阻挠。她写道："但是女孩子们不学物理学，物理学不具有'女性特征'。一位姑娘拒绝接受约翰·霍普金斯大学的科学研究奖学金，而去一家不动产办事处找活儿干。她说，她所追求的，也正是其他所有美国姑娘所追求的：结婚，生四个孩子，生活在环境优雅的郊区的一幢舒适的住宅里。"[21] 这里面第一句话或许还是比较真实的，但是后面第二句就未必了。这个女孩申请过这项奖学金吗？这项奖学金是突如其来要颁发给她吗？（看起来无法证明弗里丹的论证。）有没有任何其他女孩子接受了这些奖学金？如果有的话，多少人呢？占比为多少？一个妇女坚信她必须待在家里养育孩子才有女人样的例子，无论它多么生动，都不能证明存在一个系统化的、全国性的让妇女回家的阴谋；这必须通过更广泛的美国女性样本来证明。

（5）采样有误：当一位历史学家援引了大量的细节，并从中引申出结论时，你应当注意，这个结论是否具备正当性。历史学家用了多少实例？数量可观吗？如果这些例子是从历史学家希望能得出某个结论的群体中抽取出来的，它们具有"代表性"吗？（举例来说，女性历史学家已经指出，早期的女权主义学者倾向于从白人女性中取样，然后从她们的数据中得出关于女性的一般性结论，而没有同时使用黑人女性的代表性样本。）如果这个样本反映不了历史学家得出的结论，那么这个样本到底反映的是哪个群体的状况呢？历史学家得出的结论是否应该予以修改，以适应这个群体呢？

（6）草率的概括：在历史著作中使用细节，既是必要的，也是复杂的；尽管历史学理论必须扎根于历史事实，但它还是会经常企图过快地得出结论。思考一下这个论证：

> 在古代希腊，女人是被压迫的。
> 在古代英国，女人是被压迫的。
> 在古代中国，女人是被压迫的。
> 因此，在每一个古代文明中，女人都是被压迫的。

这个结论看起来是那么回事，但是作为一名历史学家，是无法信心十足地宣称这个结论的，除非她已经穷尽对所有古代文明的调查。事实上，她只能从这里得出这样的结论，即古代希腊、古代英国、古代中国的女性都是被压迫的。这位历史学家草率地以偏概全。她可以加上一个限定条件，来避免这个错误："就我们所调查的大多数历史证据来看，女性在古代文明中是被压迫的。"

（7）术语定义不清："被压迫的"这个词在上述结论中也是有问题的。这个词是意味着"没有投票选举权，但是允许有财产权"？还是"拥有投票选举权和享有个人财产，但是同工不同酬，比男人的薪水低"？或者是"禁止堕胎"？抑或是"被关在洞穴里，被喂的是残羹剩饭"？术语，尤其是抽象的术语，总是应该被定义。使用而不界定概念性的词语（例如自由、素质、压迫、美德）很简单，但是这些词语确切代表的具体含义都会随着时间而改变。亚里士多德和奥古斯丁所说的"美德"就完全不是一回事；卢梭和弗里丹所强调的"平等"也大相径庭。浏览一遍你对这位历史学家的观点做的概要。在论证过程中，这位历史学家是否比较依赖抽象术语？如果是这样，作者是否为这些术语下了定义？举例来说，作者是否明确告诉你他争辩的"人权"到底是什么？约翰·洛克谨慎地写道:"这也是一种平等的状态,在此状态中,一切权力和管辖权都是相辅相成的,无人享有比他人更多的权力。"这是一个政治学的定义,而不是一个社会学或经济学的定义;对于玛丽·沃斯通克拉夫特来说,平等意味着某种相当不同的存在。

(8)逆向推理:逆向推理在不存在因果关系的地方找到因果关系;它会进行一个描述说明,然后在这个描述中发现一个原因。举个例子,如果某位历史学家打算写"每一个依靠雇佣军的帝国都已经土崩瓦解了"(这在历史上可能是真实的,尽管它是一个草率的概括),他也许能够用历史证据来支持这一说法。然而,如果他总结说"帝国解体是因为它们依赖雇佣军",他就可能是忽视了其他有影响力的原因。即便能够毫无疑问地证明第一条论述是正确的,那也无法合乎逻辑地得出雇佣军是导致帝国解体的原因这一结论。同样,一个发现自己正在瓦解的帝国,为了不顾一切地加强防御,雇佣军队,也可能是真的。在这种情况下,雇佣军可能是一个征兆,而不是原因。因为,两个事实同时为真,并不意味着其中一个事实产生于另一个;或许两者果真一个为因,一个为果,不过,历史学家需要更多的证据才能部分地予以确定。

(9)后此谬误:寻找因果关系总是很棘手的一件事情,而历史学家特别容易掉进"后此谬误"的陷阱——字面意思就是:"因为发生在那件事之后,所以那件事就是原因。"这种思维陷阱认为,一件事紧接着另一件事发生,那么就是第一件事导致了第二件事。因此,如果没有提供更多的信息,历史学家就不能这样写:

> 罗马雇佣了军队。
> 接着,罗马衰败了。
> 所以,雇佣军导致了罗马的衰落。

雇佣军与罗马衰落之间的关系可能只是一个巧合。它可能也暗示了某种因果关联;但是,这种时间上的巧合应该是历史学家探索的起点,而不是作为结论。即便历史学家能够发现大量不同的案例,而且它们先后依次发生,历史学家仍然需要深入探索它们之间的关系。毕竟,按照典型的"后此谬误"陷阱的说法,夜晚总是尾随白昼而至,但是没有哪位天文学家曾经声称是白昼导致黑夜。

（10）识别单一的因果关联：预测原因是很麻烦的，而"后此谬误"说明了一种更宽泛的谬误：过度简化。任何历史学家不应该把一件历史事件归于单一的成因。所有历史事件都有多重原因。即便历史学家能确认希特勒能上台的一个完全正确的原因（德国当时的萧条和绝望失落的精神状态），他也应该继续探索其他促成原因：这种萧条能解释清楚德国对其犹太同胞的敌视吗？尽管一位历史学家把大部分时间花在研究探索一个特殊的因果关联上是完全可以接受的事情，但他只着眼于从自己已经发现的单个原因中得出结论，还是太把事情简单化了。

（11）没有突出相似与差异：当历史学家找到了发生在不同文化背景下，或不同时代事件之间的相似之处时，他是否也要解释那些区分它们的差异之处呢？相对而言，找出法国大革命和美国独立战争之间的共同之处还是比较简单的，但是，历史学家还是一定要审慎对待其中每一个，它们各自都是独一无二的，有着不同的文化背景。所以，历史学家是否恰当地理解了这些差异，还是抹平了不同时代之间的差异，把当代社会的诸多重大事务和问题解读到古代身上？

你能鉴别历史著作的类型吗？现在，你已经研究过历史学家的问题与回答，他采用了哪些资料，这些资料用在哪里，你应该能够鉴别出他这部历史著作的类型了，或者是属于哪个分支。历史学家已就历史主题的三分法达成一致意见：政治史、思想史，以及社会史。

首先是政治史。政治史是历史学传统分支当中最古老的一支；这个分支讲述的是国家与领导者、战争与条约的故事，以及控制着政府权力的人物的故事。政治史聚焦于领导者，包括传统传记（著名人士和权贵人士的传记）、外交史、国际关系史以及军事史。比德写的就是"政治史"，大卫·休谟和詹姆斯·M.麦克弗森（James M. McPherson）①写的也是此类。

另一种是思想史。思想史发端于20世纪早期；在美国的历史著作中，它出现于20世纪四五十年代。思想史聚焦于那些可能引导了某个特定的社会运动或者一系列事件的思想观念。佩里·米勒（Perry Miller）研究新英格兰的历史专著就是一部思想史，因为这部书就是围绕着契约中的清教徒精神的变化以及这

---

① 詹姆斯·M.麦克弗森（1936—）：美国内战史研究者，曾在2003年担任美国历史学家协会主席。

第七章
回望过去：史学家与政治家的故事

种精神对清教徒生活的影响来组织写作的。思想史假定，人们会分享思考模式，而这些思考模式又会改变他们的实际行动方式。思想史还假定，思维的内容能够在某种程度上被获悉并被加以分析；在思想史中，认为启蒙运动时期的重要性在于思考，而思考是人之为人最重要的一部分；思想史还认为，科学、哲学、政治学、经济学和（某种程度上的）宗教学都肇始于人的思想，然后扩散到外部世界，影响到世界的其他各个方面。

社会史是作为对政治史和思想史的回应而发展起来的，后两者被认为是精英主义和过度理性的，只关注领袖而不关注地球上其他绝大部分的人，或者是只关注思想观念，而排斥宗教信仰、情绪情感、阶级认同以及其他上百种因素。社会历史学家试图研究那些多数人的生活模式，而非少数人的。他们更习惯于使用那些非传统的资料，理由是，那些传统资料反映的是一小部分受过良好教育的社会精英的生活与观点。社会历史学家关注的是那些"普通人"是如何生活的，他们的生活模式在岁月中曾经发生过怎样的变迁。他们检视政治学、经济学、战争、条约和重大事件，因为它们也影响了普通人的个体生活。

这三个领域之间可能会有明显的重叠。受到社会历史学家的影响，政治史和思想史的历史学家可能比以往更倾向于研究流行观念以及它们在流行文化（而不是精英文化）中的展现，而且，他们对经济趋势的研究也会结合传统政治史和社会史的方法来进行。不管怎样，这里有一项确定的任务，是重中之重：是谁对历史具有更大的影响？是领导者还是"大众"？在阅读每一部历史著作的时候，你能辨别出它的基本类型吗？这部著作是更多地安于探讨政治史、思想史，还是社会史？它对历史的研究，是自上而下的，还是自下而上的？

历史学家是否展示其专业资历？既然你已经能够识别历史著作的倾向，那就花几分钟时间在历史学家身上：他的倾向是什么？首先检查一下，看他是否介绍了他自己的资历。修昔底德写作的时候，还没有专业的历史学家。他介绍自己说，之所以他相当适合写伯罗奔尼撒战争史，因为他曾亲历战争。之后的历史学家更倾向于说他们曾经接受过某些方面的训练，或从事过什么研究。如果历史学家没有表明他的专业资历，看看书籍的封面勒口或封底处有没有介绍他的学术训练、个人经历或者其他头衔。偶尔，历史学家会在导论中介绍他的理论立场。有时你可能会发现在网上搜索作者的名字是一件很有趣的事情。你经常会遇到一些其他历史学家对这位历史学家作品的评论，这将阐明两者的目的。

拥有专业学术资历，并不必然标志着会成为称职的历史学家。但是，曾经接受过高等教育系统训练的历史学家，更可能因为特定的历史编纂学派特征而被识别出来——相对于那些没有学院学术训练的历史学家而言，就像科尼利厄斯·瑞恩。理解一位历史学家的训练和背景，将有助于你更清晰地理解这位历史学家的作品该如何归入上述的分类。

三、探索式阅读第三步：修辞阶段阅读

一旦你已经了解了历史学家的方法，你就可以思考他的结论的更广泛的含义。那么，对于人类的本性以及他们有目的的行动能力——改变他们的生活或控制他们周围的世界，历史学家说了些什么呢？

历史的目的何在？ 在掌握了历史论证的基本知识后，你应该退一步，对照这部历史的整体写作背景，来思考一下它的结论：这部历史作品服务于什么目的？这位历史学家是否认为他自己是在呈现关于过去事件的客观而真实的关系（可能还是首次）？这部历史作品是否有意创造一种民族自豪感？是为了推动一群人去行动，还是为了改革？它是为了通过分析其根源来解释某种现代现象的现状吗？它是代表着当代人的一种模式，还是某种理想的复制，还是作为一种警告提示我们要避免什么？这位历史学家是否打算纠正之前的夸大，或者是放大之前较为低调保守的说法？从这部特定的历史著作的目的中，你能不能得出历史学家对一般历史写作本质的理解的一些结论？

这个故事是否讲述了历史前进的动力？这部历史是否显示了朝向终点的线性运动轨迹？如果是这样，作者是讲述了一个从欠发达状态朝向更发达状态发展的故事吗？或者来个换位，讲述的是从顶峰跌入冲突与混乱的衰落的故事吗？描写的是哪个方面的进步或衰落：政治的、思想的，还是社会的？或者，反过来说，这个故事是否反映了历史前进动力的缺乏？在你得出结论后，再问一次：概括地说，这位历史学家对人类的信念是什么？是高歌前行，还是如履薄冰？我们注定要蒸蒸日上，还是注定江河日下？

成为一个人意味着什么？ 一部历史著作总是强调人性的某个特定方面作为

其核心。对于约翰·洛克而言，人除非是自由的，否则不可能是真正的人；对于玛丽·沃斯通克拉夫特来说，女人除非受过教育，否则不可能是真正的人；对于雅各布·布克哈特来说，如果人们还没有意识到他们自己首先是作为个体而存在，其次才是作为某个群体中的一员，那么此人还没有真正成为一个人。在这些历史著作中，男人和女人是如何被描绘的？他们的本质是劳动者、爱国者、家庭成员、商人、理性动物，还是上帝的孩子？他们最关键的品质是什么？他们必须向往什么才能成为人？

事情为什么会往糟糕的方向发展？ 历史学家对邪恶的解释揭示了他对人性的真实理解。在你读过的历史著作中，是什么原因导致一拨人受到另一拨人的挑战或者迫害？压迫者的动机是什么？人们为什么会生活在肮脏的环境中？历史学家如何解释他书中的不法分子的动机？他们是因为外部因素导致心灵扭曲吗？还是心怀善念，但是面对自然力量的推波助澜，他们无能为力？他们是否贪婪，反抗上帝，自以为优越无上？

自由意志处于怎样的位置？ 在这部历史著作讲述的故事中，人们是否主宰了自己的命运？他们是力量十足，还是羸弱无力？如果他们能够影响自己的世界，是因为他们富裕，受过良好教育，处于权力地位吗？那些穷人和没有受过教育的人同样能够以自己的方式塑造自己的生活吗？我们用技术术语"能动性"来指代这一点。在那些非个人的历史事件大潮中，富人与穷人是否同样无能为力？

每位历史学家都会在某个地方提出一个关于责任的关键论断：人类在历史挑战面前的能力与无助。或许，他试图采取中间路线。在《君主论》中，马基雅维利写道："我并非不知道，有许多人过去一直持有并且现在仍然持有这样一种意见，即世界上的事情是由机运（fortuna）和上帝支配的，人类不可能以他们的审慎加以纠正……我认为，如下的看法也许是正确的：机运是我们一半行动的主宰，但尽管如此她还是留下了其余一半或者近乎一半由我们支配。"那么，这留下的一半是什么呢？

这部历史著作和社会问题有什么关系？ 历史学家是否应该被卷入当今政治，这在历史学家中一直是有争议的话题。一些人觉得，历史学家自有其对于过去的立场，应该参与到当今政治和社会理论的构建中；一些人则害怕这样做会"失去客观性"。威廉·E. 利希滕伯格（William E. Leuchtenberg）指出，历史学家在布朗诉托皮卡教育局案（Brown v. Board of Education of Topeka）[①]中协助律师，"使为黑人学生辩护的律师有可能反驳这样的论点，即宪法第十四修正案的制定者并没有打算让它授权联邦政府废止学校的种族隔离"；这种"服务于公众的历史学"是历史学家角色非常重要的一部分。而另一方面，侯世达（Richard Hofstadter）[②]警告说："社会活动积极的历史学家认为他的政策是从自己的历史学中获得的，而事实上，他的历史可能是从他的政策中获得的，而且可能身不由己犯下作为历史写作者的大罪：他可能失去对过往历史的完整性、独立性和过往不可复返的敬意。"[22]

历史学家对于社会事件的态度可以遵循下列三种路径之一。其一，他可以置身事外，为了过去本身而去研究过去，没有为找出过去与当下的相似之处付出任何努力；其二，他可能会走另一个极端，紧随政策倡导（就像潘恩、洛克、弗里丹那样），书写历史，目的在于催生社会变革；其三，他或许可以选择一条"间接倡导"的中间路线，为过去与现在牵线搭桥，但是不直接提出社会变革的建议。你能分清每位历史学家选择的道路吗？

什么是历史的终点？如果作者讲述的是一个历史进步的故事——向着一个更高级、更开明的状态发展，那么这种"更高级状态"包括什么？主体是否能够更多地觉知到自身的存在，更了解自己身处的社会，能够更好地把自己看作是独立的行动者，更忠诚于自己的国家？或者，如果这个故事是关于衰败的，结局和开始有什么不同？这个文明，或者群体，或者主体，是如何衰落的？他们最后的情况如何恶化的？

换句话说，历史故事的目标是什么？在历史学家眼中，人类的最终形态和形式会是怎样的？

这部历史著作与之前其他历史学家的著作相比，有哪些异同？一名历史学

[①] 布朗诉托皮卡教育局案发生于1954年，是美国史上一桩具有标志性意义的诉讼案。种族隔离的法律剥夺了黑人孩子的入学权利而违反了美国宪法第十四条修正案中所保障的同等保护权，黑人孩子不得基于种族因素被拒绝入学。本判决终止了美国社会中白人和黑人必须分开就读不同公立学校的种族隔离现象。本判决开启了接下来数年中美国废止一切有关种族隔离措施的进程，美国民权运动因为本案迈进了一大步。
[②] 侯世达（1945— ）：美国当代著名学者、认知科学家。美国文理科学院院士、瑞典皇家学院院士。

家要与历史事实打交道，但是也与其他历史学家进行思想互动。当你阅读推荐清单那一部分时，请你比照一下你对上述各问题的答案，这些问题每一位历史学家都会面对。你是否发现历史格局中的整体发展呢？

是否存在另一种可能的解释？最后：假定事实相同，你是否会得出一个相似的结论？

这不是一个完整的问题，因为你并未拥有这位历史学家所拥有的全部资源。你并不知道他可能弃之不用的东西——他发现那并不重要，被排除掉的那些在另一位历史学家的手上就可能得出一个完全不同的解释。但要发挥你的创造力：你所知道的那些事实是否允许另一种解释？利顿·斯特雷齐（Lytton Strachey）在谈到维多利亚女王时写道，她"越来越为他（艾伯特亲王）的才智所折服"，直到他成为"实际掌握着王室方面的势力和职能……艾伯特实际上已经成为英国国王"。抛开斯特雷齐的评论，艾伯特与维多利亚的行为是否有其他的解读呢？当你对历史进程变得更熟悉的时候，练习自己解释历史。

第三节　推荐阅读的史学著作

阅读以下清单的目的，是了解历史写作随时间而改变的方式。所以，这些书是按照时间序列来安排的，而不是按照研究主题。这个清单没有囊括全部历史方面的"经典著作"，甚至连一个好的样本也算不上。真要阅读完这样一个清单上的书目，需要经年累月（如果想和作者在书中表达的观点都达成一致的话）。下面的阅读清单是为门外汉准备的，不是给专业历史学家的，所以它没有太关注那些从学术角度来说最重要的书目。不过，这份清单既有专业学术类的历史著作（如《约旦河波浪滚滚》），也包括了对我们了解过去历史有所帮助的通俗历史读物（如《最长的一天》）。既然哲学领域的阅读需要特殊的技巧和背景知识，这份列表避开了黑格尔、赫尔德等人的作品，它们的关注点主要是历史哲学，而不是历史写作本身。这份清单还包括了一些政治类书籍（马基雅维利的《君主论》、约翰·洛克的《政府论》等），因为这些政论文章描述了一个国家应该如何运作，还影响了后来的历史学家分析过去政府所采用的方法。

当你读了这份清单里更多的古代著作时，不要强迫自己一个字儿都不漏地读完。希罗多德和修昔底德的史学著作都相当冗长且琐碎；要想理解这些冲突的本质，你不用掌握希腊人这些战争的每一个细枝末节。后面的作品，作为相互辩论的论点组织在一起，应该从头到尾去读；但在涉及一系列相互关联的事件的历史中，略过一个或多个系列事件，并不会对理解造成重大损失。因为对于一位业余历史学家而言，他没有必要一字不漏地读完奥古斯丁、休谟、吉本或者托克维尔的大作，这份清单上有几处建议你选读节选本即可。

1 / 希罗多德
《历史》（前441年）

在《历史》第二卷的一开头，希罗多德郑重其事地讲了关于两个新生儿的故事，他们一出生就被安置在静寂之中，结果他们开口说的第一句话就是普里吉亚语（Phrygian），因此也就证明了普里吉亚人是这个世界上最古老的民族。希罗多德告诉我们："我是从孟菲斯的赫淮斯托斯的祭司们那里，得知以上这些情况的。在希腊人中另外还流传着一些荒诞的故事。"这种努力把真相与传说区分开的尝试，显示了希罗多德对准确性的期待，这也使得他被冠以"史学之父"之名。通过运用旅行者的传奇、祭司们的故事、目击者的描述，希罗多德没有对过去进行浪漫化的处理，而是实事求是地评价过去的王者与英雄，把他们视为现实的人，而非神话人物。

希罗多德的目标要比之前的历史学家更为开阔，他宣称"我要对那些大大小小的人类事务等同对待"，但是，他最基本的目标是讲述希腊人和波斯人之间的冲突，而波斯人的国王居鲁士第一次把目光投向希腊半岛。但是，希罗多德希望他的文字不仅仅记录战争：他希望揭示整个冲突的根源所在。吕底亚的克罗伊索斯是一位极富有的国王，他担心邻邦波斯国王居鲁士日益增长的力量，克罗伊索斯认为他将可以从一些额外的神圣的干预中获益，于是向阿波罗神献祭，以求希腊诸神站在他这一边。然后，他开始进攻居鲁士，后者反倒击溃了前者，克罗伊索斯被绑缚至波斯，居鲁士要活活烧死他。当阿波罗救出克罗伊索斯之后，居鲁士把怒火烧向了希腊。希罗多德在这里努力区分出哪些是真相，哪些是神话传说，不过希罗多德还没有把神的干预从"真相"的地盘消除掉，在对可信证据的评价中，他把祭司讲的故事放在了首位。而且，他对历史差异感的把握并不成熟，例如三个波斯人用很希腊的术语争论民主制度、寡头政治或君主制作为一种政府形式的优越性。但是，希罗多德确实创造了一个新的区分：运用像史诗那样的文献资源（史诗往往和英雄主义、野心抱负及其他人类的品质相关），还是运用目击者的供词，哪一个更接近真相。

在他的历史著作的其余部分，希罗多德继续描述居鲁士的霸权崛起，相继而起的统治者冈比西斯①和大流士②，以及大流士统治期间开打的战争的细节。他描述了诸多战役：马拉松战役，这场战役之后有一位信使奔跑了 26 英里，报告了希腊人的胜利，然后倒地身亡；温泉关战役（Thermopylae），在这场战役中，英勇无畏的斯巴达勇士牺牲了他们自己，保护希腊人撤退；萨拉米湾战役（Salamis），希波战争中具有决定性的一场海战；普拉提亚战役（Plataea），雅典大胜波斯步兵的决战。希罗多德描述的这些都成为其后研究古希腊和相关战争的历史学家的最重要的资料来源，而他对军事战略细致入微的关注也成为若干世纪以来军事史研究的典范。

2 / 修昔底德
《伯罗奔尼撒战争史》（*The Peloponnesian War*）（约前 400 年）

随着来自波斯的威胁中止，希腊城邦雅典与斯巴达反目成仇，双方发生了一系列毁灭性的冲突，统称为"伯罗奔尼撒战争"。贵族修昔底德于公元前 424 年在一场重要的战役中失利，被放逐，此前他曾是雅典的将军。从被放逐开始，修昔底德开始写还在进行中的那些冲突；尽管此时战争尚未结束，修昔底德已经听闻一些传奇和造谣，他希望做一份直白的记录。修昔底德一本正经地写道：

---

① 根据上下文，此处的冈比西斯应为冈比西斯二世。冈比西斯二世（前 530 年—前 522 年在位）是波斯帝国阿契美尼德王朝的第二任皇帝，其父是阿契美尼德王朝的缔造者居鲁士大帝。居鲁士在世时曾获得巴比伦之王头衔，冈比西斯二世作为其父的代理人在巴比伦新年庆典中主持宗教仪式，并在居鲁士大帝意外身亡后即位。公元前 522 年波斯本土发生叛乱，冈比西斯二世挥师回国，却在归途中神秘死去。王室旁支、宫廷禁卫统帅大流士获得军队拥戴，率军平定叛乱后即位，是为大流士一世。
② 大流士：波斯帝国君主（前 550—前 486），出身于波斯人阿契美尼德家族支系。大流士随冈比西斯二世远征埃及，被任命为总指挥，后借冈比西斯二世暴亡之机成为君主。大流士不仅是波斯帝国的伟大君主，也是世界历史上的著名政治家之一。他自称"王中之王，诸国之王"。

"我这部没有奇闻逸事的史著，读起来恐怕难以引人入胜。但是，如果研究者想得到关于过去的正确的知识，借以预知未来，从而认为我的著作是有用的，那么，我就心满意足了。"（I:22），总体而言，修昔底德把他的工作和史学实践看作是一种生活模式，因为他写到的关于过去历史的确切知识，能够提供一把钥匙，"未来虽然不一定是过去的重演，但同过去总是很相似的。"

修昔底德像希罗多德一样，作品中的时间起点都要早于战争很久，为的是寻根溯源，但是修昔底德觉察到，书写年代久远的过去困难重重："虽然人们对于远古时代的事件，甚至对于战前不久的那些事件，随着时间的推移而不能完全确知了，但是我在费尽心力探究之后所得到的可信证据，使我确信如下结论：过去的时代，不论是在战争方面，还是在其他方面，都没有取得过重大的成就。"这种对希腊半岛早期历史的全盘否定可能会让当代历史学家扼腕叹息，但是，修昔底德并不认为希腊文明依附于任何先前文明：它是独一无二的，自创门户。

希罗多德采用了种类繁多的材料，修昔底德与希罗多德不同，他对他的故事进行了挑选，并将最后的故事深思熟虑地塑造成一种形式：他是一个雅典人，甚至在流亡中也表现出对雅典的明显偏爱。在《伯罗奔尼撒战争史》一书中，雅典人在介入科林斯（Corinth）与几个科林斯殖民地之间的争端后，先是与科林斯交战，然后又与科林斯的盟友斯巴达发生冲突。与希罗多德不同，修昔底德拒绝把任何历史事件归因于神的干预，取而代之，是颇费笔墨地描述各派势力之间冗长的政治协商、希腊城邦之间复杂的联盟网络，以及波斯战争结束后希腊摇摇欲坠的状况。修昔底德的描述展现了雅典缓慢的衰落，其衰落是因为失去了伟大的政治家伯里克利（Pericles）[1]，也因为瘟疫以及雅典在西西里岛的惨败。雅典召回其最著名的耻辱将军阿尔西比德（Alcibiades）[2]，试图扭转其颓势，修昔底德为这一发展倾注了希望。但是，这部历史著作戛然而止——修昔底德死了，没有给这本书一个结尾。雅典（正如我们从其他记载里知道的）被迫投降了。

---

[1] 伯里克利（约前495—前429）：古希腊奴隶制民主政治的杰出代表者，著名政治家之一。
[2] 阿尔西比德（前450—前404）：古雅典将军、政治家，是苏格拉底的生死之交，也是聪明而注重自我的雅典人的典型代表，在反对斯巴达战争和亚提尼亚战役（前418年）中遭到败绩。阿尔西比德后来鼓动民众议会作出决议，发动西西里争夺战，临出征前被控渎神罪，途中被判处死刑，遂投靠斯巴达，雅典远征失败。后因遭斯巴达人猜忌，遂投靠波斯。公元前407年返回雅典任将军，逐渐扭转战局。因一次小战失利，被剥夺职务，逃亡小亚细亚，后被波斯人杀害。

3 / 柏拉图
《理想国》（约前 375 年）

柏拉图的理想文明图景成为后来历史学家们的模板，他们会拿自己的国家和柏拉图的原型做比较。柏拉图的《理想国》采用了真实的历史人物作为他自己论点的代言人；全书开场于某个庆典活动，苏格拉底和其他几位知名的哲学家身在其中，正在讨论人类社会的构成，这个构成要素，首当其冲的应该是正义。大家认为正义应该是一种妥协，由国家强制执行，目的在于保持公民安全；但是，苏格拉底认为，正义的属性应是内在于自然的，而非外来建构的，于是，苏格拉底引导这些人去描绘一个正义的社会应该是什么样子。他们构想了一个国家，在这个国家里，严格的阶级划分被其公民们心甘情愿地接受，他们知道，这个地位是与生俱来的；在这个国家里，教育是普及的——至少对男人而言如此；在这个国家，公民们的行为举措是为了国家利益，而不是为了贪图个人享受（后者总是带来烦恼和不满）；在这个国家，优生学的合理做法鼓励身体强壮、头脑聪敏的人生养孩子，而病患之人则要从视野中消失。

这个国家的领袖应该是一位"哲人王"（philosopher-king），这个人兼具权力与智慧，而且能够理解所有我们看见的只是终极真实（Real）的影子而已；[1] 在他统治之时，他会竭力指引他的国家与这个终极真实一致，而不是盲从大众的愿望。他的任务就是获取这个终极真实，并通过这个来发现正义，正义本身就是一种理想（Ideal）。当然，这个总结打上了苏格拉底式权威的印记。

没有几位当代的历史学家敢于照搬这种方法，但是，柏拉图心甘情愿地借助苏格拉底之口，宣告了他自己的历史观：历史写作涉及思想的发现，而不是"历史事实"的发现，这些"历史事实"归根到底不过仅仅是些影子而已。如果柏拉图表达理想国（这个理想国独立存在，既不依赖柏拉图，也不依赖苏格拉底），而且采用苏格拉底可能会采用的方法践行如是，那么他就是在做一份准确的历史记录；他在坚持真理。柏拉图采用苏格拉底的对话去表达他自己的结论，这也可能被认为是"有历史价值的"；毕竟，苏格拉底对于我们关于终极真实的知识的贡献，是通过他发明的这种对话技术实现的，而且，这种对话在我们追

---

[1] 此处所说即为柏拉图哲学中著名的"洞穴隐喻"。

寻理想国的过程中，仍占有一席之地。

4 / 普鲁塔克
《希腊罗马名人传》（100—125年）

普鲁塔克是现代意义上的第一位传记作家①；他为人编年修史，是把他们作为有血有肉的人来写，而不是把他们看成历史事件大格局中的一个元素。对于普鲁塔克而言，这些伟人的生平事迹本身就是大格局。历史是由名人、权贵和特权阶层塑造的。普鲁塔克开启了传记写作的传统，几百年后托马斯·卡莱尔（Thomas Carlyle）②评论道："人类在这个世界完成的历史，是以那些伟人们创造的历史为基础的。"

正如他所写的那样，普鲁塔克对于其所写的每一个人物，都把他们的公共成就和私人生活联系在一起。他写道："最光辉的事迹，未必总能最清晰地帮助我们发现一个人的美德或恶行；有些时候，不那么重要的时刻，一个表情，或者一个玩笑，能更好地告诉我们他们的性格和倾向。"此外，公与私是密不可分的；私生活揭示了人物性格，而人物性格决定了历史进程。所以，我们曾听闻关于罗慕洛斯（Romulus）的那些伟大战役的故事，同时也听说他那征服四方的意志使那些战斗赢得了胜利——这种品质使他在晚年时仍然无论身在何处，身旁总有手持牛皮绳索的年轻人，这样，他就能够随时命令任何一位侍立者去捆绑他要逮捕的人。

普鲁塔克将希腊和罗马的英雄故事对号入座，着眼于相似的美德和恶行。对于普鲁塔克而言，历史就是一场任重道远的道德实践，而历史人物或被塑造成值得仿效的楷模，或被塑造成避之犹恐不及的坏蛋。所以，在对比雅典英雄亚西比德（Alcibiades）和科里奥兰纳斯（Coriolanus）时，我们知道亚西比德优雅迷人，但却被"野心和优越感的欲望"所扭曲；而科里奥兰纳斯具有"慷慨

---

① 《忏悔录》作者奥古斯丁是第一位自传作家，而普鲁塔克则是为他人立传。
② 托马斯·卡莱尔（1795—1881）：苏格兰哲学家、历史学家，被认为是当时最重要的社会评论家，其作品颇具影响力。主要著作有《法国革命》《论英雄、英雄崇拜和历史上的英雄事迹》和《普鲁士腓特烈大帝史》。

和高贵的天性"，但是由于缺乏早期管教，却被"傲慢和专横的脾气"所奴役。这两个人的事业都很坎坷，因为他们容易被自己的缺陷掌控。但是，普鲁塔克给予了科里奥兰纳斯道德上的肯定，因为他毕竟是一个坦荡正直的人，尽管脾气糟糕透顶；而亚西比德则是"人类中最无所顾忌的……"。这里有个教训：性情急躁只是个缺点，而肆无忌惮则是致命缺陷。这些人物传记是指引道德发展的寓言；正如普鲁塔克自己所写的："这些伟大人物的德行于我而言就像一面镜子，我可以从中看到如何调整和装饰自己的生命。"

5 / 奥古斯丁 《天主之城》（完成于426年）

奥古斯丁出生于北非，以阐述原罪说而闻名于世，他说所有人自出生起就都继承了亚当的罪，除非被上帝召唤去顶礼膜拜，否则仍然以自我为中心。《天主之城》认为，自我崇拜者的共同体（世间之城）和上帝追随者的国度（上帝之城）密不可分地混杂在同一个世界上。历史之所以有张力，是因为这两座目的殊异的城被迫并立于世。

奥古斯丁认真解释了上帝之城并非就是基督教会，因为并非每一个教会里的成员都真的崇拜和信仰上帝。这个上帝之城也不仅仅是由基督徒们组成的，因为教堂本身是上帝选中用来在尘世工作的地方。同样的逻辑，世间之城也不仅仅是由那些不信奉上帝的人组成；它也不等同于任何特定的世俗政府权力。世间之城实则是人为贪欲驱使的地方，而最有力量的贪欲就是对权力的欲望。在世间之城，奥古斯丁这样写道："地城的君子贪图控制别人，天城则同心协力：领袖出命，属下服从；地城的君王嗜好权力，天城则对天主说：'天主，你是我的堡垒，我爱你。'"与柏拉图不同，奥古斯丁认为世间之国是无法实现正义的，因为在这里唯有通过操持权力才能强化正义，而权力自身总是有瑕疵的。奥古斯丁评论说："真公义只在基督所创立所管辖的民国中，（若我们愿意称它为民国的话，因为我们不能否认，它是为人民的利益。）"

尽管如此，上帝之城还是能够与一些世间之城并存于世——相对于另一些世间之城而言。奥古斯丁对国家或"共同国家"（commonwealth）的定义是：一群人因对某一目标的共同热爱而联系在一起的形态。这样一种共同体应该是

"有理智的人,在所爱的事物中团结,就可称为人民,人民嗜好的事物越好,他们亦就越好;所嗜好的事物越坏,人民也就越坏"。上帝之城是共同体的最高级形态,因为它是由对上帝之爱而整合在一起的,但是那些由和平之爱凝聚在一起的世间之城要比那些只是贪图权势而联系在一起的世间之城要高尚得多。上帝之城的属民们也希望生活于和平之中,能够与追求和平的世间之城的人们精诚合作,但是他们总会发现自己要对抗世间暴君统治的国度。奥古斯丁总结说:

> 不依信仰生活的国家,希望现世的和平,将出命令和服从命令,都放在现世财务上。但天城,或它在现世,依信仰生活的部分,亦当利用这和平,直至离开现世,这和平是必要的。因此他在现世虽如旅客,但他已获得将来得救的允许及神恩;他亦当守国家的法律,以保养其性命。天城与地城的人都将死亡,为此他愿保存地城的和平。
>
> (吴宗文 译)

所以,当奥古斯丁把目光始终坚定不移地盯在上帝之城终极的、超越尘世的实现时,他仍然列出诸项原则用以指导世间之城的统驭。

6 / 比德
《英吉利教会史》(731年)

比德的历史著作是一本第一次讲述一个国家(nation)——一个政治实体的故事的作品,这是相对"希腊"作为一个族群(ethnic group)而言的。比德用过去的历史来建立一种民族认同感,这绝非易事,要考虑到英格兰一开始只是丹麦王国(维京人)的一块海外版图而已,直到比德死后两百年英格兰才统一到一位国王的麾下。不过,即便是当时的"英国人"讲五种语言,有十几个小国王,比德却认为他们有一个认同:"目前这个岛上的语言种类数目同《摩西五经》的卷数相同,一共有五种[①]……钻研和宣传同一种最高真理和真正权威。"

比德借用了奥古斯丁的思想,把英格兰王国视为具有精神疆域的国度,而

[①] 这五种语言指英吉利语、不列颠语、苏格兰语、皮克特语和拉丁语。

不仅是自然疆界；当然，也可能是因为自然疆界在 8 世纪中期还是相当难以划分清楚的。因此，比德的这部历史著作是英国人民的"教会史"，这本书再现了"上帝之城"在英格兰的发展历程。在这本书中，比德从描述不列颠和爱尔兰（皮克特人，他们源于斯基泰人①）最早的居民开始，接着写到罗马占领不列颠，详述了不列颠土著居民和入侵的盎格鲁人之间进行的战斗，最后，奥古斯丁②出场了。奥古斯丁的出场，是比德这本书讲述的转折点。这位坎特伯雷的奥古斯丁创建了英国特有的教会（ecclesia anglorum），它把英格兰的各民族统领到一个精神统一体之中。此后，英国的国王们获得了相对简短的忏悔，譬如号称"无视神圣信仰"的埃塞尔弗里斯（Aethelfrith）③也得到了一段忏悔文。而奥古斯丁，这位在教皇格雷戈里（Pope Gregory）引领下的英格兰的精神领袖，成为明星人物（他在本书中占据了九章的篇幅）。《英吉利教会史》后面继续沿用这种写作模式：概要描述国王，详述主教，交替进行。

格雷戈里对奥古斯丁的建议表明，他关心的是如何为现在团结起来的英国人的信仰建立一个共同的实践。他命令奥古斯丁：

> 经过热心和最佳的选择后，把您从许多教会中搜集来的东西，在目前刚刚接受基督的英吉利教会中传播，……在它们似乎积累成一束的时候，把它们供应给他们，使英吉利人的灵魂习惯于这些东西。

（陈维振、周清民 译）

这恰是比德要告诉我们的事情：英格兰是一个兼容了许许多多不同民族的国土，但是，所有这些人都因他们对上帝的信仰而团结在一起。这本《英吉利教会史》以全国性的复活节庆祝活动作为结尾，它象征着民族进步的"终结点"；关于这个节日的确切日期曾有过冗长而详细的争论过程，这个问题最终得到了解决。而且，通过融入基督教世界，英国人不仅展示了他们作为一个民族国家的成熟，也展示了他们作为基督王国公民的成熟。

---

① 斯基泰人（Scythians）：又译"西古提"人、西徐亚人或赛西亚人，是公元前 8 世纪到公元前 3 世纪位于中亚和南俄草原上印欧语系东伊朗语族的游牧民族。
② 这里的奥古斯丁是坎塞伯雷（Canterbury）的奥古斯丁，不是著有《天主之城》的那位奥古斯丁。
③ 埃塞尔弗里斯：此人在《英吉利教会史》第一卷第三十四章出场，是诺森伯利亚人的国王，是一位"异常勇猛而且一心想沽名钓誉的人……不懂天主教信仰"，第二卷第十二章讲述其战败被杀。

7 / 尼科洛·马基雅维利
《君主论》（1513 年）

在政治氛围喧嚣不已的文艺复兴时期的意大利，威尼斯、米兰、那不勒斯和佛罗伦萨等这些城邦国家都在拼抢着实现它们自己的利益。尼科洛·马基雅维利为此提供了他自己的关于政治技巧的启蒙读物。他没有写作一本历史著作，但是他的方法手段却是有历史意义的。其中的每一项技巧都为历史实证所支持，岁月流逝，唯其真知灼见历久弥新。

马基雅维利首先考察了君主可能统治的各种不同类型的领土、城邦国家和王国。尽管他对文艺复兴时期不同类型政权的思考，例如君主制（principate）、世袭制（hereditary）或获得的（acquired）政权、混合君主国（mixed principate）、王国等，看起来似乎互不相干，但他其实是在运用这些极为特殊的政府形式对群众的本质做一般性的陈述。举例来说，在全书的第三章《论混合君主国》（*Of Mixed Principates*），他从对混合君主国的描述发展出一个对所有政治哲学都非常重要的论断："人们是怀着改善自己境遇的信念而自愿更换其统治者的。"忠诚，远远不是人们优先考虑的；人们将会很乐意换一个统治者，只要他们相信一个新的更好的秩序会随之而来。

解释完被统治者的特征之后，马基雅维利接着描述了统治者的品格，并为他推崇的每一种品格举出了历史上的例子，这是对普鲁塔克寓言式传记方法的回归："一个审慎的人总是应该追随伟大人物的足迹，仿效那些最卓越的人，因此，即使他自己的德能达不到那样的程度，但至少有几分相像。"

马基雅维利的历史参考可以一直追溯到摩西："对摩西来说，必须找到在埃及被埃及人奴役与压迫的以色列人民，这样他们就会愿意追随他，以摆脱这种奴役。"这成为马基雅维利信条中的第一条：高效能的统治者总是会利用他的子民的悲惨遭遇来提高他对他们的道德权威。

对于马基雅维利而言，"好的"就是"有效的"，这使得他落得一个罔顾道德的骗子的名声。但是，他确实是有道德的。在马基雅维利的构思里，"好"就是这个国家繁荣昌盛。例如，在《君主论》的结尾，他请求美第奇家族的洛伦佐（Lorenzo de' Medici）来拯救他那座生病的城市。而且，既然国家繁荣昌盛有利于其中的各个成员，君主采取的看似"恶"的举措如果有利于国家及其子民，那么实际上它就变成了"善"。事实上，马基雅维利认为持续的恶行对君主和国家来说都是糟糕的。他提醒说,一次残酷的行动可能是必要的,"为了保证自己的安全,一次是可以的",但持续的暴政意味着君主必须永远"迫于必然性而一直手持屠刀;他也绝不可能信赖其臣民"。在《君主论》里,政治是基于"现实的",而不是基于"理想的":把持权力则是重中之重,是首要的现实。

8 / 托马斯·莫尔爵士(Sir Thomas More)
《乌托邦》(*Utopia*)(1516年)

柏拉图描述了一个理想社会,马基雅维利描述了一个现实存在的社会;托马斯·莫尔与他们不同的是,他写的是一部"想象的历史",假设了一种可能的社会运行模式。他把自己置身于他的著作中,讲述一个叫"托马斯·莫尔"的人的故事,此人某一天跟随麦斯(Mass)遇到了一位名叫拉斐尔·希斯拉德(Raphael Hythloday)①的游客。希斯拉德描述了他在一个遥远地方的"乌托邦"或"无主之地"旅行。像小说家一样,莫尔不无讽刺地使用了游记的传统形式,跟随希斯拉德游历了这个想象的国度,这体现了对古典和《新约》原则兼容并蓄的妥协。乌托邦有54个独立的城市,彼此之间全都相距24英里。所有公民都拥有相同的居住条件,每个人轮换着做农活,所有土地都是共同所有。在这里,价值是基于有用性,而不是稀缺性(所以在这里黄金一文不值)。每个人都信仰某种神圣的力量,但是没有哪一种宗教被允许必须归附,因为"如果某种宗教信仰确实是正确的,而其他都是错误的,那么只要人们合理地、适度地考虑这个问题,这个正确的迟早会凭借自身的自然力量而盛行"。这种"适度"在莫尔的《乌托邦》里占据核心位置,它是基于所有人都有能力(和意愿)同时实践理性和无私,经由自己的选择做正确的事情。像奥古斯丁一样,莫尔似乎对基督教国家的可能性持怀疑态度(它可能需要威胁和暴力来强化信仰),但是,他描述了一个国家,在那里,一种心照不宣的基督教伦理支撑着每一项法律。莫尔写道:"不应将人设想得如此邪恶……肯定人本性之尊严的观点会认为……此世绝不受任何神圣天意的支配。因此,此生之后,若有来世,恶有恶

---

① 这个名字是来自希腊文的组合再造,意思是"擅长说废话的人"。

报，善有善报。"如果没有这种共同的宗教背景，乌托邦就像比德的英格兰一样，没有一致性。

9 / 约翰·洛克
《论政治社会和政府的目的》（1690年）

　　约翰·洛克生活在对君主制的敌对情绪日益高涨的年代，尽管如此，他发现自己还是捍卫两位君主的。几十年前，议会和一些英国人已经处决了斯图亚特国王，支持奥利弗·克伦威尔[①]的人民共和国，但是，最终疲于克伦威尔德拉古式[②]的残酷措施，他们把斯图亚特家族迎回英格兰复辟。不幸的是，斯图亚特家族的男性继承人被证实无法胜任众望，因此，在1688年，这些英国人把一个斯图亚特家族的女子放在权力宝座上：这就是玛丽，她的丈夫威廉是荷兰人，玛丽成为女王的一个条件就是同议会合作。这场"光荣革命"[③]建立了立宪君主制。在该体制下，权力从君主移交到议会手中，而议会（在理论上）是代表人民的。

　　洛克著书立说，支持这场革命。洛克辩称，政治权威应该通过保护财产得到实现。当一个人处于"自然状态"时，他一定会保护他自己的财产，这迫使他不断进入持续的战争状态；为了避免如此，这些人一起加入一个"共同体"，并形成一个政府，他们授权给这个政府保护每个人个人财产的权利。

　　人们与其政府之间的契约确实让人们"放弃……某种自由"，但是洛克把这个看作是对人们贪欲的必要限制："如果人们能够和平共处相安无事，就无须统一在特定的法律之下，发展成为一个共同体，也就根本不需要立法或执法人员，因为他们存在的意义只是为了保护人们在这个世界上免遭其他人的欺诈和暴

[①] 奥利弗·克伦威尔（1599—1658）：英国政治家、军事家、宗教领袖，是17世纪英国资产阶级革命中的资产阶级新贵族集团的代表人物、独立派首领。克伦威尔曾逼迫英国君主退位，解散国会，并转英国为资产阶级共和国，成为英国事实上的国家元首。
[②] 德拉古式：古希腊政治家、立法者，他曾统治雅典，写过一部完整的雅典法典。该法典因限制了贵族的违法乱纪而受到部分人的欢迎，但极其残酷，规定所有罪行均处死刑。他的继任者梭伦将他的法典废除，只保留有关谋杀的部分。后人常用"德拉古式"形容严酷刑律。
[③] 1688年英国资产阶级和新贵族发动的推翻詹姆士二世的统治、防止天主教复辟的非暴力政变。这场革命没有发生流血冲突，因此历史学家称之为"光荣革命"。英国的君主立宪制政体起源于此次光荣革命。

力。"这是极小程度的放弃,因为政府应当关注与财产相关的事务;政府的"立法权之目的只是为了保障人民的幸福,除此之外并无其他目的。所以立法权绝不能包含毁灭、奴役或故意使百姓陷于贫困的权力"。

然而,洛克对政府能够把自身限制在一个狭小的领域并没有多少信心。因此,他建议政府职能应该有三个分支:"立法"(legislative)部门制定法律保护财产安全;而"执法"(executive)部门监督他们的执行("如果同一批人同时拥有制定和执行法律的权力,这就会给人性的弱点以太大的诱惑,以致使这些人难以抵御各种诱惑而不适当地攫取权力");最后,还有第三个部门,称为"对外"部门,拥有处理对外事务的权力。但是,如果这种三权分立并不能保证政府不超越其有限职权,那么这个政府可以被解散。共同体给予政府权力,共同体也就可以收回这个权力,"重新把权力委托给他们认为最有利于他们安全和保障的人"。洛克在文章结束时至少没有回答一个令人困扰的问题:既然这个共同权威是由那些财产拥有者任命的,既然政府要为任命它的人负责,那么,谁为没有财产的人负责呢?

10 / 大卫·休谟
《英国史·卷五》(1754年)

大卫·休谟开始着手写一部英国史的时候,正值启蒙运动流行,该运动宣布要进行无偏见的理性检验。与洛克及其他诸人相似,他也倾向用议会制来限制王权。但是,他拒绝了同时代那些历史学家的论断,那些人坚持认为英国人历来自由,是专制的君主攫取了有史以来就属于人民的权力。休谟坚信,通过对过去历史的科学分析,将会表明英国君主普遍地自行其是,而不去咨询议会或者任何顾问团的意见,而且,实际上当君主们这样做的时候,也是他们最强大的时候。议会要求君主承担责任,这是开了历史的先例。

因此,休谟的这部英国史是从斯图亚特王朝写起的;他写道,正是在这个时期,下议院日益增长的激进情绪迫使君主们要做出回应。休谟认为,议会自身的瑕疵,与斯图亚特王室的任何瑕疵一样,对英格兰的骚动产生了旗鼓相当的影响:

议院的会议是如此不牢靠，会期相比休会期太短了，人们的目光也总是向上看去寻找君主的权力，而作为唯一持久在位的行政长官，被赋予了整个国家威严与权威的君主个人，也习惯于摆布他们……因此，相当多的君主，简单纯粹地被假想为英格兰之主宰；而那些普通的立法机构被认为不过是这一制度的点缀，它自身的存在在任何意义上都是无关紧要的。

紧接着，休谟就以"怀有保守党（Tory）偏见"[①]之名被控诉，起因是说他支持君权以邀宠。但实际上，休谟保持一如既往的怀疑作风，反对任何王室对所谓"君权神授"的骄傲自大。另一方面，他对大众评价不高，认为无论什么样的政府，都应该依靠权力来最好地维持国家的和平和繁荣昌盛，而绝不要介意哲学性的论争，无论是支持政府行为，还是反对的声音。这是"功利主义"（utilitarian）的观点。

休谟没有遵循科学研究方法，或者对他的材料进行认真归类判别，因此，这部《英国史》充满了各种微小的事实性错误（有些错误还很严重）。他的历史著作是"启蒙性的"，这倒不是因为他所采用的方法，而是因为他的目标：他并没有试图支持任何特定的观点，而是记录了过去发生的历史故事并传播给更多的受众。"历史学家的首要品质是真实且中正，下一个品质是有趣。"休谟给朋友写信如是说。

11 / 让－雅克·卢梭
《社会契约论》（1762 年）

洛克和卢梭都把政府看作是一种契约，但是卢梭与洛克不同的是，他相信人们能够凭借善良本性达成此契约。在卢梭看来，人类在自然状态下是有道德感的（即人类是"高尚的野蛮人"，虽尚未文明开化，但天生道德自在）。不过，尽管人或许天性善良，他所处的社会结构却是恶的，尤其是鼓励财产私有制。

[①] "托利"（Tory）一词起源于爱尔兰语，意为不法之徒。1679 年，英国议会讨论詹姆斯公爵是否有权继承王位时，赞成的人被政敌称为"托利"。托利党为英国政党，产生于 17 世纪末。托利党人参加了 1688 年的"光荣革命"，指那些支持世袭王权的人，19 世纪中叶演变为英国保守党。

私有制是社会的原罪:任何事开始走向堕落,都始自一个人第一次说:"这是我的!"但是通过社会契约,人是可以获得拯救的。

这种社会契约是一种合作协议,人们通过相互认可而达成契约。卢梭为此举了家庭的例子;他辩论说,父亲和孩子们(在卢梭这里,母亲似乎缺席了)"为了他们各自的利益",双方都要放弃一定程度的自由:孩子们得到了父亲的保护,父亲得到了孩子们的敬爱。同理,"国家"也是一种合作协议,其中各位成员获得保护,国家则得到(而不是热衷)统治的乐趣。在这种合作协议中,自由是有所保留的,因为所有成员都放弃了同样的权力才得以加入:"每个人都奉献全部的自己,每个人的条件等同,既然如此,将这个条件变得让其他人难以忍受,这对任何人来说都毫无裨益。"每位成员都拥有对其他任何一位成员的权力,这是社会契约的核心主旨所在:"我们中的每个人将其自身及其所有的力量共同置于普遍意志的最高领导之下……这种结合契约产生了一个道德集合体……当它消极被动时,它的成员称之为国家,当它积极主动时,则被称为主权者。"

接着,卢梭定义了作为全体人民意志的法律,法律由立法机关起草并推行人民的普遍意志。不过,他也确实看到了可能的弊端:"人民本身总是想要得到利益,但是他自己并不总是能够看到利益所在。"因此,人们需要立法者;这是一个"了不起的人物",他远见卓识,能够清楚地看到人民的切实所需而人民自身却不自知。但是这位伟人不是独裁者,因为,尽管他起草国家制度典章,却没有名分强力推行它。反过来,是人民推行这些法律;很可能是因为他们认识到了这些法律中已内含了他们渴求的"美好事物",只是他们无法用自己的语言来表达罢了。卢梭努力解释这将如何在现实中发挥作用,但这使他陷入了多重矛盾之中。不过无论如何,在《社会契约论》中,卢梭本人充当了立法者的角色;他就是那个"了不起的人物",此人明察秋毫,尽览芸芸众生不察之事,而且,此人还能够轻松自若地将执行权转交他人之手。

12 / 托马斯·潘恩
《常识》(1776年)

秉承时代大势所趋,即远离主动和强力的政府,托马斯·潘恩认为最好的政府即实施最少管理的政府,这条原则后来演变成"自由放任"(laissez-faire)。

本书写于美国独立战争期间，潘恩与其说是政治哲学家，不如说是宣传家，他决心说服殖民者（特别是宾夕法尼亚人），君主专制已经覆亡。

潘恩在一开始就对比政府与社会两个概念之间的差异。他说，"社会为我们的欲求而生，政府则因我们的恶念而诞；……社会是庇护者，政府是惩戒者。任何形态的社会均是幸福之源，而政府即使处于最佳的状态亦只是必要之恶，最差的政府则是无法忍受之恶。"社会，是人们凝聚在一起所构成的；而政府，之所以在社会里成为必要模式，是因为"精神美德无力管理世界"。对于卢梭而言，社会与国家是相同的。对于潘恩而言，"国家"是社会的不速之客，警察就待在客厅里保护你的"生命、自由和财产"，即便家中无人需要他在那儿。

这个"警察式"的政府不应该是君主制的。为了证明这一点，潘恩概要勾勒了一段世界历史，在这段历史里田园诗般的平等画面曾经是主宰。他写道："在《圣经》关于世界之初的记载中并不存在君主，于是，战争亦不存在；让人类陷入混沌的正是君主的傲慢。"潘恩拿这个模糊不清的人类初民时代的平等大同作为他的理想（提及那些部落长老们的原始生活，忽略了《圣经·创世记》中那些充满暴力色彩的细节）。为了在当代重建这田园诗般的纯真画面，从每一块殖民地来的代表应该参加一年一度的大会，在会上他们将会投票议定谁将成为这一年度的议长。该议长只是会议主席和主持人，在会上将通过多数会议代表（至少五分之三）赞成的法律。这将制约邪恶，因为所有代表都将起到相互制衡的作用。潘恩担心，如果任何一个人掌权过久（四年已经是一个难以想象的时间），他将不可避免地成为专制暴君——就像英国君主那样，现在忙于维护其私人权力，而无暇保护美洲殖民地的生命、自由或财产。唯有上帝能免于专制之冲动："然而，有人会问：北美大陆的君主何在？让我来告诉你，我的朋友：他高高在上地统治着我们，但不会像英国君主那样让子民蒙受灾难。"

13 / 爱德华·吉本
《罗马帝国兴衰史》
（*The History of the Decline and Fall of the Roman Empire*）
（1776—1788 年）

吉本的伟大成就是他写就了一部历史著作，这部著作尝试用优雅的启蒙风格,去分析影响罗马帝国衰亡的所有可能的巨大而复杂的原因。他也回溯了原始的拉丁文资料,尽管那并不是原始文献本身。那些专业历史学者建议的对原始资料的科学分析方法,要到他死后才出现。

吉本对于罗马的兴趣反映了他对当下的兴趣所在:罗马,是对正义政府的一次宏伟实验,最终失败了,尽管也曾有过数百年的成功历史。弄清楚罗马衰亡原因的这一努力背后的潜台词就是:或许下一次,一种文明能够再现罗马的伟大,而不重蹈覆辙。吉本在本书的开篇就写道:"公元2世纪的罗马帝国,据有世上最富饶美好的区域,掌握人类最进步发达的文明。……从表面看来共和体制似乎仍受到尊敬和推崇,国家主权似乎仍旧掌握在元老院手中,实际上,执政治国的大权已全部授给皇帝。"

然而,这种权力的分离并没有保证帝国长治久安?原因何在?

在《罗马帝国衰亡史》中,吉本擅长发掘导致帝国衰亡的所有因素:经济状况、各种技术的影响、地理环境、阶级斗争、新文化和宗教思想的兴起、政府失败的改革,以及其他诸多因素。他在重现古人心态方面并不太成功;事实上,他主要侧重对大规模群体整体特征的概括性描述。举个例子,在关于基督教教会形成的那一章里,他写道:"但是,他们虽然没有忘怀消极服从的箴言,却拒绝积极参与帝国的民政和军备工作。……人的性格会因暂时的激情感到兴奋或消沉,但总会还原到正常和自然的水平,恢复最适合于它当前状态的情绪。原始基督徒对尘世的事务和欢乐毫不动心,但是喜好行动的本能不可能完全绝灭,等到可以在教会治理上施展长才,很快又能容光焕发。……不久,正统基督教会采用一个大联邦共和国的架构,并获得名副其实的权力。"在这里,吉本为包括德尔图良(Tertullian)和奥利金(Origen)在内的教会神父做了大量的脚注,并补充了一些关于教会会议成就的事实。但是,他的解释建立在他的假设之上,即他把一大群古人归类为与当代人基本相同的人;换言之,他并没有设法让自己体会古人的精神。

14 / 玛丽·沃斯通克拉夫特
《为女权辩护》(1792年)

作为一位年轻女士,沃斯通克拉夫特努力通过工作来实现自己的经济独立,先是做陪护工作,然后做了学校管理员,再接着是家庭教师,最后成为职业作家。她于1792年出版了《为女权辩护》一书,同年,托马斯·潘恩也出版了《人的权利》(The Rights of Man)。洛克、潘恩和卢梭宣称男人应当成为自己的主宰,而沃斯通克拉夫特强调,女人也应如此。但是,沃斯通克拉夫特对女性如此去做的能力评价不高,倒不是因为女性的心智思考能力比较差,而是因为她们从未接受过训练。女性没有被教导运用她们的理智,而是被教导成"人为的软弱"(artificial weakness),正是这种人为的软弱,"催生了她们霸道的习性",而且"扮出一副可耻的孩子气,可这无法帮她们得到别人的尊重,反而让她们沦为他人欲望的对象"。沃斯通克拉夫特声称有三种品质——理性、美德与知识——使我们有能力获得幸福,并使社会良好运行。但是,女性没有被启蒙、被训练以开启她们的理性,因为她们被教育拒之门外。她们被教导以欺诈,而非美德:"小女孩们以母亲为榜样,她们被教导说:要对人的弱点有些了解,好能耍些小手腕,性情要温顺,要表现得很听话,要留意维持着一种孩子般幼稚的仪态,这样她们就能得到男人的保护。"而且,女性更多地被鼓励展现感性而不是理性的一面:"一般的女性,她们的情感易被激发,智力却遭到了忽视,于是她们成为感官的俘虏……每一阵感情的波动都能让她们无法自持。"这些措辞相当严厉,但是沃斯通克拉夫特将这些归咎于这样一种教育体制,这种体制教导"占人类半数的女性继续对她们的处境保持无动于衷和逆来顺受"。她争辩说,这个社会,只是训练女性成为妻子而已。而真正的教育,应该让女性能够思考,变得强有力,这也终将变革社会自身:如果没有如此多的加诸女性身上的暴虐,男人们不会再变得如此迅速地走向暴政。

沃斯通克拉夫特的长篇大论直接指向那些中产阶级女性和所有男人。在她这本书的导论中,她解释说,贵族女性如此沉湎于巨大的物质财富带来的享受,无法经教育获得救赎。(她没有解释为何贫困女性被排除在外。)她的听众中包括男性,因为她必须说服那些肩负立法职权的人能够践行她的改革主张。而且,无论如何,沃斯通克拉夫特都完全知道她主要是为男性写作的。矛盾的是,她的文章对大多数女性来说太难了,因为那些女性没有接受过逻辑思辨的教育;甚至于,在很多情况下,连基本的识文断字也不会。

第七章
回望过去：史学家与政治家的故事

15 / 阿列克斯·德·托克维尔（Alexis de Tocqueville）
《论美国的民主》（*Democracy in America*）（1835—1840 年）

法国政治家阿列克斯·德·托克维尔有贵族血统，但却有自由主义倾向，他相信当代政府（包括他自己所在的）不可避免地朝向民主政体演进，他曾穿越美国旅行，考察民主制度是如何落地实践的。在那里，他发现了一个令人忧心忡忡的矛盾之处：这个伟大民主制度下的公民们时常展现出"在富足生活中产生出的忧郁感和厌世感"，而且，"（美国人）是我所见到举世最自由、最开明和环境最美好的民族，可是在我看来，美国人眉眼之间，似乎经常乌云笼罩，甚至在欢乐的时候，都令人觉得他们愁眉苦脸，心事重重"。

托克维尔将这种"ennui"（无聊倦怠感），归因为这个全世界民主实践的中心实在太自由和平等了。自由允许每一个公民"迷恋于现世一切美好的东西"，而平等令人满脑子"欲念无穷"，因为每一个公民彼此之间都会有攀比竞争，每一个公民也都会对那些物质利益产生"不论追求、抓取还是享受，他的时间都极为有限"的感觉。在这一点上，托克维尔遥相呼应了柏拉图在《理想国》中发出的警告：柏拉图警告说，那些一心追求快乐享受而非拥有美德（其中包括代表国家而不是代表自己去行事）的人们，将会发现他们自己一直要找寻新的娱乐消遣，无休无止。有讽刺意味的是，民主国家所依赖的相当的自由度，也即公民参与到他们政府事务的自由程度，却倾向于更优先关注快乐和享受，而不是公民的责任和义务。托克维尔评论说："在美国，非常难以说服这些公民们参与到事关他们自己的集会中去。由于不断被追求的物质享受所吸引，而所有追求同样事物的其他人都会让他们感到压力，民主社会里这些疲惫不堪的公民已经没有什么精力去参与政府公共事务了。"

托克维尔在美国人的行动中，看到了洛克和卢梭提出的那些抽象原则；他也看到了洛克关于财产或所有物的提法存在的缺陷——物质享乐主义（materialism）使公民对大众福利不感兴趣，以及卢梭所谓的完全平等的缺陷——这种观念催生了竞争，而且可能导致多数人的暴政。物质享乐主义和无视差异的平等是民主社会两个颇为棘手的问题："生活在民主时代的人有很多的激情，但他们的激情大多以对财富的热爱或以财富为出发点……当社会上所有的人都是独立的、互不相干的时候，那就必须付出代价才能得到合作：这就使财富的用途无限扩大，价值无限提高……因此，我们可以追溯出对财富的热爱是美国人所作所为的动机；这令他们所有的激情都具有某种家族相似性，不久使人觉得这种风气极无趣味。"

16 / 卡尔·马克思与弗雷德里希·恩格斯
《共产党宣言》（1848年）

《共产党宣言》首版于1848年，当时卡尔·马克思29岁，弗雷德里希·恩格斯27岁。这份宣言的构成分两步：从社会主义（包含乌托邦空想社会主义和最终和平共享社会财富的承诺）到共产主义（它有更加激进的光环，认为通过反抗将使这种共享成为现实）。

在《共产党宣言》里，马克思和恩格斯认为，历史研究应当从物质产品入手：为了弄清楚人民是如何生活的，你必须首先弄清楚他们是如何赚钱来养家糊口的。他们通过这个透镜对历史予以检验，揭示了某一阶级的人们——现在被称为"资产阶级"，已经大规模掌控了生产产品的生产工具。这种需要资本投入的对"生产工具"的掌控，已经"把一切封建的、宗法的和田园般的关系都破坏了……它使人和人之间除了赤裸裸的利害关系，除了冷酷无情的'现金交易'，就再也没有任何别的联系了。……它把医生、律师、教士、诗人和学者变成了它出钱招雇的雇佣劳动者。……撕下了罩在家庭关系上的温情脉脉的面纱，把这种关系变成了纯粹的金钱关系。"简而言之，我们的现代经济体制已经让这些男男女女从他们的工作中"异化"了：不是把工作作为一种生活方式，劳动只是为了结束时能换取钞票。

之所以会产生这样的局面，是因为需要"不断扩大产品的销路"的资产阶级持续不断地革新"生产方式"（商品被生产的方式），以使商品能够尽快大规模地生产出来。相应地，现代工人阶级——无产阶级——也发展壮大起来，这个阶级"只有当他们找到工作的时候才能生存，而且只有当他们的劳动增值资本的时候才能找到工作。这些不得不把自己零星出卖的工人，像其他任何货物一样，也是一种商品，所以他们同样地受到竞争的一切变化、市场的一切波动的影响。"因为工人已经成为一种商品，他就只能吸引到和他维持生活所需相当的金钱数量。薪水下降，技能不再是关键，因为工厂制度把他们的工作任务拆分成毫无意义的各个部分，"小工业家、小商人和小食利者，手工业者和农民……都降落到无产阶级的队伍里来了,有的是因为他们的小资本不足以经营大工业,经不起较大的资本家的竞争;有的是因为他们的手艺已经被新的生产方法弄得不值钱了"。对于这一描述,确实难以辩驳;在这个世界上,每个家庭餐厅对金拱门都只能退避三舍,莫与争锋。但是,接下来开的"处方"——从资产阶级手中剥夺资本,把这些资本归国家所有,把无产阶级"作为统治阶级组织起来"——忽略了洛克和潘恩所恐惧的权力腐败问题。

17 / 雅各布·布克哈特
《意大利文艺复兴时期的文化》(1860年)

正是雅各布·布克哈特让我们普遍接受了这样一个观念:文艺复兴时期是人类现代化阶段的开始。布克哈特写道:"在中世纪,人类意识的两方面——内心自省和外界观察都一样——一直是在一层共同的纱幕之下,处于睡眠或者半醒状态。这层纱幕是由信仰、幻想和幼稚的偏见织成的,透过它向外看,世界和历史都罩上了一层奇怪的色彩。人类只是作为一个种族、民族、党派、家族或社团的一员——只是通过某些一般的范畴,而意识到自己。在意大利,这层纱幕最先烟消云散;对于国家和这个世界上的一切事物做客观的处理和考虑成为可能了。同时,主观方面也相应地强调了它自己;人成了精神的个体,而且也这样来认识自己。"[23]

布克哈特这部关于文艺复兴的编年史,开启了将这一年代作为"近代之乍现"的分析。举例来说,弗里德里希二世就被刻画为"第一个近代型的统治者……很早就养成了在判断和行动上完全客观地对待一切事物的习惯"。战争本身成为"纯理智的"行为。意大利开始"充满个性"。在布克哈特的分析中,这种"个人的完美化"导致了近代的名利概念、近代的诙谐与讽刺形式、近代大学的形式、近代的人文主义,以及其他十几种可以识别为属于近代生活的特征。在布克哈特看来,文艺复兴时期的意大利城邦建立在古典理想之上,成为第一个现代的、共和制的政府;意大利对古代城邦模式的使用,"反过来加强了共和制的理想,并为它后来在现代国家,主要是在我们自己的国家取得胜利做出了巨大贡献。"尽管很多学者对意大利文艺复兴的这一关键作用提出了质疑(布克哈特倾向于抹平文艺复兴时期和他自身所处时代的差异),但这一解释却成为一种标准，至今仍被广泛采用。

18 / W. E. B. 杜波依斯
《黑人的灵魂》（1903 年）

杜波依斯是哈佛大学毕业的社会学家，曾在亚特兰大大学执教，他在书的开篇就说，"20 世纪的问题就是种族分界线的问题"，这一观点影响了后来几乎所有研究非裔美国人历史的作者。杜波依斯的作品集历史、自传、文化研究于一身，讲述的内容从非裔美国人的教育史、重建的失败、非裔美国人"悲歌"的意义，到布克·T. 华盛顿成为非裔美国人的领袖。杜波依斯激烈反对华盛顿"妥协主义"的政治主张（华盛顿相信，"黑人未来的崛起主要依赖于他们自己的努力"），突出了自己对美国社会的分析。他认为，美国社会对黑人公民来说存在着致命缺陷。

在他所有的论述中，核心是他的"双重意识"概念，他通过"面纱"的隐喻进行解释。他说，美国黑人是带着两种视角来看待他们自己的：他们自己的自我视角，以及敌视他们的白人的眼光。他写道："这种感觉很特别，这种双重意识，这种永远要通过某种眼神来看待自己的感觉……一种全世界都用带着嘲笑的轻蔑和怜悯看着你的眼神。一个人永远会感受到他自己的双重人格——一个是美国人，另一个是非洲黑人；两种灵魂，两种思想，不可调和的挣扎……美国黑人的历史就是这种冲突的历史……黑人只是希望这成为可能：一个人可以同时拥有美国人和黑人的身份，而不用被诅咒，被同胞唾骂，也不会只是因为他的种族而被关上机遇之门。"与上一章的黑人自传作者一样，刚开始时杜波依斯的视野一直很单纯，直到童年时代学校里的一个女孩拒绝接受他的邀请卡片为止。他写道："然后，我猛地意识到，我和其他人是不一样的，我也被巨大的面纱挡在他们的世界之外。"

不过，这层面纱的存在给了黑人一个优势。杜波依斯把它比作标志着新生儿拥有第二种视野的胎衣。他说，这种从美国主流社会中脱离的状态给予了黑人更为真实的眼力，一种透过表象揭示弊病的思考能力。不过，面纱带来的阻力还是大于利益。阻力如此之大，以至于当杜波依斯的男婴夭折时，他的悲痛与解脱交织在了一起，他写道："尽管这面纱遮住了他，但还没有遮住他的哪怕半个太阳……我真傻，我竟然想着或盼着这个幼小的灵魂在面纱之下窒息且扭曲着成长。"或许，对掀起这层面纱最终感到绝望，杜波依斯——一位马克思的崇拜者——在他成为一名积极的共产党员之后，在非洲的加纳结束了自己的一生。

19 / 马克斯·韦伯
《新教伦理与资本主义精神》
(*The Protestant Ethic and the Spirit of Capitalism*)（1904 年）

韦伯的主要论点是，美国清教徒定居者中的加尔文派新教徒（Calvinist Protestantism）①是资本主义的奠基者，他们依赖于神学三段论（theological syllogism）。在加尔文主义（Calvinism）中，被拯救者不会因为他们自己的努力而被带入上帝之国，因为所有的人天生无力做任何善行（即便对上帝他们也如此）。实际上，一部分人之所以是"选民"，是因为上帝自身的仁慈。这种救赎（或谴责）的选择由上帝圣心独断，秘而不宣，没有任何人能够预知谁将是选民，而谁又不是。但是，既然没有上帝照拂之人无法行任何善事，那么，那些行诸多善举的人，在生活上显示神的祝福的人，向别人，也向自己，证明他们属于选民。韦伯说，这就产生了一种强有力的心理驱动力：工作！工作！去工作！这也是一条自我确证之路；毕竟，无人甘受天谴。

韦伯给这种状态附加了一个神学概念："天职"（calling）。他认为这是新教独一无二的特点：生命的最高级别不是对整个世界禁欲，退隐到修道院，而是应该在这个世界上自强不息，追求卓越，这是上帝"天赋"于你的职责所在。对于加尔文宗教徒而言，韦伯写道："人生极为短促，最宝贵者莫过于确保自己成为上帝的选民。社交、闲聊、奢侈，甚至保证健康所需时间以外的睡眠，都应遭受无条件的道德谴责。……因此，无所事事的默祷也就毫无价值，如果它还要牺牲人们的日常劳作，那就应当直接给予谴责。因为，上帝更乐于人人各司其职以积极执行他的意志。"

这种珍重分分秒秒的精神有助于西方社会的"理性化"（rationalization）：致

---

① 加尔文派：亦称"长老会""归正宗""加尔文派宗"，是基督教新教的三个原始宗派之一，泛指完全遵守约翰·加尔文《归正神学》及其长老制的改革派宗教团体。

力于用最有效的方法完成政治、经济和日常生活中的每一项任务。理性行为不浪费任何时间。而在西方资本主义社会中，最确定的一条前进发展之路就是采用理性的方法：变得更有效率。进步不仅在经济上是必要的，也是哲学思想的核心，因为私人财产的积聚成为上帝青睐有加的标志。工作慵懒，或者就留在你自己出生的那个社会阶层里，成为一个人失败的标志，也可能是诅咒的标志。"在一项世俗天职中孜孜不倦、持之以恒的系统劳动，将会得到这样的宗教评价——它是禁欲主义的最高手段，同时也是再生与真诚信仰的最可靠、最显著的证明。这种评价对于我们这里称之为资本主义精神的那种生活态度的扩张必定发挥过巨大无比的杠杆作用。"韦伯如是总结说。

20 / 利顿·斯特雷齐
《维多利亚女王传》（*Queen Victoria*）（1921年）

在《维多利亚女王传》中，斯特雷齐画了一幅肖像：一位中产阶级家庭主妇，碰巧坐上了王位。斯特雷齐曾经说过，"审慎并非传记的优越之处"，但是他对笔下的维多利亚女王却是赞赏有加的。尽管她脾气急躁，但是孩童时期的维多利亚"诚实得出奇，不管会受到什么责罚，她绝不说谎"。而且她的家庭教师弗劳琳·勒曾也曾确信，维多利亚被教导以"简朴、秩序、持重、虔诚这些美德。而这个小姑娘似乎也不太需要此类教诲，她天生性格单纯，做事有条不紊；她的虔诚毫不勉强，她很懂得要举止得体"。作为女王，维多利亚孜孜不倦地投入到"不懈的事业"中，在丈夫艾伯特亲王的帮助下，她为她的国家朝乾夕惕，刻苦奋进，而艾伯特亲王也在给博物馆揭幕、为医院奠基、收集艺术品、在皇家农业协会演说等一系列活动中展示出"不屈不挠的精神"。她长得"又矮又胖，长相平平，穿的是过分鲜艳的中产阶级口味的服装"。而到了她人生道路的终点，斯特雷齐写道，她和她的子民更为贴近，而子民们"感觉到维多利亚那种不可抗拒的诚挚……朝气蓬勃，认真严谨，自傲自尊，单纯坦荡"。这些中产阶级的美德，并不光彩夺目，也没有展现政治上的精明（或者任何用来刻画文艺复兴时期统治者的美德），但它们却使维多利亚成为一位出众的女王。她是普通人，并非一位宣称拥有神圣权力和权威的君主。

更进一步，维多利亚——尽管是一位女王——展现出她自己就是一位相当典型的维多利亚时期的妇女：乏味无趣的妻子，一群孩子的母亲（育有九个子女），有时不够理性，向来不算聪慧。作为一个女孩子，斯特拉齐笔下的维多利亚确实在努力摆脱这种模式；她宣布她永不结婚，而她的表情也从"天真安详的"，转变为"大胆而不满足"了。尽管如此，幸运的是，她最终同表弟艾伯特亲王陷入爱河，与他喜结良缘，由此也成为真正的女人。维多利亚在巴尔莫勒尔的乡间别墅过着居家生活时，是她人生中最幸福的时光。艾伯特——两人中更聪慧的那一个——负责安排她的报纸新闻阅读和她的日常事务，彼时彼刻"维多利亚珍视亲王写下的每一个词，铭记每一个字母，全神贯注，唯命是从"。毕竟，她是一个女人。斯特拉齐热爱她，因为她不曾对她身为亲王的丈夫有任何傲慢不恭。

21 / 乔治·奥威尔
《通往维根码头之路》（*The Road to Wigan Pier*）（1937年）

奥威尔的写作计划始于一次纪实报告；他应左翼读书俱乐部（根据它自己的说法，是要致力于"为了实现世界和平、更好的社会经济秩序和反法西斯而进行十分紧迫的斗争"）的编辑委员会之邀，去描绘英国北部失业者的日常生活。奥威尔游历了英国北部地区，记载了失业者和穷苦劳动者的生活。他对他们日常生活的描述极为写实，既栩栩如生地记载了这些穷苦劳动者邋遢潦倒的状态（"起居室漏水。墙上的灰泥已经开始脱落。烤箱没有架子。煤气缓慢地泄漏出来。……有虫子，但是'我拿羊用驱虫水把它们杀死了'。"），也生动描摹了穷人的心灵世界（"因此，他们的基本食物是白面包和人造奶油、腌牛肉、加糖的茶和土豆——多么糟糕的食谱。倘若他们多花点钱在健康食品上，比方说橙子、全麦面包……是的，没错，不过问题在于没有哪个普通人会这么做。……当你失业时，也就是说当你食不果腹、困顿无聊、辛酸凄惨时，可不会想要吃什么单调的健康食品。你会想吃点儿有'滋味'的东西。"）。

那么，对于这种贫困有何作为呢？在奥威尔看来，英国的社会主义并没有计划去实施改革，因为它自身就来自内部分化。英国的社会主义者同工人阶级有隔膜，比较疏远，由于文化和举止上的隔阂，他们只是在理论层面对工人阶级予以支持。奥威尔写道，当一位英国白领人士成为一名社会主义者时，他仍然"习惯性地和自己所属的阶级为伍;他的座上宾更可能是一个来自本阶级、将他视为危险的布尔什维克的人,而非一个赞同他的观点、出身工人阶级的人;他在食物、酒、服饰、书籍、绘画、音乐、芭蕾方面的品位依旧是资产阶级化的;……他将无产阶级理想化,但其自身的习惯却和他们没有丝毫相近……他依旧被童年时所受的教育影响,他从小便被教育要痛恨、恐惧、鄙视工人阶级"。更有甚者,奥威尔补充说道,那些其实属于工人阶级的白领工人并没有自觉意识到这一点;他们还自以为自己是中产阶级呢!奥威尔问道:"有多少可怜的、战战兢兢的文员和推销员把自己视作无产者呢?在某些方面,他们甚至比矿工或码头工人更凄惨。然而在他们所受的教育中,无产者意味着身无分文。因此,当你试图通过谈论'阶级斗争'来打动他们时,却只能将他们吓走;他们会忘记自己的收入,只记得自己的口音,于是飞奔进剥削阶级的阵营。"奥威尔总结说,英国的社会主义者务必要学会该如何去解释英国工人到底是如何被精密手段所剥削的,而不是简单地从共产主义者那里借用一些辞令:"此处的要点在于所有收入微薄且不稳定的人们都在一条船上,应该并肩作战。"

22 / 佩里·米勒
《新英格兰思想史》(*The New England Mind*)(1939年)

与马克斯·韦伯相仿,佩里·米勒写了清教主义神学与美国新事业的交点。但是,米勒又与韦伯有所不同,米勒并没有把注意力特别集中于经济领域。米勒是一位"治思想史的历史学家",这就意味着他把重点放在思想上,以及这些思想是如何改变行动的。对米勒而言,新英格兰清教思想的核心是上帝与世间众人的契约。既然上帝选择了只依据他的主权意志挑出"选民",那么他的恩典就无法预测。清教徒的虔诚因此也充满了疑虑:无论信徒是否是真的被挑选出来的,都会对原罪感到绝望,对上帝的不可思议感到痛苦——清教徒试图通过构建一套富有逻辑而且完全合理的教理来遏制这些感受。在契约的教理条款中,人能够相信自己将获得救赎,因为上帝已经和他们签订了不可变更和违背的协议。

这种神与人之间的盟约成为清教徒社会的普遍模式。正如米勒所写的,契约神学[①]"对马萨诸塞州的领袖们来说，不仅在信仰和个人行为领域，而且在政治和社会领域同样具有巨大的价值"。米勒描述了清教徒如何依靠公众来检验自己的恩典经验，从而获得进入教会的资格。这种资格本身就是一种神圣誓言所订立的契约，这种契约保证每一个加入进来的成员都被赋予在世俗社会充分的公民权利。教会成员的未成年的孩子也暂时被赋予上述权利；当他们到了适当的年纪，他们也要通过检验他们的恩典经验来订立契约。但是，尽管第一代清教徒在追求资格认定过程中一丝不苟地恪守清教的清规戒律，可是越来越少的孩子能够满足充分的资格要求。考虑到这种滑坡（这影响到社区和教堂两方），清教徒的领袖们制定了"妥协契约"（Halfway Covenant），这一约定允许那些临时成员通过进入教会接受洗礼而成为拥有完整身份的公民——尽管没有参加教会里关键的圣事，领享主的晚餐[②]。

在米勒的史学著作中，这种"妥协契约"及其随后的发展（之后的清教圣典甚至为那些没有从事某项职业去敬奉上帝的人网开一面，予以他们"主的晚餐"），昭示出宗教虔诚的衰落：世俗化，对上帝认可的关注在减少。作为上帝之国在尘世的所在，上帝最终发现的可以栖居的福地——清教的"山巅之城"开始从内部瓦解；一致的教义（"在新英格兰的最初三代人付出了难以磨灭的忠诚，塑造了统一的思想体系"）让路于背信弃义和支离破碎。米勒说，"较之于奠基的那一代人，现在人们已经无视名誉，热情废弛。"尽管近来研究清教主义的学者对这个相当简化的、从虔诚到漠不关心的有关堕落的故事颇有意见，米勒在20世纪研究清教的历史学家中还是享有独一无二的影响力的。

23 / 约翰·肯尼斯·加尔布雷思（John Kenneth Galbraith）《1929年经济大崩盘》（*The Great Crash 1929*）（1955年）

加尔布雷思于1954年写作了这部历史著作，之后曾修订过两次；后来的版

---

① 契约神学也译为"立约神学"或"圣约神学"（Covenant Theology），基督教改革宗神学的基本结构把上帝与人的关系看成是上帝按照三位一体的结构与人订立的三重圣约。三重圣约分别为善工之约、救赎之约和恩典之约。"恩典之约"的信念认为选民的范围包括上帝在基督之前与之后所选招的一切预定承受恩典的人。
② 主的晚餐是圣经中提到的与耶稣有关的纪念仪式，主要纪念耶稣基督的牺牲。

本反映了 20 世纪 70 年代及以后的新进展，似乎与 20 世纪 20 年代的那些事遥相呼应。在这本书的前言中，加尔布雷思写道，尽管这个关于"大崩盘"的故事"因其自身原因"值得一讲，他还有一个"更严峻的目的。为了防止金融错觉与疯狂，记忆远胜于法律之效果"。加尔布雷思的目标具有道德意义，或者至少具有社会意义：他的目标在于，通过创建一种成员间的共同协议来保护文化，而不是自上而下的立法手段。他总结说："为使得民众免于他人和自己贪婪的影响，历史著作是具有高度实用价值的。它维护了历史记忆，而这记忆，服务于和 SEC（美国证券交易委员会）相同的目标，而且在记录中更有效。"

加尔布雷思关于"大崩盘"的生动的历史著作主要围绕崩盘之前那一年，当时证券市场的利率膨胀，随后达到峰值。尽管加尔布雷思把一定的注意力放在经济因素方面，他的主要兴趣还是在参与到这出戏的各个角色身上。之所以崩盘，归根结底是他们的动机。加尔布雷思写道，1928 年，美国人民正"显示了不同寻常的不劳而获、一夜暴富的欲望"。为了达成此目的，他们买进公司股票，而该公司仅是为了买进其他公司股票而成立。他们盲目信任金融理财专家，这帮人大肆吹嘘他们"专业的金融知识、技能和操盘能力"。加尔布雷思写道："一个人可能通过直接投资给 Radio、J. I. Case 或者 Montgomery Ward 等而发财，但是，要有特殊知识和智慧的人，才能更有保障和智慧地完成这一目的。"客观不是加尔布雷思的目的，"财政乱伦"是他对那些专家给出的建议最不具挑衅性的词汇，而他对那些购买这些专家建议的投资者也没有太高的评价。他认为，他们乐于坚信不疑，盲信盲从，因为他们一门心思想着发家致富；当股票市场暴跌时，专家和投资者都愿意自欺欺人。他总结说："如果某人曾经是金融天才，他对自己天才的信念不会一下子就烟消云散。对于这些遭遇失败却不肯认输的天才来说，持有自己公司的股票仍然被看作是一种勇敢的、敢于想象的、富有成效的做法……他们买走一文不值的股票。人们曾多次被别人诈骗。1929 年秋天，或许是人们第一次如此大规模地成功地诈骗自己。"

24 / 科尼利厄斯·瑞恩
《最长的一天》（1959 年）

瑞恩对"D 日"的描述使用了微观史学（microhistory）的技术：对历史片

段进行近距离检视,试图描述出整体情况。《最长的一天》目的在于通过一个细节化的、一丝不苟地对 1944 年 6 月 6 日所发生的事情的记载,来描写第二次世界大战。这本书也被改编为约翰·韦恩(John Wayne)1962 年上映的电影。瑞恩这位战地记者,曾执行美国空军的轰炸任务,他用记者的眼光审视交战双方的事件:他在第二章的一开头就写道"隆美尔独自一人待在底层那个他用来办公的房间里。他坐在一张巨大的文艺复兴式办公桌的后面,用一盏台灯照亮工作"。在后文中我们遇到了艾森豪威尔(Eisenhower),他正绞尽脑汁地考量到底要不要把突袭放在 6 月 6 日,"必须做出重大决定的那个美国人,在他那辆设备简陋的三吨半的拖车里苦苦思索,同时又想让自己放松片刻。……艾森豪威尔的拖车是一辆细长、低矮的车子,有点像搬运车,隔成三小间,分别充作卧室、起居室和书房。"瑞恩在描写 D 日海滩上的突袭冲击波时,同样保持着这种冷静、细致的语气:"突然间,一阵海浪使小艇船身倾斜偏离航向,然后又升起来,沉下去,触到布满水雷的三角形钢架上。琼斯看到小艇在一阵爆炸声中炸得粉碎,这情景使他记起一个'慢动作的动画片:人们立正站立着,突然间被射向天空,仿佛被水柱推上去似的……在水柱上方,尸体或尸体的残骸像水点一样四散开去'。"他很少拓展自己的观点。在全书的最后一段,他写道:"这座在所有法国村庄中驻军最多的村落,很快就要自由了——整个被希特勒统治的欧洲也将自由。从这天起,第三帝国的寿命不到一年。"但是即便是这一处,瑞恩也几乎立刻缩小了他的焦点;这一段如此收尾:"圣萨姆森教堂的钟敲响了 12 点。"

  瑞恩用了 383 条口头采访记录去建构他通过士兵的眼睛看到的 D 日,但是,学院派的历史学家可能会发现最后的结果比纯粹的"微观史学"要少。尽管瑞恩确实把焦点放在 6 月 6 日那些参战士兵的个人经历上,但是,他把他们的故事置于对 D 日以及 D 日在整个战争中地位的预先理解的框架内,他构建的东西不是源于士兵的故事,而是更多地源于传统资料。在问到他采用的技术时,瑞恩说自己使用了访谈,"将个体置于大局的整体意义中"[24],然而一个"专业的"历史学家应该允许访谈决定整体的形态。

25 / 贝蒂·弗里丹
《女性的奥秘》（1963 年）

弗里丹描述了被"女性的奥秘"支配的美国人的世界，以及这种强有力的观念："妇女们懂得，真正具有女性特征的女子不会追求自己的事业、受高等教育、享受政治权利……她们要做的一切就是从当小姑娘起直到找丈夫生孩子，应当毕生作出奉献。"她如回声一般呼应了玛丽·沃斯通克拉夫特的抱怨，但是她并没有把妇女描绘成最近三百年来在家中如困守监狱般的状态。相反，她写道，"保守的女权主义者"正在促进进步，直到 20 世纪 50 年代，从那时开始，一些奇怪的事情发生了：女人开始回到家里，结婚的平均年龄下降，接受高等教育的女性比例下降。"过去想要干一番事业的妇女现在把生孩子当成了自己的事业。"这些女人尽量把待在家中和家人在一起作为她们全部梦想的实现，扼制了她们对广阔的远方风景的渴望："如果一个女人在 20 世纪五六十年代遇到了问题，她知道准是她的婚姻或是她本人有些地方出了差错，她认为其他的妇女对自己的生活是心满意足的。如果她在给厨房地板打蜡的时候感受不到这是对女性满足的神秘追求，那么她是什么样的妇女呢？"为了描绘当家庭主妇们韶华已逝、青春衰萎之时依然试图满足于这么一幅画面，弗里丹采用了调查访谈的方法（这本书就是以弗里丹在史密斯女子学院①对同学的问卷调查开始的）和调阅研读妇女杂志。在考察了 20 世纪 60 年代的《美开乐杂志》（*McCall's*）②的主题列表后，她写道："由这家漂亮的大型杂志推出的妇女形象，年轻，浅薄，简直是一脸娃娃相，傻乎乎的，很温顺，颇具女性特征，对由卧室、厨房、性、婴儿和家庭组成的这个世界，十分欢喜、心满意足。

弗里丹为上述情况提供了一个解释，这个解释一部分是社会学意义的，一部分是弗洛伊德主义的，还有一部分是经济学上的。就社会学而言，弗里丹认为，在战争结束之后，女性杂志的作者们也都回归到了家里，"战争结束后，青年男子纷纷回家，许许多多的女作家不再从事写作了。年轻妇女开始生育许多

---

① 史密斯学院（Smith College）位于美国马萨诸塞州北安普敦，学校成立于 1871 年，是全美面颇负盛名的顶尖文理学院之一。此调查开始时，弗里丹已从史密斯学院毕业 15 年。
② 或译为《麦考尔杂志》。1873 年，一本叫《女王》的小版杂志创立。1897 年更名为《美开乐杂志——时尚女王》，美开乐现为全球最大服装纸样品牌，现属纽约时报集团。

小孩,终止了写作。新作家清一色是从战场上回来的男子,在战场上他们对家庭、对温暖舒适的家庭生活,简直是朝思暮想、梦寐以求"。而这些男人正好掌控了媒体。另一种是弗洛伊德主义的解释。弗里丹认为,美国文化接受了弗洛伊德对于女性的描述:"把女人视为像小孩一样的玩偶,只有靠着男人对她的爱,她对男人的爱和服侍,才能够得以生存下去。"而经济意义上的解释则为:"妇女担任家庭主妇的真正关键的功能、真正重要的角色是为家庭买更多的东西,为什么这一点从未被谈及呢?在所有关于女性和妇女的作用的议论里,人们都忘记了美国的真正事务是商业。但是,当人们认识到妇女是美国商业的主要顾客时,家务的永存、女性奥秘的成长就有意义了(并能赚钱了)。在某个地方,某个人以某种方法一定早就领会到,如果使妇女一直处于家庭主妇的地位,处于不能充分起作用、有不可名状的渴望、没有活力的状态,妇女就会买更多的东西。"弗里丹的总结尽管充满活力而且自信满满,但是她的方法却是有瑕疵的:谁是能够搞清楚女人一定会来买东西的"某个人"?当弗里丹调查的白人城郊家庭主妇们在她们的豪宅中挣扎时,那些黑人、西班牙裔和工人阶级的女性会做些什么?不过,弗里丹像托马斯·潘恩一样,更多的是布道者,而不是历史学家。她的思想中也有一场革命,她总结说:"只要有安排自己新生活的愿望,她就可以履行自己对专业和政治的使命,并且也能以同样的认真态度尽到自己对婚姻和母爱的责任。"

26 / 尤金·D.吉诺维斯
《约旦河波浪滚滚:奴隶制创造的世界》(1974年)

在他这本关于美国黑人历史的破天荒的著作中,吉诺维斯提出,除非能够认识到奴隶和奴隶主是相互依存的,否则奴隶制的历史将是无法被理解的:黑人奴隶塑造了白人的世界,如同白人塑造了黑人的世界一样,都是确信无疑的。他拒绝这种被广泛接受的观点:蓄奴制使得黑人奴隶完全仰赖他人、手无寸铁,没有家庭关系。实际上,蓄奴制下的非洲人发展了他们自己的习俗,他们自己的世界;这种"分裂的黑人民族文化"已经形成,因为黑人奴隶们"奋力争取精神上的生存,就如同争取肉体生命一样,要为他们自己,也要为他们的孩子,打造一个有生机的世界,就在这最狭小的生存空间和最严酷的逆境之中"。吉诺维斯对奴隶"自主性"的全新强调,给奴隶的独立和强大带来了革命性的迅猛反转,奴隶从此再也不被看作是被动的受害者了。奴隶的宗教信仰是展现非裔美国人对抗白人控制能力的一个绝好的例子:尽管白人的基督教告诉黑人奴隶,要服从他们的主人,奴隶们发展了他们自己独一无二的、特殊的基督教形式,他们自己的基督教强调上帝对压迫者的复仇和期许死后的自由国度。

但是,吉诺维斯并没有陷入过于简化的分析陷阱中:奴隶,就是他们自己时运不济;而奴隶主是彻头彻尾的邪恶分子。他没这样做,而是认为白人与黑人是"有机地"联系在一起的。在一种基于"家长式管理"的关系中,奴隶与奴隶主改变了彼此的世界:白人庄园主扮演着如"权威的父亲一般的角色,他大权在握,主宰着扩大了的和从属的家庭,无论白人的还是黑人的"。这种"家长式管理"善恶混杂。它"把白人和黑人带到一块,将他们熔炼为一体,成为一个在情感和亲密方面带有真实元素的一群人";它也迫使白人们出于一种"强烈的责任感和义务感"要去关注他们的黑人奴隶,同时也允许他们心怀残暴和仇恨去对待这些黑人奴隶。"家长式管理"引领黑人奴隶出于义务和情感效命于他们的白人主子,但也扭曲了他们的心灵,如此一来,他们能够自然而然地接受白人对黑人施加的淫威。而种植园里黑人妈咪①的角色,对于吉诺维斯而言,是这种错综复杂关系的典范:"要了解她,就是去了解种植园'家长式管理'的悲剧……基本上,黑人妈咪抚养了白人的孩子,经营这所大宅院,其实她既不是女执行官,她也没什么实际被认可的优先权……总体来说,她给予了白人们完美的奴隶典范:忠诚、可信、知足、高效、尽职尽责的家庭成员,她永远知道自己的位置;而且,她还给予奴隶们一个白人所称许的黑人言行举止的标准。她还必须是一个能吃苦耐劳、精于世故、足智多谋的女人。"不过,在操持这一权力的过程中,她也变得更加依赖她的白人之"家",而在自己人当中却无法树立权威。吉诺维斯拒绝走简化的"压迫者—被压迫者"关系这条路,他认可奴隶们的力量和他们独立的文化,同时他也拒绝掩饰蓄奴制的恐怖。

---

① 黑人妈咪也称为黑人保姆,是旧时美国南方各州对照看白人孩子的黑人女子的贬称。

27 / 芭芭拉·塔奇曼
《远方之镜:动荡不安的14世纪》
(*A Distant Mirror: The Calamitous Fourteenth Century*)(1978年)

塔奇曼对14世纪历史的研究,整合了这个世纪的诸多琐碎细节,把这些编排成像我们自己年代的事一样。她在前言中写道:"在经历了可怕的20世纪之后,我们对一个丧心病狂的时代(它在敌对的、暴力事件的重压下打破了自己的所有规则)产生了更大的同感。我们怀着苦不堪言的剧痛,意识到了'一个令人完全感受不到未来有保障的痛苦时期'的种种迹象。"她追随昂盖朗·德·库西七世(Enguerrand de Coucy VII)的视角检视了这个14世纪的"剧痛时期",此人是一位小贵族,他曾经辅佐两位法国国王,并与英格兰公主成婚。

塔奇曼描述了骑士制度的衰落。在骑士制度中,骑士们被要求去保护弱者,但他们却依仗自己的权势成为专制暴力阶层。她拒绝接受任何经过粉饰的骑士与女士社交方面的浪漫观念,而是去描述他们在城堡大厅里的深夜酒会上的行为,就像在中世纪晚期骑手酒吧里一样,喧嚣吵闹。在那里,骑士们对女士动手动脚,侮辱她们,并与其愤怒的丈夫发生冲突。她描写道,基督教的权力已经覆盖了日常生活的方方面面("基督教是中世纪的母体:就连烹饪指导也号召'在你可以说一段求主祈怜(Miserere)之祷告的时间内'煮一枚鸡蛋。它控制出生、婚姻、死亡以及食与色,制定法律和医疗规章,向哲学和学术提供主题。"),但是却在带来和平或美德方面表现乏力,令人悲观("教会,本应是精神皈依所在,却更加世俗,无法给人们指示上帝之路。")。她讲述了黑死病,但是却发现这仅是那个时代的灾难之一。那个时代,"对于大多数人而言,是一连串任性而为的危险,构成它的还有掠夺、瘟疫和赋税这三个纵横疾驰的恶魔,还有激烈而富悲剧性的冲突、古怪的命运、无常的财富、魔法、背叛、暴动、谋杀、疯癫和君主的垮台,还有耕田的劳动力的减少以及耕地复为荒原的过程,还有瘟疫那黑暗阴影的无例外的复发。它承载着内疚和罪恶的信息,以及上帝的敌意。"

相对于思想,塔奇曼更关注政治话题,她的历史著作主要着眼于英法两国之间在盗取彼此领土的同时,还力求创造和平局面(最终也是破坏性的)的复杂尝试;相对而言,她在哲学思想与科学发展方面着墨不多。她详述了武士阶层,但没有太关注农民;她的精力放在描述一段时期的政治危机与混乱上,英国的入侵、法国的衰弱、欺凌弱小的骑士和腐化的神职人员勾勒出这些事件的过程。通过描述 14 世纪的暴力丛生和动荡不安，并用其对照我们自己所处的时代，塔奇曼宣称历史具有某种统一性，拒绝接受简化的"进步主义"（这种思潮认为 20 世纪自然要比 14 世纪更优越），也反对唱衰大历史的悲观论调（这种观点认为 20 世纪以螺旋式的方式跌入闻所未闻的危险当中）。

28 / 鲍勃·伍德沃德和卡尔·伯恩斯坦
（Bob Woodward & Carl Bernstein）[①]
《总统班底》（1987 年）

伍德沃德和伯恩斯坦关于"水门事件"的这本书，基于他们发给《华盛顿邮报》的报道，这些新闻故事对尼克松的最终辞职起了很大作用。用一个后现代主义者可能会称赞的手法，《总统班底》让它的作者们处于众目睽睽之下；它并不从尼克松和任何总统身边的人开篇，而是聚焦于伍德沃德。"1972 年 6 月 17 日。星期六。上午 9 点。这么早就来了电话。伍德沃德摸索着电话听筒，一下子醒了过来。电话是《华盛顿邮报》本地新闻编辑打过来的，说当天凌晨有五个人带着照相设备和电子窃听装置，在民主党总部的一桩盗窃案中被逮捕，问他能不能来一下。"

"水门事件"的历史，是美国人民缓慢发现高层不法行为的历史。在他们徐徐展开的编年叙事里，伍德沃德和伯恩斯坦站在"典型的美国人"的立场上，一点一滴地慢慢理解这复杂而可耻的一系列事件。这种风格直截了当又朴实无华："伍德沃德告诉斯通纳（J. B. Stoner）[②]，《华盛顿邮报》有义务去矫正一个错误。结果对方不置一词。如果有人要求给个说法，那就应该给个回应。还是不置一词。伍德沃德提高嗓门，为的是要让斯通纳留下印象，让他明白，当一家报纸犯了错误的时候，事情有多么严重。最后，斯通纳说他不会建议对鲍

[①] 鲍勃·伍德沃德出生于美国伊利诺伊州，1965 年从耶鲁大学毕业后进入海军服役，退役后进入《华盛顿邮报》开始了他的记者生涯。1972 年，鲍勃·伍德沃德与另一名记者卡尔·伯恩斯坦通过其内线"深喉"的情报及协助，率先披露"水门事件"丑闻，迫使总统尼克松下台。两人因此名噪新闻界，获得了 1973 年的普利策新闻奖。卡尔·伯恩斯坦毕业于美国马里兰大学，后来进入《华盛顿邮报》工作。
[②] 斯通纳是水门事件中的辩护律师。

勃·霍尔德曼（Bob Haldeman）① 做任何道歉。"这种散文叙事不会赢得任何奖项，但是，它实现了该书的目的：真相大白于天下，尽可能清晰明了而且不诉诸情感，就是要"真相"。

《总统班底》从"水门事件"开始，以总统的人马被提起公诉结尾。该书的最后一段记录了总统在1974年1月30日对美国民众的演讲："总统说：'我要你们知道，我没有任何打算，要离开美国人民选我来为美利坚合众国人民做的工作。'"《总统班底》一书完成于1974年，出版时间略早于尼克松辞职的8月9日；所以，它不仅是一部关于破门而入非法调查的历史著作，而且它自身也构成了历史的一部分。（你可以在《华盛顿邮报》网站上在线查阅1972年6月19日那天的报道，仍能读到伍德沃德和伯恩斯坦最开始的故事。）

29 / 詹姆斯·M. 麦克弗森②
《自由之号角：美国内战时代》
(*Battle Cry of Freedom: The Civil War Era*)（1988年）

麦克弗森在前言中一开篇就说"美国内战的双方都自称是为自由而战"，从而一语道出了"将战争及其原因压缩在单卷本中"的难度。南方宣称将拿起武器捍卫"政治权利……和国家主权"；而北方则坚持认为这是在为存续"世界上共和主义自由精神的……最后的最美好的希望"而战斗。麦克弗森开始着手去平衡政治和军事事件（和华而不实的言论）与那些对战争推波助澜的社会与经济发展。

麦克弗森在第一章调查了美国在19世纪中期所处的环境：不加节制的增长，尤其是在美国西部地区；南方的经济状况，包括它对棉花和低成本奴隶劳动力的依赖，后者使得棉花的产量具有经济上的可行性；贫富差距增大；种族冲突；城市人口的快速增长；发达的交通使得货物可以被卖到离产地很远的地方；劳工抗议；还有"以儿童为中心的养育家庭"的演变发展。这些跨度相当广泛的描述都为麦克弗森的美国内战叙事布置好了舞台。在第二章中，这场内战从詹姆

---

① 鲍勃·霍尔德曼时任尼克松总统的联席参谋长。
② 麦克弗森教授是美国内战史研究专家，1988年出版的《自由之号角：美国内战时代》曾获普利策奖。

斯·K.波尔克的总统任期和激起内战的火花开始展开：激辩的是，在迅猛扩张的美国，是允许新加入合众国的领土蓄奴，还是希望他们废奴并给予他们自由。从这一点出发，麦克弗森展现了内战期间详细的政治和军事历史。他用心勾勒出这场战争中所有持不同立场的群体，避免笼而统之地把所有联邦（Union）[①]或者所有邦联（Confederate）[②]的支持者放在一块儿考虑。

麦克弗森的成就，不在于他对内战有什么独一无二的或者横空出世的观点，而在于他有能力将战争中各种令人眼花缭乱的细节，以及这场战争如何发展和为何如此发展的诸多众说纷纭且无休止的理论整合到一起。麦克弗森最后以联邦的胜利作为结尾，这场胜利"摧毁了美国的南方愿景，确保了北方的愿景将成为整个美利坚的愿景"。不过，在这个新的美国，许多问题依然存在。麦克弗森用一个提问结束了他这部历史著作："这些被解放的奴隶将置身何处？他们的后人将在这个新的秩序中处于何种位置？"

30 / 劳拉·撒切尔·乌尔里奇
《助产士日记》（1990年）

乌尔里奇的历史著作有一个具体细致的副标题——"玛莎·巴拉德在日记中的生平（1785—1812）"，表明她的著作开启了一个新的方向：研究个体，研究小人物，研究特例。佩里·米勒能够描绘整个新英格兰；60年后，乌尔里奇把目光放在一个女人、一本日记和一代人的时间跨度上。尽管玛莎·巴拉德的日记与更大的社会发展有关联，例如受过专业训练的男医生对产科的侵犯，而在以前，这是助产士和执业护士的地盘。乌尔里奇非常谨慎小心，没有做过分笼统、大而无当的结论。她采用的方法是去考察独特的过去，而不是普遍的过去；是要突出唯一性，而不是去寻找关联。这种不安于泛泛概括的视角，反映了后现代精神并不相信会有某种真理能适用于所有社会阶层，正如乌尔里奇也

[①] 联邦：也称"美利坚合众国"，特指美国内战（南北战争）期间林肯政府率领的北方政府。
[②] 邦联：也称"美利坚联盟国"（the Confederate States of America，缩写为CSA），又称邦联州、南方、邦联，是自1861年至1865年在今天美国南部一部分地域存在的政权。林肯当选为美国总统后，美国南部六个蓄奴州联合在田士满建立政权，宣布脱离联邦；得克萨斯州在3月2日加入邦联。这七州脱离合众国，并控制境内的海陆军、港口与海关，美国内战爆发。

不满足于"传统的"历史素材来源。在导言中,她写道:"玛莎·巴拉德的日记与美利坚合众国初期社会发展史中的若干重要主题相关联。"但是,它最关键的不同之处在于,这份日记有别于那些身居显要之人所留下的记录。这份日记保留了"遗失了的18世纪下层社会生活状况","改变了已经被书写的那段历史时期所依据的证据的性质"。举例来说,当玛莎的丈夫以法莲·巴拉德因债务而入狱时,玛莎用完了家里的木柴。这个问题加剧了她和大儿子的紧张关系,她现在不得不依靠大儿子:乌尔里奇写道,"她生活的轴心"已经向儿子"倾斜"。玛莎和儿子、儿媳的关系开始逐渐变得困难且尴尬,儿媳最终决定接手掌管家务,让玛莎退居二线,而家中仅有一个卧室而已。玛莎的日记表达出了这种感觉,"这是一种很奇特的自以为是和自我牺牲的混合"。带着这种感觉,玛莎继续给儿子一家做饭,但是拒绝央求他帮自己收集木柴。乌尔里奇说:"大部分历史学家曾经把负债监禁作为经济史和法制史的一个侧面来研究,而玛莎的日记把焦点从债务和律师转移到木柴箱子和儿子们身上,显示出家庭史是如何在一个政治与社会产生变革的时代影响了监禁模式。"

这些"被遗忘的"家庭记录告诉我们这样一种历史,它有时补充和完善了那段时期传统的历史研究和著作,有时又和那些研究和著作相抵触。这种新的关注焦点在乌尔里奇的结论中得以强调,她写道:

> 纪念这样一种生活,就等于承认书面记录的力量和贫弱。除了个人日记之外,玛莎籍籍无名……出现在人口普查、纳税单和她所在小镇上的商人账户中的是她丈夫的名字,而不是她自己的……没有她的日记,我们甚至连她的姓名都无法确定……玛莎在结婚时就已经失去了她的名字和姓氏。在她人生77年中的58年岁月里,人们只知道她是"巴拉德太太"……连墓碑上也没有她的名字,尽管或许在贝尔格莱德路(Belgrade Road)旁的垃圾场,还有一些洋甘菊或小白菊从她的花园中探出身影。

31 / 弗朗西斯·福山
《历史的终结与最后的人》(*The End of History and the Last Man*)
（1992年）

福山的书是他写于1989年的一篇政论文《历史的终结？》(*The End of History?*)的扩展。在书中，福山声称，这是大写的"历史"（History），并非一系列事件而已，而是"唯一的、连续的、不断进化的过程的历史"，将不可避免地朝向现代的、自由民主的、工业化的国家形态发展。现代科学处于这场变革运动的核心位置；现代科学"对于经历它的所有社会产生了一致的作用"，因为它"使财富的无限积累成为可能，因此得以满足无限膨胀的人类欲望"。也因为现代科学，"所有人类社会，无论其历史渊源或文化遗产是怎样的，都日趋同质化"。

科学的力量解释了朝向工业化发展的现代运动趋势，但是不足以解释传播中的民主现象（毕竟，许多工业化国家都在其他形态的政府的领导下运作）。所以，为什么民主政体也能改造当今世界？福山解释说，动物只需要食物、住所和安全，而人类则有更多的附加需要：人们渴望因为他们所拥有的价值和尊严而获得"承认"。福山认为，这种"对承认的渴望"是推动所有社会朝向民主发展的力量：自由民主政体对待其公民如成年人，而非孩童，承认他们作为自由个体的自主权。他花了大量时间去界定和描述这种"对承认的渴望"，他将其称为"激情"，并探讨了这种"激情"是如何与人类灵魂中对国家、民族主义、种族主义、宗教和其他"非理性"（福山的"非理性"是指"非系统化的"，而不是指"极端的"）渴望的热爱产生相互作用。最后，福山问道：自由民主国家就是历史的终结吗？也即，这就是历史的最高目标吗？公民"所获得的承认，是令他们'完全满足'的吗？"或者，将来会有某种更好的社会形式用更彻底的方式来满足这种渴望吗？

在最后一部分《最后的人》的结尾，福山总结说，自由民主"构成了人类问题的可能是最好的解决方案"。由于"经济发展导致的人类同质化"，这加强了向自由民主的迈进，人性很快就会显露出来，与其说像是"开出千姿百态美丽花朵的无数蓓蕾"，不如说像是"在同一条道上行进的一长列马车"：有些马车"飞速奔向城镇"（已经抵达了福泽深厚的民主社会），而另一些马车则会困于荒野，还有一些"受到印第安人的袭击，烧得烟尘滚滚地弃置路旁"。哪些社会形态是失败的，以及谁可能是那个"印第安人"，这个就交由读者去裁决了。

福山以一种与乌尔里奇完全相反的历史写作风格来描述黑格尔哲学中的历史观：历史车轮滚滚，驶向光辉未来；而历史的细节，则淹没在这实现过程中的澎湃潮汐中。

注释

1. Neville Morley, *Ancient History: Key Themes and Approaches* (New York: Routledge, 2000), p. ix.
2. Georges Gusdorf, "Conditions and Limits of Autobiography," in *Autobiography: Essays Theoretical and Critical*, ed. James Olney (Princeton, N.J.: Princeton University Press, 1980), p. 48.
3. Jeremy D. Popkin, "Historians on the Autobiographical Frontier," *American Historical Review*, vol. 104, no. 3 (June 1999): 725–748; Popkin is quoting G. Kitson Clark's manual The Critical Historian.
4. The opening lines of Hartley's 1953 novel *The Go-Between*: "The past is a foreign country. They do things differently there."
5. Joyce Appleby, Lynn Hunt, and Margaret Jacob, *Telling the Truth About History* (New York: W. W. Norton, 1995), p. 58. 这是一本关于北美历史学家的实践和问题的优秀著作，我很感激它对历史和科学之间不断发展的关系提出的深刻见解。Appleby 自己后来限定了这种说法，尽管她确实继续说这两个时代是截然不同的。
6. John Lukacs, *A Student's Guide to the Study of History* (Wilmington, Del.: ISI Books, 2000), p. 16.
7. Appleby、Hunt 和 Jacob 等许多历史学家都注意到了牛顿科学的发展与现代历史写作的发展之间的联系（参考 *Telling the Truth About History*, pp. 52–76）。
8. 实证主义是一个法学、语言学、哲学和历史学都用的专业术语，在各个领域都有不同的含义。在这里，我只是在狭义的史学意义上用它来指代那些认为自己的任务是科学和理性的历史学家。
9. Appleby、Hunt 和 Jacob 在讨论孔德和讲述历史真相的实证主义时使用了"英雄的科学"（heroic science）这一奇妙的短语。
10. Jacob Burckhardt, *Reflections on History* (taken from lectures delivered by Burckardt in Germany in 1868–1871, first published in German in 1906; this quote is from the first English edition, published by Allen & Unwin, 1943), p. 21.
11. Jim Sharpe, "History from Below," in New Perspectives on Historical Writing, 2nd ed., ed. Peter Burke (University Park: Pennsylvania State University Press, 2001), p. 27.
12. Edward L. Ayers, "Narrating the New South," *Journal of Southern History*, vol. 61, no. 3 (August 1995): 555–566.
13. Johann Gottfried von Herder, *Older Critical Forestlet* (1767–1768). Quoted in Michael N. Forester, "Johann Gottfried von Herder," *The Stanford Encyclopedia of Philosophy* (Winter 2001 edition), ed. Edward N. Zalta, available online at http://plato.stanford.edu/ archives/

win2001/entries/herder.
14. Johann Gottfried von Herder, *Materials for the Philosophy of the History of Mankind* (1784), e-text edition (ed. Jerome S. Arkenberg) published in Internet Modern History Sourcebook, at www.fordham.edu/halsall/mod/1784herder-mankind.html.
15. Karl Popper, *The Poverty of Historicism* (New York: Basic Books, 1957).
16. Sarah B. Pomeroy, Goddesses, Whores, Wives, and Slaves: *Women in Classical Antiquity* (New York: Schocken Books, 1975), p. 3.
17. John Arnold, History: *A Very Short Introduction* (Oxford: Oxford University Press, 2000), p. 118.
18. Popkin, "Historians on the Autobiographical Frontier," p. 729.
19. In *History: What & Why? Ancient, Modern, and Postmodern Perspectives*, by Beverly Southgate (London: Routledge, 1996), p. 123.
20. Gertrude Himmelfarb, "Postmodernist History," in *Reconstructing History: The Emer- gence of a New Historical Society*, ed. Elizabeth Fox-Genovese and Elizabeth Lasch-Quinn (New York: Routledge, 1999), pp. 71–93.
21. Betty Friedan, *The Feminine Mystique* (New York: Dell, 1984), p. 73.
22. Both quotes from William E. Leuchtenberg, "The Historian and the Public Realm," *American Historical Review*, vol. 97, no. 1 (February 1992): 1–18.
23. Jacob Burckhardt, *The Civilization of the Renaissance in Italy*, trans. S. G. C. Middlemore (New York: Albert & Charles Boni, 1928), p. 143.
24. Quoted in Roger Horowitz, "Oral History and the Story of America and World War II," Journal of American History, vol. 82, no. 2 (September 1995): 617–624.

第八章

世界是舞台：在戏剧中读懂历史

去阅读一部戏剧，这种说法本身就是矛盾的……戏剧，要去看，去听，要当作一个仪式或一个奇迹去做出回应。戏剧不能只是靠读，像读一部小说那样。

——爱德华·帕特里奇（Edward Partridge），评论家

戏剧是一种文学形式，在一张纸上呈现出一种完整的体验，但在演出中并没有制造出一个完整的体验。阅读一部戏剧……就如看到它一样令人兴奋。

——爱德华·艾尔比（Edward Albee），剧作家

一间屋子，布置得很舒服雅致，可是并不奢华。后面右边，一扇门通到门厅。左边一扇门通到海尔茂的书房。（易卜生《玩偶之家》）

寒冷依依不舍地从大地上退去，雾正渐渐散开，一支分布在山上的部队出现于眼前，军人们正在休息。（克莱恩《红色英勇勋章》）

这两段开篇的写作时间相距不到两年，它们以不同方式影响着读者。舒服的房间，雅致而不奢华的装修，吸引的是人们的视觉感官，而不是其他感官；这是一个空白的背景，准备好容纳任何事件，比如谋杀或者婚礼。但是，第二个场景不仅呈现出一个物理空间，而且还弥漫着一种情绪和期待。这一幕是关于逃避的，是关于不情愿的，是缓缓揭开的一幕；雾气渐渐从地面升起，蜿蜒出现的军队像一条龙，它随时都有可能醒来，奋起，灼烧大地。

上引第一段是《玩偶之家》的开篇。该剧写于1897年，作者是亨里克·易卜生；第二段是斯蒂芬·克莱恩《红色英勇勋章》的开篇，出版于1895年。戏剧和小说有家族相似性：它们都通过脚本来塑造角色，都使用对话来推动剧情和发展人物角色。它们都处理最基本的冲突：克莱恩的男主角发现了他的男子汉气概，易卜生的娜拉意识到了她的女性气质禁锢了她。在推动故事叙述发展方面，戏剧和小说也都持有相同的历史观点：易卜生和克莱恩都是现实主义者，他们都把人物心理转变栩栩如生地展现出来。

不过，两种故事写作手法也有很大差别。像小说、自传和历史著作一样，戏剧也同样遵循一个基本的发展轨迹，这个发展轨迹我们已经在前面回溯过三次：古代人痴迷于英雄主义和命运，中世纪以上帝的计划为主导信念，文艺复兴时期人们展现出对知识无限渴求，启蒙运动时期的人确信理性的力量，现代则青睐现实的、"科学的"解释，到了后现代又反过来对科学产生厌恶。但是，不能用同样的方式来阅读戏剧和小说。克莱恩这位小说家把所有他想要你拥有的印象全都呈现给你；易卜生这位剧作家却只提供给你故事的一个维度，他一定把视效、音效、情绪和期待留给导演、灯光技师、场景设计师、服装设计师和将在舞台上演出《玩偶之家》的演员。

舞台对戏剧故事的讲述方式有特定要求。小说可以铺陈宏大的场景；戏剧却只能适应舞台的大小，试图抓住观众的注意力。小说可以展现人物角色复杂的心理；戏剧则直接向你展现剧中人说了什么和做了什么，而不会告诉你，他们是谁。戏剧的主题不是心灵的生活，而是人的行动。当纸张上的文字变成舞台上的对话，甚至连语音模式也会发生变化。正如小说家乔伊斯·卡罗尔·奥茨（Joyce Carol Oates）[①]所说："纸上闪光的东西，在舞台上可能不用几分钟就死

[①] 乔伊斯·卡罗尔·奥茨（1938— ）：美国当代著名小说家，曾荣获"欧·亨利"奖，美国国家图书奖。

去……散文这种语言是讲给个体听的,散文通常以独白的形式在每个读者的意识里再现,这是一个私人阅读的过程。戏剧对话则是一种特殊的语言,由活生生的演员说给另一演员听,同时也说给一群观众听。"[1]

小说中的对白只会在每个读者自己的脑海里响起,这是每个读者自己对对白的再现。戏剧的对白则是一群听众在相互陪伴的过程中听到的。老师可能对你讲过,每一群听众都有着诡异的、难以预料的个性特征。更关键的是,剧作家无法控制舞台上的故事最后如何呈现给台下的观众。小说家时刻注意遣词造句,因为他知道每个读者读的都是同样的词句,所以他会对语句进行修改和润色。但是,一部戏剧的台词则至少通过两种人作为中介才能展现出来:第一种是负责组织安排和转译这部戏剧的导演,导演甚至可能把剧本剪辑成一个和原作大相径庭的版本;第二种就是演员,他们把自己的面孔和个性借给了剧中角色。戏剧和自传完全相反:自传写的是私人的东西,但作者在让读者窥见他的私人经验之前,已经把私人的东西调整成读者可接受的形式;戏剧则把自己的作品交托给未知的操作者,相信他们能把工作做好,然后在观众面前呈现出来。

如果戏剧是一种合作的产物,我们为什么还要自找麻烦去读它?

因为,你可以扮演成导演,让这部戏剧在你的脑海中上演。让我们花几分钟思考一下《哈姆雷特》。哈姆雷特,一位丹麦的王子,最近父亲的死占据他的整个脑海(或者说被他父亲的鬼魂纠缠)。他向朋友霍拉旭吐露心声:"我看见了我的父亲。"他说的"看见"指的是他自己脑海当中对父王的回忆。但是,哈姆雷特不知道,其实霍拉旭骑士已经好几次看见过哈姆雷特父王的幽灵鬼鬼祟祟地接近城垛,霍拉旭转来转去想找到这个幽灵:"在哪里,王子殿下?""在我心中!"哈姆雷特啜泣着回应道。他认为父王在他心里这件事是无须说明的。

哈姆雷特的父亲或许一直刺痛着儿子的心,但是,哈姆雷特没为父亲之死采取任何行动,直到父亲的鬼魂出现在他面前。只有到了那时候,哈姆雷特才被激发起来采取行动。这个行动最终导致他所爱的每一个人都死了(这还没算上几个不走运的旁观者)。假如哈姆雷特能够更好地运用他的想象,从他记忆当中的父王那里得出他自己的决断,那么这个鬼魂的出现(以及所有由鬼魂出现导致的死亡)就没有必要了。但是,一旦这个鬼魂以特定形式显现出来——一旦哈姆雷特心里的"想法"迫不得已要"化成肉身"(take flesh);一旦幽灵向他的儿子发出最后的命令——就引发了一连串的事件,且不可遏止。

这里给读者上了怎样的一课呢?一旦在舞台上上演,戏剧就会变成不可逆转的现实。这对于戏剧而言，是不可避免的结果。但是，如果这出戏只停留在读者的脑海里，一切都只在他的想象中上演，那这出戏就充满了无限可能，这种无限可能要比搬上舞台的任何一个版本更为丰满。

较之其他任何一种文学形式，戏剧受到更多场景的约束。戏剧写出来就是为了在舞台上上演的，剧作家在塑造这部剧的时候就受演出形式的各种限制。戏剧不是写给全世界的，而是写给某些特定的、当地的观众（这与"表演恰如其分"的电影、电视的脚本有所不同）。古希腊喜剧是写给雅典公民的，中世纪的道德剧是写给去教堂的文盲的，王政复辟时期[①]的英国喜剧是写给那些中上阶层的伦敦市民的，而当代戏剧则是为百老汇、芝加哥剧院或者伦敦剧院准备的。尽管这些戏剧的观众范围更大，它们的形式依然脱胎于当地观众所能够理解的风俗惯例。莎士比亚在写他的悲剧时，心里一直想着那些低价座观众，他知道如果高贵的独白之间没有点"低俗幽默"，那些观众就要朝着舞台扔东西了。这改变了他的戏剧的最终形态。

因为戏剧的发展如此强烈地受到当地剧院、当地历史、当地风俗以及当地困境的影响，所以如果想写出像样的"戏剧史"，唯一的办法就是对每个国家及其传统分别对待。每一个国家都有其古老的戏剧和仪式，有它通往后现代的独特路径。所以，下面这篇简短的戏剧史将聚焦在世界上一个特定的部分：说英语的那一部分。古希腊的戏剧和欧洲戏剧也将会以翻译的形式出现，但提及它们主要是因为它们对用英语写作的剧作家有很深的影响。由于我没有深入了解德国、俄罗斯和法国的历史，我无法像对待英语作品那样对待德国表现主义、俄罗斯象征主义和法国荒诞主义——至少我需要掌握更流利的德语、俄语和法语。[2]

[①] 泛指英国17世纪下半叶，特指英国斯图亚特王朝复辟时期，即1660—1688年。

第八章
世界是舞台：在戏剧中读懂历史

第一节　关于戏剧的五幕剧历史

一、第一幕：古希腊人

埃斯库罗斯、索福克勒斯、欧里庇得斯、阿里斯托芬、亚里士多德

女人们和男人们进行故事表演的历史，很可能已经有数千年之久（文化人类学的一个分支就是围绕着古代文化中类似戏剧的仪式而发展起来的），但是，最早的成文戏剧诞生于古希腊。第一位古希腊剧作家是泰斯庇斯（Thespis），他把自己的名字借给了整个戏剧事业。在古希腊戏剧的早期阶段，诗人们通常在舞台上独自吟咏他们的作品。泰斯庇斯似乎引入了歌队的创新模式：歌队会在舞台上来回走动，一边唱歌、跳舞，一边与泰斯庇斯对话。因为泰斯庇斯所有的戏剧都没有保留下来，所以不能肯定歌队是不是他发明的，但是"歌队"——一种和剧中主角进行往复交谈的"群体角色"——出现在之后所有希腊戏剧当中。

在泰斯庇斯之后，伟大的希腊剧作家们创作的戏剧都在开阔的露天剧场演出，而露天剧场可以容纳差不多两万名观众。这些戏剧在节日期间上演，演员们在黎明时分开始演出，大声朗诵这些台词，一连好几个小时，而观众们则会在盛宴之间观看戏剧。在这样的环境中，表演并不是一件通过晃晃脑袋、做个表情或者来个优雅的手势就能够传情达意的事。这些精妙细微的表演，对于这些看客而言，实在太过遥远（很可能他们已经酩酊大醉了）。

实际上，演员们在表演的时候会戴着厚重的面具，每一种面具只表现一种单一的情绪；演员主要还是依赖他们的台词来推进剧情。舞台特效受到很多限制，最为精致的视觉效果是由一台"起重机"提供的：它将一个扮演宙斯或者阿波罗的演员嘎吱嘎吱地"空降"到舞台上，因此有了术语"来自机器的神"（deus ex machina），用来描述神的突然降临。最为复杂的演出，比如海战、地震、刺杀以及沸腾喧闹的孩子们，这些通常不会出现在观众的视野之中，而是由歌队（歌队由十五个左右的男人组成，他们提前几个月就要接受唱歌、跳舞和身体素质的特殊训练）唱出这些发生在舞台之外的情节。

场景是给定的，古希腊戏剧是作为供群众观赏的一项运动而创作的：他们用为人所熟知的形式来重述神话故事，这样观众就会知道将会发生什么以及何时会发生。一部经典的古希腊戏剧有五个部分（这就是后来演变为传统的英国

五幕戏剧的模型）：首先是"序幕"或"开场"，在这一部分观众将会听到这出戏的"背景故事"；其次是"进场"，在这一环节中，歌队入场，他们吟咏或者演唱马上要开演的戏剧的介绍词；随后是"场"，这一部分包括了在戏剧主角之间若干个不同的"场面"；第四部分是"过场戏"（interludes），这部分安排在几个场景之间，暗示了演出或者地点的变化，包括吟诵评论或者解释（这些幕间休息的内容可能需要合唱团从舞台的一边走到另一边，以一种仪式化的方式进行，分别是"歌队从右向左的回舞"（strophe）和"歌队从左向右的回舞"（antistrophe）；最后一部分是"终曲"或"退场"（exodus），是将全剧推向高潮的部分。因为各个场的设计都是为了烘托终曲的，观众们就得一幕幕跟下去，等待着随之而来的关系与结局（或冲突的解决）。整个过程需要观众与戏剧的主人公产生共情，有点像身临足球主场比赛中的那种情绪；古希腊戏剧在圆形剧场的演出氛围，加上仪式化的服装道具和胜利的姿态，它所想达到的与观众之间产生的共情，比起现代百老汇的演出，更像"超级碗"①赛事那样强烈。

亚里士多德晚于伟大的古希腊戏剧作家，他在他的《诗学》中总结了戏剧作家的规则。亚里士多德认为，戏剧的目的就是"模仿"（mimesis）——对生活的模仿，它使得观众能够更好地理解存在的真理。为了强化舞台效果，这种模仿应该集中在一个生活中的小片段上；如此一来，每一部戏剧都应该具备三方面的"整一"（unities）。时间整一（unity of time），指的是一出戏剧发生的时间应该"以太阳转一圈的时间为限"（a single circuit of the sun）（换言之，它把重心放在具有最高意义的时刻，而不是完整的一生）；行动整一（unity of action），这意味着戏剧里所有的事件都围绕一件伟大的事件或者主题展开；背景整一（unity of setting），意在剧中的行动应尽可能发生在同一个物理空间当中。悲剧，是所有模仿中最有力量的形式。悲剧是关于英雄的故事，这位英雄是"值得尊敬的人，而且犯下了显著的智力上的（而非道德上的）错误，这个错误导致他从幸福跌到不幸"。³ 俄狄浦斯总是怀着最好的意图，却在逃避命运的时候犯下错误；阿伽门农被迫在两种恶中进行选择，结果还是选错了。亚里士多德写道，当悲剧激发起同情心（当我们看到有人承受了不该承受的恶时感受到的那种情感）和恐惧（当我们认为这种不该受的罪也可能会发生在我们自己身上时所感受的

---

① 超级碗：美国职业橄榄球大联盟（即美式足球）NFL 的年度冠军赛。超级碗多年来都是全美收视率最高的电视节目，并逐渐成为美国一个非官方的全国性节日。

情感）的时候，它就成功了。隐含的意思很明确：道德失误相对容易避免，但是即便是最正直的人也可能会犯一个诚实的错误，进而导致灾难：你，可能就是下一个俄狄浦斯。悲剧既然要被摹仿出来，就要给观众（或读者）提供更深刻的理解，它一定要包含"陶冶"①，陶冶的功能清楚地说明了为何英雄会遭此劫难。[4]

埃斯库罗斯、索福克勒斯和欧里庇得斯是悲剧作家；阿里斯托芬是喜剧作家。喜剧展现的冲突植根于当时的礼仪和道德，所以喜剧总是更容易比悲剧过时。一则政治笑话会失去它的刺激（你可以去看比尔·克林顿当政时期杰·雷诺②的长篇独白），但是，错误选择的危险永不过时。希腊人之后，罗马人兴起，他们盗取了希腊人大部分的文学原则，而不是悲剧：这也是为什么罗马剧作家和喜剧作家阿里斯托芬在今天都没有得到希腊悲剧家那么多读者的原因。

不过，即便罗马有悲剧作家，他们也逊色于希腊同行。整体上而言，戏剧在罗马社会结构中的位置不高。罗马的戏剧团，像希腊的表演团一样，也是在节日进行演出。但是，希腊的节日是以戏剧演出为中心的，而罗马的戏剧则要和那些更具有观赏性的斗兽表演、战车竞赛和体育场内的模拟海战进行竞争。（在悲剧作家泰伦斯③的一篇前言里，他抱怨说，他的戏剧最开始两部分被删掉了，因为观众们中途就去看角斗士表演了。）在戏剧主题方面，罗马人没有做出任何创新贡献；到了中世纪时期，古希腊戏剧彻底走出了观众的视野。

二、第二幕：神秘剧与道德剧

《世人》（*Everyman*）

基督教并没有给古典戏剧带来终结，是入侵罗马的野蛮人做到了这一点。

---

① "陶冶"原文作 katharsis，作为宗教术语意思是"净洗"，作为医学术语意思是"宣泄"或"求平衡"。亚里士多德认为人应有怜悯与恐惧之情，但不可太强或太弱。他认为情感是由习惯养成的。怜悯与恐惧之情太强或太弱的人在看悲剧演出时，只发生适当强度的情感。这两种人多看悲剧演出可以养成一种新的习惯，这就是悲剧的 katharsis 作用。一般学者把这句话解作"使这种情感得以宣泄"或"使这种情感得以净化"。罗念生在此处将著者译为"亚理斯多德"。
② 杰·雷诺（Jay Leno, 1950— ）：美国脱口秀主持人，从 1992 年至 2009 年一直在 NBC 电视台主持脱口秀《杰·雷诺今夜秀》（*The Tonight Show with Jay Leno*），该节目一直保持着高收视率。
③ 泰伦斯（Terence）：罗马共和国的著名戏剧家，生于迦太基，先是被带到罗马为奴，后获释。

古典戏剧需要满足观赏效果的物理空间，需要辛勤排练数周一朝登场的演员，需要有时间坐下来慢慢看的观众。如果没有大量悠闲的观众，古典戏剧就如同职业足球一样，没有生存空间。在整个中世纪，表演并没有消失，因为还有四处旅行的游吟诗人、杂技演员和小丑在英格兰和欧洲游荡，但是，戏院垮掉了。

不过，正如基督教给历史带来崭新的一页一样，它将希腊戏剧环环相扣的一幕幕情节转向直奔天启的直线路径。基督教给予戏剧一个新的物理空间，在此它可以重塑自己。教会作为一个机构，对于演出本身没有特别的热情。四处游荡的吟游诗人、杂技演员和小丑被认为缺乏道德礼教，教会的主教和神学家们也对基于对宙斯、阿波罗、雅典娜和其他"邪魔"的崇敬而编排的古典戏剧满腹疑虑。但是，戏剧本身与基督教世界观格外兼容。归根到底，戏剧是围绕行动来设计的，而基督教则认为历史中发生的一切，都是上帝富有意义的行动。戏剧由一个开头、一个中段、一场关系、一场冲突的解决构成。基督教把故事的开头设在伊甸园，把作为一个民族存在的以色列设为中段，把耶稣受难于十字架设为关系，把耶稣复活设为冲突的解决。而且，基督教也有自己的古典英雄形象——基督-亚当，这是一个合成的形象，亚当在伊甸园犯了理智上的选择错误，从此就在歧路上遭受灾祸，人类直到耶稣复活的全部历史，都是亚当这次选择的"结局"。整个人类历史都在努力解决这一核心事件的涟漪效应。

还有，教会仪式本身就有戏剧化的成分，他们不断重复讲述"创世-耶稣受难-耶稣复活"的故事。教会提供的服务甚至包括对话。为了将上帝的圣言传递给大量不识字的群众，教会在提供每一项服务时，会经常涉及圣经人物之间的对话，他们大声诵读《旧约》《福音书》和一部分《新约》的内容。尽管没有人确切知道具体从什么时候开始，圣经中的对话有了指定的"演员"。复活节仪式上反复吟唱的部分——坟冢里的天使和给耶稣基督的肉身涂膏的三位玛利亚之间的对话——可能是最早被戏剧化的。一开始，这些部分由不同的声音进行朗读，（或许）最终会把服装和道具加上。这些附加的娱乐可能是想增加大众的注意力，对此我们只能推测，但是，我们知道其他的圣经故事很快也被搬上舞台演出。这些"神秘剧"（"神秘"在这里取的是它最古老的，《圣经》中的意思，即某个东西曾经是被隐藏的，现在被揭露出来，得到了解释）一再讲述上帝创世、亚当夏娃的堕落、该隐和亚伯、诺亚方舟与大洪水、拉撒路的苏醒以及最后的晚餐等故事；这些是圣经中最关键的场景，所有这一切都指向"末日审判"。[5]

可能是因为有了越来越多的观众，也可能是因为教会想传播福音，在某个时刻,戏剧开始走向教堂之外。神秘剧的中心本来是对神的礼拜,现在挪到了乡村活动最中心的位置——集市上。在这个过程中,神秘剧获得了最初的合伙赞助人。汲水者行会为诺亚方舟神秘剧制造洪水的效果;木匠则制造方舟;烘焙行会为"最后的晚餐"提供丰盛的食物;金匠行会给东方三博士(Three Kings)制作珠宝,他们会把珠宝献给襁褓中的耶稣基督。在某种程度上,行会在宗教剧中植入广告是很无耻的行为,以至于约克郡曾经出台禁令,禁止行会的标志出现在戏剧里。戏剧的"世俗化"使得一些支线情节也变得引人注目:神秘剧《诺亚方舟》的故事就增加了诺亚的妻子不愿意上方舟的支线情节;《第二牧羊人剧》(the Second Shepherd's Play)整部剧几乎都是关于偷羊的,襁褓中的耶稣基督只是在该剧结尾有短暂的亮相。

神秘剧并非古希腊悲剧的直接继承者,而是另有源头。不过,古希腊悲剧和神秘剧也有某些连续性。与希腊戏剧相仿,神秘剧也为"存在的种种真相"提供描述性的解释,而不是为了对某个人物角色进行心理层面的研究。诺亚之妻,一位中世纪的悍妇,挖苦批评她的丈夫诺亚,还以耶稣基督之名进行各种诅咒,她就是一个落后于时代的鲜活人物,但是她在故事里的作用,恰恰说明了上帝对那些不够资格的人也会给予仁慈的救赎。神秘剧里充斥着各种类型和概括,重点在于描述品德,而非个性。

随着时间的推移,道德剧——对人物品性的寓言式探索——逐渐脱离圣经故事,开始独立存在。道德剧讲述的是能够代表一类人的品性的故事,他们与那些由具体的行为所代表的抽象品格作斗争:欲望、野心、贪婪和懒惰。在这场斗争中,人被善良天使和邪恶天使来回劝说,他们鼓励他选择友爱、忏悔和赎罪为伙伴。《坚忍的堡垒》(The Castle of Perseverance)以人类及成功诱惑他的贪欲、肉欲和愉悦为主角。当人类死后,"上帝的四个女儿"——仁爱、正义、和平与信实——就开始争辩他是否应该被允准进入天国。《世人》是中世纪最负盛名的道德剧,该剧在舞台上展示死亡,用以警示世人,死亡迫在眉睫。世人所喜好之伴侣,从财富到友谊,都很快抛弃了他,唯有善行留在他身边。

到了 15 世纪,戏剧表演已经彻底摆脱了教堂的物理空间限制。这些戏剧工作者把他们的舞台布景道具都放在马车上,走街串巷,从一个镇子走到另一个镇子,演出他们的道德剧和神秘剧;戏剧在露天舞台得到了它的位置。演员们朗诵他们的台词,亲近他们的观众,好让观众清楚地看到他们脸上的表情。

三、第三幕：莎士比亚时代

克里斯托弗·马洛（Christopher Marlowe），威廉·莎士比亚

"哦，给坚忍不拔的工匠展示的／是一个充满福祉、欢乐、／权力、荣誉和全能的世界！"克里斯托弗·马洛笔下永不知足的主人公，浮士德博士（Dr. Faustus）[①]感叹道："所有在宇宙静止的两极之间运动的事物／都要受我的统领。"对于文艺复兴时期的人而言，人有可能控制世界这一观念还是新生事物。随着人对物理世界的知识与日俱增，这似乎预示人们可以掌控物理世界。这也是人类有史以来第一次，不再只是悬在天堂与地狱之间的灵魂，不再只是等着在尘世过完这一生，然后升入天堂再开始他真正的生活。用雅各布·布克哈特的话来说，他现在是"有突出性格的人"、一个"多元的人"、一个拥有自由的个体，拥有在这个世界上行动并改变这个世界的能力。中世纪戏剧中平庸的、寓言式的"世人"已经变成"个人"，充满了各种复杂性、野心和潜力。

莎士比亚主宰了文艺复兴时期，但是，英语戏剧里出现的第一个"个人"应归功于克里斯托弗·马洛。马洛只比莎士比亚大两个月，他在16世纪80年代就开始写作，比莎士比亚最早的"历史剧"登上舞台的时间早十年。马洛早期的戏剧《帖木儿大帝》（*Tamburlaine*）写的是一个令人生畏的蒙古征服者，此人自称是"上帝之鞭"。该剧拒绝了帖木儿大帝可能是上帝展示自己的神圣意图的工具这一观念，而将他塑造成一个积极的、善于思考的人。

帖木儿大帝告诉他的一个受害者：

> 自然造化教诲我等众人壮怀激烈，遐想不已；
> 我等之灵魂，其才能足可理解
> 世界建筑之妙奇
> 并测量每个游荡行星之轨迹，
> 知也无涯而攀高不止，

[①] 浮士德：中国读者一般比较了解的是歌德笔下的浮士德。其实这个人物形象并非专属于某位作者的独立创作，但其精神主旨大体相同：浮士德精神是一种笃于实践的入世精神。他充满自信，敢于与魔鬼订赌，走出象牙塔，最终找到满足与幸福。

> 恰如不安分之圆球一般永动无休憩，
>
> 让我们竭尽所能，自强不息。

在《浮士德博士的悲剧》（*Doctor Faustus*）中，马洛吸收了"世人"的概念，把平庸的品性转换为"独一无二的个体"（individual）。浮士德博士在"知也无涯"的情况下不停地攀登知识高峰，却依然面临着每一个世人相同的选择难题：要么选择尘世的知识与财富，要么选择上帝天国之福佑。与世人不同，浮士德选择了尘世，就像任何一位杰出的文艺复兴学者一样，浮士德面对自然世界打开的知识宝库，无法做到转身离开，即便那意味着对他自己的诅咒。

在这部戏剧的结尾，浮士德拥有了知识和地狱。文艺复兴（以及后来的启蒙运动）赞赏人类采取行动的能力：调查某个情况，进行分析，决定一系列行动，最后胜利完成。不过，文艺复兴最伟大的两位剧作家都对文艺复兴时期简单的乐观主义持怀疑态度。莎士比亚创作了喜剧、悲剧和历史剧；但是，他从未书写胜利。即便是他的喜剧，结局也都是悲喜交集的，过去产生过的误解和未来可能发生的分裂都刺痛着人心。莎士比亚笔下的主人公都深思熟虑和富有行动力，但是他们同时也不快乐、矛盾、自我分裂。

古希腊文学（以及建筑）在文艺复兴时期重见天日，莎士比亚显然对亚里士多德关于戏剧形式规律的总结了然于心：他创作的戏剧也是五幕剧，没太费劲地维持着戏剧的整一性。但是，他希望他的观众与他笔下的主人公发生共情，不是因为他们在道德上是正确的，而是因为他们的心理动机是真实存在的。李尔王要求他的女儿们爱他要胜过爱她们自己的丈夫，这种要求虽然很扭曲，但是这样病态的心理确实存在。我们为哈姆雷特的犹豫不决而咬牙切齿，但是他不愿意再往自己家火上添油的心情，也是完全可以理解的。理查三世在道德上是个禽兽，但是他也是很有手腕的政治家，一个会优先考虑自己的目标的个人主义者，而不以人们的公共利益为目标，这一点与俄狄浦斯王相当不同，后者非常高尚，总是努力做出对人民最有利的事，即便他自己深陷困境。

当然，这些人都没有得到好结局。文艺复兴把人看成是自由的，人可以选择自己的道路，而没有把人限定在上帝预设的蓝图中；莎士比亚笔下的主人公是自由的，但是他们距快乐甚远。莎士比亚在《皆大欢喜》（*As You Like It*）中有一段最常被引用的文字：

全世界是一个舞台，所有的男男女女不过是一些演员；他们都有下场的时候，也都有上场的时候。一个人的一生中扮演着好几个角色，他的表演可以分为七个时期……

终结这段古怪的多事的历史的最后一场，是孩提时代的再现，全然的遗忘，没有牙齿，没有眼睛，没有口味，没有一切。

（朱生豪 译）

古希腊戏剧出色地展现出，人生活在一个由不可撼动的力量所掌控的世界之中；人永远无法避免打破宇宙的铁律，但是至少他知道随之而来的混乱为何会加诸其身。以《圣经》为剧本，中世纪的戏剧也出色地展现出，人处于一个可理解的世界之中，上帝已经决定了这个世界的开始、中段以及结局。但是在人类戏剧发展的第三幕，这幕发生在人不断探索发现的时期，那时还没有任何人知道，天文学家将在天空看到什么新东西，舞台上的演员演绎的这部戏没有上帝预设的目标。文艺复兴时期的科学家和哲学家或许认为未定的目标是极好的，是由人类对宇宙自然逐渐增长的力量所赐；莎士比亚却对此感到怀疑。

莎士比亚的时代不是被思想运动，而是被政治活动带向了终结。剧院——姑且不论英国的经济状况——在伊丽莎白一世及其继任者詹姆士一世期间繁荣一时。但是，在议会中掌权的清教徒发现詹姆士的儿子查理一世不是合格的新教徒；于是他们发动内战，流放了这位国王（后来还处决了他），又发动战役抵制所有天主教的事务和所有对宗教事务持自由思想的人。处于奥利弗·克伦威尔统治之下的英国，所有雕塑和带有圣像标记的艺术品都被毁掉；而剧院，公众离经叛道有伤风化的核心所在，也被关停了。英国的剧作家都逃亡到法国避难，或者就此退隐；演员们另谋生路，"伊丽莎白时代戏剧的灵魂消亡殆尽。"[6]

如此巨大的混乱，比任何理论论证都更为清晰地表明，戏剧与小说、自传还有历史著作有多么大的差别。如果政府宣称小说是不道德的，小说家将会秘密写作；传记作者即使身陷囹圄，或者处于专制政权之下，或者在隐匿中，也能继续写他们的故事。但是戏剧不一样，戏剧不能在密室里上演。它们必须有舞台，否则，死路一条。

四、第四幕：人与风俗

莫里哀，威廉·康格里夫（William Congreve），奥利弗·哥德史密斯（Oliver Goldsmith），理查德·布林斯利·谢里丹（Richard Brinsley Sheridan），奥斯卡·王尔德

直到在1659年去世，克伦威尔一直试图按照清教的规矩来"整顿"社会。他禁止了一大堆事，包括赛马、舞会和圣诞节。但在1660年，议会反对清教共同体，他们结束了查理一世的继承人——查理二世——的流亡，迎接他回来继承王位。这是天大的喜事，与其说是因为查理二世的回归——他倾向于在妓院争吵、街头暴力、酒吧斗殴中占据重要地位——不如说是因为克伦威尔的统治终于结束了。剧院强势回归。查理二世给两家剧团签署了王室特许令，宣布他们是伦敦仅有的合法剧院（也因此诞生了"合法剧院"的说法）。剧院重建起来了；但是有一个差别。莎士比亚时代的剧院是从中世纪的市集草根戏剧发展而来的，"复辟时期"的剧院则变成了精英机构，由贵族经营，并由国王亲自授权许可。莎士比亚的"环球剧场"能坐下1500人，提供了大量的廉价票，让每一位想看戏的人可以站在舞台前观看。而新的伦敦剧院至多只能容纳500人，也没有站票的"低价座"提供给劳动阶层。

这些给生活富裕的观众看的戏剧也和文艺复兴时期的戏剧相当不同。17世纪末到18世纪初是政治风云变幻的年代，此时的哲学家都在努力批驳曾经统治人类社会成百上千年的旧制度。英国的君主制却与众不同，它度过了这场危机，但是旧秩序不再有往日风光；查理二世是个不务正业的君主，被情妇们围得团团转，而他的宫廷——宫廷里的贵族理论上是由上帝委派来管理子民的——甚至更糟糕。在之后的几年里，君主制也没取得什么好成绩。查理的继承者，天主教徒詹姆士二世，在英国人不能再继续承载天主教王朝的希望时，出乎意料地生了个儿子。英国人为了摆脱詹姆士二世，迎来荷兰的威廉三世，对他进行约束。这个年代，虽有高尚的政治理想，却不得不在现实的政治实践中妥协让步；这个年代，虽高赞人类的自由，却不得不面对人类生存的种种真实的束缚；这个年代，虽有对普通人的崇高敬意，但如果考虑到他们一旦掌权就会做出的事情的话，也无法对他们产生信任。

在原有的确定性和诸神缺位后，复辟时期和18世纪社会转向了新的平衡。他们将对古典艺术和建筑（结构化的、对称的、稳定的、遵循不变规律的）新的热情和对风俗无止境的尊重，融合起来。这成为用来应对不断飞速变化的社会的不确定性的一种方式。在哲学家拒绝的等级制度世界里，风俗强化了上层

社会（还有中上层、中层、中下层和劳动阶层）的存在；卢梭可能会书写激进的平等观，但是街上的男子却只顾着嘲笑他的邻居连领带都系不好。

复辟时期和18世纪的戏剧还保留着古典戏剧的形态；但是，这些戏剧意在嘲讽社会对风俗过于痴迷的现象，尤其是那些与性和婚姻相关的戏剧。复辟时期和18世纪最伟大的剧作家对人类本性持悲观主义论调，比如莎士比亚。在奥利弗·哥德史密斯和莫里哀的戏剧中，人物角色将风俗作为武器，这使得他们可以借风俗之名为所欲为，在谦谦君子文质彬彬的面具下，一个个对权力如饥似渴、面相粗野的人正在咆哮如雷。洛克和卢梭或许会心平气和地讨论人类本性为何物，但是哥德史密斯和莫里哀则在各个角落里大声诘问："你认为人类能用理性控制自己？来！瞧瞧人类的本来面目如何！"

在这个时代，科学家、政治家、历史学家和小说家都在宣称人类已经上升到"手可摘星辰"的历史新高度。只有剧作家——他们是真的把人放到舞台上，让人们开展具体行动——没有被说服。他们的剧本中充满了各种妥协、冥顽不灵、愚钝粗鲁、凶残暴虐、邪恶，以及所有的不宽容。上层社会的主人公们是暴君或者放浪的无赖；哥德史密斯笔下的马洛先生①骄傲地宣布，他只有在普通女子的陪伴下才能过得快活，因为他可以花言巧语诱惑她们而不觉得愧疚。哥德史密斯甚至把来自"下层"的托尼·兰普金（Tony Lumpkin）放在了主人公的重要位置。他声称，底层阶级的人物角色有更多的情绪和品性，因为时尚没有抹平他们的角色特征，使他们的个性整齐划一。那么，他的上流社会观众看懂了剧作家对他们的嘲讽了吗？显然没有。他们嘲弄托尼·兰普金，还在马洛赢得美人归时为他鼓掌喝彩。

"风俗"是对终极混乱的人类生活进行的人为塑形。风俗由社会决定，这个社会相信规律，相信宇宙是平稳的、科学的，如同钟表一般精准工作。剧作家在风俗喜剧中讽刺这些规矩，透露出他们对人类主宰世界秩序的不信任。不过，这些喜剧仍然沿袭古典戏剧的传统——五幕剧的结构以及时间、地点和行动的"整一性"。这种"新古典"结构将戏剧写作转变成理性的活动；在启蒙运动思潮中，理性，人类最重要的部分，强有力地控制着人的想象力。

---

① 马洛先生（Mr. Marlow）：戏剧《屈身求爱》中的男主人公。

五、第五幕：理想主义的凯歌

亨里克·易卜生，安东·契诃夫，乔治·萧伯纳，T. S. 艾略特，桑顿·怀尔德（Thornton Wilder），尤金·奥尼尔（Eugene O'Neill），让·保罗·萨特，田纳西·威廉斯（Tennessee Williams），阿瑟·米勒（Arthur Miller），塞缪尔·贝克特（Samuel Beckett），罗伯特·鲍特（Robert Bolt），汤姆·斯托帕德（Tom Stoppard）

19 世纪的浪漫主义者反对启蒙运动把人视为机器这一观念。浪漫主义者对情感和创造力的赞誉，远远超过对理性的认可。剧作家不是手艺人，而是不为惯例和法则所束缚的天才。到了 19 世纪末，剧作家开始摆脱亚里士多德主义的理想，更喜欢狂野自由但也更为痛苦的形式。

浪漫主义作家不仅拒绝接受按部就班的古典戏剧结构，而且也拒绝启蒙运动的乐观主义。该乐观思想宣称，世界可以被归类，井然有序的世界可以被人类掌控。浪漫主义者清醒地知道，人类的触角总是伸得比他抓到的更远，没有任何知识能够满足他最深层的渴望。

浪漫主义诗人是焦虑、压抑和自我屠戮的猎物，他们的戏剧是"诗剧"（poetical dramas），狂野而富有幻想，它们已经不能机械地适应 19 世纪的舞台。尽管他们竭力对抗启蒙运动的精神框架，诗人们仍然困守于舞台上的约定俗成——这种局面一直到 20 世纪早期才有所改观。

由贝尔托特·布莱希特（Bertholt Brecht）[①]所领导的现代剧作家，对戏剧有了心灵的顿悟：他们拒绝舞台上的"现实主义惯用手法"，以便对人生有更加真实的写照。"戏剧现实主义"（theatrical realism）——通过传统的服装、自然的对话，以及观众和演员之间无形的"第四道墙"（fourth wall）[②]，维护着舞台上的行动是"真实的"这一错觉——现在被视为秩序错觉的同谋，不过（像 18 世纪的风格一样）是在一个实际上由混沌和无序构成的世界中，找到了想象出来的规

---

① 贝尔托特·布莱希特（1898—1956）：德国著名戏剧家与诗人。他年轻时曾任剧院编剧和导演，在 1933 年后流亡欧洲大陆。1941 年，他经苏联去美国，但战后遭到迫害，于 1947 年返回欧洲，定居东柏林。布莱希特建立了新型戏剧——史诗戏剧，其核心主张是"陌生化效果"和"间离方法"。
② 第四道墙：戏剧术语。在镜框式舞台上，一般写实的室内景只有三面墙，沿台口的一面不存在的墙，被视为"第四堵墙"。它是由对舞台"三向度"空间实体联想而产生，并与箱式布景的"三面墙"相联系而言的，其作用是试图将演员与观众隔开，使演员忘记观众的存在。

律,是一种想象的、虚假的结构。

　　布莱希特可能是自亚里士多德以来最有影响力的戏剧理论家,他反对有某种不可阻挡的命运主宰了人类的存在境况,这种力量会引领我们朝向一个有意义的目的这一观点。在他的戏剧中,他还拒绝传统戏剧导向高潮的结构;在布莱希特的"史诗戏剧"①中,再也没有从剧中角色的表演中引出的"注定的结局",没有"冲突的解决"。取而代之的是,这些戏剧由相互关联的片段构成;它们所关注的,不是主人公或者行动中的人,而是"非悲剧性主人公"(Untragic Hero,布莱希特的朋友和译介者瓦尔特·本雅明②的说法),一个思考者将自己的人生之路从一幕推向下一幕。

　　布莱希特试图撼动观众对所谓"秩序"的先入为主的观念,他的方法是"间离",用以"破坏幻想","使观众能采纳批判性的态度","第四道墙"也就此消失。本雅明写道:"舞台仍然在抬升,但是,它不再是从深不可测的地方升起;它已经成为公众的舞台。"[7]换言之,这里没有"舞台",没有一个高位的视角允许任何一位社会成员有任何权利宣布什么是对的,什么是合乎秩序的,演员与观众都在努力抓住戏剧想表达的想法。在布莱希特主义的戏剧中,譬如就像汤姆·斯托帕德的《罗森克兰兹与吉尔登斯恩已死》(Rosencrantz and Guildenstern Are Dead),或者彼得·谢弗(Peter Shaffer)的《恋马狂》(Equus),一部分观众可能会直接坐在舞台上,而台上的演员们可能走下来,和观众坐在一处。桑顿·怀尔德的剧务总监会直接与观众讲话,介绍演员的真名实姓。他不希望旁观者迷失在什么艾米莉和乔治的故事当中;他希望观众们在心灵中始终保持做他们自己。

　　在英语戏剧中,两次"布莱希特主义"运动曾经特别如火如荼,影响广泛:这两次运动分别是象征主义戏剧和荒诞主义戏剧。象征主义部分地建立在法国诗人斯特凡·马拉美(Stéphane Mallarmé)③的成就之上。马拉美曾经写道,戏剧就应该是"启发性的,而不是描述性的,并且应当依赖建议,而不是陈述"。[8]

---

① 布莱希特把戏剧分为两大类型:一类是按照亚里士多德在《诗学》中为戏剧体裁所界定的标准而创作的戏剧,他把它称为"戏剧式戏剧"或"亚里士多德式戏剧";一类是违反亚里士多德的标准而创作的戏剧,他把它称为"史诗式戏剧"或"非亚里士多德式戏剧"。
② 瓦尔特·本雅明(1892—1940):犹太学者,主要作品包括《发达资本主义时代的抒情诗人》和《单向街》。
③ 斯特凡·马拉美(1842—1898):法国象征主义诗人、散文家。1876年作品《牧神的午后》在法国诗坛引起轰动。

第八章
世界是舞台：在戏剧中读懂历史

马拉美比布莱希特更进一步，后者没有特别反对使用舞台布景或者服装道具；而马拉美需要舞台如脱去衣服一般，达到"去剧院化的效果"（detheatricalized），减少到近乎赤裸，这样剧作家才能够提供给观众显而易见的象征。对于象征主义者而言，世界秩序井然的表象只是一层面纱，它遮蔽了事实真相；要想穿过这层面纱，不二法门就是使用象征符号，这些象征可以瞬间拉起这层面纱，让我们对隐藏在后面的真相惊鸿一瞥。象征主义者的戏剧——譬如塞缪尔·贝克特的《哦，美好的日子！》（Happy Days），剧中一名女子被沙土埋到了腰部，但在飞快的一瞥中，她意识到自己的困境——以间接晦涩、非现实主义的对白、冗长混乱的停顿和几近于无的动作表演为特色。

"荒诞主义"拒斥戏剧的现实主义理念，倒不是因为戏剧的传统不够强，而是因为关于生命意义为何物的传统解释本身是不充分的。这里引用欧仁·尤内斯库（Eugène Ionesco）[①]的一句话，人"迷失于世界之中，他的所作所为毫无意义，荒诞不经，徒劳无功"。所以，荒诞主义者的戏剧消除了因果关联，将角色类型化，而不是脸谱化，同时将语言还原为一场不能传情达意的游戏。塞缪尔·贝克特的《等待戈多》（Waiting for Godot）出版于1952年，属于"荒诞戏剧"。它没有什么情节设计，没有人物角色的发展，也没什么舞台布景，也不想引导观众得出什么关乎生命的结论。就这样，没有情节，没有人物发展，没有布景，没有任何有意义交流的可能性。使用"荒诞戏剧"原则的剧作家，不属于任何特定流派，因为他们坚信任何心灵之间的协调一致都不过是个错觉；根据定义，每一位作者都"自视为孤独的局外人，隔绝在自己的世界中"。[9]不过，他们其实也共享了一种态度：所有的确定性都已荡然无存，无论宗教的、政治的还是科学的。尤内斯库写道："荒诞，就是空无任何目的……切断了他的宗教的、形而上的、超验的根基，人就是迷失的。"[10]

荒诞主义戏剧是对现代社会表示绝望的一种表达，但是并非每一个当代剧作家都沉溺于绝望之中，而且，也并非所有人都选择通过象征或者荒诞的方式来表达他们内心对生活的疑虑。田纳西·威廉斯、阿瑟·米勒、罗伯特·鲍特和许多其他剧作家可能是从布莱希特那里有所借用。譬如，鲍特的《良相佐国》

[①] 欧仁·尤内斯库（1909—1994）：罗马尼亚裔法国剧作家，荒诞派剧作家最著名的代表人之一。其成名作《秃头歌女》于1950年巴黎在首演。其后他又创作了《上课》《椅子》等剧，表现了"人生荒诞不经"的主题。

(*A Man for All Seasons*)中的"平民"(Common Man),就与怀尔德戏剧中的剧务总监,没有太大区别。但是他们也允许他们的故事在一个特定的时空中展开:英国的都铎王朝,20 世纪 40 年代的纽约,波兰社区中一所热闹的公寓。那些在他们的剧本中保持了一部分现实主义的剧作家,发现真理就在角色的行动当中,他们相信观众能够认出人在行动和动机方面的相似性。汤姆·斯托帕德让剧中人物罗森克兰兹与吉尔登斯恩在戏剧结束时消失在困惑与荒诞的漩涡之中,以此对语言进行说明;但是阿瑟·米勒则通过他对主人公——花甲之年的销售员威利·洛曼进行详尽的心理画像,进而告诉我们美国资本主义的事情;而田纳西·威廉斯通过一位美国南方的美女酒徒来书写绝望之情。现实主义戏剧用安妮·弗莱奇(Anne Fleche)的话说就是:"为对白提供一个动机,给存在提供一个理由。它保证了意义上的充盈,角色之间有逻辑的关联……思想通过对白而关联在一起;它们变得清晰易懂和容易觉察。"[11] 象征主义和荒诞主义认为语言不能够揭示任何关于人类生存境遇的真相;而戏剧现实主义对语言仍持有信心。两种戏剧都将继续并肩携手存在下去。

第二节　戏剧的目的

1959 年,戏剧家哈罗德·哈波森(Harold Habson)面对戏剧界放眼望去满是象征与荒诞的状态,不无愤慨地写道:"现在该是有人提醒我们那些前卫的戏剧家,剧院的首要原则是给大家带来快乐……这是剧院的责任。剧院可不是要把人变得更好的地方,而是要让人在这里释放他们无害的快乐。"[12]

戏剧的功能应当是什么?这个问题至今仍在讨论。"严肃的"戏剧——无论其是否属于现实主义——一直吸引着数目可观的观众,但是,从复辟时期和为缺乏鉴赏力的观众所准备的廉价票消失开始,"通俗的"和"严肃的"戏剧——前者要发挥"娱乐精神",后者要"开拓思想"——渐行渐远,分道扬镳。布莱希特和他的继承者主张突破舞台的限制,让演员到观众中去。但是,"通俗"戏剧却发展出相当不同的形式:情节剧。该剧种比那些严肃戏剧的票房高出数十万张。在情节剧里,善恶总是泾渭分明,而且坏人会在观众的欢呼声中得到罪有应得的下场。情节剧充斥着婚姻爱情、爱国精神、舐犊情深,以及债务危机、赌博、酗酒等内容，大部分人喜闻乐见；而知识分子则在看萨特的《禁闭》(*No Exit*)。在美国，《汤姆叔叔的小屋》被改编为最成功的情节剧，有多达五百多场的巡回演出，正如丹尼尔·格鲁德（Daniel Gerould）所评论的："许多演员整个职业生涯都在演绎《汤姆叔叔的小屋》。"[13] 在《煤气灯下》(*Under the Gaslight*)中，该剧向观众介绍了伦敦的贫民窟，最后以贫穷的工人阶层女孩从火车迎面而来的铁轨上救了一名被绑缚的受害者（一只胳膊的老兵）作为结束——这一画面成为情节剧的象征。

情节剧具有娱乐性，但是它也展示了通往真理的第三条道路；正如彼得·布鲁克斯（Peter Brooks）在他闻名遐迩的专著《情节剧的想象力》(*The Melodramatic Imagination*)中所写的，情节剧诞生于一个"极端自由"的时代，在那个时代里，观众需要"一个道德边界清晰的世界观，以满足想去阅读和合理解读这种世界观的符号的人的愿望"。现实主义戏剧声称，人类能够在精心绘制的心理画像中发现真理，使心灵成为人与人之间相互联结的所在；而非现实主义戏剧则声称，人们之间根本毫无心意相通的可能；情节剧则断言，终极的善和恶都存在，"即使正临深渊，人们也会选择相信良善，或者邪恶。"[14] 情节剧如今已经退出表演舞台，不是因为人们不再相信善恶之分，而是情节剧的功能已经由反映正邪不两立、最终邪不压正的夏季大片所取代。

严肃戏剧想要争取观众，就要同电影和诸如音乐剧《猫》(*Cats*)竞争，它永远处在危机之中。在严肃戏剧最鼎盛的时代，它提供了彼得·布鲁克斯所称的"神圣戏剧"（Holy Theatre）——在这里，观众能够借助"舞台体验超出他们生活经验的无形力量。他们将坚持用美丽的方式和激活灵魂的爱意来演绎《俄狄浦斯王》(*Oedipus the King*)……《哈姆雷特》或《三姐妹》，并提醒他们自己，日常的乏味单调根本不重要。"[15] 这可不是严肃戏剧通常会有的情况，因为它确实难以理解，阴郁苍白。

在《恋马狂》——我推荐阅读的戏剧清单的最后一部——中，作者彼得·谢弗表达了他自己对于某种难以言表的美好的联结的渴望，这种联结无法只是通过几个词来精准传达，而是要用谈话和行动。这种联结在未来——那时象征主义技巧和荒诞派戏剧多少已经有些过时了——将会如何传递，仍是一个值得商榷的问题。姑且不谈电影，网飞（Netflix）和葫芦网（Hulu）对于戏剧的杀伤力不亚于电子书对于纸质书的影响。值得注意的是，到底有多少跨界剧作家在写电影剧本的同时还依然全身心地投入到戏剧创作中。譬如，最著名的大卫·马梅（David Mamet）①，他的戏剧很可能会出现在未来的戏剧经典名录中。

但是，对于已经很熟悉电影模式的观众还需要多少现实主义，当代戏剧作家之间并没有达成一致意见。与小说相仿，戏剧发现了一些远离抽象的东西。戏剧作家特蕾莎·丽贝克（Theresa Rebeck）②写道："如果我再多读一篇关于我们应当如何远离小说和现实主义的文章——因为电视和电影也正在做同样的事，而我们的工作是在'突破原有底线'——那我就要吐了。这种精英主义思想正在把我们的观众赶跑。"16 戏剧作家玛莎·诺曼（Marsha Norman）③坚持认为：

> 观众就应该清楚舞台上到底在干什么。就社会议题、个人家庭生活，以及各种各样的特定剧院作家所关注的事情而言，电视做了一份很伟大的工作。譬如阿瑟·米勒……那些事情确实通过电视的形式呈现更好……我们在戏剧中所探寻的，应该是那些只能用戏剧来实现的东西，而不是电视电影更擅长的那些。17

戏剧较之于电视，更为擅长的是激发想象力。诺曼写的对白是现实主义的，但是她的舞台场景设置是空白的，她的戏剧《特鲁迪·布卢》（Trudy Blue）就是以"精神的速度"来演绎的，剧中人想象她自己从一个地方来到另一个地方，而演员不过就用了五把椅子和一张桌子而已。诺曼认为这种"装作如是"是戏剧的强项。不过，很显然她的"装作如是"考虑到了角色的发展。尽管保留了一些非现实主义元素，当代戏剧似乎已经从象征主义的、哲理性的"思想剧"回归到探索人的个性这条道路上。

---

① 大卫·马梅：美国当代声誉卓著的剧作家，1984年其剧作《拜金一族》获普利策奖。他也是著名的电影编剧。
② 特蕾莎·丽贝克：制片人、编剧，其作品有《流言蜚语》《小小小间谍》《名声大噪系列》等。
③ 玛莎·诺曼：美国著名剧作家、编剧和小说家，曾任美剧《扪心问诊（第一季）》《法律与秩序：犯罪倾向（第一季）》《奥黛丽·赫本的故事》等编剧。

第三节　如何阅读剧本

与小说和自传相比，戏剧的篇幅大多都很短小。这就让你有可能在阅读剧本的过程中再添加上额外的一步：在"探索式阅读第一步"之前，考虑规划出一整块时间，让你可以坐下来一气呵成地读完一部剧本，中间不要停下来，也不要回头翻阅。一部戏剧本来就是设计在某一个夜晚演出的，既然演出要准时，那这作品就总是一直向前推进，从不回头。而小说、自传和历史著作是要慢点读的，要留够时间去沉思，要有足够的自由去回顾浏览，对比作者的前提假定和最后结论。但是，剧作家知道观众没有时间回看。所以，你第一遍读一部剧本时应该考虑到这一现实。

如果你没时间这么做（对于某些长一些的剧本，譬如莎士比亚的一些戏剧，你可能觉得它太冗长了），你可以直接进行探索式阅读的第一步。

一、探索式阅读第一步：语法阶段阅读

正如读一本小说一样，在开始读一部戏剧时，你要问一些基本的问题：这些人都是谁？他们在干什么？他们后来的人生有何不同？你读的时候，如果感觉到某一个特殊的场景是很关键的话——即便你并没有多大把握——也先把这个记录下来，或者把剧本的这一页折起来，这样当你看完整部剧本需要回看的时候就方便很多。

审读标题、封面和这部戏剧的整体架构。读一下标题页和封底页；在笔记本的空白页抄下这部戏剧的名字、作者姓名，以及创作时间，然后在下面大致记一下作者所属的历史时期。这位作者是古希腊人？还是复辟时期的英国人？或者是二战后的美国人？如果你搜集到任何有关作者或者这部戏剧结构的有用信息，也要随手记录下来，这能帮你阅读。看一下《罗森克兰兹与吉尔登斯恩已死》的封底："现实与想象交织……是命运！引领我们的两位主角走向无法避免的悲剧结局！"一旦你知道了这些，你就不期望看到现实主义的画面了，你自己能够在阅读的过程中找到那种"无法避免"的东西。

然后，浏览一下这部戏剧的结构划分，记下一共有几幕：是三幕剧、四幕

剧还是五幕剧？还是只有一幕？这部戏是否保留了传统的结构，或者结构松散，像是布莱希特风格的戏剧？它是均匀地分成两部分吗？如果是的话，在第一部分快要结束的地方找一下留了什么"悬念"。这部戏剧是否有相对独立的序幕或者尾声？如果有的话，在这两个地方就很可能找到对戏剧目标的介绍或者总结。阿瑟·米勒的两幕剧《推销员之死》（*Death of a Salesman*）以一个单独的场景——挽歌——作为结束。推销员的妻子哭喊说："他只要有一点点工资就够了。"而她的儿子却回应说："谁也不能有一点点工资就够了。"——这是这部戏计划的主题之一。

如果你看到有舞台指示（stage direction），请认真阅读。当你开始阅读的时候，多留意舞台指示，既包括对舞台上演员表演动作的解释，也包括注解。较早的戏剧只有很少的舞台指示，有时甚至没有：你在戏剧《俄狄浦斯王》里所能发现的唯一的舞台指示就是"俄狄浦斯走上舞台"，甚至就这么一条都是戏剧翻译者加进去的。无论如何，如果你在读剧本的时候注意那些剧中人物都在做些什么，你还是能在这些角色的对白中发现一些线索提示，这将有助于你想象他们在舞台上的行动。国王宣称："哈姆雷特在疯狂之中，已经把波洛尼厄斯（Polonius）杀死；他现在把那尸体从他母亲的房间里拖出去了。"哈姆雷特已然杀死了波洛尼厄斯，但是如果没有国王的陈述，我们就不清楚哈姆雷特后来采取了什么行动。

晚近的剧本更倾向于详尽地描述场景画面。萧伯纳在《圣女贞德》（*Saint Joan*）中写道："屋子里有一张结实的原木色橡木桌，城堡的主人坐在桌子旁边与其配套的椅子里，我们能看到的是他身体的左侧。管家隔着桌子，用一种可怜巴巴的姿势站在主人的对面。后面是一扇开着的十三世纪的直棂窗。窗外附近的角落有一个塔楼，狭长的拱形门廊一直通到旋梯，顺旋梯而下就到了院子。"萧伯纳的这段介绍恐怕不能更详细了。

你能得出什么结论呢？《俄狄浦斯王》的时代背景在整个戏剧的意义结构中不占据重要位置；这出戏曾经穿着现代服饰、戴着日本面具在南北战争之前的美国南方上演，作为非裔美国人的福音作品（跟《哈姆雷特》一样，带来了不同程度的成功）。但是，与上述不同，《圣女贞德》就只能以15世纪的法国为背景。如果剧作家为你提供了这种程度的细节的话，他的意图是让你注意，千万不要简单地掠过这些描述就直奔剧本的对白。你应当花些时间在脑海里想象出作者所描述的画面；如你在上面那位国王的讲话中发现了一条线索，先停留片刻，把作者描述的行动视觉化，呈现在眼前。

也许，拿起笔，把舞台布景和上面的摆设画下来，用铅笔画出剧作家提到的人物的活动，对你会很有帮助。作者花功夫去写这些舞台指示——例如，在一个角色对白之前，会提示"上台"，或者"穿过舞台左侧"——他都是在强调某个动作，希望观众注意到舞台上的某个东西：对话、演员，以及另一个角色。如果这个角色要"穿过舞台左侧"，那么她是否要在舞台上别的角色面前走过？或者只是绕过这个人？或者经过一棵树的阴影？或者是迈过一道门槛？

整理一份剧中人物列表。和小说不同，小说按顺序介绍每一个出场角色，而戏剧通常是直接把"全体剧中人"全部写在最前面。浏览一下这份剧中人物列表。如果你愿意，你还可以在你的个人阅读笔记上为每一个角色做一个记号，然后在每一个记号后面简略写几句话，概述一下这个角色。当人物列表令你感到混乱或者列表过长的时候，你可能更愿意尝试这么做。在现代戏剧中，"全体剧中人"名单有时候包括了参加首演的演员名字。所以，你在《欲望号街车》（*A Streetcar Named Desire*）中能找到马龙·白兰度（Marlon Brando）[①]，他是扮演斯坦利·科瓦尔斯基的第一位演员，同时杰西卡·坦迪（Jessica Tandy）[②]则扮演布兰琪·杜布瓦。有时候，这可以帮助你完成一部分的视觉化，因为导演毫无疑问会选用在外形条件上与角色最相符的演员来完成这部戏的处子秀。

请留意对舞台角色的外形描写，或者用以解释情绪的那些"标签"。萧伯纳的戏剧中两种都有：他笔下的圣女贞德，"相貌不凡，眉心很宽，双目突出，像是那种很爱幻想的人。长长的鼻梁，鼻孔胀大，上嘴唇稍短，厚厚的嘴唇显露出她的坚毅与果断，下巴很好看，却又显得倔强不屈。"随后，来自包椎古尔（Baudricourt）的罗伯特上尉（Captain Robert）说了一段话，这段话其实就是接下来的标签的前奏。后面给这位上尉贴的标签是："他优柔寡断的毛病暴露了出来，刚才装出的果断也无影无踪了。"有了舞台指示，如果作者还加入了这些标签，他是在提醒你应该额外注意。请做好关于人物角色外形描写以及标签所提供的任何有关人物情绪的笔记。

---

① 马龙·白兰度（1924—2004）：美国著名影视演员。
② 杰西卡·坦迪（1909—1994）：英国著名女演员。

简要记录每一场的主要事件。 当你看完剧本中每一场的时候，最好简要记上一两句话，记下主要发生了什么事和参与事件的相关人员。你写的时候，别忘了还有其他角色也在舞台上。当你读剧本的时候，你很容易会假设人物角色在作者为他们所设定的真实场景中（法庭、起居室，或者地下室），而不是在舞台上。但是，实际上，他们是坐在盯着他们看的观众面前的升起的舞台上，而不是在法庭、起居室，或者地下室里。正如批评家罗纳德·海曼（Ronald Hayman）所说，剧作家要解决的问题，就是得给角色一些事情去做："任何时候，舞台上都不止一个演员，读者需要把他们都记在脑子里。一个挑战就是怎么能把全部注意力只放在正在讲话的那一个人身上。一个剧中人，无论他是否正在聆听别人说话，他对整个的戏剧效果的贡献都分毫不差……如果他们没有说话，那他们在干什么呢？"[18]

你能分清开头、中段、高潮和冲突的解决吗？ 一部戏剧无论面对什么问题，它都需要提出一个初始命题，或者是在你面前设定一个场景，这个场景要构成某种程度的张力。初始问题是什么？或者，张力是什么？舞台上帷幕升起，你看到了俄狄浦斯王在神庙的台阶上来回踱步，而他的臣民鱼贯而至，向神询问，为何忒拜城会遭遇瘟疫、疾病、妇人流产、粮食歉收等劫难。俄狄浦斯不知道为什么，我们也不知道为什么；我们需要对此问题有个说法。汤姆·斯托帕德在《罗森克兰兹与吉尔登斯恩已死》的开篇，则采用了完全不同的方式表达张力：两位盛装华服的伊丽莎白时代的人，坐在空空的舞台上，正在抛掷硬币，但是硬币抛了92次都是正面。为什么呢？

一位剧作家，无论他多么前卫，都起码得有一位观众坐在他的舞台前面。他要竭力保持他们的兴趣；他不能像写哲理散文那样，只是单纯地告诉观众们，他自己是如何思考人生的。如果他想要吸引观众的注意力，而且能留住他们看完整部戏剧，他就要把剧本中的人物角色放在舞台上，吸引观众注意这些人物的行动。桑顿·怀尔德在《我们的小镇》（*Our Town*）中，通过暗示剧中人的结局来创造这种戏剧张力。舞台监督介绍说："季布斯医生（Doc Gibbs）接生完婴儿正从大街走过来，这时他的太太从楼上下来弄早点。季布斯医生死于1930年……季布斯太太很久以前就离开了季布斯医生……季布斯太太在那儿死于肺炎……现在她在山上的墓地里。"当他说这些的时候，季布斯太太会走上舞台，开始准备早餐，观众就会注意到她。通常来说，看某个人准备早餐并不是什么

第八章
世界是舞台：在戏剧中读懂历史

有趣的事情；但是，如果你知道这个人将要死去，就不一样了：这一下子就把你放在了神的位置。有些事，你知道，而季布斯太太不知道！而且你还在思忖：季布斯太太之死对情节发展有影响吗？这事什么时候来临呢？

这部戏剧中，最具有张力的点在哪里呢？在事情已经发展到最难处理的时刻，或者整个情绪已经达到了最高峰，这是戏剧的"中段"。这倒未必正好是演出的一半儿，但是在整体结构中处于中间的位置，"中段"是为戏剧的高潮和冲突的解决做铺垫。在《欲望号街车》中，四位主角——斯坦利和妻子斯黛拉、斯黛拉的姐姐布兰琪和正在追求她的斯坦利的朋友米奇之间的戏剧张力在第三幕第一场达到极点；在那一场戏里，斯黛拉发现斯坦利之前警告过米奇，让米奇离她姐姐远点。也是在这个节骨眼上，剧中几位主要人物彼此最疏远，他们看起来不可能达成一致。

一部戏剧中的行动在哪里达到高潮呢？在哪一个节骨眼上，这部戏剧的张力触发了一个行动，改变了角色或者他们的境况呢？一般而言，"中段"并不等同于高潮。在《欲望号街车》中，整部戏的高潮，也即高光时刻，是在第三幕第四场斯坦利偷袭布兰琪的时候。这次偷袭把"中段"的张力爆发出来，在这场戏中，斯坦利出于混杂的仇恨和贪欲，毁掉了布兰琪的天真烂漫，也疏远了他自己的妻子；他偷袭布兰琪时已经接近这部戏的尾声，他的仇恨和贪欲通过外在行动表现出来，潜在地永远毁掉了他和妻子之间的关系。

识别出"中段"和"高潮"，可以帮助你理解剧作家如何运用张力和化解冲突。这不是什么精准严密的科学，你不需要为找到"最对的"场景而感到烦恼。你要做的只是单纯寻找戏剧的张力变得非常清晰的那个拐点就好了，然后问一下自己：这些张力促成了哪些行动？有些时候，你或许会发现一部戏剧的"中段"和"高潮"是接踵而来的。在《我们的小镇》里，你有充分的理由认为这部戏剧的"中段"发生在第二幕的结尾，就在婚礼前，艾米莉和乔治都惊慌失措了，坚称他们不想"变老"，"为什么我就不能有那么一阵子只是做我自己？"艾米莉哀恸抱怨说，她觉得时间飞逝，白驹过隙。这部戏的"高潮"则出现在第三幕的结尾，那时艾米莉已经去世下葬了，又还魂回来重温她十二岁生日，她涕泪横流地说："我不能再继续了。时间过得太快啦！我们都没有一点时间好好地看看对方！"

当然，你也可以有足够的理由认为这部戏的"中段"发生在艾米莉不顾另一场死亡的警告，执意穿越重回她的童年的时候；而这部戏的高潮，则是在同一幕同一场靠后一点出现的。不用那么执着,只要找到对自己有意义的"中段"和"高潮"就行。

冲突的解决是在哪里发生的?在高潮之后发生了什么?这场冲突的解决带来了什么后果?之后在每一个角色身上又发生了什么事情?在《欲望号街车》的最后一场戏里,布兰琪发疯了,斯黛拉十分悲痛,斯坦利毫无愧疚和道歉之意。《我们的小镇》并没有在戏剧的结尾给各位人物角色的冲突一个解决之道,"他们不明白!"艾米莉出于对生者和死者的绝望,如此说道。而舞台监督这时出现了,平淡地说了一句就结束了演出:"现在歌洛威尔小镇十一点了,你们也应该去好好休息了。晚安!"而你们,读者朋友们,应该自己找到这个剧的冲突的解决。

戏剧表演属于剧本的哪一"幕"?这部戏的结构是亚里士多德主义的,将一个连贯的故事拆分成若干幕和场次,再朝着一个结局环环相扣地构建起来?或者,这部戏剧的结构是布莱希特式的,把一个完整的故事拆分成若干个情节段落,而这些故事片段引领你循序渐进地接纳某种精神主旨?

是什么把戏剧表演中的行为整合到一起的?这部戏剧是否有连贯的情节设计(一系列朝向冲突的解决的事件)?或者,不是通过一系列事件,而是通过对某个角色的心灵考察串联起整部戏?你阅读这部剧本,是因为你想知道到底发生了什么事情,还是因为你更关注某个特定人物角色到底发生了什么?这部戏剧是围绕作者正在探索的一个理念而串联在一起的吗?这部戏剧是否试图在你身上激发出某种情绪,或者,它企图引导你得出某个结论?在这部戏剧里,最后一段话是否展示了一个思考总结,或者某种压倒一切的情绪?如果你还无法确定,那就假装某个人正在踱步穿过你读书的房间,他问你:"这本书是讲什么的?"如果你正在看的是奥斯卡·王尔德的《不可儿戏》(*The Importance of Being Earnest*),你可能会告诉他:"这是一部关于身份混乱的戏剧。"奥斯卡·王尔德写搞错身份的剧,目的是让你捧腹大笑,但也是想让你思考,人们如何赋予彼此身份。

"这本书是关于什么的?"回答这个问题,一个好方法是说:"哦,我也还一头雾水呢!"有时候,一部"思想性"的戏剧恰恰就是要探讨"无意义"。

第八章
世界是舞台：在戏剧中读懂历史

试着写上两三句话，简单解释一下戏剧的题目。书籍总是不可避免地被出版商重新命名，例如 T. S. 艾略特那首著名长诗《荒原》（The Waste Land）最初的标题是《他用不同的声音读警察报告》（He Do the Policemen in Different Voices），但是剧作家仍然竭力留住他们自己取的名字；戏剧往往在剧本印刷出版之前就已经上演了，上演时的题目就是剧本的一部分。所以，你可以假定戏剧的标题已经总结、描述了这部戏剧，或者用某种方式增加了戏剧性。标题与戏剧本身的关系到底是什么？它是与人物角色有关？还是与情节设计、思想构架、情绪烘托有关？它与这部戏剧的高潮事件（譬如《推销员之死》）、某个地方（譬如《樱桃园》）、某个人（譬如《良相佐国》）相关吗？剧作家想通过他起的标题暗示什么呢？

二、探索式阅读第二步：逻辑评估阶段阅读

当你步入一个新的阶段，要对某部戏剧进行更细致的批评，这就需要重读了。尝试对该剧的连贯性做出一个最终结论：这个结论是出自一个相互关联的情节设计，还是出自某个特定人物角色的内心活动，或是出自某个观念的拓展延伸？剧作家可能采用了不止一种逻辑来串联情节（情节设计经常和人物角色交织在一起），但是，你认为哪一种最关键？你是否能用某个人、某件事或者某种思想来回答"这部戏是讲什么的？"这一问题呢？

一旦你已经能够回答这个问题了，就接着进行下面三项中的一项吧！

（一）如果该剧通过情节设计赋予戏剧整一性：把一步步推向高潮的那些事件都列出来；每一个事件应该引出下一个，你能发现这些事件的前后关联吗？问一下自己：为什么前面的这起事件能够引发下一个？随手记下这些可能的关联，这将为你提供这部戏剧的基本"骨架"。

现在，再问一下自己：这部戏剧代表了哪种类型？这是一部浪漫爱情剧吗？在这种类型的戏剧中，两个剧中人会因为环境或者彼此的误解而分开，直到最后他们克服种种困难在一起。或者是一部冒险题材的戏剧？在这种类型中，剧情跌宕起伏，刺激接连不断。或者是一部纯喜剧？这种类型通常围绕着一些不协调的和匪夷所思的事情展开。或者，这是一部悲剧？这种类型的戏剧可能讲述了一个英雄人物的失败或者堕落的故事。或者，这是一部神秘剧？在这种类

型的戏剧中，慢慢揭开那些对于主角而言还尚不知情的事情，是推动情节发展的一种行之有效的方法。彼得·谢弗的《恋马狂》借用了荒诞派的技巧，但是在形式上它更像一部神秘剧：剧中人阿兰·斯特朗为什么要在他工作的马厩里弄瞎马的眼睛？

许多戏剧融合了多种类型。但是，如果你能辨别出它主要属于哪种类型，就可以接着追问：剧作家为什么选用这组特别的技巧来推进戏剧发展？这种类型与这部戏剧的主题匹配吗？这位剧作家从其他类型借鉴了什么技巧？

"类型"是一个外延不确定、富有弹性的术语，所以，你也就不用太焦灼于你是否"正确领会"了作者本意。你的目标应该是尽力发现剧作家是如何推动剧情发展的：通过设置悬念？还是通过揭露实情？或者通过营造一种对正在逼近的灾难的不祥之感？

（二）如果该剧通过人物角色赋予戏剧整一性：对每一个主要角色，你都应该问一些基本的问题，就跟读小说一样：剧中每一个角色需要或者希望达成什么心愿或事情？是什么阻碍了每一个主要角色实现他们的个人愿望？是因为她个人的失败或者瑕疵？是因为另一个角色的出现？还是因为外在的环境？这个角色为了达成自己的心愿采取了怎样的策略？她成功了吗？抑或惨败？

（三）如果该剧通过一种思想观念赋予戏剧的整一性：你能陈述一下作者在戏剧中传递的思想吗？再读一遍序幕和尾声，还有每一幕的最后两页，看看你是否能够用一句话概括出作者的思想观念。每一个人物角色代表的是什么？在一部"思想性"的戏剧中，你不需要花太多精力去分析这些人物角色，即便他们有真实的欲望、需求和计划，关键在于他们"代表"了哪些东西。戏剧中每一个主要事件对这些人物角色有什么影响呢？对比一下这些角色在戏剧的开头和结尾的状态有何异同？中间发生了什么变化？这些变化有助于表现剧作家的思想观念吗？在斯托帕德的《罗森克兰兹与吉尔登斯恩已死》的开头，两位主人公在投掷硬币，争论着硬币哪一面会朝上。而在结尾，两部戏剧（斯托帕德这部和一直在背景中推进的莎士比亚的《哈姆雷特》）中的所有角色都死了——除了罗森克兰兹与吉尔登斯恩，这两个人最后消失在零散的台词中。中间发生了什么？在戏剧的开始，罗森克兰兹与吉尔登斯恩认为硬币哪面朝上一定是个有解释的，他们仍然活在关于世界秩序的"旧"观念里。在这部戏剧的结尾，

第八章
世界是舞台：在戏剧中读懂历史

他们放弃了"凡事总有个解释"的观念。

无论戏剧运用了哪些元素来获得整一性，都请你接着回答下列问题。

这些角色中有谁是彼此相互对立的吗？ 对比是一种有力的修辞策略，尤其是在这些对比能可视化的情况下更为有力。在戏剧中，这些角色有对立冲突吗？有阶层对立吗？有外形条件的对立吗？在哥德史密斯的《屈身求爱》中，托尼·兰普金和他表妹的情人黑斯廷斯处于社会阶级的两端，兰普金和他心爱的贝蒂·邦瑟、黑斯廷斯和他爱慕的优雅的纳威小姐也是如此：他们在你能想得到的各个方面都是对立的。在莎士比亚的《仲夏夜之梦》中，有两位贵族女性，其中一位身材很高，而另一位正相反。在《罗森克兰兹与吉尔登斯恩已死》中，两位主人公的对比很少；但事实上，他们彼此把对方的名字叫错了，这在某种程度上也是作者斯托帕德设计的对立点。

如果你发现角色、阶层、环境、体态、台词或者戏剧中其他某些元素的对比，把这些对比的元素在你的笔记本上写成两列，每一个都用尽量短的句子描述一下。剧作家所采用的这种策略如何增加了这部戏剧的连贯性？

这些人物角色的语言风格如何？ 大声朗读每一个角色的台词，多重复几次。连续朗读同一角色的几段台词。然后读另一个角色的台词。他们的语言风格有不同吗？

如果角色是独立的个体，被塑造成独特的人，有他们独特的背景、愿望和需求，你应该能看到他们在语言上存在的差异。在阿瑟·米勒的《推销员之死》中，六十来岁的威利·洛曼有一种说话方式（"街上汽车排成了队。整个这个地区就呼吸不到一口新鲜空气。草都不长，后院连根胡萝卜都种不出来。应该定一条法律，禁止盖公寓大楼。还记得那边那两棵漂亮的榆树吗？我跟比夫还在树上安了个吊床。"），而他铤而走险、孤注一掷的三十来岁的儿子比夫则有另一种说话方式（"我现在干活的那个农场，在那儿现在是春天了，你明白吗？他们那儿生了大概十五匹小马驹。看着一匹母马带着新生的小马驹，没有比这个更启发人，没有比这个更美的了。而且现在那里天气凉爽，你明白吗？"）。

在一部"思想性的戏剧"中，所有的台词听起来都一样。T. S. 艾略特的《大教堂谋杀案》(*Murder in the Cathedral*)是一则关于权力腐败的寓言，剧中主人公托马斯·贝克特说道：

> "你们以为我鲁莽、不顾一切而且疯疯癫癫。
> 你们单凭后果,像世人通常那样,
> 来判断一件事究竟是好还是坏。"
> 合唱队回应他,唱道:
> "我们以前不希望任何事情发生,
> 私人的灾难我们早已司空见惯,
> 还有个人的损失,公众的不幸,
> 我们活着,凑凑合合地生存着。"
> 两种声音是一致的。

这种练习有助于你进一步澄清有关连贯性的问题:如果所有的角色的台词听起来都是一样的,要么是剧作家搞错了,要么因为这不是一部以角色为导向的戏剧。

是否存在任何身份认同的混乱?小说会赋予你一种特权,即你可以倾听人物角色的想法,这些角色知道他们是谁。而戏剧的人物角色在现场让观众注视,这就多了很多欺骗的空间:一个角色看起来是什么(或是谁),和他最终证明是什么(或是谁),其间的差距可能非常巨大。从俄狄浦斯王这个角色开始,对身份的困惑就一直是戏剧的一个元素;这是因为戏剧的形式与外部观察者如何看待角色有关。

标记戏剧中任何一处体现身份认同混乱的地方,然后问一下:这种身份认同的困惑是要服务什么目标呢?身份认同是人类生存的最基本的要素,就人类的处境而言,这种身份认同的困惑说明了什么?在俄狄浦斯王这个案例中,身份认同是核心内容:俄狄浦斯试图改变自己的身份,但这注定失败。《罗森克兰兹和吉尔登斯恩已死》则演示了相反的情况:身份是一种机遇,是各种要素由于机缘巧合而形成的一个集合。这些要素在机缘巧合下的不同组合,将导致一个截然不同的身份。那么,在莎士比亚的《仲夏夜之梦》、哥德史密斯的《屈身求爱》、王尔德的《不可儿戏》中,为什么要制造身份认同的混乱?

这部戏剧有高潮吗?或者这部戏剧是开放式结局?剧作家是否给你一个令人满意的结局——情节结束了,人物的命运也告一段落了,剧作家的想法表达清楚了吗?又或者,这部戏剧展示了一种进退维谷的困境,某些问题本身就是无解的？剧作家通常会让戏剧形式反映出他所呈现的问题得以解决的可能性，或者不可能性。

这部戏剧的主题是什么？当你要把一部戏剧简化成"主题陈述"时，要慎之又慎。毕竟，剧作家写的是戏剧，而不是哲学论文。如果他能用散文的形式轻松表达他的"主题"的话，那他就去写散文好了，何必创作戏剧呢？多玛斯·牟敦是诗人和批评家，同时也是一位修士。他就曾警告说："文学采用的材料，尤其是戏剧，主要是人类的行为，也就是自由的行为、道德的行为。事实上，文学、戏剧、诗歌经常是能对人类的行为加以解说的唯一方法；正因如此，我们若将莎士比亚、但丁或其他文人对生命与人类的重要和创造性的见解缩减成枯燥的历史、伦理和其他科学名词，便无法了解作品中深邃的意涵。文学与历史、伦理、科学并不属于同一类型！"[19]

尽管如此，牟敦还是补充了一句："然而，名著如《哈姆雷特》、《英雄叛国记》（*Coriolanus*）、但丁《神曲》的'炼狱篇'或邓恩的《神圣十四行诗》（*Holy Sonnets*），其宏大力量就在于，它们是一种对伦理学、心理学、甚至形而上学及神学的评述。"当剧作家坐下来开始写作的时候，总有什么东西使他心烦意乱，对他喋喋不休，迫使他要表达出来，不吐不快。这是什么东西呢？你能试着把它概括出来吗？这个答案应该和你回答"这部戏剧是关于什么的？"有所不同。《哈姆雷特》讲述了一个三十岁的男人不能公开指控他的叔父（同时也是继父）的谋杀罪行，不过，这可不是这部戏剧的主题。

针对这个问题，会有很多不错的答案。我至少看过 15 个关于《哈姆雷特》主题的表述，这些答案都相当可敬。你也试着想一个出来，用三四句话表达出来，剧作家要解决什么问题，以及他可能发现了什么答案。

三、探索式阅读第三步：修辞阶段阅读

在探索式阅读的"修辞阶段"，你可以提出许多和小说那部分相同的问题：作者如何营建你和角色之间的共情？他如何反映人类生存境况？在这部戏剧中，人性的核心问题是什么？——你可以返回去参考小说阅读那一章，重温这些问题。

这些问题都很有用。不过，你要记住：戏剧不是小说，戏剧聚焦在看得见的行动上。因此，在戏剧的修辞阅读阶段，你要扮演一个更积极主动的角色。

看一部戏剧，不仅要纵向地看（创造你和角色之间的关系），还要横向地看，把它看作随着时间的推移被一再呈现出来的某种东西，每一次都在角色和一个观众之间创造出新的关系，而这位观众身处不同的空间或者时间中。

换作是你，你将如何导演和组织这部戏剧？凭着你对这部戏剧的热情，你可以导演这部戏剧的一场、一幕，甚至整部戏。写下这些问题的答案：

1. 谁来扮演主要角色？把主要角色分派给演员：想象中的演员（描述一下他们），真实的演员（这要发挥你从电视、电影或者当地剧院获得的知识），或者是你认识的人（譬如你的家庭成员，你的朋友；如果《欲望号街车》里的布兰琪·杜波依斯能让你想起一位骚动不安的表姐妹，那就把这人的名字写下来）。要为每一个角色设定好面孔相貌、身材高矮胖瘦、举止风度、嗓音腔调等，这就一下子让这部戏剧跃然在你的脑海之中。

2. 你打算使用哪种类型的舞台？可升降舞台？还是和观众在同一高度的舞台？你将使用把观众和演员隔开的"镜框式舞台"（picture stage），还是伸入观众席的舞台？观众是坐在舞台的两侧，还是三面或是四面环绕——"环形剧场"？观众席有多少？你认为这部戏剧要想达到最佳效果，是在一个小型的能坐 50 人的剧场好呢，还是在能坐下 400 人、带楼厅的学校大礼堂？你是否要使用幕布呢？

演员们会冲破"第四道墙"，跨过观众和舞台之间的分界吗？他们会与观众混为一体吗？也许从剧院的后面进入一个场景，然后沿着过道走下去？若果真如此，你打算通过此举达到什么效果？另外，这部戏剧将在它自己和观众之间营建怎样的关系？旁观者是被动的还是积极的？他们构成演出的一部分吗？他们会被带离演出现场吗？

3. 你打算使用什么样的舞台布景和舞台服装？你打算再现某个历史时期吗？或者就把你的演员设定在当今时代？舞台布景是栩栩如生的还是"印象派"的——即求其大概，不求精雕细琢？是否有某种主导颜色或者主导形状？如果有的话，为何如此设计？

4. 标记出音响效果和视觉效果。你打算如何实现这些效果？在戏里是否有人群的嘈杂声、铃铛叮当响、交通鸣笛、战斗的炮火隆隆？你打算如何让观众听到这些声音？阅读本身是无声的活动，但是戏剧需要声音。这些声音是否能

第八章
世界是舞台：在戏剧中读懂历史

在背景中得到控制，环绕在观众席，包围着观众？舞台上每一个演员对这些声音会做出什么反应？

如果戏剧需要超常规的视觉效果，譬如透明的墙体、鬼魂的显现、一连串的梦境等，那么你打算如何使用灯光或者舞台呈现？如何让演员回应这些事物？他们都能看见吗？还是只有一个演员作出反应，而其他演员保持视而不见？如果是这样的话，这些视而不见的演员要如何对那个作出反应的演员有所回应呢？

记住，音响与视觉效果经常通过其他角色的对话来交代，而没有写在舞台指示当中。一名受到惊吓的丹麦士兵倒吸了一口冷气："他在鸡啼的时候隐去了。"他看着哈姆雷特已经亡故的父亲的鬼魂渐渐消失，如果不是他这句台词，观众就不会知道这些。

这部戏剧有音乐吗？什么类型的音乐？何时演奏？把你的想象力和你收藏的 CD 唱片利用起来，你可以从非常丰厚的资源中挑选背景音乐。

多数情况下，如果你的整部剧都有背景音乐，最简单的办法就是把它们写进剧本里！

5. 你写好舞台指示了吗？你可以给一两个场景写一下舞台指示；当然，如果你愿意，也可以多写几个。标记出每一个角色的动作。他们在舞台上的全部时间里都在做什么？如果剧作家已经为你提供了非常详尽的舞台指示，那么他还留下让你发挥的空间没有？如果让你用两种不同的方式表演同一场戏，那么这场戏的含义会随之而改变吗？

所有这些都是舞台指示的入门级问题。倘若你发现自己对这个过程很感兴趣，那你可以从这一章最后附录的参考书目里挑一本进行深入钻研。

6. 你的舞台组织强调了这部戏剧的主题了吗？你如何使用服装、背景、音乐、视觉效果、动作、台词和沉默，来凸显这部戏的主题？

7. 其他导演是如何解读这部戏的？看几部这部戏剧的演出作品，现场版或者电影版都行。很显然，你大概只能找到过去五六十年的作品，即便如此，这也能为你了解这些戏剧曾经怎样呈现在舞台上提供思路了。这些演绎形式是强调了该戏剧相同的主题，还是各有侧重？如果可以的话，你选两部在时间上相距相当远的不同演出版本看看。这些作品在服装、演出、对话风格、主题侧重点上有何不同？在本章后面为你提供了可供观赏的戏剧版本的清单。

第四节　推荐阅读的戏剧

1 / 埃斯库罗斯
《阿伽门农》(*Agamemnon*)（约前 458 年）

《阿伽门农》是戏剧《俄瑞斯忒斯》(*The Oresteia*)三部曲的第一部，与另外两部——《奠酒人》(*The Libation Bearers*)和《厄默尼德》(*The Eumenides*)，共同构成了阿伽门农不幸的家庭故事。让我们补充一点背景知识：此时，特洛伊战争已经开始。特洛伊勇士帕里斯劫走了海伦——希腊国王墨涅拉奥斯(Menelaus)的妻子，并把她带到了特洛伊；[20] 墨涅拉奥斯邀请他的哥哥阿伽门农来统领规模庞大的希腊军队，阿伽门农的妻子克吕泰墨斯特拉就是海伦的姐姐。但是女神阿尔忒弥斯① 钟爱特洛伊城，她吹着强劲的风，阻止希腊人的舰队航行。阿伽门农知道此次远征乃是宙斯的意志，他去咨询预言家卡尔卡斯，此人告诉阿伽门农，唯有牺牲阿伽门农之女伊菲吉妮娅才能安抚阿尔忒弥斯。阿伽门农不顾他妻子发疯一般的反对，履行了牺牲祭祀。风息止了，希腊人航行到了特洛伊，战争打了十年之久。特洛伊城最终陷落，信使把捷报传回希腊。

《阿伽门农》一开场，守望人——阿伽门农忠诚的仆从——正站在阿伽门农王宫的屋顶上，等候特洛伊战败的消息。歌队（由那些老得上不了战场的男人组成）走到台前，感情充沛地吟唱伊菲吉妮娅被当作牺牲献祭的故事（歌队对此予以谴责，认为这一出"更难忍受的挽救方法……不洁净，不虔诚，不畏神明"。）。克吕泰墨斯特拉此时登场，她听闻特洛伊事实上已经沦陷，阿伽门农正在回家的路上。（而墨涅拉奥斯似乎在海上失踪了。）她将鲜红的地毯铺展在地上，迎接丈夫凯旋。阿伽门农抵达的时候，他带着俘虏卡珊德拉②，即特洛伊公主、帕里斯的姐姐和女预言家。他拒绝从红毯上走过；他告诉自己的妻子，唯有神明才可以走这些精致的毯子，他自己不过是凡夫俗子而已。但是，克吕泰墨斯特拉最终还是说服了他走上这条红毯。

---

① 阿尔忒弥斯：古希腊神话中的狩猎女神，奥林匹斯十二主神之一。
② 卡珊德拉：特洛伊公主，阿波罗的祭司。特洛伊战争后被阿伽门农俘虏，并遭克吕泰墨斯特拉杀害。

留在后面的卡珊德拉被阿波罗神附身,她吐露出一个关于杀戮和浴缸的混乱而血腥的故事:在故事中间,卡珊德拉揭露出阿伽门农背负的一个诅咒。他的父亲阿特柔斯①曾经惩罚阿伽门农的弟弟堤厄斯忒斯②,因为堤厄斯忒斯与阿特柔斯的妻子乱伦,所以阿特柔斯把堤厄斯忒斯的孩子们烹煮了给他吃。卡珊德拉看见了孩子们的鬼魂,"他们手里全是肉,用他们自身的肉做的荤菜;现在看清楚了,他们捧着他们的心肺,还有肠子——惨不忍睹的一大堆,都被他们父亲吃了。为了这件事,我告诉你们,有一头胆小的狮子待在家里,在床上翻来覆去——计划报仇。"果不其然,克吕泰墨斯特拉在阿伽门农洗澡时去刺杀他,然后又对卡珊德拉下手,她声称阿伽门农理应去死,因为他牺牲了她的女儿。

阿伽门农的确牺牲了伊菲吉妮娅;但是,他这么做仅仅是为了取悦于宙斯,宙斯希望希腊人能够征服特洛伊。那么,为何阿伽门农该死呢?因为宙斯给了他两难的选择——要么惹恼众神之王宙斯,要么牺牲他自己的女儿——作为对阿特柔斯的恶行的惩罚。如此一来,阿伽门农因为他父亲阿特柔斯的罪愆,被迫采取既善又恶的行动。《阿伽门农》里描述的父母之罪恶对于孩子的影响之深远,今天读来依然感到迫切。

2 / 索福克勒斯
《俄狄浦斯王》(约前450年)

当忒拜③国王拉伊俄斯神秘地死于拦路抢劫者之手后,俄狄浦斯接替了他的王位,还娶了他的妻子。但是,这位国王现在必须弄清楚为何忒拜遭受瘟疫、灾害和破坏。他派遣小舅子克瑞翁到德尔斐神庙请求阿波罗的神谕,克瑞翁带回来一个消息:忒拜窝藏了杀死国王拉伊俄斯的人。

俄狄浦斯许诺会找出杀人凶手,并邀请先知忒瑞西阿斯协助他。但是,当忒瑞西阿斯控诉说,俄狄浦斯本人就是杀人凶犯时,俄狄浦斯变得很愤怒。

---

① 阿特柔斯:阿伽门农和墨涅拉奥斯之父,为伯罗奔尼撒半岛西北部伊利斯国国王。
② 此处原文有误。原文"Agamemnon's brother Thyestes",堤厄斯忒斯(Thyestes)实则为阿特柔斯的弟弟,即阿伽门农的叔叔。
③ 忒拜:又译底比斯,希腊中部城市,在希腊神话中占有重要地位。

他喊道,克瑞翁带这个先知来是想剥夺他的王位。克瑞翁否认对俄狄浦斯的王位有任何图谋。他辩解说:"如果当了国王,倒要做许多我不愿意做的事了。/对我来说,王位会比无忧无虑的权势甜蜜吗?"但是,俄狄浦斯还是把他流放了。

面对这种轻率鲁莽之举,俄狄浦斯的妻子伊俄卡斯忒试图安抚她的丈夫。她说,先知们所言也不是永远都是对的,回顾当初她嫁给拉伊俄斯,德尔斐的神谕就预言他们俩刚出生三天的孩子将来会弑父,因此拉伊俄斯就派人把这新生儿扔到荒郊野外去。她说:"既然如此,阿波罗就没有叫那婴儿成为杀父亲的凶手,也没有叫拉伊俄斯死在儿子手中——这正是他害怕的事。先知的话结果不过如此,你用不着听信。凡是天神必须做的事,他自会使它实现,那是全不费力的。"她接着说,拉伊俄斯没有被自己的儿子所杀,而是在一个三岔路口被杀死的。俄狄浦斯吓坏了。他回忆起多年以前,他曾在一个三岔路口和一伙游客陷入一场愚蠢的争执,最后他杀死了那些人中最年长的那个,然后逃走了。他一直不知道他杀死的人到底是谁。他命令手下的人去找到当年负责把伊俄卡斯忒的男婴扔到野外的老仆人。老仆人最终被找到了,他被带回宫殿,他承认当年把那个男婴给了抚养俄狄浦斯长大的国家的牧羊人了。俄狄浦斯意识到,他既是伊俄卡斯忒的儿子,也是杀死他的亲生父亲的杀人凶手。然后歌队上场描述了最后一幕,伊俄卡斯忒上吊而死,俄狄浦斯自绝双目。克瑞翁从流放地回来,获得王位,应允俄狄浦斯被流放的愿望。无论多么英勇地想避开命运,俄狄浦斯的悲惨命运最终还是降临在他身上:他的理智和道德正直驱使他找寻父母的真相,同时也把他带到了人生的低谷。克瑞翁总结说:"成就你伟大的力量,恰恰是你的破坏性力量。"

3 / 欧里庇得斯
《美狄亚》(Medea)(约前431年)

在《美狄亚》的开场,保姆登上舞台向我们讲述美狄亚的背景故事:英雄伊阿宋来到美狄亚的国家去盗取她父亲的金羊毛,美狄亚帮助了他,然后和他一起私奔了。现在,他们流亡在外,住在科林斯。但是,伊阿宋遗弃了美狄亚和她的两个儿子,以便迎娶科林斯国王克瑞翁的女儿。保姆警惕地说道:"我害怕她设下什么新的计策……她的性情很凶猛……她的两个孩子赛跑完了，回家来了。／他们哪里知道母亲的痛苦／'童心总是不知悲伤'。"

这不祥的预兆为坏消息做了铺垫：克瑞翁国王来了，将美狄亚母子驱逐出境。他告诉美狄亚，她如果胆敢在科林斯再多待一天，就等死吧！美狄亚乞求克瑞翁，他同意再给她一天时间。伊阿宋来确认克瑞翁的驱逐。即使美狄亚恳请伊阿宋记起他曾经发过的誓言，伊阿宋还是拒绝了她。无奈之下，美狄亚假装放下她过去的怨恨，送给伊阿宋的新任妻子一件美丽的袍子；但这其实是一件浸满了毒药的袍子，公主一穿上袍子就马上惨死。克瑞翁试图帮女儿脱掉衣袍，也中毒死了。

美狄亚等着他们的死讯。然后，她说了一通冰冷而又自相矛盾的理由（她的儿子将在复仇中被杀，她自己亲手杀死他们要胜过死于他人之手；她被放逐时，她的儿子将会继续留在科林斯，他们会想念她；她会让两个儿子受罪，好"叫他们的父亲受罪"，尽管她自己"受到这双倍的痛苦"）。最后她带两个儿子走进她的房间，杀死了他们。他们哭号着求助，但是歌队犹豫不决（"我应当进屋子去吗？／我应当为孩子们抵御这凶杀的行为吗？／我确信我们应该帮帮孩子"），最终还是留在房外没进去施以援手。伊阿宋到了，他狂暴又惊恐，但是美狄亚拒绝让他看孩子的尸体。她把孩子们秘密埋葬，这样她的敌人们就不会亵渎墓穴。美狄亚自相矛盾的自我辩护，她杀死她既爱又恨的儿子们的决定，伊阿宋的遗弃，还有当这一幕发生时合唱团的犹豫，所有这一切合奏出一种奇怪的现代调子，在这个故事中，一个女人受到男人们不公正的对待，用杀死她自己孩子的方式作为回应。

4 / 阿里斯托芬
《鸟》（*The Birds*）（约前400年）

保存下来的古希腊喜剧都有标准的结构：序幕会向观众介绍一个"欢快的主题"，然后合唱部分会讨论这个主题，之后的一幕幕表演会展现这个"欢快的主题"在现实生活中是如何实现的。在喜剧《鸟》中，所谓"欢快的主题"就是一个没有官僚体制，也没有荒谬预言的公民社会。两个雅典人——珀斯特泰洛斯（Peisthetaerus）和欧厄尔庇得斯（Euelpides），离开了雅典。欧厄尔庇得斯议论道:"并不是讨厌这个国家,它又强大,又富足,谁都能随便花钱;就是一样,那树上的知了叫个把月就完了,而雅典人是一辈子告状起诉,告个没完。"他们在宠物鹊和宠物鸦的引领下,找到了鸟之王国。群鸟(由 24 位穿着鸟羽服饰的男子的歌队来扮演)计划把这两人啄死,因为人类对鸟儿犯下了罪孽。但是,其中的戴胜鸟建议,人类或许能够为它们的自我保存提供一些建议。戴胜鸟指出:"各个国家建立了高大城墙、巨大战舰,都是从敌人那儿而不是从朋友那儿学来的。"

这样一来,这两位雅典人就去教导鸟儿们如何集合分散的鸟众,并组建成一个统一的国家。结果,"云中鹁鸪国"(Cloud-cuckoo-land)——这个伟大而快乐的群鸟之城——开始吸引了一批通过官僚机构来"中饱私囊"(feather their nests)的人:预言家来了,他为它们提供献祭;视察员来了,此人坚持他理应被付一笔钱,因为他来巡视这个新城市了;卖法令的人则靠兜售他的法令来赚上一笔。所有这些家伙走马灯般地轮番上场,又旋即离开。最终,鸟儿们计划建筑城墙,用以防御奥林匹亚的众神,并且不让所有献祭的味道上传到众神那里;奥林匹亚众神在面对如此多的鸟儿的足智多谋时,深感无助,于是派遣普罗米修斯①、波塞冬②和赫拉克勒斯③三位大神向珀斯特泰洛斯提亲,对象是一位大权在握的女神④("是个顶漂亮的姑娘;她管着宙斯的霹雳跟他全部财产"),条件就是珀斯特泰洛斯答应让那些鸟撤掉它们的屏障。鸟儿们同意了,而这部戏剧伴随着婚礼的歌舞结束。这部戏剧的创作年代,正是雅典人已经苦于有太多的法令制定者、书记员和预言家"你方唱罢我登场"的时候,而这部《鸟》展现了一种乌托邦的愿景,在那里,没有上述的这一切人等。

5 / 亚里士多德
《诗学》(约前 330 年)

亚里士多德关于戏剧性诗歌艺术的文论部分涉及戏剧的技巧,但是论证的

---

① 普罗米修斯:希腊神话中最具智慧的神之一,最早的泰坦巨神后代,给人类带来了火。
② 波塞冬:古希腊神话中的海神,奥林匹斯十二主神之一。
③ 赫拉克勒斯:古希腊神话中最伟大的英雄。他神勇无比、力大无穷,惩恶扬善,敢于斗争。
④ 巴西勒亚女神:宙斯的女儿之一,王权的化身,宙斯的雷电保管人。

核心是诗歌的目的。与所有艺术一样，诗歌肯定有"模仿"的成分，它一定要用某种方式对生活进行模仿，让观众更好地理解生活的本来面目。亚里士多德指出，模仿是人类具有的很自然的学习方法，从孩童时期起，人就有模仿的天性，而擅于模仿会带来快乐。悲剧是对高贵人物的模仿，或者"模拟"；喜剧则是对低劣人性的模仿。《诗学》没有进一步讨论喜剧。（《诗学》的一部分已经散逸，亚里士多德为喜剧写的部分也许就在其中。）

悲剧是对特定生活的"模仿"：具有高贵品格的主人公遭遇"突变"，他的命运急转直下。这种颠覆应该能够引领主人公去"发现"，这种"发现"是对命运为何发生在他身上的一种理解。亚里士多德认为，悲剧的成功在于激发两种情感。怜悯之情，是当我们看到灾难降临于其他人身上时我们产生的情感。（德语概念"幸灾乐祸"［Schadenfreude］，指的是当你听闻某人倒霉时感受到的突然间的愉悦情绪，这和亚里士多德所说的"怜悯"不一样，亚里士多德并没有把愉悦看作是这种体验的一部分。）怜悯是一种与受害者有些距离的情感；相反，恐惧，则是当我们意识到这种灾难也可能发生在我们自己身上时切己的情感。一部好的悲剧，不仅要"模拟"得惟妙惟肖，给观众（或者读者）提供更深刻的理解，它还必须包含"净化"（katharsis）功能：能够清晰明了地向观众解释为何主人公会遭此大难。

对于亚里士多德而言，悲剧永远是一项道德事业。他写道："不应写好人由顺境转入逆境，因为这只能使人厌恶，不能引起恐惧或怜悯之情；第二，不应写坏人由逆境转入顺境，因为这既不能打动慈善之心，更不能引起怜悯或恐惧之情。"当一个好人被好运所抛弃时，最能激发怜悯与恐惧之心；所有最为值得怜悯之事，就是血亲之间发生的惨剧。

6 / 佚名
《世人》（14世纪）

在《世人》这部剧里，第一个登上舞台的角色是上帝，他宣称将要跟世人"算一笔账"，因为他创造的生灵已经闭目塞听了。他召唤出死神昭显于世人。当死神来临时，世人还欢天喜地沉浸在自己的日常生活中。在惊恐之中，世人哀求死神是否能够暂缓死亡的到来，但是，世人最后只争取到了一项权利：可以找一位死亡之旅的同伴。世人尝试找"友谊"和"亲属",但是他们都不愿意陪伴他;"友谊"非常合乎情理地指出,如果他真的去陪伴世人,那他自己就再也回不来了;"宗亲"和"表亲"则抱怨说他们吓到脚软,迈不开脚。接着,世人又去邀请"财富",但是这次依然没有好消息,因为就像"财富"所解释的,它们的"条件是要杀死人的灵魂"。最终,世人被迫转向那些更为超凡脱俗的伙伴:"审慎""力量""美丽""知识"和"善行"。此时"善行"正躺在地上,因为一直被"世人"的忽视所伤害,所以"善行"站都站不起来。他们应允陪伴他同行,但是当"世人"接近墓穴时,所有这些同伴都遗弃了他;唯有"善行"除外,他一直陪伴着"世人",直到"世人"降入这个底下的世界。剧中"饱读神学"的博士说了一段话,作为全剧的收场:"最终都把人来抛弃,只有善行坚持到底。"结局多少有些出乎意料:为什么"善行"是唯一能穿行于两个世界的品质,而"知识"和"审慎"却被落下了?

"善行"是一种兼具精神与物质的混合存在。博士警告说,每一位听众都应该"账目清楚",这样他才有可能荣升天堂,得见上帝。这种经济的、世俗的比喻没错:无视精神层面令我们盲目,但是,"启蒙"意味着我们能将精神和物质视为一个紧密相连的整体。这种对生命的物质层面的尊重,以寓言的形式在戏剧中得以实现:每一种精神上的现实都由有血有肉的角色予以表达。

7 / 克里斯托弗·马洛
《浮士德博士的悲剧》(1588年)

浮士德博士已经拥有神学、法学和医学的学位。但是,尽管他已经拥有所有中世纪的出色人物所能期望的一切知识,他还是不满足,希望获得更多知识。在检阅一本魔法书之后,他决定和魔鬼做个交易。好天使和坏天使一下子都出现了,好天使恳求他放弃知识("哦,浮士德,抛开那本该死的书!"),而坏天使则对浮士德博士许诺:"就像那在天上的朱庇特,/你是大地上自然之力的主宰和统帅。"他决心已定:浮士德博士唤起魔鬼的仆从梅菲斯特,同意他开出的条件,用他的血签了契约(一旦他试图写作,这血液就会凝固)。

浮士德享有世间所有的权力,他还剩下二十四年生命,他首先希望得到关于宇宙问题的解答。但是随着时间流逝,他开始恣意滥用他的权力。他化身于无形，戏弄名人们。他飞翔遨游世界，甚至还要求将特洛伊的海伦起死回生为其所独占。当大限之日迫近，他开始恐慌，但是他每一次试图撤回那份契约，梅菲斯特都会给他提供另一个诱惑。当他在剧终堕落到地狱时，浮士德悲吟不已："瞧，瞧基督的鲜血在天际滴落下来！一滴血，哦，半滴血，就足以拯救我的灵魂。啊，我的救世主！别因为我亵渎了我的救世主而撕裂我的灵魂！然而，我会祈求他的保佑吗？哦！放我一马吧，路济弗尔！"

尽管浮士德有诸多请求，但是他从未呼唤过上帝，即便他有多次机会。浮士德是文艺复兴时期的人物形象——伟大知识的追求者，神学禁锢的逃脱者，然而，在追求知识的过程中，他也失去了一些东西。马洛并不建议就这么简单地回到中世纪的信仰；浮士德博士不可能轻易地呼唤上帝。但是，新秩序的深层矛盾已然显现：如果把上帝从生活的中心地位挪开，而把人自己放在原来属于上帝的位置，世界将会如何？在茫茫宇宙茕茕孑立，人可能会发现，他自己所说的正是魔鬼的仆从梅菲斯特的那些话，这家伙把地狱描述为心灵的新秩序：

> 地狱没有边界，没有界线，
> 在同一个地方，
> 我们所在的地方就是地狱，
> 地狱所在的地方就是我们所在的地方。

（朱世达 译）

8 / 威廉·莎士比亚
《理查三世》（1592—1593 年）

王室的两个分支，约克家族和兰开斯特家族，为了争夺英格兰的王权而开战。约克家族谋杀了兰开斯特家族的国王亨利六世及他的继承人爱德华王子；约克家族的国王爱德华四世夺得王位。但是爱德华四世最小的弟弟理查也志在王位。理查谋杀了他另一个兄弟：潜在的王位继承人克莱伦斯。他还迎娶了被谋杀的爱德华王子的遗孀安妮。爱德华四世一死，理查一登上王位就鸩杀了他的妻子安妮，还将他的侄子爱德华和理查——爱德华四世的法定继承人——送进了伦敦塔监禁，最后两人在那里均遭杀害。不过，理查已经被亨利六世的遗孀玛格丽特王后诅咒，而报应不爽，另一个兰开斯特家族的亨利来了，向理查发出挑战。理查三世终日为他所杀害的那些人的鬼魂所纠缠，他胆战心惊地来到了布华斯战场，后来他的战马被砍翻，他也随之被杀；理查三世声嘶力竭地大声喊出这部戏剧最常被引用的句子："一匹马！一匹马！拿我的王国换匹马！"

你很容易被莎士比亚反复提到的"亨利""理查""爱德华"搞得晕头转向。你读这部剧本的时候可以使用下面这个人物关系谱来区分他们，搞清脉络关系。兰开斯特和约克共同的先祖都可以追溯到爱德华三世，这位国王有五个儿子，因此自然而然也就生了很多王室显贵；这位爱德华三世是亨利六世和理查三世共同的高祖。兰开斯特家族的谱系在这张人物关系谱的中间一支，约克家族的在右侧一支，他们两家之间的战争（玫瑰战争）在亨利四世之后突然爆发；这位亨利四世是爱德华三世的非法继承人，他谋取了王位；约克家族宣称他们才是爱德华根正苗红的合法继承者。

莎士比亚戏剧中的理查三世是一个令人着迷的形象：邪恶、令人无法抗拒，其魅力足以使得安妮同意嫁给他，尽管他要为安妮丈夫之死负责；如果必要，

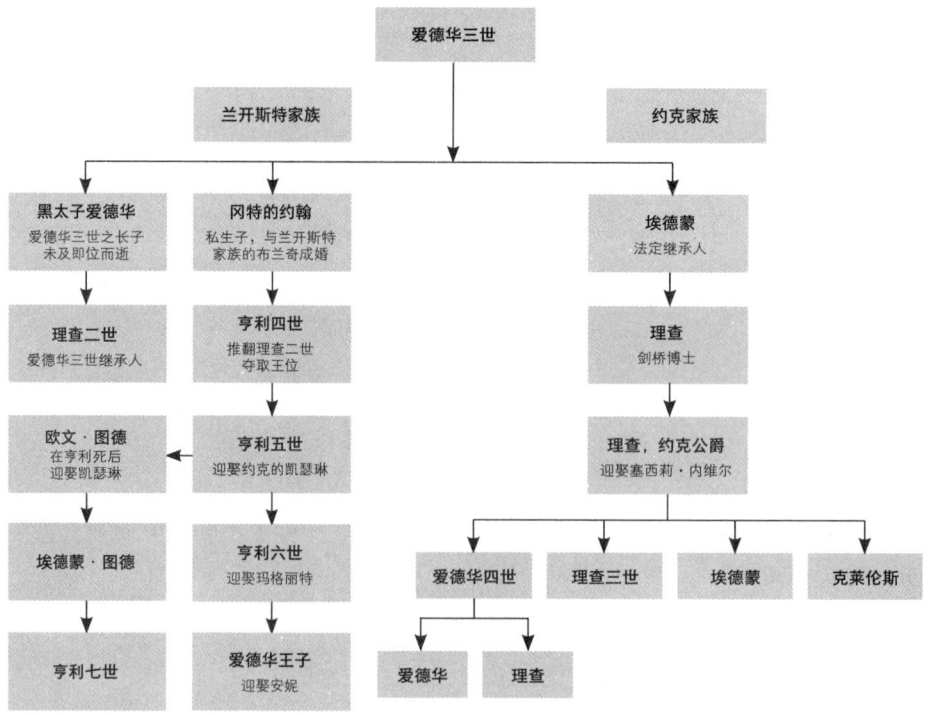

他可以魅力四射；他伪善，仅有的良知刚好够他对魂灵感到恐惧。他在每个场合都可以改变自己的演讲、计划，甚至身体，令人印象深刻。在安妮第一次拒绝他时，他扬扬得意地说："我得花笔钱添置一架穿衣镜，雇佣一二十个裁缝，按照着时尚，用一袭新装上下周身打扮我。"理查三世是一个聪明、务实、高效，秉承马基雅维利主义的统治者，为达目的不择手段。不过，他也只能施加这种程度的控制，毕竟，玛格丽特王后的诅咒始终在他身边阴魂不散。理查三世陷入了一个历史的循环，在这周而复始的循环中，"每一起谋杀都是犯罪，也是对犯罪自身的惩罚，直到理查三世还清最后的罚款。"[21]

9 / 威廉·莎士比亚
《仲夏夜之梦》（1594—1595 年）

莎士比亚最著名的喜剧情节，围绕着三组人物展开：四位年轻的恋人，一群乡下手艺人，以及精灵。首先登场的是年轻的恋人。赫米娅想和拉山德结婚，但是她父亲希望她和另一位喜结良缘——狄米特律斯。他吁请当地望门忒修斯公爵予以帮助，而公爵大人此时正准备迎娶希波吕忒——战败的英雄女王。公爵忒修斯告诉赫米娅，她应该嫁给父亲选中的那个人。如此一来，赫米娅和拉山德只得计划私奔。私奔这件事，赫米娅只告诉了最好的朋友海伦娜。而海伦娜正好单恋着狄米特律斯，她听到赫米娅要私奔的消息，立即跑到狄米特律斯那里，告诉他，他的意中人要和另一个男人私奔。

与此同时，乡下手艺人在织工波顿带领下来到公爵的林中宫殿，他们要在那里为忒修斯的婚礼排练演出剧目。森林里住着精灵，奥布朗是仙王，提泰妮娅是仙后，这二位正闹着婚姻纠纷呢！为了改善妻子的脾气，奥布朗派遣自己的侍从迫克到处搜集神奇的花蜜，这花蜜会让提泰妮娅爱上醒来睁眼后看到的第一个人。在这期间，狄米特律斯大发雷霆，闯入森林，去寻找赫米娅。海伦娜跟在他后面，可怜巴巴地抽噎哭泣着。奥布朗为海伦娜感到难过，于是狄米特律斯刚一入睡，奥布朗就让迫克把那神奇的花蜜滴在狄米特律斯的眼皮上。不幸的是，当拉山德和赫米娅也接着出现的时候，迫克把人搞混了，于是就把那花蜜误滴在了拉山德的眼皮上。当拉山德一觉醒来，他看见海伦娜还紧紧尾随在狄米特律斯身后，就一跃而起，在后面追她，把赫米娅一个人落在后面。

奥布朗决定报复提泰妮娅，找到了她乘凉的地方，亲手把那神奇的花蜜滴在她的眼皮上。那些乡下手艺人误打误撞来到此地，也开始了他们的彩排。迫克淘气地挥动翅膀，给波顿变出一个驴头。当提泰妮娅醒来一睁眼，她发疯一般爱上了这个"驴头"织工波顿，还把他带到了自己的府邸。奥布朗觉得这太滑稽了，但是当他知道迫克错点鸳鸯谱时，又非常愤怒。现在，拉山德正在追逐海伦娜，海伦娜追逐着狄米特律斯，狄米特律斯在追逐赫米娅，而赫米娅在拉山德身后悲伤啜泣——拉山德已经全然忘记了她。奥布朗命令迫克作法，用雾气笼罩着夜色，然后给每个人滴上正确的解药。而他自己则去寻找仙后提泰妮娅，亲自为她解除魔咒。本剧最后以三组婚礼结尾：忒修斯和希波吕忒一组，狄米特律斯和海伦娜一组，赫米娅和拉山德一组——赫米娅的父亲发现他选中的未来女婿现在爱上了别的女人，也就同意女儿和自己意中人结婚。而那些乡下手艺人拙劣地演着他们的剧目，仙王奥布朗和仙后提泰妮娅则对婚礼表示祝福。

  所有一切皆大欢喜。不过，这一切只是出于偶然和仙子的干预，甚至婚礼也有其黑暗的一面：希波吕忒嫁给忒修斯，因为忒修斯战胜了她；而狄米特律斯是中了魔法的。剧终的时候，迫克总结道：

> 要是我们这辈影子
> 有拂了诸位的尊意，
> 就请你们这样思量，
> 一切便可得到补偿：
> 这种种幻景的显现，
> 不过是梦中的妄念；
> 这一段无聊的情节，
> 真同诞梦一样无力。

（朱生豪 译）

本剧结尾的欢乐，不过幻觉一场。

10 / 威廉·莎士比亚
《哈姆雷特》(1600 年)

哈姆雷特是一位英雄,但他不是一位主动行动的英雄;不像俄狄浦斯,勇于承担苦难,救忒拜于瘟疫,还勇于找到他自己的真实身份。哈姆雷特则思虑过度,犹豫不决,为其所当为感到愧疚:"这是一个混乱颠倒的时代,唉,倒霉的我却要负起重整乾坤的责任!"他最大的欲望不仅仅是回避行动,而且还回避生存本身;他最有名的台词是"生存还是毁灭,这是一个值得考虑的问题……",他希望"化成一片露水"。

在他父亲的鬼魂告诉哈姆雷特,是他的叔父克劳狄斯(现在还娶了他的母亲)往耳朵里灌毒药杀死了自己之后,哈姆雷特就对自己要做的事情感到焦躁不安。他装疯卖傻,让叔父放松戒备。作为他行动的一部分,他粗暴地拒绝了首相波洛尼厄斯之女奥菲莉娅。然后,他抓住伶人演出的机会,在克劳狄斯面前重演了这起谋杀。克劳狄斯被吓坏了,他设计除掉哈姆雷特。而另一方面,哈姆雷特明明有一次完美的机会,可以在叔父祈祷时除掉他,却没这么做。他的借口是,如果就这么把叔父杀了,等于直接把杀父仇人送上天堂,那是让他死于荣宠之中了。

首相波洛尼厄斯确信王子精神失常,藏在王后的房间里,偷听王子哈姆雷特和母后说话。哈姆雷特听到了帷幕后面有男人的声音,以为这是叔父克劳狄斯,于是终于决心采取行动。他隔着帷幕刺中了波洛尼厄斯,才发现自己搞错了。由于良心受到打击,他同意离开丹麦,远赴英国;克劳狄斯已经安排好谋杀哈姆雷特的计划,但是他逃脱了,又返回丹麦。在他回到王宫之前,他先送了一封信,表明来意。

奥菲莉娅由于父亲波洛尼厄斯的死而变得神志不清,最后淹死在水中。她的兄弟雷欧提斯回来参加了她的葬礼;克劳狄斯教唆雷欧提斯用一把带毒的剑和哈姆雷特决斗,为了保证杀死哈姆雷特,他还在酒杯里投毒了。哈姆雷特一到,他们就打了起来;雷欧提斯伤了哈姆雷特,哈姆雷特不知道这剑有毒,在混战之中也用这把剑刺伤了对方。与此同时,王后饮下了那杯带毒的酒;雷欧提斯这时跪了下来,忏悔说,他也是将死之人了,而哈姆雷特也不得好死。哈姆雷特抓起这把有毒的剑,杀死了克劳狄斯,然后就死了。在超出他能力所及的一系列巧合的推动下,他最终采取了行动。

11 / 莫里哀
《伪君子》（1669年）

虔诚的伪君子达尔丢夫在教堂遇到了一位巴黎绅士奥尔恭，他假装虔诚，说服奥尔恭把他带回家。达尔丢夫深受奥尔恭及其母亲的喜爱，但是这家里的其他人可没那么好骗。达尔丢夫给女仆一块手帕，并命令她遮住胸脯，说是因为"这种东西，看了灵魂就会受伤，给我们头脑带来罪恶的念头"。女仆回应道："你就这么禁不住引诱？……你从头到脚脱得一丝不挂，你那张皮也动不了我的心。"而奥尔恭的小舅子克雷央特也提醒奥尔恭已经被达尔丢夫所迷惑了："这些徒有其表的伪君子，这些厚颜无耻的江湖骗子，这些追名逐利的狂热分子，是再可恶不过了……这些利欲熏心的人，把侍奉上帝当作了一门职业、一种商品，想依靠装腔作势、矫揉造作去赢得信任和爵位。"

不过，奥尔恭对这些肺腑之言根本没听进去，反而谴责克雷央特胡思乱想，信仰不坚定。更糟糕的是，奥尔恭决定把正和瓦赖尔热恋的女儿玛丽亚娜许配给达尔丢夫。奥尔恭向女儿解释说："虽然我曾经把你许配给年轻的瓦赖尔，但现在我发现他有两个问题：一是我听说他喜欢赌钱，二是我还疑心他的宗教信仰不坚定。我很少看见他去教堂。"奥尔恭的妻子欧米尔试图让达尔丢夫离开自己的女儿，但是，这个"圣徒一般的男人"却企图诱惑她。达尔丢夫向欧米尔保证："像我这种人呢，在爱情方面是格外谨慎的，您可以相信我是永远不会泄密的。"欧米尔的儿子达米斯偷听到了达尔丢夫的企图，跑去把这事告诉了父亲奥尔恭；但是，奥尔恭并未接纳他的说法，反而谴责他用谎言破坏达尔丢夫的"纯洁"之名，甚至还与儿子断绝父子关系，把儿子达米斯的房产转赠给达尔丢夫。达尔丢夫接受了这份厚礼，嘴上却还说："世界上的一切金银财宝，我看了都无所谓。"

后来，欧米尔与达尔丢夫见面的时候，她事先安排奥尔恭藏在桌子下面。欧米尔劝说达尔丢夫应该换个新地址；达尔丢夫真的照做，奥尔恭恨不得把达尔丢夫扔出去。但是，达尔丢夫现在已经是房子的主人，得找国王的官员用武力把他赶走。奥尔恭大喊道："表面上装得那样虔诚动人，竟然藏着那样卑鄙的兽心、那样狡诈的心肠？……以后我唯有痛恨他们，对待他们比对待魔鬼还要凶狠三分。"克雷央特责备他说："又暴跳如雷了！无论对什么你都不能保持心气平和，你从来不知道什么是理性，总是从一个极端跳到另一个极端。"搞不好平衡，容易走极端，可不是奥尔恭唯一的缺点。事实上，他通过达尔丢夫而在家中大权在握，以圣徒的礼仪为掩护，满足他自己的专制独裁欲望。

12 / 威廉·康格里夫
《如此世道》(*The Way of the World*)（1700 年）

《如此世道》这部戏里充满了杂七杂八的各种事儿，尽管这部戏剧保留了亚里士多德式的时间整一性（整部戏的情节都在一天之内发生）。每一场戏都酝酿着阴谋诡计，衍生出很多支线情节，但是情节主线是围绕米拉贝尔来构建的，这位先生曾经假装爱上威士弗特夫人，但是他现在爱上了女继承人米勒敏特夫人；威士弗特夫人现在恨透米拉贝尔，因为他曾经假装爱上自己，而米勒敏特夫人恰好是威士弗特夫人的外甥女和受监护人。

米拉贝尔现在爱的是米勒敏特夫人，但是在威士弗特夫人的女儿和他最好的朋友费纳尔结婚之前，威士弗特夫人的女儿一直是米拉贝尔的情妇。费纳尔（此人也一直有一个情妇）希望米勒敏特夫人和米拉贝尔成婚，因为威士弗特夫人会因此愤怒，就会剥夺米勒敏特夫人的继承权，然后把钱留给她亲生的女儿，也就是费纳尔的妻子。但是，米勒敏特夫人还没有下定决心嫁给米拉贝尔，她一直用机智诙谐的语言和他保持一定的距离。米拉贝尔抱怨说："男人以智慧交朋友，以真诚获得财富，这和以真挚坦率赢得一个女人的芳心差不多。"这种缺乏坦诚的交流一直进行着。米拉贝尔让他的仆人装扮成一位有钱的叔叔去说服威士弗特夫人，说明他作为一个追求者的价值，但是威士弗特夫人却反过来要追求这位"富有的叔叔"。当威士弗特夫人的侄子威乐弗·维特伍德爵士来到并对米勒敏特展开追求时（场面一度相当尴尬），米勒敏特和米拉贝尔决定达成婚约。

与此同时，费纳尔也决定采取更直截了当的法子去获得威士弗特夫人的钱财；他威迫后者，除非她把财产继承权给她女儿，否则他就把她女儿与米拉贝尔婚前的风流韵事公之于众。但是，米拉贝尔反过来挫败了费纳尔，威胁他说要揭发他现在的情妇。威乐弗·维特伍德爵士看出米勒敏特是爱米拉贝尔的，就告诉威士弗特夫人，他对米勒敏特并无所图，倒是更愿意去异国他乡远足游历山川。威士弗特夫人叹气说，"我已经花费了太多心力，疲惫不堪"，最后同意了这门婚事。剧中人——他们中没有哪一个是值得尊重的——都在道德允许的范围内实现了自己的成功。费纳尔在最后成为大反派，与其说是因为他本性邪恶，倒不如说是因为他智力不够。这部戏剧著名的出彩之处就在于其中的对话。剧中人一直在说，说，说！用机智和话语掩饰他们自己真实的感觉，而不是用来表达自己真实的感受。

13 / 奥利弗·哥德史密斯
《屈身求爱》（1773年）

　　哥德史密斯的这部戏剧讲了两个受过良好教育的年轻男子用他们各自的方式去追求两位受过良好教育的年轻女士，但是这些受过良好教育的人可都不是这部戏的核心；这部戏真正的灵魂人物是托尼·兰普金，一个"可怜又可鄙的笨蛋"。黑斯廷斯先生和马洛先生这两位受过良好教育且家境优渥的绅士，一起出发去拜访哈德卡索一家。马洛原本是要向这家的女儿求婚，尽管他们二人素未谋面。他们的父母安排了这次会面，但是他们没有意识到马洛并不擅长和自己同阶层的女士交流，他只有在和女仆以及酒吧女招待交流时才感到自在。而马洛的朋友黑斯廷斯，他自告奋勇和马洛一路同行，因为他暗地已经与房主的侄女纳威小姐（Miss Neville）相爱。哈德卡索家希望纳威小姐能和托尼·兰普金缔结良缘。托尼·兰普金是哈德卡索太太那个社会地位较低的前夫的儿子，如果他和纳威小姐结婚，那么纳威小姐的财产将保留在这个家族里。不过，托尼对这门婚事不情不愿，他的意中人是贝蒂·邦瑟，一个"脸颊饱满红润得就像神坛的垫子一样"的乡村姑娘。

　　当马洛和黑斯廷斯在当地小酒馆询问去哈德卡索庄园该怎么走时，他们恰巧问到托尼·兰普金。兰普金出于报复的目的告诉他们俩，他们在夜幕降临时肯定不会走到哈德卡索家，不过没关系，一家小酒馆就在路边拐角处。然而，这家"小酒馆"其实就是哈德卡索家。黑斯廷斯和马洛雄赳赳地闯进这个"小酒馆"，对待还没摸着头脑的哈德卡索家人就像仆人和酒馆伙计似的。当黑斯廷斯在这遇见纳威小姐时，他才意识到他误会了；但是，黑斯廷斯和纳威小姐决定将错就错，借着这个玩笑来掩护他们私奔。他们告诉马洛，哈德卡索小姐碰巧也将拜访这家"小酒馆"，然后介绍他俩认识。但是，马洛对贵族女士深感恐惧，以至于无法直视她。所以，哈德卡索小姐就打扮成一个酒吧女招待的模样，大摇大摆从马洛身旁走过（这是"纡尊服人"），借以引起他的注意。最终，所有误会都解开了。纳威小姐嫁给了黑斯廷斯先生；马洛向哈德卡索小姐求婚，然后才发现她其实就是这一家的女儿；托尼宣明他不喜欢纳威小姐，他喜欢的是贝蒂·邦瑟。哥德史密斯这部戏剧深入探讨了一个问题：何为"低等"？到底谁更低等呢？是诚恳的托尼？还是马洛？马洛甚至在和一位酒吧女招待第一次见面时就想诱惑对方了。

14 / 理查德·布林斯利·谢里丹
《造谣学校》(*The School for Scandal*)（1777 年）

皮特·狄泽尔爵士刚娶了一位乡绅之女；他有了一位可爱的受监护人——玛利亚；还充当两位幼年丧父的年轻男士——瑟费斯兄弟（Surface brothers）[①] 约瑟夫和查尔斯的"监护人"的角色。

在公开场合，哥哥约瑟夫显得"个性最讨喜，众人有口皆碑"，而弟弟查尔斯是"整个国家中最奢靡挥霍的年轻人，外加没有正经朋友或能够帮衬的人"。但是这些表象不过是骗人的。实际上，查尔斯尽管花钱大手大脚，挥霍无度，但本性善良敦厚；而约瑟夫内里"老奸巨猾、自私自利、心肠狠毒"。查尔斯爱上了玛利亚，约瑟夫却得到了皮特爵士的支持，但他只是惦记着玛利亚的财产。

查尔斯和约瑟夫的叔叔，奥利弗·瑟费斯爵士（Sir Oliver Surface）从澳洲赶来；他已经听到关于两个侄子的相互矛盾的说法了，所以他假扮成一个放高利贷的"普雷姆先生"（Mr. Premium）[②]，找到查尔斯。查尔斯打算从他那借一笔钱，他用可能会从奥利弗爵士那里继承来的财富当作抵押："那么现在我建议，普雷姆先生，立一份在奥利弗爵士身后偿还的借据，你意下如何？但是，这位老先生素来待我慷慨，我得向你申明——他若有不测，我会很难过的。"普雷姆先生对此回应说："我向你保证，你不会比我更难过。"查尔斯又提出可以出售家族成员的画像来筹钱。在这部戏最出彩的几场之一，查尔斯把这些画像拍卖给

[①] 瑟费斯："surface"本身有"表面"的含义，也暗示了这两个同姓亲兄弟表里不一。
[②] 普雷姆："premium"本身有"额外费用、附加费"的意思。

了"普雷姆先生"和另外两位放高利贷的人。但是，他拒绝卖掉奥利弗爵士的画像，于是奥利弗爵士本人被打动了，决定偿付他侄子的债务。

  与此同时，约瑟夫正在他的书房里与皮特·狄泽尔爵士的年轻太太在偷情。正当他们很投入地进行私密交流时，皮特爵士来了，狄泽尔太太立马躲到了屏风后面。接下来是一场"屏风场景"（screen scene），这是风俗剧中的传统，在这种设计中，剧中人会藏在一个隐蔽的地方窃听私人对话。狄泽尔太太偷听到皮特爵士告诉约瑟夫，说他怀疑查尔斯和自己的太太有染。不过皮特爵士接着就听见查尔斯来了，他自己也赶紧躲进了壁橱。查尔斯一进来，就开始绘声绘色描述他曾经发现约瑟夫和狄泽尔太太的奸情。为了阻止他说下去，约瑟夫赶紧打开了壁橱，把皮特爵士暴露出来；查尔斯撞倒了屏风，发现狄泽尔太太也在，狄泽尔太太恳求丈夫原谅自己。皮特爵士领着他的太太，大步离开了。最后，他允准现在无债一身轻的查尔斯和玛利亚成婚。现在，所有的一切都被"矫正无误"了（尽管查尔斯的性格摇摆不定），不过只因为"风俗"在两个关键场景被破坏了：奥利弗爵士和皮特爵士都听到了他们本来不该听到的某些话。

15 / 亨里克·易卜生
《玩偶之家》（1879年）

  娜拉·海尔茂犯法了。为了给她丈夫凑医药费，她伪造了自己父亲的签名，从银行借钱；当时一位女性如果没有父亲或者丈夫的授权就去借钱，是违法行为。她的朋友林丹太太听说此事之后惊呆了。不过，娜拉已经通过节衣缩食和点灯熬油做抄写文书工作来偿还债务了。"喔，有时候我实在累得不得了。可是能这么做事挣钱，心里很痛快。我几乎觉得自己像一个男人。"但是，娜拉的丈夫托伐现在已经成了她借款那家银行的一位经理，而批准借款的银行主管柯洛克斯泰先生将为此失去工作。他求娜拉插手帮帮他。当娜拉回绝他时，他告诉娜拉，他知道她的秘密：她父亲的签名日期在她父亲死后三天。如果他失去工作，他就揭发娜拉的罪行。

  娜拉试图绕开这场危机；但是，托伐拒绝听她为柯洛克斯泰求情。结果，柯洛克斯泰失业了，而托伐也很快收到柯洛克斯泰揭发娜拉罪行的信件。托伐朝娜拉咆哮："我最得意、最喜欢的女人——没想到是个伪君子，是个撒谎的人——比这还坏，是个犯罪的人！"托伐害怕如果不让柯洛克斯泰复职的话，柯洛克斯泰会在上流社会大肆宣扬娜拉的罪行。所以，托伐决定："这件事无论如何不能让人家知道。咱们俩，表面上照样过日子——不要改变样子，你明白不明白我的话？当然你还得在这儿住下去。可是孩子不能再交在你手里。"接着，在他谩骂的过程中，他又收到一封来信，寄信人还是柯洛克斯泰，这家伙决定娶林丹太太为妻，因此不希望再给娜拉带来任何威胁。没了可能当众受辱的威胁之后，托伐一下子变了个人："喔，我可怜的娜拉，我明白了……你不懂得男子汉的好心肠。要是男人饶恕了他老婆——真正饶恕了她，从心坎里饶恕了她——他心里会有一股没法子形容的好滋味。从此以后，他老婆越发是他的私有财产，做老婆的就像重新投了胎，不但是她丈夫的老婆，还是她丈夫的孩子。"

值此之际，娜拉选择了离开。她告诉丈夫："在这儿我是你的'玩偶老婆'，正像我在家里是我父亲的'玩偶女儿'一样。"她明确告诉丈夫，若想他们夫妻关系重归于好，那就等"奇迹中的奇迹发生了！"。娜拉走出家门，离开了托伐。遵照社会要求，娜拉爱她的丈夫，但是恰恰是这种爱，导致她做出了社会公序良俗所谴责的事情。陷进这种进退两难的境地，她发现她的家已经名存实亡，也暴露了她的丈夫对她的爱不过是他自己自尊心的一个部分。

16 / 奥斯卡·王尔德
《不可儿戏》（1899年）

在伦敦，杰克·华兴自称为"任真"（Ernest）。当他在自己的乡下庄园时——那里还住着他18岁的被监护人西西丽——他就自称为杰克，而他在城里的那些所作所为，全都假托给他实际上并不存在的兄弟"任真"了。杰克爱上了关多琳·费尔法克斯小姐，她是他的朋友亚吉能·孟克烈夫的表妹。他在城里向她求婚，用的是"任真"这个名字，而她也同意了，所以从那之后她的梦想就是要嫁给一个名叫"任真"的男子。而她的妈妈巴拉克诺夫人（Lady Bracknell）① 要求了解杰克的家庭背景；当杰克说出他儿时是被人在维多利亚火车

---

① 此处书中原文是 "Her aunt, Lady Bracknell"，疑似本书作者有误，在其他版本的《不可儿戏》中，巴拉克诺夫人与关多琳小姐应是母女关系。

站的一只手提袋里发现的时候，巴拉克诺夫人拒绝了这门婚事。关多琳小姐答应给杰克写信，寄到他乡下的别墅。亚吉能偷听到了这个地址，他还知道了杰克的被监护人、非常可爱的西西丽小姐和她的家庭教师普里慎小姐都住在这个地方，于是决定登门拜访。

亚吉能赶在杰克之前到达了乡间别墅，自我介绍说自己就是那位"任真"先生，也就是杰克的兄弟。西西丽小姐立马和他一见钟情，陷入爱河，并许诺会嫁给他，因为她一直以来都心心念念要嫁给一位叫"任真"的男子。不幸的是，杰克已经觉得他的双重身份已经变得太复杂了，他穿着丧服回来了，向大惑不解的西西丽小姐宣布他的弟弟"任真"先生已经客死他乡。关多琳小姐听闻西西丽小姐要和"任真·华兴"先生成婚，带着盛怒来到这处别墅。为了让事情真相大白，杰克和亚吉能坦白了他们自己真正的名字；两位深受打击的小姐都要毁掉婚约，除非亚吉能和杰克都立刻再次成为那个"任真"先生。巴拉克诺夫人为了做洗礼也赶过来了，她认出了家庭教师普里慎小姐就是当年的保姆，那是28年前，这位保姆很偶然地把巴拉克诺夫人还在襁褓之中的外甥放在一个手提袋里，遗失在维多利亚火车站。杰克就是她失散多年的外甥，也就是亚吉能的兄长；接着，他被正式命名为"任真"。他郑重其事地说："关多琳，一个人突然发现，自己一辈子讲的全是真话，太可怕了。"作者王尔德因为在法庭上被判犯有同性恋罪，并被判两年苦役。作家在这部戏剧里嘲讽了异性恋婚姻的惯例。此时他的女性角色还没有分化出来，所以他的男性角色双重身份认同（任真—杰克，亚吉能—任真）更为突出。所有不严肃的讽刺喜剧，其实都扎根于身份认同本质的不确定性这一严肃问题。

17 / 安东·契诃夫
《樱桃园》（*The Cherry Orchard*）（1904年）

洛巴兴曾经是一个农民，现在成了富人。他在拉涅甫斯卡雅夫人雅致的家庭庄园里等着她从巴黎回来。这处庄园由拉涅甫斯卡雅夫人的养女瓦莉雅和她的哥哥加耶夫打理，但是，拉涅甫斯卡雅夫人的挥霍无度已经使这处庄园负债累累。当拉涅甫斯卡雅夫人和她的女儿安尼雅从巴黎回来时，洛巴兴告诉她，这处庄园将要被拍卖，除非她能分出一块地，租给周末来的旅客。可是她却回应说:"对不起,您一点也不懂。如果全省有什么美妙的,甚至出色的地方,那就只有我们的樱桃园了。"由于无法面对她日渐式微的贵族生活方式,拉涅甫斯卡雅夫人无视她的债务负担。她的养女瓦莉雅要更现实一些,正在为她和洛巴兴悬而未决的(情感)关系感到烦恼。她告诉安尼雅:"他的事情多,顾不到我……大家都在谈论我们的婚事,道喜,其实连影子都没有,自始至终如同一场梦……"安尼雅曾经深爱樱桃园,就好似爱上一个人一样,她现在被彼得·特罗菲莫夫追求,而彼得恰是一位社会主义者,他痛恨樱桃园所代表的一切。安尼雅对彼得说:"不知怎么的,彼嘉,您使我不像以前那么喜欢这个樱桃园了。"彼得回答道:"整个俄罗斯就是我们的花园。土地辽阔而美丽,其中有许多美好的地方。您想一想吧,安尼雅!您的祖父、曾祖父以及您所有的祖先都是农奴主,拥有许多农奴,这个花园里的每棵樱桃树上,每片树叶上,每个树干上难道不是都有人在瞧着你们,您难道没有听见说话声吗……"

最终,拉涅甫斯卡雅夫人家里决定,让家里一位年长的亲戚给他们足够的钱把这块地买回来,于是加耶夫兴高采烈地去参加拍卖会。但是,庄园的出售价格是加耶夫出资的六倍,庄园最后卖给了洛巴兴。现在,洛巴兴完全拥有了这个地方。(他的父亲曾在此为奴。)洛巴兴如同醉酒一般狂喜地喊道:"大家都来看看洛巴兴怎样拿着斧子砍倒整个樱桃园,树木怎样纷纷倒在地上!"尽管拉涅甫斯卡雅夫人这家人悲痛哭泣,但是他们很快就制订了新的计划。加耶夫找到了一份银行的工作,拉涅甫斯卡雅夫人打算重回巴黎,而安尼雅决定去上大学,并向母亲保证,她很快就能养活她们两个。在这部戏剧的结尾,舞台之外响起了斧子砍树的声音,就像是樱桃树被砍倒了。在《樱桃园》里,没有戚戚小人,也没有堂堂君子。作者契诃夫并没有为此提供任何答案。他只是向我们展示了一个正在没落远去的贵族世界,这个世界既美丽又压抑,既令人依依不舍又有致命缺陷。这些复杂性被精妙地描绘了出来,而不是被解决。

18 / 乔治·萧伯纳
《圣女贞德》(1924年)

萧伯纳在他自己的序言中,写了两个他要全神贯注完成的任务:公正对待中世纪那种奇幻的信仰("在中世纪,人们相信世界是平的,对此,他们至少有感官上的证据：我们相信这个世界是圆形的……因为现代科学已经让我们确信，没什么东西显而易见就是真的。"），写一部悲剧，在这部悲剧里"没有邪恶之徒……如果贞德没有被那些通常意义上无辜的人以他们的正义之火燃烧的话，那么贞德死在他们手上就将没有……意义"。这部戏剧不断回到这一问题上：真理与谬误有赖于观察者所处的位置。

在这部戏剧的一开头，贞德来到了包椎古尔的罗伯特上尉的城堡，说服上尉给她一匹马和一个连队的士兵，这样她就可以帮助法国王储重整旗鼓，夺得皇权（当时在英王亨利六世的控制之下）。罗伯特满腹狐疑，但是他的朋友已经同意帮助贞德，协同作战。他们觉得"现在除了奇迹没有什么能挽救我们了"。所以，罗伯特就把贞德送到王储那里，而这位王储也把自己军队的指挥权授予了这位"少女"（the Maid）。贞德领导军队抗击英国入侵者，当时英国入侵者已经包围了奥尔良城。风奇迹般地改变了方向，助贞德一臂之力，让她的士兵能够顺利渡河，击败了英国人。

然后，英国人会见了法国博韦的主教。英国牧师坚持认为贞德是女巫，而沃里克伯爵也害怕人们对贞德的拥护，会分散他们对自己的封建领主的忠诚。主教大人认为贞德的民族主义对教会是威胁："天主教教会只知道一种领域，那就是基督教王国。"一开始，他很不情愿和英国人合作。他怒气冲冲地说："你们这些了不起的领主太容易把教会仅仅看作是一种政治需要了！我可不仅仅是一个满足政治需要的主教！"但是最终他还是同意帮助把贞德交到沃里克伯爵和他的士兵手里，最后贞德被烧死在火刑柱上。不过，在这部戏剧的尾声里，结局的悲剧性被弱化了。在尾声里，贞德和她的敌人们都出现在法国国王查理[①]的梦中。沃里克伯爵高兴地说道："火刑事件是单纯的政治事件，里面不牵扯任何的个人情感，我向你保证。"而贞德彬彬有礼地回应道："我不怨你，爵爷。"接着，一位20世纪20年代的神职人员来到了梦境中，宣称贞德从此为"圣女"；当贞德的敌人嘲笑这位神职人员穿着"最特立独行的滑稽打扮"时，此君语气生硬地反驳说："你们都穿着戏服，我穿的衣服才是正常的。"这就是萧伯纳的总结：每一个剧中人都认为他自己"穿着得体"，做着他自认为正确的事情。而这部戏剧本身也把对贞德这一生的最终裁判权交给了观众。

[①] 即查理七世，就是之前所提到的法国王储。

第八章
世界是舞台：在戏剧中读懂历史

19 / T. S. 艾略特
《大教堂凶杀案》（*Murder in the Cathedral*）（1935年）

艾略特笔下的神父托马斯·贝克特和萧伯纳在《圣女贞德》中的那位大主教有相似的保守之处：他也担心政治野心会扭曲他对上帝的侍奉。但是，在《圣女贞德》中，作者采用了一种略带诙谐的戏剧化现实主义倾向：萧伯纳笔下的中世纪法国人，说起话来就像是20世纪的绅士。而艾略特的戏剧则是给人一种印象派的画面，里面有不少象征性的人物角色，比如"诱劝者"（Tempters）、"不速之客"（Assassins）和齐声说话的"合唱团"（Chorus），而且该剧用韵文写就。

这部戏的主角是坎特伯雷大主教、"桀骜不驯的教士"托马斯·贝克特，他曾发表言论抵制英国国王亨利二世（Henry II）的王室权力向他坚信本应属于教会权力的范围进行扩张。因为害怕国王的雷霆之怒，贝克特出逃到了法国。在这部戏的一开始，他正返回英国，那一幕让人怀想起"棕枝主日"（Palm Sunday）①，那一刻人们列队于路旁，把他们的斗篷脱下扔在他前面。坎特伯雷的百姓已经准备好欢迎他归来（"他一直待他的信众那么慈祥"），但是，大主教贝克特和国王之间的紧张气氛依然存在。三位教士担心贝克特这次回到英国会以身涉险：他和国王一样都拥有骄傲且强有力的性格，他对所有世俗的权威感到愤慨不已，他只侍奉上帝。在另一处呼应耶稣基督神迹的故事中，诱劝者来到贝克特这儿，向他许以财富、影响力以及和平，如果他愿意取悦于国王的话。贝克特拒绝了所有诱惑，并嗤之以鼻：既然他被上帝委以精神权威，他就成了掌握"天堂和地狱钥匙的人"，世俗权力于他如浮云！但是，贝克特最后的欲望导致他陷入一次严肃的心理挣扎，这次斗争无法消解：他被诱惑心甘情愿地成为一名殉道者，因此他将获得更大的荣耀，无论他作出何种决定，贝克特都看见了他自身的堕落。

在这部戏剧的结尾，国王派出骑士团追捕贝克特并杀害了他，然后这些骑士径直走向舞台前面，面向观众用合辙押韵的话语解释说："我们只是将国家的利益置于一切之上的四个普普通通的英国人。"贝克特或许在深思自己所犯之罪

---

① 亦译"圣枝主日"或"主进圣城节"。《圣经·新约》记载，耶稣"受难"前不久，骑驴最后一次进耶路撒冷城。据称，当时群众手执棕枝欢迎耶稣。为纪念，此日教堂多以棕枝为装饰，有时教徒也手持棕枝绕教堂一周。教会规定在复活节前一周的星期日举行。

的痛苦中迷失了自己,而这些骑士确信他们做得对。艾略特像契诃夫和萧伯纳一样,拒绝消解戏剧里的冲突,但这次他呈现给观众的挣扎是一种内在的冲突:这种挣扎主要不是外在地发生在国王亨利二世和贝克特之间,而是内在地发生在贝克特自己的头脑当中。

20 / 桑顿·怀尔德
《我们的小镇》(1938年)

《我们的小镇》从一开始就用它的非现实性吸引了我们的注意力。舞台监督(Stage Manager)首先来到台前向我们介绍每位演员所扮演的角色。这个关于歌洛威尔小镇居民的故事,意在进行某种哲学思考,要通过一系列描述来揭示人类生存境遇的真相。艾米莉·威博和乔治·季布斯在孩提时代就认识了,然后长大结婚、生子(当他们在筹备婚礼时,舞台监督评论说"几乎这世界上每一个人都要结婚的");艾米莉死了,葬在了公墓。当艾米莉决定要重新过一次她的十二岁生日时,这部戏的高潮随之而来。她看见了她的父母和兄弟(当时已经死了),她想如同她十二岁生日那天那样,重复过这一天,但是,她因为正常人看不到她而感到挫败。她忍不住冲她母亲大喊:"噢,妈,就看我一眼,真正地看我一眼!妈妈,已经过去十四年了,我已经死了。你已经做姥姥了……瓦力也死了……我们都非常伤心,记得吗?但是,就这么一会儿,这么一会儿我们又都在一起了。妈妈,我们就只有这么一天短暂的快乐,让我们互相看一看吧。"威博太太没理会这些,继续做她的饭。艾米莉打断了她,她哭着说:"太快啦!我们没有一点时间好好看看对方!……当人们活着的时候,他们是否意识到生活的意义?每一分钟,每一分钟生活的意义?"舞台监督回应她说道:"没有。圣人和诗人,他们可能会认识到一些。"

《我们的小镇》展现出生活中的那些"逝者如斯"的细节,它的目标是要解释清楚:平凡岁月中的每一刻都自有其特殊价值。在结尾,这部戏剧仍对人类的处境满怀希望。舞台监督评论说:"每个人都知道,有一样东西是——永恒。它不是房屋,也不是家族,同时也不是地球,甚至也不是星辰……每个人在骨子里都知道这个东西是永恒的,这个东西与我们人类是密不可分的。曾经与我们一样生活在世界上的一些伟大的人物告诉过我们,五千年过去了,你会惊讶

第八章
世界是舞台：在戏剧中读懂历史

地发现人们仍然不能把握永恒这个东西，在永恒的最里层有些东西紧紧地困扰着我们人类。"作者怀尔德是一位人文主义者：我们或许对这个世界、我们的决策以及过去的时间几乎没有什么真正的控制能力，不过，我们在此生此世所能做的，在某种永恒的角度而言，都是有意义的。《我们的小镇》是一部悲剧，但是这部悲剧恰好让我们认清了人性的核心价值所在，而不是人性的微不足道。补充一点：怀尔德是唯一一位获得过戏剧和电影双料普利策大奖的美国人，获奖作品为戏剧《我们的小镇》和《牙釉质》（*The Skin of Our Teeth*），以及小说《圣路易斯雷的桥》（*The Bridge of San Luis Rey*）。

21 / 尤金·奥尼尔
《进入黑夜的漫长旅程》（*Long Day's Journey into Night*）（1940 年）

奥尼尔（1883—1953）希望这部创作于1940年的戏剧在他死后25年再发表；但是，心愿未遂，这部戏剧初版于 1956 年。

剧中一开篇，詹姆士·泰隆、他的妻子玛丽，他们的两个儿子——三十三岁的长子詹米和比哥哥小十岁的幼子艾德蒙，在一个八月的清晨刚刚用完早餐。但是，在家人间细碎的交谈中，一种紧张感油然而生：詹姆士和詹米吵了起来，詹米朝弟弟艾德蒙冷笑，艾德蒙在咳嗽，而母亲玛丽急切需要她已经上瘾的吗啡……到了午餐时间，医生打电话给艾德蒙告知他得了肺结核的时候，玛丽已经服用了当天的第一剂吗啡，而詹姆士已经开始喝上酒了。下午过半，妻子玛丽努力找话题打破冷场："詹姆士！我们曾经深深地爱着对方！我们会一直相互想着对方！只要记住这个就好了，对于那些我们不能掌握也不能知晓的事情我们没必要去懂得。那些我们拼尽全力也没办法补救的事情，我们也无能为力。人的这一生不就是这样吗？很多事情让我们感到无奈和无计可施，只能眼睁睁地看着它发生。"

但是，丈夫詹姆士没领会这良苦用心，毫无回应。家里每一个成员，现在都相互孤立，同时也苦恼于这种孤立。他们每一个人都试图重新建立和其他家人的联系，而这种联系也不断游移，变来变去，激发了愤怒，也激发了痛苦。[22] 玛丽为在詹米和艾德蒙之间夭折的那个孩子而悲恸，她责怨詹米和艾德蒙，她也谴责她的丈夫："如果不是我把他丢给我母亲照看，自己跑来陪你旅行，只因为你的来信里很多次地对我说有多想念我,一个人的旅程是多么孤独,詹米也就不会没人看管,身上长着疹子依旧往小孩子的房间里跑。我明明清楚詹米是故意想要害宝宝的。他很羡慕宝宝的同时也怨恨着他。"詹姆士不胜其烦地问道:"你就不能不再提我们这个可怜的小宝宝,让他死后最起码可以安生吗?"但是,玛丽发现,她只有退缩到她的药瘾中,并假装回到她的少女时代,她才能感受到平和。她自言自语:"药能暂时止住我的疼痛。吃了就可以带你走到不再疼痛的地方。让你回到以前无忧无虑的日子,这才是真的,其余的全部是假的。"

夜幕终于降临。艾德蒙因为生气跑出了房子,现在午夜时分,他回来找他的父亲,发现他父亲已经喝得烂醉,坐在桌旁。他陪着父亲喝酒,还引用了波德莱尔[①]的诗句:"必须沉醉到底。此中应有尽有,此外再无可求。为了不被肩头的光阴压垮,为了忽略时间的重担的碾压,您必须一醉到底,长醉不能停。"詹米也来了,也是醉醺醺的;玛丽从她的房间下来,这都靠吗啡撑着。艾德蒙试图再一次和他妈妈好好交流。但是,她沉陷于过去不能自拔。她缓缓地说道:"对啦,我想起来了。我和詹姆士·泰隆有了恋情,那段时光很是快乐。"然后,落幕,全剧终。

奥尼尔在一定程度上是通过对白缓缓地构建出戏剧的张力,不过大部分还是借助剧中人的面部表情和声音。他运用对白标签去揭示戏剧中潜藏的维度。(有一条对白标签是这么说的:"他努力地止住了咳嗽,歪着眼,非常担心的模样,飞快地朝她看了一眼。他虽说一肚子的疑虑,可是母亲的慈爱让他暂时感到放心,也让他只往好处去想。詹米只是在一旁用尖锐的眼光看了她一下,马上就明白自己心里所害怕的事情变成了事实。他低着头两眼看向地面,脸上不露声色,只是有一种苦涩、绝望却装作很不以为然的表情。")

22 / 让·保罗·萨特
《禁闭》(1944年)

刚刚去世的加尔森来到了地狱,在那里,他发现自己处在一个法式风格的

[①] 波德莱尔(1821—1867):19世纪法国最著名的现代派诗人,象征派诗歌先驱,代表作有《恶之花》《巴黎的忧郁》。

客厅，客厅里没有床铺（所以，他就无法睡觉），没有镜子（所以，他无法照视自己的状态），没有窗户（所以，他无法和外面的世界相往来），也没有牙刷（所以，他也没什么个人物品）；有的只是壁炉台上的一个奇异的青铜饰品，很沉，根本搬不动，再就是一把用来裁切书页的裁纸刀（不过屋子里没有书）。这就是作家萨特视野中的地狱，人类对一切无能为力，也不允许无意识地昏睡，哪怕片刻之间。灯光一直如昼，而带他来的招待员甚至连眼睛都不眨一下。加尔森说："因为这种生活，没有间隙……那就瞪着眼生活了。"这里无路可逃。这个房间的外面，只有走廊，其他房间，其他走廊，还有楼梯。

接着，另外两个角色出现在这个房间里：伊奈斯，一位女同性恋者，她的爱人杀死了她们俩。（"整整半年呀，我在她心里燃烧，把什么都烧光了。有一天夜里，没料到她竟从床上爬起来，拧开了煤气开关，然后又回来挨着我睡觉。"）还有埃司泰乐，一位上流社会的女士，她和她的恋人私奔了，还杀死了他们俩的孩子，最后她死于肺炎。埃司泰乐抱怨这里连一面镜子都没有："要是我不照镜子，尽管摸到自己，我也不能肯定我究竟是不是真的存在。"伊奈斯回应说："您算有福气。我从来没有从内心感觉到我自己。"剧中每一个角色都希望从别人那里获得些什么：伊奈斯需要埃司泰乐，埃司泰乐需要加尔森确认她能激发男人的欲望，加尔森需要伊奈斯承认他是英勇无畏的。但是，身处地狱之中，每一个人都丧失了行动的能力。他们彼此之间怒气冲冲，沾火就着。他们都在琢磨怎么把门打开，但是，他们无法离开这个房间。加尔森最后总结说："地狱，就是他人。……永远！那就这样下去吧。"

这是这部戏最后的台词，不过，当然啦，他们并不能"就这样下去"。萨特的存在主义哲学强调，意义仅仅存在于一个人能够"做"的事情中；当人不可能行动的时候，人们就陷入一种无意义的地狱。《禁闭》指出了存在主义自身的矛盾：只有当一个人有能力采取行动，能改变其未来的时候，才有意义。然而，这项行动势必牵扯到他人；而且，无论何时，只要一个人依赖他人的行为才能使自己的行为有效，他就对自己的行动缺乏控制了，而且又陷入这种永无止境的循环中。剩下的唯一有意义的选择，就是死亡。如果一个人连选择死亡的权利也被剥夺，他就真的如在地狱。

23 / 田纳西·威廉斯
《欲望号街车》(1947年)

布兰琪·杜布瓦是一位美国南方女士,她风尘仆仆地来到她妹妹家,除了一个行李箱,什么也没带。她失去了自己在密西西比的家族庄园——贝尔立夫庄园("美梦"庄园),什么都没剩下。她的妹妹斯黛拉和一位蓝领工人斯坦利·科瓦尔斯基结婚了。布兰琪发现斯坦利平庸,还有点像"类人猿";斯坦利则发现布兰琪自命不凡,容易受他人影响,而且不诚实。他们两个人为获取斯黛拉的忠心而唇枪舌剑,布兰琪的武器是她的优雅,她们共同的往日时光,以及愧疚感。布兰琪告诉妹妹斯黛拉:"你走了!我留下来奋斗!你来到新奥尔良,自己只管自己!"斯坦利则用性来控制斯黛拉,斯黛拉告诉布兰琪:"可男女之间在黑夜里发生的事——发生那种使其他一切都显得——不重要。"她怀孕了,这加强了斯坦利对她的控制。有一次,他们打扑克牌打到吵架,斯坦利毁坏了公寓的卧室,还打了斯黛拉;布兰琪带走了妹妹斯黛拉,去了一个朋友的住处,但是,斯坦利一喊她,斯黛拉就回去了。布兰琪怒气冲冲地说:"和这种男人一起生活的唯一的办法是——和他睡觉!那是你的任务——但不是我的!"

有一阵,斯坦利的朋友米奇追求布兰琪。但是,斯坦利通过打听布兰琪的过去,发现她因为酗酒滥交而臭名昭著。他把布兰琪这些不光彩的事情都告诉了满是理想主义的米奇。结果,米奇拒绝了布兰琪。当布兰琪意识到斯坦利做了什么的时候,她开始向斯坦利大喊大叫;不过,斯黛拉那时要分娩,斯坦利带着她去医院了。米奇赶到了,忍不住又见了布兰琪一面。布兰琪承认了她对自己的过去有所隐瞒:"我对他们歪曲事实不讲真话,而没有讲应当是真话的东西。"当米奇不同意和布兰琪结婚,却又想着各种法子引诱她的时候,布兰琪让他滚开。斯坦利从医院回到了公寓,兴奋过度,当他发现只有布兰琪一个人在家的时候,就心生恶念强暴了她。布兰琪疯了。在这部戏剧的最后一幕里,医生和护士把她带走了。她倒是跟他们走了,她感到迷惑不解,但是还是跟他们走了。斯黛拉则在丈夫斯坦利的怀抱里哭泣,感到心烦意乱而又心怀内疚,但是斯黛拉没有离开她丈夫半步。这部戏剧是一部现实主义题材的心理剧:斯坦利厌恨布兰琪,但是又对她充满欲望;布兰琪讨厌斯坦利,但也发现他的性魅力令人难以抗拒。这也正是社会的注脚:布兰琪,这位体面的南方女人,在这新兴的都市生活里无立锥之地。

24 / 阿瑟·米勒
《推销员之死》（1949年）

威利·洛曼是一位年已花甲的销售员，住在纽约的一处小房子里，这个小房子周围高楼林立，小房子被困在中间，而他也被自己的能力不足所困住。他驱车到他的销售区域"上扬克斯"，结果无果而终；他告诉自己的太太林达："忽然间，我开不下去了。车总是往公路边上甩，你明白吗？"他失去了原属于他的销售区域，也失去了公司固定薪水的职位，只能靠销售拿提成了。他现在很苦恼，感到光辉岁月不再。威利的两个儿子，哈皮和比夫都三十多了，混得都不理想，在家闲着呢。这俩儿子的出现使威利的困窘又增加不少。他在跟现在的他们说话，却总是想象着过去，这些场景都在舞台上得以呈现。他看见他自己在鼓舞比夫的运动精神，而对他作弊的倾向和数学不及格视而不见。

当比夫和哈皮意识到他们的父亲正在借钱还账单时，他们打算去请求比夫的前老板比尔·奥利弗投资一项新的体育用品生意。他们告诉威利，他们晚上会来跟他吃饭，那时他们应该从奥利弗那里拿到钱了。威利深受鼓舞，自己去找他的老板，想讨一份有固定薪水的工作。他自言自语，他的老板不耐烦地听着他讲："当推销员是一个人所能要求的最了不起的前途。因为还有什么比这更叫人心满意足的……那年月这一行里讲的是人品，霍华德，讲的是尊敬、义气、有恩必报。现在，光剩下谋利，再谈交情、义气，没人理你——不讲人品了。……我在这个公司里干了三十四年，可是现在连保险费都交不起啦！你不能吃橘子把皮一扔就完了，人不是橘子。"

但是，威利还是"被扔掉"了：他被解雇了。与此同时，比夫见到了比尔·奥利弗，不过却不敢提钱的事。比夫这时突然意识到他之前在奥利弗这工作时是多么失败！当威利到了饭店，这爷儿仨又为了过去而大吵一通。年轻的比夫出现在舞台上：他没有通过高级数学的考试，因此他也就无法申请大学体育奖学金了。他去找父亲威利寻求帮助，结果发现他的父亲在汽车旅馆和别的女人在一起。年轻的比夫一怒之下放弃了大学学业。而现在长大的比夫则谴责他的父亲毁掉了他的一生。他们各自离开了饭店。回到家后，威利意识到自己的保险金（两万美金）足够给比夫启动他的新生意了。他喊道："你想想他得多么出类拔萃！"他离开了家，车开足马力冲了出去，车毁人亡，自杀了。在尾章"安魂曲"里，林达和两个儿子以及威利生前唯一好友、邻居查理站在威利的墓旁。林达悲恸地说:"我不明白。……他只要有一点点工资就够了。"查理回答说:"谁也不能有一点点工资就都够了。"作者米勒称这是一部悲剧,一部关于"普通人"的悲剧,"普通人与帝王同样适合作为最高的悲剧题材",因为所有这些人的心理都是相同的。在这一心理悲剧中,米勒又补充说:"当我们眼见某个人就要废弛他的人生时,悲剧感在我们身心之中油然而生,如果需要的话,应该保证……他在整个社会里'恰如其分'的一席之地……那些试图反抗这种使他们堕落退化的机制的人,如今就在我们身边,一如既往,从未走远。"[23] 20 世纪的资本主义制度让主人公威利垂头丧气,他在本剧的一开始就抱怨:"竞争激烈得叫人发疯!"不过,他抵制这个市场的努力,最后以不可避免的失败告终。

25 / 塞缪尔·贝克特
《等待戈多》(1952 年)

在《等待戈多》的第一幕,两个流浪汉爱斯特拉冈和弗拉季米尔来到舞台上,站在一棵树旁,等待戈多的到来。他们来回闲聊,想搞清楚他们要问戈多要什么,戈多说过会提供什么,以及他们为什么要等待这个戈多。

不过,也就这样了,再没有什么更多的信息了。另外两位游客,波卓和他的奴仆"幸运儿"也来到了舞台上,闲聊了一阵,就走了。一个男孩来到舞台上,告诉刚开始的那两位,戈多今天不会来了,但是明天会来。他们决定先离开,但却一动不动。("嗯,咱们走不走?""好,咱们走吧。"但他们没动地方。)

在第二幕,一样的事情再次发生了:"幸运儿"和波卓又来了,尽管这一次他们已经变换了角色,而且也不记得前一天曾经遇见过弗拉季米尔和爱斯特拉冈。弗拉季米尔努力改变这种处境,他突然激烈喊叫:"咱们别再说空话浪费时间啦!咱们趁这个机会做点儿什么吧!"可是,他们依然在等待。那个男孩又来了,再次告诉他们,戈多来不了,但是却不记得就在昨天,他曾经传递过一模一样的信息。弗拉季米尔和爱斯特拉冈吵着要上吊,但是他们身上又没带足够结实的绳子。爱斯特拉冈说:"我不能再这样下去啦。"弗拉季米尔回应说:"这是你的想法。"他们再次决定离开,但是,再一次没走成。然后,落幕,剧终。

戈多从未到来;当被问及"戈多"的含义时,作者贝克特曾经说过:"如果我知道的话,那我在这部戏里早就说了。"在戏里,是等待,而不是戈多,才是这部戏的中心主旨。贝克特是一位象征主义作家，而这两位流浪汉一直等待的模糊不清而又无法界定的目标，正是人类境遇的象征：用马丁·艾斯林（Martin Esslin）[①]的话来讲，"等待这一幕，就是人类境遇的关键而且典型的状貌。"[24] 每一个人，都要经历从生到死之间的等待，此间无法做任何意义非凡之事，也无法领悟这个世界，甚至无法和另一个人进行真正有意义的交流。

26 / 罗伯特·鲍特
《良相佐国》（1960 年）

托马斯·莫尔（Thomas More）[②]压力很大，因为国王亨利八世（Henry VIII）[③]要求他批准自己跟阿拉贡的凯瑟琳（Catherine of Aragon）[④]离婚，这样他就可以如愿迎娶安妮·博林（Anne Boleyn）[⑤]了。莫尔一口回绝了。沃尔西主教（Cardinal Wolsey）[⑥]希望莫尔同意国王的请求："如果你能够公平看到摆在眼前的事实，而不带着可怕的道德蔑视，你才可能成为一位政治家。"但是，沃尔西主教并没有讨得国王的欢心。莫尔接替了他，但也面临来自亨利八世更大的压力，亨利八世需要得到莫尔的公开祝福，因为"你是诚实的。更重要的是，众所周知，你是诚实的"。当国王命令莫尔宣誓这桩婚姻是合法的时候，莫尔回绝了，也因此被投入监狱。没有任何人找到证据能够处决莫尔，枢密院秘书托马斯·克伦威尔决定为国王铺平道路。他为莫尔的学生理查德·里奇（Richard Rich）提供了一份厚礼——税务官的职位，从他那里收取一些看似无伤大雅的

---

① 马丁·艾斯林（1918—2002）：英国著名荒诞派戏剧理论家，代表作品有《荒诞派戏剧》《戏剧剖析》等。
② 托马斯·莫尔（1478—1535）：欧洲早期空想社会主义学说创始人、人文主义学者、政治家。
③ 亨利八世（1491—1547）：都铎王朝第二位英格兰国王及首位爱尔兰国王。亨利八世为了休妻另娶新皇后，与当时的罗马教皇反目，推行宗教改革，并通过一些重要法案，容许自己另娶。他将当时英国主教立为英国国教会大主教，使英国教会脱离罗马教廷，让自己成为英格兰最高宗教领袖。
④ 阿拉贡的凯瑟琳（1485—1536）：英格兰国王亨利八世的王后。1509 年，凯瑟琳嫁给英格兰国王亨利八世。凯瑟琳为亨利八世生育了几次，但只有女儿玛丽（后来玛丽一世）存活了下来。亨利认定凯瑟琳不能为他生下继承人，便向教皇申请离婚，但教皇迟迟不批准。1533 年 1 月，亨利秘密与安妮·博林结婚，英国国会随即立法脱离罗马教廷，大主教接着宣布亨利与凯瑟琳的婚姻无效，与安妮·博林的婚姻合法。凯瑟琳被驱逐出宫，并于 1536 年去世。
⑤ 安妮·博林（约 1502—1536）：英格兰国王亨利八世的王后，女王伊丽莎白一世之母。安妮·博林在 1536 年被斩首。
⑥ 托马斯·沃尔西（约 1475—1530）：英国政治家和红衣主教，英王亨利八世的大法官和主理国务的大臣。

"小道消息"，把获得公众认可的契机放在这个年轻人面前。里奇轻易地就被诱惑了。在这部戏靠前的情节里，里奇抱怨，他曾经拥有过的仅有的认可就是"诺福克公爵（Duke of Norfolk）[①] 走出去五十步了，向我说出了半句'早安'。毫无疑问，他把我误当成其他什么人了。"莫尔曾经建议他避免追求成为公众人物："就当个老师吧！你会成为一位好老师！"但是里奇拒绝了："如果我是一位好老师，谁又会知道呢？"莫尔答复他说："你自己，你的学生，你的朋友们，都会知道，还有上帝，也会知道。""成为一个公众人物也不错嘛！"里奇如是答复。沉溺于自己与日俱增的财富和名声，里奇无法选择放弃，他同意当众作伪证，诬陷莫尔说过叛国的话。遭到谴责的莫尔转向克伦威尔说道："你所要捕杀的，可不是我的行动，而是我内心的思想，杀人诛心。你已经开启了一条漫长之旅。因为，第一批人将会放弃他们的良心，而现在他们将没有良心。上帝福佑众生，而这些人的政治家们正走在你这条路上。"

作家鲍特在他的前言中写道："托马斯·莫尔知道……他的处境，如果自己退一步，敌人就会进逼侵占一步，而被那些敌人所侵占的地方都是他所热爱的……最终，他被要求从他最后的领地撤退，而这个地方正是他的信仰安身立命之所在。在那儿，这个坚韧、幽默、谦逊而又练达的人，伫立着，像金属雕像一般。"莫尔的同一性根植于他在上帝面前的正直，而亨利八世要求他说的誓言会令他把最内在的自我变成一个谎言。像《圣女贞德》和《大教堂谋杀案》一样，鲍特的戏剧糅合了历史史实和非现实的元素（普通人，就像古希腊戏剧的歌队，会点评剧中人物的行动，并担当了一些不起眼的小角色），用以探索一个心理问题：自我的定位。

27 / 汤姆·斯托帕德
《罗森克兰兹与吉尔登斯恩已死》（1967年）

《哈姆雷特》中的两个配角罗森格兰兹和吉尔登斯恩正绞尽脑汁去弄明白他

[①] 诺福克公爵：英国贵族兼阿伦德尔伯爵（Earl of Arundel）兼世袭英国纹章院院长。诺福克公爵的封地是在萨塞克斯的阿伦德尔城堡（Arundel Castle），虽然名称是指诺福克郡。

们为何被传唤去埃尔西诺（Elsinore）①，但是，他们一直被干扰：首先是被来克劳狄斯的宫廷表演的演员们，接着又是被奥菲莉娅从中穿过，她被哈姆雷特追着②。罗森克兰兹和吉尔登斯恩对于无法掌控他们自己的生活感到无助。他们无法行动，因为他们无法料到下一步会发生什么。吉尔登斯恩忧伤地说："放轻松，找到咱们自己的路。我们注定会有某个方向……我总会想出来的。"

这部戏里所有的行动都是由《哈姆雷特》在幕后决定和运作，呈现出一副关于"命运"的戏剧化的版本，虽然发生了一系列不可避免的相继发生的事件，但这些事件却没有任何意义。罗森克兰兹和吉尔登斯恩试图抛弃波洛尼厄斯的尸身，和哈姆雷特王子一起渡海去英格兰，却遭到海盗的袭击，然后发现哈姆雷特已经宣判他们死刑。令他们大为诧异的是，他们还发现所有的悲剧演员都不可思议地也在船上，其中为首的演员用安慰的口吻说："任何人都可能遭遇海盗。"可是，罗森克兰兹和吉尔登斯恩仍为这句话感到悲痛欲绝。这个演员又补了一句："世上多数事物以死亡而告终。"吉尔登斯恩拿话戳了他一句："人死可不能复生！"他声音尖锐地说。但是，那位演员在壮烈死亡之后，居然还跳起来鞠了一躬！接着，所有演员开始彼此相杀，只留下罗森克兰兹和吉尔登斯恩在一堆尸体中。吉尔登斯恩说："一定在一开始的某个时刻，我们应该说'不！'，可惜，我们错过了！"随着灯光亮起，显示从《哈姆雷特》借用来的最后一幕场景时，这二位逐渐淡出舞台视野，伴随着霍拉旭的最后一次演讲逐渐被音乐和黑暗淹没。这部戏没有什么因果逻辑关系；这两个人正好遭遇了一个他们无法理解的世界；他们对于自己周遭所发生的一切感到莫名其妙，无法解释。这时语言是无用的，他们采取行动的努力最终付之于荒谬，而这部戏的形式本身也反映了一个观点：不可能获得真正的理解。[25]

---

① 埃尔西诺：又称"赫尔辛格"，丹麦西兰岛东北岸的城市和海港。莎士比亚戏剧《哈姆雷特》中的埃尔西诺城堡即以此为背景。
② 这几个人和剧中其他主要人物角色，包括罗森克兰兹和吉尔登斯恩，都是《哈姆雷特》中的人物角色。

28 / 彼得·谢弗
《恋马狂》（1974 年）

《恋马狂》这部戏剧用一系列布莱希特式的场景来讲述故事，故事在精神科医生马丁·迪萨特和他的 17 岁患者阿兰·斯特朗之间进行的一次深度心理治疗会谈之后展开。这位患者斯特朗此前已经用钢钉刺瞎了六匹马的眼睛。少年斯特朗在家中被孤立，与社会格格不入，但他崇拜一个伟大的、奇特的、强大的神，他称之为"伊奎斯"（Equus，马的意思）。伊奎斯是一种力量，这种力量错综复杂，其中包含了他对马的热爱，他的性欲望，一种扭曲畸变的宗教信仰，还有孤独感、失落感；最为重要的是，这是一种让他感受到伟大的、凌驾万物的、超凡脱俗的、超出他控制所及的主宰宇宙的力量。阿兰对伊奎斯的崇敬折磨着他，同时也为他提供了一种保护，使他免于一个充斥着喧嚣聒噪的消费主义的平庸世界。顾客会朝着阿兰大喊："雷明顿女用剃毛刀！"而阿兰正在拼命地履行他作为一名店员的职责："您要乐碧思牌餐具？克洛斯牌？豪利士牌？还是皮夫科牌自动牙刷？"精神科医生迪萨特发现了小伙子的信仰，但是他不太愿意帮他祛除信仰。在戏剧的结尾，迪萨特医生大喊道："他将从狂野中得到解脱！那么，然后呢？……我将给予他一个正常的世界，在那里，我们被牢牢拴住……宇宙间的阴极射线不停歇地倾泻在我们萎靡不振的头颅上，疲惫不堪地眨着眼，送走长夜！"他或许能够祛除阿兰·斯特朗对于狂野、威猛、骏美的，嘲弄神明的伊奎斯之马的妄想，带他重返 20 世纪物质主义和人情淡漠的世界来"治愈"他。但是，迪萨特医生本人十分清楚，这种难以解释的力量潜藏于所有人的心中，他们"大喊：'听我解释！'"。

作者谢弗是在为人类不可化简的复杂性——他们终极的神秘感——声辩。他的戏剧处理的是内心的问题，而不是外在的景观，所以，他将《恋马狂》设置在一个抽象的舞台空间，演员们坐在舞台的长凳上（有时候，还会坐在观众席），来等待他们要表演的那一幕。行动既是内在心灵的，也有明显的象征意义，这些象征代表了人的某个部分有可能被所谓"正常"完全消灭的危险。"众神"在谢弗的戏剧中重现身影；但是这一次，他们住在每个人心灵的深处，而不是在奥林匹斯山上。

第八章
世界是舞台：在戏剧中读懂历史

注释

1. Joyce Carol Oates, "Plays as Literature," *Conjunctions*, vol. 25 (Spring 1995): 8–13; 9.
2. 有兴趣研究这些传统的读者可以查阅完整的戏剧史。*History of the Theatre*, 8th ed., by Oscar Brockett（Boston: Allyn & Bacon, 1998）, is a standard text; the paperback *Oxford Illustrated History of the Theatre*, edited by John Russell Brown（Oxford: Oxford University Press, 2001）, is a briefer, more affordable history.
3. Leon Golden, "Othello, Hamlet, and Aristotelian Tragedy," *Shakespeare Quarterly*, vol. 35, no. 2（Summer 1984）: 142–156.
4. 宣泄（katharsis），一个仅仅在亚里士多德的《诗学》里出现过一次的词汇，是一个引起热议的术语。现在许多学者认为它指的，不是观众感受到的一种情绪化的"净化"，更确切地说，是当主角失败的原因呈现在观众眼前时的清晰性。George Whalley 写道："是行为本身的偶然性因素（而不是观众的情感）被净化，成为悲剧的焦点"（"On Translating Aristotle's Poetics," the introductory essay to Whalley's translation of *Aristotle's Poetics*［Montréal: McGill–Queen's University Press, 1997］, p. 27）。
5. 由于证据不足，这只是猜测。一些学者认为，神秘剧可能是从世俗（民间舞蹈、哑剧等等）演变而来，但这也只是猜测。
6. Albert Wertheim, "Restoration Drama: The Second Flowering of the English Theatre," in *500 Years of Theatre History,* ed. Michael Bigelow Dixon and Val Smith (Lyme, N.H.: Smith and Kraus, 2000), p. 82.
7. Walter Benjamin, "Studies for a Theory of Epic Theatre," in *Understanding Brecht,* trans. Anna Bostock (London: NLB, 1973), pp. 15–22 (first published in German in 1939).
8. Haskell M. Block, *Mallarmé and the Symbolist Drama* (Detroit: Wayne State University Press, 1963), p. 103.
9. Martin Esslin, *The Theatre of the Absurd* (Woodstock, N.Y.: Overlook Press, 1973), p. 4.
10. Quoted in *A Century of Innovation: A History of European and American Theatre and Drama since the Late Nineteenth Century,* by Oscar G. Brockett and Robert Findlay, 2nd ed. (Boston: Allyn & Bacon, 1991), p. 312.
11. Anne Fleche, *Mimetic Disillusion* (Tuscaloosa: University of Alabama Press, 1997), p. 26.
12. Quoted in G. W. Brandt, "Realism and Parables (from Brecht to Arden)," in *Contemporary Theatre* (London: Edward Arnold Publishers Ltd., 1962.), p. 33.
13. Daniel C. Gerould, *American Melodrama* (New York: Performing Arts Journal Publica- tions, 1983), p. 14.
14. Peter Brooks, *The Melodramatic Imagination* (New Haven: Yale University Press, 1976), p. 204.
15. Peter Brook, *The Empty Space* (New York: Atheneum, 1983), pp. 42–43.
16. Theresa Rebeck, *Theresa Rebeck: Collected Plays 1989–1998* (New York: Smith and Kraus, 1999), p. 9.
17. Interview in BOMB *Magazine* (New York), January 1999, online at www.bombsite.com/norman/norman12.html and www.bombsite.com/norman/norman13.html.
18. Ronald Hayman, *How to Read a Play* (New York: Grove Press, 1977), p. 14.
19. Thomas Merton, *The Seven Storey Mountain* (New York: Harcourt, 1998), p. 197.

20. 剧中还假定观众知道特洛伊战争是如何开始的：专司不和之女神厄里斯（Eris）将一只金苹果送给最美丽的女神。阿芙洛狄特、赫拉和雅典娜请求宙斯决定哪一个是最美丽的，但宙斯（明智地）拒绝做出判断，把她们送到了帕里斯那里。帕里斯选择了阿芙洛狄特，不是因为她的美丽，而是因为她答应用世界上最美丽的女人来回报他。比赛结束后，阿芙洛狄特帮助帕里斯把海伦从墨涅劳斯身边变回了特洛伊。
21. Wolfgang H. Clemen, "Tradition and Originality in Shakespeare's Richard III," Shakespeare Quarterly, vol. 5, no. 3 (Summer 1954): 247–257.
22. I owe this insight to Stephen A. Black, "O'Neill's Dramatic Process," American Literature, vol. 59, no. 1 (March 1987): 58–70.
23. Arthur Miller, "Tragedy and the Common Man," *New York Times,* February 27, 1949, section II, pp. 1, 3.
24. Esslin, The *Theatre of the Absurd,* p. 29.
25. Roger Ebert, who saw the play in its original theatrical run and later reviewed the film, provides several intriguing comments on the differences in form between the two in his 1991 review of the film in the Chicago Sun-Times, available online at www.suntimes.com/ ebert/ebert_reviews/1991/03/639806.html.

第九章

折射的历史:诗人和诗

所有的诗都关乎上帝、爱或消沉。

> 谁曾想我枯萎的心
> 又覆满新绿?它消失
> 就在地下,就像花儿离去
> 去探望母亲的根,随风飘落,
> 到此相聚
> 经历寒暑,
> 弃世而死,所居无闻。
>
> 权力之主啊,这些都是你的奇迹,
> 杀戮与唤醒,下地狱,
> 升天堂,也不过一个时辰。
> 敲响丧钟。
> 我们说错话,
> 这里,那里;
> 你的话语是一切,
> 但愿,我们能言说

如今我虽老迈又含苞待放，
历经死亡我仍然活着，写着；
我再次闻到了雨露的气息，
品味诗的乐趣……

——乔治·赫伯特（George Herbert）①，《鲜花》（The Flower）

洼地（消沉）：低于周围表面的区域
爱：由同情或自然联系而产生的感情状态
上帝：被祈求者

——《牛津英语词典》

"诗"是一个相当宽泛的词，它包含了感觉直接选择的词语，就像罗伯特·弗罗斯特（Robert Frost）的《白桦树》（Birches）：

每当我看见白桦树或左或右地弯下
与一排排较直且较黑的树木相交，
我都会想到有位男孩在摇荡它们。
但摇荡不会像冰暴那样使白桦树
久久弯曲。

（曹明伦 译）

诗也包含了隐晦的暗示，如约翰·邓恩的《空气与天使》（Air and Angels）：

尚不识你的名姓或颜容，
我就已爱过你两遍或三遍；
或化作声音，或化作无形的火焰，
天使常影响我们，并受到尊崇；
每当我来到你所在的地点，

---

① 乔治·赫伯特（1593—1633）：威尔士诗人、玄学派圣人。

第九章
折射的历史：诗人和诗

> 我总是看见美好而荣耀的虚空。

（傅浩 译）

或者是，在音节中唤起身体的感觉，如沃尔特·惠特曼的《我歌唱带电的肉体》（I Sing the Body Electric）：

> 口和眼睛周围的曲线的不断变化，
> 皮肤、晒黑的肤色、雀斑、汗毛，
> 用手抚摩赤裸的肉体时引起的奇异的交感，
> 呼吸的循环之流，以及吸进和呼出，
> 腰肢的优美，由此而来的臀部之美，由此而来的直到膝盖的下身的美，
> 在你体内或我体内的稀薄鲜红的浆汁，骨头和骨髓，
> 健康的美妙体现……

（李野光 译）

跟历史一样，诗能记载过去的某些方面；诗给我们讲述一个关于个性的故事，具有小说的功能；如同自传，诗能揭示诗人自己的情感发展脉络；像戏剧一样，诗使谈话者之间的对话来回跳跃，旁观者必须加入想象。但是，诗既非历史，也非自传，或小说。诗是用"诗的方式"写成的。

小说、自传、历史以及大多数戏剧都用散文的形式写成。作为文学标签，诗歌和散文是互相定义的，"诗歌"通常指"非散文的"（反之亦然）。那么，二者有什么区别？大多数诗人及评论家可能会如此作答："我一读就知道那是诗。"——这是一个有用的借口，它也可以用来区分伟大的艺术和色情作品。

当你读诗时，你的视觉与听觉也将深切地感受到诗歌和散文之间那神秘的、虚无缥缈的分界线。当你启动读诗这一工程的时候，考虑使用这个简单的定义作为入门指南：诗歌就像潜望镜。总有个观者（读者）透过潜望镜看着被观望的"东西"，这"东西"就是诗歌所表达的：一种感觉、情绪、困惑，人、树、灌木或河流。但是诗的主题不会自动映入观者眼中，它会先从一面镜子反射到另一面镜子中，每一面镜子又都会成为射入眼睛晶状体的图像的一部分。

在这个"潜望镜"里，那两面镜子分别就是诗人和诗的语言。在一首诗里，诗人从未消失，他的思想、情感、经验都成为诗的一部分。小说家或剧作

家常常试图留在人们视线之外,为的是让读者在体验故事或戏剧时完全忘记作者的存在。但是诗就是作者存在的表达。我们来对比两个场景,它们都设定在小树林里,作者是小说家简·奥斯丁和同时代的诗人威廉·华兹华斯(William Wordsworth)。在奥斯丁的《傲慢与偏见》里,伊丽莎白·班纳特刚刚拒绝了达西先生傲慢的求婚。第二天早上,她去散步,想清醒清醒头脑:

> 她沿着这一段小路来回走了两三趟,禁不住被那清晨的美景吸引得在园门前停住了,朝园里望望。她到肯特五个星期以来,乡村里已经有了很大的变化,早青的树一天比一天绿了。她正要继续走下去,忽然看到花园旁边的小林子里有一个男人正朝这儿走来;她怕是达西先生,便立刻往回走。但是那人已经走得很近,可以看得见她了;只见那人急急忙忙往前跑,一面还叫着她的名字。她本来已经掉过头来走开,一听到有人叫她的名字,虽然明知是达西先生,也只得走回到园门边来。达西这时候也已经来到园门口,拿出一封信递给她,她不由自主地收下了。他带着一脸傲慢而从容的神气说道:"我已经在林子里踱了好一会儿,希望碰到你。请你赏个脸,看看这封信,好不好?"于是他微微鞠了一躬,重新蹩进草木丛中,立刻就不见了。
>
> (王科一 译)

伊丽莎白和达西在小树林里遇见了,他给她一封信,简·奥斯丁无处可逃。下面是诗。威廉·华兹华斯带着他的《写于早春的诗行》(Lines Written in Early Spring)出现在小树林中央:

> 我听见千百种音调在交响——
> 那是我倚在树丛里的时候;
> 我心情愉快,但快乐的思想
> 把哀思送上我的心头。
>
> 大自然你使我躯体中的灵魂
> 同大自然美好的作品结合;
> 我呀,想起了那问题就心疼:
> 人把人变成了什么?

穿过樱草丛,在绿荫之下
长春花缀出一个个花环
我深深地相信,每一朵鲜花
对吸的空气都喜欢。

鸟雀在我周围跳跃又嬉戏
它们的想法我没法猜测
但它们的动作哪怕再微细,
像带着极大的欢乐。

四下伸展的带嫩芽的枝梢
扇子般地招引轻柔的风儿;
任我怎么样,我不由得想道:
那中间也有着欢乐。

如果这信念是上天的旨意,
是大自然所致的神圣预设,
我难道没理由为这点叹息:
人把人变成了什么?

(黄杲炘 译)

读者(透过潜望镜)看见嫩枝、鸟和樱草丛,看见华兹华斯本人倚靠在小树林中央,感叹着人把人变成了什么啊!他的感觉、看法和结论都交织在整个场景中。我们通过他的眼睛看到了树林,虽然我们也通过简·奥斯丁的眼睛看到了伊丽莎白和达西,但我们并没有意识到这一点,不像我们在华兹华斯的诗中意识到的那样。

诗人的存在是诗歌必不可少的一部分——哪怕是在那些有意识地努力让自己隐身的诗人写的诗歌里,譬如,马克·斯特兰德(Mark Strand)在他 1980 年的诗《保持事物的完整》(Keeping Things Whole)中隐藏自身:

在田野里
我是田野的
缺席者。
情况
总是这样。无论我在哪里
我都是缺失的部分。

当我行走
我分开空气
而空气总是
流动
填满我的身体
存在过的空间

我们都有理由
移动
我移动
是为了保持事物的完整。

(桑婪 译)

马克·斯特兰德或许缺少强烈的自我存在感（他完全用否定来定义自己），但他就鹤立在这首诗的正中间，跟生活一样庞大。

由于这种存在，诗总是提醒你，诗人在表达主题时并非客观中立。有三个位置，她总是占据其中之一：她是"忧郁"的，与诗中的世界疏离，她挣扎着在其中寻找自己的位置或把它推开，既不安，又不自在；她"在爱中"，拥抱诗的主题，诉说共情，表达爱意；或者召唤她自身之外的东西，传递着一些超出她自身理解力的超验真相，一些超出她的安逸或不适而存在的东西，一种她所见证的外部力量。

让午后的阳光
穿过谷仓的缝隙

> 在日落之时
> 移动到草捆之上……
>
> 让狐狸回到沙丘
> 让风死亡
> 让棚子里变黑
> 让夜晚降临吧……
>
> 让它降临吧，如其所愿，别害怕
> 上帝不会让我们难过
> 让黑夜降临吧
>
> ——简·肯扬（Jane Kenyon），《让夜晚降临》（Let Evening Come）

所有的诗都关乎上帝、爱或消沉。

潜望镜的第二面"镜子"就是诗的语言。诗的语言是自觉的，正式的，意指每首诗的形式（语词、组合和顺序）无法与诗的理念分割。在散文中，语言和理念关系比较松散。几乎所有的小说或自传都可以被制作成电影；剧本可以被编成音乐剧或个人秀；历史能被制作成学习频道的特别节目。对它们来说，即使文字被改变，作品仍然保持着它的本质特征。

但是，诗只有保持原来的语词才是诗。长达六小时的电影版《傲慢与偏见》依旧是简·奥斯丁的作品，但是对《保持事物完整》进行转述之后，就不再是斯特兰德了。诗人的语言从来不是一扇透明的窗，让人可以透过这扇窗户轻松地看到其意义。在一首诗里，语言就是其意义。诗不能用其他方式来写。它的形式、功能、意义，三者合一。一篇散文越有"诗意"，便越不能被转述。意大利作家卡尔维诺的诗体小说《寒冬夜行人》从未被改编成剧本，而哈里特·比彻·斯托的杰作《汤姆叔叔的小屋》则被改编成了电影、戏剧、音乐剧、吟游诗人表演和连环漫画。

第一节 对不可定义者下定义

一旦诗人被逼到墙角,不得不给诗下定义,诗人们几乎总是求助于隐喻:

诗歌是扼住生活的咽喉的一种方式。

——罗伯特·弗罗斯特

诗歌就像开一个玩笑。如果你在玩笑的结尾搞错了一个词,整个玩笑就搞砸了。

——W. S. 默温(W. S. Merwin)

诗歌首先是语言力量的聚焦,是我们跟宇宙万物结成终极关系的力量。

——艾德里安娜·里奇(Adrienne Rich)

诗歌就像滑冰:你可以快速转身。散文像是涉水,也有不少好处,比如,你能看到你的脚趾头。

——罗伯特·平斯基(Robert Pinsky)

诗歌就像爱情:你被它击中时,很容易认出它来。你体会到欣喜,而很难用一个令人满意的定义来固定它。

——玛丽·庞索(Marie Ponsot)

一首诗就像一台可以连续播放上千年的收音机。

——艾伦·金斯堡(Allen Ginsberg)

诗歌就像闪光的丝绸,有许多颜色,每个读者都必须根据自己的能力和与诗人的共情找到自己的解读。

——阿尔弗雷德·丁尼生勋爵(Alfred, Lord Tennyson)

在上述定义中,没有一个涉及押韵、格律、重音或比喻,尽管诗歌使用这些技巧。诗歌难以用任何特定的技巧来定义，因为，诗歌的语言传统经年累月地持续变化着。古代听众在听到一个"史诗明喻"（epic simile）时，就知道自己听到了诗。"史诗明喻"是一个戏剧性的比较，它暗示了两个事件之间的联系。荷马笔下的珀涅罗珀（Penelope）① 为儿子的出走哀悼，问道：

> 传令官，孩儿为什么离我而去？他无需
> 登上航行迅速的船只，那是人们的
> 海上快马，驾着它驶入广阔的水面。[1]

（王焕生 译）

马儿载着人们上战场，船儿却载着她的儿子去远航。珀涅罗珀在特洛伊战争的余波中失去了特勒马库斯②，一如她在战争中失去了丈夫。史诗明喻是古代诗歌的结构性标志（structural marker）。

但到了中世纪，史诗明喻已经被其他结构性标记所取代。把每一行诗分成两半，每一行至少有两个词押韵，以相同的声音开头。据我们所知，贝奥武夫（Beowulf）和平地统治了他的土地五十年，直到一个新的威胁降临：

> 直到一条火龙
> 趁着黑夜胡作非为，那孽障
> 出没在荒野，盘踞在陡峭的石冢，
> 守护着一笔宝藏。那地方
> 只通一条无人知晓的小径。
> 然而，却有人顺着小径进入
> 这异教的宝库，偷走一只
> 镶有珠宝的金杯。火龙不再沉默，侵扰了这异教徒的宝藏
> 他举起一个镶满宝石的高脚杯……

（陈才宇 译）

---

① 珀涅罗珀：奥德修斯的妻子，出自《奥德赛》。她在丈夫远征特洛伊失踪后，拒绝了所有求婚者，一直等待丈夫归来，忠贞不渝。
② 特勒马库斯：希腊神话中奥德修斯和珀涅罗珀的独子，名字意为"远离战争"。奥德修斯出征特洛伊后，他由门托尔抚养。许多人向他母亲求婚，他劝求婚者离开，但没有用。他在雅典娜的建议下前往皮罗斯寻父，其间雅典娜化成门托尔，一路保护他。最后他终于见到阔别多年的父亲，一起返回故乡，杀死所有向他母亲求婚的人。

> to dominate the dark, a dragon on the prowl
> from the steep vaults of a stone-roofed barrow
> where he guarded a hoard; there was a hidden passage
> unknown to men, but someone managed
> to enter by it and interfere
> with the heathen trove. He had handled and removed
> a gem-studded goblet; it gained him nothing...[2]

这也是诗，但使用了不同的手法和结构性标记。中世纪的听众（或读者）一听到那些押头韵的音节：gem, goblet, gain，就知道自己置身于诗歌之中。上面引用的谢默斯·希尼（Seamus Heaney）的翻译，保留了这个头韵。然而，古代的听众可能根本不知道这是诗歌。

如果你依赖结构性标记来识别诗歌，你将难以理解为何《伊利亚特》和艾伦·金斯堡的《嚎叫》（*Howl*）都被贴上了"诗歌"的标签。我给出的"诗歌就像潜望镜"的比喻（不那么诗意的比喻，特别是跟伏尔泰的"诗歌是灵魂的音乐"相比）是为了帮助你不依赖结构性标记来理解诗歌。因为有些很明显的结构性标记，比如尾韵或节，它们一直在变化。《伊利亚特》和《嚎叫》的语言都很自觉，尽管它们风格迥异。艾伦·金斯堡和荷马都在他们的作品中现身，然而方式截然不同。下面的诗歌简史并非为了让你成为批评家（或诗人）。我预设你对前面几章概述的"古代—中世纪—文艺复兴—现代—后现代"的思想发展脉络已经有了基本了解，所以下面的目的是要列出诗歌语言的最常见特征，并简要介绍诗人对自己这份工作的理解是怎么变化的。

第二节　诗的七分钟简史

一、史诗时代

最早的西方诗歌是希腊人写的，最早的希腊诗歌则是史诗：关于英雄和战争的长篇口头故事，最终由荷马在公元前 800 年左右写成。在《伊利亚特》中，勇士阿喀琉斯与他的指挥官阿伽门农发生争执，并设法让宙斯与自己的军队作对；在《奥德赛》里，奥德修斯试图在特洛伊战争结束后返回家园。史诗充满了层出不穷的意外，由情节驱动，诗的中心围绕男人和女人的失败和力量展开：这些史诗读起来更像小说而非诗歌。那么，为什么它们被认为是最早的伟大诗篇，而不是最早的伟大故事？在这些讲述流血和海上冒险的故事中，诗人的"个人存在"在哪里？

诗歌这个词的定义，在希腊人那里，比当今的定义要宽泛得多。亚里士多德写道："因此，写诗这种活动比写历史更富于哲学意味，更被严肃地对待；因为诗所描述的事带有普遍性，历史则叙述个别的事。"换句话说，诗歌的语言试图揭示普遍的真理，诗歌描写真相。亚里士多德针对写诗的过程有一个专门的术语——摹仿，诗歌通过对现实生活的描述，能让听者理解现实生活。古代的诗人不像当今的诗人那样处于社会的边缘。诗人是历史学家、图书管理员和哲学家的集合体：更像 20 世纪的"公共知识分子"，外加一个档案馆的功能。

在早期希腊文明里，诗人作为档案馆的功能特别重要，因为当时所有诗歌和历史都是口述的。它们通过记忆，从一个诗人传给另一个诗人，诗人每周要围着炉火重复，每次都以略微不同的语言讲述。诗人是故事的重塑者。他拣选历史细节，把它跟其他事实放到一起，混成一个完整的作品，按照自己的语言风格和描述方式，为他的听众进行"再创造"或"制造"。《伊利亚特》起初来自一个事实，可能是一个真实的历史事件：一个勇士拐走了祭司的女儿，当她的父亲带着要求的赎金来到后，勇士拒绝归还他的女儿。荷马把这个事件编织成一个故事，这成了故事最关键的冲突，两个强壮又骄傲的男人产生了意志冲突，二人都不愿意退缩，不愿意被公众羞辱。荷马，正如亚里士多德在《诗学》里所描述的理想的诗人那样，是一个"制造者"，一个创造者。他创造的不只是一个故事，而是一个完整的、普遍的因果系统。

那么，在《伊利亚特》和《奥德赛》里，诗人在哪儿呢？他在讲述。你知道这些史诗都用口头传诵了几个世纪吧，所以诗人总是在听众的眼前，他并没藏身于纸张后面。他们能看见他，听到他，他们知道他是诗的作者，他围绕着历史的"基本事实"，建立了一整套人类生存的理论。

口头传达的要求塑造了希腊史诗的语言。诗人不是把作品写下来交给读者，而是在边讲边进行创作。每次表演时，他们都将细节编织成新的版本。但事件的基本序列不变。为了让故事有序，诗人使用"情节框架"（plot skeletons）的公式。他把细节串联成了一个公认的、熟悉的序列，包括：英雄离开家，挣扎着返回；英雄从冲突里抽身，导致灾难，英雄回归；挚友死了，寻找方法以获得永生或战胜死亡。

其他记忆辅助包括口头的"目录"：序言，概述诗人将要做的事情（对听众和讲述者都有帮助）；偶尔停顿回顾一下行动，为进入新场景做好准备。诗人会在长长的演说、复杂的描述或倒叙中用同一个词前后呼应，这种"环状组合"（ring composition）是诗人的一个口头标记，他常在结束演讲的时候，或倒叙到某个行动的时候使用；经常出现的场景（宴会、战斗、侮辱）会用同样的结构重复讲述。

为了避免这种重复导致的无聊，诗人会通过扩展比较或史诗明喻来增加变化。在一场战斗里，一位指挥官可能像"山喂养的、贪吃肉的狮子"，另一位在另一场战斗里的指挥官则"像猫一样，在其盾牌下紧缩着"，而第三位面对他的敌人，"像野狗一样吼叫"。

为了准确算出每行诗的韵律，诗人可能会在任何必要的情况下在诗行里插入"公式短语"（formula phrase）。希腊的韵律基于元音的长度，所以诗人储存了一堆形容词，如"精心打造""装备精良""湛蓝如海"和不同长度的短语，如"银色脚"（of the silvery feet），可以根据需要插入各种长度的描述性形容词。这解释了为什么"头发飘逸的阿该亚人"有时"身经百战"，有时只是一般的"勇敢"，这取决于诗行的其余部分缺少几个音节。

二、第一首抒情诗

最早的希腊诗歌是史诗，但抒情诗（所有非叙事性和非戏剧性的诗）在荷马之后的三个世纪内达到顶峰。抒情诗跟史诗一样，也是为了表演而写的，其字面意思是"由里拉（lyre）伴奏"。

跟史诗诗人一样，观众也能看见抒情诗诗人。诗主要还是口述的，而非书写的。事实上，所有存世的希腊抒情诗都是零碎的，不完整的。

这些零碎的诗篇可以分成两类：一类是合唱诗，由歌队演唱；另一类是"独唱"（monodic）诗，由诗人朗诵或者由训练有素的朗读者朗诵。合唱诗通常作为宗教仪式演出的一部分：赞歌（paean）是赞颂阿波罗的歌；颂词（humnos）是一般的礼拜歌曲；哀歌（threnos）是挽歌。

    那光辉灿烂的上帝也是如此

> 用他的光辉荣耀凡人……
> 给女神的每一个仪式都是神圣的
> 以迅即恭顺的敬意付出！
>
> ——品达（Pindar），《第七首奥林匹克颂歌》
> （Seventh Olympic Ode）（一首颂词）³

独唱诗有更广泛的主题：爱、恨、失落、渴望。挽歌是一种独唱诗，有特殊的韵律；而颂词，英语的抑扬格（English meter iambic）就是从这里演变而来的，是一种反对敌人的谩骂。这些抒情诗不像史诗那样引人注目，但它们的目标更小、更有创新精神。它们描绘表现私人情感的场景，装饰个人的经验体会。

> 被吻征服的是她那最微弱的抗议
> 多情的触摸将她的心与我的融为一体
> 直到她低声下气表示同意
> 长叹一声引诱我至狂喜
>
> ——萨福（Sappho），《阿纳克托利亚颂》
> （Ode to Anactoria）（一首独唱诗）⁴

诗人自己的声音头一次在诗篇里发光发亮。最终，希腊抒情诗成了17世纪英文诗的典范，后者借鉴它的技巧和名称。

随着书写的发明，希腊抒情诗逐渐失去活力。书面散文超越口头诗歌而成为议论的语言，或曰"理性的话语"。与此同时，希腊人为口语建造了更大更精致的圆形剧场，这使得人们更加重视戏剧（包括它的盛大场面和服装），而非诗歌背诵。抒情诗人已经被推到了希腊文化的边缘。柏拉图在《理想国》中借苏格拉底之口宣称，"所有模仿的诗歌对听者的理解力都具有毒害"，抒情诗通过煽动情感，驱逐了"人类的礼法和理性"。于是，在散文、戏剧和柏拉图的挤压下，抒情诗人顺从地压缩自己，把时间花在警句上，用简明扼要、散文式的陈述来表现真理。

最早作为墓志铭的警句简洁明了。（如果你必须在花岗岩上刻一首诗，你很可能会刻得短一点。）希腊警句很快从碑刻演变成表达真理的箴言，适用于任何场合：

没人乐意
在末日之时成为你的朋友。⁵

三、罗马颂歌

正如继承希腊戏剧那样，罗马作家也承继了希腊诗歌的形式。但像拉丁语戏剧一样，拉丁语诗也没有达到希腊诗的高度——也许除了贺拉斯（Horace）的颂歌。

贺拉斯的颂歌遵循标准的形式：它先描述一个场景，然后用这个场景反映生命之短暂及死亡之不可免。

> 别问明天如何，怎样的日子让时运
> 给了你，就怎样将它计入你的收成，
> 青年人，不要鄙薄甜美的爱，
> 也不要拒绝舞蹈的音韵，
> 只要阴郁的霜痕还没有侵凌那方
> 葱茏之地。现在当去原野和广场，
> 当在约定的时刻沉入暮色，
> 沉入温柔絮语的梦乡。
>
> ——贺拉斯，第一卷，第九篇⁶（李永毅 译）

在他的颂歌里，英国诗人约翰·弥尔顿（John Milton）和 A. E. 豪斯曼（A. E. Housman）都翻译过，贺拉斯扮演的角色是一位有经验、有滋味、有点愤世嫉俗但拥有好心肠的生活观察家。他最为人知的劝诫——Carpe diem!（通常不够精确地翻译为"抓住现在！"）这句劝诫概括了他的哲学思想：享受今日的生活，因为死亡正在路上。在这些颂歌里，他让最初出现在希腊抒情诗里的诗人自己的声音更成熟了。

> 你当明智，滤好酒，斩断
> 绵长的希望，生命短暂。说话间，妒忌的
> 光阴已逃逝。摘下今日，别让明日骗。
>
> ——贺拉斯，第一卷，第十一篇⁷（李永毅 译）

四、中世纪诗学

正如中世纪的历史,中世纪的诗学也不是从古代直接发展而来的。由于野蛮人的入侵和普遍的文化解体,古典诗歌(就像古典戏剧)在一段时间内放弃了它的位置。书写衰退,希腊语和拉丁语不再紧要;中世纪出现的诗歌继承的不是拉丁语颂歌,而是日耳曼口语的传统。

《贝奥武夫》是中世纪最早的一部史诗,讲述了一个陷入困境的基督徒群体的故事。他们住在一座山上,那里有光,有宴会,而一只怪兽——被"上帝诅咒的"该隐的后裔,生活在山下的沼泽里,出于对人们享有的永恒安全的嫉妒,它时不时冲上山吃掉居民。

大约在公元 800 年,这部史诗用古英语书写下来,在此之前可能是用口头表演的。这首诗娴熟地运用了希腊口头史诗公式化的短语("上帝诅咒的格伦德尔"[God-cursed Grendel])和隐喻性的描述①来填充诗的节奏。

在古英语中,这些隐喻称为"kennings"。它们通常使用连字符连接的短语,来描述物体的特性:

> 没过多久
> 逃兵(battle-dodgers)放弃了树林,
> 这些先前叫他们的主失望的人,
> 尾巴会转头的人(tail-turners),十人一伙。
> ——《贝奥武夫》(ll. 2845–2848)

每一行古英语诗歌被分成两个半行;每半行至少包含两个重读音节。通常,这些重读音节也会押头韵(它们以相同的声音开头)。

> Nor **did** the **crea**ture / **keep** him **wai**ting
> but **struck sud**denly / and **started in**;
> he **grabbed** and **mauled** / a **man** on his **bench**,

---

① 隐喻性的描述指在盎格鲁-撒克逊时期的《贝奥武夫》和其他古德语创作的诗作中经常出现的用描述性词语取代事物普通名称的手法。

bit into his **bone** lappings, / **bolt**ed down his **blood**,
and **gorged** on him in **lumps**, / **leav**ing the **bo**dy
utterly **lif**eless, / **eat**en **up**...

——《贝奥武夫》，谢默斯·希尼英译，（ll. 738–43）

这恶魔一刻也不迟缓，
迅速抓住一个沉睡的武士
急切撕裂他的肢体，咬断他的锁骨，
吮吸他的鲜血，吞食他的肌肉；
从头到脚吃得一干二净……

《高文爵士与绿衣骑士》（*Sir Gawain and the Green Knight*），一首稍晚出现的关于宫廷爱情和荣誉的故事诗，最初可能是书面作品，而非口头传说。这位匿名作者复制了贝奥武夫的诗歌传统，他也使用头韵公式（"吉娜薇，这漂亮的女王"［Guinevere the goodly queen］；"大多数贵族骑士"［the most noble knights］）以及带有头韵音节的半行模式：

And in **guise** all of **green**, / the **gear** and the **man**:
A **coat** cut **close**, / that **clung** to his **sides**,
And a **mantle** to **match**, / **made** with a **lin**ing
Of **furs** cut and **f-it**ted— / the **fabric** was **no**ble……

——《高文爵士和绿衣骑士》，
玛丽·波罗夫（Marie Boroff）译（ll. 151–178）

这家伙一身着绿装，
束腰外衣套住身体大半，
斗篷盖头，整块毛皮做衬里，
那毛皮可谓稀世珍异。

（陈才宇 译）

第九章
折射的历史：诗人和诗

跟贝奥武夫一样，高文爵士也是一个英雄，他对抗的是一个超自然生物，对方是一个绿色的人，可以捡起被砍下的头，带着它离开。在这两则故事中，诗人（就像希腊史诗诗人一样）既是艺人，又是历史学家，他们尽职尽责地赞美上帝。在这两部史诗中，基督教的英雄都战胜了异教，不过胜得也都很勉强。

中世纪晚期的诗歌，但丁的《地狱》，乔叟的《坎特伯雷故事集》——继续以基督教主题为中心。就像中世纪的史诗诗人一样，诗人起着先知的作用：他经常通过讲故事来揭示朝圣的真相，那是一种精神上对伟大天国宝藏的追求。不过，中世纪诗学因袭奥古斯丁对诗歌的怀疑态度，即，诗歌讲的故事能有多真呢？毕竟，语言就像其他创造物一样堕落又容易腐败，因此难以直达神祇。

然而，诗人却能在梦中将真理一语道尽。语言也许能揭示神性，但同时也有可能让它在视野中变得模糊不清。语言是物质王国的一部分，它既能指向真理，也能指向谬误。奥古斯丁在《论基督教教义》一书中写道，"修辞法既可用来巩固真理，也可用于加强谬误……为言语争辩不是为了如何用真理来战胜谬误，而是急于想使自己的表达方式比别人的更为人所接受。……但既不能说得好听，也不能说得明智的人，应当牺牲修辞力求明智，而不是相反，为求修辞而牺牲智慧。"[8]

这种对词语的矛盾心理反映出人们内心深处对诗歌的质疑。诗歌里刻意的语言，似乎不可避免地暗示这首诗可能更专注语言，而非隐藏在背后的真理。这种对语言的关注，就是奥古斯丁所警告的"雄辩"。

所以，但丁的《地狱》故事在一个梦里发生，叙述者在真理之外。乔叟在结束他的朝圣故事时，通过一个（有讽刺意味的）朝圣者角色，撤回了所有他之前讲过的话，这个朝圣者被雄辩术引诱而离开正道，因语言的误用而走上末路。

> 我们的《圣经》上说："凡是写下来的，都为了让我们受教益而写。"这也是我的愿望。所以我恭顺地恳求你们，看在仁慈的神的分上，为我祈求基督的恩典，宽恕我的罪恶／——特别是我那些讲空幻尘世的译文和作品，在这里，我撤回那些书，／诸如……《坎特伯雷故事》中带有犯罪倾向的部分……；还有许多诗歌和淫词艳曲；所有这些，只求基督大恩大德，饶恕我的罪孽。[9]
>
> （黄杲炘 译）

中世纪的神学家认为，文字的可塑性很强，可以含有四个层次的功能。《圣经》中的每一个故事都具有四层意思：字面意思（实际的故事或表面的意思）；寓言意义（有时也被称为"类型的"［typological］，是对精神真理的说明，通常与基督或天国有关）；引申义（故事中的"道德寓意"［moral］能够应用于基督徒的实际生活当中）；神秘释意（不可避免地与最后的时刻有关：死亡、审判和永恒的命运）。譬如，约书亚征服应许之地，它被解读为：揭示以色列历史的事实；关于基督在战斗中领导他的子民攻击撒旦之国的寓言真理；信徒的道德寓意真理，即他们必须摧毁撒旦的"堡垒"，以实现道德生活；最后，它是一个神秘的预兆，指基督徒最后必胜，进入天堂（以应许之地为象征）。

多层次解读（始于奥古斯丁对语言是否能够传达未修饰的纯粹真理的质疑，又经由托马斯·阿奎那①在《神学大全》［Summa Theologica］中展开）不仅仅是一种解读《圣经》的方法，而且成为写诗的方法。但丁接受过中世纪诠释学的训练，他也认为《圣经》包含了这四种不同层次的意义。他写了113个诗篇，其中包含了对《出埃及记》（Exodus from Egypt）的描述：

> 如果我们只考虑字母（字面意义）……：我们所知道的事就是，在摩西的时代，以色列人要出埃及去；如果是比喻的层次，是指我们凭借基督得救；如果是道德的层次，灵魂就会从悲伤和罪的痛苦中解脱出来，进入获得恩典的状态，这是有意义的；如果是神秘层次，是指把圣洁的灵魂从这个堕落世界的束缚中解放出来，获得永远荣耀的自由。[10]

所以，但丁笔下的朝圣者，从字面上看是迷失在黑暗的森林里了；从隐喻层次看，则是迷失在通往天堂的路上，在天国和撒旦统治的地狱之间徘徊；从道德寓意的角度看，他是在与日常生活的道德要求作斗争；最后，从神秘层次看，他正走向最终和永恒的归宿——地狱或天堂。

五、文艺复兴时期的韵文诗

在文艺复兴时期，人们对语言的怀疑态度发生了转变；文艺复兴时期的新

---

① 托马斯·阿奎那（约1225—1274）：中世纪经院派哲学家、神学家。

第九章
折射的历史：诗人和诗

科学并不认为世界（及其语言）有本质缺陷，需要用火来洗礼，而认为它是一个谜，可以用理智去解答。文艺复兴与启蒙学术受后奥古斯都时代对语言的信赖影响很深，把它作为一种明确的沟通手段。诗人可以是一位"研究言词的科学家"，而非神秘主义者；他不是通过狂喜的经历来揭示真理，而是通过谨慎选择确切的音节来揭示真理。英国诗人、牧师乔治·赫伯特抗议道："当他阅读、猜度、试图在双倍的距离外抓住字里行间的意思之时，一切都必定遮蔽着吗？"

所以，文艺复兴时期的诗歌在隐喻、词汇、韵律与韵脚的使用上变得越来越精确。严格而呆板的韵律迫使诗人处理每一个音节，特别流行的是抑扬格（iambic meter）——刻意转换重读音节和非重读音节。

> When **in** dis**grace** with **for**tune **and** men's **eyes**
> I **all** a**lone** be**weep** my **out**cast **state**,
> And **troub**'l deaf **heav**en **with** my **boot**less **cries**,
> And **look** u**pon** my**self** and **curse** my **fate**…

> 我一旦失去了幸福，又遭人白眼，
> 就独自哭泣，怨人家把我抛弃，
> 白白地用哭喊来麻烦聋耳的苍天，
> 又看看自己，只痛恨时运不济……
> ——威廉·莎士比亚，《十四行诗》第 29 首（屠岸 译）

在 16 世纪和 17 世纪，一般认为，诗歌比散文更精确。因为诗歌迫使作者如此谨慎地选择词语，所以诗歌被视为表达真理的最佳方式。大约在 1580 年，菲利普·西德尼爵士（Sir Philip Sidney）[①] 写了一篇极具影响力的论文——《诗辩》（*The Defense of Poesy*）："在所有的科学里……我们的诗人是君主……他一开始就不用模糊的定义。那些定义定然会模糊解释的边界，让记忆充满疑惑。而诗人向你们诉说的话语，都是按着令人愉快的比例。"

这种对文字的尊重不仅与科学有关，还与新教有关:《圣经》被努力翻译

[①] 菲利普·西德尼（1554—1586）：伊丽莎白一世时期的政治家、诗人。他的《爱星者和星星》被认为是伊丽莎白时代最优秀的十四行诗。他的《诗辩》将文艺复兴的思想介绍到了英国。

成"可靠的散文",不必再依靠教会人士的圣灵解读,此时格外重视用简单的语言来展示上帝的能力。芭芭拉·莱瓦尔斯基(Barbara Lewalski)在《新教诗学与17世纪宗教抒情诗》(*Protestant Poetics and the Seventeenth-Century Religious Lyric*)中写道,"在这种环境下,基督教诗人被引导着将自己的作品与《圣经》中的书面表述联系起来,而不是联系不可言喻的和直觉的神圣启示。"[11]

十四行诗的形式			
	形式	押韵格式	举例
彼特拉克(意大利)	8行诗节提出问题、想法,或论点;接下来是6行诗节,对上文做出反应,或举例说明。8行和6行诗节,由一个转折点把问题和答案连起来。	8行诗节: abba abba 6行诗节: cd cd cd 或 cde cde 或一些变化	约翰·邓恩 神圣十四行诗第10首, "死亡,是不骄傲的。" (Death, be not proud)
莎士比亚(英国)	3个四行诗 呈现3个平行的观点,或发展出相关的3个论点。最后用对句连接、解释或总结观点。	4行诗节: abab cdcd efef 对句: gg	威廉·莎士比亚 十四行诗第116首 "让我不要对婚姻动真心" (Let me not to the marriage of true minds)
斯宾塞(英国)	3个四行诗 相互交织(而非并行);最后一个对句陈述一个包罗万象的终极概念或想法。	4行诗节: abab cdcd efef 对句: ee	埃德蒙·斯宾塞爵士 十四行诗第75首 "有一天我 在海滩上 写她的名字" (One day I wrote her name upon the strand)

十四行诗是文艺复兴诗歌形式中的女王,它以精确的语言来进行说服和证明。在五步抑扬格(iambic pentameter)中(每行有五对音节,每对的模式都是"非重读—重读"),十四行诗始终包含十四行,遵循严格的押韵模式,并根据严格的逻辑形式来表明它的论点。彼特拉克十四行诗在前8行中提出一个问题,在后6行中予以解答;莎士比亚十四行诗用3个四行诗来表达相关的思想,然

后用对句作结束语，提出跟这些想法有关的、具有重大影响的结论；斯宾塞的十四行诗也包含3个四行诗，但是倾向于更复杂地表达某一个单一的思想。

　　无论它的形式怎样，十四行诗产生了最复杂和极大的威力，它探讨人类的生存——死亡的必然性、爱的任性、人类对未知的恐惧——试图在最后的对句里干净利落地给出答案，解决上述问题。

　　随着西方重新发现古典文明，文艺复兴和启蒙运动也见证了古典形式的回归。启蒙学者的标志就是通晓经典，具有运用古典诗歌形式的能力。约翰·弥尔顿使用了希腊传统来创作，C. S. 路易斯将其归类为"次级史诗"（secondary epic）——一种复制口头史诗传统的形式，但用书面形式来表达，而非口头演说。弥尔顿模仿荷马，在《失乐园》中召唤缪斯女神，对该主题进行了郑重的陈述，他按照时间顺序来描述堕落的天魔之间的大战，甚至像荷马给他的船只分类一样，也给恶魔做了分类。

　　但《失乐园》向我们保证，它将"证明上帝对人的行为是正当的"，它反映了一个非常不同的现实。这与荷马式混乱不同，后者让神与人类的野心展开竞争。弥尔顿记录了一个秩序井然的世界。这里有整齐的等级制度——被一条巨大的存在之链捆绑在一起。他写的反抗上帝的故事既属于神学，也属于社会评论：秩序是最重要的，反抗权威总是具有破坏性。

六、浪漫主义

　　威廉·布莱克（William Blake），第一个浪漫主义诗人，反叛了。

　　他不仅猛烈抨击权威（政府、宗教和教育），而且认为体制和启蒙运动把人削弱成"思考机器"（thinking machine）。布莱克要让人类重新聚焦在神秘的、无法解释的、精神的一面。他写了他自己的神话——又长又怪的一组诗，包括《天堂与地狱的婚姻》（*The Marriage of Heaven and Hell*）、《由理生之书》

(*The Book of Urizen*)①。在诗集《纯真之歌》(*Songs of Innocence*)和《经验之歌》(*Songs of Experience*)中，他反对理性，反对理性教育，反对神学的精确性。他认为所有这些都摧毁了创造力，禁锢了无拘无束的人类灵魂。

> 我来到爱的花园，
> 看到我从未见过的情形：
> 一座小教堂建在中央，
> 那儿原是我游戏的草坪。
>
> 这座小教堂大门紧闭，
> 门上写着"不许"的字样，
> 我于是转向爱的花园
> 许多花曾在那儿吐送芬芳；
>
> 现在我看到的却是坟丘，
> 墓碑取代了昔日的花朵；
> 穿黑袍的神父来回转悠，
> 用刺蔷薇捆我的情欲和欢乐。
>
> ——威廉·布莱克，《爱的花园》（张炽恒 译）

布莱克和他之后的浪漫主义诗人对诗歌至少有两个持久的影响：理性当然没有消失，但是正如在早期的希腊，它被写进了散文里；诗人代表人性中不那么理性、更感性、更富有想象力的一面——诗人今天仍在继续扮演这个角色，恢复其作为先知的身份，与神沟通。

但这位神灵并非像人格神缪斯一样，在人类之外独立存在；这神灵贯穿于人性与自然之中，是不能为理性所解释的崇高力量。1798年，威廉·华兹华

---

① 由理生：英国诗人威廉·布莱克虚构的神话体系中一个代表理性与律法的形象。他通常被描绘成与上帝相似的形象，但性格残酷，被称为"繁星之王"和"猜忌之父"。在布莱克的神话体系里，存在四天神（four Zoas）：在南方代表传统和理性的由理生（Urizen），在东方代表爱意和情感的鲁法（Luvah），在西方代表本能和力量的塔马斯（Tharmas），以及在北方代表灵感与想象的尤索纳（Urthona），他们都是从原始的阿尔比恩（Albion）分离出来。布莱克认为，人已经分裂成四个相互斗争的部分，他企望它们在永恒的理想世界中能重新合而为一，而那个时刻便是"最后的审判"。

斯和塞缪尔·泰勒·柯勒律治（Samuel Taylor Coleridge）出版了《抒情诗集》（*Lyrical Ballads*），他们提出了一种神秘主义，这种神秘主义比布莱克的那种少了一些"宗教性"，而且更主流。一种非人格化的神圣力量，一种崇高的力量，栖居在世界的美和人类灵魂的美之中。像布莱克一样，华兹华斯和柯勒律治也反对逻辑、秩序和等级制度；他们还反教育（教育把每个人与生俱来的神圣闪光熄灭了），认为每个人在出生时就具有各种各样的神圣火光，而社会则尽其所能将其抹平，使之归于一统。"我们的出生就是一场睡眠和遗忘"，华兹华斯写道：

> 与我们俱来的灵魂，这生之星辰，
> 本安歇在别的什么地方，
> 这时候从远处降临；
> 我们并不曾完全地忘却，
> 并不曾抛却所有的一切，
> 而是驾着光辉的云彩，从上帝，
> 从我们那家园来到这里：
> 婴幼时，天堂展开在我们身旁！
> 在成长中的少年眼前，这监房的
> 阴影开始在他周围闭合……
>
> ——威廉·华兹华斯，《忆幼年而悟永生（永生颂）》
> （Ode: Intimations of Immortality from Recollections of Early Childhood）
>
> （陈才宇 译）

讽刺的是，许多浪漫主义者（拜伦勋爵是个明显的例外）的个人生活都很沉闷：华兹华斯最后在他家乡当一个印花税务官，典型的官僚工作。尽管浪漫主义诗人拒绝理性强加的审美规则，但他们倾向于保留古典形式（颂词、歌词、警句）。

但是，即使有这些形式的限制，"我"（I）这个词在诗中越来越多地出现。有时候，"我"和诗人是一样的，就像华兹华斯的《写于早春》（Lines Written in Early Spring）（我躺卧在树林之中，听着融谐的千万声音）；或者，柯勒律治同样著名的那首《这个椴树棚——我的囚房》（This Lime-Tree Bower My Prison），他扭伤了脚踝，坐在花园里，而客人们去散步了，诗人叹息道：

> 哟，他们离去了，我却要羁留，
> 这个椴树棚，我的囚房！

（袁宪军　译）

有时，"我"是一个富有想象力的神话人物，与诗人的想象力相一致。"当我在地狱之火中行走时"，布莱克在他的诗《地狱箴言》（Proverbs of Hell）的前言中写道："我为天才的喜悦而喜悦，在天使们看来这简直是折磨与疯狂，我收集了他们的一些箴言。"

浪漫主义诗人没有说"我思，故我在"，而是说，"我想象，故我在"。有时候，这种想象的"我"是积极的，会用创造力来创造神话和传说；有时"我"是被动的，接受神秘的真理，让神性灌注自身。

由于浪漫主义者把自然和人类灵魂看作是两个神性最可能降临之所，他们的诗歌往往就是从自然风景或情感状态开始。场景或情感被小心翼翼地描述后，然后连接到更大、更宇宙的思想里（如愉悦的田园牧歌《写于早春》中的飞速衔接："难道我没有理由悲叹／人怎样对待人的？"）。浪漫主义诗人也大量使用独白，即以叙述者心理为焦点的独白戏剧诗。

> 我的元气已凋丧，
> 还能有什么力量
> 排除胸臆间令人窒息的块垒？
> ——塞缪尔·泰勒·柯勒律治《失意吟》（Dejection: An Ode）

（杨德豫　译）

七、美国"浪漫主义"（美国文艺复兴）

浪漫主义，英国诗歌的繁盛，本来是欧洲的现象。几十年后，就在南北战争后不久，美国也出现了类似的繁荣。这个所谓的美国文艺复兴出现在19世纪后期，见证了美国诗人浪漫想法的广泛存在：神圣在自然界中现身；想象力的奇葩绽放；以"我"的声音在诗里发声；关注情绪和体验而非论点和理由——在美国作品中有这样的尝试。英国人的浪漫主义传统，因其讲话时带有一种独特的英国口音，不适合美国人。沃尔特·惠特曼、艾米莉·狄金森、埃德加·爱伦·坡等人在讲话时都有他们自己的"我"。

鉴于美国民主经验中强烈的个人主义，这些诗意的声音或许不可避免地以自我为中心。沃尔特·惠特曼宣称，"我赞美自己，歌唱自己"；而艾米莉·狄金森则焦虑地问道："为什么——他们把我关在天堂外面？是不是我唱得——声音太高？"美国文艺复兴的诗歌比英国浪漫主义更进一步：自我发现（而非通过自己的眼睛发现世界）成为诗歌的主要目的。自传是它的重要主题，惠特曼的《草叶集》与狄金森的诗歌都探讨了普通人、无名者、平凡男女的身份。"美国文艺复兴"的诗歌牢牢抓住了英国浪漫主义的内涵：如果每个人都是独特的、多样的，每个人都有闪光点。那么，没有任何人可以就我们应该怎么理解自己这一问题给予指引，我们每个人必须努力理解我们自己是谁。

美国文艺复兴时期的诗人在不同程度上都能充分自信地用语言表达这一理解。沃尔特·惠特曼信心十足，相信自己将被倾听和理解。他的诗句自由、通畅，借用先知式的、《圣经》的韵律及史诗的诗行，通常既不押韵，也没有韵律。

> 这里是城市，我是公民中的一员
> 凡别人感兴趣的我都感兴趣，
> 政治、战争、市场、报纸、学校，
> 市长和议会、银行、税率、汽船、工厂、股票、商店、不动产和动产。
> ——沃尔特·惠特曼《自己之歌》（Song of Myself）
> （邹仲之 译）

艾米莉·狄金森则写得很谨慎、正式，她发现词语并不能精确地表达她想要说的话。她把自己的想法巧妙地融入有节奏的韵律中，但又用非传统的大写字母、有张力的语法和破折号把它们扭曲，以表现她用其他方式无法传达的不确定性。

> 这就是花环——和葬礼——
> 路上的一致敬——
> ——艾米莉·狄金森《在终结了的生命上》（Upon concluded lives）
> （蒲隆 译）

八、现代主义

自 19 世纪结束到 20 世纪开始,诗歌有了讽刺意味,用詹姆斯·金凯(James Kincaid)的话来说,"讽刺产生于每个人的生活都变得悲惨,特殊情况的元素被移除时……灾难性的幻灭和毁灭并非如神般的英雄之命运,以己身召唤来可怕的报应法则,而是每个普通人的平凡生活……我们都是牺牲品。"[12]

现代主义诗歌仍然是自传体的,不断探索着自我和自我在世界中的位置。美国文艺复兴的不稳定导致了一种普遍的担忧:自我受到攻击,在不断受到外界的推动下,努力寻找稳固的位置,渴望立足于世界,但宇宙的确定性开始瓦解,混乱替代了秩序。

在这种混乱中,诗人尽其所能在无序的生存中追求和谐。在寻找秩序时,现代主义诗人拒绝了许多早期作家持有的确定性。逻辑思想是不可靠的,埃兹拉·庞德(Ezra Pound)于 1931 年写道,"用逻辑替代洞察力,是对原则的报复","逻辑学家从来没有找到根源"。这种对逻辑的怀疑自然导致了对由演绎产生的宇宙理论的轻蔑态度:理智概念,即前几代人赖以立身处世的,包罗万象的伟大理论,已不再适用。

威廉·卡洛斯·威廉斯(William Carlos Williams)转而在物质和独特的事物存在中寻找意义,即找寻它们的"实质"(quiddity)。威廉斯写道:"不要观念,只在事物中。"他的工作就是让事物的本质在纸上永存(一辆红色手推车,一颗李子)。威廉·巴特勒·叶芝(William Butler Yeats)记载了混乱和绝望,但坚持使用韵律模式(万物分崩离析,核心不能维持,纯粹的无政府状态蔓延于世)。他的"重读音韵诗"(accentual verse)是一种新的韵律,只计算重读音节,而不计算一行音节的总数(一种能让他保持韵律诗行形式的方法,可随意拉伸或压缩)。

T. S. 艾略特小心翼翼地将过去和现在的经验,以及诗人日常生活中的经验联系起来,以寻找秩序。艾略特曾说,诗人总是"把不同的经历混合在一起。普通人的经历是混乱的、不规则的、零碎的。诗人或在恋爱,或正阅读斯宾诺莎(Spinoza)的作品,虽然这两种体验彼此无关,也与打字机的噪音或烹饪的气味无关,但在诗人的心中,这些经历却总能形成一个新的整体"。[13]

像浪漫主义时期和美国文艺复兴时期的诗人一样,现代主义诗人似乎全心全意地相信人类自我。诗人在无政府状态中浮游,无法理性地对生命进行阐释,但自我却有能力,以一种神秘的、半知半解的方式,找到某个稳固的落脚点(无论多么微小),让自己站稳在失序的漩涡当中。

对于许多现代主义诗人来说,这个稳固的落脚点只能通过一个特别的形象找到。庞德、威廉斯和其他现代主义者都受到了日本俳句的影响。日本俳句有严格的音节结构(共3行:第1行有5个音节,第2行有7个音节,第3行也是5个音节),结构与其主题结合紧密。诗的开头聚焦于一个特定的细致的图像,在第5或第12音节之后,生成一个更大更普遍的思想。其中一小群现代主义者不拘泥于俳句的严格音节,而是谨慎地表述更精准的意象,他们在1912年以后被称为"意象派诗人"(Imagists)。通常,这幅画代表了诗的其余部分,而不会不知所云。意象派诗人的目标是呈现特定的、具体的意象,而不是模糊地概括什么;要写出"确切的"(hard)诗,而非含糊不清的诗;他们致力于提纯出诗歌最凝练的形式。[14]

> 青草,低地,小山
> 还有太阳
> 哦,太阳足矣!
> 出门去,
> 在陌生人中
> 孤单单的。
>
> ——埃兹拉·庞德《骤降》(Plunge)

"现代主义"是一个非常宽泛的标签,被一群视自己为独一无二(sui generis)的人所拥有,他们常常不遗余力地互相把对方(或他们自己)踢出现代主义阵营。T. S. 艾略特在1929年把"现代主义"贬为一种"精神疾病"。虽然如此,这些诗人与两种常见的质疑紧密地联系在一起:他们质疑人类社会,在他们的诗中,讲述者极其孤独,远离人群;他们也质疑语言的表现力,它真的既能表现混乱的现实,又能表现对秩序的探索吗?

庞德在其巨著《诗章》(The Cantos)的早期草稿中写道:"在你能够赋予宇宙秩序之前,你没有宇宙。"然而,随着年龄的增长,他越来越不相信诗歌语言能赋予秩序。诗作为"立足之地"的想法,作为流沙中的坚实之地的想法,如用罗伯特·弗罗斯特的话说,"诗是反抗混乱的短暂间歇",与现代主义确信语言本身是扭曲的、断裂的、不能被修补的这一信念相对抗。现代主义诗人葛特鲁德·斯泰因（Gertrude Stein）写道："一朵玫瑰就是一朵玫瑰就是一朵玫瑰就是一朵玫瑰。"她颂扬事物的本质，将句法使用到极致以展示句法的不足。

九、异化

现代主义也有反对者。

在英国，一群被称为"运动派"的年轻诗人转变了立场。他们远离现代主义者碎片化的诗歌形式，走向了新浪漫主义。新浪漫主义诗歌的风格重归更简洁的句法和风格，更加充满诗意，对自然和日常生活行为进行更多的探索。运动派诗人，如菲利普·拉金（Philip Larkin），把注意力从心理探索上挪开，进而关注现实世界及真实的人间生活。

在稍晚些时候，美国的垮掉派诗人表达了他们的异议。他们没有关注语言的不足，而是关注"军工复合体"（military-industrial complex）[①]的邪恶。垮掉派诗人的领袖是艾伦·金斯堡，也包括作家杰克·凯鲁亚克（Jack Kerouac）[②]和威廉·巴勒斯（William Burroughs）。他们创造了一个亚文化，一个新浪漫主义的另类社会，拒绝那些塑造了美国文化的习俗。金斯堡是一名同性恋者，又是一名共产主义者，这两个身份在当时都不被社会所接纳（甚至不合法），他像布莱克一样，对权威进行了反击。就像布莱克一样，金斯堡（曾经幻想威廉·布莱克在他的西班牙哈莱姆公寓里跟他讲话，那个声音，就像"一个无比温柔，来自远古，极其庄严的创造者对他的儿子说话"）拒绝纪律、秩序，支持野生的神秘主义。（"灵魂是神圣的！皮肤是神圣的！鼻子是神圣的！"他嚷着。[15]）

与此同时，现代主义作为一种诗歌运动正在消亡；现代主义因其碎片化，几乎难以为继。现代诗歌一直由受过良好教育的上层白人男性主导；现在，女性和非裔美国诗人试图找到自己的现代化道路。非裔美国诗人，先后由保罗·劳伦斯·邓巴（Paul Laurence Dunbar）的早期诗歌和兰斯顿·休斯（Langston Hughes）奠基，努力在"白人"的语言风格和黑人民间传统之间找到平衡。在诗歌传统

---

① 军工复合体：又名军工铁三角，由军队、军工企业和部分国会议员组成的庞大利益集团。
② 杰克·凯鲁亚克（1922—1969）：美国作家，"垮掉的一代"代表人物，代表作有自传体小说《在路上》《达摩流浪者》等。

中，诗人绝大多数是男性；女性呢，经常发现自己被归类为"女权主义诗人"。

> 我们达成的协议
> 就是那时候的男人和女人达成的普通协议
>
> 我不知道我们把自己想成是谁
> 我们的个性能够抵抗种族的挫败……
> ——艾德里安娜·里奇（Adrienne Rich），
> 《幸存者》（From a Survivor）

现代主义消亡后，女性、非裔美国诗人、其他文化群体的诗人、白人男性诗人并没有形成统一的文学运动。现代主义的遗产是：20世纪晚期的诗人具有强烈内向的、个人主义的性格；诗人就像疯子，是孤独的人，不墨守成规。在20世纪晚期的诗歌中，最接近诗歌"流派"（school）的是后现代主义，它对不连贯性的颂扬到了极致。我们以自封为"后现代主义者"的约翰·阿什贝利（John Ashbery）[①]为例，说明阅读"后现代诗歌"有多困难：

> "第二姿态"或"体位"
> 在第十七个年头到来了。
> 看着无意义的苍蝇在窗台上盘旋
> 手捧着头，瀑布般的简约
> 生活的三角洲融入万物之中。
> ——约翰·阿什贝利，《溜冰者》（The Skaters）

阿什贝利的晚辈莱斯利·斯卡拉皮诺（Leslie Scalapino）的诗也如出一辙。

> "有"二者都不是——不是简单地绕过"存在"——不是同时观察正在发生的一切（从字面上看，"看见"更外在，更被动，因为戴着染色的面

[①] 约翰·阿什贝利（1927—2017）：美国最有影响的诗人之一，后现代诗歌代表人物。其诗集《凸面镜中的自画像》获得国家图书奖和普利策奖。

具——与此同时——观察这一行为本身也并非独特的），它也不是经验——因为它正在发生。

——莱斯利·斯卡拉皮诺
《一切都在结构里，看不见——［鹿之夜］》
（As: All Occurence in Structure, Unseen—［Deer Night］）

20世纪末，诗歌争斗持续不断，并非为了讨论诗歌的灵视（poetic visions），而是针对这个主题：诗歌到底是为诗歌专家写，还是为了普通读者而写。诗人弗农·斯坎内尔（Vernon Scannel）抱怨道："很多当代诗歌似乎是为大学里的专业诠释者写的，目的是让他们练习自己的'解构技巧'。"在《纽约时报》工作了30年的记者拉塞尔·贝克（Russell Baker）①说："30年前，我就主动放弃了新诗，当时，大多数新诗读起来都像是孤独的外星人之间在传递编码信息，他们的世界充满敌意。"

1983年，菲利普·拉金对越来越深奥的"学院派"诗歌进行了反思，他评论道："诗人在某种程度上，可以说写诗是不赚钱的，多亏诗人在教学的同时写作关于诗歌的评论——成为批评家和教授，既批评诗歌，又写作诗歌。"结果就是，诗歌岌岌可危，成为专家的职权。"这并非夸张，"拉金写道，"诗人当然很愉快，可以在媒体上赞美自己的诗歌，在教室里阐释它。读者则被欺负，不得不放弃消费者的权利，不能再说：'我不喜欢这个，给我不一样的东西。'"[16]约翰·阿什贝利的职业生涯（获得了普利策奖，成为一名评论家和教授）似乎印证了拉金说的话；《泰晤士报文学副刊》称，阿什贝利的诗"复杂、深奥、几乎无法理解"。这句赞美之词表明，文学精英们持续偏爱需要被解码的深奥诗歌，而非可以被阐释的连贯诗歌。

后现代主义继续壮大，但在过去的几十年里，诗歌被部分地从后现代主义中拯救出来；在美国，桂冠诗人的地位变得越来越明显；古典诗歌的新译本让罗伯特·平斯基和谢默斯·希尼拥有更广泛的读者；简·肯扬写的诗通俗易懂；马克·斯特兰德（Mark Strand）的诗难以理解，但有很强的叙事线索；比利·柯

---

① 拉塞尔·贝克：美国著名记者和专栏作家。他在1954年加入《纽约时报》，负责报道白宫、国会和国家政治新闻。1979年，他以其犀利机智的政论文章获得普利策评论奖。此外，他还是一位出色的散文家和传记作者，其童年自传《成长》获得1983年普利策传记奖。

林斯（Billy Collins）的对话体和诙谐诗，从表面上看比其潜台词要简单得多；艾德里安娜·里奇写的诗与政治和社会议题有关。

与此同时，细心的读者愿意努力了解诗歌：接受诗歌本身的术语，细细品味，进行反思，分析它的形式，赞扬它或总结出"这是个杂乱无章的烂摊子"，然后把书放下。

第三节　怎样读诗

一、探索式阅读第一步：语法阶段阅读

> 当你找到并阅读一首诗，你对诗人毫不知情，也不了解关于这部作品的关键性评论，要自己搞明白那语言想表达什么，这个时候的感觉最棒了。
> ——赫伯特·科尔（Herbert Kohl）[①17]

读诗的第一步就是开始读。

诗歌，是读者和诗人之间的相会。有时，提前了解太多诸如技巧、历史环境和诗人的传记等信息会成为你跟诗人相会的障碍。背景信息让你跟诗人咫尺天涯。

来读读下面的诗：

> 我们戴着微笑和说谎的面具，
> 将脸颊隐藏将眼睛遮挡——
> 因人心险恶的债务不得不清偿；
> 心破碎流血却强颜欢笑，
> 装腔作势诉说万千微妙。
> 为何这世界要过分聪明，
> 将全部眼泪与叹息算清？

---

① 赫伯特·科尔：美国最具影响力的教育家之一。他认为教师应当致力于儿童的发展，而不是对学生进行严格的训练。

不,只要他们来瞧一瞧,
当我们个个将面具戴好。

圣主基督啊,我们微笑,
但灵魂受苦却向你哭叫。
我们欢唱,但脚下土地
却充满罪恶,绵延万里;
就让世界在梦境中流连,
我们戴着面具相互遮掩! [18]

(佚名 译)

现在,再次慢慢地咀嚼这首诗。努力想象:把自己当成诗中戴面具的人;想象你微笑着,嘴里说着"精明"的话,你的实际感觉与你脸上的表情刚好相反;想象你扮演的时候,眼前的世界是什么样的?谁在那里?为什么你会被迫去获取虚假的幸福?

你锻炼过你的想象力吗?

这首诗的作者是保罗·劳伦斯·邓巴,是一位非裔美国诗人,在19世纪晚期的"吉姆·克劳法"(Jim Crow laws)时期[①],写下了《我们戴着面具》(We Wear the Mask)这首诗。现在你有了更多一些信息,知道为什么邓巴选择这个形象?他写的"面具",W. E. B. 杜波依斯也描述过,这个被世界强加给非裔美国人的"双重幻象",要求他们通过白人的眼睛来认知自己的黑色。

如果你是非裔美国人读者,你或许立即就能体察到邓巴为什么用这种方式呈现问题。但是,如果你是白人、西班牙人或亚洲人呢?你依然能感受到邓巴的难题。在你的生活经验里,你也曾戴过面具,你可能也有过大量被生活塑造的经验,你得通过某个人对你的印象来构建自己的整个人生。也许你有过类似的经验,在参加派对的时候做一套,心里想着另一套。就算你的"面具"经验很少,但是在邓巴那更富理解力的引领下,你依然有能力发现诗里提出的问题,能在情感上与邓巴产生共鸣。那种最初的情感识别(是的!我知道戴面具的感觉什么样,虽然只有一晚上的经历!),把你跟诗人连接在一起。如果没有那个

---

① "吉姆·克劳法"时期:泛指1876—1965年间美国南部以及边境各州对有色人种(主要针对非洲裔美国人,但也包含其他族群)实行种族隔离制度的法律。

第九章
折射的历史：诗人和诗

联结，你或许最好去读一读有关黑人双重意识问题的社会学论述，还有什么必要读诗呢！

如果在读诗之前你了解到邓巴是20世纪早期的非裔美国诗人，曾就读于俄亥俄州代顿市的中心高中，是唯一的黑人学生，他的肤色成为他进入大学的障碍，然后他33岁死于酗酒。这些背景信息也许会妨碍你理解诗的情感。你或许会觉得自己并不重要。毕竟，相比之下，你的问题算什么呢？或者，在这世纪之交，你对非裔美国人的生活已经有所了解，你可能会忽略邓巴想要分享的独特经验，你可能会带着先入为主的成见，错过邓巴本人在这个问题上独特的纠结。

在没有背景知识的情况下去读一首诗，真的是有利的。这么做的话，你将在情感或经验上找到共鸣，而非抓住差异不放。这条规则有个例外，那就是，诗歌在主题或形式上看起来完全是陌生的。举例来说，你读到但丁的《地狱》，如果你完全不理解基督徒对天堂和地狱的区别，你可能自然而然就放弃了。但在大多数情况下，第一次读诗就会让你发现自己有惊人的理解力；哪怕是读充斥着陌生人名和奇怪习俗的《荷马史诗》，你也能明白它讲述的是一个直接明了的故事，里边的情感也容易识别。

读10—30页诗。 读诗的第一步就是去读，不用做什么准备。如果是一首很长的史诗，试着读完第一部分或"一卷"。如果读的是一些短诗，目标是读5—10首诗（10页到30页不等）。读的时候，在阅读日志里随手记下你的第一反应。你能找到熟悉的感情、经验或心境吗？如果这诗是一个叙事神话，记下第一卷里的两三个主要事件，并写一个句子描述故事里的英雄。

阅读标题、封面和目录。 现在你已经有了与诗人和诗歌的初步接触，回去做一些基础的背景工作。读书名页、封底及其提供的任何个人简介。在日记里记下书名、作者名、诗的创作时间，以及其他任何你可能感兴趣的事实。

看看目录。 对于叙事诗，目录可能读起来像小说的章节列表，能让你对情节有一个预览；对于诗集来说，诗歌的标题可能概括了诗人的焦点。比如，你会发现，W. H. 奥登（W. H. Auden）的《诗选》目录，没有一首诗有标题，每首诗列出来的就是第一行，而这些诗行往往是直接针对读者的，如"留意他任何一天的漫不经心的停顿""你会充耳不闻吗""考虑一下这个问题，在我们这个时代""你在想什么，我的鸽子"。

读序言。在大多数情况下，诗集的前言会提供诗人使用的技巧和思想等有价值的信息。如果是现代诗歌，序言会帮助你理解诗人的焦点。例如，你可能会发现马克·斯特兰德对"不在场"特别感兴趣，并倾向于以不在场的方式写作；简·肯扬在写最后一本诗集时患有白血病，这给诗句——"让夜晚来吧"——加深了含义。如果你读的是较老的作品，你可能会"发现"最初的观众"本来"就知道的信息。"《高文爵士和绿衣骑士》代表了文体传统，"玛丽·波洛夫（Marie Boroff）在她翻译的序言中写道，"需要频繁使用确定性的形容词，如高贵的、有价值的、可爱的、彬彬有礼的等等，也许最常见的形容词就是——善好的（good）。这些形容词被频繁而灵活地使用，因为在这种用诗体描绘的传统世界中，骑士当然既高贵又有价值，淑女是可爱的，仆人彬彬有礼，事实上，除了怪物和邪恶的教士之外，一切都是完美的。"[19] 中世纪的听众知道，高文（Gawain）生活在一个童话般的世界里，他们将这个信息视为理所当然。

完成阅读。现在，你已经进行了初步的情感识别，再填写一些背景信息，请继续阅读。阅读时，请遵循以下步骤：

（1）读叙事诗（讲故事的诗）：你读的时候，就像读小说那样，给书中的主要人物列个简表，记下主要的事件。你会发现，这么做对于读史诗特别有用，这种诗比一些小说还长，人物有好几十个。读长诗（《奥德赛》《失乐园》），每次只记下每一节的两三个主要事件，否则你的阅读大纲会变得长且琐碎，对你的记忆没好处。你还会发现，列大纲对阅读弗罗斯特的《雇工之死》（*The Death of the Hired Man*）这类作品很有帮助。

（2）对于非叙事诗，只需要记下诗歌的思想，以及你阅读时的心情或经历。这首诗描述了什么场景？表达了什么情绪？体现了什么思想？用书写的方式来反映诗的内容。不必费心地把这些笔记改成完整的句子；诗歌并不总是提出完整、全面的思想让你领会。诗可以把引发共鸣的词语放在一起，以创造出一种反应，或者营造出一种恐惧感、愉悦感，或什么预感，或某种宁静状态。如果你觉得有什么词可以描述你对这首诗的反应，就写下来。

（3）当你阅读时，圈出吸引你眼球或耳朵的短语或句子；折起书角，或者在日记中写下短语和句子。稍后你可以再回到这些地方来读。

(4)标记出诗中任何让你感到困惑或晦涩的部分,但不要放弃。读下去。

二、探索式阅读第二步:逻辑评价阶段阅读

现在,你读了一遍这首诗(或一组诗),你需要在诗的形式上花点心思了。切记,诗歌形式对意义的表达来说很重要。诗歌分析是一种高度技术化的活动;单是对节奏的全面分析就要求你学习分析韵律,即把握诗的韵律图。下面提供的是一个非专业的指南,让你对基本的诗歌技巧有个大致了解,让你有能力欣赏诗歌形式。如果你想深入研究,可以考虑买一本诗歌手册,如玛丽·肯齐(Mary Kinzie)的《诗人的诗歌指南》(*A Poet's Guide to Poetry*),再买一本关于韵律分析的指南,比如德里克·阿特里奇(Derek Attridge)的《诗歌韵律介绍》(*Poetic Rhythm: An Introduction*)。

回头看看这首诗:确定其基本的叙事策略。叙事策略与诗歌表达思想的方式有关。诗人可以使用五种不同的"叙事策略":

- 诗人讲的故事是否有开头、中段和结尾?
- 诗人是否用前提论证出结论?
- 诗人是否描述了一种经历?是身体上的体验,还是精神的?(他在花园里散步,还是在内疚中挣扎?)
- 诗人是否描述了一个物理场所、物体或感觉,并让它代表其他一些非物质的现实?
- 这首诗是否唤起一种情绪、感觉、想法还是情感?
- 当然,诗人会综合运用多种方法(尤其是在短诗中),但其中一种方法可能占主导地位。

鉴别诗歌的基本形式。形式与诗歌的组合方式有关。十四行诗能表达观点或描述经历;颂歌能唤起情绪或叙述事件。在许多基本的诗歌形式中,以下这些最常见:

- 民谣:也是一种叙事诗,但篇幅较小,往往以一个主要人物或一小群人物为特征。一般来说,民谣有两行或四行诗节和重复的副歌。
- 挽歌:哀叹。希腊的挽歌并不总是悲伤的,但它们都有一定的韵律;现

代的挽歌往往是为死去的人或逝去的时代哀悼。

- 史诗：以传奇人物的伟大事迹为特色的长篇叙事故事，具有某种宇宙意义的英雄事迹。
- 俳句：日语诗歌形式，改编成英语，传达一种单一的印象。俳句有 17 个音节，排列成 3 行，音节模式为"5-7-5"；俳句以一个意象开始，然后在第 5 个音节或第 12 个音节之后扩大它的焦点，成为一个更大的理念或与理念相关的精神感知。
- 颂歌：在英文里是高尚的诗歌形式，经常直接对读者讲话。
- 十四行诗：用五步抑扬格写成，有一个非常特别的韵脚。
- 彼特拉克十四行诗：前 8 行，押韵如 abbaabba，提出问题、想法或论点；最后 6 行，押韵如 cdcdcd（偶尔用 cdecde；其他的变化也是可能的），针对前 8 行提出的问题予以解决，或响应、阐明文章中提出的观点。在前 8 行和后 6 行诗之间有一次回转，或者说是回转点，即在问题和解决方案之间发生转换的地方。
- 莎士比亚十四行诗或英国十四行诗：莎士比亚十四行诗的前 12 行被分成三个"四行诗"，每个四行诗的押韵方案是 abab cdcd efef，全诗的最后两行是一个押韵的对句（gg）。
- 斯宾塞十四行诗：这种形式也包含三个四行诗和一个对句，但押韵方案是 abab bcbc cdcd ee。
- 维拉内尔：诗由 5 节三行诗和最后四行诗节组成。维拉内尔的诗只有两个韵：第一节的第一行和第三行押韵，并在后面的节列中交替重复出现，且在最后一节的最后两行出现。迪伦·托马斯（Dylan Thomas）的《不要温和地走进那个良夜》（Do Not Go Gentle into That Good Night）是最著名的现代维拉内尔诗。

检查这首诗的句法。找出诗句里的主语和动词。虽然这个练习看起来简单，但它会立即奏效，展示出诗人使用的是自然的措辞，还是一种升华的诗歌形式。丁尼生（Tennyson）在《国王的叙事诗》（The Idylls of the King）中就使用了正式的诗的辞藻：

    Saying which she seized,
    And, thro' the casement standing wide for heat,
    Flung them, and down they flash'd, and smote the stream

> 她抓住这句话，
>
> 透过敞开的窗户，
>
> 把它们扔下去，就像鞭子一样，打在小溪上。

把主语和动词放在一起（"她抓住"），但是下一个动词（"扔"）则与主语"她"相分离，隔了整整一行，虽然这样说会显得更自然些："她抓住了，把它们扔出窗户。"但主谓分离，或两者颠倒，或一个被理解（"省略"）的主语或动词，是"诗的辞藻"；再如，我们在卡尔·桑德堡（Carl Sandburg）的《工作的姑娘》（Working Girls）中也能发现一种更像演讲的模式："早上上班的女孩正去上班。"

试着找出这首诗的韵律。有两种主要的韵律：一种是音节韵，它计算每行音节的数量；一种是重音韵，它只计算重音，或强音节。

在音节表中，每组音节被称为"韵脚"。英语诗歌有 5 种常见的韵脚或模式：

第一种，抑抑扬格是两个不重读的音节，后面跟着一个重读的音节（"打油诗"韵）：

> There ONCE was a MAN of BlackHEATH,
>
> Who SAT on his SET of false TEETH.

> 从前有个叫布莱克西斯的人，
>
> 坐在他的假牙上。

第二种，扬抑抑格，指的是一个重读音节后面跟着两个不重读音节：

> KNOW ye the LAND of the CEdar and VINE,
>
> Where the FLOwers e'er BLOSsom, the BEAMS ever SHINE
>
> ——Byron, "The Bride of Abydos"

> 你们要知道香柏树和葡萄树之地，
>
> 哪里有鲜花盛开，哪里就有阳光照耀
>
> ——拜伦《阿比多斯的新娘》

第三种，抑扬格，指的是一个不重读的音节，后面跟着一个重读的音节。

第四种，扬扬格，指两个重读音节在一起，通常在一行里变化，因出现了另一种模式。扬扬格常常在抑抑格（两个非重读音节）的前后出现。

最后，第五种，扬抑格，是指一个重读音节后面跟着一个非重读音节：

TYger! TYger, BURning BRIGHT
虎！虎！光焰灼灼

"韵律"表示每一行的韵脚数量：二步格/两个韵（dimeter）、三音步格/三个韵（trimeter）、四音步格/四个韵（tetrameter），以此类推：五音步格（pentameter）、六音步格（hexameter）、七音步格（heptameter）、八音步格（octameter）。上面列举的拜伦诗是用扬抑抑格四音步格（dactylic tetrameter）写成的：每一行有四个扬抑抑格。（尽管每一行中没有四个完整的扬抑抑格，但总体上还是四音步格。）

在英语诗歌中，最常见的韵脚是抑扬格；在抑扬格里，最常见的是抑扬格五步格。"抑扬格"一词的意思，即基本的诗歌单位，或曰脚，一组有两个音节，其中第二个是重音：

Of MAN'S first DISoBEd'ence, AND the FRUIT
Of THAT for BIDden TREE whose MORtal TASTE

人类最初的探索和那棵
尝尽人间滋味的禁果树之果实

五音步的意思是每一行有五个音步，抑扬格五音步包含五对音节。"空白"意味着这些行没有押韵。如果弱重音和强重音颠倒过来，抑扬格就成为扬格，像埃德加·爱伦·坡的《乌鸦》（The Raven）：

ONCE uPON a MIDnight DREAry
WHILE I PONdered, WEAK and WEARy,
OVer MANy a QUAINT and CURious ……

第九章
折射的历史：诗人和诗

> 从前，一个阴郁的子夜
> 我独自沉思，慵懒疲竭
> 面对许多古怪而离奇……

在前两行，语音倾向于重读每个音步的第一个音节（技术上不重读），而不是第二个音节——从意义上看也不那么重要。这便创造了一种单调的、更像散文的音步。

杰勒德·曼利·霍普金斯（Gerard Manley Hopkins）和威廉姆·巴特勒·叶芝谙熟"重音诗"（Accentual verse），它计算的是一行中强音节或重读音节的数量，而非音节的总数。如果你用正常的声音读这行诗就会发现重音节，你自然而然就会把重音放在强音节上。现代诗歌倾向于把重音和音节韵律结合在一起。

检查行和节。首先问问你自己，每行诗听起来像一个整体，抑或诗行自然地分成了两半？然后，找出每个句子的首尾。句子和诗行统一吗？句子是否在所有诗行中保持一致？如果确实如此，跨行连续得自然吗？还是说跨行显得很尴尬？如果诗人选择了一个与句子长度相冲突的诗行长度，他会怎样做决定？是注意句子还是诗行呢？为什么？然后寻找诗节。节是一组负责结构的诗行。如果诗人决定使用它们，表明他决定给自己限制，为什么这么做？每个诗节有多少行？每个诗节都遵循相同的押韵和韵律模式吗？还是说诗人会放松对诗节的技术要求而改变模式？诗节在哪里变弱？它们是否有改变意义、逆转或准备进一步发展的迹象？

检查韵律模式。你可以在本子上使用诗的标记方法，用一个字母标出每一个独特的押韵音。"尾韵"是诗韵最常见的类型，但别忘了也可以找找诗句中的押韵，即一种句内的押韵，如雪莱的诗《云》："我在下面的山脉上筛选雪。"（I sift the snow on the mountains below.）找到押韵后，就可以对其进行分类。阴韵是指最后一个音节上无重音的韵脚，阳韵是重音在最后一个音节或一个单音节词上的韵脚。当两个音节的音色相似但不相同时，就会出现近韵。

考察措辞和词汇。这诗是否使用影射的、抽象的概念词，或具体的、特殊的词汇？诗人喜欢用丰满的、多音节的、拉丁词汇，还是简洁、普通的单音节词？诗里呈现了什么意象？这些意象代表了什么？这些意象刺激了哪个感官：视觉、听觉、嗅觉、味觉、触觉？诗人迎合了读者的身体、感情还是思维？如果这诗包含了明显的比喻（使用了"像"或"如"这些词语），必须特别留意意象的两面：对比的两个事物都是什么？它们为什么像？它们有什么不同之处？作者是在强调相同点，抑或特殊性？

寻找独白或对话。诗的叙述者与他人之间有对话吗？如果有，你将如何描述？敌对的、友好的、善意的、质问的？叙述者是否自言自语？如果是这样，这种内部对话将导致什么结果？提供了解决方案，还是把问题复杂化了？是改善了诗人与外界的关系，还是恶化了？是舒缓了诗人与他人的关系，还是僵化了？

三、探索式阅读第三步：修辞阶段阅读

现在，你要完成对这首诗的考察了，问一问自己：这首诗给我传达了什么思想？这首诗的形式如何跟其思想构成关联？你一首一首地读下去，每首诗的答案差距都很大，但请记住：要抵制把诗歌缩减为陈述句的冲动。如果诗人能用简单的陈述句来表达他的思想，就没必要写成诗了。

诗里有没有一个选择或改变的时刻？诗的背景是不变的世界吗？还是从始至终，世界都在变化？如果有变化，是发生在诗歌本身，还是诗人/叙述者有那么一个选择的时刻？有时这种选择非常明显，就像罗伯特·弗罗斯特著名的《未走之路》(Two roads Diverged in a yellow wood)；有时候，这种选择极其微妙。

有因果关系吗？作者是否将她的精神状态或经历与某个特定事件或原因联系起来？如果是这样，你与这种联系产生共鸣了吗？诗里有因果关系吗？如果诗里没有因果关系，情感或事件是在没有特定原因的情况下产生的吗？

身体和心理、世俗和精神、思想和身体之间的张力是什么？诗中的对象和物理环境是支持还是反对所表达的情感？在诗歌世界里，肉体是促使精神受到启迪，还是成了它的障碍？身心处于战争状态吗？诗的世俗和精神方面是否处于紧张状态？或者只是其中一个方面处于紧张状态？如果是这样，那么另一个

方面是怎么样的?

诗的主题是什么?这首诗是关于什么的?记住,不必用陈述句:可以用一个词来回答它,如"悲伤""友谊""爱尔兰"。哪个词或短语能点明这首诗的核心?

自我在哪里?诗人的"自我"在诗中有体现吗?如果是这样,诗人的"自我"跟诗歌的主题是什么关系?

你产生共情了吗?问"你产生共情了吗"这句话,其实是在问"你同意吗?"这首诗引起了你的共鸣吗?还是说它不能被你的经验所理解?诗的哪些部分你觉得熟悉,哪些部分似乎是陌生的?

诗人如何看待前人?诗人对修辞有什么看法?以前,批评家要么认为年轻诗人是对老一辈的反叛,在对老一辈诗人的回应中,形成了自己的诗歌风格;要么认为,年轻诗人采用的是老一辈诗人的技巧、主题,甚至语言,并把它们融入新的诗歌作品中。在你读过的诗歌作品中,是否发现了以上关系?

第四节 推荐阅读的诗作

下面的列表按照诗人出生日期的年代顺序排列。你读小说时,你读的是一部作品;当你读到一系列的诗,你读到的是诗人一生。我多数时候都推荐阅读"最伟大的作品",而不是阅读诗人某段人生的某卷诗。因为诗不可只读一次,应该一次次重温。我推荐的版本列表旨在帮助你建立一个诗歌图书馆。这些诗人的诗有许多版本,我列出了"推荐"的版本——如果你希望读其他版本,你仍然能从这里体验到这是诗人最具特色的作品。

你可以全力以赴地研究那些抓住了你的想象力的诗人。下面精选的诗是我建议你阅读的列表。如果你觉得很难读下去,那就停下来:诗,也如香料,不一定适合每个人的口味。这里推荐的诗歌不一定是诗人"最好的诗"(实属无奈之举），而是最常被提及、批评和引用的。通过阅读这些诗，你将了解诗人在广阔的诗歌世界里所处的位置。

诗集就像小说一样，你可以买到便宜的版本——如果你愿意忍受小字体和狭窄的行间距。对于古代作品，我建议使用推荐的译本，而非过时的或匿名版本（这些常用于更便宜的平装本和低廉的电子书）。

1 / 《吉尔伽美什》（约前 2000 年）

《吉尔伽美什》是世界上最古老的故事之一。国王吉尔伽美什的故事在被收集记录下来之前，已经口头传述了几百年。这些故事很可能是根据公元前 3000 年左右生活在今伊拉克地区的一位真正的国王的事迹改编的。这部史诗的第一个书面版本似乎可以追溯到公元前 2000 年左右，尽管我们现在看到的版本是后来从亚述国王亚述巴尼帕尔（Asshurbanipal）的图书馆复制的。亚述巴尼帕尔的统治始于公元前 669 年，虽然他的主要兴趣是征服，但他也是世界上第一位图书馆馆长，他雇用了一群学者为他在尼尼微的图书馆收集周边民族的历史、诗歌、宗教文献、医学和科学著作。我们所知道的《吉尔伽美什》的翻译来源未知，很可能是从古苏美尔语（Sumerian）被翻译成亚述人使用的阿卡迪亚语（Akkadian），并以楔形文字复制到泥板上。公元前 612 年，巴比伦人袭击了亚述人的首都，摧毁了亚述巴尼帕尔的图书馆。因此，尽管史诗中的一些故事是完整的，如《吉尔伽美什与生者之地》（Gilgamesh and the Land of the Living）和《吉尔伽美什与天堂的公牛》（Gilgamesh and the Bull of Heaven），但其他的，如《吉尔伽美什之死》（The Death of Gilgamesh），则明显属于较长文本的片段。《吉尔伽美什、恩基杜和阴间》（Gilgamesh, Enkidu and the Netherworld）显然属于另一个故事，它被复制到亚述人的石板上，刻的人没想把它与已有的故事进行调和。吉尔伽美什和洪水的故事可能来自后世的传统，因为在闪族人语言中也发现了这个故事，主角是另一位名叫祖苏德拉的英雄。不知在什么时候，这个故事也被纳入了吉尔伽美什的故事集里。

吉尔伽美什，半人半神，具有超自然的力量，是乌鲁克的国王。当他压迫人民时，人民向天空之神阿奴恳求解脱。阿奴创造了一个野人恩基杜，派他挑战吉尔伽美什的力量。两人最终成了朋友。恩基杜改变了吉尔伽美什过度荒淫的行为，他自己还学会了如何与文明人一起生活。两人一起去冒险，杀死了住在乌鲁克南部雪松林里可怕的恶魔胡巴巴，之后又与天上的公牛作战。这只公牛在基列美施国中横行霸道，杀害了几百名百姓。众神被这两个人的力量惹恼了，就让恩基杜患病。恩基杜死后，极度悲伤的吉尔伽美什开始探寻长生不老的秘密。这个秘密由乌纳皮什提姆掌握，他是一个神秘的老人，从很久以前那场淹没世界的大洪灾中幸存了下来。乌纳皮什提姆告知吉尔伽美什怎么找到那棵能让他长生不老的神奇植物。但在返回乌鲁克的路上，吉尔伽美什丢失了那棵植物，他哀叹道："我这一路辛苦到底为了谁？我一无所获！"吉尔伽美什是个悲剧英雄。虽然他拥有非凡的血统和力量，但面对死亡和时间的流逝，他无能为力，像其他凡人一样，也要忍受失去朋友的痛苦。

2 / 荷马
《伊利亚特》和《奥德赛》（约前 800 年）

《伊利亚特》中的阿喀琉斯和《奥德赛》中的奥德修斯，都因自己的卓越受苦：他们太坚强，太有影响力，太强大，为了保护自己的利益，不能忍受一丁点的公开羞辱。他们努力维护自己的声誉，却给其他人的生活带来了浩劫。《伊利亚特》以十年特洛伊战争的最后一年为背景；希腊人渡过爱琴海到达特洛伊，在特洛伊城周围搭起临时帐篷和棚屋，围攻这座城市。希腊指挥官阿伽门农和最伟大的希腊勇士阿喀琉斯为争夺女俘争吵起来，阿喀琉斯被阿伽门农当众羞辱，但他已宣誓向国王效忠，于是他向母亲抱怨，他的母亲是海洋女神忒提斯。忒提斯把宙斯的愤怒转向阿伽门农和其他希腊人。阿伽门农被一个梦说服，要对特洛伊发动灾难性的攻击。但是，当诸神卷入战争时，战争陷入混乱。最终，宙斯制止了战斗并斥责诸神偏向希腊人一边。当战争重新开始时，宙斯亲自给特洛伊国王之子，也是特洛伊城最强大的勇士赫克托耳发布指令，但海神波塞冬全力支持希腊英雄埃阿斯。赫克托耳受伤，特洛伊人被击退。赫克托耳裹着绷带回到了战斗中；宙斯最终允许众神重返战争，战争变成了两个层次的战斗，两军对垒，一部分是人与人的战斗，一部分是好战的神之间的斗争。热爱希腊人的雅典娜设计让赫克托耳跟阿喀琉斯战斗，最后赫克托耳被杀，阿喀琉斯拖着他的尸体绕城走；但是宙斯再次干预，他让忒提斯告诉阿喀琉斯，把赫克托耳的尸体还给特洛伊国王普里阿摩斯。普里阿摩斯从阿喀琉斯那里赎回了儿子的尸体，故事以一场盛大的葬礼作为结束。

《奥德赛》讲的是希腊一个国王奥德修斯在特洛伊战争结束后扬帆返航的故事。其他希腊人归程都很顺利，唯独奥德修斯被充满敌意的波塞冬故意引上了歧路。波塞冬还派遣风暴摧毁了奥德修斯的船，把他的皮肤变成了栗色。与此同时，奥德修斯的妻子珀涅罗珀承受着再婚的巨大压力。她已经拖延了求婚者十年，再没有借口了。奥德修斯奋力返家:在路上，他逃离食莲者（Lotus-Eaters）的领地（他的手下吃了那里的一种神奇植物后，变成了树懒）；进入独眼巨人库克罗普斯的洞穴（巨人是波塞冬的儿子，奥德修斯刺瞎了巨人，波塞冬更加愤怒了）；遇到女神喀耳刻（她把他的人变成猪，且诱惑奥德修斯）；走了一段通往冥府的旅程；经过塞壬岛（塞壬用歌声引诱人类赴死）；通过一个狭窄海峡，一边是六头怪物"斯库拉"，一边是像巨大漩涡的怪兽"卡利布狄斯"，他幸存了下来。接着，他降落在太阳神赫利俄斯拥有的一个岛上，他的手下吃掉了赫利俄斯的圣牛，宙斯将他们全部杀死，并毁坏了他们的船。奥德修斯逃跑了，但被吸进了卡利布狄斯的腹中，之后被吐到女神卡里普索的岛上，她想嫁给他。最后，他逃离了卡里普索，回到家里。此时，珀涅罗珀已经没有办法阻止追求者了。他看到自己家里挤满了彼此心怀敌意、都想娶他妻子的勇士，便伪装成乞丐，安排了一场射击比赛，获胜者将娶珀涅罗珀为妻。他手里拿着弓，轮流攻击求婚者，把他们杀死，夺回了王位。

3 / 希腊抒情诗人（约前600年）

> 必读：萨福、品达和梭伦（Solon）的一些诗，你将对诗歌风格和主题有更多了解。

现存的希腊抒情诗都是片段。这种诗本是在竖琴的伴奏下表演的，合唱诗由训练有素的歌队齐声演唱，独唱诗由诗人朗诵。所有希腊抒情诗都植根于对神灵的崇拜，诗的结构几乎统统是在祈求和恳求神灵的佑护。希腊人写诗的形式多样，有萨福充满激情的恳求、品达非个体化宗教性赞美合唱歌词以及梭伦的政治和哲思诗。

如今，合唱歌词和对神的赞美诗已经过时，但是希腊独唱诗（描绘某一特定时刻的歌词或具有丰富细节的瞬间情感体验，如萨福所写）在当时极具新意，并且时至今日我们仍然完全能读懂。警句是稍后出现的一种诗歌形式，它把一种情绪、经验或结论凝练成一两个优美的句子。后来的英国诗人借用了希腊术语"颂歌"和"挽歌"（这两个词最初指的是不同的韵律），他们发现，希腊人能用诗歌表现单个的、生动的印象，这也是他们的写作目标。

4 / 贺拉斯
《颂歌》（前 65 年—前 8 年）

> 必读：若想阅读最著名的颂歌，可以试试第一卷里的第 1—9 首、第 17 首、第 30 首颂歌，第二卷里的第 19 首和第 20 首；第三卷里的第 1—6 首和第 13 首；第四卷里的第 1 首和第 7 首。

生命短暂，死亡就要将临，享受当下吧！贺拉斯的颂歌就是围绕这一哲学观点组织起来的。它们往往始于一个自然或社会场景（一场盛大的宴会、一次酒会，黎明前的树林），从这个具体意象发展出简要的观点，告诉读者为什么要以及如何享受每一天，而非恐惧未来。

这些颂歌由多个主题统领。贺拉斯歌颂女人、新娘、他的朋友塞普提摩斯（Septimus）及众神，从卡利俄珀（Calliope）到巴克斯（Bacchus）。他写到了天气、自然、农场生活（"所有农场野兽在绿色的土地上／嬉戏，休闲／世界在蓝天下享乐"），罗马公民的意义、节日、盛宴和爱。

他的"及时行乐（carpe diem）"观塑造了每一首诗。（carpe diem 的字面意思即毫不犹豫地抓住它带来的一切。）这个实用主义观点雄辩有力地告诉人们死亡是不可避免的，但贺拉斯并不认为这是哀悼的理由。相反，不可阻挡的死亡之路成为他的作品的道德中心：接受你必死的命运，且知足常乐。

贺拉斯的诗歌创作，体现出他自己想努力"把握现在"。在他的第一首颂歌中，他描述人们选择以各种方式"抓住现在"：车夫为代表胜利的棕榈而竞争，还有一些人积累财富，或出海探险，或加入战争。贺拉斯总结道：

我，却因博学额头上荣耀的
常青藤而置身天界。
……但你若给我抒情诗人的冠冕，
我高昂的头将闪烁群星之间。

5 / 《贝奥武夫》(约 1000 年)

《贝奥武夫》可能是在 8 世纪口头创作的诗歌，在 10 世纪末用古英语（一种日耳曼方言，主要受冰岛语影响）写成书面文字。头韵体诗行显示了它的口头起源，它包含四个重读音节，两三个发音相同。在使用"隐喻语"（kenning）时，诗人会用连字符把表现人物或物的特征的词语跟人名或物名相连，并加上额外的音节以补充韵律，因此，在必要时，大海就变成了"鲸路"（whale-road），船帆变成了"海上披肩"（sea-shawl），怪物格兰道尔（Grendel）成了"上帝诅咒的"（God-cursed）、"大厅守夜人"（hall-watcher）、"影子跟踪者"（shadow-stalker）和"恐怖贩子"（terror-monger）。

在诗歌开头，丹麦国王赫罗斯加遇到了一个难题，他在一座灯火通明的高山上建了一座宏伟的厅堂，但是一个怪物——《圣经》里该隐的后代——在下面混乱的沼泽地中出没，永远切断了神与人之间的联系。怪物格兰道尔在夜间突袭，吃掉赫罗斯加的手下，恐吓他的臣民，没有人能打败他，直到英雄贝奥武夫从高特部落赶来帮忙。贝奥武夫赤手空拳与格兰道尔作战并击败了他。但格兰道尔的母亲回来报仇，她的邪恶比儿子多一倍。贝奥武夫与她奋战，最终不得不用巨人时代的魔法剑杀死了她。贝奥武夫在胜利之后继承了王位，并和平统治王国五十年。后来，一个小偷从龙穴里偷了一个宝石杯，唤醒了龙。恶龙在贝奥武夫的土地上游荡，烧毁房屋，杀死臣民。老国王全副武装，迎接最后一场战斗，他打败了恶龙，但也为此献出了生命。最后，人们在海滨哀悼并火化了他。

贝奥武夫与三个怪物的战斗寓有深意。约翰·加德纳认为，三个敌人代表了灵魂的三个不同部分（格兰道尔代表非理性，其母代表道德感的缺乏，恶龙则是欲望和贪婪的化身）。许多其他评论家指出，贝奥武夫显然是基督的形象，带着十二位追随者们大步过去迎战撒旦的龙，他为了保护人民而献身；格兰道尔，这个平原上的怪物就是与上帝隔绝的异教灵魂。然而，这些难以否认的基督教理论与彻头彻尾非基督教的内容混合在一起，包括对客观命运的服从，对武士伦理不加批判地接受，即要求为亲人之死复仇，以及对咒语和远古恶魔的狂热信仰。且不说故事的寓意，故事本身很值得阅读，你会看到后世作家从这里借用的短语，从托尔金（Tolkien）到柯南·道尔（Conan Doyle），再到谢默斯·希尼之手，诗句从美丽到令人毛骨悚然：

> 离这里不远，
> 仅数里之遥，就有一个深潭，
> 它的四周是一片结着冰霜的树林，
> 古木盘根错节悬在水面上。
> 每天晚上，可以看见一个奇景：
> 洪流上冒出火光。人类的子孙，
> 不管见识多广，都不知这潭有多深。
> 任何长角的雄鹿，即使被猎狗
> 紧紧追赶，长途奔命后进入树林，
> 也宁可将性命丧失在堤岸上
> 而不愿跃入潭中寻找庇护。
> 那里的确不是一个好处所！

（陈才宇 译）

6 / 但丁·阿利吉耶里
《地狱》（1265—1321 年）

在耶稣受难日，但丁（诗里的叙述者）迷失在一个黑暗的森林里。他不知道自己是睡着还是醒着，他想要找到自己的路，却发现野兽挡在面前。这时，罗马诗人维吉尔的鬼魂出现了，他提出要给但丁引路，最终将他带入天堂，去找但丁暗恋的情人贝雅特丽齐（Beatrice）的灵魂，但维吉尔也警告他，如走这条路，他们首先要经过地狱。

地狱之旅是由同心圆组成的，最外圈是最不该受谴责的人居住的地方。这个前地狱（Ante-Inferno）里住着那些既没经受耻辱，也没得到赞美的灵魂，他们没有上天堂或下地狱。最内的第九圈住的是背叛家庭、国家和捐助者的人。在地狱的中心是路西法自己，他冻在冰里，咀嚼着历史上的三大罪人：背叛基督的犹大，以及背叛恺撒的卡修斯和布鲁图斯。重点在于背叛了一个亲密的、值得信赖的朋友，而不要把恺撒和基督等同看待。从第一圈到第九圈，但丁为罪恶排序，从最轻的恶，到最受谴责的恶，还为每一层分别施以惩罚。这些惩罚表明但丁对邪恶的本质有着深刻的洞见：恶首先被当作一种选择予以描述，然后但丁描述了恶的不可避免性，恶将其奉献者捉进永久的、令人厌恶的循环之中。在但丁的《地狱》中，罪人无休止地做着自己鄙视的事情，永无出头之日。

在写作中，但丁头脑里一直装着托马斯·阿奎那为解释经文而规定的四重注释。他穿越地狱的旅程是一场文字冒险，也是一场有寓意的旅程，灵魂在此瞥见了撒旦王国的本质，然后超越它，见到了天堂之美。在曼德尔鲍姆（Mandelbaum）的译本中，但丁总结道：

> 导师和我从那条暗道走进去，
> 回到那光辉灿烂的世界里；
> 然后，不想作任何的休息，
> 我们就往上登，他在前而我在后，
> 一直登到我从圆孔里辨出了
> 天上累累地负载着的美丽事物；
> 我们从那里面走出，又见到繁多的"星辰"。

（朱维基 译）

这段充满道德隐喻义的旅程彰显出所有不同种类的罪所带来的不可避免的影响。这也是一次末世（eschatological）之旅，它让我们瞥见最后的审判。

7 / 《高文爵士和绿衣骑士》（约1350年）

高文是亚瑟王宫廷里的一员。在那好莱坞式闪亮的宫殿里，挤满了"基督之下最高贵的骑士，/和大地之上最可爱的女士"。在圣诞节时，一位绿衣骑士来到亚瑟的大厅嘲笑这些骑士（他嘲笑道："这些替补队员都是些没胡子的孩子！"）。他还提出了一个挑战：他允许任何骑士用斧头砍他，只要一年后愿意迎战他。由于无人应答这一挑战，亚瑟王只好亲自站起来接受它。就在这时，他的侄子高文提出愿意来玩这个"游戏"。高文砍下了绿衣骑士的头，但骑士捡起头离开了，并提醒高文一年零一天后会在绿教堂与他见面。

一年过去了，高文记起自己的誓言，于是出发去寻找绿教堂。他迷失在荒野中，便向圣母玛利亚祈祷给予指引，然后他立即看到一座城堡，便过去避难。城堡的主人和女主人殷勤地招待了他三天。每个早上，女主人都试图在丈夫外出打猎时勾引高文，但他拒绝了诱惑，最后，她给了他一条神奇的绿腰带，这腰带将使他无往不胜。高文把腰带拿去，没有对城堡的主人透露秘密，尽管他答应过会把他在此地得到的一切都告诉城堡主人。高文终于见到了绿衣骑士，骑士用斧头朝他劈了两下，在他身上留下了一个割痕，然后说出了自己的真实身份：原来他就是城堡的主人，割痕是对高文的惩罚，因为高文接受了绿腰带且对主人保密。"真人会付清他们所欠的债，"绿衣骑士说，"先生，你所缺少的，是一点忠诚。"高文为自己的失败感到羞愧，把绿腰带作为铠甲的一部分佩戴上了，他的圆桌骑士同伴们也都佩戴绿腰带，这些腰带标志着懦弱和贪婪。

卡梅洛特宫殿（Camelot）的诗歌富有骑士精神，这一套价值观包括诚实、礼貌、尊重女性、对领袖和基督教信仰忠贞不渝。然而卡梅洛特宫殿的核心却有某种不安，怀疑这骑士精神是不是替代了在《贝奥武夫》里远古战士的血腥的复仇准则（男子气概的真正标志）。高文能够抵御诱惑，但他最终失去了勇气。

读的时候，请注意诗中"鲍勃"（bob）和"车轮"（wheel）的特殊用法：由长而押头韵的行组成的一节，跟着是只有两个音节（bob）组成的一个连接长行诗节的"车轮"。四行短诗再组成一节，押韵为 abab：

> The stout stirrups were green, that steadied his feet...
>
> That gleamed all and glinted with green gems about,
>
> The steed he bestrides of that same green
>
> so bright
>
> A great horse great and thick;
>
> A headstrong steed of might;

In broidered bridle quick,
Mount matched man aright.

下身穿一件同样的绿色紧身裤……
他全身上下穿戴成鲜绿色，
绿色的装备、绿色的丝绸马鞍，
就连盛装上的带扣和宝石，
也一律采用绿色装饰……
这匹马何其高大
英姿飒爽，健壮无比，
马嚼子与缰绳制不住它，
天生是骑士的坐骑！

（陈才宇 译）

8 / 杰弗里·乔叟
《坎特伯雷故事集》（约 1343—1400 年）

乔叟的朝圣者们从伦敦这座世俗的城市出发向坎特伯雷行进，那里是英格兰基督教信仰的中心。这段寓意着人类通往天堂的旅程很奇异：旅程至少三天，可是朝圣者似乎从未睡过觉；朝圣者形形色色，囊括了从贵族骑士到蓝领磨坊主各个社会阶层。

朝圣者们围着火，每人讲述一个故事——坎特伯雷故事。为了写这些故事，乔叟使用了常见的中世纪文学形式：阶级讽刺（estates satire），一种对特定社会阶层所犯罪恶的描写；传奇（romance），通常都是关于骑士、国王和其他贵族人物的漫长而严肃的历史故事，由一位严肃、值得信赖的叙述者讲述；故事诗（fabliaux），以下层社会人物为特色的短篇小说和粗俗的幽默；动物寓言故事（beast fable），跟伊索寓言一样，用会说话的动物来讲道理；说教故事（exemplum），简短的道德故事，传教士的布道。他轻轻松松地运用每一种形式，模仿每一种惯例。这些故事并不比清教徒的故事更"真实"，他们（虽然是在宗教旅行中）喝酒，大吃大喝，唱歌，讲黄色笑话。骑士的故事和贵族人物之间的浪漫故事都冗长无聊，紧随其后出现的《米勒的故事》(*Miller's Tale*)刹那间对传奇的每一个方面都进行了颠覆，其中好色又愚蠢的角色占据情节中心位置。在故事的高潮出现的往往不是一个纯洁的吻，而是粗俗的幽默。《巴斯妻子的故事》揭示了女人的真实想法，描述了男人的真实愿望（希望得到一个永远年轻美丽、绝对柔顺的妻子）。

在书的最后，乔叟一本正经地收回了这些故事以及他的其他"世俗解读"，指责读者们如此欣赏这些故事。学者们对这个收回声明争论不休。它真实吗？是临终忏悔的产物？还是抄写员后来插入的？是不是有讽刺意味，诗人是否对故事必须"超凡脱俗"才有价值的观点进行了抨击？最后一种解释似乎比较有可能：坎特伯雷故事由朝圣者讲述，朝圣者关注（在理论上）更重要的事物，但这些故事说明了想象力不可能一直停留在更重要的事物上，而不去关注世俗事务。

9 / 威廉·莎士比亚
十四行诗（1564—1616年）

必读：第 3、16、18、19、21、29、30、36、40、60、98、116、129、130、152 首。

莎士比亚的十四行诗遵循一种特殊的英语十四行诗形式。每首诗都是用抑扬格五音步写成的，这是一种韵律结构，每行有十个音节：这些音节被分成双音节，或"韵脚"，称为抑扬格。每个抑扬格都有一个非重读音节，后面跟着一个重读音节；当我们标出格律，或用诗的符号写出时，它们被标记为 u ——

第一个韵脚	第二个韵脚	第三个韵脚	第四个韵脚	第五个韵脚
u —	u —	u —	u —	u —
My | MIS	tress' | EYES	are | NO	thing | LIKE	the | SUN
我的 情妇的	眼睛	根本不	像	太阳

（我的情妇没有阳光一般明亮的眼睛）

十四行诗包含十四行五步抑扬格。前十二行被分成三个四行，每一行包含四行押韵格式 abab cdcd efef。这些四行诗在意义上是相关的，它们或提出三个平行的观点,或用三点构成一个论证,或在第一个四行诗里提出了一个想法,接下来的两个四行诗要不就进一步展开这个想法,或者进一步解释这个想法。最后两行是一个押韵的对句,韵脚是 gg(它们只彼此押韵)。虽然莎士比亚坚持这种押韵方式,但他偶尔也会利用彼特拉克发明的惯例,即在前八行提出一个问题,用后六行解决或回应它。这种十四行诗形式指导你如此阅读:这些诗不传达印象或情绪,或讲故事,它们旨在提出问题并寻找答案。

虽然这些十四行诗可以分开来读(它们在结构方面广受批评),但传统上还是被看作整体的一部分——作为一个序列来阅读。用这种方式读这些诗,给人的感觉是:叙述者不一定是莎士比亚本人。"诗人"作为一个虚构的人物,藏在十四行诗的背后,他不满足,不安心,难以平静,无法休息。在这些十四行诗中,还能发现其他三个人物:"黑女士"(Dark Lady),就是在第 127 首诗中被称为"黑美人"(black beauty)的那位;"我情妇的眼睛乌黑",诗人解释道。在第 130、131 和 132 首里,"黑女士"再次被描述,在其他地方也被引用;一个被当作竞争对手的诗人(Rival Poet),在 9 首诗(第 21、78—80 和 82—86 首)中显现;还有一位年轻人,在前面 17 首诗中出现,他因青春(稍纵即逝)和美丽而受到赞扬,诗人还鼓励他结婚,把他的美丽遗传给孩子们,"如果你去世了,死亡又能怎样呢?"诗人在第 6 首里道,"把你留给后代吧!"

10 / 约翰·邓恩(1572—1631 年)

必读:《挽歌 1:夫人,来休息》(Elegy 1: To his Mistress Going to Bed),《挽歌 12:自然的白痴》(Elegy 12: Nature's lay idiot),《跳蚤》(The Flea),《歌:去吧,抓住一颗陨星》(Song: Go, and catch a falling star),《太阳正在升起》(The Sun Rising),《封圣》(The Canonization),《空气与天使》,《爱的炼金术》(Love's Alchemy),《诱饵》(The Bait),《告别:禁止哀悼》(A Valediction: Forbidding Mourning),《狂喜》(The Ecstasy),以及 16 首十四行诗系列《神圣十四行诗》[①]。

---

① 实际共有 19 首。

第九章
折射的历史：诗人和诗

约翰·邓恩曾是一位放荡不羁、爱写诗的浪子，但他华丽转身，成为一位虔诚的牧师和圣保罗大教堂的院长。邓恩前半生过着朝臣和社交人士的生活，快三十岁的时候，跟雇主十六岁的侄女安妮·莫尔（Anne More）发生了恋情。他娶了安妮（在她父亲把他投入监狱之后），此后与她忠贞相守。按照传统，邓恩的诗被分成两部分：他生命前半部分写的拙朴爱情诗和晚年创作的献给上帝的诗。其实，他在成为牧师之前就开始写宗教诗歌，而在他受圣职两年后还在写情诗。

约翰·邓恩的诗歌特征是"形而上的比喻"（metaphysical conceit），即将两个不太相似的图像、物体或想法结合在一起，目的是阐明它们之间让人意想不到的相似之处（这是文艺复兴时期信奉万物彼此联系的一个主要例证）。也许，邓恩最臭名昭著的比喻体现在《跳蚤》（The Flea）一诗中，他用嗜血的跳蚤来比喻性，跳蚤咬伤了两个情人，性和跳蚤都会把两个人的血液混进自己体内。没耐性的情人对他那不情愿的情妇说："光看这只跳蚤，看看它体内，你拒绝给我的东西微乎其微。"为了保护自己的荣誉，她不愿和他发生关系，但他指出，跳蚤已经把他们的体液结合在一起了，没有人会感到羞耻。（他感伤地补充说，跳蚤比他幸运得多。）

邓恩晚年创作的《神圣十四行诗》采用了彼特拉克的十四行诗格式（前八行押的韵是 abbaabba，后六行诗节的押韵方案各不相同，但最后两行押韵并结尾。它们少了许多怪诞的比喻。）"我是一个小小的世界，由四大元素／和一个天使般的精灵巧妙组合而成。"他借着进入第五次冥想，继续描述这个小世界对罪的背叛以及火的审判。邓恩的心先是变成被包围的城堡，接着变成被占领的村庄，最后变成被囚禁的少女。他在《砸烂我的心，三位一体的上帝》（Batter my heart, three-personed God）中写道：

> 抢走我，归您所有，幽禁起我吧，因为
> 我永远不会获得自由，除非您奴役我，
> 我也从不曾保守贞洁，除非您强奸我。

（傅浩 译）

纵观十四行诗，邓恩的诗性人格没为他带来什么好处：他是罪恶和撒旦的奴隶，需要上帝的暴行来拯救他。"我连一个小时也忍受不了，"他写道，在《冥想

2》的结尾，作者绝望地向战士基督发出请求：

> 除非您奋起，为您自己的作品而战，
> 啊，我很快就会绝望，在我真切地
> 看清您热爱人类，却不愿把我选择，
> 撒旦仇恨我，却不肯失去我的时刻。

（傅浩 译）

11 / 詹姆士王钦定版《圣经》（*King James Bible*）诗篇（Psalms）（1611年）

必读的诗篇：第1、2、5、23、27、51、57、89、90、91、103、109、119、121、132、136、148、150章。

《圣经》的"授权版本"是由英国国王詹姆斯赞助翻译的，它影响了后来几个世纪的英语，而《诗篇》——《圣经》里的诗集——在整个20世纪，影响了诗人的语言。1611年英文版《圣经》的译者们想翻译一本让所有读者都能读懂的《圣经》。他们在前言里写道："翻译，打开了窗户，让阳光进来……剥开了壳，我们可以吃内核……把幔子拉开，让我们能看见圣所；把井盖揭开，我们好从水旁经过。"

他们尝试着让17世纪的英语读者读懂"诗篇"，翻译者将希伯来语诗歌翻译成美妙的英语，他们保留了希伯来习俗，而对其他方面做了最大程度的改动。他们忠实地保留了典型的希伯来语诗行结构，即包括两个（或三个，但不太常见）并排的短句，这种结构在《诗篇 2:1—4》中很突出：

> Why do the heathen rage, and the people imagine a vain thing?
> The kings of the earth set themselves, and the rulers take counsel together,
> against the Lord, and against his anointed, saying,
> Let us break their bands asunder, and cast away their cords from us.

He that sitteth in the heavens shall laugh: the Lord shall have them in derision.

2:1 万邦为什么嚣张，众民为什么妄想？
2:2 世上列王群集一堂，诸侯毕至聚首相商，反抗上主，反抗他的受傅者:
2:3 来！我们挣断他们的捆绑，我们摆脱他们的绳缰！
2:4 坐于天上者在冷笑，我主对他们在热嘲。

在希伯来语诗歌的每一行里，第一个句子后紧跟第二个句子。第二个句子可以用不同的词重述第一句（同义的并行性）；它可能与第一个（对偶平行）句子相矛盾；它可能重复第一个句子，但增加了内容（重复并行性），或者，第二句表达一种效果，而第一句提供了原由（原因式并行）：

The Lord is my shepherd, I shall not want.

He maketh me to lie down in green pastures, he leadeth me beside the still waters.

He restoreth my soul, he leadeth me in the paths of righteousness for his name's sake.

Yea, though I walk through the valley of the shadow of death, I will fear no evil, For thou art with me, thy rod and thy staff they comfort me.

23:1 上主是我的牧者，我实在一无所缺。
23:2 他使我卧在青绿的草场，又领我走进幽静的水旁，
23:3 还使我的心灵得到舒畅。他为了自己名号的原由，领我踏上了正义的坦途。
23:4 纵使我应走过阴森的幽谷，我不怕凶险，因你与我同在。你的牧杖和短棒，是我的安慰舒畅。

——《圣经·诗篇》

钦定版《诗篇》的并行方式对后世诗人的影响可见一斑，弥尔顿也不例外:

发动出其不意的进攻，某种有利的行动
也许能够如愿以偿，要么就用地狱之火
把他的全部创造化为灰烬，要么就统统
拿过来据为己有，就像我们被驱除一样，
驱除生于我们之后的居民，或如不驱除，
就引诱他们加入我们的队伍，如果这样，
他们的上帝有可能被证明是他们的仇敌，
他将用后悔之手彻底毁掉他自己的成果。

（刘捷 译）

钦定版《圣经》中的连接词"ands"，是对希伯来语"连续式结构"（waw consecutive）的忠实翻译，这个结构把希伯来语的句子串在一起，后世的诗歌也一再采用这种结构，特别是自觉以圣经模式写成的诗歌：

除了贫穷的苦恼，可还有别的苦恼？
除了富有和安逸的欢乐之外，可还有别的欢乐？
难道没有一条既能约束狮子又能约束牛的法律？
难道没有永恒的火焰与永恒的锁链
从永恒的生命中缚住存在之幽灵？

——《阿尔比恩女儿们的梦幻》
（The Vision of the Daughters of Albion）（张炽恒 译）

12 / 约翰·弥尔顿
《失乐园》（1608—1674 年）

必读：《失乐园》。除了研究弥尔顿的学者之外，没有人研究过《复乐园》。

弥尔顿对所有古典事物的迷恋，在一定程度上反映了他对秩序和对称性的热爱。在《失乐园》中，弥尔顿复述了《创世记》关于堕落的故事，地狱的特色是"混沌的"和"群魔的"（pandemonium，弥尔顿发明的一个词），而天堂是一个每个人都平静地说话，并按照预定的模式行动的地方。他对古代史诗的欣赏源于他对古人的观点：古人认为人本质上无力改变历史，只能勇敢地面对他无法理解或控制的力量。在《失乐园》这部"次要史诗"（模仿口述史诗惯例的书面诗歌）里，这些力量被基督教化，以上帝和基督为代表，基督在世界创立之前就做了计划，把一切都安排妥当，甚至包括撒旦的诱惑和亚当的堕落。这个计划是历史的主干。弥尔顿在他的序言中承诺，《失乐园》将"向人类证明，上帝是对的"。的确，诗歌似乎把各种存在都囊括进了一个流程图里，用以解释宇宙的各方面。弥尔顿的上帝是理性的；他笔下的撒旦则被嫉妒和复仇的欲望所驱使。这是两种不合理的情绪。夏娃堕落是因为她让感性战胜理性。随着诗歌的推进，读者会对撒旦比任何一个理性的、无罪的"好人"更感兴趣；与完美无罪的基督建立情感上的联系很困难，但折磨人的嫉妒让人产生共鸣，理解它相对容易。

正如斯坦利·菲什（Stanley Fish）在他的经典研究《罪的惊奇》中所言，这正是弥尔顿的目的。这首诗诱使读者再现堕落，让情感和同情战胜理智与判断。在弥尔顿的《失乐园》中，真正的堕落不是发生在夏娃选择吃苹果的前夜（毕竟，夏娃是一个虚荣的生物，受感情的驱使，宁愿花更多的时间凝视自己的倒影，而不是在花园里工作），而是发生在亚当意识到夏娃的罪会促使上帝毁灭她，于是他决定一起吃苹果，这样他们就能在一起的时候。弥尔顿（用菲什的话来说）的目标是，"在读者的脑海中重新创造……堕落这一幕，使其如亚当一样堕落，明了亚当清楚明白的决定，即'没有受骗'。"在这一点上，弥尔顿要阐明的是，尽管他热爱理性，但他也知道理性的局限性；完美的理性极有可能通过推理得出一个合乎逻辑却具有毁灭性的结局。

13 / 威廉·布莱克
《天真之歌》《经验之歌》（1757—1827 年）

布莱克的《天真之歌》与《经验之歌》相互呼应。《天真之歌》中描绘的开明、自然、纯洁的状态，容易受到政府、社会和有组织宗教的侵蚀。《天真之歌》里的《保姆之歌》，描述了孩子们玩耍的情况，不受父母或学校的权威束缚，在上床睡觉的时间冲保姆大喊大叫：

> 不，不，让我们玩嘛，还是白天哪，
> 我们一点不想上床；
> 还有，小鸟还在天上飞翔，
> 漫山遍野布满了绵羊。
>
> 唉，唉，去玩吧，玩到看不见了，
> 你们再回家睡觉去
> 小的们跳啊，叫啊，笑啊
> 山丘间回音四起。

（张炽恒 译）

在《经验之歌》里，也有一首《保姆之歌》，诗中的成年人既反常又扭曲，正用轻蔑的目光看着孩子们：

> 当孩子们的声音从草坪上传来，
> 喁语阵阵轻飘在山谷
> 我的春光就生动地浮现在脑海
> 我的脸发青，一会儿又泛白
>
> 该回来了，我的孩子，太阳落山了，
> 夜间的露水也已经出来，
> 你们的春光和白昼在游戏中荒废了，
> 你们的白昼和夜晚在借口中浪费了。

（张炽恒 译）

在布莱克的诗歌中，理性被看成是一件紧身衣，它会减少人的活力，把有创造力的孩子变成迟钝、被动的成年人。所谓本真的生存，就是我们可以冲动行事。活力是布莱克的上帝，教会（正如布莱克所写，教会在他的小礼拜堂门

上写着"不能")的上帝实际上是魔鬼,旨在毁灭人性。布莱克在《天堂与地狱的婚姻》里写道:

> 力是唯一的生命,来自肉体,理性是力之界限或外围。
> 力是永恒的快乐。那些抑制欲望的人,之所以如此是因为其欲望脆弱,抑制得住;抑制者或者说理性侵占了它的位置,统治了不情愿的它。
>
> (张炽恒 译)

布莱克的诗很狂野,韵律无拘无束;它是一种劝诫;它的目的就是再次释放欲望。

14 / 威廉·华兹华斯(1770—1850年)

必读:《在威斯敏斯特桥上》(Composed upon Westminster Bridge)、《傻小子》(The Idiot Boy)、《这是美好的黄昏,宁静而晴朗》(It Is a Beauteous Evening, Calm and Free)、《我独自悠荡,像一朵孤云》(I Wandered Lonely as a Cloud)、《写于离丁登寺数英里的上游》(Lines Composed a Few Miles above Tintern Abbey)、《紫杉树》(Lines Left upon a Seat in a Yew-tree)、《写于早春的诗行》(Lines Written in Early Spring)、《伦敦,1802年》(London, 1802)、《露西·葛雷》(Lucy Gray)、《颂诗:忆幼年而悟永生(永生颂)》(Ode: Intimations of Immortality)、《序曲》(The Prelude)、《她住在人迹罕到的路旁》(She Dwelt Among the Untrodden Ways)、《西蒙·李》(Simon Lee)、《世俗叫我们受不了》(The World Is Too Much With Us)。

1798年,华兹华斯和塞缪尔·柯勒律治共同出版了一本册子《抒情诗集》(*Lyrical Ballads*),其中包含华兹华斯的抒情诗和柯勒律治的《老舟子行》(*Rime* of the Ancient Mariner）①。对于大多数评论家来说，这些诗歌标志着浪漫主义诗歌运动的正式开始。华兹华斯与布莱克一样对理性持有怀疑态度，也坚信人类有一种神圣的力量；但与布莱克不同的是，华兹华斯并非将神性诠释为野性的神秘力量，而把它看作是一种温和的、启迪人心的存在，它使人与自然融为一体。"我觉得"，华兹华斯在《写于离丁登寺数英里的上游》中写道：

> 有某种东西打动我，使我感到
> 思想升华的快乐；这是种庄严感觉，
> 感到落日的余晖、广袤的海洋、
> 新鲜的空气、蓝天和人类心灵，
> 这样一些事物中有什么
> 已经远为深刻地融合在一起；
> 这是种动力和精神，激励一切
> 有思想的事物以及思想对象
> 并运行于一切事物之中。

（黄杲炘 译）

对于华兹华斯来说，田园诗（自然之诗）是一种策略，让他看到了崇高（the Sublime）——神圣的创造力。他能在"沉静的奋起了，生性活泼的狂喜了"中感受到崇高。像所有人一样，华兹华斯也在为追求那种崇高的感觉而持续奋斗，但它很快就被人造世界、城市以及传统的礼仪规则、教育、社会交谈等模式所遮蔽。华兹华斯渴望摆脱这一切。他喜欢个人，对社会不热心。他笔下的女主角露西·葛雷在白雪覆盖的桥中间消失，没有留下任何痕迹，后来人们发现她在荒原上唱着"孤独之歌"。诗歌《在威斯敏斯特桥上》所描绘的空荡城市在沉入睡眠时是那么宏伟。

在追寻崇高的过程中，华兹华斯歌颂了童年（一个人能记得的伴随其出生的"荣耀之霞"的时代，此时，教育这所"监狱"还没有把他关闭）和自然世界。对华兹华斯来说，田园诗（自然诗）是一扇通往神圣的窗。然而，他对自

---

① 《老舟子行》：或译《古舟子咏》《老水手行》《老水手谣》。

然的沉思却带有悲剧的意味，他时常意识到自己距离遍布自然世界的荣耀越来越远。充其量，他只能瞥真相一眼，只看到模糊的荣耀。在《序曲》的第一卷中，他描述了这样一个启示，当时夕阳西下，他正凝视一座高耸于湖面的高山：

> 看到
> 那个景象之后，一种对未知
> 生命形态的朦胧不清的意识
> 持续多日在我脑海中激荡，
> 我的思绪被一片黑暗笼罩，那是一种
> 无物的空寂，或称它茫茫荒地；
> 消失了的是那些熟悉的形象；树木的
> 倩影、海与天的常容，以及田野的
> 碧绿，只盛下巨大而超凡的形状，
> 其生命有别于人类，白天在我心灵中
> 移游，夜晚来骚扰我梦乡的安谧。

（丁宏为 译）

15 / 塞缪尔·泰勒·柯勒律治（1772—1834年）

必读：《克丽斯德蓓》（Christabel）、《失意吟》（Dejection: An Ode）、《风瑟》（The Eolian Harp）、《忽必烈汗》（Kubla Khan）、《老舟子咏》、《这个椴树棚——我的囚房》（This Lime-Tree Bower My Prison）。

柯勒律治是华兹华斯的诗歌伙伴。柯勒律治赞同华兹华斯的观点：自然，是神灵栖居的地方。在《这个椴树棚——我的囚房》里，他写了"深度喜悦"到来的时刻：

> 沉落在西山下面，光辉的太阳！
> 沉落的天体闪耀着侧向的光芒，
> ……我的朋友心花怒放，可以停留，

> 恰如我曾经驻足，默默地畅游；
> 是的，谛视寥阔的景象，谛视，
> 只至一切充满感性；这样的色彩，
> 遮掩了至上的圣灵，但是他驱使
> 一切有灵的事物感觉他的存在。

（袁宪军 译）

华兹华斯相信诗人可以成为先知，他们精心创作的诗歌可以引发人们的想象力，揭示人类存在的某种真相，但柯勒律治对此不能确信。

在他的叙事诗《忽必烈汗》《老舟子行》里，柯勒律治就像布莱克一样创造神话。布莱克对自己的沟通能力极有信心，柯勒律治则不然。《老舟子行》里的"预言家"既不疯狂，也没失衡。在《忽必烈汗》中，叙述者回忆了一座有城墙和塔楼的神话城市，他听到一个侍女在唱诗、哭泣，"她的琴声与歌声……我将凌空建造琼楼玉宇……凡听见歌曲的都能瞧见"。可惜诗歌没写完，诗人不能再建造圆顶，少女的诗句消失了，城市也消失了。柯勒律治年纪大的时候，他做过一场"噩梦"，用杰罗姆·麦克甘恩（Jerome McGann）的话来说："他所信仰的爱、知识和想象，充其量不过是对这世界原始的暴力与黑暗的暂时性防御。"[20] 柯勒律治求助于想象力，希望从现实的黑暗中得到解脱。他自己在《失意吟》中写道：

> 曾几何时，我走的路虽坎坷，
> 但辛酸仍和弄着内心的欢乐，
> 一切不幸只不过是原始材料，
> 经幻想加工，造就梦境陶陶：
> 希望茁壮成长，像藤蔓萦萦，
> 果实和枝叶，似乎长在我身。
> 如今，磨难已经彻底把我压倒：
> 我并不在意失去往日的快乐，
> 可是，啊！每一次打击，
> 都剥夺上天赋予我的才藻，
> 我的想象力创造的精神。

第九章
折射的历史：诗人和诗

> 为了对我的感受不进行思考，
> 尽我所能保持平静和耐心；
> 偶尔也琢磨一下事理的堂奥，
> 借我的本真窥视人类的本性——
> 这就是我的全部看家本领：
> 由适宜局部渐进为一切活动，
> 如今我的心灵的习惯已经养成。
> 恶毒的思想，盘绕在我的心间，
> 现实里黑暗阴森的梦幻！

（袁宪军 译）

但这藤蔓的想象本身就令人不安，暗示了对"希望"这个概念的不祥压制。正如神话诗歌所揭示的那样，柯勒律治的想象力并没有给他带来多少宽慰。

> 赤铜色的亢暑天上，
> 血样红一轮太阳，
> 它大小与圆月相仿，
> 交午时正对帆樯。
>
> 一天接着一天过去，
> 无风来作浪推舟，
> 它像一条画的船舶
> 停在画的海上头。
> 这边是水，那边是水，
> 但船板干得裂开。
> 这边是水，那边是水，
> 无饮水滋润心怀。

（朱湘 译）

16 / 约翰·济慈（1795—1821年）

必读：《安狄米恩》（Endymion）、《圣亚尼节前夕》（The Eve of St. Agnes）、《亥伯龙神：片段》（Hyperion: A Fragment）、《无情的妖女》（La Belle Dame sans Merci）、《希腊瓮上颂》（Ode on a Grecian Urn）、《夜莺颂》（Ode to a Nightingale）、《秋颂》（To Autumn）。

济慈写的是柯勒律治和华兹华斯之后的一代人，他认为这两位浪漫主义运动的"资深政治家"的作品都由于需要解释而受阻。济慈写道，诗人的工作不是解释；诗人的标志就是"消极特征"，这是在头脑中保持"不确定、神秘、怀疑"的能力，不会为追求事实和理性"急躁"。诗歌的目的不是寻求解决方案，诗歌的目的是——美。

> 等暮年使这一世代都掉落
> 只有你如旧，在另外的一些
> 忧伤中，你会抚慰后人说：
> "美即是美，真即是美。"这就包括
> 你们所知道、和该知道的一切。
>
> （穆旦 译）

济慈的诗歌以及他对旧时浪漫主义的谴责——他们"易怒的触碰"，表明浪漫思想在持续成长。柯勒律治和华兹华斯一直在证明人类与崇高直接对接的方式，而济慈理所当然地认为，对完美的美的描绘将向人类直接展示崇高，人们不必费心寻找。此外，济慈对"美"的定义无关乎想象力，主要涉及的是感觉，他的诗歌里充满了声音、视觉、冷暖和气息。通往崇高的道路，不是靠想象（源于心灵），而是凭身体的感觉。济慈批评柯勒律治和华兹华斯在写诗上用力过猛，他们皱着眉头，试图通过思考找到通向崇高的道路。济慈则建议，诗人应该培养感官的被动接受能力。

> ……使藤蔓有幸
> 挂住累累果实绕茅檐攀走；

让苹果压弯农家苔绿的果树,
教每只水果都打心子里熟透;
教葫芦变大,榛子的外壳胀鼓鼓
包着甜果仁;使迟到的花儿这时候
开放,不断地开放,把蜜蜂牵住,
让蜜蜂以为暖和的光景要长驻;
看夏季已从黏稠的蜂巢里溢出。

(穆旦 译)

17 / 亨利·沃兹渥斯·朗费罗(1807—1882 年)

必读:《迈尔斯·斯坦迪什的求爱》(The Courtship of Miles Standish)、《海华沙的童年》(Hiawatha's Childhood)、《保罗·列维尔骑马来》(Paul Revere's Ride)、《乡村铁匠》(The Village Blacksmith)、《金星的残骸》(The Wreck of the Hesperus)。

朗费罗是重要的学生读物,却往往被评论家们忽视。同时代的诗人有狄金森和惠特曼。朗费罗讲述美国过去的故事,而狄金森和惠特曼则与当下的美国身份作斗争。他写的故事,就像弗罗斯特的诗所言,是"对困惑的一时留恋"。朗费罗是一个诗歌保守主义者,他通过建立一个怀旧的美国,来应对现实的不确定性。他是美国的弥尔顿,在混乱中寻找和书写规律,这就像是在已经矗立的建筑物下浇筑整齐的地基。朗费罗被踢出了学术界,部分是因为他(不像约翰·济慈)对文学理论不感兴趣。朗费罗以"炉边诗人"而闻名(也就是说,大家以读他的诗为乐),他的诗歌不走学术写作的路线,他在"普通读者"中持续受欢迎的现象也表明,学术和大众读者之间的分歧开始出现,这种分歧在 20 世纪 90 年代初扩大到了不可思议的程度。朗费罗的叙事诗使用韵律来加强故事的口语性和"史诗"性,他注意形式与内容的匹配,如《保罗·列维尔[①]骑马

[①] 保罗·列维尔(1734—1818):美国独立战争时期的一名爱国者。他最著名的事迹是在列克星敦和康科德战役前夜警告殖民地民兵英军即将来袭。

来》的三重节奏：

ONE if by LAND, and TWO if by SEA,
and I on the OPposite SHORE will BE

一个在陆上，两个在海上，
而我将在对岸

这种节奏让人想起奋起的蹄子。在《海华沙之歌》（Song of Hiawatha）中，朗费罗使用了"扬抑格"，重音落在每对音节的第一个音节上，而非第二个音节上：

ON the MOUNtains OF the PRArie,
ON the GREAT red PIPE-stone QUARry,
GITche ManiTO, the MIGHty,
HE the MAST'R of LIFE, deSCENding,
ON the RED crags OF the QUARry...

在普拉里山脉，
在红色的大采石场，
GITche ManiTO，伟大的神，
他是生命的桅杆，正在下降，
在采石场的红色峭壁上……

这种抑扬格的倒转，听起来像印度鼓。

18 / 阿尔弗雷德·丁尼生勋爵（1809—1883年）

必读：《垂死的天鹅》（The Dying Swan）、《国王的叙事诗》（The Idylls of the King）、《悼念》（In Memoriam）、《女郎夏洛特》（The Lady of Shalott）、《食莲人》（The Lotos-Eaters）、《尤利西斯》（Ulysses）。

第九章
折射的历史：诗人和诗

丁尼生跟朗费罗一样，讲究秩序。在他的长篇文学史诗《国王的叙事诗》里，丁尼生对英国过去的处理，就像朗费罗对美国过去的处理一样。他为此创造了一个神话，用无韵诗复述了卡梅洛特（Camelot）的故事（并且几乎是独自一人创造了卡梅洛特的浪漫，主宰了英国和美国的想象力长达一百年）。《国王的叙事诗》描绘了一个弥尔顿式的有秩序的宇宙，在这个宇宙中，亚瑟王决心让他的国家通过合理的规则运转。亚瑟王加冕时宣布，"旧秩序已变，呼唤新的世界"。在亚瑟的新圆桌上（他描述得很生动，作为"用来粉碎/全国所有不法之徒"的"秩序"），每一个遵守规则的骑士都会得到奖赏，而打破规则的骑士则会受到惩罚。

至少在兰斯洛特（Lancelot）出现之前是这样。激情破坏了秩序，好骑士们战死沙场，恶骑士们胜利在望，亚瑟王在最后一站前哭泣：

> 在闪烁的繁星中，我找到了他，
> 在遍地的鲜花中，我注意到了他，
> 但是在他混在人群中时，我找不到他。
> 我为他发起了一场战争，现在我要死去。

（文爱艺 译）

圆桌秩序失效了，亚瑟杀死了儿子，他自己还被带到了西方，秩序瓦解了。这种解体不可避免吗？丁尼生从不做最后的判断。他对最终结论的抗拒，是他最著名的诗歌《花呀，你长在墙缝里》的标志：

> 花呀，你长在墙缝里
> 我把你摘出了墙缝，
> 在这儿连根带叶地拿在手中
> 小小的花呀，要是我能够弄懂
> 你根茎枝叶和你的全部含义，
> 就懂得了上帝和人。

（黄杲炘 译）

这似乎表达了一种信仰：创造源于最小元素，它将不断突破壮大，直至成为伟大。这种启蒙激发了人们对宇宙终极理性的信心。然而，这首诗确实也包含了"如果"，丁尼生对上帝和人的理解基于他对花的理解，而这首诗并没有给出预言，他到底理解了没有呢？

19 / 沃尔特·惠特曼（1819—1892年）

必读：《草叶集》与其说是一本诗集，不如说是一部由多个部分组成的巨著。这一巨著的某些部分常被引用（按诗集的先后顺序排列）：《我听见美国在歌唱》（I Hear America Singing）、《自己之歌》（Song of Myself）、《我歌唱带电的肉体》（I Sing the Body Electric）、《大路之歌》（Song of the Open Road）、《从永远摇荡的摇篮里》（Out of the Cradle Endlessly Rocking）、《当我和生命之海一起退潮》（As I Ebb'd with the Ocean of Life）、《裹伤者》（The Wound-Dresser）、《当紫丁香最近在庭院开放时》（When Lilacs Last in the Dooryard Bloom'd）、《噢，船长！我的船长！》（O Captain, My Captain）。

惠特曼不是第一个现代诗人，但他是最后一个浪漫派诗人。像英国浪漫主义诗人一样，他歌颂人类存在的多样性。他相信，我们每个人都可以通过体验这个世界而获得崇高的知识。他在《自己之歌》中写道："你就会拥有地球和太阳的精华，还有百万个太阳等着呢，你将不再接受二手、三手货，不再通过死人的眼睛观看，不再用书里的幽灵填充自己，你也不会通过我的眼睛观看，或从我这里接受事物，你会耳听八方，用自己的心过滤它们……我窗口的一朵牵牛花比书中的哲理更让我心旷神怡。"浪漫主义诗人把自己完全投入到自己的诗歌中，试图通过记录自己的经历向读者揭示崇高。惠特曼推进了这一浪漫主义写作策略。他记录的不仅仅是他的经历，还有他自己。他写道："我溺爱自己，这一切都是我，一切都这样甘美。"（没错，他很当真，他对自己身体的颂扬有时很过火。）惠特曼就像一位自传作家，他在《草叶集》中以一种引人注目的、奇怪的、矛盾的方式塑造了自己。他的目的是代表他自己，作为一个简单的美国人——一个"普通人"。他是矛盾的：既是一个普通人，又是一个独特的人；他既是"独一无二"的，又是全人类的代表；他既是个人的，又是全人类的。

第九章
折射的历史：诗人和诗

> 沃尔特·惠特曼，一个宇宙，曼哈顿的儿子
> 躁动，肥壮，好色，吃着，喝着，生殖着，
> 和伤感不沾边，不凌驾于男人或女人之上或远离他们，
> 不谦虚也不狂妄。
>
> 把锁从门上卸下来！
> 把门从门框上拆下来！
>
> ——《自己之歌》（邹仲之 译）

惠特曼忙着破除障碍，打开大门，坚持所有人完全平等，他把传统诗歌形式这扇门从门框上拆下来，且拒绝走过去。《草叶集》试图捕捉美国人说话的自然节奏，基本上没什么韵律可言。（最引人注目的一个例外是写给林肯的挽歌——《噢，船长！我的船长！》，它的形式比较传统。）他如此自信地拒绝诗的形式，恰恰表明惠特曼对他自己的诗歌充满了信心。惠特曼没有柯勒律治式的沮丧，他是布莱克减去了上帝，自信地认为诗歌可以作为新美国人的新经文，让他们从迷信中解脱出来，并塑造自己的生活。惠特曼似乎从不怀疑自己的权威，《草叶集》也持续宣告，这本书向所有人传播真理。

> 我说出最初的通行口令，我发出民主的信号……
> 通过我发出了许多长久喑哑的声音，
> 许多世代的囚徒和奴隶的声音……
> 通过我发出了被禁止的声音，
> 性和情欲的声音，被遮掩而现在被我公开的声音，
> 被我澄清和纯洁了的色情的声音……
>
> 我赞赏肉体和情欲，
> 视觉、听觉、感觉是神奇的，我身体的每一部分都是奇迹。
> 我的里里外外都是神圣的，我抚摸过和被人抚摸的一切都变得神圣，
> 这腋下的芬芳比祈祷还美，
> 这脑袋含有比教堂、圣经和一切信条更多的东西。
>
> ——《自己之歌》（邹仲之 译）

20 / 艾米莉·狄金森（1830—1886年）

必读:《一只鸟沿小径走来》(A bird came down the walk)、《草丛中，一只瘦长的家伙》(A narrow fellow in the grass)、《一个词一经说出》(A word is dead)、《因为我不能停下来等死》(Because I could not stop for Death)、《在我的眼睛看你之前》(Before I got my eye put out)、《每个生命聚焦于某个中心》(Each life converges to some center)、《希望是个有羽毛的东西》(Hope is the thing with feathers)、《我为美而死》(I died for beauty)、《我感觉一场葬礼，在我脑中举行》(I felt a funeral in my brain)、《这些年，我一直在挨饿》(I had been hungry all the years)、《我听到苍蝇的嗡嗡声，当我死时》(I heard a fly buzz when I died)、《我从没见过荒野》(I never saw a moor)、《我把我的力量握在手里》(I took my power in my hand)、《我是无名之辈，你是谁》(I'm nobody? Who are you?)、《许多疯狂，是最神圣的理智》(Much madness is divinest sense)、《安然地躺在雪花石膏的房间里》(Safe in their alabaster chambers)、《有一种痛苦是如此彻底》(There is a pain so utter)、《灵魂选择自己的伴侣》(The soul selects her own society)、《正是去年此时，我死去》(Twas just this time last year I died)。

狄金森，而非惠特曼，才是美国的第一个现代主义诗人。惠特曼对诗歌的力量充满了无限的信心，而狄金森却持怀疑态度。惠特曼看到的是一个由充满活力和热情的普通人构成的美国，而狄金森看到的是混乱和衰落的必然性。她不否认可能有欣喜若狂的经历，但她不认为有任何荣耀能持久:

> 除非天国近在咫尺——
> 似乎把我的家门看上——
> 距离就不会让我如此牵心——
> 从前——我从未这么希望——
> 但只是听到圣恩离去——
> 我从来没有想到会见着——
> 双重的失落把我折磨——

> 它失落也是我的失落——
>
> ——《除非天国近在咫尺》
> （Except the heaven had come so near）（蒲隆 译）

在她的诗里，狄金森（几乎一生都住在马萨诸塞州的家中）不再关注浪漫派"遇见崇高"这类主题，而是试图阐释这个让她不断面对死亡的现实世界。狄金森的诗也会闪现喜悦，但喜悦不是她的自然之家：

> 我能蹚过悲痛——
> 它的全部池沼——
> 对此我已习惯——
> 但欢乐稍稍一推
> 就把我的双脚扭断——
>
> ——《我能蹚过悲痛》（I can wade grief）（蒲隆 译）

她跟这个世界的关系最终也没有好转。她总是不适、怀疑，无力解释她在这个世界的经历，没有办法根据一个总体规划让她生活的不同部分获得意义。这种异化成为现代诗歌的特征之一。

在她的诗歌中，狄金森似乎在与语言的束缚作斗争，而不是像惠特曼那样，为语言的表现力而欣喜。她保持着严谨的诗律，经常使用"赞美诗节奏"（四拍和三拍的交替）：

> Not knowing when the dawn will come
> I open every door

> 不知道黎明何时来
> 我打开每一扇门窗
>
> ——《不知道黎明何时来临》（Dawn）

> Because I could not stop for Death,
> He kindly stopped for me

> 由于我无法驻足把死神等候——
> 他便好心停车把我接上——
> ——《由于我无法驻足把死神等候》（The Chariot）（蒲隆 译）

还有一种类似四拍子的三/三/四/三拍的四行模式：

> The bustle in a house
> The morning after death
> Is solemnest of industries
> Enacted upon earth,—

> 丧亲之后的早晨
> 屋子里忙忙碌碌
> 这是在世间做的
> 最庄严的事务——
> ——《屋子里忙忙碌碌》（The bustle in a house）（蒲隆 译）

但有规则的韵律反而在她的使用中变得复杂起来，她倾向使用不规则的重音，用破折号表示长时间的停顿，使用扭曲的语法，好像正常的英语语法不足以表达她的思想。随着年龄的增长，狄金森的诗歌形式越来越不规律。她开始拒绝挑选字词，有时一排写三四个选项而不划掉任何一个。在她死之前，她在纸片上写诗，在路边写，在斜坡上写，上下颠倒地写，力求以一种不受印刷限制的形式表达自己。

21 / 克里斯蒂娜·罗塞蒂（1830—1894 年）

必读：《更好的复活》（A Better Resurrection）、《生日》（A Birthday）、《死后》（After Death）、《圣诞颂歌》（A Christmas Carol）、《修道院的门槛》（The Convent Threshold）、《深渊》（De Profundis）、《梦幻之地》（Dream Land）、《小妖精集市》（Goblin Market）、《耶稣受难

日》(Good Friday)①、《莫德·克莱尔》(Maude Clare)、《无名的莫娜》(Monna Innominata)、《王子的进步》(The Prince's Progress)、《记住》(Remember)、《莫德修女》(Sister Maude)、《三个敌人》(The Three Enemies)、《上山》(Up-Hill)、《当我死后,我最亲爱的》(When I am dead, my dearest)。

狄金森生前只发表了 11 首诗,而克里斯蒂娜·罗塞蒂活着时名气就很大。罗塞蒂的诗歌专注于诸种激情相伴时的问题:诗歌与爱,上帝的爱与男人的爱,男人的爱与女人的友谊,诗歌与上帝。在探究这些紧张关系时,罗塞蒂似乎总是得出这样的结论:必须放弃一种激情,才能让另一种激情蓬勃发展。在大多数情况下,世俗的爱被证明是有缺陷的,或具有破坏性。在她最著名的叙事诗《小妖精集市》里,她描写了一个年轻的女孩被妖精诱惑,妖精给她甘美的"妖精水果",她一吃就上瘾了。她的天真无邪和创造力逐渐退化为对满足口腹之欲的迷恋:

> 她眼眶凹陷,嘴唇褪色,
> 梦想那甜瓜,就像旅者
> 干旱沙漠中幻想水流,
> 幻想浓荫覆地的树丛,
> ……

(殷杲 译)

但在其他诗歌中,罗塞蒂也提到了另一种可怕的可能性,就是没有"妖精"会提供任何水果:

> 你手里拿着我的心
> 带着友好的微笑
> 带着挑剔的眼光审视

---

① 这里没有直译为《美好的星期五》,基督教中耶稣受难日为星期五。

>   然后把它放下
>   并说：它仍然不成熟
>   最好再等一会儿
>
> ——《两次》（Twice）（陆风 译）

这些诗不只充满了失望，还有背叛。在抒情诗和叙事诗里，那些希望在爱情里找到真正满足的人最后都感受到了幻想破灭。

罗塞蒂及其哥哥但丁·加布里埃尔·罗塞蒂（Dante Gabriel Rossetti）、诗人查尔斯·史文朋（Charles Swinburne）和画家威廉·莫里斯（William Morris）都属于"前拉斐尔派"（Pre-Raphaelites）的非正式艺术家圈子。他们认为艺术和诗歌（表达同一思想的两种方法）已经被浪漫主义扭曲成对美的全神贯注，而非对真理的发现。前拉斐尔派以中世纪艺术家（拉斐尔之前的）细节丰富的作品为模型，从而发现人物和风景描绘中的朴素美。在诗歌中，前拉斐尔派更多强调的是细节和感官：视觉、声音、颜色和气味。前拉斐尔派诗歌颂扬过去，大量使用中世纪（或至少听起来是中世纪）的神话和故事；罗塞蒂的诗歌结合了对被舍弃的抒情诗的探索与丰富、详细、感性的叙事寓言。罗塞蒂对细节的关注也延伸到了她的诗歌形式上，她非常注重韵律和押韵，从不像惠特曼那样写"自由诗"或对话诗，但她经常在行文的重音上游移不定，有时把它们裁短，有时出人意料地改变韵律：

>   "我们不可以看那些怪物，
>   也绝不能买它们的果子：
>   谁知道从什么样的泥土
>   它们吸饱饥渴交加的根部？"
>   "来买呀，"小妖声声唤，
>   摇摇摆摆爬下山谷。
>   ……
>   她竖起耳朵，却没听到，
>   那惯例的叫卖声，
>   "来买呀，快来买，"
>   或者源源不断的那些

甜蜜诱人的字眼

……

（殷杲 译）

"We must not look at goblin men,

We must not buy their fruits;

Who knows upon what soil they fed

Their hungry thirsty roots?"

"Come buy," call the goblins

...

The customary cry,

"Come, buy, come, buy,"

With its iterated jingle,

Of sugar-baited words ...

That goblin cry.

22 / 杰拉尔德·曼利·霍普金斯（1844—1889 年）

必读:《上帝的伟大》(God's Grandeur)、《斑驳之美》(Pied Beauty)[1]、《关在笼子里的云雀》(The Caged Sky-lark)、《迎风盘旋》(The Windhover)、《腐朽的慰藉》(Carrion Comfort)、《没有最坏的》(No worst) 和《德国的残骸》(The Wreck of the Deutschland)。

霍普金斯的诗歌之所以引人注目，有一个原因：真诚而深刻的宗教信仰与同样真诚而深刻的绝望在诗里并存。他成功地用完全原创的韵律、韵脚及词语来表达这种矛盾。他试图解释信仰和痛苦之间不可能存在的关系——无法用大家认同的宗教语言来表达，他对语言本身做了大幅度处理。

---

[1] 本诗是霍普金斯"截尾十四行诗"中最著名的例子，也就是把十四行诗中的前八行缩成六行，韵式为 abcabc；十四行诗的后六行缩成四行，韵式为 defd（在其他诗中也可以有其他安排），最后再加一短行，短行的尾韵为 f。

霍普金斯的诗歌是由他的"个性化"理论支配的：每一个被创造的事物都有一种"内在的"美，使其与众不同。他创造了两个词来帮助他表达这个原则："内本质"（inscape），该词的意思是个性的、独一无二的，他用"同一性"（oneness）代表每个自然物的统一性；"内力"（instress），表示个体内部维持自身个体性的力量或独特的能量。内力把物体联系在一起，但是也使它们与观看者区别开来。W. H. 加德纳（W. H. Gardner）引用道："内力是一种对更深层次的模式、秩序和统一的突然感知，它赋予外在形式以意义。"[21] 对霍普金斯来说，内力使他免于终极绝望；它向他表明，哪怕是短暂出现的，会把他压倒的无序背后的深层模式。霍普金斯在日记中写道，"内本质之美唾手可得……如果（我们）注意到它，它就会被再次召唤出来，到处都是"。在诗里，他尝试清晰地呈现这种美。

为了做到这一点，霍普金斯用诗歌自身的"内本质"，把诗歌变成了独特的对象。他创新的"跳跃韵律"在《德国的残骸》一诗中首次使用，那是一种复杂的韵律（用霍普金斯自己的话说），"只有口音或重音，不计音节数量，这样的话，一个韵脚可能是一个强大的音节，或是许多轻音和一个重音的组合"。每行诗的长度可以不同，但是每行诗都包含正确的"强"音节数。（如果没有帮助，很难找到这些音节，霍普金斯往往在诗里标出重音节，但是大多数现代版都去掉了这些记号。）他还使用非传统的押韵方式（头韵、谐音、内韵）和传统的尾韵，且在现有单词似乎不精准的时候，创造自己的形容词（和名词）：

> 我亲吻自己的手
> 对着星星，可爱的碎片般的
> 星光将他吹出来；
> 灼热和荣耀都在雷声中；
> 亲吻我的手，去达普尔和达姆森西边吧
> 因为，尽管他的辉煌和奇迹还没显现
> 他的神秘感必须被还原，被强调

第九章
折射的历史：诗人和诗

因为，我遇见他时我会致意
当我理解他时我会祝福
———《德国的残骸①》

I kiss my hand
To the stars, lovely-asunder
Starlight, wafting him out of it; and
Glow, glory in thunder;
Kiss my hand to the dappled-with-damson west;
Since, tho' he is under the world's splendour and wonder,
His mystery must be instressed, stressed;
For I greet him the days I meet him, and bless when I understand.
—From "The Wreck of the *Deutschland*"

霍普金斯做了天主教牧师，进入了神学世界，在那里，物理世界总是上帝存在的证明：他的日子从来不"只是"日子，鸟永远不会"只是"鸟，田地永远不会"只是"土；上帝存在于万物之中。

事物陆离斑驳，光荣归上帝——
因为有炫彩天空像牛身的花斑；
因为有水中鳟鱼身上玫瑰红点；
有栗子落下如旺火；有雀儿的双翼，
有分片成块土地——或起伏或轮种，或耕翻；
各行各业，用具，吊车，设备齐全。

一切相对，新奇，独特，怪异；
变动的都带斑点（谁又知如何？）
快必有慢；酸必有甜；暗必有明；

---

① 德国的残骸：1875 年，一场海上事故（"德国号"）导致 157 人丧生，包括五位被天主教排挤而逃离的德国修女，霍普金斯受到触动，写下了题为"德国的残骸"的长诗。

万物生于他,他的美常在不易:
要赞他真灵。

——《斑驳之美》(王佐良 译)

23 / 威廉·巴特勒·叶芝(1865—1939年)

必读:《为女儿的祈祷》(A Prayer for My Daughter)、《饰铃帽》(The Cap and Bells)、《经那些柳园往下去》(Down by the Salley Gardens)、《1916年复活节》(Easter 1916)、《智慧与时间俱来》(The Coming of Wisdom with Time)、《湖岛因尼斯弗里》(The Lake Isle of Innisfree)、《天青石雕》(Lapis Lazuli)、《丽达与天鹅》(Leda and the Swan)、《东方三贤》(The Magi)、《记忆》(Memory)、《航往拜占庭》(Sailing to Byzantium)、《再度降临》(The Second Coming)、《隐密的玫瑰》(The Secret Rose)、《1913年9月》(September 1913)、《三样事》(Three Things)、《轮》(The Wheel)、《当你老了》(When You Are Old)、《库勒的野天鹅》(The Wild Swans at Coole)。

叶芝是一位具有神秘主义倾向的爱尔兰新教徒,他建立了自己的宇宙观。他认为世界以两千年的周期在前进,每一个周期都由一个特定的文明和那个文明的神话所主导。每个周期的结束都以解体、混乱和无序为标志;这种紊乱又引起新周期的诞生。《再度降临》描述了耶稣降临前的那个周期的结束,这也开启了叶芝自己的时代:

> 盘旋盘旋在渐宽的螺旋中,
> 猎鹰听不见驯鹰人的呼声;
> 万物崩散;中心难维系;
> 世界上散布着一派狼藉……
> 黑暗重新降临;但如今我知道
> 那两千年之久僵卧如石的沉睡
> 已被一只摇篮搅扰成恶梦;

第九章
折射的历史：诗人和诗

> 何等恶兽——其时辰终于来到——
> 正懒懒走向伯利恒去投胎降生？

（傅浩 译）

像其他伟大的现代主义诗人一样，叶芝看到了自己处在充满混乱、分裂和暴力的时代，但与后来的诗人不同的是，他发现了混乱背后的规律。他认为，当前时代正在走下坡路，但是它的死亡会开启重生。他把每一个两千年的周期描绘成一个"螺旋"（Gyre），一个时间的螺旋锥。每个漩涡都在全力旋转，当它接近尾声时，一个新的就开始浮现出来。

> 尽管麻木的恶梦骑头顶……
> 有什么要紧？不要叹息，别掉泪，
> 一个更伟大、更高雅的时代已逝尽……
> 有什么要紧？岩洞中传出一个声音
> 它所知一切就是那个词："欢欣！"

（傅浩 译）

这些"螺旋"在叶芝的诗歌和散文中反复出现。它们表明所有时间都是连通的。每个周期看起来是独立的，但如果从上面看（从上帝的角度），即可证明是一个模式的组成部分。失序总是指向秩序，死亡总是指向生命，混乱指向新的模式。

叶芝出生于爱尔兰，是爱尔兰诗人及"爱尔兰民间文化"的代言人。他同情爱尔兰想要摆脱英国而独立的愿望。在57岁时，他成为爱尔兰自由州参议员。他最不朽的诗歌之一——《1916年复活节》是一首纪念诗。这首诗纪念了爱尔兰民族主义者在都柏林复活节起义中被英国军队击败，他将此归因于起义本身的"可怕之美"。但信奉新教的叶芝并不信奉爱尔兰天主教民族主义者。随着年龄的增长，他似乎对民族主义运动的暴力行为越来越不满。正如当代伟大的爱尔兰诗人谢默斯·希尼所说，他深受"自我分裂"的困扰。希尼写道："他（叶芝）断言那坐下来吃早餐的人是一捆'偶然和不连贯'，断言在他诗中重生的人是'某种有意图的、圆满的东西'。"[22] 叶芝的诗歌表现出强烈的斗争意识，这两种对立的力量似乎在20世纪初生活的方方面面烙下了痕迹，也包含了对追

求和平的强烈渴望。

> 我要起身前去，前去因尼斯弗里
> 用树枝和着泥土，在那里筑起小屋……
> 我将享有些平和，平和缓缓滴落……
>
> ——《湖岛因尼斯弗里》(The Lake Isle of Innisfree)（傅浩 译）

24 / 保罗·劳伦斯·邓巴（1872—1906年）

必读：《一首黑人情歌》(A Negro Love Song)、《战前布道》(An Ante-Bellum Sermon)、《在酒馆里》(At the Tavern)、《有色乐队》(Colored Band)、《债务》(The Debt)、《道格拉斯》(Douglass)、《棕色的小婴儿》(Little Brown Baby)、《埃塞俄比亚颂歌》(Ode to Ethiopia)、《古老的前门》(The Old Front Gate)、《诗人与他的歌》(The Poet and His Song)、《幼苗》(The Seedling)、《时代的迹象》(Signs of the Times)、《同情》(Sympathy)、《我们戴着面具》(We Wear the Mask)、《当马林蒂唱歌时》(When Malindy Sings)、《当潘恩热的时候》(When de Co'n Pone's Hot)、《当他们把有色士兵列在名单上的时候》(When Dey 'Listed Colored Soldiers)。

邓巴的诗歌既吸收了黑人民间文化，又吸收了受过教育的、美国诗歌中的白人文化。他发现自己在这两者之间找到了平衡，当他写思想时，用主流诗歌的声音：

> I am no priest of crooks nor creeds,
> For human wants and human needs
> Are more to me than prophets' deeds...
> Go, cease your wail, lugubrious saint!

You fret high Heaven with your plaint.

我不是骗子或信条的牧师，
人类的需要和需求
比先知的行为对我更重要……
去吧，别哭了，悲哀的圣徒！
带着你的哀鸣上天堂吧。

——《信条，而非教义》(A Creed and Not a Creed)

当他写经验的时候，用非裔美国人的声音：

Fol' yo' han's an' bow yo' haid—
Wait ontwell de blessin's said;
"Lawd, have mussy on ouah souls—"
(Don' you daih to tech dem rolls—)
"Bless de food we gwine to eat—"
(You set still—I see yo' feet;
You jes' try dat trick agin!)
"Gin us peace an' joy. Amen!"

嗨，我的朋友
等一下，布莱斯说
"天哪，对我们的灵魂——"
（你不需要教他们滚动——）
"上帝保佑我们能吃到的食物——"
（你一动不动——我看见你的脚；
你又在耍花招了！）
"给我们带来和平和欢乐。阿门！"

——《在早上》(In the Morning)

要想欣赏邓巴，你需要认真尝试大声朗读他的方言诗歌。我试着把邓巴介绍给本科生，但读者（尤其是白人读者）不太愿意这么做，因为在高度政治化的大学课堂上，"模仿"黑人的腔调似乎是一件危险的事情。如果可以的话，可以私下里这么读，不用担心听众。[23]

在大声朗读这种方言时，如果你感到紧张，邓巴会非常感激你。在《诗人》（The Poet）中，他对自己的职业生涯感到焦虑：

> 他歌唱着生命，安详而甜蜜
> 带着，偶尔，更深沉的音符……
> 他唱着爱之歌：当地球还年轻的时候
> 爱就在他的行迹中。
> 但是，啊，世界，它转而礼赞——
> 碎舌嚼出的叮当声。

邓巴把他自己的诗歌作品分为"主流作品"和"非主流作品"，将方言诗歌放入了"非主流作品"。然而，像威廉·迪恩·豪威尔斯这位著名的评论家更喜欢方言，他说："当我们读到邓巴先生的非主流作品时，我们觉得自己面对的是一个直接和活生生的权威的人。"邓巴则尖刻地反驳道[24]："豪威尔斯先生在论及我的方言诗时，对我造成了难以挽回的伤害。"与其说他被豪威尔斯的偏好困住了，不如说他觉得自己被白人评论家困住了，他们觉得他的方言诗展现了"他的种族的朴素、感性、欢乐的本质"。跟狄金森和霍普金斯一样，邓巴也和语言的局限作斗争。当他以"黑人的声音"写作时，其他读者看到的只是简单的快乐，无法深入理解方言，从而得到更复杂的体验。

25 / 罗伯特·弗罗斯特（1874—1963年）

必读：《一个男孩的意愿》（A Boy's Will）、《摘完苹果后》（After Apple-Picking）、《白桦》（Birches）、《雇工之死》（The Death of the Hired Man）、《分工》（Departmental）、《设计》（Design）、《火与冰》（Fire and Ice）、《家冢》（Home Burial）、《补墙》（Mending Wall）、《割草》（Mowing）、《精通农村事务的必要》（The Need of Being Versed in

Country Things)、《美好事物难久留》(Nothing Gold Can Stay)、《牧场》(The Pasture)、《播种》(Putting In the Seed)、《未走之路》(The Road Not Taken)、《雪夜林边》(Stopping by Woods on a Snowy Evening)、《面向大地》(To Earthward)、《罪过》(Trespass)、《柴堆》(The Wood-Pile)。

"现实主义者有两种类型,"罗伯特·弗罗斯特曾经说过,"一个呢,用他的土豆沾了很多土来证明它是真的。另一个则乐于把土豆刷干净。我倾向于第二种。对我来说,艺术行为就是清洁生活,去剥离它,使之成形。"如果说威廉·巴特勒·叶芝用诗歌来表现他所能感觉到的、明显混乱的世界之外的秩序,弗罗斯特则用诗歌来创造秩序。他书写明确的场景:一只鸟在杂草上保持平衡;一位旅行者停在十字路口;一个男人跪在地上,眼睛盯着井里。在许多诗歌中,他诗中的人物都在独处:

> 金色的树林中有两条岔路,
> 可惜我不能沿着两条路行走;
> 我久久地站在那分岔的地方,
> 极目眺望其中一条路的尽头,
> 直到它转弯,消失在树林深处。
>
> 然后我毅然踏上了另一条路,
> 这条路也许更值得我向往,
> 因为它荒草丛生,人迹罕至;
> 不过说到其冷清与荒凉。
> 两条路几乎是一模一样。
>
> 那天早晨两条路都铺满落叶,
> 落叶上都没有被踩踏的痕迹。
> 唉,我把第一条路留给将来!
> 但我知道人世间阡陌纵横,
> 我不知将来能否再回到那里。
> 我将会一边叹息一边叙说,

在某个地方，在很久很久以后：
曾有两条小路在树林中分手，
我选了一条人迹稀少的行走，
结果后来的一切都截然不同。

(曹明伦 译)

但这些故事的直白形式掩盖了更深层次的目的。这些精心绘制的场景都模糊了边界，有许多未尽之言。威廉·H. 普里查德（William H. Pritchard）写道，分析弗罗斯特的正确方法是，"我们知道这首诗在说什么，我们知道它的发音，只要你不要求我们确切地说一说"。[25] 弗罗斯特自己称他的诗歌为"举隅"（synecdochic），即"用小的切入点获取更大的意义"。[26]

他遵循的是奥古斯丁诗学，只提供字面意思（一个旅行者站在树林里，一个人在修墙），那是一扇门，可以通往神秘的意义层。这种更深层次的意义拒绝用语言来表达。弗罗斯特自己用宗教术语来描述：1954年，他对一群诗人说，诗歌的第一层意思就像衣服的下摆，触摸衣服的下摆（这里指的是福音书中耶稣的一个奇迹）会让你对诗的整体产生一种神秘的理解。读者可以"通过触摸获得意思……就像那个女人从耶稣那里得到的……他的美德从他身上散发出来了……碰到下摆就够了"。[27]

那么，你该怎么阅读弗罗斯特呢？不要把诗歌简化成寓言（"两种森林是两种职业，他选择了其中一种而不是另一种，总是后悔"），要想象自己身处其中，然后会怎么样呢？

如果理想的话，你会产生弗罗斯特自己都无法完全描述的那种神秘而短暂的联系。在《那么，只一次，便成真》（For Once, Then, Something）中，诗人低头望着水面，寻找着倒映在他身上的图画：

其他人老嘲笑我跪在井栏边时
总是弄错光的方向，所以从未
见过井的深处，只是看见阳光
照耀的水面映出我自己的影像，
那上帝般的影像在夏日的天空
从一圈蕨草和云团中朝外张望。

有一回，试着将下巴贴着井栏，
我如愿以偿地越过透过那影像
看见了一个不确定的白色物体，
某种比深还深的东西——但它
转瞬即逝。水开始制止太清澈
的水。蕨草上滴下一滴水，瞧，
一阵涟漪模糊了井底的白东西
并将它抹去。它是什么？真理？
水晶？见过一回，那也算幸运。

（曹明伦 译）

26 / 卡尔·桑德堡（1878—1967年）

必读：《芝加哥》（Chicago）、《冷清的坟》（Cool Tombs）、《伊丽莎白·乌普斯特德》（Elizabeth Umpstead）、《雾》（Fog）、《草》（Grass）、《我是人民，是草根》（I Am the People, the Mob）、《那克土恩在一个废弃的砖厂》（Nocturne in a Deserted Brickyard）、《人民，是的》（第57号）（The People, Yes [No. 57]）、《板白鱼》（Planked Whitefish）、《摩天大楼》（Sky-scraper）、《烟与钢》（Smoke and Steel）、《窗》（Window）。

桑德堡以其"芝加哥诗歌"而闻名，在这些诗里，他用龇牙咧嘴的方式来庆祝美国。跟惠特曼一样，在成为诗人之前，桑德堡是一名记者；也像惠特曼一样，他像记录新闻细节一样地谨慎地描述美国人民：

工作的姑娘早晨去上工——她们一溜溜儿地走在市区的店铺和工厂中间，几千人胳肢窝下夹着用报纸包的午饭，像块小砖头。

每个早晨我在这年轻姑娘的河里走过，我感觉生命是个奇迹，它都会流去哪里，她们身上展现出如此富有的花样年华，红嘴唇笑盈盈的，眼里还闪着昨夜跳舞、游玩、闲逛的记忆。

——《工作的姑娘》（邹仲之 译）

但与惠特曼不同的是，桑德堡对美国的赞赏有所保留。那无限的美国能量把芝加哥变成了一个巨大的城市，但也建立了工厂和办公室，玷污了美国人的思想，一心只求获利。桑德堡是一位普通人预言家，他回避"技巧"，拒绝表现出诗性的专业知识，而偏爱流畅的诗句和自然的语言节奏。他对美国正在形成的形态表示抗议：

> 她和她的男人漂洋过海，
> 脸上的岁月显示出他们与地主
> 和杂货商讨价还价，六个孩子在石上玩耍
> 在垃圾桶里转悠
> 一个孩子得了肺结核……
> 一个在监狱里，两个在盒子厂工作
> 当他们折叠纸板时，他们想知道
> 自己的希望和荣耀在哪里
> 当春天的微光来临时，它会轻轻地飘动
> 在空气中……
>
> ——《人口漂移》（Population Drifts）

桑德堡有时确实在工业主义中找到了一种庄严的美，但《芝加哥诗歌》更多地在提出警告，而非庆贺。在惠特曼发现了巨大多样性的地方，桑德堡则发现了日益增长的、令人不安的千篇一律——一个由工厂管理的国家，多姿多彩、不同种族的美国人正逐渐标准化，成为一样的人。

27 / 威廉·卡洛斯·威廉斯（1883—1963 年）

必读：《水仙花，那绿色的花》（Asphodel, That Greeny Flower）、《冬季临近》（The Descent of Winter）、《伊卡洛斯的陨落》（Landscape with the Fall of Icarus）、《我的英国祖母的临终遗言》（The Last Words of My English Grandmother）、《无产阶级肖像》（Proletarian Portrait）、《红独轮车》（The Red Wheelbarrow）、《自画像》（Self-Portrait）、《寻求作者

的十四行诗》(Sonnet in Search of an Author)、《春天等一切》(Spring and All)、《讲话》(This Is Just to Say)、《束》(Tract)、《致埃尔西》(To Elsie)。

威廉斯避开了先知的立场，也避开了说书人的立场。他的诗歌受到日本俳句的影响。俳句往往描述一个小而生动的物体，然后从那个物体出发，拓展出一个较大的、宏观的想法。但与俳句不同的是，威廉斯的歌词没有向外拓展。威廉斯对大脑寻找或创造意义的能力持怀疑态度；他怀疑逻辑，他认为那是在因果之间创造了一种虚幻的联系，而因果关系根本不存在；他也因此对传统的英语句法持怀疑态度，因为句法规定了话语之间的逻辑联系。他写道："删掉直白的句子"，使用"语言序列，句子，但不是语法句子"。在他最著名的诗歌《水仙花，那绿色的花》的开头中，就使用了这种"语言序列"。

威廉斯认为这些词语本身就有某种价值。他将语言本身（不是支配语言的规则）视为材料。对威廉斯来说，词语是"东西"（things），比那些不值得信任和难以捉摸的想法更真实。在他 1929 年发表的论文《知识的体现》(*The Embodiment of Knowledge*) 中，他把"词语"称为"材料"，"材料本身取代了在其他情况下它们所指的一切思想、事实和运动"。甚至"单词之间的空格"也像单词本身一样重要——它们是物质对象。威廉斯有个著名的写法：这在很大程度上取决于独轮手推车，然后他并没有告诉我们什么东西取决于（或为什么、怎样）。"诗歌是由词语组成的小型（或大型）机器。"威廉斯写道，"散文可能像一艘船，载着一大堆模糊不清的东西。但是诗歌是一台驱动它的机器，被修剪成了一个完美的经济体，就像所有的机器一样，它的运动是内在的、波动的，是物理的，而不像是文学的。"[28]

28 / 埃兹拉·庞德（1885—1972 年）

必读：《角落》（第一章）(Canto One)、《角落》（第二章）(Canto Two)、《流放的信》(Exile's Letter)、《在地铁站》(In a Station of the Metro)《莫伯利》(Mauberly)、《归来》(The Return)、《河商的妻子》(The River-Merchant's Wife)、《航海者》(The Sea-Farer)、《瑟斯蒂娜：

阿尔塔福特》(Sestina: Altaforte)、《白牡鹿》(The White Stag)。

庞德将意象派的倾向（承诺精确性、特殊性，用"提炼"的诗歌来避免宇宙普遍性）与古典学问（诗句借用希腊韵律和典故），以及反美情绪完美地结合在一起。1912年，他在书中指责这个国家陷入了精神上的"黑暗时代"，所有的美丽和敏感都被喧嚣、原始、粗鲁、高涨的资本主义浪潮吞没了。"每十个美国人中就有九个，"庞德冷笑道，"为了（股票）报价出卖了自己的灵魂。"

庞德早期的诗歌接近前拉斐尔派，借鉴了中世纪的图像和古代语言，配有精确的图像：

> 瞧，他们归来啦；啊，瞧
> 移动迟疑，行道迟迟，
> 步态犹豫，犹疑
> 摇晃不已！
>
> 瞧，他们归来啦，一个，一个，
> 心怀恐惧，似睡似醒；
> 似乎雨雪也迟疑
> 在风中喃喃自语，
> 回首及半；
> 这便是"展翼复敬畏"
> 凛然不可侵。
>
> 神灵，插翅的飞鞋！
> 银犬在前后伴随，
> 嗅着足迹的气味！
> 美孩儿！美孩儿！
> 这就是迅疾归忧烦；
> 这就是香气刺鼻；
> 这就是嗜血的灵魂。

> 缓缓地，被缰绳牵着，
> 有气无力的被牵人！
>
> ——《归来》（1912）（王宏印 译）

庞德后来的作品摆脱了浪漫主义的影响，但希腊的影响仍在。他最重要的作品《角落》中没有连贯的叙事线，由短语和片段组成的碎片化内容，那些不完整、杂乱无章的句子需要读者查阅百科全书和同义词词典才能理解。《角落》第 LXXXI 首整整十四行的诗都在英语和西班牙语之间游走，提到了宙斯、谷神星（Ceres）和英国画家萨金特（Sargent），还从中国城市泰安讲到希腊岛屿塞西拉（Cythera），还记录了一段牧师和领受圣餐者之间的对话。庞德与威廉斯如出一辙，在诗歌技巧上也抛弃了语法句法，把词看作是有形的"东西"，并把它们作为物体放在诗中，不考虑词语之间的逻辑关系。他放弃了任何与"普通读者"接触的企图。这是精英主义的诗，用典故使读者眼花缭乱，不传达单一的印象。

庞德的其他诗歌往往介于这两个极端之间。庞德早先写的《角落》将一些引用的传说与他的阅读笔记组合成一个整体，句型也不让人陌生；即使没有希腊神话词典，读者也能自己阅读。但就是在这些作品里，庞德也不断地吸引读者的眼球，"语言和上下文的切换、独有的个性沉思、晦涩的引用、多重典故"——所有"妨碍阅读"的技术都用上了。[29] 在我们阅读时，他提醒我们，阅读不太可能产生真理，也不要指望有什么简单的连贯性。

29 / T. S. 艾略特（1888—1965 年）

必读：《J. 阿尔弗瑞德·普鲁弗洛克的情歌》（The Love Song of J. Alfred Prufrock）、《荒原》（The Waste Land）、《圣灰星期三》（Ash Wednesday）、《三圣人之旅》（The Journey of the Magi）、《四首四重奏》（The Four Quartets）。

艾略特、威廉斯和庞德都是"现代主义昌盛时期"（high modernists）[①]的诗人代表，他们坚信世界是混乱的、支离破碎的，都怀疑在如此混乱的宇宙中，语言是否真能传达真理。"现代主义昌盛时期"的诗更关注诗人自身，而不是外界；诗歌的中心不在于其所描述的内容，而在于诗歌描述的方式。当庞德的诗歌越来越关注内在世界，更多地评论自身而非诗歌以外的事情时，艾略特仍然在以某种有意义的方式来描述世界的混乱。这可能与艾略特的信仰是英国国教有关；他的诗歌表现了对精神生活中的"静点"的探索。他在《四首四重奏》中的第一首《烧毁了的诺顿》（Burnt Norton）里写道："在静点上，那里是舞蹈。"——正是在这样的地方，人的自我从周围的事物中找到了意义。

艾略特的诗和庞德的诗一样，晦涩难懂，并以自我为参照。《荒原》的脚注几乎和诗歌本身一样长，尽管脚注本身带着狡黠、半开玩笑的语气，没让读者失望。但艾略特在晚年所写的《四首四重奏》中暗示：有那么一天，生活的混乱可能会自行消解为一种不同的存在，无关乎时间，我们可能会发现"从行动与痛苦中超脱出来的舒坦，从内心与外部冲动中超脱出来的平和"。

在艾略特的诗歌中，我们仍然可以瞥见永恒——那一瞥令人畏惧，对于浪漫主义者来说，没有丝毫温暖和荣光。东方三圣在"东方三圣之旅"中拜访幼年基督，发现这襁褓中的孩子携带着一个信息，它承载的不是安慰，而是"艰难和剧烈的痛苦"。他们瞥见上帝的化身之后，便回归往昔去寻找流离失所、忐忑不安的自己，渴望死亡能让自己解脱。当永恒与大地相交（四重奏里的"玫瑰花园"是另一个例子），我们看到了真相，我们被吓坏了。

尽管你可能希望这位信奉英国国教的诗人写点跟真理有关的诗（或至少尝试着传达真理），但他还没有完全准备好接受这个建议。他在《烧毁了的诺顿》一诗用的词语是绷紧的（strained）、开裂的（cracked）、折断的（broken），它们不会持久（perishable）、不得其所（imprecise）、终将衰退（decaying）。但他对语言至少表现出了暂时的、试探性的信任，这体现在他的诗歌句法上，即使艾略特写的句子再晦涩难懂，也还是有主语和动词。

[①] 大体从20世纪初到"二战"爆发前。

30 / 兰斯顿·休斯（1902—1967 年）

必读：《黑人谈河》（The Negro Speaks of Rivers）、《疲惫的布鲁斯》（The Weary Blues）、《推迟的梦的蒙太奇》（Montage of a Dream Deferred）、《梦的变奏》（Dream Variations）、《我，也，歌唱美国》（I, Too, Sing America）、《南方》（The South）、《还在这里》（Still Here）、《在上帝的怀抱里》（Interne at Provident）、《梦幻舞曲》（Dream Boogie）、《民主》（Democracy）、《黑人母亲》（The Negro Mother）。

和邓巴一样，兰斯顿·休斯在两种语言中挣扎，与哲学困境作斗争：他为黑人读者写黑人的经历，他也知道他的许多读者教育程度不够，无法理解他那些正式的诗句。海伦·文德勒（Helen Vendler）写道："休斯在诗歌创作中对社会的写照几乎完全不受限制，富有想象力。但这绝妙的发明在另一方面受到了限制……它的语言受限，因为要让大多数没受过教育的人也能听到和理解。对于休斯这样一个拥有宽广的思维和阅读面的人来说，毫无疑问，语言上的自我约束是对黑人读者的一种道德承诺。"[30] 休斯致力于让所有读者都能读懂他的诗，他常常被评论家忽视，但他从诗歌主流中脱颖而出。1929 年，休斯在日记中写道，他的"终极希望"是"在美国创造一种黑人文化———种真正的、坚实的、理智的、种族的、从民间生活中生长出来的，而非抄袭别人的，哪怕是围绕种族"。[31]

休斯没有使用现代主义的传统或抒情形式，而是从民间故事、赞美诗、歌曲和民谣中提取惯用语。休斯的诗歌创作并没有以理想化的乡村环境作为基础，而是扎根于哈莱姆区（Harlem），他有意识地避开使用任何可能适用于欧洲人的技巧，即现代主义模式。"这座山挡住了美国任何一种真正的黑人艺术的去路"，他在文章里写道，"黑人艺术家和种族大山"是"种族内部具有倾向白种人的欲望，渴望把种族个性注入美国标准化的模式中，尽可能地减少黑人的成分，拥有更多美国人的成分"。[32]

31 / W. H. 奥登（1907—1973 年）

必读：《某晚当我外出散步》（As I Walked Out One Evening）、《共同

生活》(The Common Life)、《夕祷》(Compline)、《暴君的墓志铭》(Epitaph on a Tyrant)、《罗马的衰亡》(The Fall of Rome)、《诗悼西格蒙德·弗洛伊德》(In Memory of Sigmund Freud)、《诗悼叶芝》(In Memory of W. B. Yeats)、《躺下睡吧，我爱》(Lay Your Sleeping Head, My Love)、《摇篮曲》(Lullaby)、《爱得更多的那人》(The More Loving One)、《铁道线》(On the Circuit)、《普洛斯彼罗致爱丽儿》(Prospero to Ariel)、《一九三九年九月一日》(September 1, 1939)、《阿喀琉斯之盾》(The Shield of Achilles)、《何方竖琴下》(Under Which Lyre)、《无名的公民》(The Unknown Citizen)、《晚间漫步》(Walk After Dark)。

奥登早期的诗歌，像意象派诗歌一样简洁、浓缩、凝练，但他的诗歌作品的中心是一组四首长诗：《暂时》(For the Time Being)(一首圣诞诗)、《新年书简》(New Year Letter)(一首表现沉思的诗)、《焦虑的年代》(The Age of Anxiety)(一首押头韵诗)和《大海与镜子》(The Sea and the Mirror)(对莎士比亚《暴风雨》的评价)。这组诗反映了奥登写作的主题广泛，技法多样。他是政治诗人、社会诗人、哲学诗人。在他的作品里，如果说有一个统一的主题，那就是友谊和爱情，能让现代主义诗人在混乱世界中找到一个"静止的所在"(still place)。奥登的《一九三九年九月一日》写于第二次世界大战爆发之初，这首诗反映了他长期以来的思考："我们必须相爱，要么就死亡（We must love one other or die）。"① 诗人发出这样的恳求时，他正面对战争带来的死亡、邪恶和绝望。

随着年龄的增长，奥登对基督教产生了兴趣，他认为基督教不仅体现了他关于友谊的理想，也是一种人人平等的哲学。在《纽约时报》收录的音频档案网站上，你能听到奥登朗读自己的诗歌（1972年3月27日，纽约），可访问 http://susanwisebauer.com/welleducatedmind。

---

① 奥登后来将此句改为"我们必须相爱直至死亡。"(We must love one another and die) 参见 W. H. 奥登：《奥登诗选: 1927—1947》，马鸣谦、蔡海燕译，上海译文出版社，2014年。

现代主义之后

现代主义之后,所谓的"必读"诗人在数量上呈指数式增长,但这些诗人还未经过时间的考验。

32 / 菲利普·拉金（1922—1985 年）

必读:《奇迹迭出的一年》(Annus Mirabilis)、《晨歌》(Aubade)、《欺骗》(Deceptions)、《本质的美》(Essen-tial Beauty)、《差之千里》(Far Out)、《高窗》(High Windows)、《我记得,我记得》(I Remember, I Remember)、《其他地方的重要性》(The Importance of Elsewhere)、《是现在的还是永恒》(Is It for Now or for Always)、《年岁》(Long Sight in Age)、《谦虚》(Modesties)、《老傻瓜们》(The Old Fools)、《故事》(Story)、《因为一大半的我》(Since the Majority of Me)、《这就是诗》(This Be the Verse)、《把一块砖放在另一块砖上》(To Put One Brick upon Another)、《癞蛤蟆》(Toads)、《昨晚我为什么梦见你?》(Why Did I Dream of You Last Night?)。

33 / 艾伦·金斯堡（1926—1997 年）

必读:《嚎叫》全诗及其他诗;《诗选:1947—1995》(Selected Poems 1947—1995);《形而上学》(Metaphysics)、《惠特曼的爱情诗》(Love Poem on Theme by Whitman)、《嚎叫》(Howl)、《嚎叫的注脚》(Footnote to Howl)、《美国》(America)、《祈祷》(Kaddish)、《尼尔·卡萨迪的挽歌》(Elegy for Neal Cassady)、《纽约布鲁斯》(New York Blues)、《曼哈顿五一节午夜》(Manhattan May Day Midnight)、《做冥想岩石》(Do the Meditation Rock)、《骷髅的民谣》(The Ballad of the Skeletons)。

34 / 艾德里安娜·里奇（1929—2012 年）

必读：《詹妮弗阿姨的老虎》（Aunt Jennifer's Tigers）、《焚烧纸张而不是孩子》（Burning of Paper Instead of Children）、《潜入沉船》（Diving into the Wreck）、《我有危险了——先生——》（I Am in Danger—Sir—）、《生活必需品》（The Necessities of Life）、《生活在罪恶中》（Living in Sin）、《愤怒的现象学》（The Phenomenology of Anger）、《天文馆》（Planetarium）、《权力》（Power）、《拍摄脚本》（Shooting Script）、《儿媳的快照》（Snapshots of a Daughter-in-Law）、《源》（Sources）、《试着和一个男人说话》（Trying to Talk with a Man）、《二十一首情诗》（Twenty-One Love Poems）。

35 / 西尔维亚·普拉斯（1932—1963 年）

必读：《珀尔塞福涅的两姐妹》（Two Sisters of Persephone）、《避开蛋岩自杀》（Suicide off Egg Rock）、《生日诗》（Poem for a Birthday）、《动物园管理员的妻子》（Zoo Keeper's Wife）、《不孕的女人》（Barren Woman）、《渡湖》（Crossing the Water）、《蜜蜂会议》（The Bee Meeting）、《蜂箱的到来》（The Arrival of the Bee Box）、《蜂蜇》（Stings）、《蜂群》（The Swarm）、《过冬》（Wintering）、《尼克和烛台》（Nick and the Candlestick）、《事件》（Event）、《爱丽儿》（Ariel）、《孩子》（Child）、《边缘》（Edge）。

36 / 马克·斯特兰德（1934—2014 年）

必读：《意外》（The Accident）、《光的到来》（The Coming of Light）、《食诗》（Eating Poetry）、《来自漫长而悲伤聚会》（From the Long Sad Party）、《放弃自我》（Giving Myself Up）、《保持事物的完整》（Keeping Things Whole）、《邮差》（The Mailman）、《夏末，黄昏时的

妈妈》(My Mother on an Evening in Late Summer)、《睁着一只眼睛睡觉》(Sleeping With One Eye Open)、《隧道》(The Tunnel)、《就是如此》(The Way It Is)。

37 / 玛丽·奥利弗(1935—2019年)

必读:《旅程》(The Journey)、《野鹅》(Wild Geese)、《黑河》(At Black River)、《夏日》(The Summer Day)、《一千个清晨》(A Thousand Mornings)、《有时是一首罕见的音乐》(Sometimes a Rare Music)、《当死亡来临》(When Death Comes)。

38 / 谢默斯·希尼(1939—2013年)

必读:《采黑莓》(Blackberry-Picking)、《沼原》(Bogland)、《伤亡者》(Casualty)、《挖》(Digging)、《一位自然主义者之死》(Death of a Naturalist)、《田间劳作》(Field Work)、《冰雹》(Hailstones)、《山楂灯笼》(The Haw Lantern)、《照亮》(Lightenings)、《恐惧部》(The Ministry of Fear)、《莫斯浜:献诗二首》(Mossbawn: Two Poems in Dedication)、《个人的诗泉》(Personal Helicon)、《诗人椅》(Poet's Chair)、《画方框》(Squarings)、《图伦》(Tollund)。

39 / 罗伯特·平斯基(1940—)

必读:《无论我走到哪里,我都在那里》(Everywhere I Go, There I Am)、《有花纹的轮子》(The Figured Wheel)、《冰暴》(The Ice Storm)、《说不清》(Impossible to Tell)、《夜间游戏》(The Night Game)、《诗与叠句》(Poem with Refrains)、《精炼厂》(The Refinery)、《衬衫》(Shirt)、《看不见的世界》(The Unseen)。

40 / 罗伯特·哈斯（1941—）

必读:《拉古塔斯沉思》(Meditation at Lagunitas)、《熬过夏天的歌曲》(Songs to Survive the Summer)、《战争之间》(Between the Wars)、《微弱的音乐》(Faint Music)、《存在的特权》(Privilege of Being)、《伯克利尾声》(Berkeley Epilogue)、《然后是时间》(Then Time)。

41 / 简·肯扬（1947—1995年）

必读:《简而言之，它进入并简短地说》(Briefly It Enters, And Briefly Speaks)、《抑郁》(Depression)、《荷兰室内设计》(Dutch Interiors)、《吃饼干》(Eating the Cookies)、《二月：想着花》(February: Thinking of Flowers)、《幸福》(Happiness)、《和忧郁一起出去玩》(Having It Out with Melancholy)、《让夜晚降临》(Let Evening Come)、《否则》(Otherwise)、《一月下雨》(Rain in January)。

42 / 丽塔·达夫（1952—）

必读:《小镇》(Small Town)、《在梦中遇见唐·L.李》(Upon Meeting Don L. Lee, In a Dream)、《长翅膀的阿古斯塔和黑鸽子拉莎》(Agosta the Winged Man and Rasha the Black Dove)、《核时代入门》(Primer for the Nuclear Age)、《托马斯与比尤拉》(Thomas and Beulah)。

第九章
折射的历史：诗人和诗

注释

1. Homer, *The Odyssey,* trans. Samuel Butler (London: A. C. Fifield, 1900), book IV, lines 706–10.
2. *Beowulf*, trans. Seamus Heaney (New York: W. W. Norton, 2001), lines 2, 212–18, p. 151.
3. Quoted from *Pindar*, trans. C. A. Wheelwright (New York: Harper & Brothers, 1837), p. 53.
4. Quoted from *The Poems of Sappho: An Interpretative Rendition Into English*, trans. John Myers O'Hara (Portland: Smith & Sale, 1910), p. 7.
5. Quoted from *Ancient Greek Epigrams: Major Poets in Verse Translation*, trans. Gordon L.Fain (Berkeley: University of California Press, 2010), p. 16.
6. Quoted from Horace: *The Odes, Epodes, Satires, and Epistles*, Translated by the Most Eminent English Scholars and Poets (London: Frederick Warne and Co., 1889), p. 15.
7. Quoted from *The Odes and Carmen Saeculare of Horace*, trans. John Conington (London: Bell and Daldy, 1863), p. 13.
8. Saint Augustine, *On Christian Doctrine*, trans. J. F. Shaw (1873), book IV, chapter 2, section 3, and book IV, chapter 28, section 61; available online at www .ccel .org/a/augustine/doctrine /doctrine.html.
9. Geoffrey Chaucer, "Retraction," from *The Canterbury Tales*, trans. Nevill Coghill (NewYork: Penguin, 2000).
10. In Epistolae: *The Letters of Dante,* trans. Page Toynbee (Oxford: Oxford UniversityPress, 1966), p. 199.
11. Barbara Lewalski, *Protestant Poetics and the Seventeenth-Century Religious Lyric* (Princeton, N.J.: Princeton University Press, 1979), p. 6.
12. James R. Kincaid, *Tennyson's Major Poems: The Comic and Ironic Patterns* (New Haven: Yale University Press, 1975), p. 1.
13. Quoted in *Modernism: 1890–1930,* eds. Malcolm Bradbury and James McFarlane (NewYork: Viking, 1991), p. 83.
14. These are three of the six Imagist goals found in *Amy Lowell's Some Imagist Poets* (1915).
15. From Allen Ginsberg, "Footnote to Howl." *In Howl and Other Poems* (San Francisco: City Lights Books, 2006).
16. Philip Larkin, Required Writing: *Miscellaneous Pieces, 1955–1982* (Ann Arbor: University of Michigan Press, 1999).
17. Herbert R. Kohl, A Grain of Poetry: *How to Read Contemporary Poems and Make Them a Part of Your Life* (New York: HarperFlamingo, 1999), p. 3.
18. Paul Laurence Dunbar, "We Wear the Mask." *In Selected Poems*, by Paul Laurence Dun- bar (New York: Dover Publications, 1997), p. 17
19. Marie Boroff, preface to *Sir Gawain and the Green Knight*, trans. Boroff, p. x.
20. Jerome J. McGann, *The Romantic Ideology*: A Critical Investigation (Chicago: University of Chicago Press, 1983), p. 99.
21. W. H. Gardner, introduction to *Gerard Manley Hopkins: Poems and Prose* (New York: Penguin, 1985), p. xxi.
22. Seamus Heaney, "All Ireland's Bard," *Atlantic*, vol. 280, no. 5 (November 1997): 157.

23. To hear the poems read by an expert, go to www .plethoreum .org/dunbar/gallery .asp, which contains audio files of the Dunbar scholar Herbert Woodward Martin performing Dunbar's dialect and nondialect poems.
24. A fuller account of this exchange between poet and critic can be found in Gregory L. Candela, "We Wear the Mask: Irony in Dunbar's The Sport of the Gods," *American Literature*, vol. 48, no. 1 (March 1976): 60–72.
25. William H. Pritchard, "Wildness of Logic in Modern Lyric," in *Forms of Lyric*, ed. Reuben A. Brower (New York: Columbia University Press, 1970), p. 132.
26. In Gerard Quinn, "Frost's Synecdochic Allusions," *Resources for American Literary Study*, vol. 25, no. 2 (1999): 254–264.
27. Ibid., p. 255.
28. William Carlos Williams, "The Embodiment of Knowledge," in *Selected Essays of William Carlos Williams* (New York: New Directions, 1969), p. 256.
29. Margaret Dickie, "The Cantos: Slow Reading," *ELH: English Literary History,* vol. 51, no. 4 (Winter 1984): 819.
30. Helen Vendler, "Rita Dove: Identity Markers," *Callaloo*, vol. 17, no. 2 (Spring 1994):381–398.
31. Quoted in David R. Jarraway, "Montage of an Otherness Deferred: Dreaming Subjectivity in Langston Hughes," *American Literature*, vol. 68, no. 4 (December 1996): 821.
32. Langston Hughes, "The Negro Artist and the Racial Mountain," *The Nation*, June 23, 1926.

第十章

宇宙的故事：理解地球、宇宙和我们自己

在有最早的科学文本之前，科学早已存在，就像在有小说之前，人们就已经开始讲故事，在诗歌写作之前，就已经有诗歌表演。科学史家乔治·萨顿（George Sarton）认为，科学发轫于人们"试图解答无穷无尽的生活问题"之时。绘制天空之运行路线，让车轮保持平衡，修建灌溉渠，混合草药以缓解病痛，设计金字塔，如此等等，就是科学。[1]

在有人决定将它写下来之前，科学就存在了很长时间。

与我们在前文探讨过的其他作品类型相比，科学类书籍和生活实践的关系更远。虚构的故事，关于过去的故事，关于我们自己的故事，对上帝、爱情或消沉情绪的抒情，对一幕幕想象的场景表演，所有这一切，都在小说、历史著作、自传、诗歌和戏剧发展为我们今天所知晓的形式之前就已经存在了。但是它们全都需要转变成书面形式才能留存、发展和演化。

科学则不同。科学发现并不必然需要书面文字。许多对自然界最为关键的洞见（例如，直角三角形的存在，电流能通过电线传导，元素的原子数能排列成元素周期表，抗生素能杀死细菌）并没有必然产生关于它们的书。科学，能够相当完美地独立于书面叙述而持续存在。

不过，随着科学实践的发展，科学写作传统逐渐兴起，正如历史学一样，最开始也是诞生在古希腊。

第一节　关于科学著作的二十分钟简史

一、自然哲学家

公元前5世纪，内科医生希波克拉底（Hippocrates）正苦苦探寻疾病的本质。

他曾接受过行医训练，在那个地方，神灵充斥于万事万物中。医生也是祭司，他们治病的方式，是把病人送到医神阿斯克勒庇俄斯（Aesculapius）的一座神庙中去守夜。栖息于神庙的圣蛇也许会舔舐病人的伤口，奇迹般地治愈他们；或者，神明可能会托梦给病人，向他们说明这病该如何治疗；又或者，医神阿斯克勒庇俄斯会现身，亲自救治病人。[2]

在这样的世界里，希波克拉底是个异类。

他认为生病不是诸神发怒所致，也无须由仁慈的神治愈。长期以来，人们认为癫痫是神直接赋予的神圣的苦难，希波克拉底在关于该病的专题论文中写道："我不相信所谓的'圣病'比其他疾病更非凡、更神圣，正相反，它有明确的特征和病因……我以为，那些最早称这种病'神圣'的人，是我们现在称为'巫医''信仰治疗师''江湖郎中'或者'冒牌货'的那类人……他们假托神明来掩饰自己治疗的失败。"[3]

希波克拉底不祈求神明，而是看向现实世界，在自然中搜寻"确定的病因"和"恰当的疗法"。

他通过调查研究形成了一套完全世俗化的疾病理论。希波克拉底声称，人体内流淌着四种液体：黄胆汁、黑胆汁、黏液和血液。当这四种体液的比例适当时，我们就是健康的。但是，许多自然因素都可能导致这四种液体出现紊乱。例如，炽热的风会让身体产生过多黏液；饮用污浊的水可能导致黑胆汁过剩。他建议如何治疗呢？答案是恢复体液平衡。通过催吐和放血来排掉多余的体液；将病人送到不同的气候环境，远离扰乱他们体液平衡的风和水。[4]

这个理论真是个天才的理论，而且令人信服。不过，它完全是错误的。

这个理论几乎就是不可能的。希波克拉底无法获知人体的秘密；他还没办法了解人体内部真正发生了什么。23个世纪之后，阿尔伯特·爱因斯坦和物理学家利奥波德·英费尔德（Leopold Infeld）①联手，针对希波克拉底的困境，提出了一个类比。他们写道，自然界的古代探索者就像：

> 一个人想知道一块表的内部机制。他看到表面和正在走动的表针，甚至听到滴答声，但却打不开表壳。心灵手巧的他可以将机制画出来，以解释他观察到的所有事物，但他永远无法完全肯定，只有他的图才能解释观察到的东西。他永远也不能把这幅图与实际的机制加以比较，甚至无法想象这种比较的可能性或意义。[5]
>
> （张卜天　译）

希波克拉底并不比同时代的其他祭司医生更能窥见钟表内部的奥妙。他所从事的科学，和我们今天所理解的不是一回事；他是在对自然予以哲学思考，尝试通过推理进入到一个他无法观察到的闭合系统。但希波克拉底和他的追随者至少在尝试找到有助于解释自然世界的自然因素。所以，希波克拉底的《文集》（Corpus）是最早关于科学探索的文字记录，由他的学生和追随者汇编而成，大概有六十篇医学文献，里面既不归因于神明，也不祈求神明。

在希波克拉底之后的数百年里，其他古希腊哲学家扩展了他的思维方式，以达成"菲希斯"②——不仅是人的"菲希斯"，更是整个有序宇宙的"菲希斯"。

他们的理论各不相同。一元论者相信，有序的宇宙始于单一的基本元素——水，火，或者某种仍然未知的物质；多元论者则支持存在多种基本元素的观点，最常见的是土、气、火和水这四种元素；原子论者则认为，所有的实体都由极微小的元素，即"原子"构成，"原子"就是指不可再分的微小颗粒，它们聚在一起，形成了构成我们这个世界的"可见、可感的物质"。[6]

据我们现在所知，最后这种理论距离真理已是咫尺之遥。但原子论者与一元论者、多元论者一样，仍然是在做哲学探讨。这些解释都不容易得到证明。这些早期的"科学家"在进行理论建构时无法检验他们的成果；表壳仍然严丝合缝，无法窥探究竟。

希波克拉底去世后约一个世纪，哲学家亚里士多德出生在爱琴海的另一侧。在他看来，上述所有推断最大的问题是无法解释变化。在寻找所有自然物的共

---

① 利奥波德·英费尔德（1898—1968）：英国剑桥大学洛克菲勒研究员和波兰科学院的成员。
② 希腊神话中的自然秩序女神。

性时，亚里士多德明确指出了变化的原则。动物、植物、火、水，所有这些事物都不会一直保持不变。亚里士多德在他的巨著《物理学》(*Physics*)中写道，每一种自然事物"在自身内有一个运动和静止（有的是空间方面的，有的是量的增减方面的，有的是性质变化方面的）的根源"。而床、衣服、石头、建筑等所有人工制品都没有这样一个"内在的变化的冲动力"。[7]

看到幼苗长成大树，幼崽长成雄狮，婴儿长成大人，亚里士多德想要有个解释。这些变化是如何发生的？一个实体、一个存在会在什么阶段呈现出不止一种形态？是什么驱动这种变化？又是什么决定了变化的终点？还有更多的问题，他都想要个解释。为什么一只小猫就能长成一只大猫，而一粒种子变成了鲜花？究竟是什么力量使事物踏上了漫长的转变之旅？

一元论者和原子论者都没能给他答案，多元论者也没有，尽管他发现多元素理论更有说服力。如此一来，亚里士多德就得开始用他自己的方式找到一套全新的解释体系。在多元论者用四种基本元素构成所有自然物的框架上，亚里士多德添加了第五元素：一种永恒不灭的天空物质，称之为"以太"①，这种物质充满宇宙，承载群星。他还提出，每种元素都有特定的属性（例如，气是又冷又干的，水是又冷又湿的），属性之间相互作用，生成变化（例如，气的"干"能驱走水的"湿"，让水变得又冷又干，反之，水也能对气产生影响）。土是最重的元素，因此朝向宇宙的中心；火最轻盈，总倾向于从宇宙中心飘走。

最重要的是，自然事物自身之内包含"运动法则"：即内在的变化的潜能。自然界的每个物体或存在必定会从目前的状态朝向未来更完满的状态。种子、小动物、婴儿的内在组成中就有朝向一个实现得更充分的目标的冲动力。[8]

《物理学》在古希腊世界被广泛阅读，书中提供了一种宇宙模型，它将在随后的两千年里影响科学实践。不过，亚里士多德仍然是在进行哲学思考。他没能为自己的元素提供坚实可信的证据，也没有明确指出元素内部的运动法则。他那个受目的驱动的世界并不是没有引起争议。

原子论者就是最直言不讳的反对者；特别是年轻一代的伊壁鸠鲁，他激烈地论辩到，宇宙中的运动没有什么目的性可言，只有随机运动的原子和"虚空"，原子偶然地在"虚空"中下落、碰撞和缠绕。我们眼中的世界之所以存

---

① 以太：古希腊哲学家亚里士多德所设想的一种物质，是物理学上一种假想的物质观念。在亚里士多德看来，物质元素除了水、火、气、土之外，还有一种居于天空上层的以太。

在，只是因为不同原子在真空中旋转而过时，偶然发生了不可预测的跳跃，随机地跳向一侧，彼此猛烈碰撞，意外地联合起来创造出了新的物体。[9]

在伊壁鸠鲁去世两百年之后，他的信徒卢克莱修（Lucretius）——一位受过良好古希腊哲学教育的罗马人——在题为《物性论》（De Rerum Natura，即 On the Nature of the Universe，更直白的英译名是 On the Nature of Things）的长诗中重述了他的教义。卢克莱修写道，原子构成万物，"不断运动"，且大小和形状变化多端。是原子创造了地球和人类；不存在自然或超自然的设计。灵魂不具有超越性，而是像我们的身体一样由物质微粒构成，由"最微小"的原子构成。这些微粒小到我们难以觉察，当肉身死去，这些微粒就散逸到空气中，所以，灵魂也就不再存在。

正如卢克莱修在《物性论》第二卷中所阐释的那样，原子论的核心要义是万物终有竟时。所有自然物体（太阳、月亮、大海，还有我们自己）都会衰老和消亡。它们不会在逐渐成熟的过程中变得更伟大、更真实，而是一次又一次地被"敌对原子"撞击，慢慢消解。宇宙所包含的自然物体的真相是什么，宇宙自身的真相就是什么。卢克莱修总结说："这样，大千世界的壁垒必遭轰击，垮塌为一片废墟，即使现在世界的高龄也已崩溃。"亚里士多德的目的论是一种谬误。宇宙终将湮灭，就如同我们的肉身必死一样，不是变得完满，而是灰飞烟灭。[10]

卢克莱修比希波克拉底和亚里士多德更坚持"菲希斯"（有秩序的宇宙），能够用纯粹的自然术语来解释，这正是现代科学的核心原则。不过，卢克莱修也和两位前辈一样，无法证明自己的理论。他不能观察原子的运行，就像希波克拉底无法看到体液，亚里士多德无法检验以太。自然的"表壳"仍然紧闭；在接下来的一千五百年里，没人能够成功解锁。

二、观察者

1491 年，尼古拉斯·哥白尼开始了一项新研究。

他当时 18 岁，在波兰克拉科夫大学（University of Cracow）学习天文学，正刻苦研读入门教材《〈至大论〉掠影》（Epitome of the Almagest），这是一本初学者的标准手册，节选自一部复杂得多的指南——《至大论》（Almagest），该书由古希腊天文学家托勒密于公元 2 世纪编著。《至大论》假设，宇宙恰如亚里士多德所描述的那样：呈球形，由五种元素构成，土元素居中。（这在逻辑上很充分。土是"重物"，会持续朝向宇宙的中心，但它显然不会一直悬在空间中往下掉落，由此得证，它一定已经存在于宇宙的中心！）地球之上有七个相互独立运行的天体，托勒密称它们为"漫游的星体"（意即"行星"），它们都围绕地球运转。

但是，这种绕地运动一点也不简单。

据《〈至大论〉掠影》所述，每一颗行星都会在自己的轨道上迎来有规律的停顿（一个"站点"），然后沿可预测、可计算的距离折返（"逆行"）。当行星沿着大圆周（"均轮"）行进时，它们也画着小圆（"本轮"）①；"均轮"的中心并非地心，而是稍微偏离这个理论上的宇宙中心（这样的均轮称为"偏心圆"）。此外，行星运行的速度要从第三点去测量，这个假想的装置即"偏心匀速点"。（偏心匀速点是自定义的，即在这个位置进行测量能使行星在均轮上以恒定的速度运行。）[11]

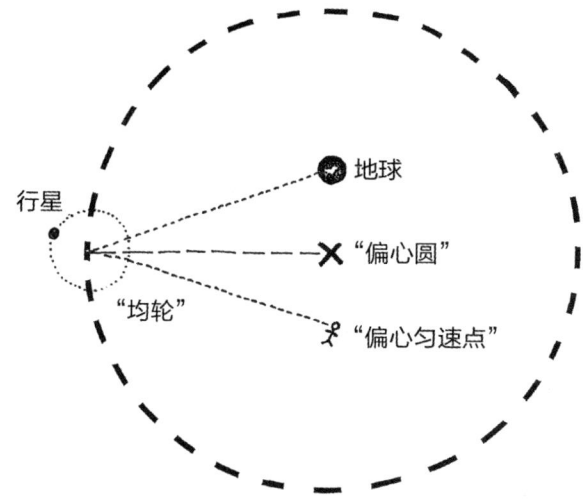

这是一个复杂难懂的体系。不过，利用偏心匀速点和偏心圆进行测量，以及在本轮上再建立本轮，修习天文学的学生能够准确预测任意给定恒星或者行星将来的位置了。

他们中几乎没人相信《〈至大论〉掠影》提供了一幅真实的宇宙图景。托勒密本人可能也不信，他如果突然间被送入苍穹之中，真的会看到木星突然向后

---

① 本轮绕均轮圆周上的一点匀速旋转。

倒退，然后绕转入一个本轮？数学策略不过是得出正确结果的花招和把戏，并不是现实蓝图。

这就是所谓的"拯救现象"①——提出可以与观测数据相匹配的几何模型。这些模型对于航海家和计时员已经够用了，还可以让天文学家比较准确地绘制苍穹。而且，既然没有人有能力身临其境去看一看"天上宫阙"，去看看木星究竟如何运行，这些以地球为中心的轨道就被普遍接受了。[12]

不过，自从第一次看到《至大论》，哥白尼就对那些复杂而笨拙的轨道产生了疑问。他心想，为什么每一个行星都应该有它自己独立的运动体系和独特的规律呢？他后来写到，这就像是一位艺术家想画一个人，但是却"从不同的模特儿身上临摹了手、脚、头以及其他部分，每一部分都画得不错，但却不是出自同一人体……结果画出来的只会是个妖怪而不是人"。[13]

他认为，《至大论》中以地球为中心的宇宙庞大丑陋，是一套笨拙、扭曲的数学把戏。

哥白尼花了15年时间研究《至大论》，并自行记录行星位置。到1514年，他已经构想出一个更精致的理论。哥白尼用简明易读的形式将这个理论写了出来，省略了其中所有的数学运算，并在朋友之间传阅。这份非正式的构想被哥白尼称为《提纲》(Commentariolus)。

哥白尼在《提纲》的开篇说："我经常思索，是否有可能找到一个更合理的天体运行布局。"这个更合理的布局始于一个简单的假设："所有星球都以太阳为中点进行旋转，因此，太阳是宇宙的中心。"地球只是"月球圆周运动"的中心而已，而非整个宇宙的中心。并且，地球作为月球圆周运动的中心，也不是静止不动的；相反，它"每天围绕着其固定的两级地轴做完整的圆周旋转"。地球的这一旋转事实给我们造成了太阳明显在运动、其他行星看起来在其轨道上逆行的假象。[14]

哥白尼接下来又花了四分之一个世纪的时间将《提纲》逐步发展完善为经典的天文学手册《天球运行论》②(On the Revolutions of the Heavenly Spheres)，

---

① 古希腊哲学家认为天界应该完美有序，古希腊人也坚信只有匀速圆周运动是完美的，对于"漫游者"行星不规则的运动，柏拉图给出一个天文学课题，即用匀速圆周运动来解释行星带来的混乱，是为"拯救现象"。
② 之所以是"天球运行论"，是因为在牛顿之前人们普遍接受同心球模型，即各个行星是嵌在中心重叠的各个球体上，被球体带动着运动。

其中包含完整的数学推演。"整个世界的和谐性教给我们关于它们的真相，"哥白尼写道，"只要——就像他们所说——我们用双眼认真去看。"真相很简单：只有地球运动和太阳处于"世界的中心"可以解释群星的运动。[15]

换言之，哥白尼意在让以太阳为中心的模型成为真的宇宙图景，而不仅仅是一个数学策略。不同于古希腊天文学家，哥白尼显然相信，如果他突然间被送入苍穹，他会看到地球忠实地围绕太阳运行。

哥白尼正在离开哲学，朝着我们现在认为更科学的方向探索：对自然界审慎细致的解释应该建立在观测现象的基础上，而不是一种先验的假设。不过，这并不是一场完整的旅行。哥白尼没有望远镜，他无法为自己的理论模型提供可视化的证据；他只是做出了理论上的证明，而非事实上的目击者。

而且，"日心说"（heliocentrism）也有其自身的问题。有一件事，哥白尼就没有解释清楚：既然地球同时绕轴旋转和围绕太阳转动，那么站在地球表面的人为什么没有感觉到。此外，"日心说"似乎和圣经一些经文的字面解释相悖，比如《圣经·约书亚记》第10章第12—13节说，太阳和月亮"停住"[①]，而没说月亮围绕地球不停运动。

所以，当《天球运行论》于1542年[②]首次出版时，附上了一篇未署名的引言，说明"日心说"只是另一种数学阐释，并非事实描述。引言解释说："这些假说不是要说服任何人相信它们是真的，而只是为计算提供一个可靠的基础。"

哥白尼甚至可能都没见过这份免责声明。人们普遍认为这份声明是他的某位督办印刷流程的朋友写的。尽管大多数读者都认为这是一部天才之作，但在随后的一百年里，哥白尼的方案仍然只是众多理论中的一种而已。

它最终取得胜利要归功于两个人：英国哲学家弗朗西斯·培根和意大利天文学家、物理学家伽利略。

培根在《天球运行论》出版19年后出生，是个雄心勃勃的政治家，更是一位充满抱负的思想家。当他忙着在英国王室的晋升阶梯上向上攀爬时，他也在谋划自己的大作。这部作品将是对人类知识的最完整可靠的研究，名为《伟大

---

① 思高本《圣经·旧约》之《若苏厄书》（即《约书亚记》）第10章第12节："上主将阿摩黎人交于以色列子民的那一天，若苏厄当着以色列人的面对上主说：'太阳！停在基贝红！月亮！停在阿雅隆谷！'"第10章第13节："太阳果然停住，月亮站住不动，直到百姓报复了自己的仇敌。这事岂不是记载在《义士书》上了吗？太阳停在空中，未急速下落，约有一整天。"
② 本书作者有误，应为1543年5月24日。

的复兴》(*Great Instauration*)，它用六卷的篇幅构建一个完整的哲学体系，这项伟大的成就将塑造人们的思想，引导他们接受全新的真理。

截止到1620年，他只完成了前两册，但他的时间已所剩不多。培根在王室中的地位已经遭到政敌破坏，他也即将被囚禁于伦敦塔，1626年他死于肺炎，再也没能重拾他的鸿篇巨制。但是，他去世前不久出版的《新工具》(*Novum Organon*)为现代科学方法奠定了基础。

《新工具》的书名根据亚里士多德的六卷本逻辑学著作《工具论》(*Organon*)而来，挑战了演绎推理的可靠性，而这种演绎推理是亚里士多德的思考方式，广受自然哲学家追随。演绎推理从普遍接受的真理或假设开始，通过特定方式得出更具体的结论：

> 大前提：所有重物质都朝向宇宙的中心下落。
> 小前提：地球由重物质组成。
> 小前提：地球没有下落。
> 结论：地球一定已经处于宇宙的中心。

培根已经逐渐意识到，演绎推理走进了死胡同，它歪曲了客观证据，让预想的观念优先于观察。他抱怨说："男人首先根据他的意愿决定了问题是什么，然后依靠经验，迫使她顺从……就像引导一个游街的囚徒那样引导她。"

培根表明，审慎的思考者应该用相反的方式进行推理：从特殊的观察开始，然后根据观察结果得出普遍性的结论。这种新的思考方式——归纳推理——包含三步。"真正的经验的方法，"培根解释说，"是首先点起蜡烛，然后借蜡烛为手段来照明道路，这就是说，它首先从适当地整列过和类编过的经验出发，而不是从随心硬凑的经验或者漫无定向的经验出发，由此抽获原理，然后再由业经确立的原理进至新的实验。"换言之，自然哲学家必须首先想出世界如何运行的理念——"点起蜡烛"。其次，他必须用客观事实，用"适当地整列过和类编过的经验"来检验这一理念；既要有对周遭世界的观察，也要有精心设计的实验。这些实验要用能放大、增强自然过程，以及让自然过程更清晰的工具"无论赤手空拳还是只是穷思竭虑，都没多大作用，"培根写道，"要运用工具和辅助，我们的工作才能落实。"[16]

在这之后，最后一步才是自然哲学家"推断出定理"，或者得出可以声称包含真理的理论。

假设、实验、结论,培根已经勾勒出了现代科学方法的基本轮廓。当然,它还没有得到充分发展。不过,《新工具》持续影响了17世纪的科学实践。最终,适当的方法出现了,它能允许自然哲学家按照哥白尼曾经要求过的,"用双眼去看",并依据他们的观察结果得出结论。

在让观测成为更有用的"工具和辅助"中,立下首功的是望远镜,这是一种全新的工具,甚至在培根写作时还在不断得到改进。《新工具》出版的约十年前,意大利数学家和天文学家伽利略在造访威尼斯时第一次看到了望远镜。这种凸透镜和凹透镜的排列方式在前一年由一个低地国家[①]的眼镜商发明。一回到家,伽利略就着手磨制他自己的透镜并改进这种工具对光线的折射。

最初的望远镜只比裸眼视物稍微强一点,而伽利略将放大率提高到了约二十倍。通过他的工具,他能看见月球上的山脉和峡谷,许多肉眼看不到的恒星也能看见了。他甚至看见木星附近有四个物体,此前从未有人观察到过。伽利略第一次看见它们时,还以为是恒星。

不过,当他次日再次观察时,发现它们移动了。

它们一直在动,有时可见,有时不可见;有时在木星左侧,有时在右侧。经过一周的观察,伽利略已经能够描绘它们的运行轨迹了,并得出一个必然的结论:它们就是(木星的)月亮,四者全都"以不规则的圆周……围绕这颗行星旋转"。

这就为并非所有天体都围绕地球旋转提供了明确的证据。伽利略于1610年在一篇短文《星际使者》(*The Sidereal Messenger*)中发表了这一证据。几个月之后,伽利略用望远镜观察了金星的盈亏变化;这种现象在托勒密的体系中是无法解释的,只有金星做绕日运动才说得通。

这些观测结果没有说服所有人。当时,帕多瓦大学(Padua)的首席哲学家是亚里士多德的一位信徒,名叫西泽·克雷莫尼尼(Cesar Cremonini),他就拒绝使用伽利略的望远镜看向天空。伽利略愁苦地写信给天文学家约翰内斯·开普勒:"对于这样一些人而言,真理不是在宇宙或自然中寻找,而是——我用他们自己的话来说——通过与权威文献比较得来的!"在伽利略看来,亚里士多

---

① 低地国家是对欧洲西北沿海地区的荷兰、比利时、卢森堡三国的统称。

德本人的回应应该是愿意用望远镜观察,并愿意根据观察调整他的物理学。他后来评论说:"我们确实有我们这个时代的新事件和新观察,所以,如果亚里士多德还健在的话,我敢肯定他会改变他的观点。"[17]

一场史诗级的争论正在酝酿:古代权威对阵当代观察,亚里士多德思想对阵培根方法,文献对阵眼睛。伽利略本人没有写过任何明确支持哥白尼的内容。但是他的《星际使者》明显意味着他接受"日心说",而且,在一本未出版的文集《论运动》(De motu)中,他已经用数学手段解释了为何在地球表面难以觉察到地球在太空中的运动。

1616年,受命于教皇保罗五世的红衣主教罗伯特·贝拉明(Robert Bellarmine),建议将哥白尼的《天球运行论》列在教会的禁书名单上。他还在一次正式的私人会面中警告伽利略放弃公开支持哥白尼的学说。伽利略非但没放弃,反而在接下来的十六年时间里逐一解决日心模型的遗留问题。

1632年,伽利略将他的所有结论写进了一本重要著作——《关于托勒密和哥白尼两个世界体系的对话》(Dialogue on the Two Chief World Systems, Ptolemaic and Copernican,以下简称《对话》)。为了避免触犯贝拉明的规定,伽利略将《对话》包装成一场假想的探讨,即三个朋友争论到底哪种宇宙模型最有可能。其中两个才智过人、招人喜欢的人物认为哥白尼的理论更胜一筹;另外一个叫辛普里修(Simplicius)的愚钝之人则坚持亚里士多德的地心系统。

第一版印刷的一千册几乎立即售罄。没过多久,教会的人就注意到伽利略违背了贝拉明的警告;1633年,70岁的伽利略抱病在身,却被迫前往罗马,在宗教裁判所为自己辩护。由于受到"更严苛的程序"的威胁(所谓"更严苛的程序",就是酷刑折磨的代名词),伽利略同意"放弃太阳位于宇宙中心且固定不动的谬见"。《对话》在意大利被禁,伽利略也被判在家软禁。他于1642年去世,那时,教廷对他的定罪仍然有效。[18]

但是,在宗教裁判所的势力范围之外,《对话》一直在为人所传阅:一再重印,整个欧洲都在阅读,并于1661年被译成英文,供天文学家参考,他们使用功能更强大的望远镜来证实伽利略的结论。

与此同时,英国科学家罗伯特·胡克(Robert Hooke)从另一个方向采纳了培根的建议:胡克不是采用工具观测遥远的天空,而是更近距离地观察地球上的物体。

胡克是一位卓越的数学家,一位研磨和使用透镜的专家,也是某种气压计的发明者,一位颇具才华的地理学家、生物学家、气象学家、建筑师和物理学家。1662年,他被任命为初创不久的"伦敦皇家自然知识促进学会"的实验负责人。这个学会是一个"研究俱乐部",定期召集那些矢志于用实验法研究科学的自然哲学家;他们都是培根《新工具》的研究者,皇家学会的献辞也通篇都在赞颂弗朗西斯·培根。这篇献词出自诗人亚伯拉罕·考利(Abraham Cowley)之手,他本人也是一位满怀热情的业余科学家。

> "这些文字,不过是思想的图景,"考利热情洋溢地写道,
> "尽管我们的思想来自言语并执拗地
> 影响事物,内心的客观,它带给人的……
> 生命的那一部分,
> 一定不能是抄袭了他人的……
> 不,他眼前一定要有的
> 自然的活生生的面庞;
> 真正的客观必定要指挥
> 他眼睛中的每个判断,他双手的每个行为。"

(徐彬、王小琛 译)

当用到"工具和辅助"对"实物"进行检验时,称为"详尽描述",而此类实验是在设备精良的"详尽描述室"中完成的。胡克本人年轻时曾在化学家罗伯特·波义耳(Robert Boyle)的实验室中工作。他在那里接受的训练,加上自身广博的技能和兴趣,使胡克成为皇家学会实验负责人的完美人选。他拿全职薪水做两件事情:每周一次向参加聚会的学会成员演示各种实验,并加以解释和说明;另外,如有需要,协助其他会员做他们的实验。

罗伯特·胡克(很可能)是历史上第一位拿全职薪水的科学家。皇家学会中有天文学家、地理学家、物理学家、哲学家、数学家、光学仪器制造者,甚至还有一些化学家,所以,胡克做的实验和研究横跨整个自然哲学的所有领域。他指导过的演示涉及钟摆、蒸馏尿液、放入加压容器的昆虫、彩色和普通的玻璃,等等。

不过,胡克的实验演示越来越多地使用显微镜。

显微镜像望远镜一样已经得到改进,功能越来越强大。1663年,皇家学会

第十章
宇宙的故事：理解地球、宇宙和我们自己

的会议记录里写道，胡克演示了显微镜下的苔藓、软木塞、树皮、霉菌、水蛭、蜘蛛和"一块奇怪的石化木头"的结构。这块石化木头令他大为困惑，不过他认为，或许它"躺在某个浸透水分的地方……那里满是石头和土壤颗粒"，然后石头和土壤"侵入"到了这块木头当中。[19]

胡克第一次描述了化石形成的过程。他已经超越了借助仪器观察新事物，他构想了一种新的物理过程，虽然他没看到（也看不到）这个过程，但可以推论出来。

1664年，皇家学会正式请求胡克将他的显微镜观察印刷出版。在众多能力之中，胡克最厉害之处还在于，他是一个技艺精湛的制图员和艺术家。除了用言语描述自己的发现，他还亲自绘制插画，而不是委托其他不是科学家的人为他绘画。那些图画版幅巨大，绘图精细，画面极清晰。最终的成品就是1665年出版的《显微制图》(*Micrographia*)。

夺人眼球的图片吸引了读者绝大部分的注意力。不过，更值得注意的是，胡克自始至终都在通过他新扩展的感官去构建新的理论体系。在仔细检查了白云母的颜色和分层后，他在观察的基础上，提出了光是如何运作的理论：他推测，光是一种"非常短的振动"，"经由某种均匀的介质以直接或直线的形式"传播。仅仅通过工具延伸感官是不够的，必须紧随观察所铺设的道路进行推理，解释观察结果，然后再次检验推理。

反复进行观察、推理、检验，胡克和皇家学会的成员们遵从了培根的思考方式，但他们也很谨慎，若没有详尽的证据，不轻易下结论，这种态度很快导致皇家学会与其最新成员"剑桥大学的数学教授艾萨克·牛顿先生"之间产生了隔阂。

艾萨克·牛顿于1672年加入皇家学会，时年29岁，是实验方法的拥趸，也是热心使用人造辅助工具的人（他最近的工作就用到了三棱镜）。不过，当他分享自己最近的"哲学发现"，即所有的光都由光谱构成，"白色其实是所有颜色的混合体，或者说，白色是由各种颜色混合在一起产生的"时，皇家学会却用怀疑的态度迎接他。胡克反对说，他能够想到至少两种"不同的假设"，它们同样可以很好地解释牛顿的结果；而其他皇家学会的成员则建议，他在得出普遍结论之前，还应该做更多实验。[20]

这些实验持续了三年时间，在此期间，牛顿在剑桥大学的实验室和伦敦的皇家学会总部之间书信往来频繁。牛顿越来越沮丧。1676年，他抱怨道："应予

以关注的,并不是实验的数量,而在于质量。如果一个实验足以说明问题,为何还要做更多实验呢?"牛顿渐渐不再参与皇家学会的活动,而是投身于自己的研究:不仅是光和光学,还有行星运行轨道,以及可能解释它们的天体力学。

1687年,牛顿出版了他的第一本重要著作:《自然哲学的数学原理》(*Mathematical Principles of Natural Philosophy*,以下简称《原理》)。这本书试图解决仍然困扰日心模型的最大问题,那就是,建立在正圆轨道基础上的计算结果无法和行星运行的实际确切位置相对应。伽利略的朋友兼同事约翰内斯·开普勒曾提出椭圆轨道的定律,并据此产生了更好的结果。但是,无论是开普勒还是伽利略,都没能解释清楚,行星运行轨道为什么应该是椭圆形,而不是圆形。

而牛顿有一个可能的解决方案。他提出,行星环绕太阳运行,不是因为它们被安在了某个球体上,而是因为太阳对它们施加了一种力。行星则对环绕它们的"月球"卫星施加了同样的力。牛顿称这种力为"引力"(gravitas)。

伽利略像亚里士多德一样,相信物体下落是因为它们内在的质量,一种固有的"重量属性"。牛顿则认为,物体下落是因为地球的"引力"吸引它们朝向自己。但是,这种力的强度并非无论相距多远都一样,而是会相应改变。当行星远离太阳时,这种拖拽它们的力就会减弱,由此形成椭圆轨道。

为了充分说明支配这种新发现的力的规律,牛顿不得不改进数学运算,以便能够解释连续的细微变化。这种新的数学工具就是"变化的数学",它能够在条件不断变化、力量不断改变、各种因素时隐时现的条件下,预测出结果。[21]

所以,这本《原理》同时完成了两项突破性的任务。

首先,它解释了为什么行星运行轨道是椭圆形的,并且在此过程中首次揭示了宇宙中存在的一种新发现的力——引力。另外,这本书也提出了一个全新的数学分支,该分支后来被称为"微积分"(源于拉丁语中的"卵石",即用作计数器的小石子)。

但是,这本书可没那么好读。《原理》有意用晦涩难懂的数学解释写成。牛顿的老朋友和同事威廉·德勒姆(William Derham)后来解释说,因为牛顿"嫌恶所有争辩",所以他"故意让他的《原理》晦涩难懂",目的在于"避免被数学上的半吊子攻击诋毁"。(这一招也赶走了许多专业学者;一位受挫的剑桥学生在街上和牛顿擦肩而过时,对牛顿有个著名的评价:"走过来的这个人,就是写了一本他自己和其他任何人都看不懂的书的人。")[22]

但是，在《原理》第三卷的开头，牛顿舍弃了密集的公式化的冗长叙述，采用更清晰的写作手法。

在某种程度上，第三卷开篇的"研究哲学的规则"（以下简称"规则"）是他对皇家学会无休止地索要证据的最终回应。牛顿意识到《原理》一书的结论可能会被那些缺乏想象力的人驳斥为"设计巧妙的罗曼蒂克"（意思是不过是缺乏真凭实据的猜测而已）。毕竟，他没有实际让行星旋转到与太阳距离不等处来观察它们在轨道上的运行速度。相反，他使用了在地球上加权过的对象所获得的实验数据，然后将实验结果外推到太空中的天体。[23]

"规则"解释了牛顿关于行星运行轨道的结论为什么是可靠的，即便它没能在实验上给出让皇家学会满意的证明。前三个规则说得非常清楚：

1. 比起复杂的原因，简单的原因更可能是正确的。
2. 同类现象（比如说，欧洲的石头从高处落下，与美国的石头也从高处落下）极有可能拥有同样的原因。
3. 在可实验的范围之内，若某个特性存在于所有的实验客体中，那么就可以推定，这一特性存在于宇宙万物之中。

这就是培根的归纳推理法，总是在观察的基础上从具体现象推出普遍结论。不过，牛顿将其进行了惊人的延伸。

事实上，现在已经延伸到了整个宇宙。

三、历史学家

在之后的近两百年，宇宙都是牛顿式的。

他的原则定理似乎一直在每个地方都运作良好。引力在宇宙的每一个角落都以相同的方式发生作用。时间也以同样的速度经过空间的每一处。整个宇宙是静态的，无限的，而且将永远如此。

但是，这并不意味着地球也是静态的、一成不变的，或者地球上的生命永恒如初，一直不变。牛顿的定律使得人们有可能把当前的观察往回推，对过去做出基于知识的猜想。

但问题是，首先，地球已经存在了多久？

牛顿本人推测地球最初可能是一个熔融的球体。如果是这样的话，这个熔融的球体要用至少五千年的时间来冷却，才能达到现在的温度。不过，牛顿拒绝把这种猜测作为具有现实性的理论，因为他觉得自己没有实验证据可以支持它。而牛顿的同行，有时也是竞争对手的德国数学家戈特弗里德·威廉·冯·莱布尼茨（Gottfried Wilhelm von Leibniz）提出了一个相似的推测：地球一度像金属一样被熔化，并随时间冷却、硬化。在这个过程中产生了巨大的泡泡；其中一些泡泡钙化为山，另外一些泡泡破碎分解，成为山谷。[24]

1701 年，关于地球年龄及其过去历史的问题突然变得更加令人焦虑，那一年温彻斯特主教（Bishop of Winchester）威廉·劳埃德（William Lloyd）将公元前 4004 年作为创世日期，以旁注的形式插入到 1611 年钦定版《圣经》①的最新版本中。这个时间最早由爱尔兰主教、天文学家詹姆斯·厄谢尔（James Ussher）在半个世纪之前提出。厄谢尔结合了对圣经年表的研究和他自己的天文观测，得出结论：地球的年龄不会超过六千年。

钦定版《圣经》是已出版的英文版《圣经》中读者最广泛、最有影响力的版本。从这时起，如果有谁提出地球年龄超过 6000 年，就有诋毁《圣经》之嫌，而且这并非只限于在说英语的国家。1749 年，法国博物学家乔治-路易斯·勒克莱尔（Georges-Louis Leclerc，通常以头衔"布丰伯爵"为人所知）估算出地球的年龄为 74832 年，并且他私下里认为这个时间可能更久，或许有 30 亿年之久（这与我们现在估算的 45.7 亿年已经很接近了）。他的理论引起了巴黎的神学院的关注，后者就对"创世"的理解和他进行了一番冗长且满怀质疑的通信。但是，布丰立场坚定，拒绝放弃自己的观点。[25]

在坚持过程中，布丰并不孤单。尽管有神学上的反对，还是有一批科学家逐渐得出结论，认为通过应用科学方法和牛顿规则，会产生一个相当长的地球历史。在 1785 年出版的《地球论》（*Theory of the Earth*）一书中，苏格兰人詹姆斯·赫顿（James Hutton）②辩称大陆的形成经过了相当漫长的岁月，经历了今天仍然在起作用的相同的侵蚀和沉积、潮涨和潮落的循环。对那些过程的测量显示，这种变化是非常非常缓慢的。

---

① 1611 年钦定版《圣经》是《圣经》的诸多英文版本之一，由英王詹姆斯一世的命令而翻译，所以中文里也称为英王钦定版、詹姆士王译本或英王詹姆士译本（*King James Version of the Bible*，简称 KJV）等。
② 詹姆斯·赫顿（1726—1797），英国著名地质学家，他倡导的"均变论"为地质科学奠定了一块基石。

第十章
宇宙的故事：理解地球、宇宙和我们自己

事实上，变化如此之缓慢，以至于赫顿无法避而不谈所需要的时间问题。他写道："我们现在的大陆的形成，必然需要一个无法限量的时间……因此这场物理探寻的结果是，我们既未发现开始之痕迹，也未觉察结束之前景。"地质时间——约翰·麦克菲（John McPhee）[①]后来用了"深时"（deep time）这个说法——和人类经验到的时间感实在有天壤之别，赫顿甚至无法用年这个尺度来表示它。[26]

1809年，法国动物学家让·巴蒂斯特·德·莫奈（Jean-Baptiste de Monet，更著名的称谓是拉马克爵士）提出，地球表面的生物拥有几乎和地球一样悠久的历史。在拉马克之前，大多数博物学家认为动物和植物比较晚近才出现在地表，并且出现时就差不多已经是现在的样貌了。但是，拉马克的《动物哲学》（*Zoological Philosophy*）将生命史和地球史联姻：随着地球的改变，地球上的生物也发生了改变。他在书中写道："至于那些生命体……大自然一点一点地做好了一切，大自然的作用无处不在，缓慢而循序渐进。"[27]

不幸的是，拉马克无法建立一个自圆其说的理论来说明生物是如何改变的。他最多能够提供一个"用进废退法则"，认为当环境发生改变的时候，生物会发现自己的某些器官用得更多，所以这些部分的"活力和尺寸"更大，而另一些器官用得较少，因此会"退化，直至消失"。这不可能用实验来说明，因此这一法则广受其他科学家的批评。与拉马克同时代的博物学家乔治·居维叶（Georges Cuvier）不以为然地说："这些倒是可能愉悦诗人的想象。"[28]

不过，尽管拉马克的学说有其缺点，但他和前人成功地确立起了一项坚实的工作原则：无论是地球，还是居于其上的生物，都有着超乎想象的漫长历史。这一原则催生了现代生物学和地质学的基础性工作。

其中第一项工作，就是由乔治·居维叶亲自写就的。二十多岁时，居维叶已经在巴黎国家自然博物馆获得了一份工作，负责对储藏室里随意堆放的大量骨骸化石藏品进行整理和编目。对居维叶而言，一部分骨骸化石——特别是他标记为"猛犸象"和"乳齿象"的两块——似乎明显不是现今动物的变种那么简单。它们是已经绝迹的其他物种。

最终，居维叶在博物馆的库存藏品中辨认出了23种似乎已经灭绝的物种。

[①] 约翰·麦克菲（1945—），普林斯顿大学新闻学教授，美国著名非虚构作家。

为了弄清楚这些物种为什么会消亡，居维叶转向了对这些化石的地层研究。他和同事、矿物学家亚历山大·布隆尼亚尔（Alexandre Brongniart）鉴别出巴黎附近岩层的六个地层，即地球过去的六个不同的历史时期，每一个都有自己的动植物群落，其中一些已经灭绝。没过多久，居维叶将这些发现推广为适用整个地球的理论。1812 年，居维叶在论文集《四足动物化石骨骸的研究》（Recherches sur Les Ossemenes Fossiles de Quadrupeds）的前言中的"初步探讨"一文中发表了自己的理论，该书汇集了他自 1804 年以来报告和发表的所有与化石相关的研究。

居维叶认为，地球经历过六次不同的灾难性变化。地球的地层是突然且显著地发生变化，不是逐渐地、一点一点变的。因此，很明显的是，一系列几乎席卷全球的灾难消灭了多种多样的植物群和动物群。居维叶总结说："因此，地球上的生命经常被可怕的事件打断，这些巨大的可怕的灾难性事件留下的痕迹比比皆是，待有识者的慧眼去发现。"[29]

一段时间内，关于地球及生物的过去，居维叶的"灾变论"（catastrophism）是最被广泛接受的理论模型，直到地质学家查尔斯·赖尔（Charles Lyell）提出了一个不同的版本。

赖尔称，灾难并非造成过去各种现象的必然原因。他在伦敦的《季刊评论》中写道："假设现存动因无法在一段时间里产生如今天我们所见的结果，这显得有些草率。"超乎寻常的毁灭地球的大灾难或许能够造成居维叶文集中的那些物种。不过，诸如普遍的侵蚀作用、常见的气温升降、周期性的潮汐冲刷等仍在影响世界的"现存动因"，也有和大灾难同样的造成今天局面的可能性。[30]

这就是赖尔截然不同的倾向。他确信灾变论会把科学引向死胡同。如果地球的现状是因为过去的一次性事件，人们就无法通过推理去理解地球的过去。自然哲学家会一直陷在用一次灾难性的大洪水，或是途经地球的巨大彗星，又或是其他无法通过实验重演的事件来解释地球。

相反，赖尔提出，每一种曾经在过去发生作用的力，都可以被观测到，它们仍然以同样的强度在当下起作用，这条原则现在被称为"均变论"（uniformitarianism）。赖尔于 1830 年出版的博物学著作的题目清晰地阐明了这一点：《地质学原理——以现在还在起作用的原因解释地球表面以前的变化》（Principles of Geology, Being an Attempt to Explain the Former Changes of the Earth's Surface, by Reference to Causes Now in Operation）。

"均变论"令"灾变论"黯然失色，让全球性的大洪水和神的干预变得毫无必要。均变论也使赫顿首次提出的"难以想象的漫长时间"成为必然。诸如潮汐和侵蚀等"现存的动因"能够将世界塑造成它如今的样貌,不过这要花费很长很长的时间。

《地质学原理》出版一年以后,年轻的查尔斯·达尔文把这本书装进自己的行囊,登上皇家舰艇贝格尔号,开启了一次为期五年的科学考察:从普利茅斯湾(Plymouth Sound)到南美洲海岸,再去加拉帕戈斯群岛(Galápagos Islands)、塔希提岛(Tahiti)和澳大利亚,在返航回家前绕地球一圈。达尔文后来写道:"(赖尔的)这本书在许多方面为我提供了最大的帮助。"他一直在苦苦思考物种的问题(它们从哪里来?它们之间的差异是由什么造成的?),他发现赖尔的关于变化"时间长、节奏慢"的哲学完全值得信赖,达尔文总结道:大自然不会制造突然的跃迁①。无论是什么机制导致了物种之间的差异,都需要相当长的时间才能见效。

他也读过拉马克的书,但是他强烈不赞同"用进废退"的原则。他在《动物哲学》的空白处潦草写下:"荒谬!"达尔文反而在托马斯·马尔萨斯(Thomas Malthus)于1798年首次出版的畅销书《人口学原理》(*An Essay on the Principle of Population*)中找到了解决物种问题的要诀。马尔萨斯声称,人类的未来受两种因素影响:人类有繁衍后代的内驱力,这意味着人口数量将会持续增加;但是,因为食物供应无法跟上人口增长的速度,总会有大量出生人口死于饥饿。

达尔文后来写道:"这让我突然想到,在这种情况下,有利的变异将予以保留,而不利的变异将遭到毁灭。其结果就是新物种的形成。"他相信自己已经发现了解决物种难题的关键。不过,在最终出版《论依据自然选择即在生存斗争中保存优良族的物种起源》(*On the Origin of Species by Means of Natural Selection, or the Preservation of Favoured Races in the Struggle for Life*,以下称《物种起源》)之前,他起草和反复打磨他的思想十年有余。[31]

这本书给出了一系列论据支持达尔文的主要结论:生命如同地球一样,处于持续不断的变化之中,并且自然因素是造成这些改变的唯一因素。各种动物不会永远存在;当先前的物种发生变异时,新物种就产生了,并且事实证明这

---

① 达尔文在此引用了一个古老的拉丁语格言,Natura non facit saltum,即:自然不能跳跃发展。

些变异对生存竞争有益。1864年，著名生物学家、哲学家赫伯特·斯宾塞用"适者生存"来描述达尔文的理论。尽管这句话从未出现在《物种起源》中，但它迅速和达尔文的工作密不可分地缠绕在一起。

还有一个主要的障碍依然存在。尽管查尔斯·达尔文相当确信，变异会从亲代向子代传递，但他不知道这是如何进行的。

在《物种起源》的第二章，达尔文抱怨说："支配遗传的法则，大多还不清楚。现在还没人能说清，为什么在同种的不同个体之间或异种之间的同一性状，有时能够遗传，而有时又不能遗传。"① 在《物种起源》首次出版九年之后，达尔文提出，遗传可以通过被称为"微芽"的"极小粒子"来解释，生物体的各个部分都会产生"微芽"，并积聚到性器官，然后传递给下一代。他对这一理论的最强论辩仅仅是他想不到更好的解释了。他给朋友 T. H. 赫胥黎② 写信说："这是一个相当轻率鲁莽的假设！但却对我的思考大有助益，我可以用它来解释一大堆事实！"[32]

他从未想出一个更好的解释，但打开真相的钥匙事实上就在他自己家里。

1882 年，当达尔文去世时，他的藏书室里躺着一篇未启封的短文，由奥地利植物学家（奥古斯丁教派的修士）格雷戈尔·孟德尔（Gregor Mendel）用德语写就，文中描述了他用甜豌豆做了九年的实验。通过杂交三十四种不同的品种，孟德尔发现了一系列似乎能够控制性状（例如种子和豆荚的形状与颜色、花的位置、茎的长度等）传递的规律。

显然，这些性状是通过卵细胞和花粉细胞从亲代豌豆传递给子代豌豆的，所以孟德尔提出，这些细胞应该包含相互离散的单元或因子，而每一种因子都携带一种独特的性状。恰当地操纵这些因子，就能够改变下一代的性状，孟德尔推测，这或许最终将会把一个物种变为另一个物种。[33]

孟德尔没能准确鉴别遗传的因子是什么，或者说，它们在细胞的什么位置。但是，一系列意在准确定位它们的生物学实验已经在进行中了。

比达尔文年轻一代的德国生物学家（也是朗朗上口的短语"胚胎重演律"ontogeny recapitulates phylogony 的发明者）[34] 恩斯特·海克尔（Ernst Haeckel）提出，遗传性有可能被细胞核中的某种东西控制。他没有可以证明这个观点

---

① 实际上是第一章《家养下的变异》。本书作者是把绪论当作了第一章。
② 托马斯·亨利·赫胥黎（1825—1895）：英国著名博物学家、教育家。

第十章
宇宙的故事：理解地球、宇宙和我们自己

的设备。但在19世纪80年代早期，海克尔的同胞华尔瑟·弗莱明（Walther Flemming）利用大大改进的显微镜和更精良的染色技术，在细胞中观察到了一个极其微小的线状结构，它已经开始分裂（有丝分裂）。同事威廉·瓦尔代尔（Wilhelm Waldeyer）提议，这些结构可以称作"染色体"（chromosomes），这个名字简洁地描述出了这种物质能够"吸收染料"（chrom是颜色的意思，soma表示身体）。

1902年，德国生物学家西奥多·波弗利（Theodore Boveri）发现，海胆胚胎正好需要36个染色体才能正常发育；这发现有力证明，每一个染色体都携带着独一无二且必不可少的信息从亲代传递给子代。与此同时，一位名叫沃尔特·萨顿（Walter Sutton）的美国研究生也从他的蝗虫实验中发现，染色体携带"某种特定性状的物质基础"。丹麦植物学家威廉·约翰森（Wilhelm Johannsen）为这种遗传单位（从一代到下一代的信息携带者）起名为"基因"。这正是达尔文缺失的那块拼图，是让有机生命从一种形式转变为另一种的机制。[35]

15年之后，德国天文学家阿尔弗雷德·魏格纳（Alfred Wegener）偶然发现了另一个缺失的机制：改变了地球无机表面的机制。

魏格纳在1915年出版的《海陆的起源》（*The Origin of Continents and Oceans*）中写道："将南美洲和非洲相对的海岸进行对比，你一定会为两条海岸线外形的契合感到惊讶。"这种拼图般的契合使他想到，这些大陆可能曾经是一块非常巨大的超级大陆，他称之为"泛大陆"；很久很久以前，泛大陆破裂了，四散漂移。他需要给出一个解释：固体的地球板块如何能够"漂移"？为此，他假设地球其实并非固体。相反，地球有一个液态的内核，这个内核被一层一层的壳包围，越接近地表的壳的密度越大。[36]

这是一个简洁而精致的解释，几乎可以解释所有困扰地质学家的问题：在相距遥远的不同地方发现的化石竟然惊人的相似，不同大陆的海岸线存在明显的完美匹配，以及山脉的形成（根据魏格纳的解释，山脉是由于大陆漂移的板块碰撞、挤压而抬升形成的）。但问题是，魏格纳完全没有任何客观证据。他无法证明液态内核的存在，他也无法说明为何泛大陆没有维持超级大陆的形态。

不过，魏格纳相信，他的理论的解释力量胜过了明确证据的缺乏。他说，毕竟地球没有为其自身历史的任何部分"提供直接的信息"，"我们就像一个法官，面对一个拒绝回答的被告，"他写道，"我们必须依据旁证确定真相……理论能为许多表面上无解的问题提供解决方案。"[37]

在《海陆的起源》出版 13 年后,海军天文学家 F. B. 利特尔(F. B. Littell)和 J. C. 哈蒙德(J. C. Hammond)对比了华盛顿和巴黎在 1913 年和 1927 年的经度值。他们的读数显示这两个城市之间的距离增加了 4.35 米,即每年缓慢移动 0.32 米。

鉴于巴黎和华盛顿相隔 6000 千米,这两个城市可能花 1800 万年的时间才分隔得如此遥远。毫无疑问,漂移是可以测量的。大陆的确在漂移,而且已经持续很久很久了。这些大陆也像它们上面的生命一样,都有其历史;而现在,两者历史的基本时间线已经设定好了。

四、物理学家

当研究生命的历史学家致力于讲述过去时,物理学家正设法弄清楚当下,并且他们发现时间、空间以及物质本身并非如牛顿、培根以及他们的后继者曾经认定的那样。

在《海陆的起源》出版十年前,专利审查员[①]、物理学家阿尔伯特·爱因斯坦在一年之内完成了五篇论文,全都在论述电、磁领域的问题,以及与空间、时间、运动相关的议题。其中一篇论文提出,能量与物质之间的转化可以表示为:

$$E = mc^2$$

这成了 20 世纪最著名的公式。

但是,爱因斯坦认为另一篇论文《论动体的电动力学》(*On the Electrodynamics of Moving Bodies*)其实更重要。他告诉一位朋友,这是彻底的"对时空理论的修正":这是他第一次探索日后被称为"狭义相对论"的理论。

这篇论文着手调和两个明显相互矛盾的物理学原理。其中第一个是关于光速的原理。自 19 世纪 80 年代早期以来,物理学家们一致认为光在真空中总是以每秒钟 30 万千米的速度传播。

第二个是"相对性原理",它是牛顿式宇宙的基石,它判定物理定律在所有相对参考系中都必须以相同的方式发生作用。

[①] 爱因斯坦于 1902 至 1909 年在瑞士伯尔尼专利局从事专利审查工作。

爱因斯坦后来写道，设想一下，铁路上有一辆火车正以匀速沿路堤直线行驶。与此同时，一只乌鸦也在空中相对于路堤进行匀速直线飞行。一位站在路堤上的观察者看到这只乌鸦以某个速度飞行。另一位在行进中的火车上的观察者看到这只乌鸦以不同的速度在飞。但是，尽管对于两位观察者而言，乌鸦的速度是不一样的，但他们仍然会看到乌鸦沿直线匀速飞行。根据相对性原理，乌鸦不会突然出现加速，也不会飞成"之"字形。

现在，设想铁轨上方是一片真空区域，并且有一束光线在铁轨上方的真空中传播，方向与乌鸦相同。相对性原理会说，光也将以匀速沿直线传播。但是这也意味着路堤上的观察者和站在火车上的观察者会看到光线以两种不同的速度传播，这就意味着光速不是恒定的。

大部分物理学家都是通过舍弃相对性原理来处理这个问题。但是，爱因斯坦论证说，这两个原理都不需要放弃，只要我们愿意调整我们对时间和空间的观念。[38]

假设两位观察者都以秒为单位测量光的传播速度；爱因斯坦提出，或许发生改变的并不是每秒光的传播速度，而是秒本身。时间本身在观察者运动速度加快时会慢下来。对于正在运动中的观察者而言，一秒钟实际上——变得更长。时间并非如人们一向认为的那样是恒定不变的。

相反，爱因斯坦的结论是，时间是我们移动的第四维度，当我们在其中行进时，它也会随之变化。"狭义相对论"重新定义了时间的本质。

1916年，爱因斯坦又重新定义了空间的本质。

以19世纪的数学家波恩哈德·黎曼（Bernhard Riemann）的工作为基础，爱因斯坦提出，空间和时间一样，也是与观察者相对的，此即"广义相对论"。爱因斯坦声称，大质量物体的存在会使空间弯曲。因为我们（观察者）身处空间之中，所以无法看见这种弯曲，但是穿过空间的物体会受到这种弯曲的影响。

这一理论可以通过地球附近质量最大的物体太阳造成的影响来检验。恒星发出来的光在空间中穿行，如果爱因斯坦是正确的，星光在经过太阳附近时就会沿着弯曲的空间传播，看起来就像被"拖向"太阳的方向；星光将会被观测到因太阳的质量而发生弯曲。

这只有在日全食发生时才能观测到。又过了三年，英国天文学家亚瑟·爱丁顿（Arthur Eddington）才有机会对此进行必要的测量。爱丁顿在1919年的一次日全食期间的计算结果表明，星光在经过太阳附近时的确发生了偏移，且偏移程度完全符合爱因斯坦的预见。

在《狭义与广义相对论浅说》（*Relativity: The Special and General Theory*）中，爱因斯坦向普通读者阐述了他的时空观念。事实证明，时间和空间都并非如我们看起来那样。培根式的观察有其局限性，常识可能让观察者误入歧途。

同时，一小部分爱因斯坦的同事正在小得多的尺度上做同样具有革命性的工作：研究原子本身。到19世纪末，物理学家已经开始相信原子（即卢克莱修所说的"不可再分"的微粒）事实上是由更小的、带负电荷的微粒构成；这种微粒被爱尔兰物理学家乔治·史东纳（George Stoney）和乔治·菲茨杰拉德（George Fitzgerald）命名为电子。20世纪早期，年轻的物理学家汉斯·盖格尔（Hans Geiger）和年长他一些的同事欧内斯特·卢瑟福（Ernest Rutherford）从理论上说明，这些电子围绕一个核心物质，即"原子核"旋转。这是一个简洁的、有直觉力的模型；电子围绕原子核旋转，就像行星围绕太阳旋转，宇宙中最小的微粒反映了宇宙的结构。[39]

"卢瑟福模型"示意图

不过，这些电子的轨道却是个问题。

"卢瑟福模型"假设电子就像围绕地球旋转的卫星。如果卫星在围绕地球旋转时失去能量，它将盘旋下落，撞击地球。但是，当一个原子发射出能量之后，就像氢原子释放出物理学家称为"光子"的光粒子那样，它仍然保持稳定。电子的轨道似乎没有衰减。

1913年，丹麦物理学家尼尔斯·玻尔（Niels Bohr）提出一个解决方案。他假设，电子并不是像行星或卫星那样沿着连续的平滑的环形轨道运行，而是从离散的点"跃迁"到离散的点。当一个氢原子释放出一个光子时，其中的电子失去能量，但是它没有盘旋下降，而是"跳跃"到一个较低的轨道上去，它在这条轨道上只需要更少的能量就能保持稳定。

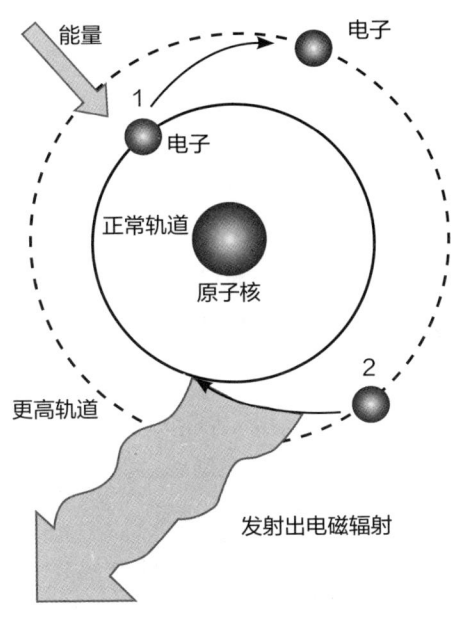

玻尔的原子模型示意图

这些跃迁被称为"量子跃迁"（quantum jumps）。几年以前，物理学家马克斯·普朗克（Max Planck）已经发现，他只有不将能量看作"波"（wave，按照公认的模型，平滑而均匀地向外辐射），而是看作一系列的"块"（chunk）——分离的微粒，每间隔一段时间脉冲一次——他才能预测某些种类辐射的行为。

普朗克将这些假设的能量微粒称为"量子"。不过普朗克对此并不满意,他告诉一位朋友,它们是一个"形式上的假设",是数学上的帽子戏法,是一个"拯救现象"的方法。他解释说:"我的所作所为可以描述为只不过是一种绝望的表现。我很清楚,经典物理学无法解决这个问题……因此,我准备牺牲我之前对物理定律的全部信念。"[40]

不过,爱因斯坦后来发现,把光看作是由量子而非波构成,有助于解释一些之前令人困惑的特性。而现在,玻尔通过假设电子的路径是量子化的,解决了一个原子层面的问题。马克斯·普朗克在1922年的诺贝尔奖致辞中对量子科学领域的发展作了清晰而有趣的概述,他在致辞中宣称,量子理论有可能"完全转变我们关于宇宙的物理概念"。[41]

然而,量子理论暗含的结果却越来越怪。譬如说,在原子新的"玻尔-卢瑟福模型"中,电子会在两个轨道间发生"量子跃迁",而不是在连续的空间平滑移动。这就意味着,当电子正在跃迁时,它——不在任何位置。

我们也不可能准确预测电子在跃迁结束时在何处再现。物理学家最多只能预测电子可能再次出现的位置。理论物理学家沃纳·海森堡(Werner Heisenberg)在这个问题上做了大量研究,他(合理地)指出,物理学一旦进入研究对象大于分子的领域,不确定性将会变得无限小;围绕氢原子核旋转的电子可能会进行一次意料之外的跃迁,但是一只在山坡上吃草的羊不可能去到我们完全无法预测的地方。

但是,其他科学家很恼火,因为他们发现自己被推到了可能性的领域,而非可测量的确定性。奥地利物理学家埃尔温·薛定谔向尼尔斯·玻尔抱怨道:"如果我们将不得不容忍这些该死的量子跃迁,我会为自己曾经和量子理论有过交集感到遗憾。"即便是对惊人的新观念有很高包容度的爱因斯坦也反对说,量子理论是"幽灵","我无法真的相信这个理论"。他写信给朋友马克斯·玻恩(Max Born),后者刚刚因为在量子力学方面的工作而获得诺贝尔奖。[42]

然而,尽管量子力学在物理世界引发了巨大的骚动,它还是继续在解决许多问题。

五、集大成者

与此同时,达尔文进化论已经开始失去对科学想象的掌控。

自从达尔文创造出进化论的宏大叙事,分散在不同领域的各个研究者一直在适当地插入新的细节:染色体的存在,遗传定律,以及细胞核内脱氧核糖核酸(DNA)的发现。更先进的仪器设备,更多的数据资料,加上更好的研究技术正在更密集、更快速地产生发现,其中许多发现(在细胞学、生物统计学、胚胎学、遗传学等新的研究领域)填补了达尔文总体架构里的空白。

不过,这些研究充斥着专业术语,发表在关注面狭窄、受众是少数专家的专业期刊上。用恩斯特·迈尔(Ernst Mayr)[①]的话来说,各学科之间存在"一个巨大的交流鸿沟"。遗传学与人类学没有关联,古生物学与生物化学也互不相干。每一位研究者都紧盯着墙上属于他(几乎没有"她")自己的砖块,而看不到整个建筑。巴黎国家自然博物馆馆长于1937年推断说:"进化的理论将很快被抛弃。"[43]

然而,生命科学领域的独特发现一再证实自然选择的确能解释有机生命当前的形式。达尔文需要被辩护,这一辩护将把那些非常有意义的散点联结起来,解释宏大理论和具体发现是如何共同起作用的。

1937年,昆虫学家西奥多修斯·杜布赞斯基(Theodosius Dobzhansky)[②]最早尝试给出辩护,出版了《遗传与物种起源》(*Genetics and the Origin of Species*)。这本著作综合了他在实验室里的遗传学实验,对果蝇遗传的野外观察,以及在种群遗传的数学领域的工作。在接下来的十年中,一小部分颇有名望的生物学家追随他。乔治·盖洛德·辛普森(George Gaylord Simpson)[③]的《演化的节拍和调式》(*Tempo and Mode in Evolution*),伯恩哈特·伦施(Bernhardt Rensch)的《超越物种层次的演化》(*Evolution above the Species Level*),以及恩斯特·迈尔的《系统分类学和物种起源》(*Systematics and the Origin of Species from the Viewpoint of a Zoologist*)都提出了同样的论点:达尔文的自然选择的确解释了物种的存在。

1942年,关于该主题的另一项成果出现了——《进化:现代综合》(*Evolution: The Modern Synthesis*),作者是英国生物学家朱利安·赫胥黎(Julian Huxley,巧的是,他正是达尔文同时代最热心的支持者之一托马斯·赫胥黎的孙子)。朱利

---

① 恩斯特·迈尔(1904—2005):20世纪德国最主要的演化生物学家之一,也是一位分类学家、热带探险家、鸟类学家、博物学家与科学史家。
② 杜布赞斯基(1900—1975):俄裔美籍遗传学家。
③ 乔治·盖洛德·辛普森(1902—1984):美国古生物学家。

安·赫胥黎不仅是一位有名望的生物学家,还是一位高明的科普作家;约十年前,他曾经和小说家 H. G. 威尔斯(H. G. Wells)合作过畅销的生物学史通俗读物①。

《进化:现代综合》是一本体系庞杂、覆盖面广的书,依次涵盖了古生物学、遗传学、地理分化、生态学、分类学和适应性,但清晰明了,可读性强,没有术语。它立刻就取得了成功。这个领域最重要的一份期刊惊叹道:"这是十年来,甚至是这个世纪最杰出的进化论专著。"从 1942 年开始,持续不断进行的将专门的实验室发现和更大的博物世界相结合的尝试,都是为了支持达尔文的设想,这些工作从赫胥黎的书得名:现代综合。[44]

两年后,仍然在与那些该死的"量子跃迁"缠斗的埃尔温·薛定谔发表了另一类综合著作:《生命是什么》(*What Is Life?*)。这本书论述了量子物理学和生物学的重叠部分,以及关于我们自身的研究和宇宙研究的共同基础。通过用量子理论解释绕轨道运行的电子行为,薛定谔说明了这种行为是如何影响化学键的形成的,以及这些化学键又是如何影响细胞行为、遗传学和进化生物学的。

要衡量《生命是什么》作为一种综合著作取得的成功,可以看看有多少物理学家在读了这本书后因受到启发而转到了生物学领域。薛定谔的传记作者沃尔特·穆尔(Walter Moore)写道:"毫无疑问,即便没有《生命是什么》这本书,分子生物学也会有所发展。但是,其发展步伐将会慢许多,也将缺少一些最耀眼夺目的明星。科学史中没有过其他这样的事例,即一本短小的半通俗书籍促进了一个伟大研究领域在未来的发展。"[45]

半通俗这个词是一个指示牌,指示出科学写作的一个转变。

《生命是什么》是首次为其他科学家而进行的写作,这也是最为重要的。曾经,一位生物学家是能够通览其整个领域的;而如今,全力以赴也只能在某个细分领域有所发现,譬如表观遗传学、种群遗传学、基因组学、植物化学、种系发生学,等等。物理学研究,也即对宇宙行为的研究,日益集中在宇宙越来越小的部分,比如光学、光子学、粒子物理学、射电天文学、量子化学,每个部分都需要越来越专业的仪器设备。新的理论写给受众非常小的学术期刊。这些文章会使用科技词汇和晦涩难懂的数学符号,让非专业人士难以接近,更不要说面向大众了。

---

① 这本书即《生命的科学》,首版于 1931 年。

科学发现与日俱增，受众却日益减少。然而，向有兴趣且理解能力强的广大外行读者解释这些发现却成为一件困难重重的事情。

六、普及者

一条若有若无的线，已经横亘在专业学术写作和科普写作之间。

1894年，朱利安·赫胥黎的祖父托马斯·赫胥黎曾抱怨说，科学家们不情愿为那些门外汉读者进行平实易懂的写作，怕这样做会降低自己在这个领域的声望："他们维护自己科学祭司的名誉，不被试图理解——尤其是成功地理解——的人所玷污。"随着20世纪的推移，科学普及者和学院派科学家之间的界线日益加深。科学类畅销书往往受到专业研究人员的广泛诘难，如果被贴上"不过是通俗读物"的标签，就等于宣布了写作者学术生涯的死刑。[46]

与此同时，公众对科学的渴求越来越强烈。20世纪20年代，《华盛顿先驱报》上出现了第一个刊登在报纸上的每日科学专题，那就是由记者沃森·戴维斯（Watson Davis）撰写的《科学是什么》（What's What with science）；20世纪30年代，美国国家科学作家协会（National Association of Science Writers，成员是记者，而不是教授）成立。第二次世界大战的结束激起了人们对原子科学的兴趣，苏联在1957年发射了令人震惊的人造地球卫星Sputnik，这又引起了人们对太空信息的普遍需求。

不过，科学家们却迟迟未能满足公众的这种需求。1963年，《原子科学家公报》（Bulletin of the Atomic Scientists）哀叹说："无论怎样，不管科学家们是否喜欢，今日公众对科学的印象，所获知的科学信息，以及对科学概念的理解，大部分都来自这些非科学研究人士，即科学作家。"为什么科学家自己不加入科学作家的行列呢？因为绝大部分科学家认为自己是客观公正、有洞察力的真理追寻者。而另一边，"从事新闻工作的科学作家会受制于压力、传统、成规，以及偏见"。[47]

因为有了这种指向"通俗"科学的不断加深的敌意，接下来一本富有影响的科学书籍是由一位（女性）圈外人士所写，也就不足为奇了：蕾切尔·卡森（Rachel Carson），一位颇有天赋的生物学家，1932年在获得硕士学位时已经身无分文，这样她就无法继续攻读博士学位或者谋求一个学术职位。所以，她选择从事科学写作：先是给《巴尔的摩太阳报》写，接着又给"美国鱼类及野生动植物管理局"（U.S. Fish and Wildlife Service）写。她的第二本书，1951年出版的《环绕我们的海洋》（*The Sea Around Us*）是一本畅销书，并获得了美国国家图书奖。不过，她的第三本书《寂静的春天》（*Silent Spring*）的销量远超《环绕我们的海洋》。

卡森的传记作者琳达·李尔（Linda Lear）写道："能被称得上改变历史进程的书少之又少。不过，这本书是其中之一。"《寂静的春天》以一个令人生畏的警告开始："现在每个人从受孕的那一刻开始直到死亡，都必定要和危险的化学药品接触，这个现象在世界历史上还是第一次出现。"接着，这本书抨击了西方政府、化学工业和农业生产对杀虫剂的滥用。

《寂静的春天》不只是大量研究成果的综合（综合了化学与生物学，实验科学与公共政策，学术研究与公民行动，对人类的研究和对人类赖以生存的整个世界的研究），还是最棒的大众科学：它涵盖的信息广博，富有戏剧性，数据资料与故事巧妙结合，而且，事关每一个人的生存。卡森证明了大众科学的威力有何等强大；在接下来的二十年里，学院派科学家以前所未有的人数投入到大众的怀抱中。[48]

生命科学家是其中的领军队伍。1967年，动物学家德斯蒙德·莫里斯（Desmond Morris）在《裸猿》（*The Naked Ape*）一书中梳理了达尔文进化论对人类行为的全部意义，透过生物学的视角解读人类的文化行为，是社会生物学领域最早的著作之一。1968年，詹姆斯·沃森（James Watson）发表了他和弗朗西斯·克里克（Francis Crick）研究DNA的工作报告。细胞核内部那个奇怪小东西已经被认为是代际传递遗传信息的载体。1953年，克里克和沃森共同提出DNA双螺旋结构的设想，可以解释遗传机制。他们的模型（在未来几十年内还无法实际观察到）在化学上是合理的，在全世界范围内得到验证，并很快被各地的生物学家所接受。沃森1968年的畅销书《双螺旋：发现DNA结构的故事》（*The Double Helix: A Personal Account of the Discovery of the Structure of DNA*）将科学和回忆结合在一起，使DNA成为一个家喻户晓的词。

1976年，牛津大学的生物学家理查德·道金斯（Richard Dawkins）在《自私的基因》（*The Selfish Gene*）中将DNA的故事继续向前推进。在这本书中，道金斯提供了针对所有有机生命（包括我们自己）的全面解释。道金斯开篇便说："行星上的智慧生物开始思索自身存在的道理时，才算真正成熟。"而他得出的结论很简单：我们吃饭、睡觉、做爱、思考、写作，建造太空飞行器和战争

第十章
宇宙的故事：理解地球、宇宙和我们自己

机器，牺牲自我或他人，所有这一切都是为了保存我们的 DNA。自然选择发生在最基础的分子层面，我们的身体已经进化成除了保护和繁殖基因之外，什么也不做，这些基因是冷酷自私的分子，只是在努力确保自身的生存。[49]

这种关于人类本质的观点并不令人感到舒服，但是大众科学被证明是一个完美的载体，可以让科学家们做出在科学论文和期刊文章中很少包含的那些概括性的结论，涉及人类生存、所有文化和宇宙自身。

1977 年，史蒂文·温伯格（Steven Weinberg）的轰动之作《最初三分钟》（*The First Three Minutes*）则直接从物理学跳跃到形而上学。温伯格解释了所谓的"大爆炸"，即整个宇宙是从一个被称为"奇点"（singularity）的原始超密度点开始膨胀的，直到形成整个宇宙的膨胀，并且还会一直膨胀下去：

> 人类几乎不可避免地会认为，我们与宇宙之间存在某种特殊关系，人类的生活不仅仅是始于最初三分钟一系列事件所带来的具有喜剧色彩的产物……宇宙越是看似容易理解，越是让人不可捉摸。

（王丽 译）

这一结论（显然超出了培根的计划）让他对人类存在的目的做了一个更广泛的陈述。在这本书的最后，温伯格总结说："但即使我们的研究成果没有令人宽慰的东西，那至少研究本身也称得上是某种宽慰。（人们不满足于用神和巨人的传说来宽慰自己，也不愿将自己的全部精力放在日常琐事上；）……努力去理解宇宙，这是使人类生活减少一些喜剧色彩，增加某些悲剧色彩的少数事情之一。"[50]

大众科学本身也在进化。它不仅仅是信息、娱乐和行动倡议，它让科学家有机会对人类生活做出更广泛的推论：不仅解释是什么（what），还要解释我们是谁（who），以及为什么会这样（why）。

在某些方面，大众科学的确如《原子科学家公报》曾经沮丧地预言的那样，屈从于市场的"传统和惯例"。科学家被迫用能吸引并留住读者的方式进行写作；看看《寂静的春天》童话故事般的开头（"一些不祥的预兆降临到村落里……到处是死亡的阴影"），《最初三分钟》生动形象的类比（"如果某个不明智的巨人前后摆动太阳，那地球上的我们在 8 分钟内是不会感受到任何影响的，8 分钟是波以光速从太阳传送到地球所需的时间。"），你就会知道，还有沃尔特·阿尔瓦雷茨（Walter Alvarez）《霸王龙和陨石坑》（*T. rex and the Crater of Doom*）史诗般的第一章"世界末日"（Armageddon），该章以摘自《指环王》（*Lord of the Rings*）的题记开始。

大众科学与学院派科学之间的敌对变得更加微妙而复杂，但是并未消失。关于这种关系，1985年的一项研究指出："传统上认为通俗化是一种地位比较低的活动……是研究之外的事，可以留给那些不是科学家的人、不成功的科学家或者曾经的科学家去做。"在科学家当中，"奥普拉效应"被称为"萨根效应"（Sagan Effect）①，"一个人在大众中的受欢迎程度和声望被认为与真正的科学研究的数量和质量成反比"。[51]

科学写作逐渐走上两条不同的道路：其中一条路广人稠，而另一条则路窄墙高。新的科学发现和突破性理论首先以期刊、文章和会议交流的形式在科学界流传，然后慢慢地从整个科学界传播出来。只有那时，它们才会以书籍的形式进入大众视野。詹姆斯·格雷克（James Gleick）的畅销书《混沌：开创新科学》（*Chaos: Making a New Science*）出版于1987年，这比数学家李天岩（Tien-Yien Li）②和詹姆斯·约克（James A. Yorke）③在他们关于非线性方程的技术论文中使用"混沌理论"（chaos theory）这一术语晚了12年，也比爱德华·洛伦兹（Edward Lorenze）④首次描述这一现象晚了24年。而斯蒂芬·霍金概述宇宙学的《时间简史》（*A Brief History of Time*）出版于1988年，卖掉了一千多万册，但是书中没有任何革命性的内容。

沃尔特·阿尔瓦雷茨读者众多的《霸王龙和陨石坑》记述了他寻找（理论上）导致恐龙灭绝的小行星痕迹的探测工作，该书出版于1997年，而这距离阿尔瓦雷茨和他的同事首次发表相关学术论文《飞来横祸：白垩纪—第三纪大灭绝原因初探》（*Extraterres- trial Cause for the Cretaceous-Tertiary Extinction*）已有17年了。

阿尔瓦雷茨的诸多戏剧性情节（"灾难从天而降……整个森林都被点燃，野

---

① 萨根效应指科学家因为科普影响力太大，其科研业绩难以得到公正评价的现象。天文学家卡尔·萨根（Carl Sagan）凭借卓著的科普工作成了名人甚至明星，在他的公众影响日益增长时，他遭到了科学家同行的排挤，甚至失去了很多重要的学术机会。
② 李天岩（1945—）：出生于福建省沙县，祖籍湖南，数学家，1968年毕业于台湾清华大学数学系，1974年获美国马里兰大学数学系博士学位，1975年12月与导师詹姆斯·约克在《美国数学月刊》杂志上发表论文《周期3意味着混沌》，在数学中第一次引入了"混沌"的概念。
③ 詹姆斯·约克（1941—）：李天岩的导师，曾任马里兰大学数学系主任。
④ 爱德华·诺顿·洛伦兹（1917—2008）：美国数学与气象学家，混沌理论之父，蝴蝶效应的发现者。

火熊熊，笼盖四野，横扫整块陆地……一道水墙……高耸于海岸线之上")立即就被引入电影《天地大冲撞》(*Deep Impact*)和《世界末日》(*Armageddon*)之中，并催生了一系列关于地球末日的电影，也引发了很多学术会议，譬如2009年的"近地天体：风险、对策和机遇"(Near-Earth Objects: Risks, Responses and Opportunities)会议，导致了至少一个以"建立全球框架——应对NEO威胁"为己任的跨国委员会的成立。科普写作不仅抓住了公众的想象力，也改变了公共政策，甚至反过来影响了学术本身。[52]

第二节　如何阅读科学著作

后文附注的科学著作列表上的所有书籍都适合非专业人士阅读，不过，花点时间做准备还是必要的。从下面列出的步骤中，你可以看出，对待科学作品的态度与我们讨论过的其他类型的书籍略有不同。你的第一次通读将非常艰难，理解作品的背景和内容是最有挑战性的（这也是为什么本章的"历史"部分很长，而"如何阅读"的部分要短得多）。第一次通读时不用求快，而要充分利用所有必要的参考资料或指导。

不过，要在心里牢记你的阅读目的。你不是要掌握物理学、遗传学或生物化学。你只是在尝试学习人类理解世界的发展历程，学习我们运用理性和感官来认识这个世界的方式。正如莫提默·艾德勒在40多年前所写的那样："作为一个门外汉，你阅读科学经典著作并不是为了要成为现代专业领域的专家。相反地，你阅读这些书只是为了了解科学的历史与哲学。"任何一位认真的读者都有能力完成这项任务，即使你对你的大学宇宙学概论课已忘得一干二净。[53]

一、探索式阅读第一步：语法阶段阅读

阅读概要。在此之前，你总是会从书的正文开始阅读。不过，在阅读科学书籍，特别是20世纪之前的书籍时，如果你在打开书之前已经对书中的一些观点有所了解，那么，你在第一遍通读时能够理解这本书的可能性就会大大提高。与关乎人类经验（对此你有直接的感知）的历史著作不同，科学是关于某种思

维建构的，是一组相互关联的观念和理论，而你可能对它们一无所知。阅读关于亚里士多德的《物理学》或哥白尼的《提纲》的简介将会让你了解这些建构，并且令你对书的结构有个大致的感觉。

如果书中有相应领域的专家所写的序言、导论等，那很可能包含该书的内容简述。如果书本身没有提供概要，那就上网搜索一下。举例来说，当搜索 aristotle、physics 和 synopsis 这三个关键词时，就可以在 Sparknotes[1] 和《斯坦福哲学百科全书》(Stanford Encyclopedia of Philosophy)[2]（都是可靠的来源）中找到概述，还可以在课程网站上找到由大学老师撰写的多个摘要。搜索"Stephen hawking brief history of time summary"（斯蒂芬·霍金时间简史概要）则会检索到若干篇备受好评的论文概览，包括一个对书籍内容的综述，以及一些读者写的指南和维基百科条目。你完全可以先接受这些信息，毕竟你将亲自读这本书，读的时候，你自己就会发现任何不准确的地方。这一步的目标很简单，就是把你自己和书放进同一个框架里：让你熟悉作者写作的背景，主要的论点，以及支撑这本书的核心概念。

审读标题、封面和目录。就像阅读历史著作一样，记下书的标题、作者姓名，以及初版日期。通读目录，了解作者将要阐发的话题。

界定受众及其与作者的关系。谁是作者？他或她为谁而写？作者是科学家，并且主要写给其他的科学家同行，就像朱利安·赫胥黎那样，还是写给外行？还是说作者不是科学家，并且为其他同样不是科学家的读者写科技信息摘要？封面、封底概要、导论、序言或前言会指引你找到答案。

做一份术语和定义表。

现在，开始阅读。

在你读的过程中，找到科技术语以及它们的定义表述。把这些都记在你的本子上作为参考。

举个例子来说。在史蒂文·温伯格《最初三分钟》的第一章，你将遇到

---

[1] Sparknotes 是美国著名文学指南网站，由哈佛大学学生创建于 1999 年，提供海量优质学习资料。
[2] 网络地址：http://plato.stanford.edu/，Stanford Encyclopedia of Philosophy (SEP) 是目前最好的免费哲学百科全书。

"电子，即带负电的粒子，它以电流形式通过电线，并形成当前宇宙中所有原子和分子的外壳"和"正电子，即带正电的粒子，与电子质量完全相同"。詹姆斯·拉伍洛克（James Lovelock）在《盖娅》（Gaia）的开篇就介绍"一宙（aeon）代表十亿年"和"超新星指的是一颗巨大恒星爆炸的产物"。

这些术语和定义十分明确（对于你已经理解的科技术语，不必抄录下来）。不过，定义的表述也可能有些复杂。比如，在伽利略的《关于两个世界的对话体系》的第一页，对话角色之一的萨尔维阿蒂（Salvati）就观察到，自然界有"两种本质上不同的物质，这就是天体和元素。前者永恒不变，后者短暂易坏"。这就是一条定义表述。其中"天体"和"元素"这两个术语在伽利略的论证过程中很重要，因此，你最好在笔记本上记下：

自然界的两种物质
　　天体：永恒不变
　　元素：短暂易坏

如果你在锁定定义的表述上有困难，请注意如下形式的句子：名词（被定义的术语），状态动词或系动词，以及形容词或者谓语主格。

| 名词 | 系动词 | 谓语主格 |

"第二种运动，为地球所特有，是地球每日绕穿过南北极的地轴旋转……自西向东。"（尼古拉斯·哥白尼《提纲》）

地球的第二种运动：每日绕穿过南北极的地轴自西向东旋转。

| 名词 | 状态动词 | 定义 |

"求爱期的典型特征是试探和矛盾的行为，担惊受怕、大胆接近和逗引异性的矛盾交织在一起。"（德斯蒙德·莫里斯《裸猿》）

求爱期：试探和矛盾的行为，担惊受怕，大胆接近，逗引异性每当你看见斜体或黑体等有特殊标记的词语或短语，一定要找到它的定义。很多情况下，作者已经给出这些词语或短语，它们就在陈述定义的较长、较复杂的一段话或几段话的末尾。例如，在《物种起源》的第五章，达尔文写道：

> 所以，一种器官，无论其如何异常，一经以大致相同的状态传给了很多变异了的后代（如蝙蝠的翅膀），按照我的理论，它一定业已在极为久远的时期内，保持着近乎相同的状态；因而它就不会比任何其他构造更易于变异了。只有变异是发生较近时期且异常巨大的一些情况下，我们会见到或可称作"发生的变异性"依旧高度存在。

达尔文用"发生的变异性"这个术语指代他在前几页文字中描述过的一种改变类型。回头去看，我可以将这个有点晦涩的解释改写为：

发生的变异性：当非常迅速且晚近的改变发生在某个物种身上时，并不意味着该物种中所有的个体都会产生特定变异。

为了找到定义，"作弊"完全是可以的。科学作家为他们的术语提供的定义并不总是最清晰的，即便重读了文本，我也不能十分确定我理解了达尔文的意思。如果我上网用"generative variability"（发生的变异性）和"Darwin"（达尔文）这两个关键词搜索，我通常会找到《物种起源》的重印文本；但是，如果我搜索"generative variability is"（发生的变异性是），我找到了如下解释：

> 发生的变异性，是表现在结构上的变异，是近期经历的快速而重大的演化式改变。达尔文设想这是一个动态的过程。只要有足够的时间——在结构得到最大程度的发展后——选择就能淘汰大多数偏差，使性状最终固定下来。（James T. Costa, *The Annotated Origin,* Harvard University Press, 2009, p.154）

每当你不明白一个术语的意思时，请使用参考工具来帮助你理解。

书中包含越多你不熟悉的术语，你在第一次阅读时所花的时间也就越多。千万不要灰心。就科学书籍而言，第一次阅读最为艰难；但如果你在这一步能花时间理解书中内容，你在探索式阅读的第二步、第三步会快得多，也会更顺畅。

标记出你仍然感到困惑的内容,继续往下读。你很可能会发现,有那么几页,有一些部分,甚至整章内容都令人费解。不要停滞不前。花适当的时间查找书中的定义,查完之后如果仍然感到困惑,那就夹个书签或者折上书页,接着往下读。

第一次通读的主要目标是从头读到尾。大部分科学名著的最后一章是最清晰、最直白的,因为作者已经完成了最困难、最艰苦的工作——给出证据并从中得出结论,所以可以轻松自在地说明该书要表达的意思了。通常而言,这个结论不仅通俗易懂,而且试图阐明前面的一切,而一旦你知道了书的方向,要了解沿途的各种细节就容易多了。

二、探索式阅读第二步:逻辑阶段阅读

返回你做过标记的部分,弄清楚它们的含义。当你读完书的最后一页,你就要准备好回过头去重读那些令你困惑的部分。

它们是技术层面的困惑吗?如果你只是不理解概念,请寻求其他专家的帮助。你可以在线搜索解释,查找大学网站和那些已出版书籍的引用,因为这些往往比个人网站或博客更可靠。你也可以查阅科学类的百科全书,譬如詹姆斯·特赖菲尔(James Trefil)[①] 的《科技百科全书》(*The Encyclopedia of Science and Technology, Routledge*, 2014)、《麦格劳-希尔简明科技百科全书》(*McGraw-Hill Concise Encyclopedia of Science and Technology, 6th ed., McGraw Hill*, 2009),或者标题夸张的由约翰·伦尼编辑的《案头必备科学参考书:你需要知道的关于科学的一切,从生命起源到宇宙尽头》(*Science Desk Reference: Everything You Need to Know about Science, From the Origins of Life to the Ends of the Universe*)。

或者,这些困惑是语言层面的?你可以试着用自己的语言改写这些部分。先逐句改写,然后尝试用一段话概括。

有些读者发现了一个相关的方法很有用,即概括你有疑问的文本。试着找出每一段的主题是什么,然后用罗马数字(I、II、III……)给这些主题标上序号。接下来,问一下你自己:关于这个观点,最重要的信息是什么?用大写字母(A、

[①] 詹姆斯·特赖菲尔:乔治梅森大学的物理教授、科普作家,已出版近五十本科普书籍。

B、C……）给这些观点排序。如有必要，你可以进一步找出每一个观点的细节，再用阿拉伯数字（1、2、3……）标上序号。

界定探索的领域。作者究竟在研究什么现象？这些现象属于哪个科学领域？亚里士多德的《物理学》尝试建立一个关于宇宙的统一理论，包含天文学、宇宙学、物理学、生物学和数学；伽利略的《对话》把物理学像天文学一样摆上桌面。沃尔特·阿尔瓦雷茨的《霸王龙和陨石坑》是后文附注科学著作列表中年代最近的一本，该书根植于阿尔瓦雷茨作为一名地质学家所受的训练，但在阿尔瓦雷茨的调查研究中，古生物学扮演了非常重要的角色，并且，阿尔瓦雷茨现在教了一门宇宙学课程——"大历史"①。

首先，将你看的书定位在科学的某个主要学科：地球科学、天文学、生物学、化学、物理学等。然后，花些时间调研每一个学科的分支。对此，维基百科非常有用，因为它提供了连接各学科的多种图表资料和方式；你也可以利用前述某种科学类百科全书，或者在线搜索"科学分支"。

现在，请尝试确定你有疑问的这部著作所涵盖的科学分支。这一项工作花费的时间可多可少，你觉得有帮助就行。用得着的话，自己画一下图表或者分支图；读一点讨论这些领域的工作类型的材料；或者只是识别出这些工作类型就可以往下进行。每个科学领域都有自己的惯例，自身的历史，根植于某个特定的时间点，也都会优先考虑某类证据，这就引出了我们的下一步——

作者引用了什么样的证据？作者的结论是建立在观察的基础上吗？就像胡克的显微研究，或者达尔文记述在加拉帕戈斯群岛看到的物种。如果是这样，这些观察是如何进行的？是亲自观察，还是从其他人的工作成果中收集？作者用到了哪些助手和仪器设备？那些仪器设备是否导致观察出现偏差？是什么样的偏差？

结论是实验得出的吗？是为了检验特定假设，在实验室中做了实验？这些实验是什么人在什么地方进行的？这些实验被重复过多少次？这些实验是否被其他科学家确证过？（你或许需要做一些额外的功课来回答这些问题。）

---

① "大历史"由历史学家大卫·克里斯蒂安（David Christian, 1946—）首创，"大历史"不再局限于民族、地区、国家历史，而是将人类史视为宇宙历史的一部分，重新定位人类在宇宙演化进程中的历史坐标。

第十章
宇宙的故事：理解地球、宇宙和我们自己

逸事奇闻起到了什么作用？蕾切尔·卡森的《寂静的春天》既提供了观察证据，也提供了实验证据，用以证明杀虫剂引起的破坏，但是她也依赖一系列故事，譬如美国东南部密歇根州的居民告诉她，他们曾在1959年喷洒杀虫剂来消灭日本甲虫。（"一个妇女……报告说当她从教堂回家时，看到了大量已死的和快要死去的鸟……一个当地的兽医报告说，他的办公室里挤满了求医者，这些人带着突然病倒的狗和猫。"）

辨别书中用归纳法的地方，以及用演绎法的部分。作者是否从一个"大观点"开始，然后逐渐具体化，就像亚里士多德和阿尔弗雷德·魏格纳那样？这是归纳的方法：先提出一个大的概念或总体理论，然后寻找一件件证据来支持。还是说作者从个别观察、引起麻烦的事实，以及用当前理论无法解释的实验结果着手，然后推广为一个更大的假设？如果是这种情况，这本书本质上是演绎的。

尽管演绎思维在当代科学中的地位崇高，但是几乎所有研究者也都会使用归纳思维，二者关系复杂。沃尔特·阿尔瓦雷茨在不该有铱的地方发现了铱；这让他形成一个理论：或许有一颗彗星或者小行星曾经撞击地球（演绎）。如果确有彗星撞击地球，那就应该有一个陨石坑；所以，他接下来花了多年时间搜寻陨石坑。搜寻工作促使他将尤卡坦半岛（Yucatán peninsula）的沉积层解释为与撞击有关，从而得出发现了陨石坑的结论。这就是归纳：先假设存在陨石坑，然后搜集证据予以支持。

标示出看起来像结论的陈述。达尔文在拒绝拉马克的用进废退理论，支持自己的自然选择理论时写道："我相信，与……自然选择的效应相比，习性的效应是颇为次要的。"

达尔文在陈述结论之前，多以"我认为"引起，这对阅读很有帮助。不过，结论陈述可以有很多种方式。史蒂文·温伯格写道："当然，宇宙会一直膨胀下去，且会持续一段时间。"亚里士多德推断说："很明显，如果我们想要获得关于自然的科学知识，我们应该从决定它的原理开始。"而詹姆斯·拉伍洛克告诉我们："盖娅理论发展到这个阶段，在许多模型和计算机的帮助下，已经能证实捕食者和猎物关系链多样化的生态系统，比单一自足的物种或一个组合非常有限的小群体要更稳定、更强大。"

留意下列标记：

因此……（或者"所以"，或者其他相关词汇；达尔文喜欢用"hence"）

显然……

我认为……

我们现在知道……

可以证明……

明显……

显而易见……

结果就是……

科学家们现在同意……

一旦你锁定了结论，就在你的笔记本上（如果你愿意，用你自己的话）粗略记下。

现在，你可以继续探索式阅读的最后一步了。

三、探索式阅读第三步：修辞阶段的阅读

对于不是科学家的人而言，要想回答修辞阶段最基本的问题并非易事，即你是否赞同作者的观点？

你当然可以运用我在本书关于历史的章节里建议的技巧，尝试评估证据和结论之间的关联。但是，科学写作，特别是到了 20 世纪之后的科学写作经常引用外行不可能做出评估的证据。如果你决定检验伽利略的结论，你可以从二楼露台扔下两个不同重量的物体，看着它们落地；但是，大多数人不可能成功重现衰变的原子产生的量子跃迁，或者混沌系统的非线性方程。

所以，对待本章推荐的各个文本，我们在阅读的最后阶段需要稍微哲学一些。当史蒂文·温伯格告诉我们，当前的宇宙"由于无休止的或者无法忍受的热，将在未来消亡"时，不是物理学家的人不得不相信他的表面意思。不过，当他说"努力去理解宇宙，这是使人类生活减少一些喜剧色彩，增加某些悲剧色彩的少数事情之一"时，我们大可以反驳。

对于后文每一部作品，请考虑问出两大问题：

第十章
宇宙的故事：理解地球、宇宙和我们自己

作品中出现了什么隐喻、类比、故事和其他文学技巧，以及为什么会出现？《最初三分钟》第一章的开篇相当出人意料，用了《埃达》（*Edda*）中维京人的起源神话：当一头宇宙般巨大的牛开始吞吃盐时，宇宙涌现出来。这不仅是一个引人入胜、对读者友好的开场，因为温伯格的结论（"人们不满足于用神和巨人的传说来宽慰自己"）说得很清楚。温伯格不只是在写宇宙的最初三分钟；他更是在提供另一个版本的起源故事，一个可以取代宗教性解释的故事。

换言之，隐喻和叙事为科学作者的基本论点提供了线索。蕾切尔·卡森《寂静的春天》开篇就在对比乡村过去的美好生活和化学公司的世界——一个商业化、工业化、非自然的社会。甚至爱因斯坦在《狭义与广义相对论浅说》中也用隐喻来开场，将读者引向爱因斯坦用到的基础理论知识："阅读本书的读者，大多数在做学生的时候就熟悉欧几里得几何学的宏伟大厦。你们或许会以一种敬多于爱的心情记起这座伟大的建筑。在这座建筑的高高的楼梯上，你们曾被认真的教师追迫了不知多少时间。"楼梯将我们引导到宏伟壮丽的高处：数学就是我们登攀以求真理的阶梯。

找到这些隐喻、故事或者叙事。问问自己：为什么用这个隐喻？为什么是这个特别的故事？关于作者的假设，它告诉了我什么？

有没有更广泛的结论？艾萨克·牛顿有句名言，即他可以解释引力是什么，但是他觉得没有必要解释为什么。他不打算去解释宇宙的本质。他只希望发现宇宙的规律。

牛顿属于少数派。附注科学著作列表中有许多书都越过了牛顿确立的界限，从卢克莱修坚称所有宗教信仰都蒙昧心智，到斯蒂芬·霍金推测一个统一的物理学理论或许能够回答"我们和宇宙为什么会存在这个问题"。

哪些文本对人类本性、我们存在的终极目的、宇宙为何存在等问题做了概括性的陈述？这些陈述是什么？你赞同吗？如果赞同，是不是因为作者已经让你相信，那些更广泛的陈述是合乎逻辑地从给出的证据中产生的？如果你不赞同，又是为什么？

第三节　推荐阅读的科学著作

选择下面这些著作不是要为你全面概述最伟大的科学发现（那需要一个长得多的列表），而是为了强调我们思考科学的方式。这个列表是为不是科学家的读者准备的，所以那些技术性强、方程多（如欧几里得的《几何原本》）的重要书籍没有列上去。

你无须逐字逐句阅读那些时间更久远的文本。稍微翻阅一下希波克拉底的书就能大致领略他的方法；至于亚里士多德的《物理学》，你也不需要在掌握每一个细节后才接着往下读；如果你检验过《显微制图》中的少量图示，你就已经完全准备好去理解罗伯特·胡克革命性的观念了。

从蕾切尔·卡森的《寂静的春天》开始，许多书都能找到无删节的有声读物。但是，几乎所有这些书都包含帮助你理解的图表、示意图，所以，请将有声书当作一种补充。

1 / 希波克拉底（前460—前370年）
《风土气候论》（*On Airs, Waters, and Places*）

神经科学家查尔斯·格罗斯（Charles Gross）曾经描述希波克拉底医学兼具以下特点："没有迷信，临床描述精准，不懂解剖学，生理学很大程度上是错误的类比、猜想和体液学说的荒谬混合。"这四项特征全都在"论风、水和地方"中展现得淋漓尽致。[54]

这篇文章一开始就提出："任何有志于正确研究医学的人，都应该顺次履行如下事项：首先要考虑的是……风……水的质量……以及土地。"要想治愈人类种类繁多的身体疾病，靠的不是祈祷，而是更好地了解自然环境。

医生必须要理解患者所处的环境。风、水、气温，以及特定城市的海拔会影响居民的健康。每个地方都有其特殊的风和水，因此也有各自的疾病。举例来说，被酷热南风吹拂的城市里，可能满是松弛无力的男女，他们吃喝不多，且苦于多痰；婴幼儿易抽搐和哮喘；最常见的疾病是痢疾、腹泻、慢性冬季发热和痔疮。相比之下，那些避开了酷热南风，却受北风肆虐的城市，则有冰冷的硬水。这些城市的居民遭受缺乏恰当的体液之苦;男人容易便秘,女人则经常在育儿方面出问题,每个人都容易流鼻血和中风。为了治疗病人,医生必须首先分析他们所处的自然环境,然后把病人从一种气候转移到另一种气候,以促进他们体内产生恰当的体液,保持体液平衡。

影响这一理论建立过程的是一些相当有效的观察。比如,"沼泽的、不流动而污浊的"水有"一股强烈的气味",不利于健康,会导致疾病。希波克拉底的医学理念将这种不健康归结为体液失衡:气味糟糕的水会产生过多胆汁,导致饮用了这种水的人生病。当然,这是一种错误的解释。不过,遵从希波克拉底理念的医生至少能够看到脏水和患者喝水后胃部不适之间的关联。在寻找自然结果的自然原因上,希波克拉底的方法大大地迈出了摆脱奇幻思维的第一步。

2 / 亚里士多德
《物理学》(约前330年)

《物理学》分为八章,不过,最重要的是前两章。第一章确立了亚里士多德的科学方法:他建议我们从对宇宙的整体理解开始("较为易知和明白的东西"),并从这些整体观念出发,对具体事物或现象("就自然说来较为明白易知的东西")做具体分析(通常受到之前的理解影响)。这是演绎推理(从普遍真理开始,推理出逻辑上必然的结论),而非归纳推理(从个别观察开始,推理出能说明这些观察的一般解释)。

第二章根据内在变化的原则定义"自然":自然物自身就包含运动的根源,人为制品(如艺术)则没有。一株树苗长成一棵树是因为它具有内在的运动变化根源;尽管一间房屋或一张床是用木材制成的,但是它们永远不会自行变成其他事物;它是一件艺术品,会一直是一间房屋或一张床。运动根源带有目的性:运动无情地推动自然物朝向一个预先确定的目标。

贯穿整本《物理学》,亚里士多德假设这个世界朝着更好的方向进化。当然,这并不是我们今天所说的进化:现代生物学意义上的进化没有预先确定的目标,没有整体的设计。另一方面,亚里士多德的科学是目的论的,它坚信自然在有目的地朝向一个自我实现更充分的目标发展。不过,这个目标不是(像皈依了基督教的中世纪科学假设的那样)被造物主放在了某处。一株树苗能长成一棵树，是因为它的树的属性已经存在于内部。对于亚里士多德而言，目的论并不是外部的引导力量，而是一种内在的潜力。

3 / 卢克莱修
《物性论》（约前 60 年）

卢克莱修陈述了三个要点。第一，宗教只是一种迷信："那我们就从她的第一大原则开始：无绝不会借助神力生出有来。"对神灵的信仰令理智昏暗，让思想者不可能获得对世界的真知灼见。《物性论》第一卷以对伊壁鸠鲁的赞美歌开始，伊壁鸠鲁是第一个敢教导说众神没有控制我们的日常生活的人，并进一步发展出一套完整的唯物主义哲学。卢克莱修提出，除去对神的信仰，理智之眼才能睁开："心头的种种恐惧都会不翼而飞，天庭的墙开了，通过不可度量的虚空，我看见了万物的真相。"

第二，退化原则在宇宙中发挥作用。宇宙间万事万物都被如冰雹一般袭来的原子不断撞击，因此受到磨损；最终，宇宙间一切事物都将衰败。本书的第二卷是最早尝试展现无序状态的哲学文字之一。

第三，宇宙没有计划。宇宙中的一切都源于构成世界的原子微粒的随机碰撞。本书第五卷将全部人类历史解读为随机的结果。卢克莱修总结说："当然，原子并不是想方设法或者处心积虑地把自己安置得井然有序。"对于卢克莱修而言，没有其他理由能够解释他在周围世界看到的种种随机现象：一个充满敌意、厄运和死亡的地方。

4 / 尼古拉斯·哥白尼
《提纲》（1514 年）

《提纲》开篇简短地陈述了一个呈现出的问题：即使援用了偏心圆、本轮、偏心匀速点，行星仍然不是"匀速"运行。哥白尼解释说，如果太阳在宇宙的中心，这个问题能得到部分解决。

《提纲》大部分篇幅都在解释这种新的宇宙，不过，哥白尼还交代了地球的运动,他假设为"三重运动":地球"围绕太阳在一个大圆上做周年运动";围绕地轴自转;随季节交替,从一侧倾斜到另一侧。这些运动导致"整个宇宙"表面上像在围绕地球"快速旋转",但是哥白尼总结说这只是错觉,"地球运动能够用不那么令人咋舌的方式解释所有这些问题"。

《提纲》自始至终都在致力于找到最简单的解释。不过,当哥白尼继续研究每一个行星的运动时,他发现自己在太阳周围构建了越来越多的壳,建起一系列日渐复杂地紧密连接的球体。他那最简单的解释逐渐将他绕进一个极为可笑的最终陈述,他总结说:"总而言之,用34个圆圈足以解释整个宇宙的结构及行星的旋转运动了。"

5 / 弗朗西斯·培根
《新工具》(1620年)

自从亚里士多德以来,演绎推理主宰了科学实践;培根准备颠覆它。在《新工具》第一版的封面上,培根让一艘船——这就是他崭新的归纳法——成功超过"赫拉克勒斯之柱"(Pillars of Hercules):这是神话传说中的两根柱子,标志着大力神赫拉克勒斯所能到达的"极西"之处,也是古代世界最外围的边界,是旧的知识获取方式所能扩展的极限。

这本书的第一卷以"语录"开篇,是相对独立的简要陈述,给出了培根对当前自然科学所用方法的拒绝。培根驳斥说,演绎推理倾向于强化四种不准确的思维方式。他将它们称为"族类假象"(即全社会都作为常识接受,不再有疑问的普遍假设)、洞穴假象(因为个别思考者特殊的教育经历或者天生的倾向性,对于他们而言似乎是自然而然的假设)、市场假象(语词和定义对每个听众而言意义相同的漠然假设)和剧场假象(基于从古代流传至今的哲学体系的假设)。在第八十二节,培根提出了探索知识的替代性方

案，即（最终）发展为现代科学方法的三步。

第二卷扩展了培根的中心主题：如果人们"把公认的意见和概念都撇在旁边"（所有那些假象），"暂时不要萦心于最高普遍性"，"心所固有的真纯力量"将会给予理解。我们没有必要读完第二卷，这一卷仔细剖析了各种各样的物理过程，以证明培根的观点，最后以培根尝试将博物学研究进行分类结尾。

6 / 伽利略
《关于托勒密和哥白尼两个世界体系的对话》（1632年）

伽利略出版《对话》时，红衣主教贝拉明已经去世。但是，宗教裁判所仍然存在，而且很活跃，所以《对话》的形式是三个朋友之间进行一场假设的论辩，讨论日心地动模型是否能在理论上被证明是最有可能的宇宙图景。

书中，哥白尼的模型由饱学聪慧的萨尔维阿蒂和沙格列陀（Sagredo）进行辩护，宗教裁判所准许的所有观点都由最缺乏同情心的辛普利邱代为表达，他显然无知无能，盲目忠于亚里士多德，妄图站在门口就检验亚里士多德的推理。伽利略的这个计策足以让《对话》通过多明我会神学家尼科洛·里卡迪（Niccolo Riccardi）的最初审查，但是里卡迪坚持让伽利略写一篇承认教会对日心说的反对完全正当有效的序言。里卡迪还想在结尾加一个否定声明，提醒人们注意，即便不依靠地球的运动，人们依然能够理解潮汐。

伽利略立即加了一篇非常讽刺的序言（"几年前，为了排除当代的危险倾向，罗马颁布了一道有益世道人心的敕令，及时地禁止了人们谈论……地动说"），还让辛普利邱最后声称，上帝"以他无穷的力量和智慧"可以用"许多我们意想不到的方式"引起潮汐运动。这暂时满足了审查的要求，但是这骗不过伽利略的任何一位从事科学研究的同事。

《对话》分成四章，每一章的讨论都发生在一天之内。第一天和第二天的论辩是最核心的；第三天和第四天扩展了前两章展现的关于运动的诸多问题。

7 / 罗伯特·胡克
《显微制图》（1665 年）

首先，在序言中，胡克解释了感觉与推理能力之间的关系。然后，花点时间查看胡克的图。前 57 幅插图和观察结果都是显微镜下的；最后 3 幅图关于折射光、恒星和月球，用到了望远镜。

在《显微制图》全书中，胡克以近距离观察——通过人造工具来扩展人的感官——作为新的思维方式的起点。最终，他的仪器不仅增强了人类的感官，更增强了人类的理性。近距离观察导致了新的理论；而新的理论又导致了新的范式。

通过类比威廉·哈维（William Harvey）① 的血液循环系统，胡克在书的序言中解释说，真正的自然哲学：

> 始于双手和双眼，通过记忆前进，理性使它持续；但也不能就此停止，而要再次回到双手和双眼，由一种感观能力不间断地过渡到另一个，自然哲学才能保持它的生机与力量，正如人体要保持生机，就要让血液在身体各个部分循环，胳膊、双脚、肺部、心脏和头部。一旦我们勤勤恳恳、一丝不苟地遵循这一方法，就没有什么事物（不在）人类智慧的掌控之中了……争论和说理很快就会变得劳人身体；一切美好的构想、普遍的形而上的本性都是敏感的大脑奇思妙想的产物，它们很快就会消失，让位于实实在在的历史、实验和作品。就像最初人类偷尝知识之树的禁果而堕落，我们作为他们的后代，可能要在一定程度上用同样的方式去恢复，不仅通过注视和沉思，也要尝试自然知识之果。这从未被禁止。

"工具和辅助"不再只是感官的延伸；对胡克而言，它们就是知识之树，是通向完美的路径。

---

① 威廉·哈维（1578—1657）：英国 17 世纪著名的生理学家和医生。

8 / 艾萨克·牛顿
《自然哲学之数学原理》中的"哲学中的推理规则"与"总释"
（1687/1713/1726 年）

《原理》的四卷[①]展现了引力作用的定律。牛顿在书中确立并运用了三条定律（即"牛顿运动定律"）。惯性定律规定，运动中的物体会保持运动，而静止的物体会保持静止（除非受到外力作用）。加速度定律规定，力作用于物体会产生加速度；物体的质量越大，产生加速度所需要的力越大。作用力与反作用力定律规定，每一个作用力都有一个大小相等、方向相反的反作用力。《原理》的第一卷和第二卷在纯理论中（没有摩擦力）和有阻力的情况下确立了这些运动定律。书中其余部分将引力作为一种普遍的力来处理。

"哲学中的推理规则"这个部分解释了为何牛顿确信这些运动定律在宇宙中普遍适用。他考虑到了批评者可能会指责他提供的仅仅是一种"设计巧妙的罗曼蒂克"，而不是一种可靠的假设。因此，在"规则"中，牛顿着重说明实验结论可以推而广之，超越个别实验的范围。

接着，在"总释"部分（这部分也包含了一场著名的关于上帝在自然哲学中的位置的讨论），牛顿对所采用的方法加以限制。牛顿解释说，引力这种力——

> 必然来自太阳和行星中心的某种力量，而该力还没有任何减少；它的作用力的大小不是根据它所作用的粒子表面的面积（像力学通常的原因），而是根据那些粒子所包含的物质量，并且它的作用力可以向所有方向传播到很远的距离，并以反比于距离平方的增加而减少。　　（余亮 译）

不过，牛顿也提醒说："我还没能从现象中找到这些引力特征的原因。"他能从他在地球上的实验推论出引力定律，但是，引力的原因在他的掌控范围之外。不过，他也不觉得有必要解释为什么会存在引力。他总结说："对我们来说，了解引力的确是存在的，并根据我们前述的原因就能充分说明天体和地球海洋的

[①] 中译本各版本均为三编，而非四卷。

所有运动,这便已足够了。"在把实验方法推广到整个宇宙时,牛顿也小心翼翼地在另一边竖起边界墙:科学能够告诉我们是什么(what),但是没有责任解释为什么(why)。

9 / 乔治·居维叶
《初步探讨》(*Preliminary Discourse*)(1812年)

"初步探讨"源自居维叶对于培根方法的信奉。在整理国家博物馆"藏骨室"里的化石时,他发现了已经不存在的物种。他没有解释它们为什么灭绝,也没有提出宏伟的涵盖一切的生命理论;他转而研究每一块化石,以及发现这些化石的地层。渐渐地,这些研究令他相信,"我们的地球并非历来如此。"地层就是一本关于地球过去的书,我们可以依靠感知能力去阅读,居维叶的阅读让他提出了一系列主张:

> 生命并非历来有之。
> 地球的状态有过一些相继发生的变化,从海洋变成陆地,又从陆地变成海洋。
> 若干次改变地球状态的变革都是突然发生的。

仅用眼前的证据,居维叶已经从观察得出了假设:过去曾经被一系列灾变打断。

10 / 查尔斯·赖尔
《地质学原理》(1830—1832年)

我们可以找到的大多数英译本的《地质学原理》有三卷,写于1830年到1832年。最初,赖尔计划只写两卷,其中一卷论述他的整体原理(第一卷),第二卷编列更具体的地质学证据(现在的第三卷)。不过,最终他意识到自己必须描述一下化石记录,所以插入了新的一卷(现在的第二卷)。你只需要读第一卷,其中展现了赖尔的基本原理;第二卷和第三卷里的具体观察已经彻底过时了。

在第一卷的 26 个短小章节中,赖尔给出了三个相互关联的地质学原理,它们现在通常被称为"均变论""反灾变论"和(更为拙笨的)"地球稳态系统"。

> 均变论:每一种曾经作用于过去的力,如今仍然在发挥作用(而且能被观测到)。
> 反灾变论:那些力并不会在过去拥有更高的强度;它们的程度不曾改变。
> 地球稳态系统:地球的历史没有任何方向或者进程;所有历史时期本质上是相同的。

赖尔拒绝接受超常事件在地球的历史上起过作用的观点,不是大洪水,不是彗星、小行星撞地球,甚至也不是当时无法观测到的升温或降温。他写道:"从我们能够追溯到的最早的时间点,直到如今,除了那些现在正在起作用的原因,没有任何原因是曾经起过作用,而现在不起作用了;而且……它们也从未施加过与现在程度不同的作用力。"

两年之后,英国自然哲学家和神职人员威廉·休厄尔(William Whewell)给赖尔的地质学原理贴上了一个标签,这些原理自此以"地质均变论"这个标签著称。

11 / 查尔斯·达尔文
《物种起源》(1859 年)

当查尔斯·达尔文踏上贝格尔号,开始为期五年的航行时,他内心确定无疑:"当我站在贝格尔号的甲板上时,我相信物种是永恒不变的。"达尔文后来写道。他当时认为,各种各样的动物一直都存在。但是随着他记录下自己遇到的种类繁多的生物,他越来越困惑。某个物种曾经是什么?它们是从哪里来?为何会产生不同的物种?当他整理笔记准备出版时,他已经变得相信:"许多事实表明,各种物种有共同的起源。"

1858 年,当达尔文收到一封来自英国探险家、小他 14 岁的阿尔弗雷德·拉塞尔·华莱士(Alfred Russel Wallace)的信时,他还在研究这个问题。华莱士已经收集了他对数以万计的不同物种的观察，并得出结论：物种会因为环境的压力发生改变或者进化。华莱士写道："总体来说，适者生存。"

> 最健康的能不受疾病影响；最强壮、最敏捷或者最机警的能逃过天敌；最好的捕猎者或者消化能力最强的人能躲过饥荒；以此类推。于是我突然想到，这种自发的过程必然会改进物种，因为每一代中较为低劣的个体都不可避免地会被消灭，而优质的个体则能够存活下来——也就是说，适者生存。[55]

华莱士还随信附上了他的论文《论变种无限偏离原始物种的趋势》（*On the Tendency of Varieties to Depart Indefinitely From the Original Type*），请达尔文转交给任何可能会感兴趣的自然哲学家。

此时，达尔文已经独立得出了几乎一样的结论。他把华莱士的信寄给了伦敦林奈学会（Linnean Society of London）——一个拥有百年历史的探讨博物学的俱乐部，一并附上自己的研究结论摘要。1858年8月，华莱士和达尔文的理论同时被林奈学会刊出。

来年，达尔文在华莱士也发现了自然选择原理的激励下，最终出版了他的完整论述。第一版《论依据自然选择即在生存斗争中保存优良族的物种起源》很快销售一空。在接下来的二十多年里，达尔文对《物种起源》进行了六次修订。但即便是在最终修订版里，他也没有给自己的理论一个逻辑上的结尾；不过，他已经在私下里总结说，他的自然选择理论也适用于人类。他在之后的《自传》里曾写道："一旦我已经变得……确信物种是会改变的产品，我就不能不相信，人也必须适用相同的规律。"

12 / 格雷戈尔·孟德尔
《植物杂交实验》（*Expetiments in Plant Hybridization*）（1865年）

格雷戈尔·孟德尔花了将近十年时间对甜豌豆进行杂交，试图确认或者否认19世纪最广为接受的遗传模型。当时这种模型被称为"混合遗传模型"，它主张双亲的性状都以某种方式传递给后代，并融合成一个美好的中间物：一匹黑色种马（公马）和一匹白色母马交配，将会产下灰色的小马驹；一位六英尺高的父亲和一位五英尺高的母亲结合，生下的孩子长大后，大约高5.6英尺。

这一模型有两个问题：第一，它经常被证明是错的；第二，混合模型与自然选择理论完全不兼容，混合模型倾向于抹除所有变异，并不会保留那些最适应环境的个体。

孟德尔发现，这些豌豆的某些性状总是会传递给下一代；孟德尔称之为"显性"性状。另外一些性状似乎在子代中消失了，但有时又会在几代之后重新出现，这被孟德尔称为"隐性"性状。孟德尔勤勉地对一代又一代甜豌豆进行杂交授粉，这让他总结出了显性性状与隐性性状的一系列遗传公式。在这个过程中，他意识到混合模型不能解释他的甜豌豆的变异。相反，一定存在独立的遗传单元，能从一株植物传递到下一代植株。

随着时间的推移，这确实可以将一个物种变成另一个物种：

> 如果要将物种A转化为物种B，必须通过授精将两者结合在一起，所得的杂交种之后再用物种B的花粉授精；然后，在产生的各种变异后代中，选择与物种B最接近的形态，再一次用物种B的花粉授精，如此反复进行直到最终形成和物种B一样的形态，并且该形态在后代中保持不变。通过这个过程，物种A将变成物种B。

13 / 阿尔弗雷德·魏格纳
《海陆的起源》（1915/1929年）

阿尔弗雷德·魏格纳并非在证据的基础上建立了大陆漂移学说，而是因为当时最普遍接受的对存在海盆和大陆板块的解释，受到了怀疑。

根据艾萨克·牛顿的理论，许多地质学家相信地球曾经处于熔融状态。当地球冷却下来时，它会收缩，使地壳产生褶皱，有些地方沉下去，另一些地方则隆起，成为大陆和山脉。在那种理论下，地球应该仍然在冷却。但是，在19世纪和20世纪之交，放射性的发现表明，特定原子会随着时间的推移产生更多热量。这就完全不符合热度均一的地球正在冷却的观点；或者，就如魏格纳在《海陆的起源》中所说："在镭被发现之前，地球在持续变冷这一显而易见的冷缩论的基本假设已经完全不成立了。"

作为替代，魏格纳提出了大陆漂移学说，并在《海陆的起源》一书中阐述。不要去寻找证据，这是一个亚里士多德传统下的宏大理论。魏格纳首先提出了这个包罗万象的解释，然后完全用这个解释内在的一致性来为自己辩护。他自己总结说："该理论为许多表面看来无解的问题……提供了解决方案。"

大多数地质学家对此并不赞同，这个假说被接纳得很慢。利特尔和哈蒙德在 1929 年的测量活动有一些帮助，但要到 20 世纪 60 年代，由于地幔对流①的发现，大陆漂移的机制才最终得到理解。

14 / 阿尔伯特·爱因斯坦
《广义相对论的基础》（1916 年）

爱因斯坦在 1916 年版的前言开宗明义地说道："本书的目的，是尽可能使那些从一般科学和哲学的角度对相对论有兴趣而又不熟悉理论物理的数学工具的读者对相对论有一个正确的了解。"换言之，只要稍加坚持，你也可以跟上爱因斯坦的论证。爱因斯坦在一个时代即将结束时做研究；他是最后一批将自己最革新的发现直接告知大众的伟大科学家之一。

15 / 马克斯·普朗克
《量子理论的起源和发展》
(*The Origin and Development of the Quantum Theory*)（1922 年）

普朗克的这篇短文是他获得诺贝尔奖的演讲文稿，文中提供了关于量子理论的发展和早期方向的基本情况。到 1922 年，量子力学内在的矛盾已经清晰凸显。不用试图跟上普朗克这篇演讲的所有细节，而是要特别关注第 10 到 11 页。看看普朗克认为量子理论可以在未来实现什么，以及普朗克担心会有什么可能的后果。

---

① 软流层中的地幔物质随着热量增加而密度减小、体积膨胀，产生上升热流。上升的地幔物质遇到地壳底部向四周分流，温度下降后密度增大，又沉降到地幔中，这一过程称为地幔对流。

16 / 朱利安·赫胥黎
《进化：现代综合》(1942年)

赫胥黎开篇写道："达尔文主义（Darwinism）[①]已死的宣告不仅来自教堂的讲道坛，也来自生物实验室。不过，正像马克·吐温的案例，这种报告似乎被夸大其词了，因为今天，达尔文主义依然非常有生气。"赫胥黎在第一章阐明了他的意图：

> 在经历了新的学科相继被研究，且研究工作相对独立的时期之后，生物学在最近二十年里已经成为更加统一的科学。它已经开启一段综合的时期，直到今天，它不再呈现出一幅有大量半独立且很大程度上相互矛盾的科学分支的景象，而是逐渐能够与像物理学这样更古老科学的统一性相匹敌，其中任何一个分支取得进展，几乎立刻就会促进该学科的其他所有领域发展，并且理论与实验携手并进。生物学统一的主要结果，是达尔文主义的复兴……故此，重生的达尔文主义是修正过的达尔文主义[②]，因为它必须处理达尔文并不知道的事实；但是，因为它的目标是要给进化一个自然主义的解释，就这个意义上而言，它仍然是达尔文主义……这一重生的达尔文主义，这只从灰烬中飞升，发生突变的凤凰……就是我打算在之后各章讨论的内容。

这是一项杂乱无序、需要多方面考虑的任务，但是赫胥黎以其清晰的写作风格，并且在阐述技术思想时切合实际、不用术语，使得《进化：现代综合》既好读又受欢迎。这本书印了五次，再版了三次；最近的1973年版包括一篇由九位杰出科学家合写的引言，肯定了这一综合在整体上的真理性，并更新了书中的数据资料。

[①] "达尔文主义"通常指以自然选择为手段解释地球上生命的历史与多样性的理论，并不完全等同于达尔文自己的生物进化理论。
[②] 此处指新达尔文主义（New-Darwinism）。

第十章
宇宙的故事：理解地球、宇宙和我们自己

17 / 埃尔温·薛定谔
《生命是什么》（1944年）

《生命是什么》以介绍经典的牛顿物理学开始；接着，第二章和第三章总结了遗传学的发展；然后将量子力学引入画面。薛定谔的目标是利用物理学、化学和生物学，为生命维持和传递的方式提供单一的、一贯的解释："今天的物理学和化学在解释这些事件时显示出的无能，绝不应成为怀疑它们原则上可以用这些学科来解释的理由。"薛定谔是第一个主张化学能够解释遗传如何起作用的人。他声称，一定存在某种能从化学上进行分析和传递的"密码本"；生命不是一种神秘的"活力"，而是一系列有序的化学和物理反应。

年轻的詹姆斯·沃森偶然发现了《生命是什么》，立刻就被吸引，"薛定谔认为，我们可以从储存与传递生物信息这个方面来思索生命，"他后来写道，"因此，染色体只是信息的载体……要了解生命……我们必须辨识这些分子，破解它们的密码。"《生命是什么》开创了新的生物化学领域，并直接导致了DNA的发现。

18 / 蕾切尔·卡森
《寂静的春天》（1962年）

打从一开始，《寂静的春天》就显现出自己是一本与众不同的科学著作：它在努力抓住你的智力、情绪和理性的同时，也在努力抓住你的想象力。"从前，在美国中部有一个城镇，这里的一切生物看来与周围环境相处得很和谐。"卡森开篇写道，接着描绘了一派田园风光：春天有百花盛开的果园，秋天是满树火红和金黄的叶子，还有野花，而群鸟在蓝天翱翔，鱼儿在清澈的池塘跳跃，鹿群"在雾气中若隐若现"。然后，一种"奇怪的阴影"悄然出现，"神秘莫测的疾病"使得牲畜患病，禽鸟死亡，甚至让正在玩耍的孩子突然倒下，导致他们"在几小时内死去"。

这个充满道德寓意的故事是一个预言：如果化学品的使用没有得到控制，有机生命将会遭遇什么。《寂静的春天》是一个关于政府的失败、企业盲目贪婪、科学默不作声的故事：不加控制、未经检验的杀虫剂有摧毁我们周围复杂的生态系统的力量。卡森说，人类已经"写下了一部令人痛心的破坏大自然的记录，这种破坏不仅仅直接危害了人们所居住的大地，而且也危害了与人类共享大自然的其他生命。"

《寂静的春天》获得了辉煌的胜利。卡森被邀请到国会去证明滥用杀虫剂的危害，一位参议员致意卡森说："卡森小姐，您就是引发这一切的那位女士。"这一切指：杀虫剂的管理、EPA 的创建，以及现代环境运动的开始。[56]

19 / 德斯蒙德·莫里斯
《裸猿》（1967 年）

查尔斯·达尔文和埃尔温·薛定谔都已经靠近他们的发现可能引向的结果了，但又都擦肩而过。达尔文拒绝梳理物种起源理论的全部含义，尽管他后来写道，他"不能不相信，人也必须适用相同的规律"，就像所有其他物种一样，人类也是可变的。《生命是什么》总结说生命是化学的，但却以"决定论与自由意志"做最后总结，薛定谔在文中试图坚持人类经验的独特性。

而德斯蒙德·莫里斯在《裸猿》的绪论中就写道："我是动物学家，裸猿又是一种动物。所以他自然成为我笔下的描写对象。他的行为模式纷繁复杂、令人难忘，可是我再也不肯因此而加以回避。"在接下来的各章里，莫里斯试图将人类存在的几乎每个方面都解释为生存技巧，从起源到浪漫爱情，从哺育喂养模式到母爱与父爱。我们所做的一切，从做头发到听了玩笑发笑，都有生物学和化学的解释。

在当时，这个主张令人震惊。BBC 惊呼："动物学家德斯蒙德·莫里斯博士实在令世人震惊！他对人的描写竟然与科学家描绘动物的方式如出一辙！"不过，得益于平易近人的散文风格，以及谨慎地分配篇幅用于描写性，莫里斯的研究被翻译成 23 种语言，卖出一千万册以上。在后来名为"社会生物学"（对人类文化的研究和对人类遗传的研究一样，都要受物理和化学因素的影响与决定）的领域，这是第一本大众读物。

20 / 詹姆斯·杜威·沃森
《双螺旋：发现 DNA 结构的故事》（1968 年）

沃森在《双螺旋》开篇不久便谈论道："科学几乎不会像外人想象的那样，直截了当地按照合乎逻辑的方式进行。"在他对自己和英国同事弗朗西斯·克里克的 DNA "发现"之旅的描述中，充满了错误的开始，被剽窃的研究，科学家之间的领地之争，以及厌女症。（沃森评论过："像她这样一个女权主义者，最好还是另找去处，分道扬镳。"这是他没有魅力的时刻之一。）

尽管书名如上所述，沃森的这部回忆录却并不是关于一次"发现"，而是关于一个理论结构的建立。克里克和沃森决定确立一种模型，它将：①与被称为脱氧核糖核酸（即 DNA）的核酸物质的化学和结构特性一致；②能够让信息传递——于是他们想到了双螺旋。1953 年 4 月，沃森和克里克在一篇发表在《自然》（Nature）上的短文里提出了这一模型，文章用一个简洁的句子（由克里克写作）作结，主张双螺旋结构能够让核酸物质形成氢键（hydrogen bonds），这就意味着 DNA 可以进行自我复制。在论文的总结部分，克里克写道："我们当然注意到了，我们提出的专一碱基对直接揭示了遗传物质的一种可能的复制机理。"

这一模型令人信服：与观察到的 DNA 特性相符，而且显然能够进行自我复制。弗雷德里克·桑格（Frederick Sanger）[①]，乔治·伽莫夫（George Gamow）[②]，马歇尔·尼伦伯格（Marshal Nirenberg）[③] 和海因里希·马太（Heinrich Matthaei）[④] 等生物化学界的杰出人物也都对这个模型做了详细说明。等到詹姆斯·沃森于 1968 年出版《双螺旋：发现 DNA 结构的故事》之时，DNA 的双螺旋结构及其在生命繁衍中的作用已经被当作信条接受了（尽管克里克对这部回忆录有反对意见，指出书中许多地方和他的回忆并不吻合）。

但是，要到 20 世纪 70 年代末，科学家才会有制作真正详尽的 DNA 染色体图的技术工具。沃森和克里克没有"发现"DNA，而是像哥白尼一样，创建了一种可信的理论，非常巧妙地解释了几十年间观察到的现象。

---

① 弗雷德里克·桑格（1918—2013）：英国生物化学家，曾在 1958 年及 1980 年两度获得诺贝尔化学奖。
② 乔治·伽莫夫（1904—1968）：出生于俄国，美国核物理学家、宇宙学家，对译解遗传密码作出过贡献。
③ 马歇尔·尼伦伯格（1927—2010）：美国生物化学家与遗传学家，获得 1968 年诺贝尔生理学或医学奖。
④ 海因里希·马太：1961 年，海因里希·马太与马歇尔·尼伦伯格等人一起先是破解了蛋白质生物合成的遗传密码的第一个三联体密码子，随后其余的密码子也被一一确定。

21 / 理查德·道金斯
《自私的基因》（1976 年）

《自私的基因》一书把德斯蒙德·莫里斯的结论带到了分子层面。莫里斯已经从有机体的生存意愿来解释人类文化，而道金斯主张这和有机体（动物或者人类）没什么关系。他总结说，基因自身会不惜一切代价来保存自己。

道金斯没有"发明……躯体只不过是基因的进化载体的信念"（正如一本科学著作宣称的），他没有超越沃森和克里克"发现"DNA 的范畴。事实上，1975 年，在《自私的基因》出版的前一年，生物学家爱德华·威尔逊（E. O. Wilson）就曾在他的《社会生物学》（Sociobiology）的第一章断定："有机体只是 DNA 制造更多 DNA 的途径。"不过，道金斯是一位写作高手，也是一位雄辩家。《自私的基因》将威尔逊这种观点的含义讲得非常清楚，让外行读者和生命科学的学生都能理解。该书出版时，进化生物学家安德鲁·瑞德（Andrew Read）还是一位博士候选人，用他的话来说，"这方面的知识框架已经有了，但《自私的基因》将它讲得很透彻，让它不容忽视。"[57]

请通读全书，但要特别注意第十一章，在这一章里，道金斯探讨了文化和生物化学信息一代代传递下去的方式。为了给"文化传播单位"找个名字，道金斯将希腊词汇"mimeme"缩写为"meme"①，即"模因"，为英语贡献了一个崭新（且如今常见）的词。

22 / 史蒂文·温伯格
《最初三分钟：关于宇宙起源的现代观点》（1977 年）

到 1977 年，物理学家普遍取得的一致看法是：宇宙曾经是一个奇点，是一个致密、熔融的"原始原子"，以某种方式包含了现在宇宙中所有的物质，且已向外膨胀。事实上，宇宙仍然在稳定地向外膨胀；我们可以看到并测量宇宙的膨胀，因为遥远的星云正稳定地远离我们的有利观测点。最初，比利时天文

---

① mimeme 希腊原文意为模仿，缩写 meme 指生物的模仿传递行为。

学家乔治·勒梅特（Georges Lemaître）提出一个理论构想，即所谓的"大爆炸"（这个名字其实是该理论的反对者取的）不是指一次爆炸，而是指在长到无法想象的时间里稳定地向外扩张。这个理论的支持者提出，这一最初的致密起点所蕴含的巨大热量仍然以残留的微波辐射的形式出现在宇宙中。当这种辐射于 1965 年第一次被测量到时，即便是持怀疑态度的物理学家也开始赞同：是的，奇点确实在宇宙的中心或者宇宙开始的一瞬间（二者同一）存在过。

而普通公众还要过些年才会接受这一理论。宇宙从一个奇点开始膨胀是一个技术性和反直觉的构想。该理论需要一个普及者，而史蒂文·温伯格就能清晰简要地表达技术性强的内容，他是来自纽约的理论物理学家，在出版《最初三分钟》两年后获得诺贝尔奖。《最初三分钟》清晰地给出了宇宙膨胀的背景信息，通览了不同解释的历史发展，包括稳态理论（steady-state theory），展现了宇宙微波辐射的必然性；这是第一部被广泛阅读的解释大爆炸理论的读物，也刺激了随后十多年里，写给外行读者的宇宙学和理论物理学书籍爆炸式涌现。

不过，尽管这是一部极具开创性的著作，《最初三分钟》还是拥有所有起源故事的不足之处。它需要读者对宇宙的开始发生一次信仰的飞跃。温伯格在书的导论中写道："宇宙的起点，或者大约最初百分之一秒的说法总是有些模糊不清，让人难以理解。……我们也许不得不接受绝对零时的观点——绝对零时是过去的一个时刻，从理论上讲，我们无法推知之前的事情的因果。"另外，温伯格也免不了要推测结局。温伯格写道，宇宙最终一定会停止膨胀；它要么就直接停止，消逝在寒冷与黑暗之中，或者"经历一种宇宙'反弹'，开始重新膨胀。……我们可以想象一个无穷尽的膨胀和收缩循环，它一直延伸到无穷的过去，根本就没有开端。"

23 / 爱德华·O. 威尔逊
《论人的本性》（*On Human Nature*）（1978 年）

《论人的本性》是威尔逊被读得最多的著作，书里假设人类的行为以化学为基础。威尔逊的哲学是一种学科的还原论：来自物理学和化学的洞见能够通过实验予以证明，能够通过演算得以确证，是所有人类知识的根基；生物学就建立在这坚实的基础上；生物学定律直接脱胎于物理学和化学原理。诸如心理学、人类学、动物行为学（自然界动物的行为）、社会学等社会科学"漂浮"其上，完全依赖下面的"硬"科学。

威尔逊的第一部作品描写了蚂蚁的社会①。他在1975出版的《社会生物学：新的综合》(Sociobiology: The New Synthesis)中提出，人类的行为正如蚂蚁的活动，究其原因，并没有超出物理的必然性。甚至看似无形的感受与动机（恨，爱，愧疚，恐惧）都是：

> 受下丘脑（hypothalamus）和大脑边缘系统（limbic system of the brain）中的情绪控制中心的约束和塑造……接着，我们不得不问，是什么创造了下丘脑和边缘系统？它们通过自然选择进化而来……下丘脑和边缘系统被设计成要使DNA存续。我们可能充满悔恨情绪、利他冲动或者是绝望，但这只不过是因为我们的大脑（独立于我们有意识的知识）在以最能保存我们基因的方式在对环境作出反应。

所以，"社会生物学"试图把人类社会仅仅理解为生物冲动的产物。

除了最后一章，《社会生物学》全书都是建立在动物研究的基础之上。三年后出版的《论人的本性》则更聚焦于人类的数据资料。威尔逊声称："人类心智是为生存与繁衍服务的装置，推理只不过是其中一种技能。"接着，他解释了每一种我们最为珍视的人类特质是如何从基因产生的（譬如，"最高级的宗教活动能带来生物性的好处"，更别提还有"遗传多样性是性的终极功能。性行为的生理快感服务于遗传多样性"。）

像詹姆斯·沃森和理查德·道金斯一样，威尔逊是一位颇有天赋的作家，能巧妙运用强大的比喻。《论人的本性》受到了称赞，也不乏严厉指责，当然更是得到了广泛阅读；它立刻就成为畅销书，并在1979年赢得普利策奖。

---

① 威尔逊于1971年出版了个人专著《昆虫的社会》。

第十章
宇宙的故事：理解地球、宇宙和我们自己

24 / 詹姆斯·拉伍洛克
《盖娅》（1979年）

詹姆斯·拉伍洛克拾起蕾切尔·卡森的主题，通过将整个相关系统设想为一个单一的、系统化的"存在"，来探索人类与地球的相互关系。他急忙解释说，这不是一种"字面意义上的"存在，不是某种有感知觉的生物；准确地说，"包括生命在内的整个地球表面都是一个自我调节的存在。这也正是我使用'盖娅'的含义所在"。盖娅这个名字是他的邻居——小说《公主新娘》（The Princess Bride）的作者威廉·高德曼（William Goldman）提议的①。

以"盖娅"作为核心理念，拉伍洛克——一位环境保护者和曾经做过医学研究生工作的发明者——探索了生物圈（"地球有生物存在的区域"）和地表岩石层、空气、海洋之间的相互关系。他表明，这是一个组织严密、紧紧相连的系统，一个部分遭受污染或灾患，会迫使整个"超级生命体"（super-organism）去适应和改变。

与他的后继普及者一样，拉伍洛克随后发展出了关乎人类存在的结论。他将人类的美感（"愉悦，认同，成就，惊讶，兴奋以及向往等那些复杂的情感……充溢我们心中。"）解释成一种生物反馈："或许我们也是生来就具备一种本能，使我们能够在与周围的其他生命形式的关系中认清自己所扮演的最佳角色。"他总结说："这看起来与达尔文自然选择的力量并不相悖，因为一种愉悦感通过鼓励我们在自身与其他生命形式之间实现平衡来回报我们。"

25 / 斯蒂芬·杰·古尔德
《人类的误测》（The Mismeasure of Man）（1981年）

斯蒂芬·杰·古尔德相信，莫里斯和威尔逊的学说都过于简化了。在《人类的误测》中，他反对被他称为"达尔文原教旨主义"的做法——用自然选择解释全部的人类经验。相反，古尔德认为是多重因素（都是自然的，但是全部加在

---

① 原书作者有误，提议者应为英国作家、诺贝尔文学奖获得者威廉·戈尔丁（William Golding, 1911—1993），二人也不是邻居，而是保持通信的朋友。

一起相当复杂，不能简化成DNA）相互交叠决定了人类的行为。

《人类的误测》（与威尔逊那本书一样）的目标是普通读者。全书有力地集中驳斥了一个被古尔德视为"达尔文原教旨主义者"的特例：将"智力的抽象"作为一种在生物化学意义上被决定的素质，"量化"为一个数字（这真是多亏了IQ测试的日渐流行），并在由生物决定的"价值序列"中，"用这些数字给人排列等级"。

书中论证远不只是要揭穿IQ测试的真相，古尔德还希望驳斥在威尔逊的书中非常明显的学科还原主义。古尔德在序言里写道："从根本上看，《人类的误测》探讨的不是虚假的生物学争论在社会环境中的普遍道德可耻性……甚至也不是人类不平等性的基因基础之上的所有虚假论调。"（明显在针对《社会生物学》）。准确地说，"《人类的误测》讨论的是一张通过量化而对人类进行分类的特殊表格：智商可以被抽象成一个单一的数字，一个能够在固定不变的智力价值曲线上对所有人进行分类的数字"。

与威尔逊一样，古尔德被一些人批评。譬如，著名心理学家汉斯·艾森克（Hans Eysenck）就坚信智力的基因基础，他疾言厉色地说过，"每一页的事实错误都比我读过的任何书要多"。但他也受到另一些人赞扬。这本书赢得了1982年的美国国家书评人协会奖。[58]

26 / 詹姆斯·格雷克
《混沌：开创新科学》（1987年）

与列表中的其他作者不同，詹姆斯·格雷克不是科学家；他是一名新闻工作者，主修英语专业。但是，在《混沌》这本书中，他能够理解并清晰地复述一系列技术性很强的研究性文章，以至于让混沌理论成了一个家喻户晓的名字，最后还进入了电影。

混沌理论诞生于1961年，当时美国数学家爱德华·洛伦兹正在对气象学进行小修补。洛伦兹已经写好了纳入多种因素（风距与风速、气压、气温等）的计算机程序，要用它们预测天气模式。他偶然发现，输入的这些因素中产生的细微变化——风速或者气温的改变，原本小到完全无关紧要——急剧改变了预测的模式。

1963年，洛伦兹在一篇发表的论文里表明，在某些系统中，极其微小的变化能够导致截然不同的结果。1972年，他又发表了一篇文章，题目为《可预言性：一只蝴蝶在巴西扇动翅膀会在得克萨斯引起龙卷风吗？》。这是蝴蝶的翅膀首次被用来类比微小的初始改变，以及"蝴蝶效应"这个词第一次被使用。1975年，另外两位数学家李天岩和詹姆斯·约克发表了一篇文章，第一次给这种现象命名。他们称之为"混沌"。对于大多数说英语的读者而言，这是一个极其有力的词，即便已经到了1975年，他们对这个词在圣经中的用法也有所了解：完全无形，混乱，无序。

当格雷克——一位《纽约时报杂志》的专栏记者和自由撰稿人——选择混沌理论作为他的第一本书的主题时，该理论还处于它的青春期早期。《混沌》用了生动的比喻做调剂，抓住了大众的想象力。"蝴蝶效应"也成为家喻户晓的短语，尤其是杰夫·高布伦（Jeff Goldblum）在《侏罗纪公园》里扮演的摇滚明星科学家还给了全世界观众一个简略版的解释。（"一只蝴蝶在中国北京扇扇翅膀，那在美国的中央公园的天气就会由晴转雨……细微的改变……决不重复，且会极大地影响结果。"）

但是，"混沌"这个词有误导性。"混沌"在这里的意思是"不可预测性"——但不是最终的、固有的不可预测性（"无论我们知道多少，我们都无法预测最终结果。"），而是一种偶然的、实践的不可预测性（"这一系统对初始条件微小变化太敏感，以至于目前我们还无法以预测所有可能的结果所需要的精确度来分析那些初始条件。"）。

27 / 斯蒂芬·霍金
《时间简史》（1988年）

《时间简史》不是第一本受到欢迎的物理学畅销书，但它超越了所有其他书。"肯定不是另一本关于大爆炸之类的书"，物理学家保罗·戴维斯（Paul Davies）回忆起他第一次看到霍金这部巨著时的想法。霍金的目标不高，他想用物理学来回答一系列问题："我们对宇宙有何认识，以及我们是如何认识它的？宇宙从何而来，正要去往何处？宇宙有开端吗？如果有，在那之前发生了什么？时间的本质是什么？时间会有终点吗？"书中的解答在35种语言中收获了一千多万读者，《时间简史》成了有史以来最畅销的一本科学著作。

28 / 沃尔特·阿尔瓦雷茨
《霸王龙和陨石坑》(1997年)

沃尔特·阿尔瓦雷茨在意大利的一个岩石层发现了异常丰富的化学元素铱，但这种元素本来不该出现在那里。虽然阿尔瓦雷茨接受的科学训练让他相信地球的"均变论"，而不是"灾变论"。但他开始怀疑，事实上曾经有巨大的灾难袭击过地球。这处有问题的岩石正好在所谓的K-T界线①上，地质学家很早就注意到，这一岩层中的化石记录不连续。在K-T界线之前，恐龙和菊石化石大量存在；而在这条界线之后，它们便消失了。

阿尔瓦雷茨和他的父亲——物理学家、诺贝尔奖获得者路易斯·阿尔瓦雷茨（Luis Alvarez）一起构建了理论，认为这些铱元素可能来自一颗撞击地球的小行星。1980年，阿尔瓦雷茨在《科学》(Science)杂志上提出，"K-T界线上的铱元素异常"，很可能是一次小行星撞击导致的。论文的共同作者有父亲路易斯、科学家同行弗兰克·阿萨罗（Frank Asaro）和海伦·米歇尔（Helen Michel）。

此外，这一撞击也可以解释化石记录的不连续：

> 一颗大型越地小行星所产生的威力可以将质量是其自身六十倍的物质炸到大气层中，成为粉碎的岩石；一部分尘埃将会在平流层中悬浮数年，并飘散到世界各地。随之而来的黑暗会抑制光合作用，据此预期的生物学影响也与在古生物学记录中观察到的灭绝情况相当一致。[59]

不过，还缺少撞击产生的陨石坑。11年之后，阿尔瓦雷茨和同事们发现了陨石坑的痕迹，这个大坑位于尤卡坦海岸，有125英里宽，被上千年的沉积物所覆盖。撞击物的影响大到足以导致地壳气化，森林陷入火海，海洋中海啸肆虐，并将大量岩石碎片抛到大气层中，遮天蔽日，还引发有毒的酸性暴风雨。阿尔瓦雷茨总结说，这次撞击改变了地球的面貌，也导致了恐龙灭绝。

1997年，阿尔瓦雷茨出版了《霸王龙与陨石坑》，在书中阐释了假说的形成过程。书中绝大部分篇幅都在力求仔细精准地描述引导阿尔瓦雷茨及其团

---

① K-T界线指介于白垩纪（希腊文kreta意为"白垩"，简写为K）与第三纪（Tertiary Period，简写为T）之间的界线，由薄薄一层细腻黏土构成。

队得出结论的线索，该书第一章名为《世界末日》（Armageddon），还有一段引自《指环王》的引文，并且对撞击发生时的场景做了戏剧化的描述（"灾难从天而降……"）。科普写作达到了顶峰，科学作家卡尔·齐默尔（Carl Zimmer）在谈到阿尔瓦雷茨的书时说："忽然间，生命的历史比任何科幻电影都更富有电影感。"

注释

1. George Sarton, *A History of Science: Ancient Science Through the Golden Age of Greece* (Cambridge: Harvard University Press, 1952), p. 3.
2. Plinio Prioreschi, *A History of Medicine, Vol. I: Primitive and Ancient Medicine,* 2nd ed. (Omaha, Neb.: Horatius Press, 1996), p. 42.
3. Hippocrates, "On the Sacred Disease," qtd. in Steven H. Miles, *The Hippocratic Oath and the Ethics of Medicine* (New York: Oxford University Press, 2005), p. 20.
4. Lawrence I. Conrad et al., *The Western Medical Tradition: 800 BC–AD 1800* (New York: Cambridge University Press, 1995), pp. 23-25; Pausanius, Pausanias's Description of Greece, Vol. III, trans. J. G. Frazer (New York: Macmillan & Co., 1898), p. 250; "On Airs, Waters, and Places," in The Corpus, p. 117.
5. Albert Einstein and Leopold Infeld, *The Evolution of Physics* (New York: Cambridge University Press, 1938), p. 33.
6. Simplicius, Commentary on the Physics 28.4–15, qtd. in Jonathan Barnes, *Early Greek Philosophy,* rev. ed (New York: Penguin, 2002), p. 202; Aristotle, On Democritus fr. 203, qtd. in Barnes, pp. 206–207.
7. Aristotle, *Physics*, Robin Waterfield (New York: Oxford University Press, 2008), II.1
8. Edward Craig, ed., *Routledge Encyclopedia of Philosophy* (Oxford, U.K.: Taylor & Francis, 1998), pp. 193–194; David Bolotin, *An Approach to Aristotle's Physics, With Particular Attention to the Role of His Manner of Writing* (Albany: SUNY Press, 1998), p. 127; J. Den Boeft, ed., Calcidius on Demons (Commentarius CH. 127-136) (Leiden: E. J. Brill, 1977), pp. 19–20.
9. C. C. W. Taylor, *The Atomists: Leucippus and Democritus, Fragments* (Toronto: University of Toronto Press, 1999), pp. 60, 214–215; Epicurus, "Letter to Herodotus," in Letters and Sayings of Epicurus, trans. Odysseus Makridis (New York: Barnes & Noble, 2005), pp. 3–6; Anthony Gottlieb, The Dream of Reason: *A History of Philosophy from the Greeks to the Renaissance* (New York: W. W. Norton, 2000), pp. 290, 303.
10. Titus Lucretius Carus, *Lucretius on The Nature of Things*, trans. John Selby Watson (London: Henry G. Bohn, 1851), p. 96.
11. Margaret J. Osler, *Reconfiguring the World: Nature, God, and Human Understanding from the Middle Ages to Early Modern Europe* (Baltimore: Johns Hopkins University Press, 2010), p.

15; C. M. Linton, *From Eudoxus to Einstein: A History of Mathematical Astronomy* (New York: Cambridge University Press, 2008), p. 48.

12. Norris S. Hetherington, *Cosmology: Historical, Literary, Philosophical, Religious, and Scientific Perspectives* (London: CRC Press, 1993), pp. 74–76.

13. Nicolaus Copernicus, Preface, *De Revolutionibus*, qtd. in Thomas S. Kuhn, *The Copernican Revolution: Planetary Astronomy in the Development of Western Thought* (Cambridge: Harvard University Press, 1957), p. 137.

14. Nicolaus Copernicus, *Three Copernican Treatises,* trans. Edward Rosen (Mineola, N.Y.: Dover Publications, 1959), pp. 57–59.

15. Copernicus, Preface, p. 18.

16. Francis Bacon, *Selected Philosophical Works,* ed. Rose-Mary Sargent (Cambridge: Hackett Publishing Co., 1999), pp. 118–119.

17. David Deming, *Science and Technology in World History*, Vol. 3 (Jefferson, N.C.: McFarland & Co., 2010), p. 165; Galileo Galilei, Dialogue Concerning the Two Chief World Systems: Ptolemaic and Copernican, trans. Stillman Drake, ed. Stephen Jay Gould (New York: Modern Library, 2001), pp. 130–131.

18. Deming, *Science and Technology*, pp. 177–178.

19. Robert Hooke, Micrographia (1664), Preface; David Freedberg, *The Eye of the Lynx: Galileo, His Friends and the Beginnings of Natural History* (Chicago: University of Chicago Press, 2002), p. 180; Thomas Birch, *The History of the Royal Society of London*, Vol. 1 (London: A. Millar, 1756), pp. 215ff.

20. Thomas Birch, *The History of the Royal Society of London,* Vol. 3 (London: A. Millar, 1757), pp. 1, 10.

21. Ron Larson and Bruce Edwards, *Calculus* (Independence, Ky.: Cengage Learning, 2013), p. 42.

22. James L. Axtell, "Locke, Newton and the Two Cultures." In John W. Yolton, ed., *John Locke: Problems and Perspectives* (New York: Cambridge University Press, 1969), pp. 166–168.

23. Barry Gower, Scientific Method: *A Historical and Philosophical Introduction* (New York: Routledge, 1997), p. 69.

24. Isaac Newton, *Mathematical Principles of Natural Philosophy,* trans. Andrew Motte (Daniel Adee, 1848), p. 486; G. Brent Dalrymple, *The Age of the Earth* (Stanford, Calif.: Stanford University Press, 1991), pp. 28–29.

25. Dalrymple, *The Age of the Earth,* pp. 29–30; Jacques Roger, Buffon: *A Life in Natural History*, trans. Sarah Lucille Bonnefoi (Ithaca: Cornell University Press, 1997), pp. 187–193.

26. Dennis R. Dean, *James Hutton and the History of Geology* (Ithaca: Cornell University Press, 1992), pp. 17, 24–25; James Hutton, "Theory of the Earth," in *Transactions of the Royal Society of Edinburgh,* Vol. I (J. Dickson, 1788), pp. 301, 304.

27. M. J. S. Hodge, "Lamarck's Science of Living Bodies," in *The British Journal for the History of Science* 5:4 (December 1971), p. 325; Martin Rudwick, *Bursting the Limits of Time: The Reconstruction of Geohistory in the Age of Revolution* (Chicago: University of Chicago Press, 2005), p. 390; J. B. Lamarck, Zoological Philosophy, trans. Hugh Elliot (London: Macmillan & Co., 1914), pp. 12, 41, 46.

28. Robert J. Richards, *Darwin and the Emergence of Evolutionary Theories of Mind and Behavior*

(Chicago: University of Chicago Press, 1987), p. 63.
29. Martin Rudwick, *Georges Cuvier, Fossil Bones, and Geological Catastrophes* (Chicago: University of Chicago Press, 1997), p. 190.
30. Charles Lyell, *Principles of Geology* (New York: Penguin, 1998), p. 6.
31. Charles Darwin, *Charles Darwin: His Life Told in an Autobiographical Chapter* (London: John Murray, 1908), p. 82.
32. Charles Darwin, *The Variation of Animals and Plants Under Domestication*, Vol. II (New York: D. Appleton & Co., 1897), p. 371; P. Kyle Stanford, *Exceeding Our Grasp: Science, History, and the Problem of Unconceived Alternatives* (New York: Oxford University Press, 2006), p. 65; Darwin, The Origin of Species, p. 13.
33. Gregor Mendel, *Experiments in Plant Hybridisation* (New York: Cosimo Classics, 2008), pp. 15, 21ff., 47.
34. 这个理论认为生物从卵或胚胎到成体（"个体发育"）的发育过程与生物从原始状态到现代状态（系统发育）的过程相同，在19世纪末和20世纪初非常流行，但现在生物学家已经彻底抛弃了它。
35. J. A. Moore, *Heredity and Development*, 2nd ed. (New York: Oxford University Press, 1972), p. 74.
36. Alfred Wegener, "The Origin of Continents and Oceans," in *The Living Age*, 8th Series, Vol. XXVI (April, May, June 1922), pp. 657–658.
37. Alfred Wegener, *The Origins of Continents and Oceans*, trans. John Biram (New York: Dover Publications, 1966), p. viii.
38. Albert Einstein, *Relativity: The Special and General Theory*, trans. Robert W. Lawson (New York: Pi Press, 2005), pp. 25, 28; Galison et al., p. 223; Jay M. Pasachoff and Alex Filippenko, *The Cosmos: Astronomy in the New Millennium*, 4th ed. (New York: Cambridge University Press, 2014), pp. 239–240, 271–272.
39. Ernest Rutherford, *The Collected Papers of Lord Rutherford of Nelson*, Vol. 2 (New York: Interscience Publishers, 1963), p. 212.
40. Bruce Rosenblum and Fred Kuttner, *Quantum Enigma: Physics Encounters Consciousness*, 2nd ed. (New York: Oxford University Press, 2011), pp. 59–60; M. S. Longair, *Theoretical Concepts in Physics: An Alternative View of Theoretical Reasoning in Physics*, 2nd ed. (New York: Cambridge University Press, 2003), p. 339.
41. Max Planck, *The Origin and Development of the Quantum Theory*, trans. H. T. Clarke and L. Silberstein (New York: Clarendon Press, 1922), p. 12.
42. Quoted. in Franco Selleri, *Quantum Paradoxes and Physical Reality: Fundamental Theories of Physics* (Dordrecht: Kluwer Academic Publishers, 1990), p. 363.
43. Ernst Mayr and William B. Provine, *The Evolutionary Synthesis: Perspectives on the Unification of Biology* (Cambridge: Harvard University Press, 1998), pp. 8, 282, 315, 316.
44. Julian Huxley, *Evolution: The Modern Synthesis: The Definitive Edition* (Cambridge: MIT Press, 2010), pp. 3, 6–7.
45. Walter J. Moore, *Schrödinger: Life and Thought* (New York: Cambridge University Press, 1992), p. 404.
46. Peter J. Bowler, *Science for All: The Popularization of Science in Early Twentieth-Century Britain* (Chicago: University of Chicago Press, 2009), pp. 5–6; William Jay Youmans, ed., *Popular Science Monthly* XLVI (New York: D. Appleton & Co., November 1894–April 1895),

p. 127.

47. Pierre C. Fraley and Earl Ubell, "Science Writing: A Growing Profession," *Bulletin of the Atomic Scientists* (December 1963), pp. 19–20.
48. Rachel Carson, *Silent Spring, anniversary* edition (Boston: Houghton Mifflin, 2002), pp. xii–xiv, 15; Linda J. Lear, "Rachel Carson's 'Silent Spring,'" in *Environmental History Review* 17:2 (Summer, 1993), p. 28.
49. Richard Dawkins, The Selfish Gene (New York: Oxford University Press, 1976), p. 1.
50. Steven Weinberg, *The First Three Minutes: A Modern View of the Origin of the Universe*, 2nd ed. (New York: Basic Books, 1993), p. 153.
51. Carson, Silent Spring, p. 2; Weinberg, *The First Three Minutes*, p. 8; Michael B. Shermer, "This View of Science: Stephen Jay Gould as Historian of Science and Scientific Historian, Popular Scientist and Scientific Popularizer," in *Social Studies of Science 32:4* (August 2002), pp. 490, 494.
52. "Apollo 9 astronaut to kick off conference on 'Near-Earth Object' risks." Released April 9, 2009, by UN-L. Accessed September 29, 2014, at http://newsroom.unl.edu/releases/2009/04/09/Apollo+9+astronaut+to+kick+off+conference+on+'Near-Earth+ Object'+risks.
53. Mortimer J. Adler and Charles Van Doren, *How to Read a Book: The Classic Guide to Intelligent Reading* (New York: Simon & Schuster, 1972), p. 251.
54. Charles G. Gross, Brain, Vision, *Memory: Tales in the History of Neuroscience* (Cambridge: MIT Press, 1999), p. 13.
55. Alfred Russel Wallace, *Infinite Tropics: An Alfred Russel Wallace Anthology,* ed. Andrew Berry (New York: Verso, 2002), p. 51.
56. Carson, *Silent Spring*, p. xix.
57. Matt Ridley, *The Red Queen: Sex and the Evolution of Human Nature* (New York: Harper Perennial, 2003), p. 9; Alan Grafen and Mark Ridley, eds., *Richard Dawkins: How a Scientist Changed the Way We Think* (New York: Oxford University Press, 2007), p. 7.
58. Hans. J. Eysenck, *Intelligence: A New Look* (New Brunswick, N.J.: Transaction Publishers, 2000), p. 10.
59. Alvarez et al., "Extraterrestrial Cause for the Cretaceous-Tertiary Extinction," p. 1095.

附 录

致 谢

如果没有萨拉·巴芬顿（Sara Buffington）的帮助，这本书的第一版是不可能完成的。萨拉·巴芬顿从事的是一项费力不讨好的工作——确保授权许可，让和平山出版社（Peace Hill）的出版工作顺利进行；贾斯廷·摩尔（Justin Moore）为我跑了无数趟图书馆（包括帮我还过期的书，我太不好意思跟他一起去还了），检查事实，输入一串又一串枯燥乏味的图书书号，给我介绍宣告者（The Proclaimers）的音乐，并将其与调动理解力的阅读结合起来（特别是历史那一章），还帮我收信；学者和作家劳伦·温纳（Lauren Winner）读了历史一章，并提供了宝贵的帮助；《书籍与文化》的编辑约翰·威尔逊（John Wilson），威廉与玛丽学院（the College of William and Mary）的莫琳·菲茨杰拉德（Maureen Fitzgerald），还有我的父母杰伊·怀斯（Jay Wise）和杰西·怀斯（Jessie Wise），他们给了我所能想象到的一切精神上和实际上的支持。

对于这次修改，我在美国诺顿出版公司（W. W. Norton）的编辑斯塔林·劳伦斯（Starling Lawrence）一直在读我写的内容，而且总能找到比我计划中更好的餐厅，在此我要表达我一如既往的感谢。也要感谢诺顿的瑞安·哈林顿（Ryan Harrington），他回复邮件很及时，并且总是能找到答案，说到做到。

我非常感谢帕特里夏·沃思（Patricia Worth），一名出色的行政助理。再一次感谢贾斯廷·摩尔；里奇·冈恩（Richie Gunn）制作了插图；迈克尔·卡莱尔（Michael Carlisle）能干而迷人；了不起的茱莉亚·卡泽维茨（Julia Kaziewicz）在授权许可方面提供了帮助，还在许多学科主题上给出了专业的建议；格雷格·史密斯（Greg Smith）对伟大的科学文献有深刻的见解（感谢他对第十章的贡献，我没有采纳他所有的建议，但如果有错漏，不是他的责任）；另外，我仍然要感谢我的丈夫彼得（Peter）。

各章引用或参考其他中文译文书目

第一章

培根:《培根随笔集》,曹明伦译,人民文学出版社,2014年

第二章

亚里士多德:《尼各马可伦理学》,廖申白译注,商务印书馆,2003年
简·奥斯丁:《傲慢与偏见》,王科一译,上海译文出版社,2010年

第三章

莎士比亚:《莎士比亚十四行诗》,屠岸译,上海文艺出版社,1959年

第四章

哈罗德·布鲁姆:《如何读,为什么读》,黄灿然译,译林出版社,2011年
莫提默·艾德勒:《如何阅读一本书》,郝明义、朱衣译,商务印书馆,2014年

第五章

塞万提斯:《堂吉诃德》,杨绛译,人民文学出版社,2015年
约翰·班扬:《天路历程》,苏欲晓译,广西师范大学出版社,2016年
霍桑:《红字》,苏福忠译,上海译文出版社,2011年
赫尔曼·麦尔维尔:《白鲸》,成时译,人民文学出版社,2017年
斯蒂芬·克莱恩:《红色英勇勋章》,刘荣跃译,中国致公出版社,2012年
加缪:《局外人》,柳鸣九译,上海译文出版社,2013年
加西亚·马尔克斯:《百年孤独》,范晔译,南海出版公司,2017年
卡尔维诺:《如果在冬夜,一个旅人》,萧天佑译,译林出版社,2012年
陀思妥耶夫斯基:《罪与罚》,岳麟译,上海译文出版社,2006年
乔纳森·斯威夫特:《格列佛游记》,杨昊成译,译林出版社,2016年

福楼拜:《包法利夫人》,李健吾译,人民文学出版社,2015 年
弗吉尼亚·伍尔夫:《达洛维夫人》,姜向明译,陕西师范大学出版社,2014 年
唐·德里罗:《白噪音》,朱叶译,译林出版社,2013 年
弗吉尼亚·伍尔夫:《论小说与小说家(伍尔夫文集)》,翟世镜译,上海译文出版社,2019 年
简·奥斯丁:《傲慢与偏见》,王科一译,上海译文出版社,2010 年
亨利·詹姆斯:《一位女士的画像》,项星耀译,人民文学出版社,2018 年
丹尼尔·笛福:《鲁滨逊漂流记》,郭建中译,译林出版社,2010 年
狄更斯:《雾都孤儿》,荣如德译,上海译文出版社,2010 年
列夫·托尔斯泰:《安娜·卡列尼娜》,草婴译,译林出版社,2014 年
托马斯·哈代:《还乡》,张谷若译,人民文学出版社,2018 年
司各特·菲茨杰拉德:《了不起的盖茨比》,巫宁坤译,译林出版社,2013 年
弗朗兹·卡夫卡:《审判》,闵敏、刘杰海译,凤凰文艺出版社,2018 年
理查德·赖特:《土生子》,施咸荣译,译林出版社,2008 年
加缪:《西西弗神话》,李玉民译,天津人民出版社,2018 年
乔治·奥威尔:《1984》,董乐山译,上海译文出版社,2009 年
科马克·麦卡锡:《长路》,毛雅芬译,九州出版社,2019 年

第六章

笛卡尔:《第一哲学沉思集》,庞景仁译,商务印书馆,1986 年
笛卡尔:《方法论·情志论》,郑文彬译,译林出版社,2012 年
约翰·班扬:《丰盛的恩典》,苏欲晓译,生活·读书·新知三联书店,2014 年
富兰克林:《富兰克林自传》,蒲隆译,译林出版社,2015 年
弗雷德里克·道格拉斯:《弗雷德里克·道格拉斯:一个美国奴隶的人生自述》,蔡蓓菱译,中信出版社,2017 年
蒙田:《蒙田试笔》,梁宗岱译,华东师范大学出版社,2016 年
梅·萨藤:《独居日记》,杨国华译,译林出版社,2018 年
甘地:《甘地自传》,吴晓静译,云南人民出版社,2016 年
多玛斯·牟敦:《七重山》,方光珞、郑至丽译,上海三联书店,2008 年
奥古斯丁:《忏悔录》,许丽华译,陕西师范大学出版社,2008 年
蒙田:《蒙田随笔》,马振骋译,中华书局,2016 年
蒙田:《蒙田随笔集》,马振骋译,上海译文出版社,2014 年
卢梭:《忏悔录》,范希衡等译,人民文学出版社,2016 年
梭罗:《瓦尔登湖》,许崇信、林本椿译,译林出版社,2011 年

尼采:《尼采著作全集(第六卷)》,孙周兴译,商务印书馆,2016年
C.S.路易斯:《惊喜之旅:我的早年生活》,邓军海译,华东师范大学出版社,2018年
索尔仁尼琴:《古拉格群岛》,田大畏、钱诚、陈汉章译,群众出版社,2013年

第七章

约翰·阿诺德:《历史之源》,李里峰译,译林出版社,2013年
修昔底德:《伯罗奔尼撒战争史》,徐松岩译注,上海人民出版社,2017年
普鲁塔克:《希腊罗马名人传》,席代岳译,吉林出版集团有限责任公司,2009年
康德:《历史理性批判文集》,何兆武译,商务印书馆,2017年
马克思、恩格斯:《神圣家族》,人民出版社,2009年
中共中央马克思恩格斯列宁斯大林著作编译局:《共产党宣言》,人民出版社,1997年
简·奥斯丁:《诺桑觉寺》,孙致礼译,译林出版社,2016年
克里斯托夫·克里布斯:《一本最危险的书:塔西佗〈日耳曼尼亚志〉》,荆腾译,北京联合出版公司,2018年
福山:《历史的终结与最后的人》,陈高华译,广西师范大学出版社,2014年
彼得·诺维克:《大屠杀与集体记忆》,王志华译,译林出版社,2019年
奥古斯丁:《天主之城》,吴宗文译,吉林出版集团,2010年
比德:《英吉利教会史》,陈维振、周清民译,商务印书馆,1991年
托马斯·潘恩:《常识》,蒋漫译,上海译文出版社,2015年
贝蒂·弗里丹:《女性的奥秘》,程锡麟等译,北方文艺出版社,1999年
洛克:《政府论》,顾肃译,译林出版社,2016年
马基雅维利:《君主论:拿破仑批注版》,刘训练译注,中央编译出版社,2017年
斯特雷奇:《维多利亚女王传》,薛诗绮译,新星出版社,2017年
希罗多德:《历史》,徐松岩译,上海人民出版社,2018年
奥古斯丁:《天主之城》,吴宗文译,吉林出版集团有限责任公司,2010年
让-雅克·卢梭:《社会契约论》,黄小彦译,译林出版社,2014年
玛丽·沃斯通克拉夫特:《为女权辩护》,常莹、典典、刘荻译,中信出版社,2016年
托克维尔:《民主在美国》,秦修明、李宜培、汤新楣译,吉林出版集团有限责任公司,2013年
雅各布·布克哈特:《意大利文艺复兴时期的文化》,何新译,商务印书馆,2013年
马克斯·韦伯:《新教伦理与资本主义精神》,阎克文译,上海人民出版社,2009年
乔治·奥威尔:《通往维根码头之路》,郑梵等译,华中科技大学出版社,2016年
科尼利厄斯·瑞恩:《最长的一天:1944诺曼底登陆》,李文俊等译,中信出版社,2015年
芭芭拉·塔奇曼:《远方之镜:动荡不安的14世纪》,邵文实译,中信出版社,2016年

鲍勃·伍德沃德、卡尔·伯恩斯坦:《总统班底》,杨恒达译,上海译文出版社,2019 年

第八章

罗念生:《罗念生全集》,上海人民出版社,2016 年
马洛等:《文艺复兴时期英国戏剧选》,朱世达译,作家出版社,2018 年
莎士比亚:《莎士比亚全集》,朱生豪译,中国文史出版社,2013 年
莎士比亚:《哈姆雷特》,朱生豪译,译林出版社,2017 年
萧伯纳:《圣女贞德》,房霞译,新星出版社,2013 年
T. S. 艾略特:《荒原:艾略特文集·诗歌》,汤永宽译,上海译文出版社,2012 年
阿瑟·米勒:《推销员之死》,英若诚等译,上海译文出版社,2008 年
T. S. 艾略特:《大教堂凶杀案——艾略特文集·戏剧》,陆建德主编,上海译文出版社,2012 年
多玛斯·牟敦:《七重山》,方光珞、郑至丽译,上海三联出版社,2008 年
莎士比亚:《仲夏夜之梦》,朱生豪译,译林出版社,2017 年
阿里斯托芬等:《杨宪益中译作品集:鸟·凶宅·牧歌》,杨宪益译,上海人民出版社,2019 年
马洛:《浮士德博士的悲剧》,朱世达译,载于《文艺复兴时期英国戏剧选(上)》,作家出版社,2018 年
莎士比亚:《理查三世》,方平译,上海译文出版社,2016 年
卡尔德隆:《伪君子》,李翔、钱磊译,载于《哈佛百年经典·欧洲大陆戏剧》,北京理工大学出版社,2014 年
奥利弗·高尔斯密:《屈身求爱》,李睿楠译,中信出版社,2013 年
理查德·谢里丹:《造谣学校》,迈克译,中信出版社,2014 年
易卜生:《玩偶之家(易卜生戏剧)》,潘家洵译,人民文学出版社,2015 年
王尔德:《王尔德喜剧:对话·悬念·节奏》,余光中译,凤凰文艺出版社,2017 年
契诃夫:《樱桃园》,汝龙译,人民文学出版社,2017 年
萧伯纳:《圣女贞德》,房霞译,新星出版社,2013 年
桑顿·怀尔德:《我们的小镇》,姜若瑜译,中央戏剧学院导演系,2001 年
尤金·奥尼尔:《进入黑夜的漫长旅程》,王朝晖、梁金柱译,北京理工大学出版社,2015 年
萨特:《萨特读本》,艾珉选编,人民文学出版社,2012 年
田纳西·威廉斯:《欲望号街车》,冯涛译,上海译文出版社,2015 年
塞缪尔·贝克特:《等待戈多》,余中先译,湖南文艺出版社,2013 年

第九章

弗罗斯特:《未走之路——弗罗斯特诗选》,曹明伦译,人民文学出版社,2016 年

约翰·但恩:《约翰·但恩诗集》,傅浩译,上海译文出版社,2016 年

惠特曼:《草叶集:惠特曼诗选》,李野光译,译林出版社,2017 年

简·奥斯丁:《傲慢与偏见》,王科一译,上海译文出版社,2010 年

华兹华斯:《华兹华斯抒情诗选》,黄杲炘译,陕西师范大学出版社,2016 年

马克·斯特兰德:《我们生活的故事:马克·斯特兰德诗选(1964—1978)》,桑婪译,湖南文艺出版社,2018 年

荷马:《奥德赛》,罗念生、王焕生译,上海人民出版社,2014 年

佚名:《贝奥武夫》,陈才宇译,译林出版社,2018 年

亚理斯多德:《诗学》,罗念生译,载于《罗念生全集·第一卷》,上海人民出版社,2016 年

约瑟夫·坎贝尔:《千面英雄》,黄珏苹译,浙江人民出版社,2016 年

柏拉图:《理想国》,刘国伟译,中华书局,2018 年

贺拉斯:《贺拉斯全集(拉中对照详注本)》,李永毅译注,中国青年出版社,2017 年

M. H. 艾布拉姆斯等:《文学术语词典(中英对照)》,吴松江等编译,北京大学出版社,2014 年

佚名:《高文爵士和绿衣骑士》,陈才宇译,浙江工商大学出版社,2019 年

奥古斯丁:《论灵魂及其起源》,石敏敏译,中国社会科学出版社,2004 年

乔叟:《坎特伯雷故事集》,黄杲炘译,上海译文出版社,2011 年

莎士比亚:《莎士比亚十四行诗集》,屠岸译,上海译文出版社,2016 年

威廉·布莱克:《布莱克诗集》,张炽恒译,上海社会科学出版社,2016 年

威廉·华兹华斯:《华兹华斯抒情诗选》,陈才宇译,陕西师范大学出版社,2016 年

王佐良主编:《英国诗选》,上海译文出版社,2012 年

柯勒律治:《柯勒律治诗选》,袁宪军译,福建教育出版社,2015 年

柯尔律治:《柯尔律治诗选》,杨德豫译,外语教学与研究出版社,2013 年

惠特曼:《草叶集:惠特曼诞辰 200 周年纪念版诗全集》,邹仲之译,上海译文出版社,2019 年

艾米莉·狄金森:《狄金森全集》,蒲隆译,上海译文出版社,2014 年

但丁:《神曲》,朱维基译,上海译文出版社,2011 年

弥尔顿:《失乐园》,刘捷译,上海译文出版社,2012 年

威廉·布莱克:《布莱克诗集》,张炽恒译,上海社会科学出版社,2017 年

柯勒律治、爱伦·坡:《老舟子行·乌鸦(多雷插图本)》,朱湘译,安徽人民出版社,2013 年

拜伦、雪莱、济慈:《拜伦 雪莱 济慈 诗精选》,穆旦译,长江文艺出版社,2011 年

丁尼生:《多雷插图版:国王的叙事诗》,文爱艺译,安徽人民出版社,2012 年

丁尼生:《丁尼生诗选》,黄杲炘译,外语教学与研究出版社,2014 年

克里斯蒂娜·罗塞蒂:《小妖精集市》,殷杲译,江苏人民出版社,2015 年

克里斯蒂娜·罗塞蒂:《罗塞蒂诗选:在寂静如语的梦里》,陆风译,外语教学与研究出版社,2018 年

威廉·巴特勒·叶芝:《叶芝诗集(增订本)》,傅浩译,上海译文出版社,2018 年

谢默斯·希尼:《希尼三十年文选》,黄灿然译,浙江文艺出版社,2018 年

弗罗斯特:《未走之路——弗罗斯特诗选》,曹明伦译,人民文学出版社,2016 年

卡尔·桑德堡:《桑德堡诗选》,邹仲之译,上海译文出版社,2018 年

王宏印译:《美国诗歌选译——从印第安诗歌到纽约诗派》,外语教学与研究出版社,2018 年

T. S. 艾略特:《荒原——艾略特诗选》,赵萝蕤译,人民文学出版社,2016 年

第十章

乔治·萨顿:《希腊黄金时代的古代科学》,鲁旭东译,大象出版社,2010 年

爱因斯坦、英费尔德:《物理学的进化》,张卜天译,商务印书馆,2019 年

亚里士多德:《物理学》,张竹明译,商务印书馆,2009 年

卢克莱修:《物性论》,蒲隆译,译林出版社,2012 年

托马斯·库恩:《哥白尼革命——西方思想发展中的行星天文学》,吴国盛、张东林、李立译,北京大学出版社,2003 年

培根:《新工具》,许宝骙译,商务印书馆,1984 年

苏珊·鲍尔:《极简科学史》,徐彬、王小琛译,中信出版社,2016 年

达尔文:《物种起源》,舒德干等译,北京大学出版社,2005 年

爱因斯坦:《狭义与广义相对论浅说》,杨润殷译,胡刚复校,北京大学出版社,2018 年

沃尔特·穆尔:《薛定谔传》,班立勤译,中国对外翻译出版公司,2001 年

蕾切尔·卡森:《寂静的春天》,吕瑞兰、李长生译,上海译文出版社,2007 年

理查德·道金斯:《自私的基因》,卢允中等译,中信出版社,2018 年

史蒂文·温伯格:《最初三分钟:关于宇宙起源的现代观点》,王丽译,重庆大学出版社,2015 年

莫提默·艾德勒、查尔斯·范多伦:《如何阅读一本书》,郝明义、朱衣译,商务印书馆,2011 年

德斯蒙德·莫里斯:《裸猿》,何道宽译,复旦大学出版社,2010 年

达尔文:《物种起源》,苗德岁译,译林出版社,2016 年

爱因斯坦:《狭义与广义相对论浅说》,杨润殷译,胡刚复校,北京大学出版社,2018年

伽利略:《关于托勒密和哥白尼两个世界体系的对话》,周熙良等译,北京大学出版社,2006年

伊萨克·牛顿:《自然哲学之数学原理》,余亮译,北京理工大学出版社,2017年

魏格纳:《海陆的起源》,王春雨、李辰莹译,北京理工大学出版社

埃尔温·薛定谔:《生命是什么》,罗来鸥、罗辽复译,湖南科学技术出版社,2003年

詹姆斯·沃森、安德鲁·贝瑞:《DNA:生命的秘密》,陈雅云译,上海世纪出版集团,2010年

詹姆斯·沃森:《双螺旋:发现DNA结构的故事》,刘望夷译,上海译文出版社,2016年

爱德华·威尔逊:《论人的本性》,胡婧译,新华出版社,2015年

詹姆斯·拉伍洛克:《盖娅:地球生命的新视野》,肖显静、范祥东译,格致出版社,2019年

古尔德:《人类的误测》,柳文文译,重庆大学出版社,2017年

图书在版编目（CIP）数据

如何阅读西方经典 / (美) 苏珊·怀斯·鲍尔著；孙大强，关颖译 . —上海：上海社会科学院出版社，2022
　书名原文：The Well-Educated Mind: A Guide to the Classical Education You Never Had
　ISBN 978-7-5520-3854-5

　Ⅰ.①如… Ⅱ.①苏… ②孙… ③关… Ⅲ.①文学欣赏—西方国家 Ⅳ.① I106

中国版本图书馆 CIP 数据核字（2022）第 025324 号

THE WELL-EDUCATED MIND: A Guide to the Classical Education You Never Had
Copyright © 2016, 2003 by Susan Wise Bauer
This edition arranged with InkWell Management, LLC.
through Andrew Nurnberg Associates International Limited

上海市版权局著作权合同登记号：09-2021-1128

如何阅读西方经典

著　　者：[美] 苏珊·怀斯·鲍尔
译　　者：孙大强　关　颖
责任编辑：赵秋蕙
特约编辑：刘红霞　鲁小彬　王嘉宝
封面设计：主语设计
出版发行：上海社会科学院出版社
　　　　　上海顺昌路 622 号　　邮编 200025
　　　　　电话总机 021-63315947　　销售热线 021-53063735
　　　　　http://www.sassp.cn　　E-mail: sassp@sassp.cn
印　　刷：天津旭丰源印刷有限公司
开　　本：710 毫米 × 1000 毫米　1/16
印　　张：31.5
字　　数：550 千
版　　次：2022 年 12 月第 1 版　2022 年 12 月第 1 次印刷

ISBN 978-7-5520-3854-5/I · 450　　　　　　　　　　　定价：118.80 元

版权所有　　翻印必究